R. A. SALVATORE

Die Nacht des Jägers

Die Legende von Drizzt bei Blanvalet:

Die Dunkelelfen (26754) · Die Rache der Dunkelelfen (26755) · Der Fluch der Dunkelelfen (26756) · Der gesprungene Kristall (24549) · Die verschlungenen Pfade (24550) · Die silbernen Ströme (24551) · Das Tal der Dunkelheit (24552) · Der magische Stein (24553) · Das Vermächtnis (24663) · Nacht ohne Sterne (24664) · Brüder des Dunkels (24706) · Kristall der Finsternis (24931) · Schattenzeit (24973) · Der schwarze Zauber (24168) · Die Rückkehr der Hoffnung (24227) · Der Hexenkönig (24402) · Die Drachen der Blutsteinlande (24458) · Die Invasion der Orks (24284) · Kampf der Kreaturen (24299) · Der König der Orks (26580) · Der Piratenkönig (26618) · Der König der Geister (26619) · Gauntlgrym (26851) · Niewinter (26878) · Charons Klaue (26895) · Die letzte Grenze (26962) · Die Gefährten (26988) · Die Nacht des Jägers (6108)

Erzählungen vom Dunkelelf (26915)

Außerdem von R. A. Salvatore:

Star Wars: Episode I–III. Die dunkle Bedrohung – Angriff der Klonkrieger – Die Rache der Sith (37630)
Der Speer des Kriegers / Der Dolch des Drachen / Die Rückkehr des Drachenjägers. Drei Romane in einem Band! (24314)

Weitere Titel in Vorbereitung

FORGOTTEN REALMS®

R.A. SALVATORE

DIE NACHT DES JÄGERS

Roman

Aus dem Englischen
von Imke Brodersen

Das Buch der Gefährten

I

D&D®

blanvalet

Die amerikanische Originalausgabe erschien 2014 unter dem Titel »Companions Codex 1. Night of the Hunter« bei Wizards of the Coast, Renton, USA.

Dieses Buch ist auch als E-Book erhältlich.

MIX
Papier aus verantwortungsvollen Quellen
FSC® C014496

Verlagsgruppe Random House FSC® N001967

1. Auflage

Published in the Federal Republic of Germany
by Blanvalet Verlag, München,
Neumarkter Str. 28, 81673 München

Redaktion: Alexander Groß
Umschlaggestaltung: © by Isabelle Hirtz, Inkcraft,
nach einer Originalvorlage von Wizards of the Coast LLC
Umschlagillustration: by Tyler Jacobson
HK · Herstellung: sam
Satz: omnisatz GmbH, Berlin
Druck und Bindung: GGP Media GmbH, Pößneck
Printed in Germany
ISBN 978-3-7341-6108-7

www.blanvalet.de

Prolog

So viel Blut.

Überall Blut.

Es verfolgte Doum'wielle, wohin sie auch ging.

Sie sah es auf ihrer silberweißen Haut, die verriet, dass sie halb Elfe, halb Drow war. Nacht für Nacht verfolgte es sie in ihren Träumen. Sie sah es in den Spuren, die ihre Füße im Schnee hinterließen. Sie sah es auf ihrem scharfen Schwert. Ja, ganz besonders dort.

Unablässig spiegelte es sich im roten Rand ihres intelligenten Schwertes, Khazid'hea.

Tausend Mal hatte sie ihrem Bruder diese Klinge ins Herz gerammt. Seine Schreie hallten in jedem wachen Gedanken nach, und sie erfüllten ihre Träume. Für Khazid'hea waren das süße Sphärenklänge.

Eines Tages hatte ihr Bruder Teirflin versucht, sie im Schlaf mit ebendieser Waffe – ihrem eigenen Schwert – zu töten. Doch sie war schneller gewesen.

Sie war besser gewesen.

Sie war würdiger gewesen.

Die scharfe Klinge war in seine Brust gefahren, hatte Haut, Muskeln und Knochen durchstoßen und das Herz gefunden, sodass das köstliche Blut sich ergießen konnte.

Dieses Blut würde auf ewig an ihren Händen kleben. Damals aber, als die Waffe sie im Bann hatte und ihr die warmen Worte ihres Vaters zuflüsterte, wollte sie das Blut gar nicht abwaschen.

Vielleicht waren Teirflins Todesschreie doch Musik in ihren Ohren.

Zwei. Die Finger des Drow bewegten sich in den komplexen Handzeichen, die seinem Volk eine heimliche, stumme Verständigung ermöglichten. *Sie bewegen sich langsam.*

Tsabrak Xorlarrin, der Zauberer aus dem Dritten Haus von Menzoberranzan, überlegte. Hier draußen fühlte er sich nicht wohl, denn er war weit entfernt von Menzoberranzan und auch von Q'Xorlarrin, der neuen Stadt der Drow, die seine Familie in den Minen der sagenhaften Zwergenheimstatt Gauntlgrym errichtete. Er war sich ziemlich sicher, weshalb Oberin Zeerith ausgerechnet ihn auf diesen Erkundungsgang geschickt hatte: Zeerith wollte ihn von ihrem Sohn Ravel fernhalten, einem erbitterten Rivalen von Tsabrak.

Einem Rivalen, der definitiv die Oberhand gewonnen hatte, wie Tsabrak sich eingestehen musste. Mit seinem erfolgreichen Eindringen in das alte Zwergenreich war Ravel zu leuchtendem Ruhm aufgestiegen, der das Ansehen von Haus Xorlarrin mehrte. Dabei hatte ihn ausgerechnet ein Baenre begleitet, und zwar mit dem Segen dieses mächtigen Clans. Die Stadt Q'Xorlarrin nahm inzwischen Formen an, und an dieser Entwicklung war Ravel maßgeblich beteiligt gewesen.

Die Finger des Zauberers bewegten sich schnell und erteilten seinen Spähern einen neuen Auftrag, denn er benötigte genauere Informationen. Nachdem er sie losgeschickt hatte, kehrte er zurück zu seiner Cousine Berellip, der älteren Schwester von Ravel. Sie wartete mit ihrem Gefolge in einer kleinen natürlichen Höhle am Ufer des unterirdischen Flusses, dem sie bis hierher gefolgt waren. Berellip Xorlarrin war unübersehbar. Mit ihrem lauten, herrischen Auftreten hielt sie die rangniederen Männer auf Abstand. Nur ihren zwei jungen Zofen war es gestattet, sie anzusprechen.

Tsabrak durchquerte den kleinen Raum und entließ die Zofen mit einem Wink.

»Ihr habt sie gefunden?«

Tsabrak nickte. »Wenigstens zwei. Sie sind in den unteren Tunneln unterwegs.«

»Orks?«

Der Zauberer zuckte mit den Schultern. »Das wissen wir noch nicht. Verstohlener als Orks, könnte man sagen. Vielleicht schlaue Goblins.«

»Hier stinkt es überall nach Orks«, sagte Berellip angeekelt.

Tsabrak konnte wieder nur mit den Schultern zucken. Als sie in diese Tunnel unter den nördlichen Ausläufern der Silbermarken vorgestoßen waren, waren sie davon ausgegangen, hier viele Orks vorzufinden. Schließlich lag über ihnen das Ork-Reich von König Obould Todespfeil.

»Euer freches Grinsen betrachte ich als Herausforderung«, warnte Berellip, deren Hand bereits an den Griff ihrer Schlangenpeitsche glitt.

»Ich bitte um Vergebung, Priesterin«, sagte Tsabrak und verbeugte sich ehrerbietig. Berellip war ganz wild darauf, ihre Peitsche gegen das Fleisch von Drow-Männern einzusetzen. »Ich hatte mich nur gefragt, ob ein gefangener Goblin-Stamm bei unserer Rückkehr nach Q'Xorlarrin ausreichen mag.«

»Ihr glaubt immer noch, dass wir hierhergeschickt wurden, um Sklaven zu nehmen?«

»Zum Teil«, antwortete der Zauberer ehrlich. »Ich wüsste auch andere Gründe, warum man mich vorläufig aus dem Weg haben will. Ich bin mir jedoch nicht sicher, warum man Euch in dieser ruhmreichen Umbruchzeit für das Haus fortschickt.«

»Weil Oberin Zeerith es so wünschte«, zischte die Priesterin.

Mit einer neuerlichen Verbeugung zeigte Tsabrak ihr an, dass dies selbstverständlich die einzige Antwort war, die er verdient hatte. Berellip behielt ihre Gedankengänge meistens für sich, und Tsabrak hatte das zu akzeptieren. Er und Berellip hatten sich schon oft über den Sinn und Zweck ihres Auftrags unterhalten, und dabei war Berellip teilweise erheblich offener gewesen und hatte Oberin Zeerith sogar kritisiert. Doch es war typisch für Berellip Xorlarrin, einfach so zu tun, als hätten diese Gespräche niemals stattgefunden.

»Unseren Weg und die Zusammenstellung der Truppe hat nicht nur Oberin Zeerith festgelegt«, sagte er kühn.

»Das weiß man nicht.«

»Ich kenne Erzmagier Gromph Baenre seit zweihundert Jahren. Er hatte seine Hand im Spiel.«

Berellips Gesicht wurde sehr hart, und sie murmelte: »Baenre hat überall die Hand im Spiel.« Sie sprachen von Tiago Baenre, dem offiziellen Vertreter des Ersten Hauses, der Ravel bei der Eroberung von Gauntlgrym begleitet hatte. Zu Beginn ihrer Reise nach Osten hatte Berellip Tsabrak gegenüber kein Geheimnis daraus gemacht, wie sehr sie den dreisten jungen Adligen verabscheute.

Berellips Abneigung gegenüber Tiago überraschte Tsabrak wenig. Er kannte Tiago ziemlich gut, und die geringeren Häuser von Menzoberranzan hatten schon oft gesehen, wie der junge Krieger sich über seinen Status als Mann geflissentlich hinwegsetzte und das Gewicht von

Haus Baenre für seine Zwecke in die Waagschale warf. Zudem flüsterte man sich zu, dass Tiago bald Saribel Xorlarrin heiraten würde, Berellips in jeglicher Hinsicht unterlegene jüngere Schwester, die er Berellip vorgezogen hatte. Von Saribel hielt Berellip offenkundig ähnlich wenig wie von Ravel, dachte Tsabrak.

»Was hätte der Erzmagier schon davon, wenn wir beide hier draußen sind?«, fragte Berellip hochmütig. »Wozu sollte er Oberin Zeerith bitten, eine Hohepriesterin und einen Meister von Sorcere auf Sklavenjagd zu schicken?«

»Das ist nicht alles«, sagte Tsabrak überzeugt. Er spielte auf eine andere Unterhaltung an: »Ihr hattet mir gesagt, die Spinnenkönigin sei über unsere Reise erfreut.«

Er hielt den Atem an und machte sich auf einen Peitschenschlag gefasst, erlebte jedoch eine angenehme Überraschung, als sie einfach nickte und sagte: »Hier geht etwas anderes vor. Wir werden es erfahren, sobald Oberin Zeerith der Meinung ist, dass wir es wissen sollten.«

»Oder wenn Erzmagier Gromph dieser Meinung ist«, bohrte Tsabrak weiter.

Berellips Augen sprühten vor Zorn.

Zu seiner großen Erleichterung kamen ausgerechnet in diesem Moment seine Späher in die Höhle gelaufen.

»Keine Goblins«, meldete einer von ihnen sichtlich aufgeregt.

»Drow«, sagte der andere.

»Drow?«, fragte Berellip. Sie wechselte einen Blick mit Tsabrak. Von einer Drow-Stadt hier draußen war keinem von ihnen etwas bekannt.

Vielleicht kennen wir unsere Antworten bald, teilten Tsabraks Finger seiner Cousine lautlos mit, wobei der Zauberer darauf achtete, dass weder die Späher noch die anderen im Raum seine Signale bemerkten.

Auf halber Höhe einer unterirdischen Felswand saßen zwei geschmeidige Gestalten auf einem Absatz. Aus einer Tunnelöffnung über ihnen ergoss sich Wasser in den unterirdischen See am Fuß der Wand. Trotz ihres schmalen, gefährlichen Standorts, der nur von vereinzelten Flechten erhellt wurde, wirkten beide vollkommen entspannt.

»Warum müssen wir da hinauf?«, fragte Doum'wielle, während sie das Seil hochzog. Die Elfe war die jüngere der beiden. Sie musste die Stimme erheben, um sich über das Rauschen des Wasserfalls hinweg Gehör zu verschaffen. Unwillkürlich wünschte sich der Ältere, er hätte sie ausreichend in der Zeichensprache der Drow unterwiesen. »Ich dachte, wir wollten ins Unterreich *absteigen*«, fügte seine Tochter voller Sarkasmus hinzu.

Der Drow, dessen Haut dunkler war als ihre, probierte einen Unterreichpilz und starrte ihn angewidert an. »Das ist der Weg, auf dem ich meine Heimat verlassen habe«, antwortete er.

Die junge Frau, die halb Drow, halb Mondelfe war, lehnte sich ein Stückchen vor und wirbelte bereits den Seilhaken für den nächsten Wurf. Mitten in der Bewegung brach sie ab und starrte ihren Begleiter ungläubig an.

»Das ist hundert Jahre her«, wandte sie ein. »Wie kannst du das so genau wissen?«

Er warf den Rest des Pilzes in die Tiefe und stand geschmeidig auf, obwohl eines seiner Beine schwer verwundet war. Dann wischte er sich die Hände an der Hose ab. »Ich wusste immer, dass ich eines Tages wiederkomme.«

Die Frau warf das Seil erneut aus. Diesmal landete der Haken in dem dunklen Loch des Tunnels über ihnen.

»Deshalb habe ich mir den Weg sehr gut eingeprägt«, erklärte er, als sie den Sitz des Hakens prüfte. »Der Wasserfall war damals aber noch nicht hier.«

»Na, das ist ja vielversprechend«, erwiderte sie schnippisch und kletterte los.

Ihr Vater sah ihr stolz dabei zu und registrierte das Schwert, das in der Scheide an ihrer Hüfte hing. Khazid'hea, der Schnitter, war eine mächtige, intelligente Waffe, die schwächere Besitzer in den Wahnsinn treiben konnte. Allmählich wusste seine Tochter die blutrünstige Klinge zu beherrschen. Das war kein Kinderspiel, denn er hatte es schmerzhaft am eigenen Leib erfahren.

Sie hatte noch nicht einmal die Hälfte der Strecke geschafft, als er zu dem ebenso feinen wie starken Elfenseil sprang und mit sehnigen Armen zügig zu ihr aufschloss. So war er dicht unter dem Zugang, als sie sich über den Rand zog und ihm die Hand hinstreckte. Er griff zu und hatte es geschafft.

Sie sagte etwas zu ihm, aber er hörte es nicht mehr. Nicht angesichts der Feinde, die sich mit erhobenen Armen näherten, weil sie mit ihren Handarmbrüsten auf ihn zielten.

Auf der anderen Seite des Wasserfalls stand Tsabrak Xorlarrin oben im Tunnel an derselben Bruchkante, die zuvor seine Beute gewählt hatte, und beobachtete, wie die zwei vom Seeufer aus in die Höhe kletterten. Er hatte sie problemlos entdeckt und dank seines beträchtlichen magischen Talents genau verfolgt. Sein zufriedenes Lächeln (das unbemerkt blieb, weil er sich unsichtbar gemacht hatte) zeigte an, dass er sich ziemlich sicher war, um wen es sich bei diesem abtrünnigen Drow dort handelte.

Er fragte sich, was Berellip Xorlarrin wohl machen würde, sobald sie herausfand, dass es sich um einen einst hoch angesehenen Sohn des Zweiten Hauses von Menzoberranzan handelte, dem größten Rivalen von Haus Xorlarrin.

»Schön vorsichtig, Hexe«, flüsterte er, doch seine Worte gingen im Tosen des Wasserfalls unter. Er hätte Berellips Kriegern auf magischem Wege eine Warnung schicken können. Der Spruch lag ihm auf der Zunge.

Dann aber änderte er seine Meinung und lächelte noch breiter. Ein Grinsen zog sich über sein Gesicht, als er hörte, wie die Frau aufschrie, und es im Zugang zum Tunnel gleißend hell wurde.

Vorsichtshalber zog sich der Drow zur Wand zurück, wo zwei Stalagmiten sicheren Halt versprachen, und setzte zu einem Zauber an.

Das Knistern und Knacken von Doum'wielles Blitzschirm, der die Armbrustbolzen abfing, übertönte das Rauschen des Wassers. Die Bolzen klackerten zu Boden.

»Zu mir!«, rief sie ihrem Vater zu, aber das war überflüssig. Der erfahrene Krieger schob sich bereits neben sie an die Tunnelwand. Beide hatten keine Lust, ihre Gegner mit dem Rücken zum Abgrund zu empfangen.

Er zog seine zwei Schwerter, sie ihres.

Khazid'hea duldete keine zweite Waffe neben sich, denn den glorreichen Todesstoß wollte das Schwert mit nichts und niemandem teilen.

Drei Drow-Männer tauchten vor den beiden auf. Sie bewegten sich perfekt koordiniert mit dem Rücken zum Fluss – einer am Boden kriechend, der zweite springend, und der dritte rannte herbei, um seinen Kameraden Deckung zu geben. Alle drei waren mit je zwei Schwertern bewaffnet. Der robbende Drow sprang direkt vor Doum'wielles Vater hoch und trieb dessen Klingen mit einem doppelten Schlag von unten in die Höhe.

Der zweite Krieger landete mit einem Salto neben ihm. Noch ehe er stand, stach er mit einem Schwert nach Doum'wielle und mit dem anderen nach ihrem Vater. Da der dritte Krieger direkt auf sie zulief und eine doppelte Parade erforderlich machte, konnte die Elfe dem Stich nach ihrem Gesicht nur unter Mühen ausweichen.

»Nicht töten!«, rief ihr Vater, wobei ihr nicht klar war, ob das ihr galt oder ihren Feinden. Sie hätte den Befehl ohnehin nicht befolgt, denn ihr Schwert dürstete nach Blut – egal wessen Blut. Sie zog Khazid'hea mit Schwung zurück und schlug beide Schwerter ihres Gegners beiseite. Er drehte seine vordere Klinge, sie drehte Khazid'hea, und beide stachen zu.

Mit dem Fels im Rücken konnte Doum'wielle nicht zurückweichen. Aber ihr Stich trieb ihren Gegner nach hinten, sodass auch dessen Angriff sie nicht traf. Im Zweikampf und mit Khazid'hea in der Hand würde sie diesen erfahrenen Krieger zweifellos besiegen.

Aber das hier war kein Zweikampf, und auch ihr Vater hatte es nicht nur mit einem Gegner zu tun. Der mittlere Angreifer schlug mit seinen Schwertern mal nach links, mal nach rechts und mischte sich so in das Wirbeln der Paraden und Gegenschläge ein.

Nein!, schrie Khazid'hea in ihrem Kopf auf, als das intelligente Schwert ihre Absichten erkannte.

Sein Einspruch verhallte ohne Wirkung, weil Doum'wielle keine Wahl blieb. Hier ging es ums nackte Überleben. Die Kriegszauberin und Halb-Drow stach nach vorn, wehrte rasch einen Schlag des mittleren Feindes ab und stach dann noch einmal zu, um den Hauptgegner zurückzudrängen.

Das Zurückweichen war exakt so bemessen, dass der von ihr eingesetzte Zauber ihn auf den glitschigen Steinen in den Fluss rutschen ließ. Der Drow schlug haltsuchend um sich, wurde jedoch von der Strömung erfasst und an seinen Begleitern vorbei über den Rand des Abgrunds gerissen.

»Nein!«, schrie ihr Vater ihr zu, aber aus ganz anderen Gründen als ihr Schwert. Khazid'hea wehrte sich dagegen, dass sie ihre Magie einsetzte, denn das Schwert wollte den Ruhm und das Blut allein für sich. Ihr Vater hingegen schien immer noch auf eine Verhandlungslösung zu hoffen – was Doum'wielle angesichts von Khazid'heas spöttischen Eingebungen vollkommen lächerlich erschien.

Da sie bemerkt hatte, dass sich weitere Feinde näherten, wandte sich Doum'wielle rasch dem zweiten Drow zu, den sie gegen den Hauptgegner ihres Vaters abdrängen wollte.

Diesmal jedoch war der Mann schneller, und als sie angriff, sprang er mit einem Griff an die Brosche an seiner Mantelschließe in einem hohen Satz nach hinten. Die Magie seines Hauswappens löste einen Levitationszauber aus, mit dessen Hilfe der Drow über den unterirdischen Fluss schwebte.

Doum'wielle wäre ihm gern gefolgt, aber Khazid'hea trieb sie stattdessen nach vorn, denn das Schwert witterte die Blöße des dritten Drow, der mit ihrem Vater kämpfte. Bei ihrem Angriff fuhr er herum und konnte ihren ersten Schlag teilweise abwehren.

Aber mehr auch nicht, denn Khazid'hea konnte sich durchsetzen. Mühelos durchdrang die Klinge das schöne Kettenhemd des Drow und glitt herrlich in seine Haut. In heller Panik warf der Drow sich nach hinten und floh von dem Sims in die Weite der dahinter gelegenen Höhle.

Jetzt standen Doum'wielle und ihr Vater wieder Seite an Seite. Sie blickten in den Tunnel, wo sich vier Drow-Krieger aufgebaut hatten – unter ihnen der, der über den Fluss geschwebt war – und erneut ihre Handarmbrüste erhoben.

»Das ist unser Tod«, sagte ihr Vater resignierend.

»Genug!« Die Lautstärke des Rufs hinter der feindlichen

Linie war magisch verstärkt. Für jeden, der in Menzoberranzan aufgewachsen war, war das ein klarer Befehl, kam er doch aus dem Mund einer Frau.

Die Drow machten Platz für eine Frau in einer schönen schwarzen Robe, die kunstvoll gearbeitet und mit spinnenförmigen Runen verziert war. Selbst Doum'wielle, der die Drow-Kultur nur aus den Erzählungen ihres Vaters bekannt war, begriff, dass sie eine hochrangige Priesterin der Göttin Lolth vor sich hatten.

Zum Zeichen ihrer Macht hielt sie die furchtbare Schlangenpeitsche bereit, aus der vier gierige lebende Schlangen hervorwuchsen, die auf ihren Befehl hin nur zu gern zuschlagen würden.

»Wer seid Ihr, und warum seid Ihr hier?«, fragte Doum'wielle in der Sprache der Drow, die sie von ihrem Vater gelernt hatte.

»Ah ja, die Vorstellung«, warf ihr Vater ein. »Damit hätte ich gern früher begonnen, aber Eure Krieger waren zu sehr auf meinen Tod versessen.«

Das Zischen der Schlangen spiegelte den Zorn der Priesterin wider.

»Ihr schlagt gegenüber einer Hohepriesterin einen derartigen Ton an?«

Überrascht registrierte Doum'wielle, dass ihr Vater sichtlich eingeschüchtert einen Schritt zurückwich. Er hatte ihren Rang unterschätzt und wirkte nun weit weniger selbstbewusst.

»Vergebt mir«, sagte er mit einer Verneigung. »Ich bin …«

»Tos'un Armgo vom Haus Barrison Del'Armgo«, unterbrach ihn Doum'wielle. »Und ich bin Doum'wielle Armgo von ebendiesem Haus.« Sie trat vor und hielt dabei Khazid'hea bereit, dessen rote Schneide hungrig funkelte.

»Ihr werdet uns nach Menzoberranzan bringen«, befahl sie, »wo wir uns wieder unserem Haus anschließen werden.« Sie konnte nicht erkennen, ob die würdevolle Priesterin beeindruckt oder belustigt war.

»Kinder vom Haus Barrison Del'Armgo, Menzoberranzan hat hier keinen Einfluss.«

Belustigt also, erkannte Doum'wielle. Das verhieß nichts Gutes.

»Doch die Stadt Q'Xorlarrin wird Euch willkommen heißen«, sagte die Priesterin.

Tos'un seufzte, und Doum'wielle hoffte, das wäre ein Ausdruck tiefer Erleichterung.

»Q'Xorlarrin?«, fragte er. »Haus Xorlarrin hat eine Stadt gebaut?« An Doum'wielle gewandt flüsterte er: »Doe, unser neues Leben könnte interessanter werden, als ich geplant hatte.«

»Ja, Haus Xorlarrin«, antwortete die Priesterin. »Früher das Dritte Haus von Menzoberranzan, heute größer. Größer als das Zweite Haus, möchte man meinen.«

Die Art, wie sie dies sagte, schien die Hoffnung aus dem Gesicht ihres Vaters zu wischen, bemerkte Doum'wielle.

»Tos'un Armgo«, erklang eine Männerstimme von hinten. Als Doum'wielle und Tos'un sich umdrehten, sahen sie hinter dem Rand des Abgrunds einen Drow in der Luft schweben. Doum'wielle schien ihre Magie aktivieren zu wollen, aber ihr Vater hielt sie am Arm fest. Sein Blick verriet, dass er die anderen für deutlich überlegen hielt.

»Tsabrak?«, fragte er.

Der schwebende Zauberer lachte und verbeugte sich, was mitten in der Luft geradezu komisch wirkte.

»Ein Freund?«, flüsterte Doum'wielle hoffnungsvoll.

»Drow haben keine Freunde«, flüsterte Tos'un zurück.

»Allerdings«, pflichtete Tsabrak Xorlarrin ihm bei.

»Trotzdem habe ich euch einen großen Gefallen getan und euch wahrscheinlich die Hinrichtung erspart.« Er zeigte nach unten, und als Doum'wielle und Tos'un sich näher an den Abgrund wagten, sahen sie die beiden abgestürzten Drow-Krieger in einem magischen Netz liegen, das sich über den Boden der Höhle spannte.

»Meiner Cousine, der ältesten Tochter von Oberin Zeerith, wurde vor Kurzem durch den Willen der Göttin eine vierte Schlange verliehen, um die Gnade der Göttin walten zu lassen. Ich denke, sie wartet nur darauf, diese Schlange einzusetzen. Mit denen, die Xorlarrins töten, geht Berellip bekanntlich nicht zimperlich um.«

»Dann sollte sie vielleicht keine Xorlarrins losschicken, um die Kinder von Haus Barrison Del'Armgo anzugreifen!«, erwiderte Doum'wielle herrisch. Tos'un versuchte fassungslos, sie zum Schweigen zu bringen, worauf sie den Rest ihrer Antwort tatsächlich herunterschluckte.

Aber nur, weil vier lebende Schlangen, die Köpfe von Berellips grausamer Peitsche, sie für ihre Unverfrorenheit in den Rücken bissen.

Khazid'hea schrie sie an, sich zu wehren, doch das Gift und der Schmerz zwangen Doum'wielle in die Knie.

Ihre Lektion hatte begonnen.

Teil 1

Gemeinsam im Dunkel

Verändert man sich tatsächlich?

Über diese Frage habe ich in den letzten Jahrzehnten immer wieder nachgedacht. Besonders wichtig wurde sie mir, als ich einmal mehr auf Artemis Entreri stieß, der nach einhundert Jahren überraschend lebendig war.

Es ergab sich, dass wir gemeinsam unterwegs waren, ja, dass ich ihm traute. Heißt das, dass ich dachte, er hätte sich »verändert«?

Eigentlich nicht. Und nun, nachdem sich unsere Wege erneut getrennt haben, glaube ich nicht, dass ein grundlegender Unterschied zu dem Mann besteht, an dessen Seite ich in der Unterstadt von Mithril-Halle gekämpft habe, als es noch in der Hand der Duergar war, oder dem Mann, den ich nach Calimhafen verfolgt habe, nachdem er Regis entführt hatte. Letztlich ist er derselbe Mann, so wie ich letztlich derselbe Drow bin.

Man kann lernen und wachsen und dadurch in vergleichbaren Situationen anders reagieren als früher – das ist die Hoffnung, die ich für alle hege, auch für mich selbst, ja, für ganze Gesellschaften. Ist das nicht der einzige Zweck von Erfahrungen, dass wir sie nutzen, um eine bessere Wahl zu treffen, destruktive Instinkte zu bezähmen und klügere Lösungen zu finden? In dieser Hinsicht glaube ich tatsächlich, dass Artemis Entreri sich verändert hat, weil er nicht mehr sofort zum Dolch greift, auch wenn er im Zweifelsfall ebenso tödlich zusticht wie früher. Doch wenn man ihm ins Herz blickt, ist er derselbe geblieben.

Für mich zumindest gilt das, auch wenn ich im Nachhinein besehen in den letzten paar Jahren einen ganz anderen Pfad beschritten habe als den, dem ich die meiste Zeit meines Lebens gefolgt bin. Finsternis hat sich in mein Herz geschlichen, das gebe ich zu. Ich hatte so viele gute Freunde verloren, dass ich schließlich auch die Hoffnung verlor und den leichteren Weg beschritt – obwohl ich nahezu jeden Tag geschworen hätte, dass ein Drizzt Do'Urden niemals so zynisch reagieren würde.

Im Grunde genommen habe ich mich jedoch nicht verändert, und als ich vor der Wahl stand und mir die Wahrheit eingestehen musste, konnte ich nicht weitergehen.

Ich kann nicht behaupten, dass ich Dahlia, Entreri und die anderen vermisse. Zumindest drängt mein Herz nicht darauf, sie zu suchen. Andererseits bin ich nicht so sicher, dass meine Entscheidung mir so leichtgefallen wäre, wenn nicht die Freunde zurückgekehrt wären, die mir am nächsten stehen. Wie kann ich die Trennung von Dahlia bereuen, wenn diese Weggabelung mich doch in die Arme von Catti-brie zurückführte?

Und so weiß ich erneut die Gefährten der Halle an meiner Seite, die zuverlässigsten und teuersten Freunde, die ich je hatte und auf die ich je hoffen könnte. Haben sie sich verändert? Haben ihre Reisen in die Welt des Todes diese vier Freunde neue Maßstäbe gelehrt, die mich bitter enttäuschen werden, wenn wir uns wieder näherkommen?

Das ist eine Furcht, die ich in mir trage, aber doch von mir weise.

Denn ich glaube, im Grunde genommen ändert man sich nicht. Die Wärme von Catti-bries Umarmung vermittelt mir die Zuversicht, dass ich recht habe. Das freche Grinsen von Regis kenne ich von früher (auch wenn er jetzt Schnauzer und Ziegenbart trägt). Und Bruenors Schrei in jener Nacht unter dem Sternendach auf Kelvins Steinhügel und seine Reaktion auf Wulfgar … doch, das war Bruenor, dickschädelig und treu bis in die Knochen!

Aber trotz allem habe ich in diesen ersten gemeinsamen Tagen bei Wulfgar eine Veränderung bemerkt. Da ist eine Leichtigkeit, die ich nicht an ihm kannte, und – was merkwürdig ist, nachdem ich gehört hatte, wie widerstrebend er Iruladoon erneut gegen die Welt der Sterblichen eingetauscht hat – ein Lächeln, das nie zu weichen scheint.

Dennoch ist und bleibt er Wulfgar, der stolze Sohn von Beornegar. Er hat eine Art Erleuchtung gefunden, auch wenn ich die nicht näher fassen kann. Er ist erleuchtet und erleichtert. Die Last ist verschwunden. Ich sehe seine Freude, sein Lächeln, als wäre all dies nichts als ein großes Abenteuer, geschenkte Zeit, und das ist wohl eine ausgesprochen gesunde Perspektive.

Sie sind zurück. Wir sind zurück. Die Gefährten der Halle. Wir sind nicht mehr dieselben wie früher, aber unsere Herzen sind treu, uns eint das gemeinsame Ziel, und das Vertrauen zueinander ist ungeschmälert und somit grenzenlos.

Darüber bin ich sehr froh!

Und überraschenderweise bereue ich auch nichts von den letzten Jahren meiner Reise durch dieses gleichermaßen verwirrende, erschreckende und großartige Leben. Meine Zeit mit Dahlia und insbesondere mit Entreri hat mich vieles gelehrt, wie ich meine. Dass ich die Welt aus ihrer zynischen Sicht erlebt habe, hat mich nicht wieder in meine Jugend in Menzoberranzan zurückkatapultiert und mit Finsternis umfangen, sondern ich entwickelte dadurch ein umfassenderes Verständnis für Entscheidungen und ihre Konsequenzen. Denn ich habe mich davon gelöst, noch ehe ich wusste, welches Schicksal mich auf Bruenors Anhöhe erwartete.

Ich bin nicht so selbstbezogen, dass ich der Meinung bin, die ganze Welt sei für mich geschaffen! Es gerät wohl jeder manchmal in solche egozentrischen Spielchen hinein. In diesem Fall jedoch gestatte ich mir, mich selbst für so wichtig zu halten, dass ich mir eingestehe: Die Rückkehr der übrigen Gefährten der

Halle war mein Lohn. Welchen Namen man auch den Göttern und Göttinnen zuschreibt, ob man ans Schicksal glaubt, an Zufall oder an die verschlungenen Wege des Glücks – es spielt keine Rolle. In diesem speziellen Fall möchte ich an eine besondere Form der Gerechtigkeit glauben.

Das klingt dumm und selbstherrlich, ich weiß.

Aber es fühlt sich gut an.

Drizzt Do'Urden

Kapitel 1

Die Weisheit der Oberin Baenre

Als Oberinmutter Quenthel Baenre sich zu den Abendgebeten anschickte, war es noch ein normaler Tag. Ihre prachtvollen schwarzen Spitzen umwogten sie wie fließende Spinnennetze, als sie würdevoll den Mittelgang ihrer Hauskapelle abschritt und an den rangniederen Priesterinnen und den vielen Seitenaltären vorbeikam. Der kleinste Luftzug konnte die feinen Fäden der Robe aufwirbeln und die Gestalt der Oberinmutter verschwimmen lassen. Das verlieh ihr eine schwer fassbare Aura, als käme sie aus einer anderen Welt.

Quenthels einzige überlebende Schwester, Sos'Umptu, Erste Priesterin des Hauses und Hüterin der Kapelle, hatte an diesem Abend zuerst gebetet und lag nun auf den Knien mit dem Gesicht nach unten auf dem Steinboden. Quenthel ließ dieses Bild auf sich wirken, während sie näher kam. Sos'Umptus Unterarme und Hände ruhten über ihrem Kopf flach auf dem Boden und wiesen in absoluter Unterwerfung zum Altar hin. Das war für die täglichen Gebete der höchsten Priesterinnen keine übliche Haltung. Eine Priesterin von Sos'Umptus Rang gab sich nur selten derart demütig.

Als Quenthel so nahe herangekommen war, dass sie die Gebete ihrer Schwester vernahm, hörte sie, dass diese tatsächlich flehentlich um Vergebung bat. Die Oberinmutter hörte noch ein wenig zu, um herauszufinden, wofür sich Sos'Umptu entschuldigte, verstand es jedoch nicht.

»Liebe Schwester«, sagte sie, als Sos'Umptu schließlich aus ihrem verzweifelten Gebet auftauchte.

Die Erste Priesterin hob den Kopf und sah sie an. »Fleht«, drängte Sos'Umptu flüsternd. »Sofort!«

Angesichts von Sos'Umptus respektlosem Ton und der Frechheit, ihr überhaupt einen Auftrag zu erteilen, glitt Quenthels Hand unwillkürlich zu ihrer Schlangenpeitsche, an der sich fünf ewig aufmerksame Schlangen wanden. Dabei stellte sie überrascht fest, dass selbst K'Sothra, die blutrünstigste von ihnen, sie vor dieser Reaktion warnte – und K'Sothra gab nur äußerst selten einen anderen Rat als die Peitsche!

Hör ihr zu, raunte Hsiv, ihre Beraterschlange.

Sos'Umptu ist fromm, stimmte Yngoth zu.

Der Rat der Schlangen ließ die Oberinmutter begreifen, dass nur eine überaus wichtige Angelegenheit ihre Schwester zu einem derart unbotmäßigen Verhalten verleiten würde. Schließlich war die zurückhaltende, berechnende Sos'Umptu ihrer verstorbenen älteren Schwester Triel sehr ähnlich.

Die Oberinmutter breitete ihre Roben hinter sich aus und legte sich neben der Ersten Priesterin mit dem Gesicht nach unten und ausgestreckten Armen nieder.

Sofort hörte sie das Schreien – nein, das Kreischen. In die misstönende Kakophonie der Dämonenstimmen mischte sich die tobende, giftige Stimme der Herrin Lolth.

Irgendetwas lief hier völlig falsch.

Quenthel dachte angestrengt nach. Wie ganz Toril war auch Menzoberranzan noch auf der Hut, denn fünf Jahre nach der Zauberpest war die Welt noch immer nicht wieder genauso wie zuvor. Der Drow-Stadt war es in Quenthels Augen seitdem jedoch gut ergangen. Haus Xorlarrin, das mit Haus Baenre verbündete Dritte Haus von Menzoberranzan, hatte sich in der alten Zwergenfestung Gauntlgrym festgesetzt, die bald unter dem Namen Q'Xorlarrin bekannt sein würde. Die gewaltige alte Schmiede, die von nichts weniger als einem Urelementar befeuert wurde, war wieder zum Leben erweckt worden, und inzwischen flossen ausgezeichnete Waffen mit mächtigen Zauberkräften nach Menzoberranzan. Die neue Drow-Stadt wirkte so sicher, dass Oberin Zeerith Xorlarrin inzwischen ihre Abreise vorbereitete und den Rat von Menzoberranzan ersucht hatte, der neuen Stadt den Namen Q'Xorlarrin zu genehmigen und sie ihrem mächtigen Haus dauerhaft als Wohnsitz zuzusprechen.

Es würde gar nicht so einfach werden, dieses Haus im Achterrat zu ersetzen, denn wenn eines der nachrangigen Häuser eine Aufstiegschance witterte, begann es stets zu brodeln. Aber Quenthel ging nach wie vor davon aus, dass sie diese Probleme im Griff hatte.

Bregan D'aerthe florierte, und der Handel von und nach Menzoberranzan verlief störungsfrei. Unter der Führung von Kimmuriel und Jarlaxle hatten die Söldner klammheimlich die Oberflächenstadt Luskan übernommen, ohne die Neugier oder den Zorn der Herren der umliegenden Reiche zu erregen. Selbst die mächtige Stadt Tiefwasser hielt still.

Kaum merklich schüttelte die Oberinmutter den Kopf. Seit sie Menzoberranzan regierte, lief doch alles glatt. Vielleicht wurden die Schreie von etwas anderem verursacht? Sie gab sich Mühe, über die Grenzen von Menzoberranzans Tentakeln hinauszublicken.

Aber das Aufheulen in ihrem Kopf ließ keinen Zweifel zu: Heute Nacht hatte Lolths Zorn ein klares Ziel – und er richtete sich gegen Haus Baenre oder zumindest gegen Menzoberranzan. Nachdem das telepathische Unwetter längere Zeit auf Quenthel eingeprasselt war, richtete sie sich schließlich auf und bedeutete Sos'Umptu mit einer Geste, ihrem Beispiel zu folgen.

Ihre Schwester gehorchte kopfschüttelnd. Sie war ebenso durcheinander wie Quenthel.

Der Grund für den Zorn der Spinnenkönigin? Quenthel stellte ihre Frage in der komplexen Zeichensprache der Drow.

Sos'Umptu schüttelte ratlos den Kopf.

Oberinmutter Quenthel betrachtete den großen Altar, dessen Hintergrund ein aufgerichteter Riesendrider bildete. Der Drider hockte auf seinen acht eingezogenen Spinnenbeinen und stand mit Kopf und Oberkörper einer Drow-Frau für die herrliche Gestalt der Göttin Lolth persönlich. Quenthel schloss die Augen und horchte erneut hin. Dann nahm sie abermals die Unterwerfungshaltung ein.

Die Schreie blieben unklar.

Immer noch verwirrt und besorgt ging sie langsam wieder ins Knien über. Sie verschränkte die Arme, wiegte sich hin und her und suchte nach einer Eingebung. Als sie eine Hand an die Peitsche legte, blieben selbst die Schlangen untypisch stumm.

Schließlich hob sie den Kopf und signalisierte ihrer Schwester: *Geht nach Arach-Tinilith und holt Myrineyl.*

»Schwester?«, wagte Sos'Umptu offen zu erwidern. Arach-Tinilith war als Ausbildungsstätte der Priesterinnen die wichtigste Akademie der Drow und lag auf dem Tier-Breche oberhalb von Melee-Magthere, der Schule der Krieger, und Sorcere, der Schule für vielversprechende junge Zauberer.

Ich sollte mich in den Quarvelsharess zurückziehen, zeigten

Sos'Umptus Finger an. Dieser größte öffentliche Tempel von Menzoberranzan, wo Sos'Umptu als Hohepriesterin ihren Dienst versah, war ihr Lebenswerk. *Ich habe nur in der Kapelle Baenre haltgemacht, damit ich die Abendgebete nicht versäume.*

Ihr Widerspruch gab der Oberinmutter zu verstehen, dass Sos'Umptu davon ausging, dass diese Angelegenheit nicht nur Haus Baenre, sondern ganz Menzoberranzan betraf. Das mochte stimmten, aber Quenthel wollte kein Risiko eingehen und ihrem Haus keinesfalls eine Blöße geben.

Nein! Ihr Signal war eindeutig. Sie sah die Enttäuschung auf Sos'Umptus Gesicht und wusste, dass es mehr um den Grund ging, weshalb Sos'Umptu nach Arach-Tinilith geschickt wurde, als um die verzögerte Rückkehr in ihren geliebten Tempel. Sos'Umptu und Myrineyl, Quenthels älteste Tochter, waren schließlich keine Freundinnen! Je näher Myrineyls Abschlussprüfungen in Arach-Tinilith rückten, desto mehr wuchs das Raunen über das bevorstehende Ringen der beiden um den Titel der Ersten Priesterin von Haus Baenre, eine der begehrtesten Positionen der Drow-Stadt.

Ihr werdet mit Myrineyl zusammenarbeiten, wies Quenthel sie mit Handzeichen an. Laut sagte sie: »Ruft in diesem Tempel eine Yochlol. Wir werden den Ruf der Herrin Lolth vernehmen und ihren Wünschen Folge leisten.«

Bei den Worten der Oberinmutter hoben sich in der ganzen Kapelle die Köpfe, und manche Priesterinnen standen sogar auf. Eine Yochlol zu beschwören war keine Kleinigkeit, und die meisten Anwesenden hatten diese Zofen der Herrin Lolth noch nie zu Gesicht bekommen.

Die Oberinmutter bemerkte die Blickwechsel ihrer Untergebenen, die großen Augen, die Scheu und die Aufregung.

»Die Hälfte der Priesterinnen von Haus Baenre darf der Beschwörung beiwohnen«, erklärte die Oberinmutter, als sie sich erhob. »Wählt die aus, die ihren Platz gebührend verdienen.« Sie warf die Spinnwebschleppe hinter sich und stolzierte gemessen davon, als wäre sie der Fels der Zuversicht.

Im Kopf der Oberinmutter überschlugen sich jedoch die Gedanken, denn dort hallte das Kreischen der Lolth nach. Irgendwer hatte einen schlimmen Fehler begangen, und Lolths Strafen fielen niemals gnädig aus.

Vielleicht sollte sie selbst an der Zeremonie teilnehmen, überlegte sie, ehe sie diesen Gedanken rasch wieder verwarf. Immerhin war sie die Oberinmutter von Haus Baenre, die unangefochtene Herrscherin über Menzoberranzan, die Stadt der Lolth. Sie würde keine Yochlol um eine Audienz ersuchen, allenfalls deren Einladung annehmen, sollte es dazu kommen. Außerdem sollten Hohepriesterinnen die Zofen der Lolth nur im absoluten Notfall herbeirufen, und Quenthel war sich keineswegs sicher, dass ein solcher Notfall vorlag. Wenn nicht, würde die Beschwörung Lolth womöglich noch mehr verstimmen, und dann wäre es besser, wenn sie bei dem Ruf nicht anwesend war.

Fürs Erste würde sie das Letzte unter ihren noch lebenden Geschwistern aufsuchen, ihren Bruder Gromph, den Erzmagier von Menzoberranzan. Vielleicht wusste er mehr.

Gromph Baenre, der Erstgeborene der großen Yvonnel von Haus Baenre, zählte zu den ältesten Drow in Menzoberranzan. Seit langem trug er auch den Titel des am längsten amtierenden Erzmagiers der Stadt. Er war bereits vor der Zauberpest und sogar Jahrhunderte vor der Zeit der Unruhen berufen worden. Angeblich hielt er sich, indem er sich eben hielt und seinen Platz kannte, denn obwohl sein Status ihm innerhalb von Menzoberranzan großen Einfluss verschaffte und ihn zweifellos zum mächtigsten männlichen Drow der Stadt machte, war und blieb er letztlich doch – ein männlicher Drow.

Rein theoretisch standen somit jede Oberinmutter und jede Hohepriesterin im Rang über ihm. Sie waren Lolth näher als er, und hier herrschte die Spinnenkönigin.

Schon viele niederrangige Priesterinnen hatten diese Theorie Gromph gegenüber umsetzen wollen.

Sie waren alle tot.

Selbst Quenthel – die Oberinmutter Quenthel – klopfte an der Tür zum Privatgemach des Erzmagiers in Haus Baenre erst einmal höflich an. In der Akademie Sorcere wäre sie wohl hochtrabender aufgetreten, aber hier in Haus Baenre brauchte sie nicht den Schein zu wahren. Quenthel und Gromph kannten einander zu lange und zu gut. Auch wenn sie sich nicht besonders mochten, brauchten sie sich doch gegenseitig.

Der alte Zauberer stand rasch auf und neigte respektvoll den Kopf, als Quenthel ins Zimmer rauschte.

»Unerwartet«, bemerkte er, denn die beiden verbrachten tatsächlich wenig Zeit miteinander. Für gewöhnlich ließ Quenthel ihren Bruder zudem zu ihrem Thron rufen.

Quenthel schloss die Tür und wies Gromph an, sich zu setzen. Er bemerkte ihre Nervosität und sah sie forschend an. »Was gibt es?«

Die Oberinmutter nahm ihm gegenüber an dem großen Schreibtisch Platz, der mit Pergament bedeckt war, teils eingerollt, teils ausgebreitet, dazwischen ungefähr hundert Tintenfässchen.

»Erzählt mir von der Zauberpest«, gebot Quenthel.

»Die ist zum Glück vorbei«, erwiderte er achselzuckend.

»Die Magie ist so wie früher, das Gewebe erneuert, in ruhmreicher Weise.«

Quenthel musterte ihn fragend. »Ruhmreich?«, wiederholte sie. Das war eine merkwürdige Wortwahl, umso merkwürdiger, wenn man bedachte, wie Gromph sich normalerweise verhielt.

Gromph zuckte wieder nachlässig mit den Schultern, um seine neugierige Schwester abzuwehren. Angesichts der Unruhe um die Spinnenkönigin reagierte sie ausnahmsweise einmal nicht auf sein Verhalten. Ausnahmsweise hatte sich die Spinnenkönigin diesmal zuerst an die männlichen Zauberer von Menzoberranzan gewandt und erst hinterher an die höherstehenden Zauberinnen aus Arach-Tinilith. Gromph wusste, dass er in Lolths Augen nur kurze Zeit über Quenthel stehen würde, aber diese Spanne wollte er so lange wie möglich auskosten.

Quenthel kniff die Augen zusammen. Gromph unterdrückte sein Lächeln, weil er wusste, dass seine zur Schau gestellte Gleichgültigkeit gegenüber solchen Spielchen der Göttin sie gewaltig wurmte.

»Die Spinnenkönigin ist aufgebracht«, sagte Quenthel.

»Das ist sie immer«, erwiderte Gromph. Er konnte sich das Lachen kaum verkneifen. Schon bald würde einer von ihnen dem anderen eine ganze Menge über die Spinnenkönigin erzählen, doch zu Quenthels Überraschung würde das dieses Mal nicht sie sein. »Ihr glaubt, ihr jetziger Zorn hat mit dem Gewebe zu tun? Mit dem Ende der Zauberpest?«, fragte er, denn er konnte einfach nicht widerstehen. Er malte sich bereits Quenthels Gesichtsausdruck aus, wenn sie die Wahrheit erfahren würde, und musste sich sehr zusammenreißen, um sie nicht lauthals auszulachen. »Das ist fünf Jahre her. In den Augen einer Göttin natürlich nur ein Wimpernschlag, aber dennoch …«

»Verspottet sie nicht!«, warnte Quenthel.

»Niemals. Ich möchte nur begreifen …«

»Sie ist aufgebracht«, unterbrach ihn Quenthel. »Es wirkt ungezielt, ein disharmonischer Aufschrei wie von großer Enttäuschung.«

»Sie hat verloren«, stellte Gromph fest und lachte über Quenthels drohenden Blick.

»Darum geht es nicht«, widersprach die Oberinmutter überzeugt.

»Liebe Schwester …«

»Oberinmutter!«, wies Quenthel ihn scharf zurecht.

»Fürchtet Ihr, dass die Spinnenkönigin Euch zürnt?«, fuhr Gromph fort.

Quenthel lehnte sich zurück und starrte ins Leere. Sie dachte deutlich länger über diese Frage nach, als Gromph erwartet hatte – so lange, dass der Erzmagier sich schließlich wieder seinem Pergament zuwandte und weiterschrieb.

»Uns«, befand Quenthel schließlich. Gromph sah sie fragend an.

»Uns? Haus Baenre?«

»Vielleicht Menzoberranzan.« Quenthel wedelte abfällig mit der Hand. Sie war sichtlich irritiert. »Ich habe Sos'Umptu und meiner Tochter aufgetragen, eine Yochlol zu rufen, damit wir Genaueres erfahren können.«

»Dann sagt mir bitte, liebe Schwester«, Gromph faltete auf dem Tisch die Hände und starrte Quenthel herausfordernd an, als er erneut ihren Titel ausließ, »warum habt Ihr beschlossen, mich bei der Arbeit zu stören?«

»Die Zauberpest, das Gewebe.« Wieder fuchtelte die Oberinmutter herum.

»Nein, das ist nicht der Grund«, sagte der alte Erzmagier. »Meine liebe Quenthel, mir scheint, Ihr habt Angst.«

Sie sprang so abrupt auf, dass der Stuhl mit Schwung nach hinten glitt. Ihre Augen sprühten vor Zorn, als sie ihn erneut zurechtwies und dabei jede Silbe einzeln ausspie: »O-be-rin-mut-ter.«

»Ja«, sagte Gromph. »Oberinmutter von Menzoberranzan.« Er stand auf und sah sie auf Augenhöhe an. »Vergesst das nie.«

»Ihr scheint derjenige zu sein, der …«

Gromph hörte ihr gar nicht zu. »Und verhaltet Euch entsprechend«, fuhr er fort.

Wieder blitzten Quenthels Augen auf. Ihre Hände ballten sich zusammen und schienen sich für einen Zauber öffnen zu wollen, doch dann bezähmte sie sich rasch wieder.

Gromph nickte und lachte leise. »Wenn die Spinnenkönigin Euch zürnt und Ihr die geringste Schwäche zeigt, ist Euer Schicksal besiegelt«, warnte er. »Ob oben oder unten, die Welt ist im Fluss. Die Pläne unserer Herrin Lolth haben gerade erst begonnen. Sie duldet jetzt keine Schwäche.«

»Unter meiner Führung geht es Menzoberranzan bestens.«

»Ist das so?«

»Haus Xorlarrin hat Gauntlgrym besiedelt. Die alte Schmiede ist wieder aktiv – zum Nutzen von Menzoberranzan.«

»Und Haus Barrison Del'Armgo?«, bohrte Gromph weiter. »Sieht man den Umzug von Xorlarrin dort als etwas, das Oberinmutter Quenthel in die Hände spielt, oder als eine eigene Chance hier in der Spinnenstadt? Ihr habt ihnen einen Gegner vom Hals geschafft, nicht wahr?«

»Ihre Feinde von Haus Xorlarrin sind nicht weit. Oberin Zeerith ist noch in der Stadt«, protestierte Quenthel.

»Und wenn sie geht und ihr Anwesen hier leer steht? Was bald der Fall sein wird …«

»Dann sind sie nicht weit.«

»Und wenn Oberin Mez'Barris Armgo nun Zeerith ein besseres Geschäft zu bieten hätte?«

Quenthel setzte sich wieder, um über diese gefährliche Vorstellung nachzudenken. Erst nach einer ganzen Weile sah sie abermals zu Gromph hinüber, der immer noch hinter seinem Tisch stand.

»Nur Mut, liebe Schwester«, sagte Gromph leichthin. »Wir kennen nicht einmal den Grund für den ... Aufschrei ... der Herrin Lolth. Vielleicht erregt sie sich nur über etwas aus dem Reich der Götter, das mit uns überhaupt nichts zu tun hat. Vielleicht geht es überhaupt nicht um Euch, um das Haus Baenre oder um Menzoberranzan. Wer kann das bei den Göttern schon sagen?«

Dazu nickte Quenthel hoffnungsvoll. »Inzwischen dürften sie die Yochlol gerufen haben«, bemerkte sie, stand erneut auf und ging zur Tür. »Holen wir uns unsere Antworten.«

»Holt Ihr sie Euch«, forderte Gromph sie auf. Er kannte seine Antworten ja bereits. »Ich habe hier noch zu tun. Heute und morgen bleibe ich in Haus Baenre, nur für alle Fälle.«

Das schien die Oberinmutter zufriedenzustellen, und sie machte sich auf den Weg. Gromph blieb stehen, bis sie die Tür geschlossen hatte. Dann setzte er sich mit einem tiefen Seufzer wieder hin.

Er brauchte keine Erklärungen von einer Zofe der Yochlol. Eine noch ältere Quelle hatte ihm bereits von der Unruhe der Spinnenkönigin und ihrer wachsenden Wut auf Menzoberranzan berichtet.

Quenthel würde bald zurückkommen, und sie würde der Reise, auf die er sie schicken wollte, wenig abgewinnen können.

Die blubbernde, kratzige Stimme der Yochlol passte zu ihrem Erscheinungsbild – einem halb geschmolzenen schmutzigen Wachshaufen mit zahlreichen Tentakeln, die den Albtraum vervollständigten.

»Ihr erweitert, aber ihr seid nicht stark«, sagte die Yochlol sichtlich verärgert.

Sos'Umptu und Myrineyl wechselten einen nervösen Blick.

»Wir möchten nur die Spinnenkönigin erfreuen«, erwiderte Sos'Umptu mit angemessener Ehrerbietung.

»Sie erfreut sich an Stärke«, sagte die Yochlol.

Das war eine überraschende Antwort für beide Priesterinnen, weil kein Hinweis auf das Wort »Chaos« darin enthalten war, welches doch die erklärte Maxime der Spinnengöttin war.

Die klebrige Masse veränderte sich; sie wurde länger und dünner. Die Tentakel schrumpften und wurden zu Armen, Drow-Armen, und Drow-Beinen, während das Wesen die Gestalt einer Drow-Frau annahm, nackt und wunderschön. Mit einem lüsternen Lächeln ging die Zofe auf Myrineyl zu und hob die Hand. Sie strich der Drow sanft über Kinn und Wangen.

»Hast du Angst, Tochter von Oberinmutter Quenthel?«, fragte die Yochlol in Drow-Gestalt.

Myrineyl, die jetzt sichtlich zitterte, schluckte.

»Wir haben das Gefühl, dass die Göttin Schmerzen leidet oder aufgebracht ist«, warf Sos'Umptu ein, aber die Yochlol hob die Hand, um die ältere Drow-Frau zum Schweigen zu bringen. Sie wandte ihren bohrenden Blick nicht von Myrineyl ab. Die Hand der Zofe wanderte an Myrineyls feinem Kiefer entlang und langsam ihren Hals hinunter.

Aus Sos'Umptus Sicht stand die junge Baenre kurz

vor der Panik. Trotz ihrer Vorbehalte in Bezug auf Myrineyl hob Sos'Umptu die Hand, sodass Myrineyl sie sehen konnte, und signalisierte mit den Fingern das Wort *Stärke!*

Sogleich riss Myrineyl sich zusammen und schüttelte den Kopf. »Wir sind Haus Baenre«, erklärte sie. »Wenn die Herrin Lolth uns braucht, dienen wir ihr. Das ist alles.«

»Und doch zitterst du bei der Berührung einer Zofe«, sagte die Yochlol. »Hast du Angst? Oder findest du mich so widerlich?«

Sos'Umptu hielt die Luft an. Wenn Myrineyl jetzt das Falsche sagte, würde die Yochlol sie in die Dämonennetzhöllen mitnehmen und ewigen Qualen aussetzen.

Aber Myrineyl lächelte, umarmte die Zofe und küsste sie voller Leidenschaft.

Sos'Umptu nickte bewundernd. Im Stillen gratulierte sie der jungen Priesterin zu diesem Schachzug.

Eine ganze Weile später schritten Sos'Umptu und Myrineyl nebeneinander durch die Gänge des Baenre-Hauses, um der Oberinmutter Bericht zu erstatten. Sie hatten von der Zofe wenig direkt erfahren, was für solche Begegnungen jedoch sehr typisch war.

»Warum?«, fragte Myrineyl leise.

Sie musste nicht konkreter fragen. Sos'Umptu hätte zulassen können, dass sie bei der Prüfung versagte. Dann wäre sie die Konkurrentin ein für alle Mal los gewesen, und jeder Drow in Menzoberranzan wusste, dass Sos'Umptu Baenre nichts lieber wäre, als Quenthels lästige, ehrgeizige Tochter los zu sein.

»Ihr dachtet, das sei eine Prüfung?«, erwiderte Sos'Umptu.

Myrineyl blieb stehen und sah die ältere Priesterin an.

»Ihr glaubt, die Mahnung der Zofe zu mehr Stärke hätte Euch gegolten?«, hakte Sos'Umptu verächtlich nach.

»Ist das Eurer Unerfahrenheit oder Eurer Dummheit zuzuschreiben? Oder vielleicht Eurer Arroganz? Ja, das wäre eine klassische Schwäche für ein Kind von Quenthel.«

Viele Herzschläge lang blieb Myrineyl jede Antwort schuldig. Sie zuckte nicht mit der Wimper, und Sos'Umptu sah, dass sie die Beleidigung gründlich überdachte, um zu einem wohlüberlegten Gegenangriff anzusetzen.

»Wie könnt Ihr es wagen, so respektlos von der Oberinmutter zu sprechen?« Diese Antwort war absehbar gewesen.

»Die Prüfung galt mir«, erklärte Sos'Umptu und ging so zügig weiter, dass Myrineyl ihr nachhasten musste. »Und damit dem ganzen Haus Baenre.«

Myrineyl, die sich immerhin gerade mit einem halbgeschmolzenen, schmutzigen Wachsklumpen ausgetobt hatte, wirkte hinreißend verwirrt.

»Wenn eine Zofe die Gestalt einer Drow annimmt – sieht sie dann durch die Augen der Drow?«, fragte Sos'Umptu.

»Was wollt Ihr damit sagen?«

»Die Yochlol hat mich beobachtet, während sie Euch ansah, kleine Närrin«, erläuterte Sos'Umptu. »Sie hat mein Stärke-Zeichen genauso deutlich gesehen wie Ihr. Nur darum ging es. Etwas läuft grundfalsch. Die Spinnenkönigin ist höchst verstimmt, und sie fordert Stärke.«

»Einigkeit«, flüsterte Myrineyl.

»Einigkeit unter den zwei Adligen von Haus Baenre, bei denen sie am wenigsten zu erwarten ist.«

Myrineyls Augen weiteten sich.

»Glaubt Ihr, die Rivalität zwischen der Hohepriesterin von Haus Baenre und der Tochter von Oberinmutter Quenthel bliebe unbemerkt?«, fragte Sos'Umptu.

»Ich bleibe in Arach-Tinilith und diene der Herrin Minolin Fey«, sagte Myrineyl mit gespielter Unschuld.

»Aber Ihr werdet Minolin niemals ersetzen«, warnte Sos'Umptu, »ebenso wenig wie Ardulrae von Haus Melarn als Oberin der Schriften. Mit diesen Titeln stellt die Oberinmutter – Eure Mutter – zwei rivalisierende Häuser zufrieden, potenzielle Feinde, mit denen sich Haus Baenre in den Zeiten des Abzugs von Haus Xorlarrin nicht anlegen möchte. Aber das wisst Ihr ja.«

Myrineyls Unschuldsmiene war verflogen, was Sos'Umptu genau registrierte. Die junge Priesterin nahm eine selbstbewusste Haltung ein.

»Einigkeit – jetzt«, mahnte Sos'Umptu. »Wie es die Spinnenkönigin verlangt.« Diese Worte klangen selbst in ihren Ohren seltsam, und Myrineyl schien das ebenso zu empfinden.

Prompt fragte die junge Priesterin erneut: »Warum?«

Diese überaus wichtige Frage konnte Sos'Umptu lediglich mit einem Seufzen beantworten. Die Zofe hatte wenig preisgegeben. Ihr wichtigster Hinweis war der obskure Satz gewesen: »Die Ewige würde es verstehen.«

An diesem Punkt erreichten sie Quenthels Tür. Myrineyl wollte anklopfen, doch ein warnender Blick von Sos'Umptu hielt sie zurück. »Einigkeit bedeutet, seine Stellung zu beachten, Kleine«, erklärte Sos'Umptu. Daher war sie es, die klopfte, und sie antwortete auf den Ruf der Oberinmutter und betrat auch zuerst die privaten Gemächer von Quenthel.

Gromph lächelte, als seine Tür aufschwang, und wie erwartet Oberinmutter Quenthel hereinfegte.

»Sie verspottet mich!«, rief Quenthel. Sie lief zu dem Stuhl, auf dem sie zuvor gesessen hatte, und wollte sich setzen. Dann aber trat sie ihn weg. »Die Ewige würde es verstehen, hat die Zofe Sos'Umptu und Myrineyl zugeraunt. Die Ewige! Unsere Mutter würde es wissen, aber die liebe Quenthel kann es leider nicht!«

Gromph war bewusst, dass sein Grinsen im Moment nicht gut ankommen würde, aber er konnte sich nicht beherrschen. Der Hinweis auf »die Ewige« war deutlich genug. Es ging um ihre Mutter, Yvonnel, bekannt als »Yvonnel die Ewige«, die größte Oberinmutter, die es in Menzoberranzan je gegeben hatte. Sie hatte die Stadt Jahrtausende regiert.

»Und jetzt wagt Ihr es, mich zu verspotten?«, schäumte Quenthel. »Hättet Ihr das Yvonnel gegenüber auch gewagt?«

»Natürlich nicht«, antwortete der alte Erzmagier. »Yvonnel hätte mich umgebracht.«

»Aber die liebe Quenthel kann das nicht, ja?« Die Oberinmutter runzelte wütend die Stirn.

Gromph stand gemessen auf. »Ihr werdet es nicht tun«, sagte er, »auch wenn Ihr es könntet.«

»Seid Ihr da so sicher?«

»Nur weil ich weiß, dass meine Schwester eine kluge Frau ist«, erwiderte er, während er zur linken Wand ging, wo er einen großen Schrank öffnete, der mehrere Ebenen mit allen möglichen Dingen enthielt: Spruchrollen – unglaublich viele! –, Kästchen, Säckchen und eine große Eisenkiste. Mit einer Handbewegung und einem schnellen Spruch webte Gromph einen einfachen Zauber. Neben ihm erschien eine glänzende, schwebende Scheibe. Er hob die Eisenkiste heraus und stellte sie auf die Zauberscheibe.

»Natürlich necke ich Euch nur, weil ich die Antwort auf Euer Rätsel habe«, erklärte er, während er sich zu Quenthel zurückdrehte.

»Da drin?«, fragte sie und zeigte auf die Kiste.

Gromph lächelte noch breiter. »Auf diesen Tag warte ich schon sehr lange, liebe Schwester«, sagte der Erzmagier.

»Oberinmutter«, stellte sie richtig.

»Genau. Es wird dringend Zeit, dass Euch niemand mehr anders nennt.«

Quenthel wich einen Schritt zurück. Dann setzte sie sich und starrte den Erzmagier an. »Was wisst Ihr? Warum zürnt die Spinnenkönigin?«

»Das wiederum weiß ich nicht«, antwortete er. »Zumindest nicht genau. Aber dass die Zofe unsere liebe verstorbene Mutter erwähnte, ist für mich das Zeichen, dass ich – nein, dass *wir* es wohl herausfinden können.« Erneut lachte er leise. »Zumindest weiß ich, wie Ihr es herausfinden könnt. Oh, ich weiß, wie Ihr vieles in Erfahrung bringen könnt. In den Gängen des Unterreichs, außerhalb von Menzoberranzan, wartet das Glück. Großes Glück und ein Verstand, der älter ist als Yvonnel.«

Quenthel starrte ihn durchdringend an. »Wollt Ihr ewig in Rätseln sprechen?«

Gromph ging hinter ihr zu einem anderen Schrank neben einer Vitrine. Als er die Tür öffnete, kam ein großer, bodentiefer Spiegel zum Vorschein. Der Erzmagier schloss die Augen und webte einen neuen Zauber, diesmal deutlich länger und weitaus komplizierter. Das Bild von Gromph und dem Raum im Spiegel wurde dunkler, bis es schließlich ganz verschwand.

»Kommt«, lud Gromph seine Schwester ein, sah sich um und streckte die Hand aus. Die Scheibe mit der Eisenkiste schwebte zu ihm herüber.

»Da hinein?«

»Natürlich.«

»Wohin?«, wollte Quenthel wissen, während sie nach Gromphs Hand griff.

»Das habe ich gerade gesagt«, antwortete er, machte einen Schritt in das Portal und zog Quenthel mit sich. Die schwebende Scheibe kam ebenfalls mit ihnen. Auf ein Wort von Gromph begann sie zu leuchten und erhellte den Weg. Vor ihnen lag ein Tunnel des Unterreichs.

»Wir sind außerhalb der Stadt?«, fragte Quenthel etwas verunsichert. Als wichtigster Stimme der Herrin Lolth in Menzoberranzan waren der Oberinmutter solche Reisen nur in Begleitung eines großen Trosses an Soldaten und Wachen gestattet.

»Ihr seid durchaus sicher, Oberinmutter.« Dass Gromph den korrekten Titel benutzte, hatte den erwünschten Effekt, denn Quenthel nickte unwillkürlich.

»Ich habe hier draußen einen alten Freund entdeckt – besser gesagt, einen Bekannten. Eigentlich eher zufällig«, erklärte Gromph. »Wobei ich inzwischen davon ausgehe, dass es wohl doch kein Zufall war, sondern eher eine göttlich inspirierte Entdeckung.«

»Noch mehr Rätsel?«

»Es ist alles ein Rätsel, auch für mich«, log er. Er wusste genau, dass Lolth ihm all dies gezeigt hatte und dass sie damit ein klares Ziel verfolgte. »Doch ich bin schließlich nicht die Oberinmutter, und darum verrät unser Bekannter mir nicht alles.«

Quenthel wollte etwas entgegnen, brach aber ab, als Gromph mit einem Stab in die Finsternis eines Seitengangs zeigte und mit seiner Macht ein kleines Licht in der Ferne erzeugte. Das Licht beschien den Zugang zu einer Höhle, die durch einen Perlenvorhang abgeschirmt war.

Der Erzmagier ging los, die Oberinmutter marschierte rechts neben ihm, und die Scheibe mit der Kiste schwebte ebenfalls mit. Als die Perlen von einer Hand mit drei Fingern geteilt wurden, blieb Quenthel etwas zurück. Aus der Höhle trat ein hässlicher Zweibeiner, auf dessen wulstigem Kopf aufgeregte Tentakel zuckten.

»Ein Illithide!«, sagte Quenthel verblüfft.

»Ein alter Freund«, erklärte Gromph.

Quenthel stählte sich für die Begegnung und starrte der Kreatur entgegen, die sich nun näherte. Gromph genoss ihren offenkundigen Abscheu. Gedankenschinder waren in der Tat entsetzliche Wesen, aber dieser war noch hässlicher als andere seiner Art, denn er hatte schlimme Verletzungen erlitten. Seitdem hing ein Teil seines gewölbten Kopfes schlaff über seiner linken Schulter.

»Methil«, flüsterte Quenthel, um dann lauter zu wiederholen: »Methil El-Viddenvelp!«

»Ihr erinnert Euch!«, gratulierte Gromph.

Natürlich erinnerte sie sich. Wie könnte irgendjemand, der in den letzten Jahrzehnten von Oberinmutter Yvonnels Regentschaft im Haus Baenre gedient hatte, diese Kreatur vergessen? Methil war Oberinmutter Yvonnels Geheimrat gewesen, ihr *Duvall*, wie die Drow diese Position bezeichneten. Er konnte Gedanken lesen, was nur wenige Drow mit Psi-Kräften vermochten, nachdem Oberinmutter Yvonnel das Haus Oblodra ausgelöscht hatte, indem sie den Ort während der Zeit der Unruhen komplett im Klauenspalt versenkte. Methil El-Viddenvelp hatte Oberinmutter Yvonnel Einblick in die Wünsche, die Intrigen und die Befürchtungen von Freund und Feind gleichermaßen verschafft.

»Aber er ist doch beim Angriff auf Mithril-Halle umgekommen«, flüsterte Quenthel.

»Genau wie Ihr«, sagte Gromph. »Beides war nicht wahr. Unser Freund hier hat überlebt, dank unseres Bru … dank der Bemühungen von Bregan D'aerthe.«

»Kimmuriel«, sagte Quenthel und nickte.

Gromph war froh, dass er sich so schnell korrigiert hatte und dass sie deshalb auf Kimmuriel Oblodra gekommen war, einen der wenigen Überlebenden des vernichteten

Hauses. Kimmuriel war ein ausgezeichneter Psioniker, der sich gern mit Illithiden umgab und rein zufällig momentan zur Führungsriege der Söldnerbande zählte.

An den Bemühungen ihres Bruders Jarlaxle zur Rettung des schwer verwundeten Illithiden hatte Kimmuriel keinerlei Anteil gehabt, aber das brauchte Quenthel nicht zu wissen. Ebenso wenig, wie sie von ihrer Verwandtschaft mit Jarlaxle wissen sollte!

»Wie lange wisst Ihr schon von dem Gedankenschinder?«, fragte Quenthel argwöhnisch.

Gromph machte ein verständnisloses Gesicht. »Genauso lange wie Ihr …«, begann er.

»Seit wann wisst Ihr, dass er hier draußen ist?«, stellte die Oberinmutter klar.

»Ein paar Monate«, erwiderte Gromph, auch wenn es genau genommen eher viele Jahre waren.

»Und Ihr seid nicht auf die Idee gekommen, mich zu informieren?«

Wieder gab sich Gromph völlig verständnislos. »Ihr wollt Methil so benutzen, wie es Yvonnel einst getan hat?« Noch ehe Quenthel reagieren konnte, fuhr er fort. »Das könnt Ihr nicht! Der Illithide ist stark geschädigt, das versichere ich, und er würde Euch in dieser Rolle lediglich sehr viel Kummer bereiten.«

Quenthel hob abwehrend die Hand, weil ihr der Illithide für ihren Geschmack bereits zu nahe gekommen war, und setzte einen Befehlszauber ein: »Halt!«

Auf ein derart intelligentes Wesen hätte ein solcher Zauber normalerweise keinerlei Wirkung haben dürfen, doch aus dem Mund von Oberinmutter Quenthel hatte er deutlich mehr Gewicht. In Kombination mit Methil El-Viddenvelps sichtlich verringerter Gehirnkapazität brachte dies den Gedankenschinder abrupt zum Stehen.

»Und warum sind wir dann hier?«, fragte Quenthel ihren Bruder spitz.

»Weil Yvonnel es wissen würde«, antwortete er und wandte sich der eisernen Kiste auf der Scheibe zu. Auf seinen Wink hin klappte der Deckel auf. »Achtung!«, sagte er.

Als Quenthel vorsichtig in die Kiste spähte, verschlug es ihr den Atem, denn sie sah einen runzligen Kopf, der in der Mitte gespalten und irgendwie wieder zusammengenäht worden war und den sie gut kannte. Das war der Kopf ihrer vor langer Zeit verstorbenen Mutter!

»Was ist das?« Entsetzt wich sie zurück. »Das ist Blasphemie!«

»Konservierung«, stellte Gromph klar.

»Woher habt Ihr das … nein, sie? Wer war das?«

»Bregan D'aerthe natürlich. Dieselben, die Methil gerettet haben.«

»Das ist ein Sakrileg! Ihr wollt Yvonnel wiederauferstehen lassen?« Gromph hörte das berechtigte Zittern in ihrer Stimme, denn eine solche Tat würde die gegenwärtige Oberinmutter teuer zu stehen kommen.

Er schüttelte den Kopf. »Unsere liebe verstorbene Mutter lässt sich nicht mehr auferwecken. Die Magie, die sie viel zu lange am Leben erhielt, ist längst verflogen. Wenn man sie jetzt zurückholen würde, würde sie lediglich verschrumpeln und erneut sterben.«

»Wozu habt Ihr dann das da?«, wollte Quenthel wissen. Sie zeigte auf die Kiste und wagte sich etwas näher heran, um den schauerlichen Kopf genauer zu betrachten.

»Erst war es nur eine Kuriosität«, sagte Gromph. »Hattet Ihr Euch nicht immer wieder über meine Sammlungen beschwert?«

»Das hier übersteigt selbst Eure morbiden Vorlieben«, erwiderte Quenthel trocken.

Der Erzmagier zuckte lächelnd mit den Schultern. »Da mögt Ihr recht haben, aber …« Er nickte vielsagend an seiner Schwester vorbei. Quenthel drehte sich um und sah, dass der Illithide hochgradig erregt war. Er hüpfte zitternd herum und besabberte dabei seine weiße Robe.

Wütend funkelte Quenthel ihren Bruder an. »Ich verlange eine Erklärung!«, herrschte sie ihn an. »Wie schändlich …«

»Es sieht so aus, als hätte ich mehr als den rein körperlichen Kopf unserer toten Mutter konserviert«, erwiderte Gromph gelassen. »Denn wie ich von Kimmuriel Oblodra von Bregan D'aerthe erfuhr – und er von den Illithiden –, ist das Gehirn wohlgeordnet. Es setzt sich aus kleinen Verbindungen zusammen, die Erinnerungen speichern.« Während er dies sagte, schwebte die Scheibe auf seinen Wink hin an Quenthel vorbei und auf Methil zu, dessen Tentakel schon gierig waberten.

»Das wagt Ihr nicht!«, sagte die Oberinmutter zu beiden.

»Das habe ich bereits viele Male gewagt«, antwortete Gromph. »Zu Eurem Nutzen, denke ich.«

Quenthel bedachte ihn mit einem zornigen Blick.

»Die Spinnenkönigin weiß davon«, erklärte er. »Das jedenfalls sagte die Meisterin von Arach-Tinilith, mit der ich gesprochen habe.«

Quenthels Augen blitzten vor Wut, und ihre Hand glitt zur Peitsche, doch alle fünf Schlangen kreischten in ihrem Kopf auf, sie solle sich beherrschen. Zutiefst ergrimmt, weil sie die Vertraute ihres ränkeschmiedenden Bruders nur zu gut kannte, biss die Oberinmutter die Zähne zusammen und zischte: »Ihr habt Minolin Fey eingeweiht – *vor* mir?«

»Auf Befehl von Lolth«, sagte er mit größtem Selbstvertrauen.

Quenthel schrie auf und fuhr gequält herum. Dann wich

sie einen Schritt zurück, weil sie sah, wie Methil über der offenen Eisenkiste hing, seine sich windenden Tentakel hineinstreckte und sie in den Schädel von Oberinmutter Yvonnel Baenre schob.

»Natürlich habe ich gegenüber der guten Minolin keine Einzelheiten erwähnt«, fuhr Gromph in aller Ruhe fort. »Nur gewisse allgemeine Andeutungen.«

»Ihr zieht das Haus Fey-Branche dem Haus Baenre vor?«

»Ich habe eine mächtige Meisterin aus Arach-Tinilith zurate gezogen, in einer Angelegenheit, die für die Spinnenkönigin von höchster Wichtigkeit ist. Minolin Fey ist bewusst, dass jeglicher Verrat ihrerseits sich nicht gegen Haus Baenre richten würde, sondern gegen Lolth. Ihr müsst verstehen, Oberinmutter, dass der Zorn der Spinnenkönigin nicht mir gilt. Angesichts der heutigen Reaktion der Zofe gegenüber Sos'Umptu und Myrineyl gehe ich vielmehr davon aus, dass die Herrin Lolth diesen Schritt längst erwartet hat, ihn gutheißt und möglicherweise sogar selbst in die Wege geleitet hat. Und letzten Endes ist es Eure eigene Schuld, liebe Schwester.«

Quenthels Augen glitzerten wütend. »Minolin Fey ist ein Schwächling«, sagte sie. »Eine Närrin höchster Güte, zu dumm, um ihre eigene Dummheit zu begreifen.«

»Ja, akzeptiert die Wahrheit in meiner Beleidigung«, entgegnete Gromph furchtlos. »Wie beurteilt Ihr Eure Regentschaft als Oberinmutter von Menzoberranzan?«

»Wer seid Ihr, dass Ihr mir eine solche Frage zu stellen wagt?«

»Ich bin der Erzmagier. Ich bin Euer Bruder und Verbündeter.«

»Die Stadt floriert!«, betonte Quenthel. »Auf mein Betreiben hin expandieren wir nach Gauntlgrym.«

»Wollt Ihr mich überzeugen oder Euch?«, fragte Gromph listig, denn sie kannten beide die Wahrheit. Seit dem Ende der Zauberpest fanden rundherum gewaltige Umwälzungen statt, und im Reich der arkanen Magie war die Herrin Lolth persönlich involviert. All das wusste Gromph, und doch hatten die Bewohner von Menzoberranzan die ganze Zeit nur einen Zuschauerplatz eingenommen.

Und während Haus Baenre die Stadt oberflächlich betrachtet fest im Griff zu haben schien, kannten die Angehörigen dieses Hauses die Wahrheit. Der Abzug von Haus Xorlarrin, dem Dritten Haus der Stadt und dem mit der mächtigsten Magie, war ein enormes Risiko, das ganz Menzoberranzan in Aufruhr versetzen könnte. Baenres stärkste Rivalin, Oberin Mez'Barris Armgo vom Haus Barrison Del'Armgo, konnte das als willkommene Gelegenheit betrachten, endlich den Titel zu erobern, den Yvonnel und jetzt Quenthel so lange innegehabt hatten.

Insgeheim wusste Quenthel es ebenso gut wie Gromph: Menzoberranzan stand kurz vor dem Bürgerkrieg.

»Unser Freund ist bereit für Euch«, sagte Gromph.

Quenthel blickte ihn fragend an. Als sie begriff, was er damit meinte, riss sie die Augen auf, fuhr herum und sah den Illithiden, der jetzt direkt hinter ihr stand. Sie wollte zurückspringen, aber Gromph war schneller und hielt sie mit einem einfachen Zaubertrick fest. Auf die Oberinmutter von Menzoberranzan hätte dieser Zauber keinerlei Wirkung haben dürfen.

Wenn die Herrin Lolth es nicht zugelassen hätte, wie Quenthel entsetzt begriff, als sie erstarrte.

Mit aller Kraft kämpfte sie gegen die Magie an, während Methil El-Viddenvelp bereits mit seinen widerwärtigen Tentakeln ihre zarte Haut abtastete, ihren Hals und ihr Gesicht berührte und sich in ihre Nasenöffnungen schob.

Ihr Gesicht spiegelte Empörung, Zorn und schließlich die blankeste Wut, die Gromph je gesehen hatte. Wenn sie in diesem Augenblick in der Lage gewesen wäre, sich loszureißen, hätte sie sich körperlich und mit ihrer Magie auf ihn gestürzt, um ihn zur Strafe zu zerfetzen. Ihre fünfköpfige Schlangenpeitsche hätte kurzen Prozess mit ihm gemacht, hätte zugebissen, ihn qualvoll vergiftet, sich in seinen Bauch gegraben und sich an seinen Eingeweiden gelabt.

Wenn sie sich nur hätte losreißen können!

Doch das konnte sie nicht, denn diese furchtbar schmerzhafte und durchgreifende Lektion war von der Herrin Lolth selbst verhängt worden, und Gromph ging davon aus, dass Quenthel ihm in dem Moment, wo sie freikäme, eher danken würde, als ihn zu bestrafen.

Vorläufig jedoch war es eine unvorstellbare Vergewaltigung, eine Schändung bis in die tiefsten Winkel ihres Wesens, die mit grausamsten Schmerzen einherging.

Wie sie schrie vor Angst und vor köstlichem, reinem Schmerz, während der Illithide sein Werk vollbrachte! Quenthels qualvolle Schreie hallten durch die Tunnel des Unterreichs.

Kapitel 2

Von Männern und Monstern

»Ihre Entscheidung interessiert dich nicht?«, sagte Wulfgar zu Regis. Die beiden saßen auf der Veranda von Regis' Häuschen. Es war am späten Nachmittag nach ihrer Rückkehr von Kelvins Steinhügel und ein wahrlich herrlicher Frühlingstag. Sie starrten über das Wasser des Maer Dualdon, wo die untergehende Sonne eine glitzernde Bahn über den großen See malte. Jeder hielt eine Pfeife mit guten Blättern in der Hand, die Regis bei seiner letzten Reise über die Boareskyr-Brücke besorgt hatte.

Regis zuckte mit den Schultern, blies einen Rauchring und sah zu, wie der Südwind ihn träge davontrug. Für ihn war jeder Weg in Ordnung, auf den Drizzt, Bruenor und Catti-brie sich einigten, denn was vor ihm lag, war ihm herzlich gleichgültig. Seine Gedanken verharrten bei dem, was hinter ihm lag – seiner Zeit bei den Grinsenden Ponys und insbesondere den bemerkenswerten Tagen mit Donnola und den anderen von Morada Topolino.

»Warum hast du dich umentschieden?«, fragte er und schnitt damit Wulfgars nächste Bemerkung ab. Als er zu seinem großen, starken Freund aufblickte, merkte er, dass er ein heikles Thema angesprochen hatte, und bohrte nicht weiter nach.

»Wieso magst du das?«, fragte Wulfgar, der jetzt ungläubig in seinen rauchenden Pfeifenkopf starrte.

Der Halbling lachte, sog an seiner Pfeife und blies einen neuen Ring, um dann einen zweiten, kleineren hinterher und durch den großen hindurch zu senden. »Man kann dabei so schön vor sich hin denken. Es hilft mir, zur Ruhe zu kommen, bis ich mich an alles erinnern kann, was war – oder an gar nichts, wenn mir das lieber ist und ich einfach nur die Gegenwart genießen will.« Er wies auf die schmale Wolkendecke, die jenseits des Sees am Westhimmel stand und von der untergehenden Sonne gerade in strahlendes Orange getaucht wurde. »Einfach hier«, erklärte Regis. »Einfach jetzt.«

Wulfgar nickte und betrachtete noch einmal misstrauisch seine Pfeife, schob das Ende zwischen die Lippen und inhalierte zögerlich erneut ein klein wenig Rauch.

»Du könntest das Kraut in deinem schönen Silberhorn aufbewahren«, schlug der Halbling vor. »Ich mache dir gern einen Pfropfen und einen Deckel für die Öffnungen.«

Wulfgar grinste nur und hob das Horn an. »Nein«, sagte er ernst. »Das bleibt so, wie es ist.«

»Du magst es gern laut«, meinte Regis.

»Das ist nicht bloß ein Horn.«

»Erzähl.«

»Vor drei Jahren bin ich noch einmal in den Hort von Eistod zurückgekehrt«, sagte Wulfgar, worauf Regis so heftig die Luft einsog, dass er an dem Rauch halb erstickte.

»Dort warten noch viele Schätze«, fuhr Wulfgar fort, »und viele Feinde, wie ich feststellen musste.«

»Zu dem Drachen?«, hustete Regis. »Du bist in die Drachenhöhle zurückgekehrt?«

»Der Drache ist schon lange tot. Aber – ja.«

»Und da hast du das gefunden?«

Wulfgar hielt das Horn hoch und drehte es leicht. Erst da wurde Regis bewusst, wie schön es war. Es war ein schlichtes Horn und ähnelte dem eines normalen Bullen, aber es war aus Silber, glänzte hell im Sonnenlicht und war bis auf halbe Höhe von einem dünnen graubraunen Band umwickelt. Dieses Band – echtes Horn, dachte Regis – blinkte noch intensiver als das strahlende Silber, denn es war mit weißen Diamanten besetzt. Das Horn war bestimmt nicht nur durch Handwerkskunst geschaffen und ganz sicher nicht von den Barbaren der Tundra. Elfen, vielleicht, dachte Regis, oder Zwerge. Oder beide.

»Es hat mich gefunden«, stellte Wulfgar richtig. »In größter Not, als von überall Eistrolle heranstürmten.«

»Und du hast damit deine Verbündeten gerufen?«

»Ich habe in das Horn geblasen, weil ich dachte, meine Feinde würden vielleicht kurz stehen bleiben … oder vielleicht auch nur, weil es lauter war, als ich schreien konnte. Ich war so enttäuscht, denn ich dachte wirklich, jetzt sei alles vorbei, und ich würde meine Freunde nun doch nicht auf Kelvins Steinhügel wiedersehen. Aber dann kamen tatsächlich Verbündete, aus Kriegersruh.«

Regis starrte ihn ungläubig an. So etwas hatte er noch nie gehört. »Geister?«

»Krieger«, sagte Wulfgar. »Wild und furchtlos. Sie kamen aus dem Nebel, und wenn sie erschlagen wurden, verschwanden sie wieder im Nichts. Nur einer überlebte den Kampf. Er sprach nicht mit mir, keiner von ihnen sprach auch nur ein Wort, und dann verschwand auch er.«

»Hast du seitdem noch mal hineingeblasen?«, fragte Regis fasziniert.

»Die Magie ist begrenzt. Es ist nichts als ein Horn – außer alle sieben Tage einmal, glaube ich.«

»Und dann ruft es deine Verbündeten?«

Wulfgar nickte. Wieder sog er vorsichtig an der Pfeife.

»Wie viele?«

Der Barbar zuckte mit den Schultern. »Manchmal nur ein paar. Einmal kamen zehn. Vielleicht rufe ich eines Tages eine ganze Armee, aber auch die könnte ich nur eine Stunde einsetzen.«

Regis' Hand glitt zu seinem Dolch, dem mit den lebenden Schlangen. Er hatte verstanden.

»Und warum hast du dich umentschieden?«, fragte er nun doch noch einmal. »Als ich dich das letzte Mal sah, wolltest du in den Teich von Iruladoon tauchen, anstatt noch einmal ein sterbliches Leben zu führen.«

»Weißt du noch, wie ich damals zu Bruenor kam?«, fragte Wulfgar etwas stockend, weil er alle ein bis zwei Worte husten musste.

Regis nickte. Wie könnte er die Schlacht an Kelvins Steinhügel je vergessen?

»Ich war noch gar nicht richtig erwachsen«, erklärte Wulfgar. »Eigentlich noch ein Junge. Mein Volk hatte die Städte und die Zwerge angegriffen. Bruenor und sein Volk hatten diesen Krieg nicht provoziert, aber sie mussten ihn trotzdem ausfechten. Da stand ich also, ein stolzer Krieger mit der Schlachtstandarte meines Stammes, und als ich diesen rotbärtigen Zwerg vor mir sah, tat ich, was jeder Krieger des Elchstamms und jeder wahre Anhänger von Tempus getan hätten.«

»Du hast ihn angegriffen«, kicherte Regis, um dann in breitestem Zwergisch hinzuzufügen: »Aye, hast ihm eins übergezogen, du dummer Junge! Hat dir denn keiner beigebracht, dass man einem Zwerg nicht auf den Kopf haut?«

»Eine harte Lektion«, gab Wulfgar zu. »Mit einer nassen Decke hätte ich gegen den Dickschädel von Bruenor Heldenhammer auch nicht mehr ausrichten können. Im Nu lag ich am Boden. Er hat mir einfach die Füße weggerissen. Und das wäre eigentlich das Ende von Wulfgar gewesen.«

»Aber Bruenor hat dich natürlich nicht getötet. Hast du dich deshalb entschieden, lieber in den Wald zu gehen als in den Teich?« Regis hörte den Zweifel in seiner eigenen Stimme. Er war tatsächlich noch nicht überzeugt.

»Bruenor hat mich nicht getötet«, wiederholte Wulfgar. »Aber er ließ auch nicht zu, dass die anderen Zwerge mich töteten! Sie hätten jedes Recht dazu gehabt. Ich hatte mir das selbst eingebrockt. Kein Gericht in ganz Faerûn hätte es Bruenor oder seinem Clan verübelt, wenn ich an Ort und Stelle mein Leben gelassen hätte. Zudem hatten sie nichts zu gewinnen, wenn sie mich weiterleben ließen.«

Regis hielt die Pfeife in der Hand und machte keine Anstalten, sie wieder in den Mund zu stecken, während er seinen hochgewachsenen Freund anstarrte. Aus Wulfgars Stimme sprach eine Ehrerbietung – mehr noch, eine Wärme und tiefes Glück –, die ihn ebenso überraschte wie der innere Frieden, der auf Wulfgars Gesicht lag. Jetzt blickte der Barbar ebenso ruhig über den See wie eben noch Regis, und die Pfeife hatte es sich gemütlich in seinem Mundwinkel eingerichtet, wie der Halbling fand.

»Er hat mich nicht getötet«, fuhr Wulfgar fort, als spräche er nicht zu Regis, sondern mit sich selbst. Wahrscheinlich fasste er das Ringen in Worte, das sich im Wasser von Iruladoon in ihm abgespielt hatte. »Er hat mich aufgenommen. Er schenkte mir mein Leben, ein Heim und – mit euch allen und den Zwergen vom Clan Heldenhammer – eine neue Familie. Alles, was nach jener Schlacht aus mir wurde, verdanke ich Bruenor. Die Rückkehr zu meinem Volk, die Frau, die ich fand, die Kinder, die mir geschenkt wurden …« Er hielt inne und grinste Regis von einem Ohr zum anderen an, dass die weißen Zähne durch seinen gelben Bart blitzten. »Und die Enkelkinder!«, strahlte er.

»Die sind jetzt alle tot?«, fragte Regis ernst.

Wulfgar nickte. Wieder sah er über den See, aber seine Miene war weder traurig noch resigniert. »In Kriegersruh, schätze ich. Und wenn das stimmt, dann erwarten sie mich dort, wenn ich nicht mehr bin. Wenn der Weg von meinem Grab direkt in die Hallen führt. Was sind schon ein paar Jahrzehnte später im Vergleich zur Hoffnung auf ewigen göttlichen Lohn.«

»Wenn?« Regis nahm diese Andeutung auf. Schließlich waren sie alle tot gewesen und durch die Macht einer Göttin ins Leben zurückgekehrt. Damit bestand doch wohl kein Zweifel mehr an einem Leben nach dem Tod?

Er musterte Wulfgar sorgfältig, als dieser mit den Schultern zuckte und sagte: »Ich weiß nicht, was auf der anderen Seite der Höhle unter dem Wasser auf mich wartet. Ich wusste auch nicht, wie das Leben nach dem Tod aussieht, bevor ich in jenen seltsamen Wald gelangte.«

»Und doch bist du gestorben und durch die Macht einer Göttin dorthin gekommen.«

»Vielleicht.«

Regis starrte ihn ungläubig an.

»Wer weiß das schon?«, fragte Wulfgar. »Vielleicht ist das alles nur ein Zaubertrick. Eine magische Täuschung, die uns so lenkt, wie ein Magier es haben will?«

»Das ist nicht dein Ernst!«

Wulfgar lachte, sog an seiner Pfeife und schaffte beinahe einen Rauchring, der lediglich von einem leichten Hustenanfall begleitet war. »Es spielt keine Rolle«, sagte er gedankenverloren. »Und erst als ich das begriffen hatte – dass ich nicht wirklich weiß, wohin mich der Weg über den Grund von Iruladoons Teich führen würde …« Er hielt erneut inne, denn er schien nach den richtigen Worten zu suchen. Regis hatte den Eindruck, sein Freund hätte eine Art Erleuchtung erlebt, die er nicht erklären konnte.

»Was immer die Götter für mich geplant haben, sobald ich wirklich und endgültig tot bin, hängt allein von ihnen ab«, fuhr Wulfgar fort. »Erst als ich das wirklich begriffen hatte, konnte ich aufhören, mich zu fragen, was Tempus eigentlich von mir will.«

»Und fragen, welcher Weg für dich der beste wäre«, folgerte Regis.

Wulfgar lächelte ihm zu. »Was wäre ich doch für ein undankbarer Sohn und schlechter Freund, wenn ich stattdessen im Teich verschwunden wäre!«

»Keiner von uns hätte ein Urteil über dich gefällt.«

Wulfgar nickte mit großem Ernst. »Auch das bestätigt mich in meiner Entscheidung«, sagte er. Der nächste Rauchring war endlich ein richtiger Ring.

Und prompt schickte Regis einen kleineren Kringel mitten hindurch.

»Ich wollte nicht kommen«, gestand Bruenor Catti-brie und Drizzt. Catti-brie saß am Bett des Drow, der sich halb sitzend, halb liegend langsam von seinen schweren Verletzungen erholte. Der Zwerg schüttelte den Kopf – Haare und Bart wuchsen wieder dicht wie eh und je – und stapfte ruhelos in dem kleinen Raum auf und ab.

Dieses Geständnis konnte Drizzt kaum erschüttern, aber er bemerkte Catti-bries Überraschung.

»Reginald Rundschild, Hauptmann der Wache von König Emerus, zu Euren Diensten!«, sagte Bruenor mit einer geschmeidigen Verbeugung.

»Das ist eine unglaubliche Geschichte«, erwiderte Drizzt. Kopfschüttelnd dachte er über die abenteuerlichen Wege nach, von denen seine vier Freunde ihm in den letzten Tagen erzählt hatten. Im Mittelpunkt dieser Bardenspiele hatte Regis gestanden, und wenn auch nur ein Bruchteil von dem stimmte, was der Halbling zum Besten gab, dann war sein zweites Leben wirklich spannend verlaufen. »Ihr alle seid wieder Kinder gewesen, konntet euch aber vollständig an euer letztes Leben erinnern. Das ist für mich kaum fassbar, auch wenn ich euch natürlich glaube.«

»Mich hat es auch erschüttert, das kann ich dir sagen. Das musste ich erst einmal kräftig runterspülen!«, zwinkerte Bruenor ihm zu.

»König Emerus.« Drizzt überlegte. »Zitadelle Felbarr?«

»Ja, genau der.«

»Und wie geht es dem guten König?«

Bruenor zuckte mit den Schultern. »Alles sehr unruhig. Und es stinkt im ganzen Land nach Orks.«

»Deshalb hättest du dich beinahe von deinem Weg hierher und deinem Schwur an Mielikki abgewendet«, stellte Catti-brie fest. Wieder registrierte Drizzt einen überraschten Unterton und sogar einen gewissen Ärger in ihrer Reaktion auf Bruenors Worte.

Der Zwerg antwortete nicht sofort, sondern schien sehr gründlich abzuwägen. Ganz untypisch für ihn, dachte Drizzt.

»Du sagtest doch gerade …«, setzte Catti-brie an.

Bruenor hob abwehrend die Hand. »Ich bin gekommen, um für meinen Freund zu kämpfen. Also lasst uns den Kampf finden und ausfechten!« Dann sah er Catti-brie an, als sollte sie die ganze Gruppe augenblicklich auf die Fährte schicken.

»Was für einen Kampf?«, fragte Drizzt.

»Wer weiß das schon?«, antwortete Catti-brie, wandte sich jedoch an Bruenor und nicht an Drizzt. »Wir haben getan, was die Göttin von uns verlangt hat. Denn sonst …«

»Sonst wäre ich in jener Nacht da oben auf Kelvins

Steinhügel gestorben«, warf Drizzt ein. Er nahm Cattibries Hand. Sie sah ihm in die Augen und nickte. Er war tödlich verwundet gewesen. Das hatte sie ihm bereits verraten, als sie ihm erklärt hatte, dass Mielikki sie und die anderen in dieser speziellen Nacht an diesen speziellen Ort geführt hatte.

»Dann sind wir hier also fertig, und es wartet ein Weg auf mich!«, befand Bruenor.

»Du willst uns verlassen?«, fragte Drizzt.

»Oh, du kommst natürlich mit, keine Bange«, erwiderte der Zwerg. »Ich habe da noch etwas zu erledigen, und da brauche ich dich an meiner Seite.«

»Todespfeil?«

»Genau der.«

Drizzt schüttelte hilflos den Kopf. »Es herrscht kein Krieg«, sagte er leise. »Und das ist doch gut so.«

»Es wird bald Krieg geben«, hielt Bruenor dagegen. »Sehr bald – wenn er nicht schon ausgebrochen ist! In meiner Zeit in Felbarr und dann in Mithril-Halle …«

»Du warst in Mithril-Halle?«, fragten die beiden anderen gleichzeitig.

Diesmal blieb Bruenor stehen und atmete tief durch. »Ja. Aber dort kannte man mich nur als Reginald Rundschild. Klein Arr-Arr, wie seine Jungs mich nannten. 79 war ich fast die ganze Zeit da, und ich sage die Wahrheit. Es droht Krieg in den Silbermarken, und zwar bald. Wenn er nicht bereits ausgebrochen ist.«

»Das weiß man nie«, beharrte Drizzt. »Er wurde schon früher abgewendet. Vielleicht gelingt es erneut.«

»Nein!«, rief Bruenor und stampfte kräftig auf. »Diesmal nicht! Ich hätte den verdammten Vertrag nie unterschreiben dürfen! Hat die ganze Geschichte nur aufgeschoben.«

»Wir hatten keine große Wahl.«

»Wir hatten die Wahl!«, herrschte Bruenor ihn mit lauter Stimme an, weil er immer erregter wurde. »Ich hätte diesem stinkenden Obould einfach meine Axt in den Schädel rammen und die Sache erledigen sollen! Und Mithril-Halle … ach, wir hätten uns wehren müssen.«

»Die anderen Königreiche wollten uns nicht helfen«, erinnerte ihn Drizzt.

»Uns wehren!«, schimpfte Bruenor und stampfte erneut auf. »Dann wären sie schon gekommen, garantiert! Und wir wären Obould und seine hässlichen Orks ein für alle Mal los gewesen.«

»Und es wären auf beiden Seiten Tausende gefallen.«

»Im Kampf gegen Orks zu fallen ist keine Schande!«

Die Tür flog auf, und Regis und Wulfgar rannten herein. Aufgeregt sahen sie sich um – was war hier los?

»Es war eine Chance«, sagte Drizzt. Er gab sich größte Mühe, ruhig zu bleiben, allerdings wenig erfolgreich. »Wenn der Frieden hält, könnte das die Beziehungen der anderen Völker zu den Orks in allen Reichen unserer Welt grundlegend ändern.«

»Vielleicht will ich das gar nicht.«

»Willst du lieber Krieg?«, fragte Drizzt. Hilfe suchend blickte er zu Catti-brie und bemerkte überrascht ihren strengen Blick, der nicht Bruenor galt, sondern ihm. »König Obould hat uns eine andere Möglichkeit angeboten.« Drizzt fuhr einfach fort. »Wir konnten ihn damals nicht besiegen, nicht allein, vielleicht noch nicht einmal, wenn alle Reiche der Silbermarken sich unserer Sache angeschlossen hätten, und dazu waren sie nicht bereit. Dort hat der Frieden gehalten, heißt es.«

»Ich war dort«, grummelte Bruenor. »Frieden sieht anders aus.«

»Krieg aber auch«, sagte Drizzt. »Wie viele konnten ein

friedliches Leben führen oder einen friedlichen Tod sterben, die sonst nur Leid, Entsetzen und Säbelrasseln gekannt hätten?«

»Und wie viele werden jetzt Säbelrasseln hören, weil wir Obould damals vor hundert Jahren nicht in sein Loch zurückgejagt haben?«, entgegnete Bruenor sofort.

»Der Weg zu dauerhaftem Frieden war noch nie einfach«, sagte Drizzt. »Aber es war eine echte Chance.«

»Nein!«, rief Catti-brie. Der Drow und der Zwerg starrten die normalerweise so sanfte Frau ungläubig an. »Nein«, wiederholte Catti-brie, diesmal leiser, aber keineswegs weniger nachdrücklich. Sie schüttelte den Kopf und sagte: »Es war ein törichter Versuch, falsche Hoffnungen zu wecken, entgegen der harten Realität.«

»Du warst dabei«, erinnerte Drizzt seine Frau. »Du hast mit uns anderen auf dem Podium gestanden, als Bruenor den Vertrag in Garumns Schlucht unterschrieben hat.«

»Viel lieber wäre ich ausgezogen, um mit dir, Bruenor und Regis den Ork-König zu jagen«, sagte Catti-brie. »Um ihn zu töten, nicht um das Brot mit ihm zu brechen.«

»Aber am Ende warst du mit den Zielen und Bestimmungen des Vertrages doch einverstanden.«

»Und ich habe mich geirrt«, sagte sie schlicht. »Und vor allem du, mein Liebster, hast dich geirrt.«

Danach war es lange still im Raum, weil die anderen über die überraschende Wendung und die anklagenden Worte der Frau nachdachten. Drizzt starrte sie so fassungslos an, als hätte sie ihm einen Pfeil ins Herz geschossen, mitten in die Seele, aber sie hielt seinem Blick stand.

»Mir scheint, ich habe ereignisreiche Zeiten verpasst«, sagte Wulfgar, der sich schon vor dem Vertrag von Garumns Schlucht endgültig von seinen Freunden und Mithril-Halle verabschiedet hatte. Mit einem leisen Lachen versuchte er, die Spannung im Raum zu brechen, doch das misslang.

»Ich habe Bruenor zu dem geraten, was ich für das Beste hielt«, sagte Drizzt leise.

»Der Plan war gut«, fand Regis, aber niemand reagierte darauf.

»Ich hätte den verdammten Wisch ja nie unterzeichnet, wenn ich nicht dahintergestanden hätte«, beschwichtigte Bruenor.

»Ein schlechter Rat entspringt häufig besten Absichten«, meinte Catti-brie.

»Du hast uns doch wohl nicht in die Welt der Lebenden zurückgeschleift, um alte Rechnungen über eine falsche Entscheidung zu begleichen, die hundert Jahre her ist?« Diesmal stellte Regis sich mitten zwischen die Freunde, baute sich zwischen Catti-brie und Bruenor auf.

Catti-brie sah ihn an, und nach der ersten Überraschung trat ein Lächeln auf ihr hübsches Gesicht. »Es war ein Fehler«, sagte sie, »ein großer Fehler. Das sollten wir uns alle jetzt klarmachen, glaube ich, denn die Entscheidungen, die vor uns liegen, dürften kaum weniger umwälzend sein als das, was damals geschah.«

»Bei denen wir uns geirrt haben, meinst du«, ergänzte Bruenor aufgewühlt.

»Ja«, stimmte Catti-brie ohne das geringste Zögern zu. Ihr Tonfall, ihre Miene und ihre Haltung bei dieser Aussage waren felsenfest.

»Du scheinst dir deiner Sache überaus sicher zu sein, Mädchen«, warnte Bruenor.

»Es sind Orks«, antwortete sie erbarmungslos. »Wir hätten sie töten sollen, jeden einzelnen von ihnen.«

»Auch die Frauen?«, fragte Drizzt.

»Wo steckt die Brut?«, zitierte Catti-brie in bester Zwergenmanier den gnadenlosen Schlachtruf, den das bärtige Volk anstimmte, wenn es eine Goblin-Festung oder eine Riesenhöhle stürmte. Normalerweise galt das als alter Scherz, auf den die Zwerge am Abend ausgelassen anstießen. Doch als Catti-brie ihn jetzt aussprach, hatten alle Anwesenden den Eindruck, es wäre ihr todernst.

Drizzt war sichtlich erschüttert. »Und du würdest zum Schwert greifen …?«, setzte er an.

»Ja«, sagte sie, und die anderen erschauerten, als der kühle Hauch absoluter Gleichgültigkeit sie erfasste.

Drizzt starrte die Frau vor ihm nur noch ungläubig an. Auf einmal wirkte sie in ihrem weißen Kleid mit dem schwarzen Tuch so groß und schön und schrecklich zugleich. Er spürte, dass Regis zu ihm aufsah, brachte es aber nicht fertig, den Blick des Halblings zu erwidern, denn er hatte dessen vermutlich flehentlicher Miene nun einmal nichts zu bieten. Niemand im Raum war momentan wohl verwirrter als Drizzt selbst.

»Was ist hier eigentlich los?«, flüsterte Regis ihm zu.

»Die Bürde, die du trägst, vernebelt dein Urteilsvermögen«, sagte Catti-brie zu Drizzt. »Du hoffst, dass alle so sind wie du, sogar die Orks und Goblins.« Sie schüttelte den Kopf. »Doch so ist es nicht, abgesehen von einigen wenigen Ausnahmen.«

»Du bist dir deiner Sache aber *sehr* sicher, Mädchen«, warnte Bruenor.

Hinter ihm begann Wulfgar zu lachen, und bei dieser überraschenden Reaktion drehten sich alle zu ihm um.

»Das hat Mielikki sie gelehrt«, erklärte er und nickte Catti-brie zu, sodass alle wieder zu ihr sahen.

Die nach wie vor keine Miene verzog und Wulfgars Einschätzung sogar mit einem leichten Nicken bedachte.

»Die Goblin-Völker sind anders als die übrigen Bewohner unserer Welt«, erläuterte Catti-brie. »Anders als die Menschen, die Halblinge, die Elfen, die Zwerge, die Gnomen … ja, sogar anders als die Drow. Das ist dein Fehler, mein Liebster. Das ist der Fehler, den wir alle gemacht haben, als wir damals vor langer Zeit dem Vertrag von Garumns Schlucht zugestimmt haben. Wir wollten die Welt durch unsere Augen sehen und gingen davon aus, dass die Orks in ihrem Herzen ebenso vernünftig wären. Vielleicht haben wir uns selbst etwas vorgemacht, was wir uns inständig wünschten, vielleicht hatten wir auch kaum eine andere Wahl, aber auf jeden Fall haben wir uns geirrt. Das hat Mielikki mir offenbart.«

Drizzt schüttelte den Kopf, wenn auch eher aus Verwirrung denn aus Ablehnung.

»Sie sind böse«, konstatierte Catti-brie schlicht.

»Hast du mal meine Verwandtschaft kennengelernt?«, gab Drizzt sarkastisch zu bedenken.

»Es gibt da einen klaren Unterschied«, entgegnete sie sofort, als hätte sie genau diesen Einwand erwartet. »Dein Volk – die meisten davon – lebt im Netz einer Dämonengöttin, die in eurer Kultur ein Herrschaftssystem errichtet hat, das häufig zu bösen Taten führt. Die Drow handeln oft böse, das stimmt, aber sie haben die Wahl. Sie haben einen freien Willen, auch wenn ihre Institutionen dafür sorgen, dass sie sich eher so entscheiden, wie es die Spinnenkönigin verlangt. Bei den Goblin-Völkern und den meisten Riesen ist dies nicht der Fall.«

»Als Waldläufer müsstest du das eigentlich wissen«, sagte Bruenor beiläufig. Er lachte, als alle ihn anschauten. »Na, wozu hattest du denn deine Ausbildung, Elf?«

Drizzt wandte sich wieder Catti-brie zu. »Ich kannte mal einen Goblin, der dir widersprechen würde.«

»Nojheim, ich weiß«, sagte sie. »Ich erinnere mich.«

»Habe ich mir das eingeredet?«

Catti-brie zuckte mit den Schultern. »Ausnahmen bestätigen die Regel, aber sie sind nun einmal sehr selten. Vielleicht war er auch kein reiner Goblin – es gibt schließlich auch Beispiele wie gute Halb-Orks friedlich in Städten zusammenleben.«

»Aber keine Vollblut-Goblins?«, vergewisserte sich Drizzt.

»Nein.«

»Wir müssen also davon ausgehen, dass sie alle – alle Orks, alle Goblins, alle Gnolle, alle Kobolde – einfach böse sind?« Drizzts Stimme verriet Skepsis und Abwehr gleichermaßen. »Wir müssen sie ohne jede Gnade verfolgen und zuschlagen, ohne zu verhandeln?«

»Ja«, antwortete sie.

»Du hörst dich genauso an wie die Oberinnen von Menzoberranzan, wenn sie von anderen Völkern sprechen«, erwiderte er.

Catti-brie zuckte noch immer nicht mit der Wimper und wich keinen Schritt zurück. »Wenn Bruenor so etwas zum Beispiel gegen … Nesmé aussprechen würde, wäre das mit den Aussagen deiner Oberinnen vergleichbar«, meinte sie. »Aber nicht mit meinen. Nicht in Bezug auf Goblins. Sie wurden geschaffen, um zu zerstören, sonst nichts. Aus der Sicht der Götter sind sie eine Heimsuchung, eine Geißel und eine Herausforderung für alle, die dem Guten dienen wollen. Goblins dienen keinem König und auch keiner Göttin, so wie die Drow. Und meine Worte stammen nicht von Königen, die erobern wollen, oder von Völkern, die ihre Vorherrschaft sichern wollen. Was ich sage, ist einfach die Wahrheit, wie Mielikki sie mir offenbart hat. Die Goblin-Völker werden nicht zum Bösen hin erzogen. Sie sind von Natur aus böse. Das ist ein entscheidender Unterschied, und wehe dem, der diese Linie verwischt.«

»König Obould sah einen anderen Weg«, gab Drizzt zu bedenken. »Einen besseren Weg für sein Volk, und dank seiner Stärke …« Catti-brie machte ein so finsteres Gesicht, dass er nicht weitersprach.

»Das war die Täuschung, der wir und Obould erlegen sind«, sagte Catti-brie. »Dank der Magie der Schamanen von Gruumsh dem Einäugigen, ja, durch Gruumsh selbst, wurden ihm große Gaben verliehen. Körperliche Gaben wie seine gewaltige Stärke – er war weitaus stärker als jeder andere Ork –, aber auch Weisheit und die Vision einer besseren Zukunft für seine Orks. Daran glaubte er, und dank seiner Kraft haben sie diesen Weg beschritten.«

»Du widersprichst dir!«, stelle Drizzt fest.

»Sofern nicht alles eine List war«, fuhr Catti-brie ungerührt fort. »Über Obould hat Gruumsh die Orks gesellschaftsfähig gemacht, hat einen neuen Staat inmitten der Königreiche der Silbermarken geschaffen, aber nur weil er glaubte, so könnten sie diese Gesellschaft leichter von innen heraus zerstören. Selbst mit seiner gewaltigen Armee hätte Obould die Silbermarken nicht erobern können. Es wären Zehntausende guter Bewohner dabei umgekommen, aber die Silbermarkenreiche wären nicht gefallen. Dieses Mal verlangte Gruumsh seinem Schlachtvieh mehr ab.«

»Und wir haben es ihm gegeben«, klagte Bruenor.

Drizzt sah ihn erschrocken an, dann wandte er sich wieder Catti-brie zu, in deren Augen nun doch etwas Bedauern lag, vielleicht sogar Mitgefühl, aber kein Widerspruch zu dieser klaren Aussage.

»Sie sind kein Volk«, erklärte sie leise. »Sie sind Monster. Im Gegensatz zu den anderen Völkern, einschließlich der Tieflinge mit ihren angeblich dämonischen Wurzeln. Im Gegensatz zu Goblin-Völkern haben all diese einen freien Willen und können mit Vernunft und nach ihrem Gewissen entscheiden. Denn sie *haben* ein Gewissen! Wahre Goblins haben das nicht, sage ich. Sagt Mielikki. Wenn du ein Löwenjunges findest und im eigenen Haus aufziehst, wärst du sicherer, als wenn du ein Goblin-Kind findest und aufziehst, denn der kleine Goblin würde dich zweifellos umbringen, sobald er kann, ob aus Habgier oder auch nur aus Lust am Töten.«

Drizzt hatte das Gefühl, der Boden würde sich unter ihm auftun. Er hatte keinen Zweifel an Catti-bries Worten, auch nicht an ihrer Aussage, dass sie vom Lied der Mielikki inspiriert waren. Diese Frage machte dem Drow schon ewig zu schaffen – dem Abtrünnigen, der den Mut gefunden hatte, sich von der Bosheit der Stadt seiner Kindheit zu lösen. Hatte sie recht? Auch mit ihrem Urteil über ihn?

Ihre Worte hallten in Drizzts Gedanken nach. *Die Bürde, die du trägst, vernebelt dein Urteilsvermögen.* Das wollte er nicht glauben. Er suchte nach einer logischen Erwiderung auf ihre Darlegungen. Er dachte an Montolio, seinen ersten Mentor in der Oberflächenwelt, doch wenn er sich an jene Zeit erinnerte, bestätigten sich nur Catti-bries Worte, nicht das, was Drizzt für richtig hielt. Montolio hatte ihn nie dazu angehalten, einen Goblin oder Ork nach seinem Charakter zu beurteilen. Montolio Debrouchee war für Drizzt einer der besten Männer, die er je kennen gelernt hatte. Hätte Montolio den Vertrag von Garumns Schlucht unterzeichnet?

Hatte er je einen Goblin am Leben gelassen?

Drizzt konnte es sich kaum vorstellen.

Er warf Catti-brie einen bittenden Blick zu, aber sie liebte ihn zu sehr, um ihm Ausreden zu ermöglichen. Er musste sich der Anklage stellen, die sie ausgesprochen hatte – Worten, die der Weisheit von Mielikki entsprangen, die von Drizzt und Catti-brie gleichermaßen verehrt wurde.

Er wollte gern glauben, dass Oboulds Handeln edlen Absichten entsprungen war. Er wollte glauben, dass ein Ork – oder ein Goblin wie Nojheim – den schlechten Ruf seiner Herkunft abschütteln konnte. Denn wenn sie das konnten, dann konnte er das auch und umgekehrt: Wenn er das konnte, dann konnten – oder sollten – sie das auch.

»Die Goblins sind keine Leute«, sagte Catti-brie. »Keine Menschen, keine Drow und auch sonst nichts. Man kann sie nicht nach den gleichen Maßstäben beurteilen oder behandeln.«

»Verdammt richtig«, warf Bruenor ein. »Das wissen die Zwerge schon seit vielen hundert Jahren.«

»Und trotzdem hast du den Vertrag unterschrieben«, erinnerte ihn Regis. Alle starrten den Halbling an, besonders grimmig Bruenor.

Regis begegnete seinem finsteren Blick mit einem breiten, frechen und schließlich ansteckenden Lächeln.

»Hast ein bisschen an Mumm zugelegt, was?«, kommentierte Bruenor.

Regis grinste und zwinkerte ihm zu. »Lasst uns Orks jagen!«

Bei dieser Einladung verflog Bruenors Zorn. »Bruhaha!«, lachte er schallend und schlug Regis auf die Schulter.

»Die Wege werden bald begehbar sein, und wir kommen auf jeden Fall durch«, erklärte Catti-brie. »Also auf nach Mithril-Halle?«

»Ja«, sagte Bruenor, sah dabei jedoch Wulfgar an. Immerhin hatte der Barbar die Gefährten in der Zeit von Obould verlassen, um in seine ursprüngliche Heimat bei den Bewohnern der Tundra des Eiswindtals zurückzukehren.

»Ja«, stimmte Wulfgar überzeugt zu.

»Du willst also nicht bei deinen Leuten bleiben?«, vergewisserte sich Bruenor ohne Umschweife.

»Ich bin zurückgekommen, um an eurer Seite zu kämpfen«, sagte Wulfgar gelassen. »Für das Abenteuer. Für die Schlacht. Gehen wir spielen.«

Drizzt merkte, dass Catti-brie nun ihn ansah. Er war ebenso überrascht wie sie, und es war für beide eine angenehme Überraschung.

»Mithril-Halle«, bestätigte auch Drizzt.

»Mit einem kleinen Umweg«, warf Bruenor ein. »Es gibt da noch etwas zu erledigen«, erklärte er und nickte bei jedem Wort. »Ein alter Freund hat ein Problem, Elf, einer, den du kennst und sterbend zurückgelassen hast.«

Drizzt machte ein erstauntes Gesicht.

Da ging Bruenor auf die andere Seite des Zimmers und zog einen wohlbekannten Helm, einen Schild und eine Axt unter dem Bett hervor. Die anderen waren wenig überrascht, aber Drizzt, der in jener Nacht auf Kelvins Steinhügel im Sterben gelegen hatte, hatte Bruenors Aufmachung damals gar nicht mitbekommen. Angesichts der Geschichten, die er von der Wiedergeburt seiner Gefährten gehört hatte, verstand er jetzt, was das bedeutete: Bruenor hatte sein eigenes Grab aufgesucht.

»Allerdings war unser alter Freund schon tot«, erklärte Bruenor, »und weniger stark, als er glaubte.«

»Pwent«, flüsterte Drizzt. Erst jetzt fiel ihm der arme Kerl wieder ein. Er hatte Pwent zwischen Niewinter und Gauntlgrym wiedergefunden, wo er zum Vampir zu werden drohte, und den Zwerg bei einer Höhle zurückgelassen, wo der Sonnenaufgang dem Fluch ein Ende setzen sollte.

»Was ist mit ihm?«, fragte Catti-brie.

»Er jagt Drow in Gauntlgrym«, sagte Bruenor.

»Das dürfte ihm Spaß machen«, bemerkte Regis, um dann verblüfft hinzuzufügen: »In Gauntlgrym?«

»Als verfluchter Vampir«, fügte Drizzt hinzu.

»Ja, und das lasse ich nicht zu«, sagte Bruenor.

»Du willst ihn töten?«, fragte Wulfgar.

Bruenor zuckte mit den Schultern, doch Drizzt wandte sich an Catti-brie. »Gibt es einen anderen Weg?«

Sie wiederholte Bruenors hilflose Geste. Catti-brie war zwar Priesterin, aber keine Expertin für Untote, einer Welt, die den Lehren der Mielikki fremd, ja, völlig zuwider war.

»Gauntlgrym?«, vergewisserte sich Regis erneut.

»Ja, wir haben es gefunden«, bestätigte Bruenor. »In den Felsspitzen im Norden von Niewinter. Pwent ist dort, tot und einsam, genau wie ein paar Drow, und dass die alle um die Schmiede meiner Vorfahren herumturnen, passt mir gar nicht!«

»Unsere Antworten werden wir unterwegs schon finden«, sagte Catti-brie.

»Jarlaxle ist in Luskan«, fügte Regis hinzu. Die anderen horchten auf.

Aber Catti-brie dachte in eine andere Richtung, wie Drizzt feststellte, als sie den Kopf schüttelte und leise sagte: »Langsattel.«

Der Drow staunte, denn die Heimat der Harpells war nicht unbedingt ein Ort, wo man üblicherweise Zuversicht schöpfte.

Kapitel 3

Das Gründungsfest

»Jetzt wisst Ihr, warum ich Drizzt Do'Urden niemals aufgespürt und getötet habe«, sagte Gromph zu Quenthel, als sie zum Baenre-Anwesen zurückgekehrt waren und die Oberinmutter sich von dem Angriff des Illithiden erholt hatte.

»Die Göttin selbst bedient sich seiner.« Quenthel nickte.

Allerdings lächelte sie nicht, wie Gromph registrierte, und angesichts der Erinnerungen aus Yvonnels Innerstem, die Methil an seine Schwester übertragen hatte, fragte sich der Erzmagier, ob sie wohl je wieder lächeln würde – außer vor Freude über die Schmerzen, die sie anderen zufügte.

Die nachdenkliche Haltung seiner Schwester ähnelte der seiner Mutter. Bei Quenthel hatte er diese Haltung allerdings noch nie gesehen.

»Wozu ihn in Versuchung führen?«, fragte sie. »Wenn es so vieles gibt, was dringlicher wäre. Warum jetzt?«

Eine gute Frage, dachte der Erzmagier. Genau darüber hatte er erst vor einem Zehntag ausführlich mit Minolin Fey diskutiert. Die Spinnenkönigin dehnte gerade ihren Einfluss aus – im Reich der Götter, nicht unter bloßen Sterblichen. Warum also befasste sie sich mit einem abtrünnigen Drow, der doch letztlich so unbedeutend war?

»Das ist eine Frage an Priesterinnen, nicht an Zauberer«, erwiderte er.

Quenthel kniff die Augen zusammen, denn inzwischen verstand sie natürlich, was Lolth langfristig vorhatte, und diese Pläne umfassten auch einen höheren Rang für Gromph und sonstige männliche Zauberer. »Und Ihr habt mit Priesterinnen gesprochen … zumindest mit einer«, erinnerte sie ihn. »Über genau dieses Thema.«

Gromph richtete sich hinter seinem Schreibtisch auf, um den bohrenden Blick seiner Schwester ebenso forschend zu erwidern. »Meine liebe Schwester …«, begann er.

»Nennt mich nie wieder so!«, unterbrach sie ihn augenblicklich. In ihrer Stimme lag eine klare Drohung.

»Oberinmutter Quenthel«, korrigierte er sich.

Gromph hob die Hände an die Lippen und tippte langsam dagegen – seine typische Geste, wenn er einen irritierenden Gedanken zu verdauen hatte. Er wusste, dass die Frau vor ihm weit mehr war als die, die er vor Kurzem aus Menzoberranzan fortgeleitet hatte. Methil El-Viddenvelp hatte Quenthel so viele Erinnerungen von Oberinmutter Yvonnel Baenre übertragen, auch die Art, wie ihre verstorbene Mutter Lolth verstanden hatte; außerdem war dabei offenbar ein gehöriger Anteil ihrer Persönlichkeit eingeflossen. Diese Möglichkeit war ihm bewusst gewesen. Quenthel mit den gesammelten Einblicken eines Illithiden zu konfrontieren, war eine Stärkungsübung gewesen, damit sie Lolths Anforderungen genügen konnte. Sie war die Oberinmutter von Menzoberranzan und damit die Herrscherin der Stadt, doch in Wahrheit wusste jeder, der die Zusammenhänge in Haus Baenre durchschaute, dass hinter den Kulissen Gromph die Fäden zog, weil er der Älteste, der Erfahrenste und der Klügste seines Hauses war.

Er hatte das Risiko gekannt, dass Quenthels Kontakt mit Methil sie ausreichend stärken könnte, um diese Dynamik zu kippen.

»Die Götter sind sehr aktiv, sagt Meisterin Minolin Fey«, erklärte er, während er die Hände senkte, aber nicht den Blick. »An vielen Ecken ist die Wiederherstellung weit fortgeschritten.«

»Die Spinnenkönigin hat größere Sorgen.«

»Warum fragt Ihr mich und nicht sie? Ihr seid die Oberinmutter von Menzoberranzan …«

»Wagt es nicht, mir zu sagen, wer ich bin oder was ich zu tun habe!«, sagte Quenthel. »Ich werde Lolth nicht mit Fragen belästigen, die andere beantworten können, und ihre Zofen nicht auffordern, das Netz zu lösen, nur damit ich herausfinde, was andere in meiner Stadt bereits wissen.«

»Glaubt Ihr, die Götter wären über persönliche Eitelkeiten erhaben?«, fragte Gromph ganz direkt.

Ihr Lächeln überraschte ihn. Es war kalt, wissend und böse, und obwohl er es über hundert Jahre nicht mehr gesehen hatte, kannte der Älteste des Hauses Baenre es nur zu gut.

»Dann wäre der dreiste Abtrünnige letztlich unbedeutend«, überlegte Quenthel. »Ein Dorn im Fleisch einer rivalisierenden Göttin, der nur in die glorreiche Finsternis gezogen werden soll, weil das der Hexe Mielikki wehtun würde.«

»Oder der sich für die Spinnenkönigin erneut als Enttäuschung erwiesen hat. Daher der Schmerzensschrei, mit dem Eure letzte Reise begann.«

»Der abtrünnige Do'Urden hat die Herrin Lolth schon wieder mit Herz und Seele verraten.«

So wie damals, als er dich getötet hat, dachte Gromph, ohne es auszusprechen. Das hätte er allerdings auch genauso gut tun können, denn sein Grinsen verriet seinen Gedankengang.

»Mielikki hat das Herz von Drizzt Do'Urden gewonnen.

Ein Nebenschauplatz.« Bei diesen Worten nickte Gromph, ohne seine Schwester anzusehen. Er versuchte, sich zu erinnern, wie seine Mutter mit solchen Nachrichten umgegangen war. Würde Quenthel diesem Vorbild am Ende gerecht werden? »Soll ich ausziehen und den abtrünningen Do'Urden töten?«, fragte der Erzmagier.

Oberinmutter Quenthel bedachte ihn mit einem ungläubigen, geradezu mitleidigen Blick. Das war Antwort genug. Der Gedankenschinder hatte ihr so viel geschenkt! Denn natürlich war das die richtige Antwort – die Antwort, die Gromph gegeben hätte, die Yvonnel gegeben hätte und die Lolth von Oberinmutter Quenthel aus der Stadt der Spinnen hören wollte.

Mit dieser Information zum Ursprung der Pein der Herrin Lolth hätte die alte Quenthel – vor ihrer Begegnung mit dem Illithiden – Gromph sofort mit einem Dutzend Assassinen losgeschickt, um den armseligen Abtrünnigen aus dem Haus Do'Urden zu eliminieren. Ein nutzloses Unterfangen, das allenfalls eine kurze, rachsüchtige Genugtuung wäre, bald gefolgt von dem Wissen, dass der Schurke dann bei seiner Göttin wäre. Und diese Göttin war nicht Lolth, und Lolth wäre nicht zufrieden, und mit einem schlichten, endgültigen Tod würde man die Göttin auch niemals zufriedenstellen können.

»Das Schwert ist zu einfach«, befand Oberinmutter Quenthel. »Wir brauchen sein Herz.«

»Aber das konnte die Göttin bisher nicht gewinnen.«

Wieder lächelte Quenthel, doch inzwischen dachte Gromph bei ihrem Anblick nicht mehr an ihren Namen. Dieses verschlagene, ebenso grausame wie inspirierende Lächeln kam von Oberinmutter Quenthel.

»Was wir nicht gewinnen können, können wir brechen«, stellte Oberinmutter Quenthel feinsinnig fest.

Ja, überlegte Gromph, einmal mehr nahm er den Status eines Untergebenen ein, und dies nicht nur rein offiziell. All die Jahre hatte er Minolin Fey in der Kunst der Intrige unterwiesen. Sie war seine Marionette gewesen, um über seine armselige Schwester zu herrschen, auch seine Geliebte – all dies würde sich nun wohl auflösen, nachdem Quenthel einen so unmittelbaren Einblick in den Kopf von Yvonnel erhalten hatte.

Yvonnel die Ewige, dachte er, als ihm der Beiname einfiel, den viele seiner mächtigen Mutter gegeben hatten. Er hatte ihn für einen grausamen Scherz gehalten, nachdem die Axt des Zwergenkönigs Yvonnels uralten Schädel gespalten hatte. Aber vielleicht war es mehr als eine vorübergehende Anspielung gewesen. Vielleicht blieb »ewig« dank Methils tastenden Tentakeln eine passende Beschreibung.

Und diese »ewige« Einsicht hatte Gromph seiner Schwester gerade gewährt.

Auf Verlangen der Spinnenkönigin.

Sei's drum.

»Morgen ist das Gründungsfest«, sagte Oberinmutter Quenthel.

Gromph starrte sie ungläubig an, bis ihm bewusst wurde, dass sein Gegenüber nicht mehr allein Quenthel war. Dann mischte sich Argwohn in seinen Blick. Immerhin hatte Haus Baenre dieses Fest bisher relativ zynisch und beiläufig abgetan. Der zwanzigste Ches, der dritte Monat, galt als Gründungstag von Menzoberranzan. An diesem Tag durfte sich die gesamte Verteidigung der Stadt einen kollektiven Stoßseufzer erlauben. Die Tore der Häuser waren weniger streng bewacht oder wurden gar für Passanten geöffnet, denn bekanntlich ließ sich gelegentlich ein Avatar der Herrin Lolth in der Stadt blicken, und dann lag ein Segen auf ganz Menzoberranzan.

Für Haus Baenre, das durch eine weniger strenge Bewachung weitaus mehr zu befürchten hatte, war das Gründungsfest in den Tagen von Yvonnel (den Säbeljahren, wie man sie heute in Menzoberranzan nannte) eine reine Formalität gewesen, die kaum erwähnenswert war, wenig beachtet wurde und – meist über Spione von Bregan D'aerthe – dazu genutzt wurde, Informationen über die Verteidigungsmaßnahmen und Schwachpunkte der anderen Adelshäuser in Erfahrung zu bringen.

»Oberin Byrtyn Fey hat …« Oberinmutter Quenthel hielt inne und lachte boshaft, ehe sie fortfuhr: »Oberin Byrtyn wird eine überaus großzügige Einladung in ihr ehrenwertes Haus aussprechen, die wir natürlich annehmen werden, so wie es am Gründungstag erwartet wird.«

»Wir gehen ins Narbondellyn?«, fragte Gromph skeptisch. In diesem Viertel befanden sich verschiedene Herrenhäuser, Theater und Arenen sowie die Anwesen von zwei der acht führenden Häuser von Menzoberranzan. Narbondellyn war in der Stadt der Spinnen ein gefragtes Viertel, das Gromph schon oft besucht hatte, doch außer in Kriegszeiten hatte der gesamte Adel von Haus Baenre bisher nur selten Qu'ellarz'orl verlassen, wo die wichtigsten Häuser residierten. Traditionsgemäß speisten die nicht verbündeten Häuser beim Gründungsfest gemeinsam, um Einigkeit zu demonstrieren, doch normalerweise lud Haus Baenre an diesem Tag Oberin Mez'Barris mit ihrem Zweiten Haus Barrison Del'Armgo ein und umgekehrt.

»Ich erwarte Oberin Byrtyns Einladung«, sagte Oberinmutter Quenthel lauernd. Ihr böses Lächeln war auf Gromph gerichtet. Und damit erhob sie sich, zog davon und ließ den alten Magier ziemlich fassungslos zurück.

Haus Fey-Branche. Das Sechste Haus von Menzoberranzan. Das Haus von Minolin.

Warum hatte Quenthel – Oberinmutter Baenre – das in die Wege geleitet?, fragte sich Gromph. Und wie?

Sie zählte zu den ältesten Drow in Menzoberranzan und war die dienstälteste Oberinmutter, auch wenn ihr Haus, Barrison Del'Armgo, erst achthundert Jahre alt war und damit das zweitjüngste unter den großen Häusern der Stadt. Unter der Führung von Mez'Barris war Haus Barrison Del'Armgo rasch an die Spitze aufgestiegen. Noch vor einem Vierteljahrtausend hatte es einen unbedeutenden Platz auf Rang siebenundvierzig innegehabt und war von den wahren Machthabern von Menzoberranzan kaum beachtet worden. Der weite Sprung auf Rang sechzehn jedoch war aufgefallen, und als die Oberinnen, die im Achterrat herrschten, schließlich genauer hinsahen, wie die Armgo ihre Macht ausbaute, wurde ihnen schnell klar, dass Mez'Barris schon bald einen Platz im Konzil beanspruchen würde.

Mez'Barris hatte ihre Nische gefunden. Andere Häuser wetteiferten um die Gunst von Lolth, indem sie Kapellen errichteten und Priesterinnen ausbildeten. Oberin Mez'Barris hatte für ihre Familie einen anderen Weg ausersehen. Barrison Del'Armgo war für seine Hauszauberer ebenso bekannt wie sein Erzrivale, die Xorlarrins, beherbergte aber zugleich viele der größten Krieger von Menzoberranzan. Jahr für Jahr nahm Melee-Magthere, die Kriegerschule der Drow, eine ganze Klasse künftiger Armgo-Krieger auf.

Mit tausend Soldaten bildete Barrison Del'Armgo das Rückgrat der städtischen Garnison und garantierte Mez'Barris eine eigene Hausstreitmacht, die nicht den Launen einer unberechenbaren Gottheit oder dem Auf und Ab der Magie unterworfen war.

Und jetzt, wo die Dinge interessanter wurden, war Oberin Mez'Barris sich der wachsenden Instabilität innerhalb von Haus Baenre bewusst, dem letzten Haus, das sie noch von der Spitze von Menzoberranzan trennte.

»Sie marschieren, als wollten sie die ganze Stadt beeindrucken«, sagte Hohepriesterin Taayrul zu ihrer Mutter, die neben ihr auf einem der dunkleren Balkone des großen Anwesens stand. Barrison Del'Armgo war erst vor Kurzem vom bisherigen Wohnsitz in Narbondellyn nach Qu'ellarz'orl umgesiedelt. Daher waren die Gebäude bisher nicht annähernd so prächtig und magisch beleuchtet wie das weitläufige Anwesen der Baenres.

»Es sind Baenres«, sagte Malagdorl, der Älteste und Waffenmeister von Barrison Del'Armgo. »Soll Menzoberranzan sie ruhig angaffen, denn bald schon wird man uns bewundern.«

»So etwas sagt man nicht offen, unverschämter Bengel«, schimpfte Mez'Barris, doch ihre Stimme drückte mehr Stolz als Ärger aus. Sie konnte sich ebenfalls gut vorstellen, dass bald ihr eigenes Haus eine solche Parade abhalten würde.

Den Prunk und die Schönheit des Festumzugs konnte sie jedoch nicht bestreiten. Die Soldaten in ihren exakt passenden Rüstungen marschierten zügig, diszipliniert und wohlgeordnet. Das Blinken der Waffen wurde von geschickt ausgerichteten magischen Lichtquellen hervorgehoben, die mit äußerster Präzision das glänzende Metall der Schwerter, Streitäxte oder Speerspitzen zum Funkeln brachten. Feenfeuer in Lila, Blau und Orange umspielte die Befehlshaber auf ihren großen Unterreich-Eidechsen. Die begleitenden magischen Jadespinnen, ponygroße Versionen der Ungeheuer, die Haus Baenre und verschiedene andere Häuser von Qu'ellarz'orl bewachten, schienen dank Lichtzaubern von innen heraus zu leuchten. Diese Spinnen flankierten die wichtigste Abordnung, die adligen Priesterinnen, und Mez'Barris brauchte nicht lange, bis sie Oberinmutter Quenthel entdeckte, als diese auf einer durchsichtigen Scheibe aus lila-blauer Energie aus dem Baenre-Tor schwebte, dicht gefolgt und rechts und links flankiert von ihrer ältesten Tochter und Sos'Umptu, die beide auf eigenen Scheiben standen. Zwischen den dreien leuchtete eine magische rote Flamme, die Quenthel einen roten Heiligenschein zu verleihen schien. Die Farbe passte so genau zu ihren Augen, dass Mez'Barris diese Augen selbst aus dieser Entfernung sehen konnte. Einen Moment lang hatte sie den Eindruck, Quenthel würde sie persönlich anstarren.

Ja, die Baenres kannten sich mit Festumzügen aus, und die ganze Stadt würde erzittern, wenn sie vorbeikamen. Der Prunk verschlug Mez'Barris den Atem, und sie brauchte eine Weile, bis ihr bewusst wurde, dass dies keine normale Prozession war, nicht einmal zum Gründungstag. So etwas hatte sie von den berühmten Baenres schon lange nicht mehr gesehen, seit Jahrzehnten, seit hundert Jahren oder mehr, seit …

»Yvonnel«, flüsterte sie. Da begriff sie, dass Oberinmutter Quenthel gerade der ganzen Stadt eine klare Ansage machte, und angesichts des Abzugs von Oberin Zeerith und den Xorlarrins war dies auch eine ausdrückliche Warnung an Oberin Mez'Barris.

Malagdorl knurrte leise, als die Spitze der Prozession höchstens fünfzig Fuß vor dem Balkon, auf dem die Adligen sich versammelt hatten, vorbeizog. Waffenmeister Andzrel Baenre ritt stolz aufgerichtet auf einer Eidechse voran, deren Zaumzeug mit Edelsteinen und Glöckchen besetzt war.

»Oh ja«, sagte Mez'Barris, die an ihrem Hass beinahe zu ersticken drohte. »Erklärt mir noch einmal, warum Ihr den da noch nicht töten konntet?«

Malagdorl schlug die Augen nieder. Die alte Rivalität zwischen den Waffenmeistern der ersten zwei Häuser hatte eine lange Tradition, denn sie ging auf die legendären Kämpfe zwischen Uthegental Armgo und Dantrag Baenre zurück. Ihre Nachfolger hätten dies fortsetzen sollen, was Malagdorl sich sehnlichst wünschte. Doch in letzter Zeit war Andzrel vor jedem Konflikt zurückgescheut.

Mez'Barris kannte den Grund dafür. Sie wusste von Tiago, der immer stärker wurde und sich einen eigenen Namen aufbaute, und sie wusste von Aumon, Quenthels ältestem Sohn, der gerade sein erstes Jahr an der Akademie abgeschlossen hatte. Andzrel spielte vorsichtig, denn jeder Fehler könnte dazu führen, dass ein oder zwei eifrige Emporkömmlinge versuchen würden, den Waffenmeister zu ersetzen.

Die Prozession nahm kein Ende. Schließlich bemerkte Mez'Barris Gromph, der überraschend weit hinten in der langen Reihe auf einem magischen Spektralwesen ritt, dessen Farbe und Form sich ständig änderten. Mal schien es ein Höllenpferd zu sein, dann eine Art Rothe, dann wieder etwas dazwischen und dann etwas ganz anderes.

Mez'Barris zusammengepresste Lippen verzogen sich zu einem Lächeln. Gromph hasste Quenthel ebenso wie sie ihn, das wusste sie – oder glaubte, es zu wissen –, und mit dem Prestigegewinn der Zauberer in Lolths Gefolgschaft würde er den Sturz ihrer Rivalin bewirken.

»Sie werden nicht bei den Xorlarrins essen?«, fragte Priesterin Taayrul, als sich abzeichnete, dass die Baenre-Armee am Zauberturm des Dritten Hauses vorbei- und aus Qu'ellarz'orl insgesamt abzog. Inzwischen erstreckte sich die

Prozession vom Baenre-Tor bis hin zu den Riesenpilzen, die Qu'ellarz'orl vom Rest der Stadt trennten.

»Es ist Gründungstag«, erinnerte Maladorl sie im Brustton der Überzeugung. »Da müssen sie mit einem Haus speisen, mit dem sie nicht verbündet sind ...« Seine Stimme wurde leiser, als die beiden Priesterinnen sich sichtlich darüber amüsierten, weil ihm diese uralte Tradition so maßgeblich erschien. »Oberinmutter Quenthel scheint die Karten neu zu mischen«, überlegte Mez'Barris. »Vielleicht hat sie doch endlich bemerkt, dass ihr nach dem Abzug von Haus Xorlarrin eine offene Flanke droht.« Sie nickte beim Sprechen, denn sie war sich ihrer Sache sicher. Haus Xorlarrin und Haus Baenre waren mit Rang drei und eins die unmittelbaren Rivalen von Haus Barrison Del'Armgo. Die zwei folgenden Häuser, Faen Tlabbar und Mizzrym, waren mit den Baenres verbündet, aber untereinander verfeindet. Diese Rivalität würde sich verstärken, sobald Haus Xorlarrin, der stärkste Verbündete von Haus Faen Tlabbar, Menzoberranzan verließ. Der begehrte Rang des Dritten Hauses war dann unbesetzt, und sicher wollte eines dieser Häuser diese Lücke füllen. Der Beziehung zwischen den Häusern Baenre und Armgo würde das sicher nicht förderlich sein. Zusammen waren Faen Tlabbar und Mizzrym vielleicht mächtiger als Xorlarrin allein, aber die Oberinmutter von Haus Baenre konnte nicht wie bisher bei Oberin Zeerith Xorlarrin darauf zählen, dass sie – einzeln oder vereint – den Ehrgeiz von Haus Barrison Del'Armgo im Zaum hielten.

»Darum die ungewöhnliche Pracht bei der großen Parade der Baenres«, murmelte Mez'Barris vor sich hin. Sie nickte wissend. Ihre Tochter und der Waffenmeister starrten sie an. »Sie wollen Stärke und Ordnung demonstrieren, um das Chaos, das bald vor Quenthels Toren herrschen wird, im Keim zu ersticken.«

Taayrul machte große Augen, und selbst der begriffsstutzige Malagdorl registrierte, dass sie Quenthel nicht mit dem ihr gebührenden Titel bedacht hatte.

In Menzoberranzan waren schon Häuser aus nichtigerem Anlass in den Krieg gezogen.

Der Zug von Haus Baenre marschierte durch alle Viertel von Menzoberranzan bis hinauf zum Tier-Breche mit den drei Gebäuden der Drow-Akademie und dann über die Westwand, bis er schließlich wieder in Narbondellyn eintraf, das jenseits des Pilzwaldes gegenüber von Qu'ellarz'orl lag. Von jedem Balkon und aus jedem Fenster hatten die Drow zugesehen, die eine Hälfte voller Bangen, die andere mit anerkennendem Nicken für die Zuverlässigkeit, für die Baenre stand.

Als die Prozession sich Narbondellyn näherte, spalteten sich verschiedene Wachtrupps ab, die vor den geöffneten Toren von Haus Fey-Branche Stellung bezogen. Nur die Adligen passierten das Tor, darunter die Geschwister Quenthel, Sos'Umptu und Gromph, Quenthels Tochter Myrineyl, Waffenmeister Andzrel Baenre und Lehnsherr Velkryst, Quenthels momentaner männlicher Favorit, ein ehemaliger Hauszauberer aus Xorlarrin.

Selbst wenn nicht gerade Gründungsfest gewesen wäre, hätten diese sechs keine Angst haben müssen, weil nahezu jeder Drow sich ganz klein machte, sobald sie nahten.

Oberin Byrtyn Fey nahm sie in Empfang. Neben ihr standen Minolin und Lehnsherr Calagher. Byrtyn wirkte angesichts der geringen Zahl der Gäste etwas überrascht, und Gromph und Quenthel bemerkten leichten Ärger, als Byrtyn an ihnen vorbeischaute und die Baenre-Armee musterte, die vor ihrem Anwesen Stellung bezogen hatte.

Die Schritte von Oberin Byrtyn wirkten nervös, als sie

zum Bankettsaal vorausging, wo an einer Tafel mit knapp vierzig Stühlen ein Festmahl bereitstand. Die eine Hälfte der Stühle war mit Adligen von Fey-Branche besetzt, die andere war offenbar für die Baenres reserviert. Auf einen Wink von Byrtyn schienen sich alle außer den engsten Familienmitgliedern zurückziehen zu wollen.

»Lasst sie ruhig alle bleiben«, flüsterte Oberinmutter Quenthel ihr zu. »Ihr dürft die restlichen Stühle nach Belieben besetzen.« Sie sah Minolin an. »Euer Bruder ist nicht anwesend? Ich würde ihn gern wiedersehen.«

Ihr ungewöhnliches Vorgehen erschütterte Minolin sichtlich, und sie wechselte einen nervösen Blick mit ihrer Mutter. Die beiden schienen sich zu fragen, ob die Baenres sie alle gemeinsam abschlachten wollten.

»Wir sind die beiden ältesten Häuser in der Stadt der Spinnen«, sagte Oberinmutter Quenthel. »Die Zeit hat unsere Verbindung ausgedünnt, doch jetzt, wo die Göttin eine neue Ära einläutet, sollten wir die Bande neu knüpfen.«

Byrtyn reagierte überrascht, aber auch hoffnungsvoll. Gromph registrierte diese Anwandlungen sehr genau, und alle wussten, dass Zeerith Xorlarrin mitten im Umzug nach Gauntlgrym begriffen war, und man flüsterte bereits, dass Druck auf sie ausgeübt wurde, ihren Rang und Platz im Konzil zu räumen. Fey-Branche war das Sechste Haus von Menzoberranzan und hatte damit gute Aussichten auf einen Aufstieg. Bot Oberinmutter Quenthel ihnen gerade Unterstützung an?

Gromph bemerkte den Blick von Minolin Fey und zuckte kaum merklich mit den Schultern. Sein Gleichmut verstimmte die Priesterin. Sie war angespannt, erkannte der Erzmagier, und insgeheim gratulierte er seiner Schwester – sofern er Oberinmutter Quenthel noch als Schwester sehen konnte, nachdem sie sich so radikal verändert hatte.

Oberin Byrtyn lud die würdigsten Mitglieder ihres Hauses zum Festessen ein, und die sechs Baenres verteilten sich dazwischen und achteten darauf, nicht alle zusammenzusitzen.

Die Waffenmeister Andzrel und G'eldrin Fey waren alte Freunde von der Akademie und zogen sich mit anderen Kriegern ans hintere Ende der Tafel zurück, wo sie über die jüngsten Ereignisse in Melee-Magthere diskutierten, während Lehnsherr Velkryst und Hauszauberer Zeknar von Fey-Branche über die Wiederkehr des Netzes sprachen. Gromph hingegen schloss sich nicht seinen Zaubererkollegen an, sondern blieb in der Nähe von Oberinmutter Quenthel, die natürlich am Kopfende Platz genommen hatte. Rechts von ihr saß Oberin Byrtyn, links Minolin Fey.

Das Essen war köstlich und reichlich, die Musik dem Anlass angemessen und ausreichend dezent, und die ganze Feier war so akribisch geplant, wie man es von einem edlen Haus erwartete, das fast ebenso alt war wie Haus Baenre und in Menzoberranzan auf eine ähnlich stolze Tradition zurückblicken konnte. Wie üblich blieben die Gespräche oberflächlich. Es fiel die eine oder andere abfällige Bemerkung über die nicht anwesenden Häuser, und beide Oberinnen forderten die anderen immer wieder auf, sich zu der einen oder anderen aussichtsreichen Situation zu äußern. Denn in der Stadt der Spinnen war dies schließlich der wohl einzige Tag, an dem man gemeinsam Hoffnung schöpfte und Neues begann, ein Tag für die Vorstellung, ganz Menzoberranzan sei größer als die Summe seiner Teile.

»Ich war sehr beglückt über Eure Einladung«, sagte Oberinmutter Quenthel schließlich zu Byrtyn.

Gromph sah Minolins Wachsamkeit, denn natürlich war diese Einladung keineswegs überraschend erfolgt.

»Wir sind die Ältesten, die Eckpfeiler von Menzoberranzan, die Konstante im ewigen Strudel um Macht und Bündnisse.« Baenre stieß ein leises, halb verlegenes Lachen aus und fügte hinzu: »Wobei manche Dinge – wie der Angelpunkt von Menzoberranzans Macht – in der Tat ewig sind.«

Eine erstaunliche Anmaßung dieses selbst erklärten Angelpunkts, dachte Gromph. Im Gegensatz zu Byrtyn und Minolin irritierten diese Worte ihn kein bisschen, sondern fesselten ihn eher. Noch gestern hätte Gromph diese Worte aus dem Mund seiner Schwester für überhebliche Prahlerei gehalten, aber jetzt, nachdem sie Yvonnels Erfahrung in sich aufgenommen hatte, erkannte er ihren geschickten Schachzug.

Oberinmutter Yvonnel die Ewige hatte keine Fehler gemacht, und das erwartete Gromph – zu seiner eigenen Überraschung – nun auch von Quenthel.

»Wo sind das Vertrauen und die Freundschaft zwischen Baenre und Fey-Branche nur hin?«, sagte sie mit einem übertriebenen Seufzer.

»Offenbar vom Tod ausgedünnt«, erwiderte Oberin Byrtyn, deren Stimme einen Anflug von Ärger verriet.

Gromph hustete, um ein Kichern zu unterdrücken. »Vom Tod ausgedünnt«, das traf es perfekt, dachte der alte Erzmagier, denn in den letzten Jahrzehnten hatten viele Angehörige von Fey-Branche einen vorzeitigen Tod gefunden. Byrtyn und ihr Haus waren in der Defensive, denn sie mussten mit Recht davon ausgehen, dass in vielen dieser Fälle Haus Baenre die Finger im Spiel gehabt hatte.

»Ja«, stimmte Quenthel zu, um den Faden aufzunehmen. »Ein viel zu dünnes Band.«

Minolin Fey wurde immer unruhiger. Am liebsten hätte sie ganz direkt gefragt, warum Oberinmutter Quenthel eigentlich auf dieser Einladung bestanden hatte, aber das wäre natürlich völlig unangemessen gewesen.

»Ich habe gehört, dass Oberin Zeerith bald abreisen wird«, erwähnte Oberin Byrtyn. »Ich frage mich, was dann aus dem Turm der Xorlarrins in Qu'ellarz'orl wird.«

»Er wird nicht an das neue Dritte Haus vergeben«, erwiderte Oberinmutter Quenthel.

»Wer auch immer das werden mag«, sagte Oberin Byrtyn lauernd.

»Jedenfalls nicht Fey-Branche, falls Ihr daran denkt«, erwiderte Oberinmutter Quenthel, und diesmal konnte auch Gromph seine Ungläubigkeit nicht verbergen.

Minolin rührte sich wieder auf ihrem Stuhl und schien ihre Peitsche zücken zu wollen. Oberin Byrtyn wich erschrocken vor Quenthel zurück. Plötzlich wurde es am ganzen Tisch still, und Gromph überlegte, welcher Zauber ihn aus der drohenden Auseinandersetzung retten könnte.

»Ihr seid nicht für Euren Ehrgeiz bekannt, Byrtyn«, fuhr Oberinmutter Quenthel unerschrocken fort und ging ein noch größeres Risiko ein, indem sie den Titel ihrer Gastgeberin unterschlug. »Es ist kein großes Geheimnis, dass Fey-Branche ohne Verbündete dasteht und dass Oberin Zhindia von den fanatischen Melarni begehrliche Blicke nach oben wirft. Wenn Ihr nach dem Stuhl von Oberin Zeerith greifen wolltet, würden drei darüber stehende Häuser auf Euren Sturz hinarbeiten.«

»Ein solcher Handel wäre am Gründungstag unangemessen«, warf Minolin Fey ein.

»Was nicht entschuldigt, dass eine Priesterin ihren Platz vergisst«, wies Oberin Byrtyn sie zurecht.

»Euer Handel wird unsere beiden Häuser die Gunst von Lolth kosten«, flehte Minolin Oberinmutter Quenthel an.

»Mein liebes Kind«, antwortete Oberinmutter Quenthel

voll süßer Herablassung, obwohl sie nicht älter war als Minolin, »Ihr solltet nie wieder den Fehler begehen, mir die Wünsche von Lolth zu erklären.«

Einem alten Sprichwort zufolge waren die Ohren einer Oberinmutter so scharf, dass sie das Fallen eines einzelnen Haars vernehmen würde. In diesem Moment wurde es so still im Raum, dass Gromph dieses Sprichwort nicht mehr für übertrieben hielt.

Oberinmutter Quenthel warf Oberin Byrtyn einen Blick zu, als ob sie eine Bemerkung erwartete, aber die Frau widmete sich lieber wieder ihrem Teller. Lange Zeit sagte niemand mehr ein Wort.

Nach dem Mahl räumten die Bediensteten rasch die Teller ab, und Oberin Byrtyn führte alle Anwesenden in einen noch größeren Nachbarraum, wo man zwischen kleineren Grüppchen hin und her pendelte. Gromph spazierte zu Velkryst und den anderen Zauberern hinüber, konzentrierte sich jedoch weiterhin im Stillen auf das Wichtigste – die Oberinnen und ihre Hohepriesterinnen. Er sah, wie Sos'Umptu eilig zu Oberin Byrtyn trat und nach Süden auf weitere Räume wies. Kurz darauf begaben sich Byrtyn, Sos'Umptu und Myrineyl in diese Richtung, wodurch Oberinmutter Quenthel praktischerweise mit Minolin Fey zurückblieb.

Diese beiden setzten sich ebenfalls in Bewegung, allerdings in Richtung Westen.

Gromph rieb mit dem Daumen einen Ring an seinem Zeigefinger, um ihnen heimlich eine unsichtbare Projektion nachzuschicken. So konnten seine Sinne den beiden folgen, als sie den Raum verließen und nach einem kurzen Gang durch eine Doppeltür auf einen Balkon traten, von dem aus man die Säule des Narbondel sehen konnte und einen guten Ausblick auf das westliche Menzoberranzan genoss.

Oberinmutter Quenthel sah sich skeptisch um. Auf einen Wink von ihr klappten die Türen zu – und zugleich brach die Verbindung von Gromphs Zauber ab. Neben ihm erzählte Velkryst etwas von der Expedition der Xorlarrins nach Gauntlgrym. Die Fey-Branche-Magier hingen gebannt an seinen Lippen. Der Erfolg der Xorlarrins, die als einziges Haus der Drow die arkane Magie als ebenso wichtig ansahen wie die göttliche, war für die Zauberer von größter Bedeutung, und als Mann tat auch Gromph so, als würde er genau zuhören. Natürlich wusste er weit mehr über die Vorgänge in Gauntlgrym, als Velkryst jemals erfahren würde, denn er hatte die ganze Expedition ja schließlich eingefädelt. Doch sein Blick war weiterhin nach Westen gerichtet, auf die Türen, hinter denen Oberinmutter Quenthel und Minolin Fey verschwunden waren, ganz als rechnete er jeden Moment mit einer Explosion, die den Westflügel des Hauses zerreißen würde.

Da wurde ihm bewusst, dass er die Schachzüge von Quenthel nicht länger vorhersehen konnte. Er konnte sie weder in größerem Umfang lenken noch beeinflussen.

Das Ausmaß des Geschenks an seine Schwester war für seine alten Schultern eine schwere Last.

»Ich muss mich bei Euch entschuldigen«, sagte Baenre zu Minolin, als sie endlich allein waren. Inzwischen ließ das heiße Glühen des Narbondel nach, denn es war schon spät.

Die Priesterin sah Baenre misstrauisch an.

»Ich habe Euch jahrelang geschunden. Ich dachte, ich würde Euch zu Recht verachten. In meinen Augen wart Ihr nichts als ein dummes kleines Mädchen«, fuhr die Oberinmutter von Menzoberranzan fort. »Eure mächtige Position in Arach-Tinilith habe ich Euch nur gelassen, weil dies die Stadt an die glorreichen alten Zeiten erinnerte.

Haus Fey-Branche sollte in der Akademie von Lolth natürlich machtvoll vertreten sein, aber da leider nur Ihr da wart – wie mächtig konnte diese Position schon sein?«

Bei dieser Beleidigung erstarrte Minolin und kniff die Augen zusammen. Sie ballte eine Faust. Am liebsten wäre sie wütend aufgebraust, aber Baenre wusste, dass ihr dazu der Mut fehlte. Minolin Fey war eine Intrigantin, keine Kämpferin. Sie bevorzugte die List und agierte lieber aus dem Hintergrund.

»Ich hatte ja keine Ahnung, wie hart Ihr sein könnt«, fuhr Baenre fort, »und welche Schläue hinter Euren trüben Augen schlummert.«

Diese Bemerkung ließ Minolins Augen wütend aufblitzen. Sie war sichtlich aus der Fassung gebracht, beleidigt und zornig, aber die Gegnerin, die sie in die Enge getrieben hatte, war gegenwärtig unbesiegbar.

»Ihr dachtet, Ihr hättet Gromph im Netz«, höhnte Baenre offen. »Ihr dachtet ernsthaft, Ihr könntet sein Misstrauen und Missfallen gegenüber der kleinen Quenthel gegen die Ewige Baenre ausspielen?«

Ihre direkten Worte ließen Minolin einen Schritt zurückweichen. Das Spiel war aus, so viel stand fest. Viele Jahre hatte sie heimlich an Gromph gearbeitet und ihn voller Tücke in seinen Zweifeln an Quenthel – der Hexe! – bestärkt, die Gromph immer gehasst hatte.

Oberinmutter Quenthel sah zu, wie sich all diese kreisenden Gedankengänge in der Miene der Priesterin abzeichneten, wie Ärger und Furcht miteinander rangen. Und sie erkannte die Bereitschaft, aller Wahrscheinlichkeit zum Trotz in den Ring zu steigen, um diese ganz persönliche Niederlage noch irgendwie abzuwenden. Es war eine Spirale der Panik, die Minolin immer tiefer in die Verzweiflung trieb, wie Baenre wusste. Ja, sie würde hier logisch vorgehen. Denn sie war nicht dumm, sondern eine Hexe von teuflischer Bosheit, der Herrin Lolth treu ergeben!

Daher wusste Minolin ohne jeden Zweifel, dass der plötzliche Einblick ihrer Erzfeindin, der Oberinmutter, die jetzt vor ihr stand, von der Spinnenkönigin selbst stammen musste.

Sie war verloren. Und sie wusste es.

Minolin hob die Hand – selbst eine Maus, die in der Ecke sitzt, beißt zu –, aber Oberinmutter Quenthel war natürlich schneller. In Quenthels Hand erschien ihre Geißel mit den fünf hungrigen Schlangen, die nach dem zarten Fleisch von Minolin gierten und sie mit telepathischen Botschaften verspotteten. Die Priesterin riss die Augen auf, als K'Sothra sich an ihrem Blut labte. Erschrocken wich sie zurück, als Zindas Zähne sich in ihr Gesicht graben wollten, denn Zinda genoss in erster Linie die Angst ihrer Feinde.

Wehr dich nicht, riet ihr die dritte Schlange, Hsiv, mit melodischem Klang, was so gar nicht zu dem grausamen Schmerz durch das heiße Gift der Schlange Qorra passen wollte.

Die fünfte Schlange, Yngoth, biss nicht zu, sondern wiegte sich hypnotisierend vor Minolin hin und her, während die Priesterin gegen die Wand sackte. Ihre schwarzen Augen würden Minolin Hoffnung vermitteln, wie Oberinmutter Quenthel wusste, denn natürlich ließen die lebenden Schlangen der Peitsche ihre Besitzerin an ihrem Vorgehen teilhaben und baten um die Erlaubnis, fortfahren zu dürfen.

Minolin Fey war besiegt. Als die Schlangen von ihr abließen, hielt nur die Wand sie noch auf den Beinen.

Und dann war es der eiserne Griff von Oberinmutter Quenthel, die sie am Arm packte und durch eine zweite

Tür vom Balkon in einen kleinen Ruheraum schleifte. Sie stieß Minolin nach vorn. Die Priesterin prallte gegen ein paar Stühle und konnte kaum noch stehen.

Mit größter Mühe bewahrte sie sich vor einem Kollaps. Dann richtete sie sich hoch auf und fuhr zu ihrer Feindin herum. »Ihr wagt es, mich in meinem eigenen Haus anzugreifen? An einem solchen Feiertag?«, begann sie wütend, doch sie verstummte abrupt, als Baenre eine Klauenhand hob und ihre Magie anrief.

»Gebt auf«, verlangte sie.

Minolin hätte gern vor ihr ausgespuckt, doch im Bann des Zaubers von Quenthel Baenre fiel sie auf die Knie und verharrte dort.

»Ich werde Euch nie wieder unterschätzen, kleine Mordgesellin«, sagte Oberinmutter Quenthel. »Denn meine Verachtung für Euch hat sich in …«

In diesem Moment stürmte Gromph Baenre herein.

»… Bewunderung verwandelt«, endete Oberinmutter Quenthel mit einem boshaften Lächeln. Sie sah den Erzmagier an, als wollte sie ihn fragen, warum das so lange gedauert hatte.

»An … an diesem Tag?«, stammelte Gromph schockiert. »Ausgerechnet jetzt?«

Oberinmutter Baenre senkte die Peitsche. Die Schlangen kamen zur Ruhe und gingen schlafen, als sie die Peitsche wieder in der Schlinge aus Lindwurmhaut versenkte. Unschuldig hielt sie beide Hände hoch. »Entscheidet selbst, wem Eure Treue gilt«, forderte sie Gromph auf. »Die Spinnenkönigin wünscht ungeteilte Ergebenheit von Ihrem Erzmagier, gerade in solch majestätischen Zeiten. Ihr wolltet Haus Baenre aus dem Hintergrund führen, und noch vor einem Zehntag hätte Eure Wahl auf der Hand gelegen.«

»Liebe Schwester …«, begann Gromph.

In diesem Augenblick verfinsterte sich das Gesicht der Oberinmutter von Menzoberranzan vor Wut, verzerrte sich unter dem Ansturm der Jahrhunderte, und einen kurzen Moment blitzte eine unglaubliche Macht auf.

»Oberinmutter«, korrigierte er sich leise und senkte den Blick.

»Nein!«, schrie Minolin Fey mit weit aufgerissenen Augen. Den mächtigen Gromph so demütig zu sehen schockierte sie.

»Ihr werdet Baenre niemals führen«, sagte die Oberinmutter ruhig.

»Schlag zu!«, rief Minolin. »Es ist doch nur Quenthel!«

Diesmal galt Gromphs wütender Blick nicht seiner Schwester, sondern Minolin.

Die Priesterin von Fey-Branche wich zurück und hob abwehrend die Arme, als hätte sie Angst, Gromph würde sie auf der Stelle töten. »Ich trage ein Kind!«, kreischte sie, während sie wehrlos auf den Boden sank. »Euer Kind!«, flehte sie.

Oberinmutter Quenthel lächelte wissend, als Gromph sie erstaunt ansah. Dann nickte sie Minolin zu und setzte zu einem Zauber an. Gromph stimmte mit ein. Gleich darauf tauchten über der liegenden Priesterin zwei geisterhafte Drow-Hände auf, eine männliche und eine weibliche, die gemeinsam nach unten griffen und sie so abrupt wieder auf die Füße stellten, dass sie gar nicht wusste, wie ihr geschah.

Minolin wollte etwas sagen, doch Gromph und Oberinmutter Quenthel geboten ihr zu schweigen. Dann verstummten alle drei, denn nun brach im Fey-Branche-Anwesen ein lauter Tumult aus. Man hörte Schreie, das Poltern von umgeworfenen Möbeln, das Klirren von Glas.

»Haus Baenre greift uns an!«, keuchte Minolin Fey erschrocken auf.

»Oberinmutter?«, fragte Gromph an Quenthel gewandt.

Doch das Gesicht der Oberinmutter von Menzoberranzan war gelassen, denn das war kein Angriff.

Die Innentür des kleinen Raums, in dem sie sich befanden, schwang auf, und eine wunderschöne Drow-Frau trat ein. Sie strahlte eine unglaubliche Präsenz aus.

»Yor'thae«, grüßte Oberinmutter Quenthel sie. Dieser Name war der größten Erwählten der Herrin Lolth vorbehalten, einer besonderen Priesterin, die im Krieg der Spinnenkönigin zum Gefäß der Herrin Lolth geworden war. Oberinmutter Quenthel, die Herrscherin von Menzoberranzan und erhabenste Drow in der Stadt der Spinnen, ging in eine tiefe, respektvolle Verbeugung über.

Angesichts des Avatars der Spinnenkönigin schluckte Minolin. Im Nachbarraum hinter der Frauengestalt folgten die Angehörigen des Hauses Fey-Branche und die vier übrigen Baenres der glorreichen Kreatur. Alle lagen auf den Knien und hatten die Augen niedergeschlagen.

Minolin rührte sich kaum merklich. Oberinmutter Quenthel nahm ihre missliche Lage wahr. Die Priesterin wusste natürlich, dass auch sie niederknien sollte, besonders als Gromph neben ihr auf die Knie fiel. Sie wollte gehorchen, aber sie konnte es nicht – wie Baenre wusste –, denn der Avatar vor ihr, einst die Priesterin Danifae Yauntyrr, ließ es nicht zu.

Oberinmutter Quenthel fixierte Minolin mit wissendem, höhnischem Blick. Damit erübrigte sich jeder Gedanke, dass Minolin Fey sich an Oberinmutter Quenthel rächen könnte.

Die Inkarnation der Lolth glitt durch den Raum und blieb kurz vor Minolin stehen, gerade lange genug, um der zitternden Priesterin eine Hand auf den noch flachen Bauch zu legen. Dann verharrte sie vor der Oberinmutter, nickte, lächelte und gab Quenthel Baenre einen leidenschaftlichen Kuss.

»Meine Ewige Dienerin«, sagte der Avatar der Göttin und strich der Oberinmutter sanft über die Wange.

Dann ging sie an Baenre vorbei, trat auf den Balkon und schwebte ins Nichts davon.

»Lolth ist erschienen!«, rief eine Priesterin im Nebenzimmer. Einige wagten, wieder aufzustehen.

»Das Fest ist ein Erfolg!«, jubelte eine andere, denn das Gründungsfest war natürlich immer ein Tag, an dem alle Drow von Menzoberranzan auf das Erscheinen der Göttin hofften. Es war ein Zeichen, dass sie ihrer Stadt wohlgesonnen blieb.

Im ganzen Hof ertönte aufgeregter Jubel, der sich rasch bis in die Straßen ausbreitete. Bald würden alle wissen, dass Lolth erschienen war. Und bald würde es auch Oberin Mez'Barris Armgo erfahren, wie Oberinmutter Quenthel wusste.

Oberin Byrtyn trat neben sie, und Baenre registrierte erfreut die Ehrfurcht auf dem Gesicht der alten Frau.

»Das ist ein Zeichen für uns«, raunte Baenre ihr zu. »Haus Fey-Branche ist nicht mehr verwundbar. Ihr seid nicht länger ohne Verbündete.«

Oberin Byrtyn verneigte sich vor der großen Oberinmutter von Menzoberranzan.

»Ihr werdet heiraten«, wies Oberinmutter Quenthel Gromph und Minolin an.

»Heiraten?«, krächzte Gromph. Minolin war keineswegs die erste Priesterin, die ein Kind von ihm bekam, und wenn es nach ihm ginge, würde sie auch nicht die letzte sein.

Oberinmutter Quenthel drehte sich um und schickte Sos'Umptu und Myrineyl hinaus, schloss mit einem Wink wieder die Tür, sodass nur Byrtyn, Gromph, Minolin und sie selbst zurückblieben.

»Ihr erwartet ein Kind, und dieses Kind ist weiblich«, erklärte sie Minolin. »Es wird in Haus Baenre aufwachsen, wo Ihr von nun an leben werdet. An meiner Seite.«

»Minolin ist die Hohepriesterin von Fey-Branche!«, protestierte Oberin Byrtyn, wurde jedoch mit einem Blick von Baenre zum Schweigen gebracht.

»Und Euer Kind wird zu meiner Nachfolgerin erzogen«, fuhr Baenre fort. Byrtyn schluckte hörbar. »Und ihr Name ist …« Sie warf Gromph einen lauernden Blick zu.

»Yvonnel«, brachte er den Satz geistesgegenwärtig zu Ende.

Die Oberinmutter stellte sich neben Minolin, die jetzt erkennbar zitterte. Baenre hob die Hand und strich ihr über die weiche Wange. Die Priesterin scheute vergeblich vor der Berührung zurück. »Wenn Ihr versagt, werdet Ihr auf ewig zu Füßen der Spinnenkönigin liegen. Ihr Gift wird in Euren Adern glühen, und Eure Pein wird niemals enden«, warnte sie.

»Ich werde dienen«, sagte Minolin mit bebender Stimme. »Wenn das Kind geboren ist, werde ich ihm alles beibringen.«

»Ihr seid ein Ei, weiter nichts!«, fiel Oberinmutter Quenthel ihr scharf ins Wort. »Glaubt nur nicht, Ihr wärt würdig, Yvonnel Baenre auszubilden.«

Minolin wagte keine Widerrede.

»Yvonnel die Ewige«, sagte Oberinmutter Quenthel zu Gromph. »Die Unterweisung des Kindes beginnt in diesem Augenblick.«

Gromph begriff nicht auf Anhieb, was sie damit meinte,

aber als es so weit war, riss er die Augen auf und keuchte ungläubig: »Nein.«

Baenres selbstgefälliges Lächeln verspottete ihn. Sowohl sie als auch Gromph sahen die Tentakel von Methil über das nackte Fleisch von Minolin Fey-Branche kriechen, um zu dem wachsenden Bewusstsein des Lebens in ihrem Inneren vorzudringen und ihm all die Erinnerungen und Empfindungen zu übermitteln, die Gromph aus dem gespaltenen Schädel seiner toten Mutter gerettet hatte.

Kapitel 4

Unverziehen

Fünf schmutzige Gestalten drangen von Norden her in den Pass vor, der durch den Grat der Welt nach Süden führte. Sie hatten von Zehn-Städte aus ohne Zwischenfälle die Tundra durchquert, was zur Zeit der Schneeschmelze kein leichtes Unterfangen war. Unter Eis und Schnee konnten sich tiefe Sumpflöcher verbergen, Treibsand konnte einen Reiter samt Ross verschlingen, und wenn das Eis zurückging, konnten Schlammblasen mit darin eingesperrten Gasen zu großen Beulen anwachsen. Solche schlammigen Wölbungen sah man rechts und links des Weges, manchmal auch mitten auf dem Pfad. Wenn sie platzten, regnete kalter Schlamm heraus.

Mehr als einmal hatte die Gruppe mit diesen natürlichen Schlammbomben Bekanntschaft gemacht, besonders die drei, die neben dem großen Tier hergingen, auf dem der Mann und die Frau saßen. Sie schienen praktisch einfarbig zu sein – von Kopf bis Fuß mit einer braunen Schicht überzogen. Selbst das gelegentliche Lächeln, das sie noch zustande brachten, war fleckig. Der nasse Boden saugte sich bei jedem Schritt an den schweren Stiefeln fest und ließ sie nur widerwillig wieder los.

»Dieses grässliche Land werde ich garantiert nicht vermissen«, sagte die Zwergin, während sie ein Bein hob, um die dicke Matschschicht von ihren Sohlen zu lösen. Bei diesem Versuch geriet sie allerdings aus dem Gleichgewicht, stolperte seitwärts und rammte das große Pferd, das verärgert schnaubte und mit seinem feurigen Huf fest aufstampfte. Die Zwergin und ihre beiden Begleiter duckten sich vor der Schlammfontäne.

»Heda, halt deinen stinkenden Nachtmahr im Zaum!«, fluchte die Zwergin.

»Das tue ich«, entgegnete Artemis Entreri hochmütig. »Er hat dich schließlich nicht zu Brei zerstampft, richtig? Und glaube mir, das Höllenross täte nichts lieber als das.«

»Pah!«, schnaubte Amber, die Zwergin, und wischte sich einen Schlammklumpen von der Schulter, um ihn nach Entreri zu werfen.

»Ist wohl nicht die beste Jahreszeit, um die Tundra zu durchqueren«, stellte Bruder Afafrenfere fest. Der Mönch war in den Blutsteinlanden aufgewachsen, in den Bergen von Damara am Rande der eisigen Einöden von Vaasa. Deshalb war ihm das Gelände des Eiswindtals am ehesten vertraut. »Wir hätten lieber in einer der Städte noch einen Zehntag abwarten sollen.«

Bei diesen Worten sah Afafrenfere nicht auf, sondern behielt den Kopf unter der schützenden wollenen Kapuze. Sonst hätte er vielleicht den bösen Blick der Frau bemerkt, die hinter Entreri auf dem Nachtmahr saß.

»Noch ein Zehntag würde mehr Monster bedeuten, die aus dem Winterschlaf erwachen und hungrig umherstreifen«, sagte Entreri. Alle wussten, dass er damit nur Dahlia beruhigen wollte, die vor sich hin brütete, seit sie Drizzt Do'Urden vor zwölf Tagen am Hang von Kelvins Steinhügel zurückgelassen hatten. Keiner der fünf hartgesottenen Kämpfer fürchtete sich vor solchen Monstern, ganz im Gegenteil. Ein Kampf wäre ihnen gerade recht gekommen.

Sie waren in einem Zauberwald aus dem Schlaf erwacht,

einem achtzehn Jahre währenden Schlaf, der ihnen dennoch nur wie eine einzige Nacht vorkam. Nach diesem ersten Schock hatten sie versucht, das Positive an ihrem von Zauberhand geschaffenen Dilemma zu sehen. Immerhin waren sie vor dem Schlaf vor vielen mächtigen Feinden auf der Flucht gewesen, wie Amber aufzeigte, aber frei erwacht. So unbekannt wie jetzt waren sie alle seit Jahrzehnten nicht mehr gewesen.

Aber seit jener Nacht auf Kelvins Steinhügel hatten sie schlechte Laune, ganz besonders Dahlia, und durch den zähen Matsch des Eiswindtals zu stapfen konnte diese düstere Wolke auch nicht vertreiben.

»Wir sind noch nicht wieder in der Zivilisation«, warnte Effron, der Fünfte in der Gruppe. Er war ein magerer, kleiner Tiefling-Hexer, schief und verwachsen. Schlüsselbein und Schultern waren so verschoben, dass sein rechter Arm nutzlos auf seinem Rücken baumelte.

Alle sahen zu ihm hinüber. Seit sie den Berg verlassen hatten, hatte Effron kaum ein Wort gesprochen.

»Du hast sie also gesehen?«, fragte Entreri.

»Natürlich. Sie beschatten uns. Und es erschreckt mich, dass ich mit Leuten unterwegs bin, die so klare Hinweise nicht bemerken.«

»Könntet ihr mal aufhören, in Rätseln zu sprechen?«, verlangte Amber.

»Wir werden verfolgt«, erwiderte Afafrenfere. »Seit über einem Tag. Große Gestalten, größer als Goblins oder Hobgoblins.«

»Riesen?«, fragte die Zwergin mit einem Glitzern in den Augen.

»Yetis«, antwortete Afafrenfere.

»Sag bloß.« Entreri stützte die Arme auf den Hals seines Zauberpferds und beugte sich belustigt nach vorn.

»Vaasa ist für solche Ungeheuer bekannt«, erklärte der Mönch. »Sie sind ziemlich gefährlich. Schon ein bloßer Kratzer ihrer Klauen bewirkt Krankheit und einen langen Todeskampf – falls man nicht gleich lebend von ihnen gefressen wird.«

»Nie was davon gehört«, sagte die Zwergin.

»Ich auch nicht«, ergänzte Dahlia.

»Dann wollen wir mal hoffen, dass es bei der Warnung eines müden Mönchs auf einem matschigen Weg bleibt«, sagte Afafrenfere und marschierte weiter.

»Tja, da ihr zwei da oben euch nicht wie wir durch den Schlamm quälen müsst, solltet ihr vielleicht mal den Horizont beobachten«, empfahl Effron. Aus seiner Stimme sprach ein Abscheu, der den allgemeinen Zwist in der Gruppe spiegelte, der sie seit ihrem Aufbruch aus Zehn-Städte begleitete. Der Streit schwelte besonders zwischen dem verkrüppelten Tiefling-Hexer und seiner Mutter Dahlia.

Dahlia bedachte ihn mit einem tadelnden Blick, aber Entreri sah sich nur weiter belustigt um.

Sie wählten jetzt einen schmaleren Pfad, der durch ein Felsenlabyrinth führte. Alle waren auf der Hut, denn diese riesigen Steine boten prächtige Deckung für jeden Hinterhalt. Bald wurde der Pfad ebener, um dann in die Schlucht zwischen den hohen Bergen abzubiegen. Wer diesen Weg nahm, stellte sich automatisch vor, wie mögliche Angreifer von hoch oben tödliche Pfeile oder Steine herabregnen lassen konnten.

Entreri und Dahlia ritten auf dem Nachtmahr voran. Das war eine gute Entscheidung gewesen, denn kaum war die Gruppe wieder auf flachem Gelände, wo sie einen breiten Teil des Wegs inmitten der Felsbrocken erreichten, brach vor ihnen der Boden auf. Aus dem Schutz einer Schlammlache sprang ein großes, breites, haariges Wesen.

Es sah aus wie die Kreuzung zwischen einem großen Menschen und einem kräftigen Bären. Blitzschnell hatte sich die Kreatur zu voller Größe erhoben, riss die dicken Arme hoch und schlug mit seinen schmutzigen Klauen zu.

Der Nachtmahr bäumte sich auf und schnaubte schwarzen Rauch aus seinen geblähten Nüstern. Das war jedoch kein Zeichen der Angst wie bei normalen Pferden. Höllenrösser kannten keine Angst – nur Ärger.

Dahlia folgte der Bewegung und rollte sich geschickt vom Rücken des Pferdes, als dieses die Vorderbeine in die Luft hob. Sie landete auf den Füßen, auch wenn sie im Schlamm beinahe weggerutscht wäre, und huschte rasch zur Seite, um dem Auskeilen des Nachtmahrs auszuweichen. Erst schien sie das Pferd und Entreri umrunden zu wollen und hielt ihren magischen Stabflegel kampfbereit, doch dann rief Amber ihr von hinten etwas zu. Als Dahlias Kopf herumfuhr, sah sie, dass dieser Tundra-Yeti nicht allein gekommen war.

Trotz seiner Überraschung – denn der Yeti war auf dem schlammigen Pfad perfekt getarnt gewesen – gelang es Entreri, im Sattel zu bleiben, wenn auch nur knapp. Er hielt die Zügel mit aller Kraft an die Brust gedrückt.

Der Nachtmahr schlug mit den Vorderläufen nach dem Yeti, als dieser die Klauen herunterriss. Laut brüllend prallten die beiden Monster aufeinander. Der Yeti grunzte auf, als ihn ein Tritt nach hinten rutschen ließ; der Nachtmahr gab einen Schrei aus einer anderen Welt von sich, vielleicht vor Schmerz, aber eher vor lauter Ärger.

Der Hengst ging kurz auf alle viere, bäumte sich dann aber noch einmal so heftig auf, dass Entreri nun doch beinahe heruntergefallen wäre. Er prallte mit dem Gesicht gegen den Hals des Nachtmahrs, fühlte warmes Blut aus seiner Nase tropfen und wurde vom Schmerz übermannt, klammerte sich aber dennoch verzweifelt fest, während sein Pferd sich in den Kampf stürzte.

Einen Moment später schüttelte Entreri seine Benommenheit ab. An diesem monströsen Aufeinandertreffen wollte er nicht teilhaben. Er warf sich gerade noch seitlich auf den Boden, ehe die mächtigen Gegner kollidierten, rollte sich durch Pfützen und Schlamm ab, doch da hob sich hinter ihm ein zweiter Yeti aus seinem Versteck, schüttelte Matsch und Steine ab. Turmhoch baute er sich über dem scheinbar hilflosen Mann auf, der noch auf den Knien lag.

Effron, der ganz hinten stand, sah einen weiteren Yeti hinter ihnen auf einen Felsen springen. Er trommelte gegen seine mächtige Brust und brüllte ohrenbetäubend.

»Lauter!«, beschwor ihn Effron im Stillen, während er seinen Knochenstab senkte und aus den Augen des kleinen Schädels am Ende der mächtigen Zauberwaffe einen dunklen Blitz aussandte.

Der Strahl traf den Yeti in den Bauch, verbrutzelte seinen braunen Pelz und brachte ihn tatsächlich noch lauter zum Brüllen. Der Aufprall riss ihn beinahe von seinem Felsen.

Effron wartete nicht ab, bis sein Gegner sich wieder gesammelt hatte, sondern wandte sofort einen zweiten Zauber an, den er immer bereithielt. Sein Körper wurde zweidimensional, mehr Schatten als Lebewesen, und als der Yeti lauthals protestierte, schlüpfte der Hexer in den Boden.

»Wo willst du hin?«, rief Amber aus, als sie dies sah. Vor ihr schlossen sich Afafrenfere und Dahlia zusammen, um dem Yeti auszuweichen, den Effron bereits getroffen hatte, und sich lieber einen neuen Gegner vorzuknöpfen, der jetzt zwischen zwei flachen Felsen aufgetaucht war, beide für den Mönch bauchhoch.

»Moment mal!«, rief die Zwergin. Sie sprang noch herum und suchte Effron, wandte sich dann dem verletzten, sichtlich aufgebrachten Yeti zu und schließlich den beiden, die zur anderen Seite rannten.

Amber folgte Dahlia und Afafrenfere. Drei gegen einen, das war ein Verhältnis, das ihr hier zusagte.

Dann aber tauchten hinter den Felsblöcken rechts und links von dem eigentlichen Gegner zwei weitere Yetis auf.

»Oh, bei den Göttern«, knurrte die Zwergin, kam an einem Felsen zum Stehen, wirkte einen Zauber und zog sich in den Stein zurück.

»Erst ich, dann du«, rief Afafrenfere ihr zu, sprang vor Dahlia her und stürzte sich furchtlos auf die drei behaarten Ungeheuer. Mit einem Satz stand er unmittelbar vor einem überraschten Yeti auf dem linken Stein, gleich neben seinem ursprünglichen Gegner.

Der Yeti hinter dem Stein brüllte auf und schlug nach ihm, aber Afafrenfere wich mit einem Salto rückwärts aus, der ihn auch vor dem Yeti in der Mitte in Sicherheit brachte. Der mittlere Yeti sah, wie er in die Höhe schnellte, und achtete daher nicht auf den wuchtigen Schlag seines Begleiters. Die Pranke des zweiten Yeti landete in seinem Gesicht.

Der Mönch landete leichtfüßig auf dem anderen Felsen, wo er sofort zu einem Tritt ansetzte, der den dritten Yeti ins Gesicht traf. Aber trotz des enormen Schwungs seiner Bewegung beeindruckte er das Monster nicht, und es wehrte sich mit einem Prankenhieb, der den Mönch bis in die Mitte des Weges zurückweichen ließ.

Der Yeti erklomm den Felsen, um ihn zu verfolgen. Er

war so auf den Menschen fixiert, der ihm ins Gesicht getreten hatte, dass er Dahlia, die von der anderen Seite heranstürmte, kaum bemerkte.

Das fand sie sehr praktisch.

Sie rannte auf die anderen beiden zu, die miteinander beschäftigt waren, und stieß dem mittleren die Spitze ihres mächtigen Stabes, Kozahs Nadel, ins Fleisch. Schon dies allein hätte seinen Schmerzensschrei gerechtfertigt, aber Dahlia war damit nicht zufrieden und löste mit dem Stab noch einen Blitzschlag aus.

Es knisterte laut, grauer Rauch stieg auf, und der Yeti kippte nach hinten.

»Halt sie auf!«, rief Afafrenfere weit hinter ihr.

»Kein Problem«, erwiderte sie trocken. Was war schon dabei, zwei riesengroße Ungeheuer aufzuhalten?

Der Yeti ging natürlich von einem hilflosen Opfer aus, wie es jeder an seiner Stelle getan hätte.

Sofern er keine Ahnung hatte, wozu dieses scheinbare Opfer fähig war.

Entreri warf sich aus seiner halb knienden Position blitzschnell herum, um der Pranke des Yeti auszuweichen. Das Monster versuchte, ihm zu folgen. Es trat mit dem Fuß nach ihm, um ihn festzunageln oder zu zerquetschen.

Aber Entreri war schneller, und aus seiner seitlichen Drehung wurde eine Vorwärtsrolle, die ihn wieder auf die Beine brachte. Sofort sprang er zur Seite und entging damit seinem Angreifer, dann fuhr er herum und verlieh durch seinen Schwung der Klinge noch mehr Nachdruck, die jetzt durch das zähe Fleisch bis zu den Rippen des Yeti vordrang.

Der Yeti heulte furchterregend auf und fuhr zu Entreri herum, aber dieser war schon wieder verschwunden.

Diesmal stieß sein Schwert von der anderen Seite zu, drang jedoch nicht so tief ein wie beim ersten Mal. Er war dem Yeti stets etwas voraus, stach immer wieder zu und zwang ihn, sich ständig zu drehen. Und sobald sein Vorgehen zu absehbar wurde, hielt Entreri kurz inne, duckte sich vor den gefährlichen Armen des Yeti weg und kam dann von der anderen Seite zurück.

Er sprang hoch und rammte dem Yeti seinen Dolch tief in die rechte Achselhöhle. Widerstandslos glitt die Vampirwaffe durch Sehnen und Muskeln, und Entreri gönnte seiner magischen Waffe einen tiefen Zug, mit dem er der riesigen Kreatur die Lebenskraft aussaugte.

Der Yeti heulte markerschütternd!

Noch einmal schlug er zu und streifte mit dem Arm Entreri, der schon wieder abtauchte. Die Wucht des Schlages half ihm, mehrere Längen Abstand zwischen sich und seinen Feind zu bringen. Wieder kam er hoch, drehte sich um und stellte sich seinem Feind.

Der Yeti rannte ihm entgegen, doch ein Arm hing jetzt nutzlos an seiner Seite. Entreri griff ebenfalls an, und als der Yeti mit aller Kraft zuschlug, wich er in letzter Sekunde aus und konnte einen Treffer landen, als das Monster an ihm vorbeistolperte. Jetzt war er der Verfolger, der den Yeti jagte und mit Schwert und Dolch immer wieder zustach. Er ließ seinem Gegner nicht die Chance, sich umzudrehen. Sein Schwert hackte auf den noch unverletzten Arm des Yeti ein, und sein Dolch brachte ihm immer wieder kleine, eigentlich harmlose Wunden bei. Und bei jedem Stich labte sich der Vampirdolch.

Dann aber drehte der Yeti den Spieß um. Er war so plötzlich verschwunden, dass Entreri erst gar nicht begriff, dass der Yeti in die Luft gesprungen war. Der Mann stürmte vorbei, und das Monster landete hinter ihm und nahm die Verfolgung auf. Entreri hielt auf die Felswand zu, denn er wusste, dass er diesem Gegner nicht lange entrinnen konnte und jetzt nicht mehr die Möglichkeit hatte, sich blindlings zur Seite zu werfen.

Er hörte das Schnauben des Monsters dicht hinter sich. Keine fünf Sätze vor ihm türmte sich die Felswand auf.

Doch er wurde nicht langsamer.

Stattdessen sprang er hoch, zog die Schultern zurück und rannte die Wand hoch, erst einen Schritt, dann zwei, dann sprang er höher und schnellte mit einem Salto rückwärts hoch durch die Luft. Dabei warf er auch sein Schwert, so hoch er konnte, und befand sich nun über dem Yeti, der sich lang ausgestreckt hatte, um ihn in letzter Sekunde doch noch zu erwischen. Entreri landete rittlings auf dem Yeti, wobei er mit beiden Händen den Dolch umklammerte und dessen tückische Klinge mit dem ganzen Schwung der Bewegung tief in den Kopf des Yeti rammte. Ein von einem Blitz getroffener Felsen hätte kaum lauter auseinanderbrechen können als dieser Schädel. Der Yeti sackte unter ihm zusammen.

Entreri fing sein fallendes Schwert auf und zog sich rasch außer Reichweite des Yeti zurück, damit dessen Todeszuckungen ihn nicht erwischten. Der edelsteinbesetzte Dolch ragte noch immer wie das Horn eines Einhorns aus seinem Kopf hervor.

Entreri holte tief Luft und blickte sich erst einmal um. Vom Rest des Gefechts hatte er wenig mitbekommen. Er sah, dass sein Nachtmahr und der andere Yeti inmitten von Rauch, Blut und Haarbüscheln in einen tödlichen Kampf verstrickt waren. Der Nachtmahr kniete auf den Vorderläufen und biss fest nach dem Arm des Yeti, der nach dem Kopf des Hengstes griff, um ihm den Hals zu brechen. Entreri wollte schnell seinen Dolch bergen, um dem Nachtmahr beizustehen, solange dessen Gegner so verwundbar war, doch ein furchtbarer Schrei von hinten lenkte ihn ab.

Er fuhr herum und bemerkte einen anderen Yeti auf seiner Seite des Weges, der in heller Panik mit den Armen wedelte und sich selbst die Haut aufkratzte, weil aus einer klaffenden Wunde in seinem Bauch unzählige Spinnen herauskrabbelten. Entreri kannte Effrons Handschrift gut genug, um zu wissen, dass auch dieser Yeti vorerst außer Gefecht war.

Er warf einen Blick auf den Weg, wo Afafrenfere sich eiligst vor einem Yeti in Sicherheit brachte.

Entreri riss seinen Dolch heraus und wollte seinem Gefährten zu Hilfe kommen, aber schon nach zwei Schritten kam der Mönch an einem großen Felsen vorbei, und als der Yeti ihm folgte, materialisierte sich aus dem Stein heraus eine Gestalt.

Der Zauber von Ambergris war beendet. Sie hielt ihren gewaltigen Streitkolben, Schädelknacker, hoch erhoben und hatte den Yeti offenbar aus dem Stein herauskommen sehen, denn ihr Schlag war wohlgezielt, zerschmetterte dem Yeti das Knie und ließ ihn bäuchlings zu Boden fallen.

Damit hatte Afafrenfere gerechnet. Er machte bereits kehrt und war sogleich zurück, um dem Yeti mit beiden Knien auf den Kopf zu springen. Der Mönch schnellte wieder hoch und trat noch einmal zu. Dann machte er vor dem Yeti einen Satz nach hinten, um ihn abzulenken.

Als das Ungetüm sich erhob, sah es Amber nicht kommen, die von hinten auf seinem Rücken landete und Schädelknacker mit voller Wucht auf seinen Kopf niedersausen ließ, wobei die Waffe ihrem Namen alle Ehre machte.

Im Zweikampf hätte Dahlia gegen einen Tundra-Yeti eine gute Chance gehabt, auch wenn ihre Waffe gegen diese zähe Haut und die dicken Knochen nicht ganz das Richtige war. Als der zweite Yeti jedoch wieder hochkam und zum Angriff überging, wusste die Elfe, dass sie ein Problem hatte.

Sie stieß ihren Stab in schneller Folge immer wieder gegen den Stein vor ihrem nächsten Gegner, um ihn neu aufzuladen. Dann schlug sie damit nach dem zurückkehrenden Yeti, löste den Energiestoß aus und trieb das Monster so erneut ein paar Schritte zurück.

Sollte sie die Flucht ergreifen? Als Dahlia genau dazu ansetzen wollte, materialisierte sich vor ihr – und hinter den Yetis – eine andere Gestalt. Ihr Sohn, der Halb-Tiefling, schlüpfte aus einem Spalt in der Felswand und wurde wieder dreidimensional. Noch während er Form annahm, begann er zu zaubern, wie Dahlia bemerkte. Deshalb verdoppelte sie ihre Bemühungen, die Yetis mit einer ganzen Reihe von Schlägen und Stößen zurückzuhalten.

Eine ekelhaft stinkende, kränklich grüne Wolke ließ Dahlia zurückweichen, obwohl sie gar nicht gegen sie gerichtet war: Sie entstand vor und über den Yetis und umfing ihre Köpfe. Die Arme der Ungeheuer schlugen mehr nach den Gasen als nach Dahlia. Sie hörte ihr halb ersticktes Brüllen, das in Husten überging, konnte die Köpfe innerhalb des dampfigen Zaubers aber nicht mehr erkennen.

Dahlia wich noch einen Schritt zurück, zerlegte ihren Stab in seine dreigliedrige Form und brachte ihn zum Wirbeln. Sie umfasste den mittleren Teil und verfiel in ein schnelles Tänzeln, bei dem sie ihre Bewegungen übertrieb, um den Wirbel der äußeren Stäbe noch zu beschleunigen. Mit erhobenen Händen führte sie den Mittelstab so, dass die seitlichen Teile immer wieder gegen die Steine und gelegentlich auch aneinanderknallten und dabei Funken erzeugten, die der Zauber von Kozahs Nadel augenblicklich in sich aufnahm.

Die Yetis zappelten noch immer in der stinkenden Wolke. Einer war schließlich schlau genug, sich nach unten wegzuducken, aber als er dort herauskam, brüllte er auf und warf sich zuckend herum, denn der Hexer feuerte von hinten magische schwarze Geschosse auf ihn ab. Bald stand der ganze Yeti in Flammen, und das Feuer der Finsternis fraß sich durch Fleisch und Pelz.

Rauchend ging dieser Yeti zu Boden. Der zweite hingegen tauchte aus der Wolke auf und kippte über einen Stein. Kinn und Brust waren von Erbrochenem überzogen, doch seine Klauen schlugen nach wie vor nach Dahlia.

Ihr gelang ein harter Treffer, dessen Blitzschlag dem Yeti zusätzlich zusetzte. Dann packte sie mit beiden Händen einen äußeren Stab und ließ die zwei anderen wie eine Peitsche immer schneller herumwirbeln, bis sie wie eine bissige Schlange wieder und wieder zuschlug, als der Yeti störrisch abermals aufstand.

Sie kam sich vor, als würde sie einen Wandbehang ausklopfen, der trotz all ihrer Bemühungen keinen Schaden nahm.

Fluchend sehnte sich Dahlia nach einem Breitschwert.

Sie fluchte noch lauter, als der zweite Yeti wieder aufstand. Er rauchte und brannte noch immer, aber die wabernde, stinkende Wolke machte ihm nun nicht mehr zu schaffen. Auch dieser Yeti kam jetzt auf sie zu, worauf sich die Elfe zwischen den Steinen vor ihren zwei Verfolgern zurückzog.

Doch keiner von ihnen holte sie ein, was ihr erst bewusst wurde, als der hintere Yeti dem vorderen eine Pranke über den Hinterkopf zog. Der vordere fuhr herum, und der hintere sprang ihn an und warf ihn zu Boden.

Dahlia wich zurück. Sie konnte sich das nicht erklären – bis sie Effron bemerkte, der jetzt mit ausgestrecktem Knochenstab die stinkende Wolke und die Steine umrundete. Die Augen in dem Schädel auf dem Stab glühten tiefrot. Da wurde ihr klar, dass der zweite Yeti bereits tot war und nun Effron diente!

Das hatte ihr Sohn vollbracht.

Fasziniert sah sie ihm zu und schwankte dabei zwischen Stolz und Entsetzen.

Der Höllenschrei von Entreris Nachtmahr durchbrach ihren Bann und ließ Dahlia herumschnellen. Amber und Afafrenfere standen neben einem weiteren toten Yeti. Ein vierter, der überlebt hatte, zog sich nordwärts zurück und riss dabei an seinem Bauch herum. In seinem Schlepptau krabbelten viele kleine Spinnen. Und schließlich nahm sie auch Entreri wahr, der auf dem Weg auf den Yeti eindrosch, der als Erster aufgetaucht war und immer noch am Hals des Nachtmahrs herumriss. Das Höllenross lag inzwischen auf der Seite und begann, sich in einen schwarzen Nebel aufzulösen.

Amber und Afafrenfere liefen auf Dahlia zu, und alle drei beobachteten den Kampf in ihrer Nähe. Effrons Zombie war dem lebenden Yeti nicht annähernd gewachsen, konnte ihn jedoch ausreichend beschäftigen, sodass Effron Gelegenheit bekam, auch diesen Gegner mit seinem Schwarzfeuer zu beschießen. Schließlich konnte der noch lebende Yeti sich losreißen. Der Zombie sank auf die Erde, doch der andere hatte alle Lust am Kämpfen verloren und rannte nach Norden. Ein letzter Schuss aus dem Knochenstab des Hexers traf ihn dabei in den Rücken.

»Beeindruckend«, sagte Afafrenfere, als Entreri den letzten ihrer Feinde tötete.

»Danke«, erwiderte der Hexer.

»Wir alle, meine ich«, sagte der Mönch. »Eine eindrucksvolle Fünferbande.«

Effron schmunzelte nur, als er an den dreien vorbeiging.

»Lasst uns verschwinden«, forderte Entreri sie alle auf. »Wir sollten zusehen, dass wir weit weg sind, bevor die zwei in größerer Gesellschaft zurückkehren.« Dann sprang er erschrocken zur Seite. Seine Bewegung und seine Blickrichtung ließen Dahlia, den Mönch und die Zwergin herumfahren.

Der Yeti, den Amber getötet hatte, stand wieder auf, obwohl seine Hirnmasse aus seinem explodierten Hinterkopf triefte. Er schwankte auf Effron zu, zur anderen Seite des Weges. Kurz darauf blitzten die Augen von dessen Knochenstab erneut auf, und auch der Yeti, den Entreri an der Felswand getötet hatte, kam steifbeinig wieder hoch.

»Das gefällt mir gar nicht«, sagte Amber. Die Zwergenpriesterin hob ihr heiliges Symbol.

»Gewöhn dich dran«, entgegnete Effron humorlos. In seiner Stimme lag eine klare Warnung. Er würde keinesfalls zulassen, dass die Zwergin seine neuen Haustiere vertrieb. Der Hexer sah Entreri an und forderte ihn auf: »Geh du voraus.«

Entreris Augen wanderten zwischen dem Hexer und seinen beiden neuen Maskottchen hin und her. Dann ging er zu seinem letzten Gegner, um die Obsidianstatue des Nachtmahrs aufzusammeln. So bald nach dem Kampf konnte er das Höllenross nicht wieder beschwören, und deshalb steckte er die Figur in seinen Beutel und wartete auf Dahlia und die anderen.

»Sieh zu, dass deine Viecher ganz hinten bleiben«, wies Amber Effron an, als sie und Afafrenfere hinter Dahlia und Entreri aufschlossen. »Ich sag das nur einmal!«

Effron stieß nur ein zynisches kleines Lachen aus.

Trotz der Proteste der Zwergin und dem Unbehagen der anderen standen die Zombie-Yetis in der folgenden Nacht

Wache, als die Gruppe ihr Lager aufschlug. Auf dem ganzen Weg durch den Bergpass und das Hügelland südlich vom Grat der Welt behielt Effron die untoten Monster und übergab sie erst wieder dem wahren Tod, als die Türme von Luskan in Sicht kamen. Selbst das dortige Gesindel hätte derart monströse Wachen wohl kaum willkommen geheißen.

Als sie diesseits des Mirar die Stadtgrenze erreichten, hielt ein Trupp der Stadtwache sie am Nordtor auf.

»Was führt euch in die Stadt der Segel?«, fragte einer der Wachmänner, der Dahlia lüstern musterte, ohne sie zu erkennen. Immerhin hatte sie in Luskan hoch oben auf der Fahndungsliste gestanden, nachdem sie einen der Hochkapitäne getötet und ihm seinen Zaubermantel abgenommen hatte, den sie jetzt ganz offen trug.

Aber keiner der Wachleute schien sie oder die anderen zu erkennen – ein Vorteil ihres jahrelangen Schlafes. Als sie vor fast zwanzig Jahren ins Eiswindtal geflohen waren, waren ihnen viele mächtige Feinde gefolgt, doch das war lange her.

»Wir sind nur auf der Durchreise«, antwortete Amber, trat vor, gab dem Mann die Hand und schob ihm dabei geschickt ein Goldstück zu. »Vielleicht bleiben wir auch ein bisschen oder heuern auf einem Schiff an. Mal sehen.«

Die Wache nickte und warf einen Blick über die Schulter. Er deutete auf ein Gebäude an der Straße. »Der Einäugige Jax«, sagte er. »Da seid ihr richtig.«

»Der Einäugige Jax?«, hakte Entreri misstrauisch nach. Mit einem Arm hielt er die anderen zurück.

»Ja, ein gutes Wirtshaus und der übliche Platz für Aushänge für Schiffe und Karawanen«, antwortete der Mann.

»Jax?«, wiederholte Entreri.

»Das hat er gesagt«, warf Amber ein. Entreri achtete nicht auf sie.

»Der Besitzer?«

»Ja. Ist eine Abkürzung«, sagte der Wachmann zögernd.

»Jarlaxle«, platzte Ambergris heraus. Jetzt hatte sie es begriffen.

Der Wachmann und seine Kameraden wurden blass und sahen sich nervös um. Dieser Name wurde in Luskan offenbar normalerweise nicht laut ausgesprochen.

Entreri zog sich zurück und winkte die anderen herbei. »Wir umgehen die Stadt«, teilte er ihnen leise mit.

»Ich will aber ein warmes Bett«, maulte Amber.

»Nein.«

»Pff. Dann schlafe ich mich eben aus und treffe euch morgen auf der anderen Seite!«, widersprach die Zwergin.

»Nein«, sagte Entreri nur, drehte sich um und raunte den anderen zu: »Soll denn gleich die ganze Welt erfahren, dass wir wieder unter den Lebenden weilen?«

Das stimmte die anderen nachdenklich. Entreri führte sie zur Seite und bedeutete dem Wachmann zurückzubleiben.

»Du glaubst, wir können Jarlaxle nicht vertrauen?«, fragte Dahlia gedämpft, als sie etwas abseits standen.

Entreris Schnauben verriet, wie absurd ihm diese Frage erschien.

»Er hat uns gerettet«, gab sie zu bedenken.

Er schnaubte erneut. »Ein Grund mehr, ihn zu hassen.«

»Wir waren Statuen«, warf Afafrenfere ein. Er deutete auf Entreri, Dahlia und sich selbst. Sie alle waren in den Kerkern des Schattenreichs im Haus von Fürst Draygo Quick von einer Medusa versteinert worden. »Auf ewig im Nichts gefangen. Wir wären nicht einmal gestorben und in die nächste Welt gelangt.«

»Klingt verlockend«, stellte Entreri trocken fest. »Wir umrunden die Stadt, und zwar alle. Keine Widerrede!«

»Bist du jetzt etwa unser Gruppensprecher?«, fragte Dahlia.

»Du meinst, so wie du, als du Drizzt angegriffen hast?«, blaffte Entreri sofort, und Dahlia verstummte.

Die Zwergin, der Mönch und Effron wechselten einen Blick.

»Na, dann zeig du uns eben, wo's langgeht, Blödmann«, sagte Amber. »Nächste Stadt bitte. Letzthafen, wenn es das noch gibt. Ich brauche nämlich immer noch ein Bier und ein Bett, klar?«

»Und ein Bad«, fügte Afafrenfere hinzu.

»Mach dich bloß nicht lächerlich«, knurrte die Zwergin. Mit einem Abschiedsgruß an die verdutzten Wachen wandte sich die Gruppe nach Norden, umging die Stadt und zog weiter.

Kapitel 5

Hoch die Krüge!

Durch das Fenster fiel ein Strahl des Morgenlichts, der Catti-brie langsam aus einem erholsamen Schlaf weckte. Sie war nackt, doch unter den Decken war es herrlich warm – besonders als die Erinnerung an die vergangene Nacht in ihr aufstieg.

Aus diesem angenehmen Gedanken heraus griff sie nach hinten und tastete nach ihrem Begleiter, aber der war nicht da. Überrascht stützte Catti-brie sich auf den Ellbogen und blinzelte unter ihrer Decke hervor.

Drizzt war auf der anderen Seite des Zimmers am Kamin, wo das Feuer seine schwarze Haut zum Glänzen brachte und leuchtende Reflexe in sein langes weißes Haar zauberte. Auch er war nackt, und Catti-brie bewunderte in aller Ruhe seinen Körper und seine Geschmeidigkeit, als er nun ein weiteres Holzscheit ins Feuer warf. Es rutschte von der halb verglühten Holzkohle ab und blieb zu weit vorne liegen. Sie hörte Drizzts Seufzen, als er dies bemerkte. Sie dachte, er würde nach dem Schürhaken greifen, aber das tat er nicht. Stattdessen schob er die eiserne Abschirmung beiseite und griff mit der bloßen Hand nach dem Holzscheit, das noch nicht Feuer gefangen hatte, auch wenn in den Tiefen der Rinde bereits kleine Funken zu sehen waren.

Drizzt legte das Stück Holz beiseite und wandte sich wieder dem heruntergebrannten Feuer zu. Er hatte sich tief gebückt, sprang aber instinktiv zurück, als ein brennendes Scheit aufplatzte und eine Funkenwolke durch den Schornstein aufstieg.

Catti-brie erstickte ihr Lachen in den Decken, denn sie wollte Drizzt nicht merken lassen, dass sie ihn heimlich beobachtete. Dann aber zog sie verblüfft die Decken herunter und sah mit offenem Mund zu, wie Drizzt ins Feuer langte, um die glühende Holzkohle darin umzuschichten. Er griff nach einem Stück, worauf die Flammen seinen Arm emporzüngelten, verzog dabei aber kaum eine Miene, sondern legte es einfach auf die anderen.

Als er mit seinem Werk zufrieden war, nahm er das frische Holzscheit, das er zuvor beiseitegelegt hatte, und setzte es gezielt auf die anderen. Dann stand er auf, klopfte die Hände ab und schob den Schirm zurück.

»Wie machst du das?«, fragte Catti-brie vom Bett aus. Drizzt drehte sich nach ihr um. Ihr Blick wanderte auf die andere Seite des Zimmers, wo Drizzt seinen Schwertgurt aufgehängt hatte. Sie registrierte den edelsteinbesetzten Knauf des Krummsäbels Eisiger Tod, der die Form einer schwarzen Katze hatte und Drizzt vor Feuer schützen konnte. War er mit dieser Waffe inzwischen so verbunden, dass sie ihn auch schützte, wenn er sie gar nicht trug?

»Guten Morgen!«, begrüßte er sie. »Denn es ist ein guter Morgen, auch wenn draußen noch ein eisiger Wind weht. Die anderen besorgen gerade Pferde und Vorräte.«

»Wie hast du das gemacht?«

»Was?«

»Du hast ins Feuer gegriffen. Es hätte dir das Fleisch bis auf die Knochen versengen müssen!«

Drizzt kam zum Bett herüber und setzte sich zu ihr. Er hob die linke Hand und zeigte ihr einen Ring, ganz aus Rubin, ein leuchtendes rotes Band um seinen Finger. »Den habe ich einem Zauberer abgenommen, einem wichtigen Drow«, erklärte er, als er den Ring abzog und für Catti-brie hochhielt. »In den Tiefen von Gauntlgrym – es ist eine lange Geschichte, die man am besten unterwegs erzählt.« Er streckte der Frau den Ring hin.

»Er schützt dich vor Flammen?«

»So gut wie mein Säbel«, antwortete Drizzt. »Als ich ihn das erste Mal ansteckte, fühlte ich gleich eine Art Verbundenheit zwischen dem Säbel und dem Ring. Es war, als hätte ihre Magie sich gegenseitig … respektvoll zugenickt.«

Catti-brie sah ihn skeptisch an. So etwas hatte sie noch nie gehört. Drizzts Waffe war sehr mächtig, aber nicht intelligent, und Ringe wie dieser aus Rubin waren keineswegs selten. Sie waren nicht übermäßig mächtig und normalerweise nicht zu Empathie oder Telepathie in der Lage.

Sie gab Drizzt den Ring zurück, doch der Drow hielt ihre Hand fest.

»In vielen Kulturen ist der Ring das Zeichen der Treue und der unsterblichen Liebe«, sagte er, als er ihn ihr über den Finger schob. »Nimm ihn in diesem Sinne, denn er kann dich auch noch beschützen. Wenn ich dann noch meinen Säbel habe, können wir beide über glühende Kohlen laufen.«

Catti-brie betrachtete das Schmuckstück neugierig. Als sie ihn empfangen hatte, hatte sie für eine flüchtige Sekunde etwas gespürt, einen Ruf aus weiter Ferne, fast als ob der Ring seine neue Besitzerin ebenso kennen lernen wollte wie Catti-brie ihn. Gleich darauf war diese Empfindung verflogen, und nun sah er nur noch aus wie ein Rubinreif, hatte sich aber bereits perfekt an ihren Finger angepasst, wie Zauberringe dies zu tun pflegen.

Sie hielt die Hand mit dem Ring hoch, um ihn zu bewundern, und blickte durch die Finger in die veilchenblauen Augen des Drow, den sie so sehr liebte.

»Die anderen sind weg?«, fragte sie.

»Gleich in aller Frühe«, antwortete Drizzt.

Catti-brie hob den Zipfel ihrer Decke. Das ließ sich Drizzt nicht zweimal sagen.

»Ich dachte, wir wären wegen Drizzt zurückgekommen«, sagte Regis zu Catti-brie, mit der er am Ende der Gruppe in das felsige Hügelland an Kelvins Steinhügel vordrang. Sie waren auf dem langen, gewundenen Weg zu der Zwergenfestung. Der Halbling gab sich keine Mühe, das Bedauern in seiner Stimme zu verbergen, und Catti-brie hatte ihn genau verstanden.

Sie sah sich betroffen nach ihm um. »Hattest du dir einen Kampf erhofft?«

»Ich hatte gehofft, ich könnte zu etwas nütze sein«, erwiderte Regis. »Ich habe viel zurückgelassen, als ich ins Eiswindtal kam.«

»Ohne uns wäre er gestorben«, sagte die Frau.

»Ohne dich, nicht ohne mich. Du kamst mit deinen Heilsprüchen. Meine Tränke waren überflüssig – ich war überflüssig. Wenn ich im Süden geblieben wäre, wäre hier alles genauso ausgegangen.«

»Das weiß man nicht«, sagte Wulfgar. Er war langsamer geworden, um auf die beiden zu warten. Drizzt und Bruenor waren ein ganzes Stück voraus und schon hinter der nächsten Kurve verschwunden. »Vielleicht hast du doch etwas getan, vielleicht bist du jemandem begegnet und hast ihn beeinflusst, vielleicht war es etwas ganz anderes, was passiert ist, bevor wir ihn auf diesem Berg fanden.«

»Oder vielleicht hätten die Mörder, gegen die wir am Ufer des Sees gekämpft haben, sonst mich angegriffen und getötet«, fügte Catti-brie hinzu.

Aber Regis schüttelte nur den Kopf, denn er wollte

nichts davon hören. Seine Gedanken waren weit im Süden bei den Grinsenden Ponys. Er dachte an die See des Sternenregens, an die süße Donnola Topolino und an das Handelsimperium, das er an ihrer Seite übernehmen könnte. Es war natürlich herrlich, wieder bei den Gefährten der Halle zu sein, aber der Grund dafür war ihm immer noch nicht klar. Sein Pflichtgefühl hatte ihn hierhereilen lassen, doch um welche Pflicht ging es überhaupt?

Für Bruenor und Mithril-Halle in den Krieg ziehen? Mit einem Vampir kämpfen? Alles sehr löblich, dachte er, aber kaum wichtiger als seine Aufgaben bei den Grinsenden Ponys.

Catti-brie blieb stehen und hielt ihn an der Schulter fest. »In der Nacht, als wir Drizzt fanden, hatte er gesiegt«, erklärte sie. »Selbst wenn wir nicht gekommen wären und er seinen Verletzungen erlegen wäre – in jener Nacht hat er den Sieg davongetragen.«

Regis sah Wulfgar fragend an. Irgendwer sollte ihm diese überraschende Bemerkung erklären, aber der Barbar konnte nur mit den Schultern zucken, denn er war offensichtlich ebenso überfragt.

»Es war ein Kampf um seine Seele, nicht um seinen Körper«, sagte Catti-brie. »Es ging um die Identität von Drizzt Do'Urden, und einen solchen Kampf kann man nur allein ausfechten. Aber dennoch hat Mielikki uns zurückgerufen und es möglich gemacht. Selbst für Götter ist so etwas kein Kinderspiel.«

»Weil sie wusste, dass er gewinnen würde«, warf Wulfgar ein. Regis starrte ihn an und versuchte, seinen Gedankengängen zu folgen.

»Und weil er die Bestrebungen einer rachsüchtigen Göttin durchkreuzt hat, der Drizzt seit frühester Jugend trotzt«, fügte Catti-brie hinzu. »Diese Geschichte ist noch nicht zu Ende, glaube ich. Seine Seele kann Lolth nicht gewinnen, aber sie wird sich rächen wollen, ohne Frage.«

»Sie wird es versuchen«, stellte Regis richtig. Seine Stimme war hart, seine Schultern gestrafft. Jetzt war er froh, dass er seine Zweifel weitgehend für sich behalten hatte, denn auf einmal kamen sie ihm doch ziemlich unbedeutend vor. Ja, natürlich würde er gern wieder mit Doregardo und den Grinsenden Ponys umherstreifen. Das waren gute Jahre gewesen, voller Abenteuer und Kameradschaft. Und natürlich wollte er unbedingt Donnola wiedersehen, von der er nun schon jahrelang getrennt war, was seine Liebe zu ihr jedoch nicht vermindert hatte. Es kam ihm eher vor, als würde er sie heute noch mehr lieben als damals, als sie ihn gezwungen hatte, vor dem Geist von Schwarze Seele zu fliehen.

Aber selbst diese Liebe musste warten, ermahnte er sich streng. Er war nur wegen Mielikki wieder am Leben, nur für das hier.

Ein scharfer Pfiff von vorne lenkte die Aufmerksamkeit der drei auf Drizzt, der sie von der Biegung aus eilig zu sich winkte.

Bald darauf waren die fünf in der Zwergenfestung eingetroffen. Nur Drizzt hatte seine wahre Identität preisgegeben, doch im Gegensatz zu den zweifelnden Bewohnern von Bryn Shander waren die Zwerge von Stokker Silberbach mehr als begierig, die Drow-Version von der Begegnung mit dem Balor zu hören. Die Wachen eskortierten die Gruppe direkt zu Stokker, der sich gerade ein anständiges Zwergen-Frühstück gönnte: einen großen Teller Eier mit Brot und dazu einen Krug Bier zum Herunterspülen.

»Schön, schön«, begrüßte sie der Anführer der Zwerge, stand auf und reichte Drizzt die Hand. »Hab schon gehört, dass du in der Gegend bist. Ein paar Freunde von dir haben dich gesucht. So ein Mönch, die hübsche Amber Gristle O'Maul …«

»Von den Adbar O'Mauls«, warf Drizzt ein, noch ehe Stokker es konnte.

Kichernd fuhr der Zwerg fort. »Sie haben dich gesucht, und wir waren bass erstaunt! Wo bist du gewesen, Elf? Es ist fast zwanzig Jahre her …«

»Das ist eine lange Geschichte, mein Freund, die ich dir gern erzählen werde«, erwiderte Drizzt. »Aber es ist bestimmt nicht die spannendste der Geschichten, die du heute noch zu hören bekommst.« Er nickte von Stokker zu den anderen Zwergen hin und bat stumm um ein Gespräch unter weniger Augen.

»Pah, dir sollte man nicht trauen, Drizzt«, sagte ein anderer Zwerg im Raum, ein Minenführer mit dem Namen Junky. »Das jedenfalls erzählen sie in den Städten.«

»Dann haben die in den Städten eben keine Ahnung«, entgegnete Bruenor.

»Wir müssen mit dir reden«, sagte Drizzt leise zu Stokker. »Bei meinem Wort und bei den Gräbern von Bruen …« Er brach ab und grinste leicht. »Bei den Gräbern von Bonnego Heldenaxt und Thibbledorf Pwent«, verbesserte er sich.

Stokker nickte, überlegte einen Augenblick und schickte die anderen Zwerge dann hinaus.

Sobald sie draußen waren, trat Drizzt zurück und wies auf die anderen vier, die neben ihm standen. »Du kennst meine Freunde nicht, und doch kennst du sie«, sagte Drizzt.

»Häh?« Stokker musterte die vier und schüttelte den Kopf. Wie zu erwarten blieb sein Blick an Bruenor hängen. Im Auge des Clanführers schien etwas aufzublitzen, als müsste er diesen jungen Zwerg kennen, der da vor ihm stand, doch er konnte ihn nicht recht einordnen. Lautlos wiederholte er den Namen, den Drizzt gerade gesagt hatte.

»Vielleicht sollte ich mich selbst vorstellen. Bonnego Heldenaxt«, sagte Bruenor.

Stokkers Gesicht legte sich in tausend Falten, und er trat verwirrt einen Schritt zurück. Dann weiteten sich seine Augen, und er erbleichte. Sein Mund klappte auf.

»Ich präsentiere dir König Bruenor vom Clan Heldenhammer«, sagte Drizzt.

»Das kann nicht sein«, hauchte Stokker.

»Hast du nicht schon genug verrücktes Zeug in deinem Leben gesehen? Da kann es ruhig noch verrückter werden«, sagte Bruenor und schnaubte.

Stokker kam näher und betrachtete ihn eindringlich. In diesem jungen Alter hatte er König Bruenor niemals gekannt, denn der war deutlich älter gewesen als er, und doch schien der fassungslose Stokker nicht an ihm zu zweifeln.

»Ich habe dich in Gauntlgrym sterben sehen«, sagte er. »Ich habe selbst einen Stein auf deinen Grabhügel gelegt.«

»Und du warst in Mithril-Halle, als Gandalug nach tausend Jahren von den Toten zurückkehrte.«

Stokker wollte etwas erwidern, konnte jedoch nur unhörbar die Lippen bewegen. »Aber ich habe dich sterben sehen«, hielt er schließlich dagegen. »Das ist schon noch etwas mehr.«

»Das hast du. Und jetzt bin ich wieder da. Ich war sogar noch einmal in Gauntlgrym, und zwar auf demselben Weg. Ist einer von euch hier seit der großen Schlacht erneut dort gewesen?«

Stokker starrte ihn nur weiter an und schien Bruenors Frage gar nicht richtig zu registrieren. Dann räusperte er sich nervös und schüttelte den Kopf. »Nein. Es ist ein weiter Weg durch das Unterreich, und es wimmelt dort nur so vor diesen verfluchten Drow …« Er stockte und sah zu Drizzt. »Es heißt, die Drow hätten die unteren Tunnel übernommen.«

»Ja, das haben sie«, bestätigte Bruenor.

»Willst du etwas dagegen unternehmen?«

Bruenor nickte, aber Drizzt schüttelte nachdrücklich den Kopf. »Irgendwann vielleicht«, sagte Bruenor zu Stokker.

»Das heißt, König Bruenor wird die Heldenhammers wieder zu alter Größe führen?«

»Viel zu tun. Viel zu tun«, antwortete Bruenor. »Und ich muss dich bitten, vorläufig niemandem etwas von meiner Rückkehr zu erzählen.«

»Wenn du der bist, für den du dich ausgibst, dann ist das für mich keine Bitte, sondern ein Befehl«, sagte Stokker.

»Wenn ich der bin, für den ich mich ausgebe – und der bin ich –, dann ist das eine Bitte als Freund, kein Befehl eines Königs.«

Die zwei Zwerge sahen einander lange in die Augen, bis sie beide langsam nickten. Dann trat Bruenor zurück, um die anderen vorzustellen, doch Stokker ratterte sofort ihre Namen herunter. Die Gefährten der Halle waren jedem Heldenhammer-Zwerg bekannt.

»Was für ein glorreicher Tag!«, sagte Stokker bald darauf, als der erste Schock sich gelegt hatte. »Ich wüsste ja gern, warum, aber das ist nun auch egal! Es ist einfach so! König Bruenor ist aus Moradins Halle in Zwergenheim zurück! Ein wahrlich guter Tag für den Clan Heldenhammer!«

Als der Name Zwergenheim fiel, zuckte Bruenor leicht zusammen. Stokker fiel es nicht auf, aber Drizzt nahm die Reaktion wahr, auch wenn er nicht wusste, was es damit auf sich hatte. Auch Catti-brie hatte es bemerkt, doch sie wehrte Drizzts fragenden Blick mit kaum merklichem Kopfschütteln ab. Jetzt war weder der richtige Ort noch der richtige Zeitpunkt für diese spezielle Diskussion.

»Auf hundert Jahre gute Zeiten für die Heldenhammers!«, brachte Bruenor mit dem nötigen Nachdruck heraus.

»Und wohin führt dich der Weg? Ich hoffe doch, ihr werdet den Sommer hier bei uns im Tal verbringen.«

»Nein, wir müssen weiter«, erwiderte Bruenor. »Ich bin nur gekommen, um meine Freunde zu holen. Vor uns liegt ein langer Weg.«

»Mithril-Halle?«

»Bald.«

Stokker dachte kurz nach. »Und ich darf es keinem sagen?«

»Keiner Seele«, betonte Bruenor. »Ich bitte darum.«

»Warum bist du dann gekommen?«, fragte Stokker. »Warum seid ihr nicht gleich nach Süden geritten? Brauchst du etwas von mir?«

»Nein, nichts.«

»Warum bist du dann hier?«

Mit großem Ernst stemmte Bruenor beide Hände in die Seiten. »Ich war es dir schuldig«, erklärte er feierlich. »Selbst wenn ich noch tausend Jahre lebe und danach für weitere tausend Jahre zurückkomme – ich werde niemals vergessen, wie Stokker und seine Jungs uns in Gauntlgrym zu Hilfe eilten. Wir waren verloren! Wir alle. Jede Hoffnung war dahin, und plötzlich wart ihr da, du und Pwent. Kein König könnte sich einen besseren Clan wünschen, kein Freund bessere Freunde, sag ich dir. Darum bin ich dir was schuldig.«

»Dann bist du es uns allen schuldig, allen Zwergen hier unter dem Berg, denn ich bin ja nicht allein gekommen«, sagte Stokker.

Bruenor sah ihn fragend an.

»Sag ihnen, wer du bist«, bat Stokker. »Ich richte euch

ein Abschiedsfest aus, und das wird genauso denkwürdig wie das Wunder deiner Rückkehr, kein Zweifel. Und dann steigst du auf den alten Tisch und erzählst uns deine Geschichte, mir und allen meinen Jungs!«

»Es aller Welt zu erzählen, bedeutet gewisse ... Komplikationen«, warf Drizzt ein.

»Dann sagt ihr meinen Jungs, was ihr mir gesagt habt – dass wir den Mund halten sollen«, erwiderte Stokker.

»Es wäre aber besser ...«, begann Drizzt, doch Bruenor, der immer noch Stokker in die Augen sah, brachte ihn zum Schweigen.

»Bringt viele Fässer«, sagte Bruenor. »denn ich habe eine lange Geschichte zu erzählen, und wir werden auf vieles anstoßen können!«

Er klopfte Stokker auf die Schulter, und sein Freund grinste über das ganze bärtige Gesicht. Er rief nach einem der Zwerge vor der Tür.

»Ruf alle Mann aus den Minen herauf«, wies Stokker ihn an, »und sag Gorin dem Dicken, er soll ein Festmahl kochen, das eines Königs würdig ist.«

»Hussa!«, brüllten die Zwerge, wie nur Zwerge es tun, wenn es einen Grund zum Feiern gibt.

Die Nacht zur Feier der Rückkehr von König Bruenor würde keiner der Anwesenden je vergessen.

Das Erzählen war unter Zwergen eine hoch geschätzte Kunst, und sie schmückten ihre Erzählungen gern mit feierlichen Liedern über verlorene Länder und Berge voll Gold, mit tragischen Heldentaten, in denen immer die Hoffnung glomm, die nächste Ecke – oh ja, gleich die nächste – würde sie zu einem besseren Ort führen.

Es gab so viele Lieder aus alter Zeit, so viele Geschichten von verlorenen Reichen, von Orten, die nur darauf warteten, wiedergefunden zu werden, dass das Fest für König Bruenor in jener Nacht in den verrauchten Hallen unter dem Berg im Eiswindtal zunächst wie ein normales Fest begann, bei dem kaum einer ahnte, was das Besondere daran war.

Und was für ein Höhepunkt sie erwartete!

Denn als König Bruenor dann wirklich aufstand und die Namen seiner Begleiter noch bejubelt wurden, da entführte er Stokkers Jungs an einen Ort, den sie nie gekannt hatten. Er klagte nicht über verlorene Reiche, nicht in dieser Nacht. In dieser Nacht erzählte König Bruenor von ewiger Freundschaft, von Redlichkeit und Lehnstreue, von Vorhaben, die sich kein Zwerg ausmalen konnte.

Er erzählte von Iruladoon und dem Fluch, den er zum Segen machen wollte. Er gab offen zu, dass es ein Fehler gewesen war, nicht nach Zwergenheim zu ziehen, und bat sie um Vergebung, die ihm jeder gewährte. Er sprach von Mithril-Halle, von Adbar und Felbarr, von König Connerad und Emerus Kriegerkron und von den Harbromme-Zwillingen, die in Adbar herrschten. Auch von den Silbermarken erzählte er und von einem Ork-Reich, das es gar nicht geben dürfte.

Und dann schlug er den langen Bogen nach Gauntlgrym und Delzoun, zu ihrer Herkunft, zu alldem, was einst gewesen war, und alldem, was wieder sein musste.

Nicht, was sein könnte, sondern das, was sein *musste.*

Denn er war König Bruenor, die lebende Legende, und wenn er das sagte, dann glaubten ihm die Zwerge vom Clan Heldenhammer. Wenn er das sagte, dann würde es so sein. Also beschlossen sie, selbst dafür zu sorgen!

Da gingen die Krüge hoch, man jubelte laut, und wieder gingen die Krüge in die Höhe.

»Ach, die Zwerge, immer für einen Trinkspruch zu haben«, meinte Regis, der hinten in der Halle mit Wulfgar in einer Ecke saß.

Wulfgar grinste nur und sagte etwas ironisch: »Man lebt eben nur einmal.«

»Zweimal«, stellte Catti-brie richtig und schob ihren Stuhl zwischen die beiden.

»Ja«, bestätigte Wulfgar. »Und manchmal versteht man erst im zweiten Anlauf, was das Gute daran ist.«

Regis und Catti-brie sahen ihn fragend an und zuckten dann beide mit den Schultern.

»Ich habe dich geliebt, das weißt du«, sagte Wulfgar, und Catti-brie machte ein mitleidiges Gesicht.

»Oh, nein«, flüsterte Regis in sich hinein.

»Aus tiefstem Herzen«, erklärte Wulfgar.

»Wulfgar …«, setzte sie an und schien verzweifelt einen Ausweg zu suchen.

Aber er fuhr einfach fort: »Ich wollte nur, dass du das weißt.«

»Ich weiß. Ich wusste es«, versicherte sie ihm, nahm seine Hand und sah ihm in die Augen.

Er erwiderte ihren Blick. Auf seinem Gesicht breitete sich ein Lächeln aus. »Es tut nicht mehr weh«, sagte er.

Catti-brie sah wieder zu Regis. Keiner von ihnen hatte eine Antwort darauf.

Wulfgar lachte schallend los.

»Verpasse ich eine bessere Geschichte als die, die Bruenor gerade zum Besten gibt?«, fragte Drizzt und trat an den Tisch.

»Nein«, sagte Catti-brie.

»Du verpasst eine Entschuldigung, alter Freund«, erklärte Wulfgar.

Drizzt nahm Catti-brie gegenüber Platz. »Eine Entschuldigung?«

»Ich habe deiner Frau gerade gebeichtet, dass ich sie von ganzem Herzen geliebt habe«, stellte Wulfgar fest.

»Und dass du sie immer noch liebst?«, fragte Drizzt.

Wieder lachte Wulfgar herzlich, aber ohne den geringsten Sarkasmus und ohne Bedauern. »Natürlich«, sagte er. »Wie auch nicht?«

Drizzt zuckte nicht mit der Wimper.

»Sieh sie doch an!«, rief Wulfgar. »Schön wie der Morgenhimmel, warm wie der Sonnenuntergang und die Hoffnung auf Frieden zum Greifen nahe. Soll ich dich belügen und dir weismachen, ich würde die schöne Catti-brie nicht lieben? Hättet ihr mich dann lieber an eurer Seite?«

»Ja«, sagte Catti-brie, während Drizzt gleichzeitig nachdrücklich »Nein!« sagte.

Das Paar sah sich an, und beide wirkten, als hätte man ihnen einen nassen Lappen um die Ohren geschlagen.

»Ich erfinde keine Lügen, damit wir eine angenehmere Reise haben«, erklärte Wulfgar. »Natürlich liebe ich sie. Ich habe sie immer geliebt und werde sie immer lieben.«

»Wulfgar …«, begann Catti-brie, aber er redete weiter.

»Und ich werde ihn immer lieben, den dummen alten Zwerg, der mir das Leben geschenkt hat, obwohl er immer so tut, als würde er keine Gnade kennen. Und dich«, fügte er mit einem Blick auf Regis hinzu. »Ich bin mal ans andere Ende von Faerûn gezogen, um dich zu suchen, und das würde ich wieder tun – mit einem Lied auf den Lippen. Und wenn ich dabei sterben würde, dann wüsstet ihr, dass es ein guter Tod war!« Er wandte sich zu Drizzt, streckte ihm seine große Hand hin, und Drizzt nahm sie. »Und du, mein Bruder, mein Freund«, sagte Wulfgar. »Hast du Angst vor meiner Liebe für deine Frau?«

Drizzt sah ihm lange in die Augen, bis seine Lippen sich zu einem vertrauensvollen Lächeln verzogen. »Nein.«

»Ich würde dich niemals betrügen«, sagte Wulfgar.

Drizzt nickte.

»Niemals«, bekräftigte Wulfgar. Er sah zu Catti-brie hinüber. »Genauso wenig wie sie, aber das weißt du ja.«

Drizzt nickte erneut.

»Du hast einen zweiten Anlauf erwähnt«, sagte Catti-brie, worauf alle zu ihr blickten. »Was hast du gelernt?«

Wulfgar führte ihre Hand an die Lippen und hauchte einen Kuss darauf. »Meine Freundin«, sagte er, »ich habe lächeln gelernt.«

Catti-brie starrte Drizzt und Regis an, und alle drei grinsten unergründlich.

»Wenn ihr mich jetzt bitte entschuldigt«, sagte Wulfgar. Er erhob sich mit einiger Mühe, weil er offenbar selbst zum wiederholten Mal auf König Bruenor und seine noch immer andauernde Geschichte den Krug erhoben hatte. Er nickte zur anderen Seite des Saals hinüber.

Die Freunde folgten seinem Blick und sahen eine Zwergin, die ihn beobachtete.

»Ein hübsches Ding, und ich wollte das schon immer einmal«, sagte Wulfgar lachend.

»Ernsthaft?«, fragte Regis.

Wulfgar zog Hemd und Hose zurecht und zwinkerte dem Halbling zu: »Man lebt nur einmal, hm?«

Und schon schwankte er davon.

Regis schüttelte den Kopf und schnaubte leise.

»Pass auf ihn auf«, bat Catti-brie den Halbling, aber als der schon aufstehen wollte, hielt Drizzt ihn zurück.

»Was weißt du?«, fragte Catti-brie.

Drizzt sah immer noch dem Barbaren nach. »Ich weiß, dass er zufrieden ist. Sein Herz ist erfüllt.«

Catti-brie wollte widersprechen, hielt sich jedoch zurück. In Wulfgars Schritt lag unverkennbar Leichtigkeit.

»Er hat seine Reise schon einmal zu Ende gebracht«, stellte Catti-brie fest, als würden diese Worte jedes Rätsel lösen. Als sie wieder aufschaute, sah sie die fragenden Blicke der anderen. »Er war verheiratet. Hatte Kinder«, erklärte sie.

»Und Enkel«, fügte Regis hinzu. »Alle längst tot.«

»Das heißt, er ist der Tradition gefolgt und hat sich an die Regeln gehalten«, fuhr Catti-brie fort. »Er hat seine Pflicht erfüllt, gegenüber seinem Volk und gegenüber seinem Gott.«

»Und jetzt?«, fragte Drizzt.

Catti-brie sah zu Wulfgar, der mittlerweile mit der jungen Zwergin tanzte. »Jetzt will er spielen«, sagte sie.

»Für ihn ist alles ein Spiel«, überlegte Regis, der nun begriff. »Geliehene Zeit aus dem Kalender der Götter – für Spaß und Abenteuer, mehr als jeder Mann sich erhoffen, erbitten oder erwarten könnte.«

»Er ist frei«, sagte Catti-brie, als würde sie es jetzt erst begreifen.

Drizzt betrachtete seinen alten Freund. Plötzlich stellte er überrascht fest, dass er Wulfgar in diesem Augenblick beneidete. Aber der Moment verflog, und da beschloss der Drow, dass er von seinem Freund lernen wollte.

Denn beim Anblick von Wulfgar waren das Licht und die Freude, die dieser Mann wie ein Gottesgeschenk ausstrahlte, nicht zu übersehen. Da lachte Drizzt plötzlich, schnippte mit den Fingern und ließ sich ebenfalls einen Krug reichen.

Warum auch nicht?

Kapitel 6

Daermon N'a'shezbaernon

»Drider«, meldete der Soldat. »Mindestens drei. Sie haben sich im rückwärtigen Bereich der ehemaligen Kapelle verschanzt.«

Oberinmutter Quenthel sah zu Gromph hinüber.

»Melarni«, bestätigte dieser.

Quenthel Baenre musterte Vadalma Tlabbar, eine der drei anderen Oberinnen, die sie an diesem Tag begleiteten. Vadalma regierte das fanatisch fromme Faen Tlabbar noch nicht einmal hundert Jahre, hatte sich jedoch aufgrund ihres Sadismus und ihrer Promiskuität bereits einen erstaunlichen Ruf erarbeitet. Sie vereinte sich mit allem und tötete alles und jeden, hieß es, mitunter auch gleichzeitig.

Und sie war eine große Intrigantin, worin sie ihrer verstorbenen Mutter, Ghenni'tiroth, sehr ähnlich war. Ja, wirklich sehr ähnlich. Die Erinnerungen von Yvonnel, die Quenthel über den Illithiden erhalten hatte, warnten ausdrücklich vor den fanatischen Tlabbars.

»Sollte ich sie töten lassen?«, fragte Oberinmutter Quenthel ihre Begleiterinnen.

»Ja«, antwortete Oberin Miz'ri Mizzrym vom Fünften Haus augenblicklich, was Zeerith Xorlarrin mit einem Lachen quittierte. Bei dieser Antwort sah Miz'ri ausdrücklich Vadalma an.

Auch Miz'ri hatte die Gerüchte gehört, wie die anderen

wussten, denn überall wurde von der geheimen Allianz gemunkelt, die gerade entstand. Haus Faen Tlabbar und Haus Melarn waren der Spinnenkönigin beide fanatisch ergeben, doch ihre Rituale und Praktiken waren so verschieden, dass sie einander keineswegs wohlgesonnen waren. In Arach-Tinilith zankten sich ihre Priesterinnen ständig über die richtigen Methoden, der Herrin Lolth ihre Liebe zu beweisen, manchmal sogar mit Gewalt. Doch trotz all dieser Dispute deutete die Gerüchteküche momentan darauf hin, dass Oberin Vadalma über Agenten von Haus Melarn eine Art Waffenstillstand angeboten worden war.

Das war auch keineswegs unlogisch, was die vier Oberinnen nur zu gut verstanden. Mit dem Abzug von Haus Xorlarrin wurde ein wichtiger Platz im Konzil frei, auf den es jedes Haus unter den Xorlarrins abgesehen hatte. Vielleicht würde Haus Melarn gegen Haus Mizzrym, das Fünfte Haus, in den Krieg ziehen, um dann auf den vierten Platz aufzusteigen, sobald Haus Faen Tlabbar – der heimliche Verbündete von Hause Melarn in allen Fehden mit Miz'ris Familie – den vakanten dritten Platz einnahm.

»Oberin Vadalma?«, fragte Oberinmutter Quenthel unschuldsvoll.

»Ich halte es nicht für klug, Drider zu zerstören, egal welchem Haus sie angehören – oder ob sie überhaupt zu einem Haus gehören«, antwortete die Anführerin der Tlabbar. »Sie leiden, solange sie leben. Darum sind sie Drider.«

Oberinmutter Quenthel bedachte Gromph mit einem höhnischen Lächeln.

»Durchaus korrekt«, pflichtete der Erzmagier bei.

»Dann treibt sie raus und fangt sie«, befahl Baenre. »Bringt sie in Netzen ins Haus Baenre zur … Umerziehung.«

»Oberin Zhindia von Haus Melarn wird Einspruch erheben«, warnte Zeerith Q'Xorlarrin. »Aber das tut sie ja immer.«

»Wie viele haben wir bereits geschlagen, die heimlich mit ihrem Haus gemeinsame Sache machen?«, fragte Oberinmutter Quenthel, als sie zum Balkon des Dachgeschosses ging und in den großen Audienzsaal hinunterblickte, wo man die Besiegten zusammengedrängt hatte. Die Überlebenden lagen in Ketten, die Toten waren aufgehäuft. »Mit welchem Recht beansprucht Oberin Melarn diesen Ort?« Sie fuhr zu den anderen herum. »Mit welchem Recht betritt überhaupt irgendjemand diesen Ort? Er war immer tabu.«

»Bis jetzt?«, griff Oberin Zeerith ihre Worte auf. Schließlich hatten sie und Oberinmutter Quenthel diesen Wortwechsel exakt eingeübt.

»Bis jetzt«, bestätigte Oberinmutter Quenthel. »Jetzt handeln wir alle auf Geheiß der Göttin. Das sagt die Priesterin Sos'Umptu Baenre, Hohepriesterin im Tempel der Göttin, der ganz in der Nähe liegt.«

»Und das sagt Kiriy, Hohepriesterin von Xorlarrin«, erklärte Zeerith.

»Und Sabbal, Hohepriesterin von Mizzrym«, fügte Miz'ri selbstgefällig hinzu und sah dabei Oberin Tlabbar an. Warum auch nicht? Oberin Mez'Barris Armgo war schließlich nicht dabei, und wahrscheinlich gehörte ein Teil der rebellischen Dunkelelfen, welche die Baenre-Truppen gerade ausgeräuchert hatten, zum Haus Barrison Del'Armgo. Andere waren eher Schurken ohne Hauszugehörigkeit gewesen, die meisten übrigen jedoch Angehörige von Haus Melarn. Wenn es stimmte, dass Haus Melarn ein Bündnis mit Haus Faen Tlabbar anstrebte – und angesichts von Vadalmas verkniffener Miene schien es so zu sein – und dass Haus Faen Tlabbar dies ernsthaft erwog, hatte diese

Expedition solchen Plänen gerade einen dicken Riegel vorgeschoben.

»Und Hohepriesterin Luafae von Faen Tlabbar«, sagte Vadalma mit bemühtem Nachdruck in der Stimme.

Beinahe hätte Oberinmutter Quenthel sie ausgelacht.

Aber nur beinahe.

Es reichte schließlich, dass alle anderen – einschließlich Vadalma – registrierten, dass Oberinmutter Quenthel gern gelacht hätte, es dank ihrer Selbstbeherrschung aber aus Respekt vor Vadalmas Status nicht tat.

Oberinmutter Mez'Barris Armgo marschierte schnaubend in ihrer Kapelle auf und ab und schüttelte wütend den Kopf. »Was hast du vor, Quenthel?«, flüsterte sie vor sich hin.

Haus Baenre hatte einen größeren Trupp zur Westwand geschickt, um dort den früheren Wohnsitz der Do'Urdens zu säubern. Quenthel hatte die Oberinnen der drei Häuser unmittelbar unter Baenre und Barrison Del'Armgo mitgenommen. Diese nie da gewesene Machtdemonstration von der bisher so schwachen Quenthel war offenbar eine Warnung an alle Häuser, die einen Aufstieg in die obersten Ränge in Erwägung zogen: Jedes derartige Ansinnen würde auf eine breite Allianz von überwältigender Macht stoßen.

Die vielleicht auch Haus Barrison Del'Armgo bedrohte. Einzeln fürchtete Oberin Mez'Barris keines der anderen Häuser. Nicht einmal Haus Baenre würde sie offen angreifen. So ein Vorgehen würde jeden zu teuer zu stehen kommen.

Aber alle vier gemeinsam? War das womöglich der Beginn eines übergreifenden Bündnisses? Wollten sich Menzoberranzan und die junge Stadt Q'Xorlarrin enger zusammenschließen, noch ehe Oberin Zeerith und der Rest ihrer Familie in ihre neue Heimat abzogen?

Da betrat Waffenmeister Malagdorl die Kapelle. Seine Schritte waren schnell und dringlich.

Als Oberinmutter Mez'Barris ihn fragend ansah, nickte er.

»Hexe«, flüsterte Mez'Barris tonlos. Sie hatte Malagdorl nach Melee-Magthere geschickt, um mit den Spionen zu sprechen, die Barrison Del'Armgo bei Quenthels Sohn, Aumon Baenre, platziert hatte. In Menzoberranzan war es ein offenes Geheimnis, dass Haus Baenre die Reise von Haus Xorlarrin in das alte Gauntlgrym gutgeheißen hatte, doch angesichts der neueren Entwicklungen vermutete Mez'Barris mehr als eine einfache Billigung. Malagdorls Nicken sprach Bände: Inzwischen wusste Mez'Barris, dass diese Expedition von Quenthel arrangiert worden war, denn wie vermutet hatte der unverschämte Emporkömmling Tiago Baenre die Xorlarrins begleitet.

Tiago war der Enkel von Waffenmeister Dantrag, den Mez'Barris inständig hasste. Er war der schlimmste Feind und Rivale ihres geliebten Kriegersohns Uthegental gewesen, des größten Waffenmeisters, den Menzoberranzan je gesehen hatte. Das jedenfalls glaubte und predigte Mez'Barris.

»Gol'fanin ebenfalls«, sagte Malagdorl. Mez'Barris nickte und presste vor Ärger fest die Lippen zusammen. Gol'fanin war der beste Schmied der Stadt. Wenn er Tiago Baenre zur legendären Schmiede der Zwerge von Delzoun begleitet hatte, konnte sich Mez'Barris leicht ausmalen, was das bedeutete.

Mit Bedauern im Blick entließ sie Malagdorl. Ob er es durchschaute? War ihrem etwas begriffsstutzigen Enkel bewusst, dass Tiago bewaffnet zurückkommen würde, um zu töten – und zwar ihn?

Kaum war Malagdorl verschwunden, da steckte Hohepriesterin Taayrul den Kopf durch die geschnitzte Tür. »Minolin Fey ist da, Oberin«, sagte sie leise.

»Bringt sie direkt in meine Privatgemächer«, wies Mez'Barris sie an. »In aller Stille. Niemand soll wissen, dass sie hier ist. Haus Melarn wird bestimmt bald da sein. Oberin Zhindia wird toben, was Quenthel Baenre sich erlaubt. Haus Melarn hat heute sicher viele Soldaten verloren.«

»Eben wurden Drider und gefangene Drow-Soldaten von der Westwand nach Qu'ellarz'orl abtransportiert«, erwiderte Taayrul ernst. »Vermutlich nach Haus Baenre.«

Oberin Mez'Barris schnaubte wieder und schüttelte den Kopf. Der kühne Schachzug von Quenthel hatte sie wirklich überrascht. Sie hätte nie gedacht, dass die feige kleine Baenre zu so etwas fähig wäre.

Eine offene Entführung von Melarni-Dridern?

»Versetzt die Garnison in Alarmbereitschaft«, befahl Oberin Mez'Barris unvermittelt.

Taayrul riss die roten Augen auf. »Oberin?«

Es war ein spontaner Befehl von großer Tragweite, aber wenn Mez'Barris überlegte, was gerade alles vor sich ging, war sie sich ihrer Sache vollkommen sicher. »Ruft ganz Barrison Del'Armgo zusammen, Adlige und Gemeine. Schließt die Tore und bereitet alle Verteidigungsmaßnahmen vor.«

»Oberin.« Taayrul verbeugte sich respektvoll und eilte davon.

Und Mez'Barris blieb mit ihren Sorgen allein zurück.

Bald darauf gesellten sich die vier Oberinnen und ihre Leibwachen im breiten Schiff der zweistöckigen Kapelle von Haus Do'Urden wieder zu Erzmagier Gromph. Kurz zuvor hatten die vier noch zugesehen, wie die drei sicher in Kokons gewickelten Drider mühsam von Soldaten weggeschleppt wurden, worüber sich besonders Oberinmutter Quenthel und Oberin Miz'ri amüsierten.

»Ich bin ewig nicht mehr hier gewesen«, stellte Oberinmutter Quenthel fest. »Ich hatte ganz vergessen, wie ähnlich diese Kapelle der Baenre-Kapelle ist – wenn auch lange nicht so prächtig.«

»Ja. Erstaunlich, dass ein Haus mit einer derartigen Kapelle in der Gunst der Spinnenkönigin so tief sinken konnte«, warf Oberin Vadalma ein. Ihr süßlicher Tonfall sollte die Spitze dieser Bemerkung gar nicht ernsthaft verdecken.

Aber Oberinmutter Quenthel lächelte nur. Es spielte keine Rolle, denn Baenres Plan ging perfekt auf, und die anderen drei waren längst darauf hereingefallen. Beim Betreten dieses verlassenen Anwesens im Westwandviertel von Menzoberranzan hatten Vadalma Tlabbar und Miz'ri Mizzrym noch säuerlich gewirkt, zumal sie einer Armee Soldaten und Zauberer aus Haus Baenre folgten, einschließlich des Erzmagiers persönlich. Inzwischen war ihnen der Zweck ihrer geheimen Einladung zu diesem kleinen Abenteuer natürlich klar, zumal diese Einladung nicht von Haus Baenre, sondern von Oberin Zeerith übermittelt worden war – wenn auch mit Blick auf die Erwartungen von Haus Baenre.

Auf dem verschlungenen Weg durch die Zugangshöhlen des Komplexes waren die vier Oberinnen immer wieder von Baenre-Kriegern gegrüßt worden, die mit den vielen Schurken beschäftigt waren, die sich ungenehmigt an diesem Ort einquartiert hatten.

Keiner von ihnen hätte hier sein dürfen, so hatte es das Konzil beschlossen, aber in der Stadt war es schon fast ein offenes Geheimnis, dass die Häuser Melarn und Barrison Del'Armgo das Anwesen zum Training nutzen.

Mit ihrem rigorosen Durchgreifen hatte Oberinmutter Quenthel diesen beiden Häusern eine Lektion erteilt: dem verunsicherten Zweiten Haus und dem ehrgeizigen Haus Sieben. Wenn für Haus Melarn nicht schon Baenres Entscheidung, beim Gründungsfest mit Haus Fey-Branche zu speisen, Warnung genug gewesen war – wo angeblich tatsächlich Lolths Avatar aufgetaucht war –, dann würde dieser kühne Rundumschlag Oberin Zhindia Melarn endgültig in die Defensive drängen.

Zumal Zhindia ihr Problem nicht einmal bei der nächsten Ratssitzung vortragen konnte, weil dieser Ort – einst die Heimat von Malice Do'Urden und Geburtsort des berüchtigten Drizzt Do'Urden – durch das ausdrückliche Edikt des Konzils weder bewohnt noch besucht werden durfte.

Bis jetzt – wo die Hohepriesterinnen der vier anwesenden Häuser ihren Oberinnen unabhängig voneinander mitgeteilt hatten, dass diese Mission Lolths Segen trug.

Weshalb man Haus Do'Urden an diesem Tag mit dem Segen der Lolth und der Macht der Baenres von Streunern und geheimen Milizen gesäubert hatte.

Und weshalb für Haus Do'Urden mit dem Segen und auf Wunsch der Göttin eine Neugründung möglich wurde.

Minolin Fey registrierte die Aufregung in Mez'Barris Bewegungen, als die Oberin in den Raum rauschte.

»Habt Ihr gesehen, was heute passiert ist?« Sie kam ohne Umschweife zur Sache.

Minolin Fey nickte. »Sie haben kein Geheimnis daraus gemacht.«

»Vier Häuser, die gemeinsam zuschlagen!«

Minolin Fey zuckte scheinbar gelassen mit den Schultern. »Das Anwesen Do'Urden ist tabu«, sagte sie mit ruhiger Stimme.

»Ich stelle fest, dass Fey-Branche nicht zu Oberinmutter Quenthels kleinem Ausflug geladen war«, sagte Mez'Barris lauernd. »Haus Baenre schart seine Verbündeten in diesen unruhigen Zeiten um sich – und Ihr steht allein da, während das ehrgeizige Haus Melarn Euch belauert.«

Minolin bewahrte Haltung. Beim Gründungsfest hatte Haus Baenre sich zu einer Allianz mit Haus Fey-Branche bekannt, doch die heutigen Ereignisse hatten Minolins Familie nicht gerade beruhigt.

»Oberinmutter Quenthel hat deutlich gezeigt, wen sie dazu eingeladen hat und wen nicht.« Mez'Barris bohrte weiter in der Wunde.

»Euch zum Beispiel?«

Die Oberin lachte kurz auf und nahm auf einem Sessel Platz. »Wir haben ihre Einladung abgelehnt«, sagte Mez'Barris. »Sie haben mehr als genug Soldaten, um ein paar hauslose Schurken zu vertreiben. Und ich habe Besseres zu tun, als Oberinmutter Quenthel auf ihre lächerlichen Expeditionen zu folgen.«

Ein paar hauslose Schurken, dachte Minolin Fey und lächelte offen. Die meisten waren keineswegs ohne Haus gewesen, wie sie sehr wohl wusste, und nicht wenige waren eigentlich mit Haus Barrison Del'Armgo verbunden. Weshalb natürlich ausgeschlossen war, dass Oberinmutter Quenthel Mez'Barris zu dieser Aktion aufgefordert hatte, egal was die Oberin behauptete.

Mez'Barris' Lüge war ein Zeichen ihrer Ängste und damit ihrer Schwäche, sagte sich Minolin Fey insgeheim.

»Glaubt Ihr, Oberin Zhindia Melarn wird Haus Fey-Branche angreifen, solange die Baenre-Soldaten noch im

Feld stehen?«, fragte Oberin Mez'Barris. »Oder wird sie warten, bis Quen … Oberinmutter Quenthel ihr Spielchen beendet hat?«

Minolin Fey lächelte nur. Nicht weil sie so sicher war, dass Mez'Barris unrecht hatte, sondern weil sie sich zumindest in Sicherheit wusste, selbst wenn Haus Fey-Branche vollständig ausgelöscht werden würde. Per Privatdekret von Oberinmutter Quenthel, geheiligt durch den Avatar der Lolth persönlich, gehörte Minolin jetzt zu Haus Baenre und trug als die heimliche Frau von Gromph die künftige Oberinmutter von Menzoberranzan aus. Was Mez'Barris Armgo natürlich alles nicht zu wissen brauchte.

»Was wollen wir dagegen unternehmen?«, fragte Mez'Barris in scharfem Ton und riss Minolin Fey aus ihren Gedanken.

»Unternehmen?«

»Tut nicht so scheinheilig«, sagte Mez'Barris. »Heute hat Oberinmutter Quenthel einen Schlag gegen Haus Melarn geführt …«

»Und gegen Euer Haus«, warf Minolin Fey ein.

Oberin Mez'Barris sah sie an, als hätte sie am liebsten die Peitsche gezückt.

»Wenn wir … nicht scheinheilig tun wollen«, sagte Minolin Fey.

Die Oberin musterte Minolin Fey eindringlich. »Oberinmutter Quenthel hat alles um sich geschart und fordert Haus Melarn zum Gegenschlag auf, aber auf indirekte Weise. Sie scheint zu wollen, dass Haus Melarn das Haus Fey-Branche angreift, und wenn das passiert und ich Oberin Zhindia von Haus Melarn unterstützen würde, würden Oberinmutter Quenthel und ihre Lakaien nicht eingreifen.«

»Das sagtet Ihr bereits – mit weniger Worten«, wagte Minolin Fey anzumerken.

»Was wollen wir dagegen unternehmen?«, fragte Oberin Mez'Barris verschlagen.

Minolin Fey sah sie verständnislos an.

»Was wollt *Ihr* dagegen unternehmen?«, stellte Mez'Barris klar. Nach längerem, unangenehmem Schweigen fügte sie hinzu: »Wir sind verbündet, richtig? Auf diesen unausweichlichen Tag haben wir lange hingearbeitet. Vielleicht ist es an der Zeit, diese Allianz zu besiegeln: Barrison Del'Armgo und Fey-Branche. Ich kann Oberin Zhindia im Zaum halten. Ohne meinen Segen würde Haus Melarn Fey-Branche nicht angreifen. Nicht jetzt. Nicht während Oberinmutter Quenthel alle Verbündeten aufmarschieren lässt.«

»Was soll ich dem Balor anbieten?«, fragte Minolin Fey.

»Errtu wurde von einem Sohn von Haus Baenre verbannt. Auf einem kalten Feld in der Oberflächenwelt geschlagen. Er hält bestimmt nicht viel auf Tiagos Familie. Ihr bietet ihm die Chance an, es Oberinmutter Quenthel heimzuzahlen.«

»Errtu ist geduldig. Vielleicht zieht er es vor, seine Rache zu seiner Zeit und auf seine Weise zu vollziehen.«

»Ihr habt mit dem Balor gesprochen?«, fragte Oberin Mez'Barris unverblümt.

»In letzter Zeit nicht. Nicht direkt. Ich kann ihn schließlich nicht rufen, weil er von unserer Existenzebene verbannt wurde, und ich reise nicht so oft in den Abgrund und verhandle da bestimmt nicht mit einer so unberechenbaren, gefährlichen Kreatur wie Errtu. Ich möchte mich nicht in einer Zelle mit Oberin K'yorl wiederfinden.«

»Wir hatten das geklärt«, fuhr Mez'Barris auf.

»Das Schwert von Tiago Baenre hat unsere … Möglichkeiten verändert.«

»Wir gehen zusammen zu Errtu«, bot Mez'Barris an.

»Und den Erzmagier nehmen wir auch mit. Ja, es wird Zeit, dass er die Kontrolle übernimmt.«

»Gromph wird sich nicht gegen Oberinmutter Quenthel auflehnen. Nicht jetzt.«

»Er kennt unseren Plan. Immerhin war es ursprünglich sein Plan«, hielt Mez'Barris dagegen.

Das stimmte allerdings, wie Minolin Fey zugeben musste. Keiner von ihnen hatte viel von Oberinmutter Quenthel gehalten, und so hatten sie zusammen Quenthels Sturz geplant. Seit die Herrin Lolth sich auch der arkanen Magie bediente, strebten die Drow-Zauberer nach einem höheren Status, auch wenn sie überwiegend Männer waren, und Gromph Baenre, der große Erzmagier von Menzoberranzan, ältester und wahrscheinlich mächtigster Drow der Stadt, hatte dabei am meisten zu gewinnen. Vielleicht würde man Gromph sogar offiziell zum Lehnsherrn von Haus Baenre ernennen. So etwas war noch nie da gewesen, doch es waren schließlich ungewöhnliche und chaotische Zeiten.

Mez'Barris würde den Aufstieg von Gromph sicher unterstützen, vor allem weil ihr Haus in diesem Fall verdienterweise endlich über Haus Baenre stehen würde. Aber auch weil sie und Gromph in den letzten Jahrzehnten mehr Verständnis füreinander entwickelt hatten.

So jedenfalls hatte es ausgesehen, dachte Minolin Fey, ohne dies auszusprechen. Mez'Barris wusste noch nicht, wie viel sich beim Gründungsfest geändert hatte.

»Errtu wird uns Oberin K'yorl geben«, beharrte Mez'Barris. Die Oberin von Haus Oblodra, einer Drow-Familie, die sich in der eigentümlichen Kunst der Psionik auskannte, hatte in der Zeit der Unruhen versucht, das gekippte Gleichgewicht zugunsten ihres Hauses zu nutzen. Doch leider war Oberinmutter Yvonnel Baenre zum

Kanal für die Macht der Lolth geworden und hatte Haus Oblodra in den tiefen Klauenspalt gestürzt. Oberin K'yorl hatte man für ihre Dreistigkeit dem Dämon Errtu zum Geschenk gemacht, der sie bis heute festhielt und marterte. »Sie hasst Haus Baenre über alle Maßen, und ihre Kräfte … nun, da Haus Oblodra nur noch eine ferne Erinnerung ist, wird Oberinmutter Quenthel nicht damit rechnen, es mit den entfesselten Kräften von K'yorl zu tun zu bekommen. Sie wird Quenthel vernichten. Und dann sind wir die Hexe los.«

»Kimmuriel von Bregan D'aerthe soll aus dem Haus Oblodra stammen und recht gut sein …«

»Er wird es niemals rechtzeitig an Quenthels Seite schaffen!« Oberin Mez'Barris war sich ihrer Sache so sicher, dass sie sogar den offiziellen Titel ihrer Rivalin unterschlug.

Minolin Fey lächelte schmal. Sie hatte an diesem Morgen erste Bekanntschaft mit Methil El-Viddenvelp gemacht, der inzwischen offenbar fest zum Hof von Oberinmutter Quenthel gehörte. Selbst wenn sie K'yorl befreien und ihren Plan umsetzen könnten, würde sie nicht annähernd so viel ausrichten können, wie Oberin Mez'Barris hoffte, fürchtete Minolin Fey.

»Gromph wird sich nicht gegen Oberinmutter Quenthel erheben«, betonte sie noch einmal. »Nicht jetzt. Vielleicht nie. Damit steht unser Plan auf tönernen Füßen.«

»Wir brauchen ihn nicht!«

»*Ihr* braucht ihn nicht«, sagte Minolin Fey. »Wenn Ihr in den Abgrund ziehen und mit Errtu verhandeln wollt, dann lasst Euch von der Herrin Lolth begleiten, denn Ihr werdet sie brauchen.«

»Euer Haus steht allein«, erinnerte Oberin Mez'Barris sie. »Ich bin Euer einziger Schutz vor dem Zorn von Haus Melarn!«

»Mein Haus? Mein Haus fürchtet Oberin Zhindia nicht.«

»Fey-Branche kann sich gegen …«

»Fey-Branche ist nicht mein Haus«, sagte Minolin Fey, die nicht länger diskutieren wollte und der Meinung war, sie hätte genug gehört.

Oberin Mez'Barris sah sie fragend an.

»Ich bin Minolin Fey-Baenre«, erklärte sie kühn und stand auf. »Die Frau von Gromph und Oberinmutter Quenthel Baenre ergeben.«

»Wie könnt Ihr es wagen?«, schrie Mez'Barris.

»Beim Gründungsfest ist der Avatar von Lolth in Haus Fey-Branche erschienen«, sagte Minolin Fey. »Das ist kein bloßes Gerücht, Oberin. Es ist die Wahrheit. Und diese Wahrheit hat ein Band zwischen Haus Baenre und Haus Fey-Branche geknüpft. Vielleicht möchtet Ihr diese Wahrheit Oberin Zhindia Melarn eröffnen, ehe sie etwas sehr Törichtes tut.« Mit einer schnellen Geste wirkte Minolin Fey einen Rückrufzauber und sagte: »Ich gehe … nach Hause.«

Daraufhin schien sich ihre körperliche Gestalt aufzulösen und zerbarst in einer Vielzahl substanzloser schwarzer Rauchwölkchen, die bald verflogen waren. Fassungslos dachte Mez'Barris Armgo über diese absolut unerwartete und überaus gefährliche Wendung nach.

Kapitel 7

Mit Baenres Duldung

»Entreri«, sagte Beniago in einem magisch abgeschirmten privaten Zimmer in den Tiefen von Illusk zu Jarlaxle. »Nicht Drizzt, sondern Entreri mit dem Rest seiner Bande.«

Jarlaxle summte vor sich hin, als er seine Augenklappe von links nach rechts verschob und über diese überraschende Nachricht nachsann. Entreri und seine Begleiter – ohne Drizzt, wie es aussah – waren an Luskan vorbei nach Süden gezogen. Nachdem sie fast zwanzig Jahre wie vom Erdboden verschluckt gewesen waren, kehrte die Gruppe zurück.

Und dies unmittelbar nachdem Braelin Janquay, ein äußerst zuverlässiger Kundschafter, gemeldet hatte, dass eine mächtige Zauberin und jener auffällige Halbling, der letztes Jahr in Luskan gewesen war, offenbar Namen trugen, die Jarlaxle sehr bekannt vorkamen.

»Catti-brie und Regis«, sagte er ungläubig. Er erinnerte sich, wie Drizzt und König Bruenor ihn damals nach ihrem Tod angefleht hatten, sie zu finden. Tja, nun hatte er sie vielleicht, aber Drizzt war spurlos verschwunden, und König Bruenor war im fernen Gauntlgrym begraben, soweit er wusste.

»Die sind hundert Jahre tot«, erwiderte Beniago, obwohl Jarlaxle mit sich selbst gesprochen hatte und nun aufschreckte.

»Du meinst, es ist unmöglich?«

»Nicht nachvollziehbar«, sagte Beniago. »Aber ich staune ja auch darüber, dass Entreri und seine Bande zurück sind. Vielleicht bin ich schon so zynisch, dass mich nichts mehr wirklich überraschen kann!«

»Zynisch?« Jarlaxle grinste. »Mein lieber Beniago, wohl eher das Gegenteil. Glaub an Wunder – oder was immer deinen Tag rosiger aussehen lässt!«

»Und sei für alles bereit«, endete Beniago, der nun ebenfalls grinste.

Jarlaxle nickte ihm lächelnd zu. »Er wollte Luskan nicht betreten«, überlegte der Drow. »Das heißt, er glaubt, ich könnte immer noch hier sein.«

»Entreri? Der sollte dir dankbar sein. Aber es gibt natürlich Schlimmeres, als ewig in einem Steinblock festzustecken.«

Jarlaxle dachte an den Angriff auf das Schloss von Fürst Draygo Quick im Schattenreich zurück. Unwillkürlich lachte er bei dem Gedanken an dieses halsbrecherische Abenteuer. Er und seine Begleiter hatten die Wachen überrannt, und Jarlaxle hatte mitten in Draygo Quicks Burg einen eigenen Adamantturm gesetzt. An die Mienen der Wachen erinnerte er sich bis heute.

Nach diesem Überfall war Jarlaxle in die unteren Ebenen des Schlosses vorgedrungen, um Artemis Entreri, Dahlia und den Mönch Afafrenfere zu retten, die Fürst Draygos Medusa pflichtschuldigst versteinert hatte.

»Vielleicht war das steinerne Nichts Entreri lieber als das, was sein Herz und seine Seele quält«, hörte Jarlaxle sich selber sagen, doch er war abgelenkt, denn seine Gedanken wanderten bereits in die Gegenwart und zu der Erkenntnis, dass Entreri wieder im Lande war.

Er wusste nicht, warum ihm das so wichtig war, doch das war es.

»Wo ist er hin?«, fragte der Söldnerführer.

»Letzthafen, hieß es. Wahrscheinlich sind sie schon halb dort«, antwortete Beniago. »Aber die Wege sind heutzutage gefährlich, deshalb können wir nicht …«

Jarlaxles Lachen schnitt ihm das Wort ab. »Eine solche Gruppe lässt sich garantiert nicht von ein paar Räubern aufhalten«, sagte er und überlegte bereits, wie er nach Letzthafen kommen sollte. »Gibt es noch etwas Neues von Braelin?«

Beniago schüttelte den Kopf. »Drizzt, meinst du?«

Jarlaxle nickte. »Hoffen wir mal«, murmelte er in sich hinein. Dann sah er Beniago an und bemerkte die Überraschung des Hochkapitäns. Solche Worte musste so manchem merkwürdig vorkommen, der nicht wusste, wie lange die beiden sich schon kannten oder was der abtrünnige Do'Urden insgeheim für viele Drow von Menzoberranzan verkörperte – besonders für die Männer. Vielleicht hatte Beniago nicht lange genug in Menzoberranzan gelebt, um dies ausreichend nachvollziehen zu können.

Es schienen interessante Zeiten anzubrechen, und Jarlaxle war froh, dass Kimmuriel momentan nicht in Luskan oder auch nur in diesem Teil der Welt weilte. Jarlaxles Teilhaber spielte in irgendeinem grässlichen Hirnhaufen mit seinen Illithiden-Freunden herum. Damit hatte Jarlaxle bei der Leitung von Bregan D'aerthe und seinen eigenen Unternehmungen reichlich Spielraum.

Er dachte an seinen Überfall auf Burg Draygo zurück. War das wirklich sein letztes echtes Abenteuer gewesen? Er betrachtete den großen Schreibtisch, der von Pergamenten bedeckt war – hier in seinem eigenen Zimmer im Schlupfwinkel von Bregan D'aerthe, den sie in einer unterirdischen Ruine voller Geister und Ghule angelegt hatten.

»Ich bin zum Schreiberling geworden«, sagte er geistesabwesend.

Beniagos Lachen erinnerte ihn daran, dass er nicht allein war.

»Du lachst über mein Elend?« Jarlaxle spielte den Empörten.

»Ich lache über die Vorstellung, dass der mächtige Jarlaxle so über sich denken könnte«, erwiderte Hochkapitän Kurth, der in Wahrheit ein Drow aus demselben Haus wie Jarlaxle war – auch wenn Beniago diese kleine Einzelheit über Jarlaxles wahre Identität nicht wusste. »Ein Schreiberling!«

Jarlaxle wies auf die Inventarlisten, die Lohnbücher und die Lieferverträge.

»Dann übergib den Papierkram Serena oder jemand anderem von deinen Partnern und Vertrauten und zieh los. Töte etwas!«, empfahl ihm Beniago mit Nachdruck.

»Ich hoffe, ich kann überhaupt noch kämpfen.«

Beniago lachte noch lauter und stand auf. »Wenn du das ausprobieren willst, dann bitte nicht an mir, ja?« Er wandte sich zum Gehen.

»Warum nicht?«, sagte Jarlaxle. »Vielleicht besiegst du mich und kannst Bregan D'aerthe übernehmen, solange Kimmuriel nicht da ist.«

»Das will ich gar nicht«, sagte Beniago ernsthaft. »Und noch weniger will ich von Jarlaxles Schwert oder Dolch oder Zauberstab oder dem anderen Zauberstab oder dem Riesenvogel oder dem Zauberstiefel oder der Peitsche oder was auch immer ins Grab befördert werden. Hab ich was vergessen?«

»So einiges«, versicherte ihm Jarlaxle.

»Geh nach Letzthafen«, riet ihm Beniago auf dem Weg zur Seitentür, hinter der in einem Alkoven eine Wendeltreppe begann, die zu einem langen, gewundenen Pfad unter dem Hafen hindurch zur Schanzeninsel und dem Quartier von Schiff Kurth führen würde. »Du weißt, dass du gehen musst. Der Handel mit den Xorlarrins läuft wie geschmiert. Wir haben die Stadt fest im Griff, und wenn du zurück bist, erwarte ich dich gut gelaunt mit einer Kiste Gold und einem Schwung hübscher Mädchen, die dich verwöhnen!« Er tippte an seinen Hut und verschwand.

Jarlaxle stellte fest, dass er ihm jedes Wort abnahm. Bregan D'aerthe lief tatsächlich absolut reibungslos. Der Handel war überaus profitabel, die Stadt der Segel war – unter der Hand – vollständig gezähmt und unterworfen, zudem durchzog sie ein komplexes neues Tunnelnetz. Für Jarlaxle zeigte sich nirgendwo auch nur der kleinste düstere Streifen am Horizont.

»Kein Wunder, dass mir langweilig ist«, sagte er. Doch diese Worte bedauerte er schon, als er sie hörte.

»Ist das wahr?«, hörte er hinten aus der Ecke jemanden sagen. Es war die Sprache von Menzoberranzan, und diese Stimme kannte er erschreckend gut.

Auf der Schanzeninsel im Hafen von Luskan stand der quadratische Festungsturm, in dem Schiff Kurth residierte. Beniago Baenre, der hier als Hochkapitän Kurth bekannt war, war der mächtigste der fünf Hochkapitäne, die Luskan regierten. Das wäre er selbst ohne die geheime Unterstützung durch Bregan D'aerthe gewesen, denn sein Vorgänger hatte diese Vormachtstellung erst verloren, als Bregan D'aerthe das Schiff übernahm.

Schiff Kurth rühmte sich der größten Flotte von Luskan, hatte doppelt so viele Soldaten wie das nächste große Schiff in der Reihe und konnte zudem auf eine ganze Schar verbündeter Zauberer zurückgreifen, die teils auf der

Schanzeninsel, teils im Hauptturm des Arkanums auf der nahen Entermesserinsel arbeiteten. Der einzige Landweg zur Entermesserinsel – im Gegensatz zu den geheimen Tunneln, die Bregan D'aerthe unter dem Meeresboden gegraben hatte – war eine Brücke zur Schanzeninsel. Als die Zauberer also damals in die Stadt gekommen waren, um das Erbe der Arkanen Bruderschaft neu zu beleben (oder zumindest die verbliebenen Geheimnisse und Artefakte aus den Ruinen des Hauptturms zu bergen), hatte Beniago ihnen natürlich eine Allianz mit seinem Schiff angeboten.

Von derart viel Macht umgeben und mit Zugriff auf die mordlustigen Drow-Söldner von Bregan D'aerthe fühlte sich Beniago in den dicken Mauern seiner Festung sehr sicher und achtete nicht darauf, dass sonst kaum jemand da zu sein schien. Schließlich war es endlich Frühling geworden, sodass die Schiffe zum Auslaufen und die Karawanen zum Aufbruch vorbereitet wurden. Vor einem großen Spiegel an der Tür zu seinen privaten Gemächern im zweiten Stock prüfte der Drow sein äußerlich menschliches Erscheinungsbild. »Kein Mensch«, ermahnte er sich selbst, denn anderen gegenüber gab er sich normalerweise als Halb-Elf aus. Immerhin war er schon Jahrzehnte in Luskan und in dieser Zeit kaum gealtert, was natürlich auffallen musste. Eine glaubwürdige Alterung war für die Zauberer von Bregan D'aerthe jedoch sehr aufwändig. Daher war er Beniago, der Halb-Elf.

»Das muss genügen«, murmelte er kopfschüttelnd vor sich hin. Nach all den Jahren hatte sich der Drow immer noch nicht an diesen Körper gewöhnt – die schlaksigen Beine und der »gestreckte« Rumpf, die käsige Haut, die sich bei den ersten Sonnenstrahlen rötete, und besonders der orangerote Haarschopf.

Die vielen Fallen entschärfte er mit drei Schlüsseln, öffnete dann die Tür zu seinem Schlafzimmer und trat ein. Er hatte einiges zu tun, so viel stand fest. Jarlaxle wollte Artemis Entreri nach Letzthafen nachsetzen, und Kimmuriel würde frühestens Ende des Jahres zurück sein. Gedankenvoll ging Beniago zu seinem Schreibtisch, auf dem sich noch mehr Pergamente türmten als bei Jarlaxle. Bei diesem Anblick änderte er die Richtung und trat erst einmal an das Tischchen mit den hochprozentigeren Getränken aus seinem Sortiment.

Erst als er nach seinem besten Branntwein griff, fiel ihm auf, dass etwas nicht stimmte. Mitten in der Bewegung hielt er inne und langte mit der anderen Hand verstohlen nach dem verzierten Dolch in seiner Schärpe.

Hinter ihm hatte es ein kaum merkliches Geräusch gegeben: ein leiser Schritt, ein Atmen.

Er zog den Dolch und fuhr mit der langjährigen Übung eines adligen Drow-Kriegers herum.

Er riss die Augen auf und blieb wie angewurzelt stehen, um den Angriff abzubrechen und sich stattdessen vor einem ganzen Schwarm Schlangen in Sicherheit zu bringen, die ihn gezielt angriffen.

Beniago sprang so abrupt zurück, dass er gegen den Tisch stieß und ringsherum die Flaschen auf dem Boden zerbarsten. Er versuchte, sich neu zu orientieren und das verwirrende Durcheinander zu begreifen. Dabei spürte er das Brennen des Schlangengifts.

Er hörte die Peitsche knallen.

Das waren keine normalen Schlangen, sondern die magischen Schlangen von Lolths Peitsche.

»Ihr wagt es, eine Waffe gegen mich zu erheben?«, ertönte es wütend in der Sprache von Menzoberranzan. Der Schwarm schlug ein zweites Mal zu, und das blitzschnelle Vorschnellen der Vipern überwältigte Beniago. Er spürte, wie sich Fangzähne in seine Wange gruben. Eine zweite Schlange grub sich in seinen Bauch.

»Oder hat deine Menschengestalt inzwischen deinen Verstand überwältigt?«, keifte die Besitzerin der Peitsche, als Beniago sich verzweifelt auf den Boden warf, um unter dem Tisch Deckung zu suchen. »Hast du deinen Platz vergessen, Sohn von Haus Baenre?«

Wieder erstarrte er.

Haus Baenre?

»Oberinmutter«, flüsterte er. Alle Gedanken an Flucht zerstoben, und er warf sich vor der Priesterin nieder. Er versuchte, nicht zu zucken, als die fünf Schlangen aus der Geißel von Oberinmutter Quenthel Baenre noch einmal zubissen.

»Wenn Ihr schreit, werde ich Euch töten«, schwor sie.

Beniago hatte das Gefühl, in seine Jugend in Menzoberranzan zurückkatapultiert zu werden, wo solche Bestrafungen für ihn zum Alltag gehört hatten.

Es ging so lange, bis der Schmerz und das Gift ihn bewusstlos werden ließen, doch kaum glitt er in das Nichts ab, als ihn die warmen Wogen der Heilmagie überfluteten und wieder weckten.

So war es ihm ergangen, als er klein war – bis zur Bewusstlosigkeit geschlagen, zurückgeholt, geheilt und erneut geschlagen. Als er die Augen öffnete, saß er zusammengesunken, aber unverletzt in einem Sessel vor seiner Großtante, Oberinmutter Quenthel.

»Befriedigt mich«, verlangte sie offen. »Ja, auch wenn Ihr *Iblith* und hässlich seid.«

Beniago war klug genug, nicht aufzublicken, sondern starrte auf ihre Füße. Er sah ihre Roben auf den Boden gleiten. »Darf ich sprechen?«

»Fasst Euch kurz!«

»Ich habe seit vielen Zehntagen nicht mehr meine wahre Gestalt. Vielleicht schon ein ganzes Jahr«, sagte Beniago. »Ich kann mich zurückverwandeln.«

»Nein«, gebot sie. »Ich bin neugierig.« Sie ging zu ihm hin, nahm sein Kinn in die Hand und hob sein Gesicht so an, dass er ihr in die Augen sehen konnte. »Ich habe Großes mit Euch vor. Enttäuscht mich nicht«, sagte sie.

Trotz der vorherigen Strafaktion und trotz seiner wohl begründeten Panik wusste Beniago, dass er nicht versagen würde, und stand bereitwillig auf.

Er war bereit, allen Schlägen zum Trotz.

Er war begierig, denn so hatte man ihn erzogen – dass die Strafe der Auftakt war, das verführerische Vorspiel, und die Unterwerfung ein Betteln um körperlichen Genuss.

»Und dann erzählt Ihr«, sagte Quenthel, zog ihn an sich und biss ihm in die Lippe.

»Was erzählen?«

»Alles«, erwiderte sie und schob ihn auf seinen Tisch.

In ganz Faerûn gab es vermutlich nur ein paar Handvoll Zauberer oder Priesterinnen, die in der Lage waren, die zahllosen Schutzrunen zu durchdringen, mit denen er sein Quartier im Laufe der Jahre versehen hatte. Und höchstens die Hälfte davon würde dies schaffen, ohne dass er etwas davon mitbekam.

Zu dieser speziellen Gruppe gehörte dummerweise sein Bruder, Gromph Baenre.

»Ich grüße Euch«, sagte Jarlaxle und drehte sich zu dem Erzmagier um. »Wie komme ich zu diesem höchst unerwarteten Vergnügen?«

»Dank meiner persönlichen Großzügigkeit.«

Jarlaxle nickte.

»Wie geht es Luskan?«

Jarlaxle zuckte mit den Schultern. »Ein schäbiger Ort mit viel Gesindel, also eher nicht so gut, schätze ich. Aber mir geht es hier gut. Es ist profitabel.«

»Zum Glück, würde ich sagen.«

»Die Schätze fließen wie vereinbart nach Xorlarrin und wohl auch in die Truhen von Haus Baenre, soweit ich das sehe.«

»Zum Glück … für Euch.«

»Gibt es ein Problem? Sprecht.«

»Ich gehe davon aus. Ich bin nicht gekommen, um Euch aufzusuchen, sondern als Führer für jemanden, der in der Stadt unterwegs ist.«

»Und doch seid Ihr hier … was zweifellos ein Glück für mich ist.«

»Für jemanden, der sich in Schiff Kurth befindet«, fügte Gromph hinzu.

Jarlaxle hatte Mühe, eine ungerührte Miene zu bewahren. »Ihr seid also gekommen, um die Adern des Hauptturms zu studieren? Die wichtigen Verbindungen zu der Stadt, die heute Xorlarrin heißt?«

»Nein. Um mit Beniago Baenre zu sprechen.«

Jarlaxle lehnte sich zurück und gab sich weiterhin betont unbeeindruckt. »Diesen Namen hat er abgelegt, vor über …«

»Hundert Jahren.« Gromph nickte. »Doch dem Namen Baenre entkommt man nicht so leicht.«

»Möchtet Ihr offen sprechen oder in Rätseln?«, fragte Jarlaxle und stand auf.

»Setzt Euch«, wies Gromph ihn augenblicklich an.

Jarlaxle starrte den alten Zauberer prüfend an, während er seine Möglichkeiten erwog. Würden sie tatsächlich doch noch einen Zweikampf austragen?

Jarlaxle konnte Gromph in diesem Raum auf vielerlei

Weise Schaden zufügen. Es gab strategisch angelegte Fallen, die er auslösen könnte, darunter diverse Zauber, mit denen er die magische Rüstung seines Bruders erheblich schwächen könnte.

Doch das Beste wäre ein rascher Rückzug, und dafür genügte ein kurzes Zupfen an seinem Ohrring.

»Das Schankmädchen drüben im Wirtshaus ist eine Gespielin von Euch?«, erkundigte sich Gromph, der zufrieden war, weil er diese Information besaß und wusste, dass es hier ein Wirtshaus gab, das Jarlaxle gehörte.

»Ein Zeitvertreib«, antwortete Jarlaxle freundlich.

»Hübsch – für eine Menschenfrau. Vielleicht nehmt Ihr sie mit.«

»Gehen wir denn irgendwohin?«

»Ja, das vermute ich.«

»Noch mehr Rätsel?«

»Es ist nicht an mir, Euch dies mitzuteilen.«

Jarlaxle wollte antworten, verbiss sich aber jeden Kommentar. Gromph meinte es sichtlich ernst. Seine letzte Bemerkung war kein Geplänkel gewesen, sondern der Zauberer hatte seine Worte mit Bedacht gewählt.

Aber wer konnte einen Platz über Gromph beanspruchen?

»Wann darf ich also mit weiteren Gästen rechnen?«, fragte Jarlaxle. »Soll ich etwas vorbereiten lassen? Ich könnte Speis und Trank für ein angemessenes Festmahl bestellen.«

»Setzt euch einfach, lieber Bruder, und haltet dieses eine Mal den Mund«, erwiderte der Erzmagier.

Es gab Zeiten, wo Jarlaxle froh war, dass Kimmuriel sich nicht in Luskan aufhielt – so wie bei seinem heutigen Gespräch mit Beniago. Und es gab Zeiten, wo Jarlaxle Kimmuriel Oblodra mit seinen Psi-Kräften schmerzlich vermisste, weil Kimmuriel ihm Informationen aus einem anderen Blickwinkel und ein erweitertes Verständnis übertragen konnte oder weil Kimmuriel einen aggressiven Zauberer mit einem Angriff auf seine Gedanken aus dem Konzept bringen konnte oder weil Kimmuriel telepathisch jederzeit alle Verbündeten von Bregan D'aerthe alarmieren konnte.

Jetzt zum Beispiel.

Beniago Baenre saß erschöpft und zerschlagen in seinem Zimmer und dachte über die dramatisch veränderte Lage nach. Jetzt gehörte Luskan ihm, und er musste sich gegenüber Haus Baenre für jeden Fehlschlag verantworten.

Er fragte sich, wie Jarlaxle angesichts dieser bösen Hexen, die ständig am Rande seines Einflussgebiets lauerten, all die Jahre überlebt hatte. Jarlaxle war ein Meister in der schwierigen Kunst der Verstellung, womöglich der beste, den Beniago je gesehen hatte, doch wie belog man eine Oberin, ganz zu schweigen von der Oberinmutter, wenn diese Lügen dank ihrer Magie durchschauen konnte?

»Ich brauche eine Augenklappe«, sagte der Hochkapitän leise.

Er versuchte, aus Oberinmutter Quenthels plötzlichem Interesse an Luskan, Bregan D'aerthe und Entreris Bande – und somit auch Drizzt – schlau zu werden. Wahrscheinlich hatte es etwas mit Tiago zu tun, der nach wie vor darauf versessen war, den Abtrünnigen aufzuspüren und seinen Kopf zu fordern.

»Ja«, überlegte Beniago. Jarlaxle hatte sich größte Mühe gegeben, Drizzt vor Tiago zu verbergen, aber war das nicht auf Gromphs Rat hin geschehen? Beniago schüttelte den Kopf. Er verstand das alles nicht, außer dass in Menzoberranzan eindeutig ein Machtwechsel stattgefunden hatte, durch den seine Tante Quenthel fest im Sattel saß. Das würde Gromph wohl nicht erfreuen.

Er seufzte resigniert, denn er hatte kaum eine Wahl. Jetzt trug er die volle Verantwortung.

Wenn er an seinen Cousin Tiago dachte, hatte diese Machtposition allerdings einen Pferdefuß. Oberinmutter Quenthel hatte sich sehr deutlich ausgedrückt: Falls Tiago in Luskan auftauchte, musste Beniago ihm gehorsam zu Diensten sein.

Er mochte seinen Cousin nicht sonderlich – nein, in Wahrheit hasste er Tiago. Und er wusste, dass diese Abneigung gegenseitig war.

Es war kein guter Tag.

»Oberinmutter«, sagte Jarlaxle ehrfürchtig, sprang von seinem Sessel und verneigte sich, als Quenthel Baenre urplötzlich in Jarlaxles Zimmer neben Gromph stand.

»Welch ein Diplomat«, sagte Quenthel sarkastisch.

»Ein überraschter Diplomat«, erwiderte Jarlaxle, der mutig genug war, sich wieder aufzurichten. »Eine Oberinmutter von Menzoberranzan wagt sich nur selten aus der Stadt. Es schockiert mich, Euch hier zu sehen, und das ohne eine große Eskorte.« Er hielt inne und sah sie fragend an. »Oder habt Ihr eine Armee dabei?«

Trotz ihres strengen Auftretens lachte Quenthel. »Wir sind gleich wieder weg«, sagte sie.

»Ein Jammer!«, rief Jarlaxle. »Versprecht mir, dass Ihr wiederkommt!«

»Wir«, wiederholte Quenthel und fuhr betont fort, *»drei* sind gleich wieder weg.«

Jarlaxle riss die Augen auf und zog sogar seine Augenklappe hoch, um Oberinmutter Quenthel seine schockierte Miene in aller Deutlichkeit zu zeigen. »Luskan ist ein komplizierter Ort. Ich habe hier vieles zu erledigen und vorzubereiten.«

»Ruhe, lieber Bruder«, befahl Oberinmutter Quenthel. »Diese jämmerliche Stadt geht euch nichts mehr an. Ihr werdet nach Menzoberranzan zurückgerufen.«

Jarlaxle setzte zu einer Erwiderung an, doch ausnahmsweise einmal geriet er ins Stottern. »Menzoberranzan?«, fragte der Söldnerführer.

»Ich brauche Soldaten. Bregan D'aerthe dürfte genügen.«

»Für?«

Ihre Hand glitt zur Peitsche, und sofort rührten sich die fünf Schlangen, wanden sich begierig und richteten ihre Zungen auf Jarlaxle. Irgendetwas lief hier völlig falsch, und zwar in ganz großem Stil, das wusste Jarlaxle, und das Verhalten seiner Schwester war besonders beunruhigend.

Seiner dummen, schwachen Schwester.

Wieder sah er zu Gromph hinüber, und der Erzmagier bestätigte seine stumme Frage mit einem angedeuteten, aber nachdrücklichen Nicken. Quenthel würde ihn tatsächlich auspeitschen, begriff er zutiefst entsetzt.

»Bringt uns nach Hause, Erzmagier«, befahl Oberinmutter Quenthel.

Noch am gleichen Tag wanderte Jarlaxle durch die Gänge von Haus Do'Urden im Bereich der Westwand von Menzoberranzan, das hundert Soldaten von Bregan D'aerthe unter seinem Kommando von den letzten Vagabunden säuberten, um dann alle Eingänge zu sichern.

Er war froh, dass er fähige Leutnants hatte, die sich um die Verteidigungsanlagen des Hauses kümmerten, Geheimgänge auskundschafteten und den Ort insgesamt wieder bewohnbar machten. Denn Jarlaxles Gedanken galten allem anderen als Haus Do'Urden.

So war er froh, als Gromph ihn schließlich in einem ruhigen Vorraum zur Kapelle des Hauses aufsuchte.

»Wieso? Wer?«, fragte er direkt. Beide Fragen bezogen

sich auf das mächtige, seltsame Wesen, das offenkundig von Quenthels Körper Besitz ergriffen hatte.

Gromph schnaubte. »Das ist eine lange Geschichte. Sie ist fair und weise mit Euch umgesprungen.«

»Das beunruhigt mich ganz besonders!«, erwiderte Jarlaxle. Auf Quenthel Anweisung hin würde es für alle Außenstehenden so aussehen, als hätte Haus Baenre offiziell Bregan D'aerthe angeheuert, um Haus Do'Urden herzurichten. Jarlaxle wurde für seine Dienste sogar von Haus Baenre bezahlt.

»Alles bleibt, wie es ist«, hatte Quenthel ihm versichert. »Für ganz Menzoberranzan bleibt Ihr weiterhin Jarlaxle, Eure Organisation bleibt unabhängig, und das ist tatsächlich die Wahrheit, solange Ihr mir gut dient.«

Wenn Jarlaxle allerdings nicht ordentlich mitspielte, würde Bregan D'aerthe vermutlich in der Baenre-Armee aufgehen, und alles, was er sein Leben lang aufgebaut hatte, würde zerbröseln.

»Ihr wusstet, dass es früher oder später dazu kommen würde«, sagte Gromph zu ihm, als könnte er seine Gedanken lesen, was aktuell allerdings kein großes Kunststück sein dürfte. Vor magischen Versuchen dieser Art schützte ihn die Augenklappe, doch sie verbarg nicht, was auf der Hand lag.

Denn Gromph hatte zugegebenermaßen recht: Jarlaxles Leben und seine Organisation waren in vielerlei Hinsicht eine Farce. Genau deshalb hatten sie so lange überlebt, immer am Rande der Katastrophe, nur aufgrund der Duldung der Oberinmutter von Menzoberranzan, immer knapp am Ende dieser Duldung vorbei.

Wenn Jarlaxle nicht offenen Krieg wollte.

Im Inneren des einstigen Hauses Do'Urden ging ihm genau dieser Gedanke durch den Kopf.

Kapitel 8

Auf dunklen Wegen

Flach auf dem Bauch robbte der Drow über den kalten Fels und spähte nach unten auf die Straße. Ungläubig schüttelte er den Kopf. Auf dieser Seite der kleinen Anhöhe ging es senkrecht nach unten, dreißig Fuß oder mehr, was ihm einen perfekten Blick auf die Truppe ermöglichte, die dort entlangzog.

Braelin Janquay hatte natürlich von Drizzt Do'Urden gehört, doch ihn nun zu sehen, auf einem strahlend weißen Einhorn mit goldenem Horn und kunstvollem Zaumzeug voller Glöckchen – die gerade nicht klingelten, weil Sie offenbar auf magische Weise mit dem Willen des Reiters verbunden waren –, verschlug dem jungen Kundschafter die Sprache. Der Abtrünnige schien sich sehr sicher zu fühlen und saß entspannt in dem dünnen Sattel, lenkte das Einhorn über dessen lange weiße Mähne. An den Hüften baumelten seine Krummsäbel. Die Diamantschneide von Eisiger Tod blitzte im Licht der Morgensonne, und der Bogen hing so selbstverständlich über seiner Schulter, dass daraus eine große Vertrautheit mit dieser Waffe sprach.

Von dem Bogen, Herzenssucher, hatte Jarlaxle dem Späher erzählt. Angeblich konnte Drizzt mit nur einem Schuss der Blitzpfeile eine ganze Reihe Orks niederstrecken und sogar Felsen spalten.

Dieser letzte Gedanke ließ Braelin etwas nach hinten rutschen.

Neben dem Einhorn sprang ein riesiger schwarzer Panther her, der ständig auf der Hut war und auf jedes Geräusch reagierte.

Der Drow dachte an Tiago Baenre. Bei Bregan D'aerthe war es ein offenes Geheimnis, dass der junge Krieger seit zwanzig Jahren nach Drizzt suchte und dessen Kopf forderte. Gerüchten zufolge hatten Jarlaxle und Beniago große Anstrengungen unternommen, um Tiago von Drizzt fernzuhalten. Jetzt verstand Braelin, wie klug diese Entscheidung gewesen war.

Er konnte sich nicht vorstellen, dass Tiago eine Auseinandersetzung mit diesem Gegner überleben würde.

Ganz zu schweigen von Drizzts Begleitern, denn an seiner Seite ritt die Menschenfrau Catti-brie auf einem Geisterpferd, einem weiteren Einhorn, das sie mit einem Zauber rufen konnte und das ebenso eindrucksvoll war wie das von Drizzt. Hinter ihnen folgte ein von Maultieren gezogener Wagen, den ein junger rotbärtiger Zwerg lenkte. Sein Helm besaß nur ein Horn, und seine Axt hatte schon viele Schlachten gesehen, zu viele für sein jugendliches Alter. Hinter ihm saß ein weiterer Mensch, unter dessen Vorfahren ein Oger gewesen sein musste, wie Braelin angesichts seiner Körpergröße und Kraft dachte. Daneben ritt Regis, der Halbling, auf einem fetten, gescheckten Pony.

Die Gruppe bewegte sich auf dem schlammigen Weg nach Südwesten. Sie machten einen unbeschwerten Eindruck, obwohl sie das Sicherungsumfeld von Zehn-Städte verließen. Dort formierten sich derzeit auch andere Karawanen, insbesondere in Bremen am Südufer des Maer Dualdon, die aber mindestens zwanzig Wachen mitbringen würden, wie Braelin erfahren hatte. Um diese Jahreszeit wimmelte es nur so von Yetis, Goblins und anderen Ungeheuern, die sich nach dem langen Winter endlich wieder die Bäuche vollschlagen wollten.

Diese dort hingegen wagten sich zu fünft in die Wildnis, obwohl sie noch einen behäbigen Wagen mitführten, und schienen sich vor nichts zu fürchten.

Wenn er sie so beobachtete, hatte Braelin Janquay nicht den geringsten Zweifel, dass sie den Grat der Welt unversehrt überqueren würden.

Dahinter würden Jarlaxle und Beniago sie erwarten. Er schob sich von seinem Beobachtungsposten nach hinten. Vielleicht konnte er diese ungastliche Gegend endlich verlassen und diese letzte Meldung persönlich überbringen. Er würde die Gruppe bis zum ersten Lager beschatten, dann wollte er im Schutz der Nacht vorbeischleichen – wobei er sich vielleicht etwas näher heranwagen würde, um das eine oder andere mitgehen zu lassen …

Mit einem verschlagenen Lächeln auf dem Gesicht warf der junge Bregan-D'aerthe-Angehörige einen letzten Blick auf die Gefährten, die bereits vorübergezogen waren. Etwas war anders, doch das war sicher unwichtig, dachte er – bis er registrierte, dass der Panther fehlte.

Hatte Drizzt ihn auf die Astralebene zurückgeschickt?, überlegte er. Man hatte ihn genau über den abtrünnigen Do'Urden aufgeklärt, ehe man ihn auf den merkwürdigen Halbling angesetzt hatte.

Braelin nickte. Das musste es sein. Er hoffte es zumindest.

Da fiel ihm auf, dass Drizzt Do'Urden zwar weiterhin sehr gelassen wirkte, den Bogen aber nicht mehr über der Schulter trug.

»Bestimmt ein Rasselbock oder ein verirrtes Karibu«, flüsterte Catti-brie ihrem Mann zu, während sie weiterzogen.

Guenhwyvar war etwas aufgefallen, und Drizzt hatte den Panther laufen lassen.

»Guen wird es uns schon mitteilen«, versicherte Drizzt. Er drehte sich nach den übrigen um. »Wenn sie uns warnt, bewacht ihr den Wagen, koste es, was es wolle. Wir wollen unsere Vorräte nicht einem hungrigen Yeti überlassen.«

»Kein Yeti«, widersprach Wulfgar. »Der müsste näher dran sein, sonst hätte ihn nicht einmal Guenhwyvar bemerkt.«

»Du unterschätzt Guen.«

»Hast du ernsthaft die Tundra-Yetis vergessen?«, fragte Wulfgar.

»Elf, weißt du wirklich nicht mehr, wie oft ich dich unter einem dieser Viecher herausgezogen habe, nachdem du ihnen in die Arme gelaufen ist?«, ergänzte Bruenor.

»Einmal«, räumte Drizzt unter dem Gelächter seiner Freunde ein. »Nur einmal.«

»Einen Elf kann man wohl auch nur einmal fressen, hm?«, meine Bruenor.

»Bleibt beim Wagen«, wiederholte Drizzt.

Wulfgar und Bruenor lachten, und Drizzt wandte sich Hilfe suchend an Regis, doch der Halbling wirkte abgelenkt. Er hatte nicht aufgepasst.

»Regis?«

Der Halbling sah ihn verdutzt an.

»Beim Wagen bleiben?«, wiederholte Drizzt.

»Hinter diesem dicken Felsklotz, glaube ich«, antwortete Regis, ohne zurückzublicken, weil er keinen Hinweis geben wollte.

Drizzt wusste nicht so recht, was er mit dieser Bemerkung anfangen sollte, doch bevor er nachfragen konnte, hallte ein leises Grollen über die nasse Tundra, und es schien genau von der Stelle zu kommen, die Regis angedeutet hatte.

Drizzt fuhr herum und trieb Andahar scharf nach links.

Das Einhorn verließ den Weg und jagte im vollen Galopp los. Catti-brie hielt auf ihrem Geister-Einhorn mühelos mit ihnen Schritt. Gemeinsam sprengten die beiden auf die Rückseite des kleinen Hügels aus Schlamm und Felsen zu.

»Treibt sie zu uns!«, rief Bruenor. »Ah, ich freu mich schon auf einen anständigen Kampf!«

»Ich dachte, du hast gute Laune«, wandte Regis ein.

»Hab ich!«, grinste Bruenor. »Und?«

Aber Regis hörte nicht länger zu. Er sah den Winkel, den Drizzt und Catti-brie gewählt hatte, und fand ihn problematisch. Deshalb wendete auch er sein Pony und stieß ihm die Fersen in die Flanken. Knurrer sprang sofort los.

»Heda, Knurrbauch, wo willst du hin?«, schrie Bruenor.

»So heißt mein Pony!«, erwiderte Regis, ohne langsamer zu werden.

Bruenor wollte den Wagen wenden, aber Wulfgar hielt ihn kopfschüttelnd davon ab.

»Tja, dann kriegen wir wohl dreckige Füße«, sagte der Zwerg und nickte. »Wie in alten Zeiten.«

Braelin Janquay bekam nicht mit, wie sich die Reiter von der Gruppe lösten. Seine Aufmerksamkeit galt dem schwarzen Panther hinter ihm, der sich auf der Rückseite der Anhöhe zwischen den Felsen anschlich. Der Drow überlegte, ob er schnell zum Weg rennen sollte, begriff aber, dass die Katze ihn dann erwischen würde.

Mit einer Hand hob er seine Handarmbrust, mit der anderen zog er sein Schwert. Jetzt war Guenhwyvar besser zu sehen, denn sie kam hinter einem kleinen Geröllhaufen auf halber Höhe hervor. Braelin stand höchstens noch dreißig Fuß über ihr. Er hatte ihre Größe unterschätzt. Der Drow schüttelte den Kopf, denn diesen Kampf wollte er nicht ausfechten.

Da bemerkte er die Bewegung auf der Ebene, die von hinten rechts nahte. Das waren die zwei Einhörner.

Der Drow drehte sich um und sprang von der Klippe. Er hörte einen Schrei von der Straße her, achtete jedoch nicht darauf, sondern konzentrierte sich auf seine eigene Situation. Er berührte das Wappen von Bregan D'aerthe, um die Levitationsmagie der Brosche zu aktivieren, womit er seinen Fall in ein Schweben verwandelte und vom Wind über die Straße getragen wurde.

Als er landete, stand gleich der nächste Feind vor ihm: der Halbling auf seinem Pony.

»Perfekt«, sagte er, weil er ihn aus dem Sattel schießen und das Tier übernehmen wollte. Er zielte mit seiner Armbrust.

Aber der schlaue Halbling warf sich auf seinem Tier zur Seite und entging so dem Schuss. Braelin knurrte, wahrte sein Gleichgewicht und riskierte einen Blick, um zu sehen, von wo ihm womöglich der Panther hinterherspringen würde.

Er hätte sich lieber auf den Halbling konzentrieren sollen. Das gut trainierte Pony näherte sich weiter und hielt so direkt auf ihn zu, dass Braelin ausweichen musste, um nicht umgerannt zu werden. Er warf sich zur Seite, als es angestürmt kam, und wollte noch einmal auf den Reiter schießen.

Aber der Halbling war nicht da.

Braelin fuhr herum und sah eine Handarmbrust wie die seine vor sich. Der Halbling hatte ihn überrascht und traf. Der Bolzen bohrte sich in seine Brust und ließ den Drow nach hinten taumeln. Er spürte das brennende Gift.

Dennoch – er war ein Drow und gründlich ausgebildet. Darum hatte er sofort seine eigene Armbrust parat.

Nur war der Halbling nicht da.

Braelin fühlte die Spitze eines Degens im Rücken.

»Ergib dich oder stirb!«, befahl eine Stimme.

Drizzt musterte den Hügel, als sie die Rückseite erreichten, und entdeckte den Pfad, der hinaufführte. Er umrundete die Anhöhe und reagierte überrascht, als Regis' Pony reiterlos den Weg im Norden entlanggaloppierte.

»Schnell!«, rief er Catti-brie zu, beugte sich vor und spornte Andahar an. Da bemerkte er Guenhwyvar. »Hin zu ihm, Guen!«, befahl er, worauf der Panther brüllend in die andere Richtung sprang.

Andahar umrundete den Hügel weiter in Richtung Norden, und plötzlich sah er Regis, der einem Drow – einem Drow! – die Degenspitze an den Rücken hielt.

Macht schon, spornte Regis seine Freunde in Gedanken an. Trotz seines erfolgreichen Manövers war ihm nicht wohl dabei, einen Drow in Schach zu halten. Er steckte die Handarmbrust ein und griff nach seinem Dolch.

Dem Drow war ebenso unwohl zumute, als er blitzschnell herumfuhr und mit seinem Schwert den Degen beiseiteschlug, noch ehe Regis reagieren konnte.

Der Halbling folgte der Bewegung, schrie auf und warf sich zurück. Der Degen wurde ihm weggerissen. Er wollte noch seinen Dolch mit den drei Klingen zücken, auch wenn der gegen einen Dunkelelfen mit zwei blinkenden Schwertern wohl wenig ausrichten konnte.

Der Drow kam einen Schritt näher, und Regis wich erneut zurück, aber dann wandte sich sein Angreifer nach links – nach Norden.

Aus Reflex und aus schierer Panik zog Regis nicht den Dolch, sondern eine lebende Schlange, die er im Fallen vor sich warf.

Der Drow schien nicht zu wissen, was er von der Schlange zu halten hatte, die blitzschnell an ihm hochkroch und sich wie eine lebende Garrotte um seinen Hals legte. Er machte sogar noch einen Schritt auf Regis zu, doch dann erschien die geisterhafte Fratze von Schwarze Seele. Mit grausamer Kraft zog er die Schlangenschlinge so gewaltsam zu, dass der Drow rückwärts umkippte, beide Schwerter fallen ließ und sogar mit den Füßen vom Boden gerissen wurde.

In diesem Augenblick landete etwas Dunkles bedrohlich nah neben Regis, der erschrocken davonlaufen wollte, bis er Guenhwyvar erkannte, die nun über dem gefallenen Feind stand.

»Schnell!«, schrie Regis. »Bitte, oh, bitte!«

Er sah Drizzt und Catti-brie im gestreckten Galopp von Norden nahen. Wulfgar und Bruenor rannten von Süden herbei, aber in seinem Herzen wusste er, dass sein Ruf nicht ihnen galt, sondern sich selbst. Er würde nicht zulassen, dass der Geist dem Drow das Leben aussaugte – nicht wenn Guenhwyvar den Drow unter Kontrolle hatte.

Eilends hob Regis seinen Degen auf und lief zu dem liegenden Drow, der mit einer Hand gegen die Schlange ankämpfte und mit der anderen verzweifelt versuchte, den Panther davon abzuhalten, sein Gesicht zu zerfleischen.

Als Regis neben dem Drow auftauchte, stach er mit dem Degen zu.

»Knurrbauch!«, schrie Bruenor entsetzt.

»Regis, nicht!«, rief Drizzt.

Aber Regis zielte gar nicht auf den Dunkelelfen, sondern auf das hämische Gesicht des Gespensts. Das war der Schwachpunkt der Garrotte: Ein Stich in den Schemen, und er zerbarst zu grauem Rauch – so wie jetzt. Die Schlange löste sich von der Kehle des Drow und war auf der Stelle tot.

Damit war die Hälfte seines Problems gelöst. Es blieb das zweite Hindernis des sechshundert Pfund schweren Muskelpakets, das über ihm fauchte.

»W... was war das denn?«, stammelte Drizzt, der von Andahar sprang und zu seinem Freund eilte.

»Eine hübsche Waffe, nicht wahr?«, sagte Catti-brie, die diesen Dolch schon in Aktion erlebt hatte.

Drizzt warf einen Blick auf den gefangenen Drow, in dessen aufgerissenen Augen blankes Entsetzen stand. Guenhwyvars offenes Maul schwebte direkt über seinem Kopf, sodass er ihre tödlichen Reißzähne über sich sah.

»Wer bist du?«, fragte Drizzt.

»Töte mich nicht, Drizzt Do'Urden«, erwiderte der Drow. »Ich komme in Frieden.«

»Baenre?«, fragte Drizzt.

»Bregan D'aerthe«, antwortete der Drow.

Drizzt sah ihn fragend an. Diese Taktik kannte er. Er hatte sie zusammen mit Entreri und Dahlia selbst eingesetzt, als er sich gegenüber den Xorlarrins in Gauntlgrym als Mitglied von Jarlaxles Bande und Sohn von Haus Baenre ausgegeben hatte.

»Jarlaxle schickt mich. Ich sollte dem Halbling aus Luskan folgen.«

Die anderen sahen zu Regis.

»Ich bin in Luskan unserem alten Freund begegnet«, bestätigte dieser. »In einem Wirtshaus, dem Einäugigen Jax. Gehört offenbar ihm. Ich dachte, er hätte mich nicht erkannt. Immerhin ist es hundert Jahre her und ...«

»Das reicht«, schnitt Drizzt ihm das Wort ab. Regis schluckte. Erst jetzt merkte er, dass er vermutlich schon viel zu viel preisgegeben hatte.

»Ich habe ihm und der Frau geholfen«, flehte der Drow. »Am Strand.«

Wieder schauten alle Regis an, diesmal aber auch Catti-brie. Verwirrt sagte sie: »Ich habe ihn noch nie gesehen.«

Doch Regis nickte tatsächlich. »Der Bolzen«, sagte er mit Blick zu Catti-brie. »Der Schütze, der niedergeschossen wurde. Es war nicht mein Bolzen, von dem er einschlief.«

Alle musterten den Drow. »Meiner«, sagte er.

»Warum?«, fragte Drizzt.

»Ich dachte, Jarlaxle wollte nicht, dass er starb.«

»Gute Entscheidung. Lass ihn los, Guen.«

Als der Panther wegsprang, reichte Regis dem Drow die Hand, der jedoch mit einer Geschmeidigkeit aufsprang, wie es nur Dunkelelfen vermochten.

»Dein Name?«, wollte Drizzt wissen.

Der Drow zögerte, und Drizzt seufzte.

»Braelin Janquay«, antwortete er.

»Von Bregan D'aerthe?«

Braelin nickte.

»Was wirst du Jarlaxle erzählen?«

»Was soll ich ihm erzählen?«

Regis' scharfer Pfiff ließ alle herumfahren. Der Halbling wies jedoch nur etwas verlegen auf sein Pony, das er gerade zurückgerufen hatte. Der kugelrunde kleine Schecke trabte herbei, schüttelte dabei aber unwillig den Kopf – was die anderen für ein Pferd von Regis sehr passend fanden.

»Sag ihm, ich hoffe, es geht ihm gut«, erwiderte Drizzt und lachte.

»Wo hast du gesteckt, Drizzt Do'Urden?«, fragte Braelin. »Jarlaxle hat jahrelang nach dir gesucht.«

Drizzt überlegte kurz, dann seufzte er. »Anscheinend brauchte ich etwas Ruhe.«

»Achtzehn Jahre?«, fragte Braelin skeptisch.

»Es war ein langer Weg«, gab sich Drizzt kurz angebunden.

»Der noch länger werden dürfte, denke ich«, fügte Bruenor hinzu.

»Wo ist Jarlaxle?«, fragte Drizzt und flüsterte Catti-brie zu: »Seine Talente kämen uns gerade recht.« Sie nickte, denn sie hatte offenbar bereits in dieselbe Richtung gedacht. Jarlaxle kannte den unterirdischen Weg von Luskan nach Gauntlgrym – und wenn jemand wusste, wie man mit einem Vampir fertigwurde, dann der Söldnerführer.

»In Luskan. Da muss ich hin«, antwortete Braelin.

»Dann begleite uns doch«, platzte Regis heraus, was ihm überraschte Blicke eintrug. Immerhin hatte er gerade einen Drow in ihr Lager eingeladen, den keiner von ihnen kannte. So etwas war selten eine gute Idee.

Drizzt musterte den Fremden eindringlich und wandte sich dann Catti-brie zu. Sie zuckte mit den Schultern. »Einverstanden«, sagte er zu Braelin. »Um diese Jahreszeit ist der Weg gefährlich. Wir könnten ein weiteres Schwert gebrauchen.« Er blickte zu dem Schwert auf der linken Seite, dann zu dem auf der rechten. »Oder zwei.«

Bald darauf zogen sie weiter, wobei Braelin auf Drizzts Befehl mit deutlichem Abstand die Vorhut übernahm.

»Knurrbauch schlägt allein einen Drow-Elf?«, staunte Bruenor, als Braelin sich außer Hörweite befand.

»Knurrbauch heißt mein Pony«, erwiderte Regis mit großem Ernst.

»Aye, und wie heißt du?«, schmunzelte der Zwerg.

Regis straffte die Schultern. »Spinne«, sagte er. »Ja. Spinne Parrafin von Morada Topolino.«

»Ein klangvoller Name!«

»Und was ist mit dir?«, fragte der Halbling.

»Ich war Reginald Rundschild von den Adbar Rundschilds«, antwortete Bruenor. »Klein Arr-Arr, wie die anderen gern sagten – wag es ja nicht, wenn du kein blaues Auge willst!« Er stampfte auf das Fußbrett des Wagens und verkündete: »Bruenor ist mein Name, ein für alle Mal. Bruenor Heldenhammer aus Mithril-Halle.«

»Und du bist Ruqiah«, sagte Regis zu Catti-brie, die auf der anderen Seite des Wagens auf gleicher Höhe ihr Einhorn führte. »Die Tochter von Niraj und Kavita von den Desai, aufgewachsen in den Ebenen von Nesseril.« Davon hatte sie ihm natürlich an den langen Abenden des letzten Winters erzählt.

»Die war ich«, stellte sie klar. »Und jetzt bin ich die, die ich immer war.«

»Und wer bist du, Junge?«, fragte der Halbling den Barbaren. »Das hast du uns noch nicht verraten. Wer bist du jetzt?«

»Hrolf, Sohn des Alfarin vom Elchstamm«, antwortete Wulfgar.

»Also bei deinem eigenen Volk geboren«, stellte Bruenor fest. »Du Glückspilz!«

Regis nickte, doch wenn er den langen Weg bedachte, der ihn wieder zu seinen Freunden geführt hatte, wenn er an die schöne Donnola Topolino und den Großvater dachte, an Doregardo und die Grinsenden Ponys, dann war er persönlich anderer Meinung.

»Hochkapitän Kurth«, teilte Regis seinen vier Begleitern mit, als ein rothaariger Mann sich ihrem Lager am Nordrand von Luskan näherte. Zusammen mit Braelin Janquay waren sie ohne Zwischenfälle aus dem Eiswindtal durch den Grat der Welt gezogen. Jetzt lagerten sie vor der Stadt und hatten Braelin losgeschickt, der ihnen zugesichert hatte, Jarlaxle zu holen.

»Hochkapitän? Dann kommt er bestimmt nicht allein«, sagte Bruenor. »Hat die Drow-Ratte uns am Ende doch reingelegt, Elf? Was meinst du?«

Drizzt schüttelte zwar den Kopf, aber auch er machte ein erstauntes Gesicht. Diesen Mann hatte er vor zwanzig Jahren zuletzt gesehen, und er schien keinen Tag gealtert zu sein.

»Sei gegrüßt und willkommen, Meister Paraffin.« Hochkapitän Kurth nickte zuerst Regis zu. »Oder ist dir Spinne lieber?«

Regis tippte an sein Barett.

»Serena lässt dich grüßen.«

»Grüße zurück«, erwiderte Regis.

»Beniago?«, fragte Drizzt, der sich an diesen Namen natürlich erinnerte. Zwar war es fast zwanzig Jahre her, doch für Drizzt, der in Iruladoon in einen Zauberschlaf gefallen war, während auf Faerûn die Zeit verstrich, waren es nur wenige Zehntage gewesen.

»Ich freue mich, dich wiederzusehen, Meister Do'Urden«, erwiderte Beniago. Er sprach gedämpft, sah sich dabei um und bat mit einer mahnenden Geste um Vorsicht.

»Jetzt Hochkapitän?«

Der Mann zuckte mit den Schultern. »Überlebe deine Vorgesetzten, und die Welt ist dein, richtig?«

»Besonders wenn man ein Freund von Jarlaxle ist, möchte ich meinen.«

Beniago grinste achselzuckend. »Eure anderen Freunde sind vor einem guten Zehntag hier durchgekommen.«

»Andere Freunde?«, fragte Catti-brie.

»Entreri und seine seltsame Truppe«, sagte Bruenor, der sich an ein ungewöhnliches Trio am Hang von Kelvins Steinhügel erinnerte – ein verkrüppelter Tiefling, eine ungestüme Zwergin und ein Mönch mit grauer Haut, die er in der Nacht gesehen hatte, als sie Drizzt wiedergefunden hatten.

»Mit welchem Ziel?«, fragte Drizzt, dessen Nicken zu Regis Bruenors Vermutung bestätigte.

Sowohl Drizzt als auch Catti-brie registrierten Beniagos Verlegenheit. »Wer weiß das schon? Ich bin gekommen, um euch mitzuteilen …« Er stockte und blickte sich um.

»Eins nach dem anderen«, sagte Drizzt. »Gib unserem Gast etwas zu essen und zu trinken.«

»Steht alles schon bereit«, sagte Wulfgar hinter ihnen, der gerade die großen Steine, auf denen sie sich ausgebreitet hatten, neu zurechtschob. Die Leichtigkeit, mit der Wulfgar die schweren Felsbrocken versetzte, erinnerte Drizzt an die alten Zeiten. Offensichtlich hatte der Mann in seiner neuen Inkarnation nichts von seiner unglaublichen Körperkraft eingebüßt.

Sie setzten sich ans Lagerfeuer, und Drizzt rief Guenhwyvar herbei. Sie sollte darauf achten, dass sie wirklich allein waren.

»Soll ich sie auf deine Begleiter hinweisen?«, fragte Drizzt.

»Ich bin allein gekommen, und ich kann auch nicht lange bleiben«, antwortete Beniago. Nervös sah er sich im Dunkeln um. »Was mich hierherführt, ist lediglich eure … gegenseitige Freundschaft mit einem meiner Partner.«

»Jarl …?«, wollte Drizzt fragen, aber Beniago hob die Hand zum Zeichen, dass er diesen Namen nicht aussprechen sollte. Erst da dämmerte Drizzt allmählich, wie ernst diese Unterredung war.

»Der, den ihr sucht, ist nicht in Luskan«, erklärte Beniago noch leiser. »Ich fürchte auch, dass er nie wiederkommen wird. Ihr solltet die Stadt nicht betreten. Und ihr solltet niemals – keiner Seele gegenüber – erwähnen, dass Braelin euch begleitet hat. Um seinetwillen, darum bitte ich.«

Diese überraschende Bitte und die noch überraschendere Bescheidenheit von einem, der immerhin Hochkapitän von Schiff Kurth war und damit praktisch der Herrscher über Luskan, verblüffte Drizzt.

»Iss«, forderte Wulfgar den Besucher auf und hielt ihm eine Schale Eintopf hin, aber Beniago schüttelte den Kopf und stand auf.

»Lebt wohl, wohin euer Weg auch führen mag.«

»Wir wollen nach ...«, begann Bruenor, aber Beniago schnitt ihm mit einer deutlichen Handbewegung das Wort ab. Dann verbeugte sich der rothaarige Mann knapp und verschwand in der Nacht.

»Hochinteressant«, sagte Bruenor, als er weg war.

Regis sah Drizzt an.

»Tiago Baenre«, stellte Drizzt immer noch flüsternd fest.

Der Halbling nickte. Catti-brie sagte: »Oh!«, und nickte ebenfalls, weil sie jetzt begriff.

»Was sollte das alles?«, wollte Bruenor wissen.

»Ich schätze, Drizzt hat mehr Scherben hinterlassen als die Schlacht mit dem Dämon vor den Toren von Bryn Shander«, sagte Regis.

»Eine Dämonenschlacht?«, fragte Bruenor.

Wulfgar lachte. »Mein Leben war so schön einfach«, klagte er.

»Entreri war also hier, und Jarlaxle ist weg und kommt nicht wieder«, fasste Catti-brie zusammen. »Du sagtest, er wüsste einen geheimen Weg nach Gauntlgrym, aber den können wir damit wohl vergessen.«

»Ich habe eine Karte«, sagte Bruenor. »Wir finden den Weg.«

»Aber nicht direkt«, erwiderte Drizzt mit einem Blick auf die Frau, mit der er einst verheiratet gewesen war.

»Langsattel«, bestätigte Catti-brie.

»Vielleicht sollten wir bei unseren neuen Namen bleiben«, schlug Regis vor. »Und uns für Drizzt einen Decknamen überlegen.«

»Nein!« Bruenor stampfte mit dem Fuß auf. »Diesen Namen trage ich schon viel zu lange.«

»Jemand jagt uns ...«

»Dann lass sie nur kommen«, sagte der Zwerg, der jetzt nicht mehr flüsterte. »Mein Name ist König Bruenor, für jeden, der fragt, und auch für alle anderen.«

»Wie weit dürfen wir diesem Beniago vertrauen?«, fragte Wulfgar. Drizzt sah ihn nur zweifelnd an, worauf der große Barbar aufstand, seine Schlaffelle einrollte und begann, den Wagen zu packen.

Bald darauf zogen sie ostwärts durch die Felder. Nach kurzer Zeit stimmte Bruenor ein Lied an, ein sehnsüchtiges Lied über Verlust und ein großes Zeitalter, das nie wieder sein würde, das Lied der Delzoun-Zwerge über Gauntlgrym.

Es war eine mondlose, wolkenfreie Nacht, in der Millionen Sterne am klaren Himmel blinkten, und der graue Wirbel einer fernen Galaxie – Wolken in einer der himmlischen Sphären über ihnen, wie Regis es nannte – malte über ihren Köpfen einen langen Streifen. Es war eine jener Nächte, in denen der Himmel die Erde zu berühren schien und die Seele und die Fantasie zu sich hinzog, wie Drizzt es oft in der stillen Dunkelheit von Bruenor Anhöhe auf Kelvins Steinhügel erlebt hatte.

Es war eine Nacht, in der der abtrünnige Drow sich winzig und großartig zugleich vorkam, ein Teil von etwas Uraltem, Ewigem, unvorstellbar groß und so warm wie die Liebe, die seine fünf Freunde hier verband, einschließlich Guenhwyvar, denn er brachte es nicht über sich, sie in ihre Heimat auf der Astralebene zurückzuschicken.

In einer Nacht wie dieser, *inmitten* einer solchen Nacht, kam es Drizzt eher so vor, als hätte Guenhwyvars Heimat sich auf sie herabgesenkt.

Ja, es war gut, zu Hause zu sein, dachte Drizzt.

Und sein Zuhause war ein Wagen, der östlich von Luskan durch die Felder holperte, denn Heimat war kein Wort, oh nein, sondern ein Band, und das kam ihm gerade stärker vor denn je.

Teil 2

Wo sich Wege und Schwerter kreuzen

Was mich verfolgt, sind der Gesichtsausdruck von Bruenor und die Worte von Catti-brie: »Die Bürde, die du trägst, vernebelt dein Urteilsvermögen«, sagte sie ohne Umschweife zu mir. »Du hoffst, dass alle so sind wie du, sogar die Orks und Goblins.«

Bruenor sprach das nicht aus, aber seine Miene und sein nachdrückliches Nicken bestätigten Catti-bries Einschätzung aus vollem Herzen. Ich wollte widersprechen, konnte es jedoch nicht. Am liebsten hätte ich die beiden niedergebrüllt, bis sie mir glaubten, dass unser Schicksal nicht von der Natur festgelegt ist, sondern dass ein vernünftiges Wesen diesem Erbe entkommen kann, weil der Verstand in der Lage ist, den Instinkt zu überwinden.

Ich wollte ihnen sagen, dass ich *entkommen war.*

Doch Catti-bries Beschreibung meiner Bürde klang irgendwie unwiderlegbar. Ohne meine persönlichen Erfahrungen und die Unsicherheit, die mich seit Menzoberranzan noch heute auf jedem Schritt begleitet, hätte ich vielleicht genauso reagiert wie Bruenor.

War der Vertrag von Garumns Schlucht ein Fehler gewesen? Das weiß ich bis heute nicht, aber angesichts dieser Diskussion stelle ich fest, dass mein Schwanken mehr auf dem Leid beruht, das den Zwergen, Elfen und Menschen der Silbermarken erspart geblieben ist, als auf den Vorteilen für die Orks. Denn genau genommen fürchte ich, dass Bruenor recht hat und die

Entwicklungen in den Silbermarken Catti-bries erweitertes Verständnis für die Natur der Orks unterstreichen. Das Königreich Todespfeil hat sich gehalten, wie Bruenor sagt, doch der Frieden, der damit einkehren sollte, ist reine Fiktion. Und ich muss zugeben, dass dieser Frieden es den räuberischen Orks vielleicht noch leichter macht und ihnen mehr Freiheit gestattet, als wenn dieses Reich nicht existieren würde.

Aber trotz dieser Erkenntnisse und Einsichten tut das alles mir weh, und der Abgrund, der mich von der naheliegenden Lösung trennt, erscheint mir unüberwindlich. Bruenor würde am liebsten nach Mithril-Halle ziehen, die Zwerge mobilisieren und eine Armee aufstellen, um damit gegen das Königreich Todespfeil Krieg zu führen.

Bruenor will einen Krieg anzetteln. Darauf ist er so versessen, dass er das Leiden, den Tod, die Krankheiten und das Elend verdrängen kann, das ein solcher Konflikt im ganzen Land anrichten würde – nur um den Fehler wiedergutzumachen, den er aus seiner Sicht damals begangen hat.

Ich kann keinen Krieg anfangen. Selbst wenn ich alles akzeptiere, was Catti-brie behauptet, ja, selbst wenn ich glauben könnte, dass jedes Wort von ihr direkt aus dem Mund von Mielikki käme, könnte ich keinen Krieg anfangen!

Das werde ich nicht tun, und ich werde auch nicht zulassen, dass Bruenor es tut. Auch wenn er die Natur der Orks richtig einschätzt, und das tut er wohl, ist die gegenwärtige Situation in meinen Augen trotzdem immer noch besser als der offene Krieg, den er herbeisehnt. Mag sein, dass mich die Bürde der persönlichen Erfahrung zurückhält, doch auf Bruenor lastet eine scheinbare Schuld, die er endlich wiedergutmachen möchte.

Ist das nicht auch eine schwere Bürde?

Vielleicht umso mehr.

Er wird kopfüber ins Verderben laufen, um seinetwillen, um seines Vermächtnisses willen und für all die guten Bewohner der

Silbermarken. Davor habe ich Angst, und deshalb muss ich ihn als Freund aufhalten, wenn ich es kann.

Was sich aus seinem Weg entwickeln könnte, lässt mich schaudern, denn ich habe Bruenor noch nie so sicher gesehen, so felsenfest davon überzeugt, was richtig ist. So überzeugt, dass ich befürchten muss, dass ich ihn nur mit Gewalt von diesem Weg abhalten könnte!

Ja, ich fürchte mich vor der Rückkehr nach Mithril-Halle. Mein letzter Besuch dort war nicht sehr angenehm, und ich denke nicht gerne daran zurück, weil es mich schmerzt, dass ich als Waldläufer offen gegen die Zwerge und Elfen und für die Orks eingetreten bin. Um des »Friedens« willen, sagte ich mir gern, aber diese Ausflucht kann nur wahr sein, wenn Catti-bries Ermahnung – und Mielikkis Behauptung – nicht wahr ist. Wenn man die Orks nicht als vernunftbegabte Wesen betrachten kann, die immer eine Wahl haben, dann … Ja, was dann?

Ich werde Bruenor nach Mithril-Halle begleiten. Wenn es dort so viele Ork-Banden gibt, wie Bruenor behauptet, werden meine Klingen viel zu tun bekommen, denn als wachsamer Jäger an Bruenors Seite kenne ich weder Zögern noch Schuldgefühle.

Aber ich werde keinen Krieg anfangen. Dieser Sprung ist zu groß.

Ist es ein Fehler, wenn ich hoffe, dass uns die Entscheidung im Laufe des Weges noch abgenommen wird? Wenn ich hoffe, dass das Reich Todespfeil Catti-bries Aussage eindeutig bestätigt?

»Wo steckt die Brut!« In meinen Gedanken höre ich immer wieder diesen alten Zwergenruf aus ihrem Mund, mit der Inbrunst, die der Tochter von König Bruenor Heldenhammer gebührt. Und obwohl Catti-brie viele Jahre den Dialekt der Zwerge gesprochen hat und es im Kampf mit jedem Zwerg aufnehmen kann, tat ihr Jubel meinen Ohren diesmal sehr weh.

Denn was ist mit Nojheim, dem Goblin, dem ich einst begegnete? Er war doch ein anständiger Kerl, der sein hartes Schicksal nicht verdient hatte?

Oder meine ich eigentlich: Was ist dann mit Drizzt?

Ich möchte die Botschaft von Mielikki leugnen. Dabei dachte ich immer, ich trüge die Göttin in meinem Herzen. Ihr Name stand für das, was ich für wahr und richtig hielt. Doch jetzt möchte ich das unbedingt leugnen, und doch kann ich es nicht. Vielleicht ist es die harte Wahrheit von Faerûn, dass Goblins und Riesen nun einmal von Natur aus böse sind, nicht weil man sie so erzogen hat.

Und wahrscheinlich habe ich dazu tatsächlich eine verzerrte Sicht, weil ich selbst fest entschlossen war, dem scheinbar unausweichlichen Pfad zu entrinnen, der mir von Geburt an vorgegeben war, und diese verzerrte Sicht könnte gefährlich sein.

Auf einer sehr tiefen Ebene meines Seins verletzt mich diese Erkenntnis, und diese Wunde ist die Bürde. Gibt es denn wirklich keinen Grund für Optimismus und das Beharren darauf, dass es auch das Gute gibt? Hat diese Vorstellung, meine persönliche Lebensphilosophie, im finsteren Herz eines Orks einfach keinen Raum?

Kann ich einen Krieg anfangen?

Ich beschreite diesen Weg nur zögerlich, aber andererseits brenne ich auf die Lösung. Ich will es wissen. Ich muss es wissen!

Ich habe Angst vor diesem Wissen.

Ach, so vieles hat sich verändert, doch es bleibt auch so vieles gleich. Die Zauberpest ist Vergangenheit, und dennoch scheint sich überall Böses zusammenzubrauen. Aber wir marschierenden nach Gauntlgrym, tiefer in die Finsternis hinein, um eines Freundes willen. Und wenn wir das überleben, geht es weiter in einen noch größeren Sturm.

Bin ich alles in allem je glücklicher gewesen?

Drizzt Do'Urden

Kapitel 9

Als die Sonne unterging

»Du hättest mich nicht aufhalten sollen«, zischte Dahlia Entreri zu, als dieser wieder in ihr Zimmer in Letzthafen kam. Ihr Gasthaus, das Steinmetzloch, stand an den Ostklippen der gut geschützten Hafenstadt. Dahlia saß am einzigen Fenster des hohen Raumes und blickte nach Westen, wo hinter den Docks der Ozean begann. Sie und ihre Freunde hatten einst erheblichen Anteil an der Rückeroberung dieser Stadt gehabt. Jetzt stand die Sonne tief am Horizont und würde bald dem Dämmerlicht weichen.

»Das schon wieder?«, fragte Entreri verärgert. Er hatte mit den drei anderen zu Abend gegessen, doch die schmollende Dahlia hatte nicht daran teilgenommen.

Dahlia wandte sich abrupt nach ihm um. Auf ihrem Gesicht lag unverhohlener Ärger. Sie hatte die Haare wieder zu einem festen Zopf geflochten, was sie lange nicht getan hatte, und ihre magische blaue Gesichtstätowierung wirkte auf Entreri an diesem Abend besonders abschreckend. Irgendwie erinnerte sie ihn an eine Raubkatze, als sie nun aufsässig den Kopf zur Seite neigte.

»Glaubst du, er folgt uns?«, fragte sie.

»Nein.« Entreri hatte keine Ahnung, ob Drizzt im Eiswindtal beschlossen hatte, ihnen zu folgen, aber das war ihm auch relativ egal. Zumindest trieben ihn nicht die gleichen Sorgen um wie Dahlia. Wahrscheinlich war Drizzt im Eiswindtal geblieben, leckte seine Wunden und fragte sich, wie er seinen Ruf bei den Bewohnern von Zehn-Städte wiederherstellen sollte, denn Entreri hatte gesehen, wie verletzt Drizzt reagiert hatte, als man ihm in Bryn Shander den Einlass verwehrte.

Drizzt hätte sie lieber begleiten sollen, dachte Entreri, auch wenn Dahlia ihm diese Entscheidung deutlich erschwert hatte.

Vielleicht ging es ihm dabei aber auch nur um seine eigenen Wünsche, denn er hätte den zuverlässigen, fähigen Drow-Krieger gern an seiner Seite gewusst. Diese Erkenntnis überraschte den Meuchelmörder nicht wenig.

»Er wird sich rächen wollen«, beharrte Dahlia. »Du hättest mich nicht aufhalten sollen!«

Entreri lachte nur.

»Er hatte den Tod verdient!«, fauchte Dahlia, sprang auf und stürmte auf den Mann zu.

»Wir waren diejenigen, die ihn betrogen haben, schon vergessen?«, wehrte Entreri hämisch ab. »Dir hat Drizzt verziehen, und mir gegenüber hat er nie etwas erwähnt.«

»Er hat mit mir gebrochen«, fuhr Dahlia auf, als wäre das eine ausreichende Erklärung für ihren Angriff auf den Drow. Sie bohrte Entreri den Zeigefinger in die Brust, was diesen erneut zum Lächeln brachte.

Daraufhin wollte Dahlia ihm eine Ohrfeige versetzen, die er jedoch abfing. Er packte sie am Handgelenk und verdrehte ihr mit einem schmerzhaften Ruck den Arm.

»Ich bin nicht Drizzt Do'Urden«, erklärte er unmissverständlich. »Wenn du mich angreifst, wehre ich mich.«

»Wir haben bereits miteinander gekämpft«, erinnerte ihn Dahlia.

»Ja. Aber damals kannte ich deine merkwürdige Waffe noch nicht«, entgegnete der Assassine eiskalt. Diese Stimme hatte schon unzähligen Opfern das Blut in den Adern gefrieren lassen. Normalerweise erklang sie Sekunden, bevor seine Klingen eben dieses Blut fließen ließen. »Inzwischen kenne ich deine Taktik und deine Tricks. Wenn du mich angreifst, bist du tot. Mach dir da nur nichts vor.«

Er ließ ihr Handgelenk los und stieß ihren Arm weg. Dahlia wich einen Schritt zurück. Ihr Blick verriet eine Mischung aus Empörung und Faszination. Hinter ihr versank die Sonne im Meer, und die langen Schatten leiteten den Anbruch der Nacht ein.

»Ist es das, was du willst?«, überlegte Entreri laut. »Hast du dir das nicht eigentlich schon immer gewünscht?«

Dahlia richtete sich auf und straffte die Schultern, fand aber offenbar keine Erwiderung.

»Weil du ein Feigling bist?«, fragte Artemis Entreri.

Prompt griffen ihre Hände nach den Flegeln, die in einer Schlaufe an der linken Hüfte baumelten.

Artemis Entreri lächelte wieder, und Dahlia hielt sich gerade noch zurück.

»Wozu, Dahlia?«, fragte er sanft. »Du hast deinen Sohn zurück, und er verzeiht dir, auch wenn du dich nicht dazu durchringen kannst, dir selbst zu verzeihen. Wie lange willst du noch diejenige hassen, die du im Spiegel siehst?«

»Du hast doch keine Ahnung.«

»Ich weiß, dass du Drizzt angegriffen hast, weil er dich abgewiesen hat«, erwiderte Entreri. »Und ich kenne dein Spiel.«

Sie neigte fragend den Kopf, damit er weitersprach.

»Du suchst einen Geliebten, der dir das bestätigt, was du an dir hasst«, fuhr Entreri bereitwillig fort. »Und zwar einen, der dir – wenn du ihn herausforderst – endlich den lang ersehnten Frieden schenkt, weil er stark genug dazu ist. Nur Mut, Elfe, hier bin ich.«

Dahlia wich einen Schritt zurück. Verwirrt starrte sie Entreri an.

»Wir sind miteinander fertig, hier und jetzt«, erklärte Entreri. »Ich segle ohne dich weg.«

Dahlia war so aus der Fassung gebracht, dass sie tonlos »Nein« flüsterte. Sie schien das Wort nicht hörbar herauszubringen und schüttelte nur ungläubig den Kopf.

»Also zücke ruhig deine Waffen«, sagte Entreri mit bewusstem Gleichmut. »Ich zähle schon lange nicht mehr, wie viele ich getötet habe. Eine mehr – was macht das schon?«

Dahlia schüttelte immer noch den Kopf. Entreri kam es so vor, als würde all ihre zur Schau getragene Härte von ihr abfallen. Ihre Augen wurden feucht, und eine Träne rollte über ihre Wange. Die Lippen bewegten sich, als würde sie nach den passenden Worten suchen, nach irgendeiner Gegenwehr.

Was er zu seiner großen Befriedigung nicht sah, war Ärger.

»Bitte«, brachte sie schließlich heraus.

Entreri lachte verächtlich und drehte sich um, wobei er jedoch die Hände dicht bei seinen Waffen hielt, weil er jederzeit mit einem Angriff rechnete.

Und tatsächlich kam Dahlia ihm nach, attackierte ihn jedoch nicht, sondern flehte ihn kläglich an, sie nicht zu verlassen. Er drehte sich um und schob sie mit einem Ruck gegen die Tür.

»Bitte«, sagte sie bebend.

Da begriff Entreri, dass er das Einzige war, was sie noch auf den Beinen hielt. »Ich habe es satt, dass es ständig um Drizzt geht«, sagte er heftig. Sie nickte dazu. »Wenn du wirklich glaubst, ich hätte dir keinen Gefallen getan, indem ich euren Kampf auf dem Berg beendet habe, dann sag mir das jetzt ins Gesicht.«

Dahlia zögerte einen Moment. Dann schlug sie die Augen nieder und schüttelte langsam den Kopf.

Entreri drückte sie mit dem ganzen Körper gegen die geschlossene Tür. Sein Gesicht war nur einen Fingerbreit von ihrem entfernt. »Willst du, dass ich dich zu ihm zurückführe, damit wir es gemeinsam zu Ende bringen?«, fragte er. »Würde es dir Freude bereiten, Drizzt Do'Urden zu töten?«

Dahlias Gesicht verriet, wie sehr seine direkte Frage sie schockierte.

»Sag schon«, forderte er.

»Nein«, erwiderte sie ruhig. Wieder schüttelte sie den Kopf, diesmal aber mit Überzeugung. Sie richtete sich auf. »Nein.«

Entreri lächelte erneut, und als sie sich an ihn schmiegte und ihn küsste, wehrte er sie nicht ab.

Artemis Entreri verstand, was diese Erkenntnis für Dahlia bedeutete, auch wenn Dahlia selbst es noch nicht richtig klar war.

»Ich habe viele Jahre gebraucht, bis ich den Blick in den Spiegel akzeptieren konnte«, sagte er leise und schob sie ein Stück zurück. »Und noch immer lauert dort ein Schatten …«

Eine plötzliche Explosion erschütterte das Steinmetzloch bis in die Grundfesten, warf Entreri gegen Dahlia und beide unsanft gegen die Tür.

Entreri sprang zurück und zog Dahlia hinter sich. Dann riss er die Tür auf und rannte zur Treppe. Unterwegs zog er seine Waffen. Der Gang führte zwanzig Fuß nach vorne, ehe er am Treppenabsatz nach rechts abbog.

Noch einmal erbebte das Gebäude unter einer gewaltigen Explosion. Von unten loderten Flammen bis in Entreris Gang die Treppe hoch, verteilten sich, zerstoben und hinterließen rußgeschwärzte Wände. Dahinter tauchte Afafrenfere auf, der sich von seinen schweren Roben geschützt flach über den Boden rollte. Sobald die Flammen verschwunden waren, sprang er auf und entdeckte Entreri.

»Drow!«, schrie er. »Viele! Lauft!«

Und schon umschloss ihn eine Finsternis, in der das Ende des Gangs verschwand.

Entreri machte einen Schritt auf ihn zu, wich jedoch überrascht zurück, als sich vom Ende des Gangs her donnernd ein magisches Geschoss in die Dunkelheit brannte.

Der Assassine kam abrupt zum Stehen und prallte gegen Dahlia, die erst jetzt aus dem Raum trat. Hektisch stieß er sie zurück, schlug die Tür zu und rannte auf das schmale Fenster zu.

»Drow!«, schrie er Dahlia zu, die nur noch »Was? Was?« rief.

»Wir müssen hier raus!«

»Effron!«, schrie sie.

Entreri trat das Fenster auf. »Der war mit der Zwergin spazieren, als ich vorhin herkam«, sagte er. »Schnell!« Und schon war er draußen, wo er sich an der Oberkante des Fensters hochzog und dann auf dem Flügel stand. Das Steinmetzloch lehnte unmittelbar an den Klippen des Tals, in das sich Letzthafen duckte, und stand relativ hoch oben auf einem Fundament aus Stein. Die Häuser davor lagen unterhalb des Gasthauses, sodass Entreri von hier aus die Dächer im Westen überblicken konnte.

Selbst in der Abenddämmerung war zu erkennen, dass der Kampf sich nicht auf das Steinmetzloch beschränkte. Unten auf der Straße taumelte ein Mann aus einem Haus und landete bäuchlings auf dem Pflaster. Im Hof versuchten sich die Gäste zu retten, aber Afafrenfere hatte recht gehabt – sie wurden von mordlustigen Dunkelelfen in Empfang genommen und niedergestreckt.

Ein Stück weiter bemerkte Entreri einen weiteren, schlimmeren Feind, halb Drow, halb Spinne. Er war lang genug in Menzoberranzan gewesen, um die Macht und die Bosheit der abscheulichen Drider richtig einschätzen zu können.

Kopfschüttelnd hangelte er sich am Gebäude entlang und war schon zehn Fuß vom Fenster entfernt, als er sich nach Dahlia umdrehte und sie zu sich winkte. Er kletterte noch etwas weiter, bis er sich schließlich von der Wand abstieß, um nach einem weiten Satz leichtfüßig auf einem Dach unterhalb des Steinmetzlochs zu landen.

Wieder sah er sich nach Dahlia um, damit er sie auffangen konnte, falls ihr Sprung misslang, schüttelte jedoch nur den Kopf, als er bemerkte, dass die gefährliche Elfe ihm keineswegs folgte. Stattdessen flog sie buchstäblich aus dem Fenster, nachdem ihr Zaubermantel sie in einen riesigen Raben verwandelt hatte. Sie schwang sich ins Freie und schraubte sich in engen Kreisen rasch zum Dach des Gasthauses empor.

Entreri sah nach unten. Das Haus stand in Flammen, und die Geräusche aus dem Aufenthaltsraum im Erdgeschoss zeugten davon, dass der Kampf in vollem Gange war.

Urplötzlich blitzte hinter allen Fenstern gleißendes Licht auf, es krachte laut, und auf der anderen Seite des Hauses schossen Holzsplitter nach allen Seiten. Eine Art Blitzschlag zerriss das Gebäude. Er sah zwei wild zuckende Männer herauswanken, deren Haare nach allen Seiten abstanden.

Hinter ihnen sprang ein Drow heraus, dessen Schild und Schwert wie Sternenlicht schimmerten, durchsichtig, aber wie mit blinkenden Diamanten am Nachthimmel durchsetzt. Der Drow schlug zu, einmal, zweimal, und schon lagen beide Männer sterbend in ihrem Blut.

Diesen Drow hatte Artemis Entreri schon einmal gesehen, aber wo? Jedenfalls war er damals nicht so prächtig ausgerüstet gewesen. Während er die Bewegungen mit ansah und die Ehrerbietung registrierte, die die anderen Dunkelelfen diesem Krieger entgegenbrachten, formten Entreris Lippen einen Namen aus finsteren Zeiten an einem finsteren Ort.

»Tiago Baenre.« Er schüttelte den Kopf. »Bezaubernd.«

»Huch?«, sagte Ambergris, während sie mühsam das Gleichgewicht wahrte, als die Explosion die ganze Straße erbeben ließ. Sie suchte spontan an Effron Halt, bekam aber nur seinen lahmen Arm zu fassen, der auf seinem Rücken heftig hin und her schaukelte.

»Zwerg!«, stieß er aus, ehe er nach hinten fiel.

»Nichts da«, erwiderte Ambergris, die noch auf den Beinen stand und ihm eine Hand hinstreckte. »Kein Zwerg.«

Der erschütterte Effron griff zu, hielt aber inne, als er Ambers Miene bemerkte. Er folgte ihrem Blick zu dem Gebäude auf der anderen Straßenseite – oder eher zu dem riesigen Spinnenwesen, das davor stand.

Das Drow-Gesicht des Driders lächelte, als er einen gewaltigen Speer nach ihnen warf. Das Geschoss flog über ihre Köpfe hinweg, doch genau das war der Plan gewesen, denn der Speer zog ein geöffnetes Netz hinter sich her.

»Pah!«, rief Ambergris, zog den Streitkolben vom Rücken und schwenkte ihn von rechts nach links, während sie sich zur Seite warf. Der Kopf des Streitkolbens lenkte das Netz ab, und die Zwergin rollte weiter. Dabei rief sie jedoch nach Effron, der wahrscheinlich unter dem Netz gefangen saß. Während sie sich aufrappelte, warf sie einen Blick zurück. Tatsächlich hockte der junge Tiefling unter den schweren Strängen des Drider-Netzes auf der Straße.

»Du Mistvieh!«, brüllte die Zwergin und stürmte los. Der Drider hob den nächsten Speer und rannte von der Veranda. Zuvor jedoch kam eine andere Gestalt aus dem Schatten des Wesens um die huschenden Spinnenbeine geeilt. Ambergris heulte auf und wehrte in vollem Rückzug verzweifelt die plötzlichen Angriffe der Drow-Schwerter ab.

»Raus da, Junge! Weg hier!«, rief sie noch, während sie stolpernd weiter zurückwich, weil der Drow-Krieger ihr deutlich überlegen war.

Gleich darauf hatte sie es etwas einfacher, denn zwischen Ambergris und dem Drow flammte schwarzes Feuer auf, das zur großen Erleichterung der Zwergin nur ihren Gegner versengte. Sie sah den Drow davonrennen und dabei nach den Flammen schlagen, drehte sich um, um Effron zu danken und ihm beizustehen, blieb jedoch wie angewurzelt stehen.

Wo eben noch der Hexer gesessen hatte, brodelte jetzt eine klebrige schwarze Rauchwolke, die sie an blubbernden Schlamm erinnerte und sich wie eine hungrige schwarze Pfütze ausbreitete.

Ambergris wusste nicht, was sie davon halten sollte, deshalb zog sie sich in den Schutz des Hauses auf der anderen Straßenseite zurück.

Als sie schon auf der Schwelle war, kam ihr ein zweiter Drider entgegen, der ihr eine Keule über den Kopf zog. Schwer getroffen taumelte Amber erneut zurück, doch diesmal durchbrach sie dabei ein Geländer und landete mit Wucht auf einem Stapel Wasserfässer, die mitsamt der verdatterten Zwergin ins Rollen gerieten.

Afafrenfere drückte sich in der magischen Finsternis fest auf die Dielen und zog seine Roben um sich, doch er spürte die Hitze und die Elektrizität des Blitzschlags. Über ihm zersplitterte die Wand. Mit etwas Glück würde der Spalt ausreichen, um sich hindurchzuschieben.

Allerdings wusste er instinktiv, dass er das nicht überprüfen konnte, und registrierte wenig überrascht, dass er im Dunkeln nicht allein war. Die Angreifer waren schließlich Dunkelelfen, die mit Finsternis bestens vertraut waren.

Der Mönch kam schnell wieder hoch und sprang dabei instinktiv in die Luft. Da fuhr auch schon wie erwartet ein Schwert über den Boden, weil die Drow offenbar das beenden wollten, was der Feuerball und der Blitzschlag begonnen hatten. Afafrenfere landete geschickt und wehrte mit den Händen nach rechts und links ab. Bald fand er einen Rhythmus, der zu den Bewegungen seiner Gegner passte, und konnte ihre Angriffe vorhersehen.

Mit einem raschen Abwärtshieb schlug er ein Schwert beiseite, ein erhobenes Bein mit gebeugtem Knie, das er kurz in weitem Bogen ausfuhr, rettete ihn vor dem nächsten Schwert, und bei dieser Bewegung verwurzelte Afafrenfere sich fest am Boden und boxte nach vorn.

Seine schwere Rechte fand ihr Ziel. Er fühlte den leichteren Drow nach hinten fliegen und hörte, wie der Dunkelelf die Treppe hinunterrollte.

Aber fast augenblicklich war ein neuer Gegner zur Stelle. Dass dieser dem Schwertkämpfer so problemlos ausgewichen war, verriet dem Mönch, dass die Dunkelheit nicht weit reichen konnte, vielleicht zwei Schritte, kaum mehr.

Afafrenfere lief rechts den Gang entlang. Als er nach zwei langen Sätzen der Finsternis entronnen war, keimte neue Hoffnung auf.

Die zerstob jedoch, nachdem ihm klar wurde, dass er allein war. Entreri und Dahlia waren verschwunden, und als ein glänzendes Schwert hinter ihm aus der Wolke drang, das ihn nach einer verspäteten Reaktion tief in die Seite stach, glaubte er sich verloren.

Mit einem weiteren Satz erreichte er gerade noch die Tür zu Entreris Zimmer.

Dort blieb er stehen und fuhr herum, um mit dem linken Arm das Schwert seines Verfolgers abzuwehren. Afafrenfere riss einen Fuß zwischen sich und dem Dunkelelfen hoch, als ob er einen Ausfallschritt plante, und tatsächlich versuchte der Drow mit dem zweiten Schwert genau einen solchen Angriff abzuwehren.

Stattdessen jedoch zog der Mönch sein Bein seitwärts nach unten, von der Waffe weg, folgte dem Täuschungsmanöver und schnellte vor, um dem Drow die offene Hand gegen das Kinn zu rammen. Der Kämpfer taumelte in die Finsternis zurück. Mit einem Sprung und einem Salto folgte ihm der Mönch und trat im Landen mit einem Doppelstoß nach dem jetzt unsichtbaren Drow. Afafrenfere spürte, wie ein Bein von einem Schwert gestreift wurde, doch das war kein schlimmer Treffer – jedenfalls nichts im Vergleich zu seinen eigenen.

Er kam hart auf, stand aber sofort wieder auf den Füßen und hielt auf die Tür zu. Diesmal schmerzte jeder Schritt, was allerdings nicht an seinem Bein, sondern an der ersten Wunde in seiner Seite lag, die anscheinend erheblich schlimmer war, als er zunächst geglaubt hatte.

Als er die Tür aufstieß, rang er nach Luft. Er presste eine Hand auf die Wunde, um die Blutung zu stoppen. Dann taumelte er zu dem aufgebrochenen Fenster hinüber, durch das Entreri und Dahlia entwischt waren. Er warf einen Blick auf die Straße, wo inzwischen vielerorts gekämpft wurde.

Wieder wurde das Steinmetzloch von einer gewaltigen Explosion erschüttert, die den Mönch diesmal auf den Boden warf. Er wusste, dass die Drow ihm nachkamen. Er hatte keinen seiner beiden Gegner getötet. Inzwischen kämpfte Afafrenfere um jeden Zoll, als er sich mühsam aufrichtete und durch das Fenster schob. Er musste auf das Dach klettern, das wusste er, als seine Finger sich an den oberen Rand des Rahmens krallten. Mit größter Anstrengung stellte sich der blutende Mönch auf das Fenstersims, suchte nach dem nächsten Halt und verzog das Gesicht, als er einen Schlag in den Bauch bekam.

Nein, keinen Schlag, stellte er beim Blick nach unten fest. In seinem Bauch steckte der Bolzen einer Handarmbrust.

Und dann traf ihn noch ein zweiter.

Das Drow-Gift war Afafrenfere natürlich bekannt, aber das machte ihm längst nicht so viel Sorgen wie das Wissen, dass gerade mindestens zwei Dunkelelfen ins Zimmer liefen.

Er ließ den Fensterrahmen los und trat vom Sims weg.

Drüben auf dem Dach unterhalb des Steinmetzlochs bemerkte Artemis Entreri, wie Afafrenfere herauskam. Als er erkannte, dass der Mönch Hilfe brauchte, wollte er Dahlia zuwinken, die auf dem Dach des Gasthauses inzwischen wieder ihre Elfengestalt angenommen hatte und die Straße hinunterblickte. Entreri setzte die Finger an die Lippen, um sie mit einem scharfen Pfiff aufmerksam zu machen, doch da trat Afafrenfere auch schon zur Seite und ließ sich fallen. Der erschrockene Entreri verstand seine Aktion erst einen Moment später, als ein Dunkelelf am Fenster auftauchte.

Der Mönch rutschte an der Mauer herunter und suchte dabei fieberhaft mit Händen und Füßen Halt, um den

Sturz abzubremsen. Aber Afafrenfere war sichtlich angeschlagen und kam daher schließlich mit großer Wucht auf dem Boden auf. Die Beine knickten ihm weg, als er sich von dem brennenden Haus fortrollte.

Und unweit von ihm stand der Drow mit dem auffälligen Schwert und dem Schild, in dem Entreri Tiago Baenre zu erkennen glaubte.

Einen adligen Drow.

Wieder wandte Entreri sich dem Hausdach zu und wollte Dahlia rufen. Erleichtert stellte er fest, dass sie sich erneut in einen Raben verwandelte, zum Rand spazierte und in die dunkle Nacht sprang. Bestimmt würde sie Afafrenfere retten. Dann aber schüttelte Entreri nur den Kopf, denn Dahlia löste sich vom Gasthaus, flog direkt an Entreri vorbei und verschwand die Straße entlang.

Artemis Entreri dachte nicht lange nach, weil er einfach wusste, dass er die letzte Chance für den Mönch war. Er hetzte über das Dach.

Tiago Baenre hatte den Gestürzten bemerkt, der sich mühsam erhob und auf zittrigen Beinen eine Hand an die Seite presste, wo eine Wunde klaffte.

Tiago würde ihn töten, ehe er auch nur an Verteidigung denken konnte.

Da kam Entreri mit kampfbereiten Waffen angesprungen und rannte auf Afafrenfere zu, bevor er lange darüber nachdenken konnte, dass dies eigentlich Selbstmord war. Er stürmte an dem Mönch vorbei auf Tiago zu, doch sein Schwert wurde von dem durchsichtigen Sternenschild abgefangen, während sein edelsteinbesetzter Dolch geschickt das ungewöhnliche Schwert des Drow ablenkte.

Innerlich verfluchte der Meuchelmörder Drizzt Do'Urden.

Das hatte Drizzt ihm angetan! All das Gerede von Zusammenhalt und Freundschaft, all die edlen Taten ... all dem verdankte Artemis Entreri gerade einen Kampf mit einem exquisit bewaffneten Drow-Adligen, der von vielen Verbündeten umgeben war.

Nur um einen verletzten Freund zu retten.

»Wie konnte es so weit kommen?«, fragte sich der Assassine und lachte hilflos auf.

Vor dem zähen, blubbernden magischen Rauch von Effron tauchte ein durchsichtiger goldener Schild auf, und das keinen Herzschlag zu früh. Denn schon warf der riesige Drider den nächsten Speer, der diesmal tiefer zielte, direkt ins Herz der Wolke und damit auch des Hexers, der diese Wolke erschaffen hatte.

Der Speer prallte von dem Schild ab und wirbelte ungezielt, aber immer noch tödlich durch die Luft, wie ein unglückseliger Bewohner der Stadt feststellen musste, der gerade die Straße hinaufhastete. Das schwere Geschoss traf ihn in die Seite und brachte ihn unweit der Stelle zu Fall, wo Ambergris gerade zitternd aufstand. Der Mann stöhnte, rollte sich herum und langte nach dem Speer, doch dessen Widerhaken hatten sich tief in sein Fleisch gebohrt.

Er war tot, noch ehe er zugreifen konnte.

Das Geblubber rund um Effron zerschmolz, und mit ihm verschwanden die letzten dicken Maschen des Netzes, von dem nur noch verkohlte, unzusammenhängende Fäden blieben.

Der junge Hexer stand auf, lehnte seinen Knochenstab an die Schulter und klopfte sich ab. Seiner Miene zufolge war er angesichts des großen Driders eher pikiert als geschockt. Trotz einer derart imposanten Kreatur wie diesem speziellen Drider, der nun einen Dreizack präsentierte, der größer war als Effron, zeigte sich der verwachsene Hexer völlig unbeeindruckt.

Denn dieses Scheusal, halb Spinne, halb Drow, machte ihn vor allen Dingen wütend.

Er deutete mit dem Knochenstab nach vorn und feuerte eine Serie schwarzer, brennender Energiegeschosse ab, die sich zielsicher in den Drider bohrten. Als dieser schmerzerfüllt, aber keineswegs besiegt zurücksprang, warf Effron einen raschen Blick auf Ambergris. Sie würde ihm kaum beistehen können, so viel stand fest. Zwar war sie wieder aufgestanden und hielt ihren Streitkolben bereit, aber sie hatte mit einem eigenen Drider zu tun, kleiner als seiner und weiblich.

Er bemerkte jedoch eine andere Möglichkeit und streckte seinen Stab aus. Die Macht der Negativebene ließ die Augen an dem kleinen Schädelkopf aufglühen, und schon richtete sich ein roter Energiestrahl auf den Mann, den der Drider mit seinem Speer getötet hatte.

Effron fuhr herum und stampfte mit dem Speer auf den Boden. Der Boden zwischen ihm und dem anrückenden Drider begann zu sieden und zu blubbern. Aus dem Morast reckten sich oktopusartige Tentakel, die nach dem Spinnenwesen griffen.

Kurz darauf schlurfte der frisch erweckte Zombie, dem noch der lange Speer in der Seite steckte, an Effron vorbei und auf den Drider zu. Er marschierte mitten durch die schwarzen Tentakel, in die sich der Drider nicht hineinwagte.

»Deine Tricks können dich auch nicht retten!«, schrie der Drider, ächzte jedoch auf, als Effron ihn mit Schwarzfeuer traf.

Der Zombie wanderte weiter und hob die Arme, um auf den Drider loszugehen.

Sein Gegner spießte ihn mit einem einzigen Stoß seines riesigen Dreizacks auf und schleuderte den Untoten mit einer Leichtigkeit über seine Schulter, die Effron an einen Bauern mit der Heugabel erinnerte.

Anerkennend nickte er dem Ungetüm zu, und als der Drider nach rechts trippelte, bewegte auch er sich schnell nach rechts, damit seine Tentakel am Boden zwischen ihnen blieben.

Effron wusste, dass ihm die Entfernung zugutekam, und schleuderte eine weitere Salve magischer Geschosse durch die Tentakel, die den mächtigen Drider erneut trafen.

»Wie viele hast du noch, Kleiner?«, heulte sein Gegner ergrimmt.

»Endlos viele«, antwortete dieser und setzte zum Beweis eine weitere Welle in Gang.

Aber der Drider lächelte trotz seiner Grimassen so zuversichtlich, dass Effron durchaus beunruhigt war. Ein Blick nach links verriet ihm, dass Ambergris sich auf der Veranda wacker hielt. Während er weiter nach rechts rückte, sah er sich schnell nach hinten um.

Dort glitt ein großer schwarzer Vogel auf ihn herab – seine Mutter –, aber die Erleichterung über diese willkommene Verstärkung war sofort verflogen. Denn auch der Drider hatte Verbündete: Eine Gruppe Dunkelelfen stand kreisförmig um einen herum, der das Zentrum eines ungewöhnlichen Netzes aus blau funkelnder, elektrischer Energie darstellte.

»Flieg weg!«, rief der Hexer seiner Mutter noch zu, als diese neben ihm landete – genau in dem Moment, da die Drow ihr knisterndes Blitznetz nach ihnen auswarfen.

Dahlia nahm wieder Elfengestalt an.

Das Blitznetz legte sich über Mutter und Sohn.

Effron schmolz in den Boden.

Endlich hatte Amber wieder sicheren Stand. Sie schüttelte den Kopf, um den Schwindel zu vertreiben, und begegnete der Keule des Driders mit einem mächtigen Schlag von Schädelknacker. Für dieses Spiel war die Zwergin mehr als bereit, selbst gegen einen größeren Gegner. Sie setzte zu einer Anrufung an, um ihren Muskeln die Kraft von Clangeddin zu verleihen, doch da kamen die Explosionen, die Blitze und die heftige Erschütterung, als sich das Energienetz ganz in ihrer Nähe auf Dahlia herabsenkte.

Die Zwergin geriet aus dem Gleichgewicht, der Drider auf seinen acht Spinnenbeinen jedoch nicht.

Wieder knallten Keule und Streitkolben mit großer Gewalt aufeinander. Unter den anhaltenden Schockwellen des magischen Donnerschlags bäumte sich die Erde auf.

Ambergris fand sich auf dem Rücken wieder. Der Ruf nach göttlichem Beistand war unterbrochen, der Streitkolben war ihr entglitten, und über ihr stand der Drider.

Dessen schwere Keule auf sie herabfuhr.

Der erste Schlagaustausch glich eher einem Tanz als einem Kampf. Entreri und Tiago umkreisten einander mit halbherzigen Vorstößen, die jeweils leicht blockiert oder pariert wurden.

»Wo ist er?«, fragte Tiago und wandte sich wieder nach rechts, wodurch er das inzwischen brennende Steinmetzloch hinter sich bekam.

Entreri reagierte sofort, weil er sah, dass der Drow damit dem gestürzten Mönch eine offene Flanke bot.

»Du bist uns jederzeit willkommen«, lud Entreri seinen Begleiter ein.

Stöhnend richtete der Mönch sich auf, konnte jedoch kaum stehen. Ein Bein knickte unter seinem Gewicht ein, und seine Robe war seitlich von Blut getränkt. Entreri erkannte auf den ersten Blick, wie dumm es gewesen war, vom Dach zu springen, um Afafrenfere beizustehen. Der Mann würde seine Verletzungen nicht überleben.

Frustriert griff er Tiago an, ein Frontalangriff, bei dem er sein Schwert nach oben zog, um es dann blitzschnell zurückzureißen und mit seinem Dolch vorzuschnellen.

Aber Tiago fing nicht nur mit seiner wundersamen Klinge das Schwert ab und mit dem Schild den Dolch, sondern wechselte dabei sogar das Standbein. Noch ehe Entreri sein Manöver beendet hatte, ging Tiago zum Gegenangriff über und riss den Schild hoch, um den Assassinen mit einem raschen Absenken und einem Ruck umzuwerfen.

Entreri konnte gerade noch zurückspringen, doch Tiago drang weiter vor, schlug mit dem Schwert auf ihn ein und zog den Schild hin und her. Schild und Schwert bewegten sich in atemberaubender Geschwindigkeit.

Die brutale Wut in Verbindung mit der makellosen Koordination des Gegenangriffs hätte den Assassinen beinahe überwältigt.

Dies war ein Adliger aus dem Haus Baenre, schärfte er sich ein, und er wusste nur zu gut, was das bedeutete.

Entweder lief Entreri sofort zu Hochform auf, oder er war tot!

Bei einem raschen Gegenschlag trieb er Tiago mit drei abrupten Angriffen Schritt für Schritt in die Mitte der Straße und von Afafrenfere weg.

»Mönch!«, schrie Entreri. Er erschrak, als nun weitere Dunkelelfen aus den Fenstern und der Tür des brennenden Gebäudes kamen und sogar aus den höheren Fenstern herabschwebten. »Lauf!«

Afafrenfere machte gehorsam einen Schritt, obwohl er auf dem verletzten Bein beinahe zusammengebrochen wäre. Verbissen stolperte er noch einige Schritte weiter.

Da umfing ihn eine Kugel aus Dunkelheit.

Sofort bohrte sich ein Hagel Wurfspeere in die Kugel. Entreri hörte ein Stöhnen, einen Aufschlag, und er sah die Hand von Afafrenfere mit zuckenden Fingern aus dem Rand der Kugel hervordringen, als wollten sie sich am Leben festklammern.

Dann waren sie still.

Es war vorbei, begriff Entreri, und sein idiotischer Edelmut würde nur dazu führen, dass sie bald beide tot auf der Straße lagen. Er warf einen Blick zurück in Richtung Unterstadt, wo Dahlia gerade neben Effron landete und Amber mit einem grässlichen Drider focht. Gleich hinter Dahlia sank ein wirbelndes Blitznetz herab.

Die Blitze und die Erschütterungen von diesem Netz ließen das ganze Viertel von Letzthafen erbeben. Überall rannten die Leute in heller Panik umher, als sich der Boden unter ihren Füßen wellte.

Entreri wahrte das Gleichgewicht und nutzte das Beben sogar, um erneut auf Tiago loszugehen. Vielleicht konnte er wenigstens diesen erbärmlichen Drow-Pinsel mit ins Grab nehmen, bevor die anderen Dunkelelfen ihn überwältigten.

Aber Tiago war ebenso geschickt und sah den Angriff kommen. Entreris Schwerthieb traf auf einen Schild, der sich in einer Spirale ausweitete – einen magischen Schild, der direkt vor seinen Augen entstand! Tiago wagte es, sich blitzschnell umzudrehen, sodass er Entreri einen kurzen Moment den Rücken darbot.

Den Rücken! Der Mörder sah seine Chance. Sein Feind hatte ihn unterschätzt!

Sofort stach er zu – das heißt, er versuchte es, stellte aber zu seinem Entsetzen fest, dass sein Schwert an Tiagos Schild klebte, als hätte er damit in dicke Spinnweben geschlagen.

Als Tiago seinen Schild weiterdrehte, hätte er Entreri beinahe das Schwert aus der Hand gerissen. Nur die Geschwindigkeit und Geschicklichkeit des Assassinen ließen diesen die Bewegung mitmachen und geistesgegenwärtig festhalten, während der Drow nach ihm stach. Mit einer Parade seines juwelenbesetzten Dolches wehrte er die Klinge von seinem Gesicht ab. Trotzdem ritzte sie dabei sein Ohr.

Entreri fühlte den Schmerz des Treffers und den zusätzlichen Biss des Drow-Gifts.

Und dann bäumte sich unter ihm der Boden auf, eine hohe Welle, die ihn und Tiago in die Luft riss. Dazu ertönte ein ohrenbetäubender Donnerschlag, und der begleitende Blitz war so hell, dass er die Nacht zum Tag machte.

Kapitel 10

Jeder Tag, jede Erfahrung, jedes Erlebnis

»Ca-Ru-Delly!«, begrüßte Penelope Harpell die Frau voller Herzlichkeit und klatschte in die Hände, als die fünf Gefährten angeführt von Catti-brie in ihr Empfangszimmer geleitet wurden.

»Häh?«, fragte Bruenor.

Aber Catti-brie lächelte nur, als sie hörte, wie freundlich Penelope ihren Spitznamen aussprach, den sie sich vor einigen Jahren bei ihrer ersten Begegnung mit Penelope selbst zugelegt hatte. Damals wäre Catti-brie auf die Frage nach ihrem Namen um ein Haar mit der Wahrheit herausgeplatzt, hatte dann auf den Namen zurückgreifen wollen, den ihre Beduineneltern ihr gegeben hatten, und sich schließlich für ihren Decknamen entschieden, den der armen Delly Curtie. Mit schnellen Schritten lief sie auf ihre Mentorin zu und schloss Penelope fest in die Arme.

»Ich habe doch gesagt, ich komme wieder«, sagte sie.

»Und dann wolltest du mir endlich die Wahrheit erzählen«, erwiderte Penelope, als sie sich voneinander lösten. Sie sah an Catti-brie vorbei und musterte ihre Begleiter, bis ihr Blick erstaunt an dem Dunkelelf hängen blieb.

»Drizzt Do'Urden?«, fragte sie. »Leibhaftig?«

Der Drow verbeugte sich. »Sei gegrüßt, Herrin Penelope«, sagte er.

»Leibhaftig, allerdings«, sagte ein alter Mann, der gerade eintrat. Er umrundete Drizzt, lächelte Catti-brie beifällig zu und klopfte dem Drow auf die Schulter.

»Kipper Harpell«, sagte Drizzt und nickte. Er erinnerte sich gar nicht mehr so gut an den Mann, aber nachdem Catti-brie die Gruppe auf dem letzten Wegstück über den gegenwärtigen Stand im Efeu-Herrenhaus aufgeklärt hatte, waren ihm alle Namen gut präsent.

»Bei deinem letzten Besuch in Langsattel war ich ein junger Mann«, sagte Kipper.

»Ja, ist ein halbes Jahrhundert her«, antwortete Bruenor, der jetzt neben Drizzt trat und Kipper die Hand hinstreckte.

Der alte Mann sah ihn verwundert an.

»Ein halbes Jahrhundert?« Er starrte den jungen Zwerg, der nicht einmal halb so alt sein mochte, zweifelnd an.

»Damals war ich älter«, sagte Bruenor lachend.

»Und ich war noch älter«, sagte Wulfgar. »In Menschenjahren.«

Regis schnaubte und wedelte verächtlich mit der Hand. »Ich war tot!«, rief er aus.

Kipper wandte sich Penelope zu, die ein ähnlich verdutztes Gesicht machte wie er.

»Ich sagte doch, ich hätte eine gute Geschichte«, erinnerte Catti-brie.

Penelope betrachtete ihre einstige Schülerin. Dann musterte sie wieder Drizzt und die anderen, bis ihr Blick schließlich an Bruenor hängen blieb. »Älter, aber mit derselben Krone?«, fragte sie. Als der Zwerg lächelte, fügte sie hinzu: »Der Helm mit dem einen Horn von König Bruenor Heldenhammer von Mithril-Halle?«

»Ja, sie hat's verstanden!«, sagte der Zwerg.

Penelope wandte sich der schönen jungen Frau mit den roten Haaren zu, die neben ihr stand, und sagte: »Catti-brie.«

Catti-brie nickte.

»War sie deine Mutter?«, fragte Kipper die junge Frau. »Oder wenigstens deine Ur-Ur-Urgroßmutter?«

Penelope ergriff Catti-brie am Arm, hob ihn hoch, schob den Ärmel des weißen Kleides zurück und enthüllte die Zaubernarbe. Sie sah Kipper an und schüttelte den Kopf. »Catti-brie«, wiederholte sie.

»Die Gefährten der Halle«, fügte Drizzt hinzu. »Alle vereint. Einst enge Freunde der Harpells von Langsattel, die uns in Mithril-Halle in der Zeit der Unruhen zu Hilfe eilten, als die Drow zurückkamen.«

»Ich bin zu alt für Rätsel«, jammerte Kipper.

»Aber nicht zu alt für eine gute Geschichte?«, fragte Catti-brie.

Da betrat Penelopes Mann, Dowell, das Zimmer. Beim Anblick der Frau, die er als Delly Curtie kannte, strahlte er. Erfreut sah er sich um, doch als er das finstere Gesicht des alten Kipper bemerkte, der die Arme vor der Brust verschränkt hatte und mit einem Fuß unwirsch auf den Boden tappte, verging das Lächeln.

»Mir scheint, ich habe etwas verpasst«, sagte Dowell.

Die Tür ging zu, und alle sahen, wie der freche Halbling sich dagegen lehnte. Mit einem breiten Grinsen lenkte Regis die Blicke der anderen zur Seite, wo Wulfgar schon die Gläser bereitstellte und die Hausbar von Penelope und Dowell inspizierte.

Angesichts der irritierten Blicke drehte sich Wulfgar zu den anderen um und lachte breit. »Was wäre eine gute Geschichte ohne einen guten Tropfen zum Anstoßen?«, fragte er mit einem Blick zu Regis.

»Du bringst meinen Jungen noch in Schwierigkeiten«, flüsterte Bruenor dem Halbling zu.

»Darauf kannst du wetten«, erwiderte der Halbling.

Lachend stimmte Penelope zu und half dem großen Barbaren eilig, ihren Tisch so weit abzuräumen, dass genügend Gläser und Flaschen darauf Platz fanden. Sie setzte sich, Dowell und Kipper ließen sich rechts und links neben ihr nieder, und dann baten sie Catti-brie zu erzählen.

Aber als die Frau sich vor den Tisch stellte, um anzufangen, hob Penelope noch einmal die Hand. Die Anführerin der Harpells schloss die Augen, flüsterte einen Zauber – der als »Magisches Flüstern« bekannt war –, und bald darauf klopfte es an der Tür. Auf Penelopes Zeichen hin machte Regis auf. Eine ganze Reihe junger Harpells marschierte herein, um den Gästen Stühle zu bringen.

»Fang doch an«, bat Penelope Catti-brie, als die Schüler verschwunden waren und die Tür wieder zuging.

Viel später flüsterte Penelope wieder. Schon kurze Zeit später wurde ein wunderbares Mahl hereingetragen.

Während des Essens setzten Catti-brie und die anderen ihre Erzählung fort.

Irgendwann mitten in der Nacht endete Drizzt mit den Worten: »Und da sind wir nun. Vor uns liegt ein dunkler Weg, und wieder einmal brauchen wir die Freundschaft der großen Harpells von Langsattel.«

»Für meinen guten Pwent«, fügte Bruenor hinzu.

Penelope sah Dowell an. Beide nickten Kipper zu.

»Bin schon dran«, sagte der alte Magier, obwohl er scheinbar geschlafen hatte, bis all die Blicke, die auf ihn gerichtet waren, ihn geweckt hatten.

»Wir müssen ihn wohl auferstehen lassen«, teilte Kipper Catti-brie am nächsten Tag mit. »Eine andere Möglichkeit sehe ich nicht.«

Stirnrunzelnd sah die Frau die dritte Person im Raum an, Penelope Harpell.

»Für Vampirismus gibt es keine Heilung«, sagte Penelope achselzuckend. »Zumindest keine, die mir bekannt wäre.«

»Eine Wiederauferstehung zu bewirken liegt weit jenseits meiner Fähigkeiten«, sagte Catti-brie.

»Es gibt kaum jemanden, der das könnte – und billig ist es auch nicht!«, betonte Kipper. »Zudem bezweifle ich, dass euer Freund es überleben wird – aber das ist euch sicher klar.«

Catti-brie nickte.

»Thibbledorf Pwent war schon alt und nicht mehr ganz gesund, als es ihn erwischte«, fuhr Kipper fort. »So habt ihr es mir erzählt. Seitdem sind viele Jahrzehnte vergangen. Wenn man ihn von den Untoten erweckt, ist er wahrscheinlich gleich richtig tot.«

»Das wäre immerhin besser«, sagte Catti-brie. Die anderen nickten.

»Wahrscheinlich schon«, sagte Penelope und legte Catti-brie tröstend die Hand auf den Arm.

»Aber was hätte das für einen Sinn?«, fragte Catti-brie. »Wenn Pwent auf jeden Fall verloren ist, könnten wir den Vampir doch einfach vernichten.«

»Willst du ihm nicht die Chance lassen, in Frieden und ohne den Fluch zu sterben, bevor er ins Jenseits zieht?«, fragte Kipper.

Es klopfte an der Tür, und Penelope ging hin.

»Haben wir denn eine Wahl?«, antwortete Catti-brie. »Woher soll ich einen entsprechend ausgebildeten Hohepriester bekommen? Einen, der sich nach Gauntlgrym wagt?«

»Wenn du einen Priester findest, bringst du den Vampir einfach dorthin«, sagte Kipper, während Wulfgar den Raum betrat. »Oh, gut!«, fügte Kipper hinzu. »Setz dich zu uns.«

Wulfgar setzte sich neben Catti-brie. Sie sah ihn fragend an, aber er konnte nur mit den Achseln zucken, weil er offenbar genauso wenig wusste, warum man ihn zu dieser Unterhaltung hinzugerufen hatte.

»Du hast es dabei?«, fragte Kipper.

Wulfgar schien einen kurzen Moment lang verwirrt, als Kipper ihm die Hand hinstreckte, doch dann holte er schnell sein Silberhorn heraus und reichte es dem alten Zauberer.

»Ein wundervolles Gerät!«, sagte Kipper, als er das Horn in den Händen drehte und mit einem Zauber genauer untersuchte. Er konzentrierte sich auf eine Reihe kleiner, aber kostbarer Edelsteine, die in das Silber eingelassen waren.

»Aus einem Drachenhort, sagst du?«, warf Penelope ein, um das Gespräch weiterzuführen, während Kipper mit der Untersuchung beschäftigt war.

»Eistod.«

»Der Drache, den du mit Drizzt zusammen vor vielen Jahren getötet hast.«

»In einem anderen Leben«, sagte Wulfgar und grinste.

»Hast du es ausprobiert?«, fragte Kipper.

»Ja, gleich nachdem ich es gefunden hatte«, antwortete Wulfgar. »In der Drachenhöhle, inmitten der Schätze. Eistrolle hatten mich bis in die Schatzhöhle getrieben, und als sie mich umstellt hatten, dachte ich, mein neues Leben wäre zu Ende. Ich habe aus reinem Trotz hineingeblasen, weiter nichts. Vielleicht hatte ich gehofft, der Ton würde das Eis über mir herabstürzen lassen, sodass ich vielleicht doch noch eine Chance hätte.«

»Und der Ton hat Verbündete gerufen«, sagte Kipper und lachte. »Wirklich großartig!«

»Hast du es seitdem noch einmal benutzt?«, fragte Penelope.

»Nur einmal zur Bestätigung«, gab Wulfgar verlegen zu.

»Macht es dir Angst?«, fragte sie.

»Er glaubt, er stört damit den Schlaf der Toten, und das ist in seiner Kultur nicht wohlgelitten«, antwortete Kipper, bevor Wulfgar etwas sagen konnte. »Stimmt das, mein Sohn?«

Wulfgar musste schmunzeln. »Bei meinem Tod war ich viele Jahre älter als du heute, Zauberer«, erklärte er. »Aber – ja, es steht mir nicht zu, die Toten aus ihrem Schlaf zu reißen.«

»Nun, mein Freund, da kann ich dich beruhigen, denn du tust nichts dergleichen«, teilte Kipper ihm mit und blies in das Horn. Es war nur ein leiser, abgerissener Ton, der jedoch ausreichte, um die Magie zu aktivieren. Nach wenigen Augenblicken glitzerten die Juwelen an der Seite des silbernen Horns, und es erschienen drei Krieger, die jeder mit Axt und Schwert oder zwei Handäxten bewaffnet waren. Sie tänzelten ein wenig im Raum herum, weil sie offenbar keine Ahnung hatten, was sie hier sollten, bis Kipper sie mit einem weiteren Zauber wieder im Nichts verschwinden ließ.

»Es ist ein magischer Gegenstand, ein Werkzeug«, versicherte der alte Zauberer dem Barbaren, als er ihm das Horn zurückgab.

»Wie Guenhwyvar«, erwiderte Wulfgar.

»Nein, der Panther ist weit mehr als das«, sagte Penelope. »Das hier ist mehr so wie die Pfeife, mit der Drizzt das Einhorn ruft.«

»Es sind nicht die Seelen toter Krieger«, versicherte ihm Kipper. »Das hier sind magische Manifestationen von dem, was die Berserker verkörperten. Sie sind zwar materialisiert, aber sei beruhigt: Die Seelen, die diese Körper einst bewohnten, sind längst in Kriegersruh.« Er sah Penelope an und nickte: »Wie erwartet.«

»Habe ich etwas verpasst?«, fragte Catti-brie. »Was hat das alles mit dem Horn zu tun?«

»Die Magie des Horns besteht – oder bestand wohl – aus einem Zauber, der die Seele fangen sollte«, antwortete Kipper. »Zumindest teilweise. Es steckt viel mehr darin, was ich nicht verstehe, denn es ist wirklich uralt, aus der Zeit lange vor der Zauberpest oder wahrscheinlich sogar noch vor der Zeit der Unruhen. Aber die Opfer jener Magie, die Krieger, die seither weitergezogen sind, wurden mit dem erwähnten Zauber festgehalten. Ein solcher Zauber könnte euch auch helfen, euren Vampirfreund einzufangen.«

»Sperrt seine Seele in einen Edelstein und bringt diesen Stein zu einem mächtigen Hohepriester, der das Werk dann vollendet«, schlug Penelope vor.

»Aber ich kenne diesen Zauber nicht«, wandte Catti-brie ein.

»Das ist richtig, und er ist mächtig«, sagte Kipper. »Vielleicht zu mächtig für dich, obwohl ich das nicht glaube – zumindest wenn du eine Spruchrolle und ein Juwel dabeihast, das würdig wäre, eine Seele aufzunehmen.«

»Und ihr habt so etwas«, hakte Wulfgar nach.

»Wir haben vieles für die Bidderdoos vorbereitet. Nur für alle Fälle«, antwortete Penelope.

»Werwölfe«, erklärte Catti-brie.

»Ich erinnere mich«, sagte Wulfgar mit einem Nicken.

»Er hat Nachfahren hinterlassen. Im Wald.«

Penelope Harpell erhob sich und reichte Wulfgar die Hand. »Komm«, forderte sie ihn auf. »Überlassen wir Catti-brie und Kipper ihrer Arbeit. Sie hat viel zu lernen.«

Als die beiden verschwunden waren, lächelte Catti-brie den alten Zauberer an. »Ich wusste, ihr würdet uns helfen.«

»Die Welt ist ein finsterer Ort«, erwiderte Kipper. »Aber wenn Freunde zusammenhalten, wird es heller.«

Catti-brie nickte, weil sie seine Großzügigkeit zu schätzen wusste, und sie fragte sich, was die Harpells wohl noch alles anzubieten haben würden, sobald die Gefährten der Halle ihre Angelegenheit in Gauntlgrym erledigt hatten und ihre Kriegeraugen wieder auf die Silbermarken richten konnten.

»Hast du jetzt ein besseres Gefühl, was dein … Spielzeug angeht?«, fragte Penelope, als sie Wulfgar davonführte. Er folgte ihr durch viele Gänge und mehrere Räume, bis sie schließlich hinter dem Herrenhaus in den großen Garten kamen.

»Das habe ich«, gab Wulfgar zu. »Ich habe den Schlaf der Toten nur ungern gestört. Das steht mir nicht zu …«

»Aber du hast das Horn auch nicht zerstört«, stellte Penelope fest, »oder wieder versteckt.«

Wulfgar lächelte, denn sie hatte recht. »Immerhin hat es mir einmal das Leben gerettet«, gab er zu.

»Ja, in einer Drachenhöhle, wie du und davor der Halbling es mir erzählt haben«, sagte Penelope. »Ich würde gerne mehr über diesen Kampf erfahren.«

Wulfgar blieb stehen und sah auf sie herab. »Bist du selbst einmal auf Abenteuer ausgezogen? Weißt du, wie aufregend ein Kampf ist?«

»Oder ein Diebstahl?«, erwiderte Penelope und zupfte an dem Silberhorn.

»Eine anständige Plünderung!«, stellte Wulfgar lachend fest.

»In meine Jugend habe ich auch Abenteuer erlebt«, räumte die Frau ein. »Und irgendwo weit draußen, wo es von Hügelriesen nur so wimmelte, habe ich Dowell getroffen und mich in ihn verliebt. Selbstverständlich mitten im Kampf.«

»Er hat dich gerettet?«, fragte Wulfgar lauernd.

»Ganz im Gegenteil«, antwortete die Frau, während sie zwischen den Beeten mit den hochgewachsenen, blühenden Stauden hindurchging, bis sie am Ende ins volle Sonnenlicht trat. »Dowell ist ziemlich geschickt in dem, was er macht, aber er war nie besonders gut im Beschwören, und Riesen lassen sich nun einmal nicht so gut bezirzen.«

»Penelope aber offenbar durchaus.«

Sie lachte. »Er musste mich zu nichts überreden.«

»Seine Verführungskünste müssen sehr überzeugend gewesen sein. Immerhin hast du dich dieser Familie angeschlossen«, sagte Wulfgar.

Penelope sah ihn verwirrt an, denn sie wusste nicht, worauf er hinauswollte. »Ich habe ihn überzeugt«, stellte sie richtig, als sie es begriffen hatte. »Ich bin eine geborene Harpell, keine angeheiratete.«

Jetzt machte Wulfgar ein verdutztes Gesicht.

»Dowell hat sich meinem Clan angeschlossen und meinen Namen angenommen«, erklärte sie. »Das war ja wohl das Mindeste, was er tun konnte, nachdem ich ihn einem Hügelriesenkönig entrissen hatte. Einem hungrigen Hügelriesenkönig!«

Wulfgar lachte.

»Deine Rückkehr nach Toril finde ich von der ganzen Gruppe am spannendsten«, fuhr Penelope fort. »Catti-brie wurde von ihrer Göttin auserwählt, Bruenor war durch seine Freundschaft gebunden, der Halbling durch sein Bedürfnis, sich als wertvoll zu erweisen – behalte ihn gut im Blick, den ich fürchte, dass seine Mutproben ihn schon in Kürze in große Schwierigkeiten bringen werden. Aber was ist mit Wulfgar? Du hast zugegeben, dass du dich nicht sofort für diesen Weg entschieden hast, aber trotzdem bist du hier.«

»Das Band der Freundschaft wie bei Bruenor und das, was ich Bruenor und Drizzt als Freund schuldig bin«, antwortete Wulfgar.

»Du warst nichts mehr schuldig, und du hast selbst zugegeben, dass diese Freundschaft lange her war.« Sie sah Wulfgar eindringlich in die Augen.

Nach einer langen Pause gestand er: »Vielleicht fürchte ich den Tod ja doch.«

»Ein seltsames Geständnis von einem, der auf der anderen Seite des Lebens gestanden hat.«

»Was gibt es in Kriegersruh?«, fragte er.

»Familie, Freunde, Trost? Ist das nicht das, was du erwartest?«

»Auf ewig.«

Sein Tonfall brachte sie auf die richtige Spur. »Ewige Langeweile, meinst du?«

»Ich weiß es nicht, aber es ist auch egal. Die Ewigkeit kann ruhig warten. Denn jetzt bietet sich mir ein großes Abenteuer, ein neues Leben voller neuer Erinnerungen, und das an der Seite würdiger Freunde. Warum sollte ich nicht umkehren?«

»Du scheinst genau das Gegenteil von Drizzt zu sein«, erwiderte Penelope. »Er konnte Catti-brie und sein früheres Leben nicht loslassen, doch du scheinst darauf zu brennen.«

Wulfgar dachte über ihre Worte nach, ehe er langsam den Kopf schüttelte. »Nein, das ist es auch nicht. Ich will nur einfach noch mehr erleben«, bekannte er. »Mehr Schlachten austragen, mehr Frauen lieben, mehr essen und mehr trinken.«

»Für dich ist alles also nur ein großes Spiel? Und weiter nichts?«

»Ich weiß es nicht«, sagte Wulfgar.

»Es geht also darum, das Leben voll auszukosten?«

»Ein gutes Ziel!«, sagte Wulfgar leichtherzig, aber Penelope ließ es nicht so einfach dabei bewenden.

»Es gibt eine Religion, die deine Theorie unterstützt«, erklärte sie, worauf Wulfgars Miene sich sofort verdüsterte. »Oder eher eine Philosophie«, korrigierte sie sich rasch. »Jedenfalls geht sie davon aus, dass es keine gerechte Belohnung gibt. Sie bezeichnet die Götter als trügerisch und erklärt sie zu überlegenen sterblichen Wesen, die sich nur zu ihrem eigenen Spaß als Götter ausgeben – auf Kosten von weniger rationalen Wesen auf dieser Welt –, und deshalb können sie uns vielleicht beherrschen.«

»Du scheinst viel darüber zu wissen.«

Diesmal war es Penelope, die lachte. »Ich werde mitunter als unkonventionell eingestuft. Für mich ist das eine Ehre.«

Wulfgar musterte sie eindringlich. »Du vermisst die Freiheit der Straße und die Aufregung der Abenteuer«, stellte er fest.

»Ich bin zu alt …«, begann sie, aber sein Lachen schnitt ihr das Wort ab.

»Ich war einhundertfünfundzwanzig.«

»Du hast den Körper eines jungen Mannes.«

»Ich habe die Lebensgier eines jungen Mannes, aber nur, weil ich weiß, wie öde es ist, ein alter Mann zu sein«, sagte Wulfgar. »Ich habe Schmerz und Trauer hinter mir.«

»Und Liebe?«

Das bestritt er nicht. Er hob Aegisfang von der Schulter und schwang den Hammer mühelos mit einem Arm. »Jede Erfahrung«, sagte er und nickte. »Jedes Erlebnis.«

»Auch ein Gespräch mit einer alten Dame in einem Frühlingsgarten?«

Wulfgars Lächeln war breit und ehrlich. Seine klaren

blauen Augen funkelten. »So alt nun auch wieder nicht«, sagte er herausfordernd. »Wer weiß, vielleicht ziehen wir beide auch noch einmal auf Riesenjagd aus.«

Diesmal war es Penelope, die lächelte, und das war ihre Antwort, verbunden mit der inständigen Hoffnung, dass es wirklich dazu käme.

»Ehrlich, du erinnerst mich an ein Tier im Käfig«, sagte Regis einige Tage später auf der Veranda des Efeu-Herrenhauses zu Bruenor. Es war ein herrlicher Frühlingsmorgen mit lauer Luft und warmem Wind. Draußen winkte die Straße, und sie rief ganz besonders nach dem mürrischen Zwerg.

Er marschierte auf und ab, hin und her, und seine schweren Stiefel donnerten über die Bretter. Bruenor blieb kurz stehen, schnaubte und lief weiter.

Ein Stück entfernt fochten Drizzt und Wulfgar langsam und methodisch einen Übungskampf aus, wobei Wulfgar seinem einstigen Lehrer alle paar Schläge Fragen stellte. Regis überlegte, ob er nicht hingehen und selber sein Training fortsetzen sollte. Gab es einen besseren Lehrmeister als Drizzt?

»Ist ein langer Weg«, meinte Bruenor, als ihn eine seiner Runden an dem Halbling vorbeiführte.

Regis nickte.

»Gauntlgrym! Ach, warte nur, bis du es selber siehst«, fuhr Bruenor fort. »Wir schnappen uns den Pwent und ziehen sofort weiter. Silbrigmond, sage ich! Ja, da suchen wir uns einen Priester, der die Sache zu Ende bringt, und dann jagen wir Obould und seine Kläffer in ihre Löcher zurück!«

Er lief weiter und murmelte dabei vor sich hin. Seine Bemerkung von dem langen Weg hatte auch Regis ins Grübeln versetzt. Ja, er würde nach Gauntlgrym kommen, aber war seine Reise dort vielleicht schon zu Ende? Könnte er von dort aus nicht auch nach Süden ziehen, statt nach Osten in die Silbermarken? Dann hätte er eine gute Chance, im Frühsommer auf Doregardo und die Grinsenden Ponys zu stoßen, und genug Zeit, nach Delthuntle zurückzukehren, in die Arme seiner süßen Donnola.

Da ging die Haustür auf, und Catti-brie kam in Begleitung von Penelope und Kipper heraus.

»Wenn er sich beim ersten Versuch wehrt, könntest du ihn eventuell auch an Ort und Stelle umbringen«, sagte Kipper noch.

Drizzt und Wulfgar gesellten sich zu ihnen.

»Moment mal, was ist das denn?«, fragte Bruenor.

Catti-brie zeigte ihm einen goldenen Ring mit einem schwarzen Edelstein, der an ihrer Hand steckte. »In diesem Ring befindet sich der Zauber, mit dem wir Pwents Seele einfangen können.« Sie drehte die Hand, und dabei kam ein riesiger blutroter Stein zum Vorschein.

»Ein Rubin?«, fragte Drizzt.

»Saphir!«, stellte Regis klar, der sich beim Anblick des Steins die Lippen leckte.

»Ein Phylakterion«, korrigierte Catti-brie und zog ihn weg.

»Du hast gesagt, es kann schiefgehen«, sagte Bruenor zu Kipper. »Das heißt, du hältst es für möglich?«

Der alte Kipper holte tief Luft. »Es ist ein schwieriger Zauber.«

»Mein Mädchen kann das!«

»Selbstverständlich«, sagte Penelope. »Der Ring, den Kipper ihr geliehen hat, hält den Zauber unversehrt. Dennoch ist es eine schwierige Beschwörung, gegen die sich ein widerspenstiges Opfer wehren kann, manchmal mit Erfolg.«

»Ein widerspenstiger Zwerg«, fügte Kipper hinzu, »ist für Magie nie ein leichtes Opfer.«

»Und kein leichter Freund«, ergänzte Regis, was ihm einen finsteren Blick von Bruenor eintrug.

»Kipper hat mir den Zauber gezeigt. Und ich habe geübt«, erklärte Catti-brie. »Falls der Ring versagt, habe ich noch das hier.« Sie griff zwischen die Falte ihres weißen Kleides und zog ein silbernes Futteral heraus.

Doch Kipper schüttelte zweifelnd den Kopf. »Wenn der Vampir sich der Magie widersetzt, solltest du ihn lieber gleich vernichten. Eine Seele zu fangen ist nicht leicht; ohne die Schriftrolle schafft das nur ein sehr erfahrener Zauberer, und selbst mit ihr … Ich fürchte, so weit bist du noch nicht.«

»Unterschätze sie nicht«, warf Penelope ein und legte Catti-brie eine Hand auf die Schulter. »Sie steht in der Gunst einer Göttin, die sie beschützt, und sie weiß mehr von der Welt, als ihre Jugend vermuten lässt.«

»Ja, ja, ich weiß, ich weiß«, sagte Kipper. »Nun, dann wünsche ich euch allen eine gute Reise. Lebt wohl. Ich hoffe, ihr findet euren verlorenen Freund.«

Er verbeugte sich und ging wieder hinein. Die Gefährten verabschiedeten sich nacheinander von Penelope und gingen dann den Berg hinunter zum Tor des Efeu-Herrenhauses. Jenseits davon wartete die Straße.

»Es heißt, es seien Riesen im Hügelland vor dem Grat der Welt unterwegs«, rief Penelope ihnen nach.

Wulfgar grinste. »Ja«, erwiderte er. »Darum sollten wir uns noch kümmern!«

»Was war das denn?«, fragte Catti-brie.

»Abenteuer«, antwortete Wulfgar. »Was sonst?«

Kapitel 11

Strohmann von Königin Vier

Kein Wort, wenn man dich nicht direkt dazu auffordert! Tos'un Armgos Finger warnten seine Tochter Doum'wielle, als sie wie befohlen nebeneinander an den Stellen standen, die Berellip Xorlarrin in den Boden gekratzt hatte.

»Rührt euch nicht vom Fleck«, hatte sie die beiden unmissverständlich gewarnt. Hier ging etwas vor, das Tos'un massiv beunruhige. Die Xorlarrins waren Haus Armgo natürlich noch nie freundlich gesinnt gewesen, doch das hier ging über Feindseligkeit weit hinaus.

Berellip – eine Adlige und Hohepriesterin – hatte Angst gehabt, als sie ihnen ihre Plätze zuwies.

»Was glaubst du …?«, setzte Doum'wielle an, doch ihr Flüstern wurde zu einem schrillen Aufschrei, als die Köpfe von vier Giftschlangen sich nacheinander in ihren Rücken gruben. Das brennende Gift, aber auch der Schock, dass Berellip so nahe war, brachten das Mädchen ins Wanken. Ihre Beine gaben nach, und sie sank auf ein Knie. Sie wäre noch tiefer zusammengesackt, doch eine starke Hand ergriff ihren Unterarm und riss sie wieder hoch.

»Schwächling!«, flüsterte Berellip ihr zu. »*Iblith!* Vielleicht sollte ich dich lieber an meine Drider verfüttern, damit die Oberinmutter keine Missgeburt zu sehen bekommt!«

»Sie ist eine Adlige, Tochter des Hauses Barrison Del'Armgo«, sagte Tos'un.

Berellip lachte und versetzte Doum'wielle noch einen groben Stoß, ehe sie sich wieder vor den beiden aufbaute. »Das spricht Bände über das heimtückische Zweite Haus von Menzoberranzan, nicht wahr? Dass sie in die Betten von *Iblith* steigen, um ihre elende Familie zu erweitern.«

Tos'uns Augen blitzten auf. Doum'wielle erwartete eine wütende Entgegnung, doch überraschenderweise hielt er absolut still und bewahrte Ruhe, obwohl sein Kiefer leicht bebte. Das fand Doum'wielle sehr ungewöhnlich. Dann aber merkte sie, dass ihr Vater nicht mehr Berellip ansah, sondern an ihr vorbeistarrte. Die junge Armgo holte tief Luft und zwang sich trotz des anhaltenden Brennens der Bisswunden zu einer aufrechten Haltung.

Hinter Hohepriesterin Berellip Xorlarrin erschien eine Drow-Prozession, wie sie es noch nie gesehen hatte. Die Gestalten in der Mitte waren rechts und links von männlichen Kriegern flankiert, die mit perfekter Präzision marschierten und deren Waffen und Rüstungen vor Magie funkelten.

Zwischen ihnen saß auf einer durchsichtigen, schwebenden Scheibe, die blau-lila leuchtete, eine Frau in prächtigen Gewändern, die mit kostbaren Spitzen und Edelsteinen in Form von Spinnen und Netzen bestickt waren. In ihrem Schoß ruhte eine Geißel mit fünf Schlangen, deren sich windende Köpfe die Szene vor ihnen offenbar genau registriert hatten.

Berellip fuhr herum und fiel auf die Knie. Ihre Augen waren zum Boden gerichtet.

Sollte sie ihrem Beispiel folgen?, fragte sich Doum'wielle. Sie warf einen verstohlenen Blick auf ihren Vater, der sich nicht rührte, aber die Augen niedergeschlagen hatte. Auch Doum'wielle senkte den Blick und schluckte. Dass ihr Vater derart in Aufruhr geriet und Schweiß auf der Stirn hatte, jagte ihr noch mehr Angst ein.

»Oberinmutter Quenthel«, grüßte Berellip, ohne aufzusehen.

»Das ist der Sohn von Haus Barrison Del'Armgo?«, fragte Oberinmutter Baenre, bevor sie von ihrer Scheibe stieg und zu Berellip trat. Sie gab der Hohepriesterin ein Zeichen, sich zu erheben.

»Ja. Tsabrak hat ihn im Osten in den Tunneln gefangen genommen.«

Die Oberinmutter sah Doum'wielle neugierig an, doch dann verzog sich ihr Gesicht rasch zu offenem Abscheu. »Was ist das?«

»Meine Tochter, Oberinmutter«, wagte Tos'un einzuwerfen, wofür ihm Berellip ins Gesicht schlug.

Quenthel jedoch schob ihre Schwester zurück und gebot Tos'un, sie anzusehen. »Eure Tochter?«, fragte sie in der gemeinsamen Sprache der Oberflächenwelt.

»Ja.«

»Eine Adlige von Haus Barrison Del'Armgo?«

Tos'un schluckte sichtlich, was Doum'wielle nicht entging.

»Bezaubernd«, sagte Oberinmutter Quenthel. »Wie umsichtig von Euch, mir ein derartiges Geschenk zu bringen.«

Alle drei – Doum'wielle, Tos'un und Berellip – sahen die Oberinmutter verwirrt an.

»Ich frage mich, wie stolz Eure Mutter sein wird, wenn sie erfährt, dass ihre Linie nicht mehr rein ist.« Quenthel schnurrte wie eine zufriedene Katze. »Oder meint Ihr, sie möchte dieses Geheimnis lieber für sich behalten?«

Tos'un schluckte erneut und warf Doum'wielle einen flehenden Blick zu. Sie erkannte das plötzliche Bedauern in seinen Augen. Es war ein Fehler gewesen, sie hierherzubringen. Sie hätten die Silbermarken nie verlassen dürfen.

»Andzrel!«, rief Oberinmutter Quenthel mit einem Blick

nach hinten. Ein großer Krieger lief herbei. »Nehmt sie mit und zeigt ihr, was es bedeutet, in Menzoberranzan eine *Iblith* zu sein.«

»Wie es mir gefällt?«, fragte er.

»Lasst sie nur am Leben«, wies Quenthel ihn an. »Wie lebendig, ist mir gleich.«

»Nein!«, schrie Doum'wielle und griff zum Schwert. Doch Quenthel hob die Hand und sprach nur ein Wort, worauf das Mädchen nach hinten flog.

Khadzid'hea, ihre intelligente Klinge, schrie laut, sie solle es gut sein lassen, aber das störrische Mädchen stand wieder auf und zog wütend das Schwert.

»Doe, nicht!«, rief Tos'un ihr zu.

Oberinmutter Quenthel lachte böse. Andzrel zog seine beiden Schwerter und kam in aller Ruhe auf die junge Frau zu.

»Zurück! Ich warne Euch!«

Da ging der Waffenmeister von Haus Baenre blitzschnell auf sie los, fuhr herum, wich aus und traktierte sie mit den Hieben und Stichen seiner Schwerter. Doum'wielle hielt sich für eine gute Kämpferin, aber ein derartiges Tempo und Geschick hatte sie noch nie erlebt. Zudem wollte Khazid'hea nicht kooperieren, sondern flößte ihr Zweifel ein und riet ihr, sich zu unterwerfen.

Andzrels Schwert prallte gegen das ihre, und Khazid'hea protestierte in ihrem Kopf so wütend, dass ihr schwindlig wurde.

Doum'wielle wusste nicht, was das alles zu bedeuten hatte. Sie sah ihr geliebtes Schwert zur Seite fliegen und auf dem Boden landen. Sie sah, wie Andzrel näher kam, um ihr den Knauf seiner Waffe ins Gesicht zu schlagen.

Dann wurde ihr schwarz vor Augen, und sie sah nur noch tanzende Punkte. Sie spürte die starken Hände des

Drow, die sie wegzerrten. Er war hinter ihr, hielt sie aufrecht …

Fünf Schlangen wanden sich vor ihren Augen.

Berellips Peitsche hatte wehgetan, hatte sie gedacht, doch im Vergleich zur Geißel von Oberinmutter Quenthel war das gar nichts gewesen.

Binnen Sekunden wand sich Doum'wielle schreiend auf dem Boden. Schlag um Schlag hagelte auf sie herab, und jedes Mal schlugen die Zähne der Vipern in ihr Fleisch und schickten heißes Gift in ihre Adern.

»Oberinmutter, ich flehe Euch an!«, rief Tos'un.

Die Oberinmutter funkelte ihn wütend an. »Ihr habt auf der Oberfläche gelebt«, sagte sie. »Wie lange?«

Tos'un zögerte, wofür Doum'wielle mit einem weiteren Hieb bezahlte.

»Seit dem Angriff auf Mithril-Halle!«, platzte der Sohn von Haus Barrison Del'Armgo heraus.

Quenthel starrte ihn ungläubig an.

»Ich bin nicht nach Menzoberranzan zurückgekehrt«, erklärte er. »Ich habe mich verlaufen und bin umhergeirrt …«

»Und dann habt Ihr Euch Elfen angeschlossen?«

»Ja … nein! Ich habe andere Drow gefunden, von Ched Nasad, von Haus Suun Wett und Khareese …«

»Wo sind sie?«

»Tot. Schon lange tot.«

»Und Ihr seid geblieben?«

»Ich konnte nirgendwohin«, sagte Tos'un.

»Bis jetzt.«

»Es war an der Zeit, nach Hause zurückzukehren, mit Doum'wielle, meiner Tochter. Sie ist aus tiefster Seele eine Drow. Sie hat ihren Bruder getötet, der aus der Art geschlagen war und der Spinnenkönigin nicht folgen konnte, und ich habe ihre Mutter niedergestreckt.«

»Tot?«

»Tot«, sagte er. »Ich habe die Oberfläche hinter mir gelassen und will nur noch nach Hause.«

Die Oberinmutter dachte kurz nach und warf einen Blick auf das geschundene Mädchen. »Vielleicht …«, sagte sie, doch dann schüttelte sie den Kopf. »Nehmt sie mit«, befahl sie Andzrel.

»Um ihr eine Lektion zu erteilen?«, fragte er lächelnd.

»Sachte«, mahnte Quenthel Baenre.

Andzrel wies einen anderen Baenre-Soldaten an, das Schwert der Halb-Drow aufzuheben. Als Tos'un die Geste des Soldaten bemerkte, rief er aus: »Vorsicht! Das ist ein intelligentes Schwert, mächtig und voller Bosheit!«

Die beiden Baenre-Anführer sahen genauer hin. Auf Geheiß der Oberinmutter hob der Waffenmeister das Schwert vorsichtig persönlich auf und machte vor Schreck große Augen. Er hielt Khazid'hea hoch und schien innerlich einen heftigen Kampf um die Oberherrschaft auszufechten.

Dann warf Andzrel das Schwert wieder hin. Schockiert starrte er seine Oberinmutter an.

»Das *Iblith*-Kind hat die Klinge geführt!«, schimpfte sie.

»Sie war gut vorbereitet«, erklärte Tos'un.

»Dantrag!«, schrie Andzrel, lief zurück und hob das Schwert entschlossen wieder auf. Er umklammerte den Griff so fest, dass seine Knöchel weiß hervortraten.

»Dantrag?«, fragte Oberinmutter Baenre. Ihr Bruder Dantrag war schon lange tot, mindestens hundert Jahre. Andzrel hatte ihn gekannt, aber was …?

Da riss auch Quenthel die Augen auf, denn nun erkannte sie das Schwert wieder, das Andzrel hielt.

»Khazid'hea?«, flüsterte sie. Sie warf Tos'un einen wütenden Blick zu.

»Mein Schwert?«, fragte er unschuldig.

»Das Schwert von Dantrag Baenre!«, stellte die Oberinmutter richtig.

Jetzt war es Tos'un, der überrascht nach Luft schnappte. »Das kann nicht sein«, flüsterte er.

»Wo habt Ihr das her?«, fragte Quenthel scharf. Die Drohung in ihrer Stimme war überdeutlich.

»Es … es hat mich gefunden«, stammelte Tos'un und klang wie jemand, der wusste, dass ihm ein grauenvoller Tod bevorstand. »In einer felsigen Schlucht in der Oberflächenwelt.«

»Ein Schwert von derartiger Macht?«, fauchte Quenthel ungläubig.

»Ich schätze, es hatte seinen Besitzer verlassen, oder sein Besitzer war tot. Ich weiß es nicht!«

»Lügner!«

»Das Schwert bestätigt es«, sagte Andzrel zähneklappernd. Als die Oberinmutter und Tos'un sich nach ihm umdrehten, warf der Waffenmeister das Schwert wieder hin. Keuchend versuchte er, sich zu fassen. »Es ist eine wirklich mächtige Waffe!«

»Dantrag hat sie gemeistert«, erinnerte ihn Quenthel verächtlich. Wieder fuhr sie Tos'un wütend an: »Wo habt Ihr das her?«

»Wie ich schon sagte, Oberinmutter«, erklärte er verzweifelt. »Ich glaube, einer der Gefährten von Drizzt Do'Urden hatte es. Oder der Abtrünnige selbst.« Als er den verwünschten Namen aussprach, wagte er, kurz aufzublicken, und stellte fest, dass er die gewünschte Wirkung erzielt hatte. Seine Worte gaben der Oberinmutter sichtlich zu denken. Zweifellos überprüfte sie innerlich die Gegend – die Silbermarken, die Drizzt bekanntlich durchstreifte und wo sein Freund, der Zwergenkönig von Mithril-Halle, geherrscht hatte.

Oberinmutter Quenthel ging zu Khazid'hea hinüber, das sie ohne Umschweife aufhob. »Eine Baenre-Klinge«, flüsterte sie, wobei unklar war, ob sie mit sich selbst sprach oder mit dem Schwert. »Ach, Bruder. Wie schade, dass wir Euch verloren haben.« Plötzlich weiteten sich ihre Augen. »›Von Drizzt verraten‹, hat es zu mir gesagt.«

»Mir hat es dasselbe gesagt, Oberinmutter«, wagte Tos'un sich vor.

»Einen ›Dieb und Verräter‹, hat es ihn genannt«, sagte sie leise und konzentrierte sich wieder auf das Schwert, mit dem sie offenbar ein telepathisches Gespräch führte. Kurz darauf kam sie mit dem Schwert in der Hand zurück, trat auf Andzrel zu, ging dann aber spöttisch an ihm vorbei, um sich vor Tos'un aufzubauen. »Euer Schwert«, erklärte sie.

»Das war es«, sagte Tos'un mit gesenkten Augen. Erschrocken stellte er fest, dass Oberinmutter Quenthel ihm – dem Sohn von Haus Barrison Del'Armgo – das Schwert zurückgab, was Andzrel Baenre hörbar Luft holen ließ.

»Steckt es ein und lasst es stecken!«, befahl die Oberinmutter. Mit zitternden Händen nahm Tos'un das Schwert entgegen und steckte es rasch weg.

Voller Verachtung sah die Oberinmutter Andzrel an, dem sie gebot, Doum'wielle mitzunehmen und zu verschwinden. Dann forderte sie Tos'un auf, direkt hinter ihr zu gehen, als die Prozession die Höhle verließ.

»Von Drizzt Do'Urden verraten«, sagte sie zu ihm, und Tos'un bemerkte, wie sie jedes Wort einzeln ausspie. Er konnte nicht wissen, dass die Oberinmutter Quenthel Baenre mit diesem Abtrünnigen eine ganz persönliche Rechnung offen hatte, ja, dass sie in eben jener Schlacht, nach der Tos'un in den Tunneln und Bergen bei Mithril-

Halle allein zurückgeblieben war, seinen Schwertern erlegen war.

»Welch ein Glück, dass Ihr zur rechten Zeit gekommen seid, Oberinmutter«, sagte Tsabrak Xorlarrin. Die Oberinmutter hatte ihn in seinem Zimmer im Xorlarrin-Gauntlgrym-Komplex in die Enge getrieben. Ihm war sichtlich unwohl zumute.

»Ach ja?«, erwiderte Oberinmutter Quenthel kühl und ohne jede Andeutung, dass der Zauberer sich entspannen könnte. Sie liebte es, wenn ihre Untertanen auf Messers Schneide balancierten.

»Der Sohn von Haus Barrison Del'Armgo«, erwiderte Tsabrak, als wäre dies offensichtlich.

»Ich bin nicht seinetwegen gekommen«, sagte Oberinmutter Quenthel. Dann fügte sie tückisch hinzu: »Sondern Euretwegen.«

Der Xorlarrin-Zauberer schluckte. »Oberinmutter?«, fragte er.

»Ihr hattet den Auftrag, im Osten die Tunnel zu finden, die in die sogenannten Silbermarken führen«, erläuterte Quenthel.

»Ja, Oberinmutter, und das habe ich!«, antwortete er schnell, doch seine Stimme verriet, wie sehr er um seine Selbstbeherrschung rang. »Die zwei Armgos waren dabei nur ein Nebenergebnis.«

»Wir werden sehen«, entgegnete Oberinmutter Quenthel. »Aber sie sind nicht annähernd so wichtig. Wisst Ihr, warum Ihr auf diese Reise geschickt wurdet?«

»Nein.« Das Zögern in Tsabraks Stimme war überdeutlich.

»Ich schon«, versicherte sie ihm. Ihr Lächeln war dabei keineswegs tröstlich. »Ihr solltet wissen, dass Ihr sehr bald dorthin zurückkehren werdet – sobald Ihr vorbereitet seid.« Sie ging zur Tür, öffnete sie und winkte aus dem Gang vor Tsabraks Zimmer Gromph herein. Tsabrak verbeugte sich vor dem Erzmagier. Als er sich aufrichtete, betrat auch Gromphs Begleiter den Raum, und Tsabrak riss die Augen auf.

Immerhin schrie er nicht auf, was grundsätzlich zu erwarten war, wenn ein Illithide in das eigene Schlafzimmer eindrang.

»Ihr seid gesegnet, Tsabrak«, erklärte Oberinmutter Quenthel. »Ihr werdet Eurer Familie große Ehre machen. Ich erwarte, dass Ihr in die Stadt Q'Xorlarrin zurückkehrt und mit einem Ehrenplatz belohnt werdet – womöglich gar als Erzmagier von Q'Xorlarrin, ja?« Lauernd sah sie ihren Bruder an. »Ein Rivale für Gromph?«

Bei dieser absurden Vorstellung rümpfte der alte Baenre die Nase. Nur weil er die Wahrheit hinter dieser neuen Inkarnation von Quenthel kannte, widerstand er dem Wunsch, Tsabrak auf der Stelle und vor ihren Augen magisch zu vernichten, einfach weil er es konnte.

»Methil wird Euch den Weg zeigen und Euch lehren, wie der Zauber ausgeführt wird«, erklärte Gromph.

»Zauber?«

»Die große Verfinsterung«, sagte Oberinmutter Quenthel. »Ihr werdet das größte Schlachtfeld dieses Zeitalters vorbereiten – zum Ruhm der Spinnenkönigin.« Sie nickte, machte kehrt und ging hinaus. Im Gang wartete sie noch so lange ab, bis sie die ersten herrlichen Schreie von Tsabrak vernahm, als der Illithide seine Tentakel in dessen Gehirn bohrte. Methil würde ihn nicht ernstlich verletzen, wie sie wusste – ganz im Gegenteil! –, aber ohne ein bisschen Geschrei konnte diese sehr intime Begegnung nun einmal nicht ablaufen.

Ihre Soldaten und Kundschafter kannten inzwischen jeden Winkel von Q'Xorlarrin, und Oberin Zeeriths Kinder hatten bei der Vorbereitung der Strukturen des alten Zwergenreichs für die Erbauung eines dauerhaften Außenpostens der Drow exzellente Arbeit geleistet. Die Xorlarrins würden von einer Stadt sprechen, doch auf diese Stufe würde Oberinmutter Quenthel einen potenziellen Rivalen für Menzoberranzan natürlich keinesfalls kommen lassen.

An der nächsten Tür klopfte sie gar nicht erst, sondern spazierte einfach hinein und überraschte Saribel Xorlarrin, eine relativ unbedeutende Priesterin, die Tiago unerklärlicherweise zur Frau genommen hatte.

Saribel starrte sie kurz verwirrt an, ehe sie mit dem Ausruf »Oberinmutter!« auf die Knie fiel.

»Steht auf, mein Kind«, sagte Oberinmutter Quenthel.

Als Saribel sich erhob, umschloss Quenthel mit einer Hand ihr Kinn und zwang sie, ihr in die Augen zu sehen.

»Ich kehre mit meinem Gefolge nach Menzoberranzan zurück«, erklärte die Oberinmutter. »Ich lasse nur wenige zurück, darunter den Illithiden, der mit Eurem Onkel Tsabrak zu tun hat. Er geht weder Euch noch andere etwas an.«

»Ja, Oberinmutter.« Instinktiv schlug Saribel die Augen nieder.

Oberinmutter Quenthel fasste gröber zu und schob erneut ihren Kopf zurück, damit sie aufsah. »Tsabrak hat zu tun«, erklärte sie. »Er darf dabei nicht behindert werden. Wenn er in den Osten zurückkehrt, wird er so viele mitnehmen, wie ihm beliebt. Egal wen er dafür wählt, Eure Schwester, Euren Bruder oder sogar Eure Mutter, falls Oberin Zeerith vor seinem Aufbruch wiederkehrt – so sei es! Ihr werdet seine Anweisungen befolgen.«

»Ja, Oberinmutter. Wenn er es befiehlt, werde ich gehen.«

»Ihr nicht«, stellte die Oberinmutter streng klar. »Nein.

Ihr holt Tiago und kehrt mit mir nach Menzoberranzan zurück. Wo steckt er?«

»Er ist außerhalb des Komplexes – mit Ravel und den anderen auf der Oberfläche.«

»Das weiß ich, Närrin. Wo sind sie hin?«

Saribel blinzelte in rascher Folge und schien nach Ausflüchten zu suchen.

»Liebes Kind«, sagte Quenthel mit drohender Stimme.

»Sie haben von Feinden erfahren«, antwortete Saribel eilig. »In einer kleinen Stadt der Menschen und Zwerge, nicht weit von hier. Sie wollten sie ausräuchern …«

Die Oberinmutter seufzte übertrieben. »Impulsive Kinder«, sagte sie. »Sobald sie zurück sind, nehmt Ihr Tiago und kehrt sofort zu mir ins Haus Baenre zurück.«

»Ja, Oberinmutter, aber … ich sollte hier alles für Oberin Zeerith vorbereiten.«

»Ihr nehmt Tiago und kehrt sofort zu mir ins Haus Baenre zurück«, wiederholte Oberinmutter langsam und unmissverständlich. Sie duldete keine Widerrede.

»Ja, Oberinmutter.«

»Geht davon aus, dass Ihr nicht zurückkehrt«, warnte Quenthel Baenre. »Niemals.«

Bei diesen Worten und Quenthels herrischem Blick schrumpfte Saribel in sich zusammen, wagte aber nicht mehr zu widersprechen.

»Keine Sorge, Kind«, fügte Oberinmutter Quenthel mit wissendem Lächeln hinzu. »Ihr bekommt einen Ehrenplatz in einem guten Haus von Menzoberranzan. Das ist auch nicht zu verachten. Vielleicht sitzt Ihr sogar eines Tages im Konzil.« Noch während sie dies sagte, fand Quenthel ihre eigenen Worte lächerlich. Saribel Xorlarrin war ihres Nachnamens kaum würdig. Nicht einmal Oberin Zeerith hatte viel mehr als Verachtung für sie übrig. Dennoch, dachte Quenthel. Vielleicht würde so eine Marionette im Achterrat ihr jederzeit eine zweite Stimme verschaffen. Einen Augenblick drohte ihr Lächeln echt zu werden, aber dann erinnerte sie sich daran, was momentan noch anstand. Sie hatte noch viel zu regeln, ehe sie die Früchte ernten konnte, und das erste Wortgefecht stand ihr bald bevor.

Immerhin hatte sie für die nächste Ratssitzung eine überraschende Ankündigung geplant, an der selbst ihre Verbündeten Anstoß nehmen mochten.

Aber sie kam wunderbar voran, fand Oberinmutter Baenre. Mit Hohepriesterin Minolin Fey in den Reihen der Baenres und Gromphs ungeborenem Kind hatte sie sich Haus Fey-Branche als Verbündeten gesichert. Der Avatar von Lolth hatte diese Verbindung ausdrücklich gebilligt, und gegen eine so offenkundige Genehmigung würde sich die Familie Fey-Branche keinesfalls auflehnen.

Und jetzt war Quenthel auf dem besten Wege, den anstehenden Zweikampf zwischen Andzrel und Tiago zu verhindern – zur Zufriedenheit der beiden und letztlich zum Nutzen von Haus Baenre.

Sie hörte die immer noch anhaltenden Schreie von Tsabrak Xorlarrin durch die Halle schallen, als sie Saribels Raum verließ. Quenthel erinnerte sich daran, wie sie selbst so geschrien hatte, als Methil seine Tentakel durch die Nase bis hinauf in ihr Gehirn gewunden hatte.

Wenn sie doch damals nur begriffen hätte, welche Schönheit Methil ihr damit vermittelte – das Verständnis aus einem ganzen Jahrtausend, die Weisheit ihrer großen Mutter und die klare Vision des großartigen Plans der Herrin Lolth!

Quenthel würde bereitwillig ein weiteres derartiges Eindringen des Illithiden auf sich nehmen, wenn sie davon ähnlich viel zu erwarten hätte. Wahrscheinlich würde Tsabrak bald ähnlich empfinden.

Er lernte jetzt den vielleicht größten Zauber, den ein Drow je einsetzen würde, seit Oberinmutter Yvonnel Baenre einst die Tentakel erschaffen hatte, die Haus Oblodra aus seinem Fundament gerissen und mit allen Bewohnern in den Klauenspalt geworfen hatten.

»Die große Verfinsterung«, flüsterte sie im Gehen. Sie wünschte, sie könnte mit Tsabrak in den Osten ziehen, um dieses hinreißende Schauspiel mit anzusehen.

Ein letzter Besuch stand vor der Rückkehr nach Menzoberranzan noch an. Daher wartete sie geduldig in der Halle und ergötzte sich noch ein Weilchen an der Musik der Schreie, bis Gromph mit Methil im Schlepptau aus Tsabraks Zimmer kam.

»Tsabrak ist so weit?«, fragte sie.

»Fast«, antwortete der Erzmagier. »Er wird erneut schreien, aber jetzt versteht er wenigstens, dass es dafür tatsächlich einen Grund gibt. Trotzdem wird sein Schmerz uns Freude bereiten.«

Quenthel bedachte ihren Bruder mit einem zynischen Grinsen. Er fand tatsächlich großen Gefallen daran, Tsabrak zu foltern, wie sie wusste. Gromph versuchte zwar immer, dies abzustreiten, aber Quenthel ging davon aus, dass er in Bezug auf Tsabrak gewisse Bedenken, wenn nicht gar Neid hegte.

Zumindest hoffte sie das.

Ihr nächstes Ziel war Berellip Xorlarrins Zimmer, wo sie die Hohepriesterin abholten und mit ihr zur Schmiede gingen. Dort arbeiteten zahlreiche Goblins den Drow-Handwerkern zu, die ihre Magie wirkten.

»Von diesem Ort habe ich schon viel gehört«, sagte die Oberinmutter zu Berellip. »Gol'fanin, der Waffenschmied, hat mir erzählt, es gäbe auf ganz Toril keine zweite Schmiede, die so heiß und mächtig wäre wie diese.«

»Das ist keine Übertreibung«, versicherte ihr Berellip und wies auf die große Schmiede von Gauntlgrym in der Mitte der schmalen, langgestreckten Höhle.

»Ein Ofen. Wozu soll ich mir einen Ofen ansehen?«, sagte Oberinmutter Quenthel so abfällig, dass Berellip sofort auf der Hut war.

»Zeigt uns die Quelle der Macht, die diese Öfen speist«, verlangte Gromph.

Die Xorlarrin-Priesterin nickte aufgeregt und eilte zu einer kleinen Mithril-Tür hinter der größten Schmiede, die etwa in der Mitte der langen Seitenwand lag. Sie führte zu einem engen Tunnel, der einstmals offenbar durch viele Türen abgeriegelt gewesen war.

»Zwergenportale, die alle anderen fernhalten sollten«, erläuterte Berellip, während sie einen der Türrahmen passierten.

Die Luft wurde feuchter, schließlich dampfig. Sie hörten das Geräusch eines tosenden Wasserfalls und ein wütendes Zischen. Nach vielen Windungen endete der Tunnel an einer weiteren Tür, die einen Spaltbreit offen stand. Berellip stieß sie auf und führte ihre Begleiter in eine längliche Höhle.

In dieser Höhle brodelte die Macht der Elemente.

Die Höhle war von einer Wand zur anderen von einer tiefen Schlucht durchschnitten, in die sich von der Decke ein sich selbst erneuernder Wasserfall ergoss.

»Spürt Ihr es, Erzmagier?«, fragte Oberinmutter, als sie mit geschlossenen Augen vortrat, um in der Macht des Urelementars zu baden. Mit Gromph an ihrer Seite ging sie zum Rand der Grube und blickte zur wahren Macht von Gauntlgrym hinunter. Selbst für die Oberinmutter von

Menzoberranzan, die doch die großartige Schönheit der Stadt der Spinnen kannte, und für ihren Erzmagier, der durch die Sphären gereist war, war es ein atemberaubender Anblick.

Die Wände der Schlucht waren nicht zu sehen, denn sie wurden von einer wirbelnden Wasserhose verdeckt, deren lebende Wasserelementare das Ungetüm bändigten, das tief in dem Abgrund lauerte. Es bäumte sich durch Gischt und Nebel auf: ein Feuerelementar, ein lebendes Wesen, älter als die Drachen, vielleicht gar älter als die Götter.

Er saß dort gefangen, aber er war nicht ruhig. Der blubbernde Lavasee spie Feuer und Magma aus und sandte sie hinauf gegen die wirbelnde Mauer aus Wasser. Es war eine endlose Schlacht zwischen Feuer und Wasser.

Die zwei Baenres zogen sich vom Sims zurück und blickten sich nach der strahlenden Berellip um.

»Das ist …«, begann die Oberinmutter und sah angewidert umher.

Ihr Kopfschütteln stimmte Berellip sehr vorsichtig.

Quenthel starrte ihr ins Gesicht. »Warum habt Ihr diesen Raum nicht hergerichtet?«

»Oberinmutter …?«, stammelte Berellip, die nicht recht begriff, worum es gerade ging. »Dieser Raum ist sehr zweckmäßig. Perfekt sozusagen. Die Schmieden …«

»Zweckmäßig?«, fuhr Oberinmutter Quenthel ungläubig auf, und Gromph lachte leise. »Das ist nicht *zweckmäßig*!«, schimpfte sie, als wäre dieses Wort eine unfassbare Beleidigung. »Das ist majestätisch! Das ist glorreich! Dieser Ort, dieses Ungeheuer, die Elemente, die es festhalten – das ist der Grund, weshalb Lolth Euren Abzug aus Menzoberranzan gestattet hat. Erkennt Ihr das nicht, Priesterin?«

»Doch, Oberinmutter, natürlich.«

»Und warum habt Ihr diesen Raum dann nicht hergerichtet?«, fragte die Oberinmutter herrisch.

Berellip verzog den Mund, schwieg aber, weil ihr keine passende Antwort einfiel.

Quenthel schob sie ungeduldig zur Seite und trat in die Mitte der Steinplattform, um sich umzusehen. »Dieser Tunnel dort«, sagte sie und deutete auf einen zweiten Zugang gegenüber der Stelle, durch die sie eingetreten waren. Es war ein natürlicher Tunnel, den vielleicht Lava in das Gestein gefressen hatte. »Wo führt der hin?«

»In einen rückwärtigen Gang, Oberinmutter«, antwortete Berellip.

»Versiegelt ihn an der Stelle, wo er auf den äußeren Gang trifft«, wies Quenthel ihren Bruder an.

Er nickte und machte sich auf den Weg. »Ich werde eine Eisenwand einziehen, aber die kann aufgelöst werden«, teilte er ihr mit.

»Versiegelt ihn«, wiederholte sie. »Und dann können die Handwerker der Xorlarrins dauerhaftere Wände bauen, die Eure magische Konstruktion unterstützen. Was für ein Ort!«

Quenthel setzte zu einem langsamen Tanz an und stimmte ein uraltes Lied an, das die Gründung von Menzoberranzan zum Ruhm der Spinnenkönigin pries.

Ihre Bewegungen wurden schneller und kräftiger, bis ihr spinnwebfeines Kleid sich weit um ihre schlanke Gestalt bauschte und viele kleine Spinnen herausfielen, lebende Spinnen, die von ihr weghuschten, als hätten sie einen klaren Auftrag.

Und den hatten sie auch! Das Weihelied hatte sie in den magischen Gewändern der Oberinmutter von Menzoberranzan zum Leben erweckt, und dieses Lied sagte ihnen, was zu tun war.

Kurze Zeit später kam Gromph aus dem Tunnel, den er am Ende mit einer Wand abgesperrt hatte. Quenthel sang und tanzte noch immer. Auf dem ganzen Sims und an den Wänden krabbelten die Spinnen, von denen viele bereits Fäden hinter sich herzogen.

Quenthel drehte sich, blieb dann mit dramatischer Geste abrupt stehen, schlug die Hände an die grünen, spinnenförmigen Broschen an ihrem Gewand und riss sie los. Ihr Lied schwoll zu einer mächtigen Anrufung an, einer Bitte an die Spinnenkönigin, und dann warf sie die Broschen auf den Boden, wo sie noch im Rutschen lebendig wurden.

Und wuchsen.

»Das ist die Kapelle von Q'Xorlarrin!«, verkündete die Oberinmutter an Berellip gewandt. Inzwischen waren die Jadespinnen so groß wie Ponys, dann so groß wie Pferde und schließlich so groß wie Erdkolosse. Eine baute sich neben der Tür auf, durch die sie eingetreten waren, die andere neben dem Tunnel, den Gromph versiegelt hatte.

Dort erstarrten sie wie steinerne Wächter.

»Oberinmutter, Eure Großzügigkeit segnet uns!«, sagte Berellip und warf sich vor Quenthel Baenre nieder.

Quenthel ignorierte sie. Sie sah sich erneut gründlich um und registrierte lächelnd die Spinnweben, die tausend kleine Spinnen dank ihrer Magie bereits webten.

»Auf der anderen Seite des Abgrunds ist eine Höhle«, teilte Gromph ihr mit und lenkte ihren Blick dort hinüber.

»Was ist da drin?«, fragte Quenthel die Priesterin.

»Der Schalthebel für die Magie«, antwortete Berellip. »Er kontrolliert das Wasser, mit dem die Elementare den Urelementar einsperren. So hat Ravel es mir erklärt.«

»Ein einfacher Hebel?«, hakte Quenthel bei Gromph nach.

»Einfach nur für einen Zwerg aus dem alten Adel von

Delzoun. Das hat Jarlaxle mir verraten«, sagte der Erzmagier. »Kein anderer kann ihn betätigen.«

»Und so ein Zwerg könnte an dem Hebel ziehen und das Ungeheuer freilassen«, überlegte Quenthel.

»Das hätte Gauntlgrym beinahe zerstört«, warnte Gromph. »Vor vielen Jahren hat uns der Vulkan hierhergeführt.«

»Wenn aber nun ein Zwergenkönig die heilige Schmiede in der Hand der Drow vorfände ...«, gab Quenthel zu bedenken.

Gromph führte sie an die Stelle gegenüber des Durchgangs und erschuf ein magisches Tor durch die Dimensionen, das sie beide und Methil auf die andere Seite brachte.

»Ein einfacher Hebel«, stellte Quenthel fest, nachdem sie durch einen Torbogen in den Vorraum getreten waren.

»Ich könnte die Sache komplizierter gestalten«, bot der Erzmagier an. Er ging zurück zum Torbogen, wo er mit einem mächtigen Zauber das Wasser anrief.

Kurz darauf führte er eine große, fließende, zweibeinige Gestalt herein, die vollständig aus Wasser bestand.

»Ein passender Wächter gegen alle, die eintreten«, sagte Gromph, »sofern sie nicht die Insignien von Haus Baenre präsentieren.«

Die Oberinmutter nickte anerkennend.

Gromph gab dem Illithiden ein Zeichen, und die Tentakel des Gedankenschinders setzten sich zuckend in Bewegung.

»Markieren?«, fragte Quenthel, die sein Handsignal verstanden hatte.

»Gäbe es bei unserer Rückkehr einen besseren Ort für unsere Ankunft?«, fragte Gromph.

Da verstand Quenthel, dass der Erzmagier und sein Gedankenschinder sich nur für Teleportationszwecke durch

Magie und Psi-Energie auf diesen speziellen Raum eingestimmt hatten.

Sobald sie fertig waren, kehrte Gromph zum Torbogen zurück, stellte das Dimensionstor wieder her und folgte Quenthel auf das Felsplateau auf der anderen Seite.

»Die Kapelle von Q'Xorlarrin«, betonte diese gegenüber Berellip. »Und dieser Tunnel wäre in meinen Augen das perfekte Quartier für Eure Oberin.«

»Ja, Oberinmutter.«

»Heiligt diesen Boden mit Sklavenblut«, wies Quenthel sie an. »Füttert das Ungetüm mit dem Fleisch unserer Feinde.«

»Ja, Oberinmutter«, antwortete Berellip eifrig.

So eifrig, dachte Oberinmutter Quenthel. Spontan breitete sie die Arme aus, neigte den Kopf zurück und schloss die Augen.

»Erhebt Eure Peitsche!«, befahl sie Berellip.

»Oberinmutter?«, erwiderte die Priesterin mit bebender Stimme.

»Es ist nur passend, wenn mein Blut das erste ist, das diese Kapelle besiegelt. Erhebt Eure Peitsche!«

Mit zittrigen Händen gehorchte Berellip. Sie schlug nicht mit der Schlangenkopfpeitsche nach der Oberinmutter, aber das war auch nicht nötig, denn die Geißel war ein Werkzeug der Herrin Lolth, und die Schlangen wussten, worum es hier ging.

Darum rissen und bissen sie nach Quenthels Haut, die im Glanz der Göttin schwelgte, während ihr Blut auf die Steine tropfte. Bald drehte sie sich und tanzte, doch Berellip hielt Schritt und ließ ihre vier Schlangen wieder und wieder zuschlagen.

Nach vielen Schritten und sehr viel Blut war es vorüber. Mit einem Heilzauber verschloss die Oberinmutter ihre

Wunden, flößte sich neue Kraft ein und neutralisierte das Gift von Berellips Vipern.

Dann zog sie ihre eigene, fünfköpfige Geißel aus dem Gürtel. Jetzt würde Berellip für die Spinnenkönigin tanzen.

Einige Zeit später ließen Quenthel, Gromph und Methil die Priesterin in ihrem eigenen Blut in der Höhle des Urelementars zurück. Die desorientierte, benommene Frau würde zweifellos sterben, wenn sie sich nicht zusammenriss und ihre Kräfte so weit sammelte, dass sie sich selbst von dem Gift von Quenthels tückischen Schlangen heilen konnte.

Ein tragisches Ereignis, dachte die Oberinmutter, aber der Wille von Lolth. Es konnte schließlich niemand etwas dafür, dass Oberin Zeerith so unfähige Töchter aufzog.

Kapitel 12

Netze und Fallstricke

Artemis Entreri wand sich nach allen Seiten, um wieder auf die Füße zu kommen. Er hatte keine Ahnung, was ihn und alle anderen gerade getroffen hatte. Sie flogen durch die Gegend und wurden von dem sich aufbäumenden Boden zwölf Fuß hoch in die Luft geworfen.

Als er sich umdrehte, sah er, dass sein Gegner ähnlich reagierte. Er warf einen Blick auf die Kugel der Dunkelheit hinter sich, wo Bruder Afafrenfere jetzt hochgeworfen wurde und ziemlich verrenkt außerhalb der Kugel liegen blieb. Er rührte sich nicht.

Dieser Kampf war vorbei. Er hatte keine Chance. Selbst wenn er diesen Drow aus dem Haus Baenre noch besiegen konnte – wozu?

Also warf er sich beim Landen herum und rannte augenblicklich in Richtung des Gebäudes rechts unterhalb des brennenden Wirtshauses. Dabei breitete er zum Schutz gegen die Bolzen der Handarmbrüste seinen schweren Mantel flatternd hinter sich aus. Tiago Baenre protestierte laut.

»Feigling!«, schrie der Drow ihm nach.

Aber Entreri ignorierte ihn, verschwand um die nächste Ecke und steckte dabei seine Waffen ein. Er sprang hoch, fand Halt und schnellte mit großer Kraft und Behändigkeit mit einem Salto auf das niedrige Dach über ihm. Dort rollte er sich ab und ging in die Hocke.

Sofort entdeckte er Tiago Baenre, der dicht vor der Dachkante in der Luft schwebte.

Mit einem boshaften Lächeln schlug der Drow sein Schwert gegen den durchsichtigen Schild und betrat das Dach. Grüßend hob er seine Waffe und lud Entreri zum Kampf ein.

Der Assassine sah sich um. Wohin könnte er entkommen? Vielleicht sollte er einfach in die Unterstadt fliehen. Entreri schüttelte diese Gedanken ab und konzentrierte sich lieber auf diesen Drow, der ihn jagte.

Achselzuckend zog er seine Waffen und griff an.

In einem wahren Bewegungswirbel prallten die beiden Gegner aufeinander, drehten ab, sprangen nach beiden Seiten weg und stürzten sich wieder in den Kampf. Schwert und Schild trafen auf Schwert und Dolch, und immer wieder veränderten die Klingen ihrer Ausrichtung, besonders die von Entreri, der genau darauf achtete, dass keine seiner Waffen sich mehr im Netz dieses merkwürdigen Schildes verfing.

Die Kombattanten bewegten sich genauso schnell wie ihre Waffen. Beide suchten einen vorteilhaften Winkel zum Zustoßen, weil sie einander ebenbürtig waren.

Inzwischen tauchten am Rand des Daches weitere schwebende Dunkelelfen auf, die dem Kampf zusehen wollten. Das spornte Entreri irgendwie an, und er begann, den hinteren Fuß bei jedem Stoß und jeder Wende etwas weiter zurückzusetzen. Jetzt wollte er gewinnen, und wenn es ihn das Leben kosten sollte. Sei es drum, dachte er, solange er den da, diesen Baenre, ebenfalls ins Verderben stürzen konnte.

Aber seine Zeit wurde knapp, weil bereits überall Verbündete von Tiago warteten und weil dieser junge Drow-Krieger so überragend ausgebildet war, dass er Entreri in jeglicher Hinsicht gewachsen war. Wieder setzte Entreri seinen Fuß ein Stückchen weiter hinten ab, während er sich für einen Rückhandschlag nach links drehte, vor dem sich Tiago geschickt wegduckte.

Jetzt war Tiago am Zug, der Entreris Wunsch nach Flucht genau registriert hatte. Entreris Dolch zuckte in die Höhe, um den Schwerthieb des Drow abzuwehren, aber dieser Hieb war nur eine Finte gewesen, wie dem Assassinen klar wurde. Er sprang hoch, als der eigentliche Angriff, ein langer Seitenstoß mit dem Schild, auf seine Knie zielte.

Im Sprung drehte er sich, trat aus, hielt diesen Tritt jedoch seinerseits im letzten Moment zurück und zog das Bein zur Seite, während Tiago seiner Bewegung vergeblich mit dem Schwert folgte. Und schon schloss sich ein weiterer Tritt von Entreri an, diesmal mit dem rechten Bein. Der Drow konnte sich nicht fangen, ehe Entreri ihm den Stiefel ins Gesicht rammte.

Tiago taumelte nach hinten. »Nicht schlecht!«, schrie er mit undeutlicher Stimme und spuckte dabei Blut.

»Gewöhn dich dran!«, knurrte Entreri und griff erneut an, stockte jedoch kurz vorher, wich mit einer raschen Drehung einem Bolzen aus, hechtete über Tiagos rechte Schulter und zielte auf sein Gesicht. Auf ein Klicken von der anderen Seite warf er sich schnell zurück. Wieder sauste ein Bolzen vorbei.

Und schon drang Tiago mit aller Gewalt mit dem Schild auf ihn ein und ließ zusätzlich sein Schwert tanzen.

Entreri hielt mit seiner eigenen Klinge dagegen und stach mit seinem tödlichen Dolch knapp über Tiagos Schild hinweg.

Der Drow duckte sich vor dem Messerangriff und hob Entreris Arm dabei mit dem Schild in die Höhe. Der Assassine spürte, wie die klebrigen Fäden des Schilds an seinen Kleidern haften blieben und ihn festhielten. Er wehrte sich nicht dagegen, sondern griff weiter an, drückte fest gegen den Schild und rammte ihn gegen Tiago, um ihn nach hinten und zu Boden zu werfen.

Da traf ihn der Bolzen einer Handarmbrust in die linke Schulter. Ein zweiter streifte sein Gesicht, und als er über Tiago zusammenbrach, sah er die anderen Dunkelelfen auf das Dach zuschweben, um einzugreifen. Sie waren doch nicht nur Zuschauer. Er wusste, dass er verloren war.

Trotzdem wollte er es noch zu Ende bringen. Er wollte unbedingt sehen, wie Tiago das Leben aushauchte, bevor er den letzten Atemzug tat, aber der Drow wusste sich trotz des überraschend aggressiven Angriffs und der veränderten Lage zu wehren und hielt Entreris Dolcharm mit festem Griff nach oben. Gleichzeitig blockierte er mit seinem Schwert seitlich das von Entreri.

So konnte Entreri nichts mehr ausrichten, und er fühlte, wie sich der adlige Drow-Krieger unter ihm hervorwand, während das Drow-Gift in seinen Körper sickerte.

Noch nie hatte Dahlia mit der ungezügelten Macht und der magischen Kraft von Ravel Xorlarrins Blitznetz Bekanntschaft gemacht. Es senkte sich auf sie und ihren Sohn herab und schien sie zu Boden zu drücken, noch während sie sich aus ihrer Krähenform zurückverwandelte. Augenblicklich zog sie ihren Flegel, schlug ihn aneinander und hatte im Nu Kozahs Nadel in voller Länge in der Hand. Mit dem Ende des Stabs hielt sie das Blitznetz mittig in die Höhe.

»Flieg weg!«, hörte sie Effron noch schreien und nahm die Panik in seiner Stimme wahr, die sie verstand, sobald ihr Stab das Zaubernetz der Drow berührte. In ihr knisterte die Energie des darin angestauten Sturms, und ihre Haare kräuselten sich nach allen Seiten.

Das Netz sank weiter herab, es funkte, und seine Explosionen ließen den Boden erzittern. Zähneklappernd versuchte Dahlia, nach Effron zu rufen. Er sollte ihre Hand nehmen, weil sie hoffte, Kozahs Nadel könnte sie irgendwie beide abschirmen. Doch ein schneller Blick aus dem Augenwinkel verriet ihr, dass er bereits verkohlt zu Boden sank.

Ringsherum tobten die Explosionen, erschütterten den Boden wie ein ewig langer Donnerhall, der zwischen den Felswänden hin und her geworfen wurde und gar nicht mehr aufhören wollte.

Immer mehr Energie flutete in den Stab, raste an ihm entlang, versengte ihre Hände und traf sie bis ins Mark. Ihr Herz hämmerte. Ihre Schläfen schmerzten, die Welt schien dunkel zu werden, und vor ihren Augen tauchten tiefschwarze Flecken auf.

Aber sie hielt fest, denn wenn sie losließ, würde sie sterben, sie würde schmelzen – wie Effron.

Effron! Ihr Sohn!

Die Wut ließ sie gegen die geballte Gewalt aufbegehren, und in ihrem Inneren sammelte sich ein Aufschrei. Ihr Kiefer verkrampfte sich in dem Versuch, ihr Zähneklappern zu unterbinden und sich nicht selbst die Zunge abzubeißen.

Und dann war es vorbei. Das Blitznetz faltete sich zusammen, drehte sich noch einmal über ihr und schien von ihrem mächtigen Stab eingesaugt zu werden. Diese Macht konnte sie nicht beherrschen, und sie hatte das Gefühl, der Metallstab würde einfach explodieren; ansonsten würde die furchtbare Kraft der Drow-Magie sie verzehren …

Stolpernd drehte sie sich um und sah dabei Ambergris

seitlich am Boden liegen. Die Zwergin hatte sich auf einen Arm hochgestützt und starrte sie fassungslos an. Hätte Dahlia in den Augen der Zwergin ihr Spiegelbild entdeckt, so hätte sie diesen Ausdruck verstanden, denn mit den mächtigen, magischen Energiebögen, die an ihrem Körper entlangrasten, ähnelte sie eher einem Blitzwesen als einer Elfe aus dieser Welt.

Dahlia sah den kleineren Drider, der sie anstarrte und eine Keule hob, um sie nach ihr zu werfen.

In ihrer Verzweiflung warf Dahlia zuerst. Wie ein Speer raste Kozahs Nadel durch die Luft.

Ihr Geschoss landete dicht vor den Spinnenbeinen des Driders, aber das machte nichts. Die Explosion schleuderte das Ungetüm in die Luft und löste eine Schockwelle aus, unter der sich die Straße wie Wasser verformte.

Ambergris flog durch die Luft. Die Veranda des Hauses bäumte sich auf, dann brach das Gebäude zusammen, als die Welle darunter hindurchrollte.

Dahlia fühlte, wie auch sie in die Luft gerissen wurde. Gleichzeitig sah sie den Drider stürzen. Seine Beine verkrümmt, als wären sie durch die sengende Hitze der Explosion geschmolzen. Das Gesicht war zu einem Todesschrei verzogen.

Die Welle breitete sich zum Berg hin aus, trieb die Drow-Zauberer auseinander und schleuderte Entreri und Tiago bei ihrem Kampf vor dem Steinmetzloch in die Höhe. Sie rollte auch auf die andere Straßenseite, wo Yerrininae um sein Gleichgewicht rang und dabei nach seiner geliebten Flavvar schrie.

Beim Aufkommen auf dem Boden verstauchte Dahlia sich beide Knöchel und das Knie. Sie landete mit dem Gesicht auf der Straße. Als sie sich ein Stück hochstemmte, sah sie Ambergris verdattert auf dem Boden sitzen. Und es war die plötzliche Panik auf Ambers Gesicht, die Dahlia verriet, dass nun der andere Drider hinter ihr aufgetaucht war, der riesige Mann. Gleich darauf folgte eine ohrenbetäubende Explosion direkt an ihrem Kopf, und sie stürzte in die Finsternis.

Artemis Entreri weigerte sich, sein Schicksal zu akzeptieren. Während er noch oben auf dem Dach mit Tiago Baenre rang und an dem Schild des Drow klebte, schien sich die ganze Welt zu drehen. Und in diesem Panorama sah Entreri Dahlia fallen. Die Elfenfrau lag vor dem turmhohen Drider auf der Straße.

Ambergris würde es kaum besser ergehen, stellte der Assassine sogleich fest. Die Zwergin saß völlig benommen da, während das grässliche Ungeheuer näher kam.

Seine Wut schenkte Entreri neue Kräfte. Mit einem trotzigen Brüllen kam er blitzschnell hoch, riss Tiago mit sich und warf den Drow schwungvoll beiseite. Dabei ließ der klebrige Schild ihn los, und er taumelte kurz hinter Tiago her.

Aber er fing sich schnell wieder, drehte ab und rannte zum anderen Ende des Daches. Noch ein Bolzen traf ihn, dann ein weiterer, dann ein ganzer Hagel. Sie schmerzten und flößten ihm ihr Gift ein. Seine Arme wurden schwer, sein Sehvermögen und die anderen Sinne ließen plötzlich nach, und er wusste, dass sein Gegner ihm dicht auf den Fersen sein musste.

Entreri hechtete – oder stürzte – auf den Rand des Daches zu. Seine Beine gaben unter ihm nach. Er griff nach vorn, als ob er sich über den Rand nach unten ziehen wollte.

Aber darum ging es gar nicht. Er wollte nicht fliehen, denn er wusste, dass er nicht entkommen konnte.

Nur sein Dolch konnte es.

Er langte unter die Dachsparren, verdrehte den Arm, steckte seinen Dolch hinein und ließ sich dann einfach vom Dach auf die Erde fallen.

Unten stand er störrisch auf und taumelte weiter, um zwischen den anderen Häusern und um mehrere Ecken zu verschwinden, obwohl das höhnische Gelächter des Drow ihm bei jedem Schritt folgte. Als er schließlich dachte, er hätte die Dunkelelfen weit genug von seiner kostbaren Waffe weggeführt, blieb Entreri stehen und drehte sich zu Tiago Baenre um.

Die Finsternis übermannte ihn, noch ehe der Drow ihn einholte, denn das Drow-Gift hatte am Ende doch die Oberhand behalten.

Er hörte Tiago Baenre seinen Namen rufen – seinen Namen! –, und das war absurd, einfach lächerlich, auch wenn er eigentlich keine Ahnung hatte, warum.

Dahlia spürte die Hitze, die sie umgab, und hörte das ständige Klirren von Metall auf Metall. Sie fühlte, dass sie stand, war sich aber nicht ganz sicher. Sie verstand sowieso nicht, wie das möglich war, weil sie doch gar keine Kraft in den Beinen hatte.

Etwas drückte gegen ihre Wange. Vielleicht die breite Seite einer Schwertklinge?

Die Elfe schlug die Augen auf und wusste wieder, wo sie war. Zumindest glaubte sie, es zu wissen, auch wenn ihr Kopf noch ziemlich langsam arbeitete. Sie erinnerte sich an die Explosion auf der Straße, mit der Kozahs Nadel einen gewaltigen magischen Blitz ausgelöst hatte. Sie sah die Drider-Frau vor sich, die sich sterbend zusammenkrümmte.

Als sie sich an die Explosion in ihrem eigenen Kopf erinnerte, zuckte sie zusammen, und schließlich heulte sie laut auf, als sie daran dachte, wie Effron, ihr Sohn, neben ihr verbrannt war. Sie hatte versucht, ihn zu retten. Vergebens.

»Willkommen zurück.« Eine vertraute Stimme riss Dahlia weiter in die Gegenwart. Wieder nahm sie mehr von ihrer Umgebung auf.

Ohne die Wange von dem Metallbügel zu heben, auf dem sie ruhte, blinzelte sie zur Seite.

Dort hing Artemis Entreri in einer Art Kokon aus Metallstreifen, die ihn fest zusammengeschnürt aufrecht hielten.

»Wieder gefangen«, hörte sie Entreri mit hoffnungsloser Stimme sagen. Er war viel zu hilflos, als dass er seine wahren Gefühle verborgen hätte.

Sie waren in Gauntlgrym, stellte Dahlia fest, unten in der Schmiede, und baumelten nur wenige Fuß über dem Boden. Ringsumher arbeiteten Goblin-Sklaven an den Schmieden, schoben Karren mit Metallresten fort und schleppten Erzbarren an, die noch zu verarbeiten waren, während an den Essen und Ambossen Drow-Handwerker ihrer Arbeit nachgingen.

Dahlia wollte Entreri ins Gesicht sehen, steckte aber so fest, dass sie sich kaum rühren konnte. Immerhin brachte ihre Anstrengung den Käfig ins Schwingen, und er drehte sich ein wenig. Bevor er zurückschwang, bemerkte sie hinter Entreri einen dritten Käfig.

»Effron«, flüsterte sie, denn sie wollte die Hoffnung nicht aufgeben.

»Afafrenfere«, stellte Entreri klar. »Allerdings dürfte er längst tot sein. Er hat sich stundenlang nicht ein einziges Mal bewegt und keinen Laut von sich gegeben.«

»Aber sie haben ihn hergebracht«, widersprach Dahlia.

»Nur um uns zu quälen«, sagte Entreri und ächzte, als hinter seinem Käfig ein Drow auftauchte, der einen heißen Spieß zwischen den Bändern hindurchstieß. Dann kam derselbe Drow zu Dahlias Käfig und legte ihr in aller Ruhe den Spieß an den Knöchel.

Sie schrie gellend auf.

Was niemanden zu kümmern schien, weder Goblin noch Drow.

Als der Schmerz nachließ, warf sie Entreri einen neuerlichen Blick zu und versetzte ihren Käfig noch einmal in Schwingung.

Er schüttelte nur den Kopf.

Er war schon einmal in einer solchen Lage gewesen, erinnerte sich Dahlia, ein Gefangener der Drow in der Unterreichstadt Menzoberranzan. Ein wenig davon hatte er Dahlia erzählt und angedeutet, dass es noch weit schlimmer gewesen war. Damals hatte er gesagt, er wäre lieber tot, als je wieder in die Hände der Dunkelelfen zu fallen.

Wenn Dahlia an diese warnenden Worte zurückdachte, wurde ihr ganz flau. Schließlich war sie eine Elfe und damit eine Erzfeindin der Drow.

Sie würden sie zu Tode foltern, das wusste sie, und diese Folter würde vermutlich Jahre dauern.

Die vier Köpfe von Berellip Xorlarrins Peitsche reckten sich nach der Gestalt im Käfig und bissen tief in die Beine des Opfers. Obwohl sie seine Haut zerfetzten, rührte Afafrenfere sich nicht ein einziges Mal.

»Euer Freund ist tot«, teilte sie Entreri und Dahlia mit. Sie baute sich vor den beiden auf, damit diese sie sehen konnten. »Da hat er Glück gehabt.« Sie blickte Entreri an und lächelte grausam. »Bregan D'aerthe?«, sagte sie. »Hast du noch mehr Lügen auf Lager? Sie waren es – die, auf die du dich berufen hast –, die uns über deine Rückkehr informiert haben.«

Entreri antwortete nicht.

»Wir werden schon noch erfahren, wo du in den letzten zwanzig Jahren gesteckt hast – mach dir nichts vor«, sagte sie. »Und dann wirst du sterben. Wie das passiert, kannst du selbst mitbestimmen. Sag mir, wo sich Drizzt Do'Urden versteckt.«

»Ich weiß es nicht«, antwortete Entreri und blinzelte zur Seite, wo zwei männliche Dunkelelfen zu Afafrenferes Käfig gingen. Der eine hantierte mit einem Schlüsselbund. Anscheinend wollten sie den Leichnam herausholen.

Die Hohepriesterin von Xorlarrin lachte ihn aus. »So sei es«, sagte sie und winkte den beiden Männern zu. »Lasst es! Lasst sie in seinem Gestank baden, damit sie sich daran erinnern, dass auch sie bald verfaulen werden.« Sie wandte sich Dahlia zu. »Wo ist der Rest deiner Begleiter?«

Die Elfe stählte ihren Blick und presste die Kiefer aufeinander. Wieder lachte die Drow-Priesterin ohne jedes Mitgefühl. Das Einzige, was ihr Freude bereitete, war Schmerz. Berellip winkte einen Diener zu sich, der mit einem Korb herbeirannte, den er der Priesterin übergab.

Sie kippte den Korb aus. Ein schwarzer, verformter Kopf fiel heraus, der nicht wegrollte, sondern platschend aufbarst. Etwas Flüssiges sickerte heraus.

»Dein Sohn, glaube ich«, sagte Berellip, und Dahlia, die dieser verworfenen Kreatur diese Befriedigung doch eigentlich nicht hatte gönnen wollen, schrie auf.

Sie konnte nicht fassen, wie weh es tat, als dieses Kind, von dem sie lange gedacht hatte, dass sie es selbst getötet hatte, jetzt wirklich tot vor ihr lag. Deshalb schrie sie und hasste die Welt umso mehr.

Und die vielen Drow in der Schmiede unterbrachen ihre Arbeit und lachten sie aus.

Die Schmiede stand niemals still. Wenn die Handwerker müde wurden, wurden sie durch andere Drow ersetzt.

Artemis Entreri war hungrig und erschöpft. Halb bewusstlos, halb schlafend hing er in seinem Käfig, während Stunde um Stunde verstrich. Die Hitze störte ihn schon längst nicht mehr, der Rest ebenso wenig. Die Drow, die ihrer Arbeit nachgingen, die Goblins, die hin und her eilten … nichts davon bedeutete ihm noch etwas.

Links im Käfig hing der leblose Afafrenfere.

Rechts von Entreri weinte Dahlia nur noch leise vor sich hin, seit die Erschöpfung ihrer Stimme zusetzte.

Nur dieses Geräusch tat ihm wirklich weh. Sein eigenes Schicksal konnte er akzeptieren – er würde sicher bald einen Weg in den Tod finden und fertig –, doch aus irgendeinem Grund, den er noch nicht verstand, berührte ihn Dahlias Schicksal im tiefsten Inneren. Und es schmerzte ihn.

Er wollte zu ihr gehen. Er wollte sie in die Arme nehmen und ihr über die Gewalt hinweghelfen, die man ihr schon wieder antat. Er wollte diesen Käfig verlassen und wenigstens den schwarzen, verformten Schädel wegräumen, damit Dahlia ihn nicht mehr sehen musste. Um ihren Schmerz zumindest zu lindern.

Immer wieder streckte er die Hand nach ihr aus. Als sie einmal darauf reagierte, hätte er sie beinahe berühren können.

Aber die Drow waren zu schlau. Sie waren Experten im Foltern, und sie wussten, wie man jemandem jede Hoffnung raubte.

Ihre Finger berührten sich nur fast.

Ihr Schluchzen erreichte sein Ohr und klang in seinem Herzen nach.

Das war Jarlaxles Werk, dachte er. Berellip hatte Bregan

D'aerthe erwähnt. Wieder einmal hatte Jarlaxle Entreri für den eigenen Vorteil geopfert.

Aber es erschien Entreri so sinnlos. Schließlich hatte Jarlaxle ihn im Schattenreich aus dem Fluch der Medusa erlöst. Wozu also? Es passte nicht zusammen.

Sicherheitshalber verfluchte er den Drow-Söldner trotzdem und warf noch einmal einen Blick zu Dahlia.

Er wollte nur noch zu ihr gelangen und ihr helfen.

Dieses Gefühl war so fremd, dass es ihn überraschte.

Kapitel 13

Der kalte Nachtnebel

»Ich habe noch nicht einmal gefragt, wie es dir geht«, sagte Catti-brie zu Drizzt. Sie saßen am Rand des Lagers auf einigen Felsen unter dem Sternenzelt der Nacht. Von Süden her wehte ein ungewöhnlich warmer Frühlingswind.

»Inwiefern?«

»Mit allem«, sagte sie. »Was passiert ist, die Rückkehr …«

»Ich bin natürlich begeistert, was sonst?«, sagte Drizzt und nahm ihre Hand.

»Aber es muss doch überwältigend sein. Kommt dir das alles überhaupt schon real vor?«

Drizzt stieß ein hilfloses Lachen aus. »Vielleicht freue ich mich viel zu sehr, als darüber groß nachzudenken. Gewisse Bedenken habe ich natürlich – ist es Wulfgar während seiner Gefangenschaft bei Errtu nicht ähnlich ergangen? Er hat doch solche Sachen erzählt.«

»Also ist alles nur ein Traum?«, fragte Catti-brie. »Ein Riesenschwindel?«

»Nein«, antwortete er ohne jedes Zögern. »Und wenn doch, dann ist es mir egal!« Er sah Catti-brie an, die sich verwundert etwas von ihm weglehnte.

»Der Schwindel ist real«, erklärte Drizzt. »Meine momentane Realität ist voller Glück. Eine willkommene Atempause.« Er lachte wieder, beugte sich vor und gab ihr einen Kuss.

»Es ist also real«, sagte Catti-brie. »Aber macht es dich wirklich glücklich?«

»Zweifelst du an meiner Liebe?«

»Nein, natürlich nicht! Aber es muss doch einfach überwältigend sein. Wir anderen hatten die Wahl, ob wir zurückkommen wollen, und für mich und Regis ist das Leben zudem seit jener Nacht in Mithril-Halle, als Mielikki uns abholte, um unseren Verstand zu heilen, nicht weitergegangen. Zeit hatte für uns keine Bedeutung. Du hingegen hast hundert Jahre ohne uns weitergelebt, und selbst in den letzten zwanzig Jahren haben wir uns nur darauf vorbereitet, wieder als die Gefährten der Halle zusammenzukommen. Wir wussten, was uns erwartet. Wir haben darauf hingelebt. Aber für dich war es eine Überraschung, eine dramatische Wende im Leben.«

»Die schönste Überraschung der Welt!«, versicherte Drizzt.

»Bist du sicher?«

Er legte den Arm um sie und zog sie wieder an seine Seite. »Hundert Jahre habe ich dich vermisst. Euch alle – am meisten aber dich.«

»Du Armer«, flüsterte sie, doch Drizzt wehrte ihr Mitgefühl mit entschlossenem Kopfschütteln ab.

»Nein«, sagte er. »Nein. Die Erinnerung an dich hat mich getragen. Das war keine Last.« Er schmunzelte und küsste sie auf die Wange, bevor er weitersprach. »Ich habe versucht, dich zu vergessen.«

»Jetzt fühle ich mich wirklich sehr geliebt«, zog sie ihn auf.

»Ehrlich«, sagte er sehr ernst. »Als ich zusammen mit Innovindil gegen die Orks kämpfte und euch alle für tot hielt, hat sie mir einen klaren Rat gegeben: Lebe dein Leben in den kürzeren Zeitspannen eines Menschenlebens, empfahl sie mir. Als Elf kennt und akzeptiert man den Verlust. Das habe ich versucht, und ich bin bis heute daran gescheitert. Ich habe versucht, dich zu vergessen, doch es gelang mir nicht. Jeden Tag warst du bei mir. Ich habe dich ausgesperrt und verleugnet. Aber es half nichts.« Er gab ihr noch einen Kuss. »Ich war mit einer anderen Frau zusammen, aber die Liebe habe ich nicht mehr erlebt. Vielleicht war es Mielikki, die mir tief im Herzen zuflüsterte, dass du zu mir zurückkommen würdest …«

»Das glaubst du nicht wirklich.«

»Nein«, räumte er ein. »Aber was dann? Vielleicht hatten wir einfach das Glück, wahre Liebe zu finden? Ein Band, das den sterblichen Körper überdauert?«

»Ist das ein Glück oder ein Fluch?«, fragte Catti-brie trocken. »Warst du denn nicht einsam?«

»Nein«, antwortete Drizzt spontan und sehr sicher. »Einsam war ich nur, als ich dich verleugnete. Einsam war ich, als ich mit Dahlia zusammen war, die ich nicht lieben konnte, niemals. Solange ich den Geist von Catti-brie an meiner Seite wusste, war ich nicht einsam und fühlte mich über dein Lächeln auch nach hundert Jahren noch in Verbindung mit dir.« Er warf einen Blick nach hinten, wo Wulfgar, Regis und Bruenor einander erzählten, was sie in den letzten zwanzig Jahren alles erlebt hatten. Verwundert sah er, wie Wulfgar einen Eimer Wasser vor dem Halbling abstellte, der prompt den Kopf hineinsteckte. »Oder mit ihnen«, fügte er grinsend hinzu.

Catti-brie drückte ihm fest die Hand. »Regis hat etwas Sonderbares an sich«, bemerkte sie.

»Sollte uns das Sorgen machen?«

»Nein, nicht wirklich. Er hat mir berichtet, dass er sich im Wasser fast so wohl fühlt wie an der Luft. Er wird seinen Kopf sehr lange in diesen Eimer stecken – so lange könnte keiner von uns die Luft anhalten, wenn wir nebendran einen zweiten Eimer stehen hätten.«

Drizzt sah genau hin. Regis hielt seinen Kopf unter Wasser, schnippte aber regelmäßig mit den Fingern – vielleicht um die Zeit zu messen oder um die anderen wissen zu lassen, dass es ihm nach wie vor gut ging. Bruenor stand daneben und hatte die Hände in die Hüften gestemmt. Der Zwerg wechselte einen Blick mit Drizzt und schüttelte ungläubig den Kopf.

Viele Herzschläge lang blieb Regis unter Wasser und schnippte dabei in aller Ruhe weiter mit den Fingern.

»Das ist nicht richtig«, stellte Bruenor fest.

»War sein Vater ein Fisch?«, fragte Wulfgar.

»Seine Mutter, sagt er.«

»Ein Fisch?«

»Kein Fisch, aber ein Vorfahre … ein *Gensie* oder so was.«

Nach einer halben Ewigkeit tauchte Regis schließlich lächelnd wieder auf. Er schnappte nicht nach Luft und war kein bisschen erschöpft.

»Genasi«, sagte Catti-brie leise zu Drizzt, während sie sich wieder dem Nachthimmel und dem Hügelland der Felsspitzen zuwandten. »Er glaubt, er hätte Genasi-Blut.«

»Ich weiß nicht einmal, was das bedeutet.«

»Berührte«, erklärte Catti-brie. »Genasi sind Elementarwesen, die sich angeblich mit Menschen fortpflanzen. Von einem Genasi-Halbling habe ich aber noch nie gehört.«

»Regis scheint sich unter uns fünfen am meisten verändert zu haben, nicht nur körperlich.«

»Vielleicht. Für uns sind nicht so viele Jahre verstrichen wie für dich, doch wir alle wurden zweifellos intensiv berührt. Du solltest aber auch niemals daran zweifeln, dass er nach wie vor Regis ist, der Halbling, den du einst kanntest und liebtest.«

»Ich spreche von äußerlichen Veränderungen, vielleicht auch von Einstellungen. Nicht vom Charakter. Nicht so sehr.«

»Ist das deine Überzeugung oder deine Hoffnung?«

»Beides!«, rief Drizzt aus. Sie lachten.

»Wir haben den Tod durchschritten«, sagte Catti-brie, als würde das alles erklären.

Drizzt lehnte sich nach hinten und machte wieder ein ernsteres Gesicht. »Ich schätze, darauf brennt man dann kein zweites Mal.«

»Was meinst du damit?«

»Den Tod. Und trotzdem begebt ihr alle euch freiwillig wieder in Gefahr. Wir gehen auf Vampirjagd – an einem sehr düsteren Ort.«

»Und danach in den Krieg, wie es scheint, und – ja – freiwillig.«

»Auch glücklich? Ihr zieht glücklich in den Tod?«

»Nein, natürlich nicht. Wir ziehen glücklich ins Abenteuer, in das, was uns erwartet.«

Da verspürten sie ein Frösteln, als käme der Wind plötzlich von den schneebedeckten Bergen im Norden. Catti-brie schmiegte sich näher an Drizzt und erschauerte ein wenig.

Vor ihnen kam Nebel auf. Drizzt sah genauer hin. Dieser Wetterumschwung erschien ihm doch sehr plötzlich. Wie viel Wärme hatte sich da plötzlich in Luft aufgelöst? Hier war kein Schnee, eigentlich auch kein Wasser. Woher kam dann der Nebel?

Ein kalter Nebel, wie er feststellte, als das Phänomen näher rückte.

Kalter, toter Nebel.

»Du bist nie um eine Geschichte verlegen, Knurrbauch«, erklärte Bruenor lachend, als der Halbling schließlich aus dem Eimer auftauchte. »Kannst du denn niemals einfach nur normal sein?«

»Es ist mir eine Ehre«, sagte der Halbling mit einer übertrieben höflichen Verbeugung. Im Aufrichten schüttelte er den Kopf wie ein Hund sein nasses Fell und spritzte Bruenor kräftig nass. »Brr«, machte er dabei, denn er fröstelte, was er dem Wassereimer zuschrieb.

Aber auch Wulfgar hatte sich erhoben, rieb seine bloßen Arme und atmete tief durch. Sein Atem war in der Luft zu sehen.

»Es wird kalt«, sagte Bruenor und nickte.

Regis wollte darauf antworten, aber beim Blick auf Bruenor – oder eher an ihm vorbei – blieb ihm das Wort im Halse stecken.

Er sah den Nebel.

Und diesen speziellen Nebel kannte er.

»Welche Geschichte hast du noch auf Lager, Knurrbauch?«, fragte Bruenor mit breitem Grinsen. »Halb Fisch, halb Vogel? Kannst du etwa auch fliegen?«

Oh, eine Geschichte hatte der Halbling tatsächlich noch, aber die würde Bruenor momentan wohl kaum unterhaltsam finden. Und Regis wünschte, er wäre tatsächlich ein Vogel, der weit, weit wegfliegen könnte.

»Lauft«, flüsterte er, doch seine Stimme versagte dabei. »Oh, lauft …«

»Wie?«, fragte Bruenor verständnislos.

Regis sah immer noch an ihm vorbei und schüttelte ungläubig den Kopf, als der Nebel hinter dem Zwerg fester wurde und die unverkennbare Gestalt eines großen, ausgemergelten Mannes annahm.

»Lauft weg!«, schrie Regis und wich einen Schritt zurück. »Bruenor! Hinter dir!«

Da stürmte Wulfgar bereits brüllend zwischen Regis

und Bruenor nach vorn. »Tempus!«, schrie er, riss Aegisfang von der Schulter und schleuderte den Streithammer über Bruenors Kopf hinweg, denn der Barbar hatte seinen Wurf an dem Horn auf der einen Seite von Bruenors Helm und dem Stumpf auf der anderen Seite ausgerichtet.

»Heda!« Überrascht warf Bruenor sich auf den Boden. Als er wieder hochschnellte und sich umsah, bekam er gerade noch mit, wie der Hammer gegen die menschengroße Gestalt prallte, die sich auf zwei Beinen durch einen geisterhaften Nebel auf ihn zubewegte. Der Nebel wurde stärker, als ob er aus der Kreatur selbst ausströmte, als der Kriegshammer sie traf.

Ob das Wesen den Treffer überhaupt bemerkt hatte, war nicht zu erkennen. Es war, als wäre es kurz substanzlos geworden, um den Schlag hinzunehmen. Der Hammer flog kaum verlangsamt mitten durch die Gestalt hindurch. Nachdem die Gefahr vorüber war, zog sich der Nebel sofort wieder zu einer körperlichen Form zusammen.

»Knurrbauch, was ist das?«, fragte Bruenor, während er zu den anderen zurückwich, wo seine Axt an einem Stein lehnte.

»Schwarze Seele …«, stammelte Regis. »Der Lich.«

Das Ungeheuer kam näher. In seinen Augen glühte ein dämonisches Feuer, und sein halb verfaultes, hageres Gesicht schien sich unablässig zu verändern.

Aegisfang kehrte in Wulfgars Hand zurück. Bruenor schnappte sich seine Axt und baute sich neben dem Krieger auf. Regis rückte an Wulfgars andere Seite vor. Fassungslos starrten sie Schwarze Seele entgegen. Keiner der drei konnte sich aus dieser Trance lösen.

Sie alle waren starr vor Entsetzen.

So mächtig war der Lich. Seine Ausstrahlung ging über die normale Furcht hinaus, die einen angesichts eines so grauenvollen Untoten überkam. Die Angst, die Schwarze Seele auslöste, war weit mehr – es war die urtümliche Todesangst, die jeder Sterbliche in der entsprechenden Situation empfindet. Der Anblick von Schwarze Seele war, als würde man in das eigene Grab blicken und dort den eigenen Leichnam verwesen sehen – einschließlich der Würmer, die sich in die Augen gruben und bis ins Gehirn vorstießen.

So grauenvoll war es.

Regis konnte nur noch an den armen Pericolo Topolino denken, der sich in seinem Sessel buchstäblich zu Tode gefürchtet hatte. Er erinnerte sich daran, dass sein Haar vor Schreck schlohweiß geworden war. Der alte Halbling hatte in sein Grab gesehen, und diese Aussicht hatte ihn ebenso in Panik versetzt wie jedes sterbliche Wesen dieser Welt.

Jetzt verstand Regis die schlimmste Waffe von Schwarze Seele.

Er konnte ihre Macht nachvollziehen, aber er wusste auch, dass er dafür lange nicht so empfänglich war wie Pericolo. Das galt auch für seine Begleiter, denn nicht nur er, sondern auch Bruenor und Wulfgar waren schon einmal gestorben. Bruenor hatte sogar sein eigenes Grab in Gauntlgrym aufgesucht, in dem sein früherer Körper zerfiel. Regis wusste, dass sein ehemaliger Körper in einem Steingrab in Mithril-Halle ruhte, und Wulfgars Knochen lagen in der Tundra des Eiswindtals.

»Komm schon, du Rabenaas«, spottete Bruenor, während Wulfgar den zurückgekehrten Hammer in seine offene Handfläche schlug.

Schwarze Seele blieb stehen und richtete sich hoch auf, hob die dünnen Arme, bis seine Ärmel tief heruntersanken und knisternde Blitze an seinen Skelettfingern auftauchten.

»Er hat Tricks auf Lager!«, schrie Regis.

Bruenor sprang vor, und Wulfgar hob Aegisfang zum zweiten Wurf, aber da flog von links eine schwarze Gestalt herbei und griff den Lich an. Das untote Monster löste sich schlagartig in Nebel auf, war aber diesmal nicht schnell genug. Guenhwyvars Gewicht – natürlich war es Guenhwyvar – warf Schwarze Seele zur Seite.

Dahinter kam Drizzt mit den Waffen in der Hand, der den Lich sofort angriff.

Aber Schwarze Seele war erneut verschwunden und fegte als körperloser Nebel wie von einem Sturm getrieben direkt auf Wulfgar zu, wo der Lich wieder landete. Der Barbar und seine Gefährten schrien überrascht auf, als der Lich sich sofort abermals materialisierte und die Knochenhand zu einer Ohrfeige ausholte.

Knisternd traf der Schlag den Barbaren, und die ausgelösten Blitze warfen ihn rückwärts über Regis hinweg. Wulfgar landete am Rande des Lagers auf einem Felsen, den er zuvor als Sitzbank auf zwei Steine gelegt hatte.

Bruenor reagierte augenblicklich mit einem Axthieb, traf aber wieder nur den Nebel. Die Wucht des Schlags ins Nichts brachte den Zwerg aus dem Gleichgewicht. Er stolperte vorwärts, und dann wurde er von Guenhwyvar zu Boden gerissen, die durch den Nebel gesprungen und mit ihm zusammengestoßen war.

Regis sah den körperlosen Lich auf sich zukommen. Da rief er seinen Ring an und trat blitzschnell zur Seite, als Schwarze Seele wieder materiell wurde. Diesmal ging der Schlag des Lich ins Leere, während der Halbling hinter ihm mit seinem Dolch nach ihm stach.

Regis spürte einen kurzen Druck und wusste, dass er zumindest getroffen hatte, doch das feste Gefühl verschwand ebenso schnell wie Schwarze Seele.

Diesmal flog der Nebel quer durch das Lager nach links

auf den Drow zu. Regis rief ihm noch eine Warnung zu, doch Drizzt war ohnehin schon in Bewegung. Der Waldläufer sprang in die Luft und drehte sich dabei, während die Krummsäbel in einem rasenden Wirbel immer wieder nach rechts und links und vorn und hinten schlugen.

Schwarze Seele wurde vor ihm erneut körperlich, und die Säbel trafen mehrfach seine ausgestreckten Arme und den Leib.

Aber der Lich nahm diese Hiebe im Tausch für seine eigenen Treffer hin. Mit der offenen Hand schlug er Drizzt mit solcher Wucht nach hinten, dass der benommene Drow Mühe hatte, nicht die Waffen fallen zu lassen. Drizzt fing sich jedoch schnell wieder und nahm Verteidigungsposition ein, als der Lich nahte.

Dann warf der Drow sich nach vorn und rollte so weit wie möglich zur Seite, weil über dem Untoten ein Feuerball auftauchte, der hungrig auf das Wesen zuraste. Erneut löste sich Schwarze Seele in Nebel auf, um daneben gleich wieder körperlich zu werden. Der Lich fuhr herum. Als er sich Regis, Bruenor und Wulfgar zuwandte, der jetzt leicht schwankend, aber kampfbereit wieder in den Feuerschein zurückkehrte, stiegen Rauchfäden von seinen Gewändern auf.

Ein gegabelter Blitz schoss auf die drei zu, die sich eilends auf den Boden warfen und dennoch vor Schmerz aufschrien.

Durch das blendend helle Licht warf sich Guenhwyvar erneut auf das Ungeheuer, und von der anderen Seite tauchte ein Hagel von magischen Geschossen über dem Lagerfeuer auf, der auf Schwarze Seele zujagte und sein Ziel traf. Erst da schien der Lich die Gegenwart eines sechsten Gegners zu registrieren, der Frau in der Robe, die am Rand des Lagers im Dunkel verharrte.

Schwarze Seele wurde zu Nebel und wich dem Sprung des Panthers aus. Guenhwyvar durchbrach den substanzlosen Vorhang und landete ein ganzes Stück weiter, wo sie die Klauen in die Erde grub und tief geduckt zu wenden versuchte.

»Mein Mädchen!«, brüllte Bruenor warnend.

Catti-brie wusste, dass Schwarze Seele sich näherte.

Sie rief ihre Göttin an und erzeugte ein gleißendes Licht um sich herum, in dem sie den Nebel kommen sah und die Hände erhob. Ihre Daumen berührten sich, und die Finger fächerten horizontal aus, als sie den Lich während der Wiederverkörperung mit einem Flammenfächer empfing.

Aber ihr Gegner zischte durch das Zauberfeuer und fegte Catti-brie mit einem Schlag zur Seite. Sie rollte sich ab und kam mit einem Zauber auf den Lippen wieder hoch, war aber froh, dass Wulfgars Hammer den Lich seitlich am Kopf erwischte und ins Wanken brachte. Der Barbar griff von hinten an, dicht gefolgt von Bruenor und Regis. Und da kam auch Drizzt angerannt, der wieder begierig die Säbel schwang.

Schwarze Seele war Nebel, nahm erneut Form an, und Wulfgar flog zurück, konnte aber dabei seinen Hammer noch auffangen.

Dann wurde der Lich wieder Nebel, verkörperte sich vor Regis und dematerialisierte sich sofort, als der Halbling abtauchte und Bruenor angriff.

Um Catti-bries Finger knisterten Blitze, aber sie wagte nicht, ihre Magie auszulösen, denn der Lich war überall, mal neben dem einen Gefährten, mal neben dem anderen.

Sie dachte, sie hätte ihn, aber wieder verschwamm der Lich im Nebel, umging den überraschten Bruenor und verfestigte sich hinter dem Zwerg.

Bruenor knurrte und stürzte auf Catti-brie zu, als die Klauenhand ihm den Rücken zerkratzte und ein Stoß in den Nacken ihn zu Boden warf.

Catti-brie brach ihren Zauber ab. Das Knistern an ihren Fingern verflog. In Gedanken ging sie rasch ihre Zaubersprüche durch, bis sie sich schließlich auf einen Ring an ihrer Hand konzentrierte.

Mit wirbelnden Säbeln drang Drizzt auf den Lich ein. Aber Schwarze Seele war noch schneller, verwandelte sich in Nebel und nahm seitlich von ihm wieder Gestalt an.

Drizzt wollte noch reagieren, doch da traf ihn ein schwarzer Blitz an der Brust, schleuderte ihn zurück und zehrte an seiner Lebenskraft. Dabei sah er zu, wie der Lich erneut zu Nebel wurde und der Nebel zerstob, als Guenhwyvar ungehindert hindurchsprang.

So ging es immer hin und her. Der Nebel zischte im Lager herum, der Lich wurde körperlich, schlug zu und verschwand wieder, um anderswo anzugreifen.

Die vier Freunde und Guenhwyvar versuchten, sich neu zu formieren, aber dann flog Regis zur Seite, Wulfgar ging ächzend in die Knie, und Guenhwyvar brüllte immer wieder wütend auf, weil sie stets einen Herzschlag zu spät kam, um das untote Monster zu zerfetzen.

Inzwischen waren die Gefährten ernsthaft verletzt. Sie hatten Prellungen und blutende Wunden davongetragen, und ihre gelegentlichen eigenen Treffer schienen dem tobenden Lich nichts auszumachen.

»Elf, auf meine Linke!«, rief Bruenor, als Schwarze Seele gerade hinter ihm auftauchte und ihm so hart auf den Kopf schlug, dass er während des Versuchs, sich umzudrehen, zur Seite flog.

Drizzt nutzte das Tempo seiner magischen Knöchelbänder, musste aber abdrehen, ja, sich zur Seite werfen, um nicht von dem ergrimmten Wulfgar erwischt zu werden, der mit aller Kraft nach dem Lich schlug. Dummerweise war Schwarze Seele schon wieder weg.

Dieser Schnelligkeit und Macht waren sie nicht gewachsen, das wusste Drizzt. Sie alle wussten es. Wahrscheinlich würden sie sich eher gegenseitig umbringen, als dem Untoten ernsthaft zu schaden. Hinten in der Finsternis hörte Drizzt seine Frau einen Zauber anstimmen, der ihm unbekannt war.

»Auseinander!«, rief Regis. »Wir können ihn nicht schlagen!«

Aber Drizzt lief nicht weg, sondern ging auf den Nebel los, um Schwarze Seele in dem Moment zu treffen, als dieser körperlich wurde. Sein Angriff war zwar sinnlos, kam aber dennoch mit aller Gewalt, weil er die Kreatur unbedingt beschäftigen wollte, um Catti-brie mehr Zeit zu verschaffen.

»Drizzt, nein!«, hörte er Regis schreien, doch die Worte des Halblings verschwammen in seinen Ohren, als er nach einem harten Schlag von Schwarze Seele durch die Luft segelte.

Der Nebel folgte ihm.

Unmittelbar vor Wulfgars Hammerwurf, der Drizzt nur knapp verfehlte, tauchte der Lich wieder auf. Neben Aegisfang flog Guenhwyvar herbei, aber Schwarze Seele war schon wieder Nebel. Hammer und Panther flogen hindurch, und diesmal ging der Nebel auf Regis los. Alles Blut wich aus dem Gesicht des Halblings, als der Lich furchtlos auf ihn zukam und Regis in den glühenden Augen seinen Untergang erkannte.

Verzweifelt stieß er mehrfach mit seinem Rapier zu, wusste aber, dass die spitze Klinge kaum etwas ausrichten konnte. Schwarze Seele ignorierte die Treffer einfach, legte nicht einmal seine materielle Gestalt ab, sondern streckte stattdessen entschlossen seine Klauen nach dem Halbling aus.

»Komm zu mir, kleiner Pirat«, lockte der Lich mit einer Stimme, deren Hall Regis bis ins Mark erschauern ließ. Er wurde beinahe ohnmächtig. Da schrie Drizzt von weit hinten, und auch Bruenor, der links von dem Halbling noch auf den Knien lag, rief nach seinem bedrängten Freund.

Regis wankte schon, nahm aber noch wahr, wie sich die wässrige Stimme des Lich verzerrte. Dann merkte er, dass sein Feind sich auch äußerlich veränderte: Sein Gesicht wurde länger, als ob es wie weicher Teig nach hinten gezogen würde.

Schwarze Seele griff noch nach ihm, aber die Bewegung schien ihn nicht erreichen zu können.

Der Lich wurde weiter nach hinten gezogen, streckte sich immer mehr. Er machte ein verwundertes Gesicht, dann wurde er zu Nebel, als ob er fliehen wollte.

Aber diesmal bot der Nebel keinen Ausweg, sondern wurde schnell in die Dimension zurückgesaugt, aus der er gekommen war, an Wulfgar vorbei, der schon wieder angriff, an Drizzt vorbei und in die Finsternis.

Es wurde ganz still im Lager.

Guenhwyvar lief misstrauisch im Kreis. Die vier Freunde sahen einander verwundert an.

»Mein Mädchen«, flüsterte Bruenor schließlich.

Wie auf Kommando trat Catti-brie ins Licht des Feuers. Sie drückte eine Hand zur Faust geballt fest an die Brust. Mit der anderen hielt sie einen großen Edelstein in die Luft.

»Was hast du getan?«, fragte Drizzt.

»Wir konnten ihn nicht schlagen«, flüsterte sie. »Ich musste es tun.«

»Sie hat ihn gefangen!«, jubelte Bruenor und kam auf die Füße. »In dem Edelstein! Braves Mädchen!«

»Catti?«, fragte Drizzt.

Sie sah zu ihm auf, als würde sie aus einer Trance erwachen, lenkte seinen Blick auf das Phylakterion und nickte.

»Das war der Zauber für Pwent«, warf Wulfgar ein. »Der, mit dem die Harpells den Ring belegt haben.«

»Was hast du getan, Mädchen?«, fragte Bruenor nun mit wachsender Panik.

»Uns gerettet«, antwortete Drizzt. Er wandte sich Catti-brie zu. »Und was jetzt? Zurück nach Langsattel?«

Sie dachte gründlich nach. Dann schüttelte sie den Kopf. »Wir ziehen weiter«, erwiderte sie. »Der Lich ist gefangen. Seine Seele sitzt in dem Phylakterion fest. Er kann uns nicht mehr schaden.«

»Aber du hast den Zauber verbraucht, der in dem Ring gespeichert war«, sagten Bruenor und Regis gleichzeitig.

»Zur Sicherheit habe ich noch eine Spruchrolle der Harpells als Ersatz dabei«, sagte sie.

»Ist dein Gefängnis denn nicht schon voll?«, fragte Bruenor.

»Du hast doch gesagt, dieser Zauber wäre zu schwer für dich«, fügte Drizzt hinzu.

»Mit dem Ring habe ich es schon einmal geschafft«, antwortete Catti-brie. »Diese Macht werde ich auch ein zweites Mal aufbringen können. Und das Phylakterion … wir finden ein anderes! Oder wir kehren meinetwegen um. Aber sagtet ihr nicht vorhin beim Aufbau des Lagers, wir wären schon dicht am Zugang zu Gauntlgrym?«

»Ja. Wir dürften das Tal kurz nach Sonnenaufgang erreichen«, bestätigte der Zwerg.

Catti-brie zuckte mit den Schultern und sah Drizzt an.

Der nahm den Hinweis auf und musterte nacheinander die Gefährten.

»Also dann nach Gauntlgrym?«, fragte er. »Auch wenn ich fürchte, dass wir unseren alten Freund Thibbledorf Pwent dort vernichten müssen, anstatt ihn mitzunehmen, damit er die Wiederauferstehung und einen echten, sauberen Tod durch einen Hohepriester akzeptiert.«

Nach diesen Worten stand Catti-brie vor ihm, aus deren weiten Ärmeln blauer Nebel aufstieg, und berührte ihn mit Heilmagie, um die Blessuren zu lindern, die der Lich ihm zugefügt hatte. Im Anschluss behandelte sie nacheinander die anderen mit Wärme und Heilenergie.

In dieser Nacht schliefen alle unruhig, denn diese entsetzliche Begegnung mussten sie erst einmal verdauen. Dennoch waren sie bereits vor Tagesanbruch wieder unterwegs und erreichten schon bald das felsige Tal, von dem Bruenor gesprochen hatte. Die Sonne stand noch hoch am Himmel, als sie die Tunnel fanden und der Abstieg nach Gauntlgrym begann.

Kapitel 14

So viele bewegliche Teile

Der Baenre-Tross rückte durch die Tunnel des Unterreichs vor, jedoch nicht – wie ursprünglich geplant – direkt zurück nach Menzoberranzan. Auf Befehl der Oberinmutter zogen sie vielmehr nach Osten, um Tsabrak auf dem ersten Abschnitt seiner wichtigen Mission Geleit zu geben.

Als sie ihr Lager aufschlugen, war die Oberinmutter natürlich nicht dabei. Gromph hatte eine extradimensionale Villa erzeugt, in der sich ausgewählte Adlige des Hauses Baenre gefahrlos ausruhen konnten. Auch der Illithide zog sich dorthin zurück, und selbst Tsabrak hatte ein Zimmer bekommen. Inzwischen war er zu wichtig, um ihn aufs Spiel zu setzen. »Ich hatte erwartet, dass Ihr aufgeregter sein würdet«, sagte Quenthel zu Gromph, während sie mit ihm an einer leuchtenden Wand saß, deren Farbenspiel sich ständig kunstvoll veränderte. Für diese Ablenkung sorgte Gromph jeden Abend und genoss dabei ein gutes Glas Wein oder Brandy. Da seine Schwester diese Gewohnheit aus Menzoberranzan kannte, wunderte sie sich nicht darüber. Dennoch staunte sie über seine Zufriedenheit und die Friedlichkeit, die von dem Kunstwerk ausging.

Der alte Zauberer sah sie fragend an. »Ich bin sicher, dass ich mich mehr aufregen werde, wenn Ihr weiter einfach so in mein Zimmer eindringt«, entgegnete er und erhob sein Glas auf ihr Wohl.

»Wir werden Tsabrak bald zurücklassen«, verkündete Quenthel. »Er reist allein weiter.«

»Je eher ich diesen ehrgeizigen Xorlarrin-Welpen los bin, desto besser.«

»Also stört er Euch«, stellte die Oberinmutter verschlagen lächelnd fest.

»Nicht im Geringsten.«

»Wirklich? Mein lieber Bruder, macht Euch der bevorstehende Aufstieg von Tsabrak denn so gar nicht zu schaffen? Wäre es womöglich Zeit für einen neuen Erzmagier in der Stadt der Spinnen?«

»Einen Xorlarrin, dessen Familie Menzoberranzan verlassen hat?«, fragte Gromph ziemlich ungläubig.

»Würde die Erhebung von Tsabrak nicht die Bande zwischen Menzoberranzan und diesem kümmerlichen Außenposten der Xorlarrins festigen?«

Gromph lachte laut auf. »Ach, liebe Schw … Oberinmutter«, sagte er kopfschüttelnd, als läge es auf der Hand. »Warum sollte ich diesen Zug der Herrin Lolth fürchten? Habe ich nicht mehr zu gewinnen als Ihr? Als jede Oberin? Die Spinnenkönigin begehrt Mystras Reich, und in ihren gegenwärtigen Reihen dienen die trainierten Männer diesem Reich am besten – am allerbesten ich.«

»Oder Tsabrak!«, fauchte Quenthel. Ihr ersichtlicher Ärger bewies dem alten Magier, dass seine Schlussfolgerungen ihr unheimlich waren.

»Die Tentakel des Illithiden werden nicht in mein Gehirn eindringen«, versicherte Gromph der Frau. »Und ich möchte diesen Zauber auch nicht auslösen. Nicht Gromph wird unter dem freien Himmel der Silbermarken zum Kanal für unsere Herrin, und ich versichere Euch, dass ihm diese Aussicht sehr zusagt.«

»Wenn Lolth das hören könnte …«

»Das wird sie gewiss!«, unterbrach Gromph. »Ich habe es gerade ihrer wichtigsten Stimme auf Toril erzählt, und zwar freiwillig.«

»Fürchtet Ihr nicht ihren Zorn?«

Der Erzmagier zuckte mit den Schultern und schenkte sein Glas nach. »Ich tue das, was Lolth mir aufträgt. Ich versuche gar nicht, etwas vor ihr zu verbergen. Wozu auch? Sie kannte meine … Gefühle für Euch, als Ihr noch Quenthel wart – *nur* Quenthel.«

»Ihr meint, sie kannte Eure Intrige mit Minolin Fey«, entgegnete Oberinmutter Quenthel.

Der Erzmagier nickte und gab sich keine Mühe, sein Lächeln zu verbergen. »Und Lolth hat es nicht gebilligt«, fuhr Gromph fort. »Weil sie andere Pläne mit Euch hatte. Pläne, die ich auf ihren Befehl hin umgesetzt habe. Ich bin ein treuer Diener. Bitte verwechselt meinen scheinbaren Mangel an Ehrgeiz niemals mit etwas anderem als größerem Ehrgeiz um meinetwillen. Das wäre für uns beide am besten.«

»Was soll das nun wieder heißen?«

»Es heißt, Oberinmutter, dass der Erzmagier von Menzoberranzan Gromph ist, der all diese Jahrhunderte überlebt hat. Wer mich für alt und schon fast tot hält, wird zweifellos noch vor mir im Grab liegen, und wer sich meiner bemächtigen will, braucht mehr als nur einen Zauber über El-Viddenvelp, selbst wenn er von der Spinnenkönigin inspiriert wäre.«

Die Art und Weise, mit der er den Illithiden ins Spiel brachte, stimmte Oberinmutter Quenthel nachdenklich. »Ihr glaubt also, Methil sei Eure Kreatur.«

»Beweist mir das Gegenteil.«

»Methil war der Berater von Yvonnel.«

»Für die Rolle ist er nicht ausreichend kontrollierbar.«

»Aber Euch dient er?«

Der Erzmagier prostete seiner Schwester zu und versuchte nicht, sie von dieser Aussage abzubringen.

»Und Gromph dient der Oberinmutter«, sagte sie bestimmt.

»Selbstverständlich.«

Bald darauf verließ Oberinmutter Quenthel leicht verunsichert sein Zimmer. Hatte Gromph wirklich mehr zu gewinnen als sie? Darüber musste sie nachdenken. Sie ging in ihr eigenes Zimmer, wo sie im Dunkeln die Erinnerungen ihrer toten Mutter prüfte, um die passende Erkenntnis zu gewinnen.

Für Quenthel Baenre hatte es in der Beziehung der Geschlechter immer nur Herrin und Diener gegeben. Deshalb warfen Gromphs Direktheit und seine mutige, ja herrische Haltung sie aus der Bahn. Doch wieder fand die momentane Oberinmutter Baenre die gewünschten Antworten in den Geheimnissen von Yvonnel, und so verstand sie schließlich, dass dieses matriarchale Gefüge für viele Männer – und ganz gewiss für Gromph – weniger streng und förmlich war, als man es ihr eingetrichtert hatte.

Zweifellos wusste die Spinnenkönigin ihre Priesterinnen über alle Maßen zu schätzen, und für die Mehrheit der Männer von Menzoberranzan entsprach das Leben der gewohnten Ordnung. Es gab jedoch Ausnahmen: die Zauberer der Xorlarrins, die Krieger von Barrison Del'Armgo, Gromph Baenre oder auch Jarlaxle.

Diese Einzelnen und diese Gruppen entsprachen nicht den Grundsätzen.

Als die Oberinmutter ihre Meditation beendete, lächelte sie über diese Ironie. Denn mit ihrem höheren Status, dem Wissen und der Macht hatte sie zugleich auch mehr echte Demut erworben.

Der Erzmagier – ihr Bruder – war nur eine weitere ihrer Waffen. Diese Waffe musste sie hüten und respektieren.

Als seine Häscher ihn das erste Mal aus dem Käfig ließen, hatte er keine Kraft mehr zu stehen. Sie schleiften ihn von der Schmiede in eine seitlich gelegene Höhle, die mit Wandbehängen, Teppichen und dicken Kissen ausgestattet war. In dieser Opulenz residierte Hohepriesterin Berellip Xorlarrin.

Die beiden Drow-Männer ließen Entreri ohne jede Zeremonie auf den Boden fallen, verbeugten sich vor der Priesterin und verschwanden schnell. Sie schlossen die Tür hinter sich.

Als Artemis Entreri klar wurde, dass er mit der Priesterin allein war, überlegte er, ob er wohl stark genug wäre, ihr die Finger um den Hals zu legen.

»So treffen wir uns also wieder. Und wieder in meiner Stadt«, sagte Berellip zu ihm.

Er blieb reglos liegen.

»Steh auf!«, befahl sie. Als er nicht reagierte, schleuderte die Priesterin einen Krug Wasser nach ihm, der vor ihm zerbarst und ihn mit Scherben und magisch gekühltem Wasser bespritzte. Trotz seiner Sturheit konnte Entreri nicht widerstehen. Er leckte ein paar Tropfen der lebenswichtigen Flüssigkeit auf. Wie gut sie seinen ausgedörrten Lippen tat! Seine Wärter hatten ihm gerade ausreichend Wasser und Nahrung zukommen lassen, um ihn am Leben zu erhalten.

Die Drow waren so gut in solch grausamen Spielchen!

Berellips nächster Zug jedoch überraschte den Assassinen, denn sie kam zu ihm herüber, legte eine Hand auf seinen Kopf und rezitierte dazu leise Zauberworte. Eine Woge aus magischer Energie erfüllte ihn mit Wärme und neuer Kraft. Er spürte, wie seine Glieder sich erholten. Auch sein Kopf wurde wieder klar.

»Steh auf«, wiederholte sie mit leiser, drohender Stimme.

Entreri stützte sich erst auf die Ellbogen und kam dann auf die Knie. Vom langen regungslosen Hängen im Käfig waren seine Gelenke so steif, dass jede Bewegung schmerzte.

»Eine hübsche Lüge hast du mir bei unserer letzten Begegnung aufgetischt«, sagte Berellip.

Entreri starrte sie regungslos an.

»Bregan D'aerthe, sagtest du«, erinnerte sie ihn. »Aber das war nicht die Wahrheit.«

»Ich habe viele Jahre mit Jarlaxle zusammen verbracht«, sagte Entreri mit brüchiger Stimme. Das Sprechen fiel ihm schwer.

»Jarlaxle ist irrelevant«, befand Berellip mit einer Strenge, die Entreri vermuten ließ, dass sie mehr wusste als er. »Es gibt genau einen Grund, warum du noch am Leben bist. Nun gut, vielleicht auch zwei«, fuhr sie fort. »Du hast die Wahl.«

»Ich brenne darauf, es zu erfahren«, flüsterte er sarkastisch.

»Einer von euch fehlte«, stellte Berellip fest. »Wo ist er?«

»Die Zwergin ist kein Er, sondern eine Sie«, antwortete Entreri unschuldsvoll.

»Nicht die!«, fauchte die Priesterin und schlug ihm ins Gesicht. »Wo ist er?«

Entreri hob verwirrt die Hände. »Zwei sind tot, zwei gefangen, die Zwergin fehlt.«

»Der sechste.«

»Wir sind fünf.«

»Der Drow«, stellte sie klar. »Wo ist Drizzt Do'Urden?«

»Der schon wieder?«, entgegnete Entreri.

»Glaube mir, das ist das letzte Mal in deinem Leben, dass ich dir diese Frage stelle«, drohte Berellip. »Das nächste Mal frage ich deine Leiche!«

»Er ist tot«, antwortete Entreri. »Liegt irgendwo in einer Gletscherspalte, hoch oben im Norden. Schon mindestens zehn Jahre.«

Seine prompte, offene Reaktion schien die Priesterin zu verblüffen. Ihre Schultern sackten ein wenig ab, und sie trat einen Schritt zurück. »Du wagst es, mich zu belügen?«, fragte sie, während ihre Hand zur Schlangenpeitsche glitt.

Sie versuchte, selbstsicher zu klingen, aber die spontane Reaktion hatte bereits preisgegeben, was sie bewegte, und der aufmerksame Entreri wusste, dass seine Lüge sie kalt erwischt hatte.

»Du sagst uns alles, was wir wissen wollen«, verlangte Berellip.

»Über Drizzt Do'Urden? Natürlich. Den Dummkopf konnte ich sowieso nie leiden.«

»Trotzdem hast du ihn bei unserer letzten Begegnung mit deiner Lüge gerettet.«

»Ich habe nur meine eigene Haut gerettet«, erwiderte Entreri. Jetzt war seine Stimme schon kräftiger. »Was hättet Ihr von mir erwartet? Immerhin war meine Geschichte von Nutzen, weil das meiste der Wahrheit entsprach. Ihr wusstet, dass ich damals in Menzoberranzan zu Jarlaxle gehörte ...«

»Bist du ein Halb-Elf? Welche Magie hält dich am Leben? Das ist über hundert Jahre her, und trotzdem siehst du aus wie ein Mensch mit vierzig.«

Entreri zuckte mit den Schultern. Er lachte. »Ich bin kein Elf. Und die Magie? Ich dachte, ich wüsste es, aber leider habe ich mich gründlich geirrt.«

»Wieso bist du dann noch am Leben?«

»Das solltet Ihr Jarlaxle fragen. Der weiß bestimmt mehr darüber als ich.«

Da kam Berellip zynisch lächelnd auf ihn zu. Mit einer Hand hob sie Entreris Kinn an und zwang ihn, zu ihr aufzusehen. »Du hast mich einmal zufriedengestellt«, sagte sie. »Vielleicht schaffst du das noch mal.«

Und dann schlug sie ihn. Gnadenlos ließ sie die Schlangen in sein Fleisch beißen und ihr Gift in seine Adern spritzen, immer und immer wieder, bis Entreri sich zuckend auf dem Boden wand.

Plötzlich erschienen mehrere Drow, als hätten sie die ganze Zeit hinter einem Unsichtbarkeitszauber überall im Raum gewartet. Zwei packten ihn an den Knöcheln und schleppten ihn weg. Das zumindest nahm er noch wahr, ehe das Peitschengift so tief in seine Sinne eindrang, dass die Realität endgültig verschwamm.

Irgendwann schlug er die Augen auf, weil das Dröhnen der Schmiedehämmer ihn wieder ins Bewusstsein riss. Er steckte wieder in seinem Käfig. Dahlia weinte rechts von ihm kläglich vor sich hin; Afafrenfere hing links in den Eisenbanden seines Käfigs.

Der geschundene Assassine nickte langsam, als er sich umsah. Die Drow-Priesterin hatte gerade einen Fehler gemacht.

Sie hatte ihm einen Lebenszweck geschenkt. Er konnte nicht hoffen, diesen Ort lebend zu verlassen, es sei denn, man verschleppte ihn wieder als Sklaven nach Menzoberranzan.

Aber jetzt war er entschlossen, dass mindestens einer dieser Drow sterben würde.

»Doe! Ach, mein liebes Kind«, sagte Tos'un, als er Doum'wielle endlich in den tiefen Gängen des Unterreichs wiedersah. Der Zug der Baenres hatte sich von Tsabrak getrennt und kehrte nun nach Menzoberranzan zurück.

»Wo hast du mich hingeführt?«, fragte Doum'wielle. In ihrer Stimme lag eine Mischung aus Entsetzen, Schock und Bestürzung.

Ihr trauriger Blick und ihr Tonfall schmerzten Tos'un mehr, als er sich je hätte vorstellen können. Dabei war er doch der Sohn von Haus Barrison Del'Armgo, ein Drow-Krieger von edlem Geblüt und hohem Rang im Zweiten Haus von Menzoberranzan, der vielleicht größten Garnison aller Drow-Häuser dieser Welt.

Warum machte er sich mehr aus seiner Tochter als aus dem Ruhm oder den Scherereien, die sie ihm einbringen konnte?

»Was hast du denn erwartet?«, fragte er unwirsch. »Habe ich dir nicht genug über die Wege der Drow beigebracht? Hat dich das Aufwachsen mit deinen schwächlichen Cousins selbst schwach gemacht?«

»Vater …«

»Ruhe!«, herrschte er sie an und schlug ihr ins Gesicht. »Bist du eine Drow, oder bist du *Darthiir*?«, schimpfte er. Der Drow-Begriff für die Oberflächenelfen war ein Wort, das keinerlei Wärme enthielt.

»Wenn ich *Darthiir* bin, bin ich tot«, entgegnete sie.

»Wenn du *Darthiir* bist, wirst du um deinen Tod betteln«, stellte Tos'un prompt klar. »Glaubst du, Oberinmutter Quenthel oder die anderen – einschließlich mir – würden dich am Leben lassen?«

»Hast du meine Mutter geliebt?«

»Liebe«, fauchte der Drow voller Verachtung. Ihre Frage traf Tos'un tiefer, als er hätte zugeben mögen, nicht einmal vor sich selbst. Denn er hatte Sinnafein tatsächlich geliebt. Ja, erst war es bequem gewesen, bei den Elfen aus dem Mondwald zu bleiben. So hatte er überlebt. Aber mit den Jahren war es mehr als das geworden.

Wenn es jedoch dabei bliebe, wäre das jetzt sein sicherer Untergang – und der seiner Tochter.

»Die Liebe ist der Göttin vorbehalten«, teilte er ihr mit. »Deine Mutter hat mich gefangen gehalten, weiter nichts. Ich habe die Freuden des Fleisches mit ihr geteilt, wenn ich konnte, und daraus bist du entstanden und auch dein Bruder. Ich konnte sie und ihren stinkenden *Darthiir*-Stamm nicht verlassen, sonst wäre ich tot gewesen. Aber jetzt hast du mich … nach Hause geführt.«

Doum'wielle blieb lange regungslos stehen, während sie diese Worte und die gefühllose Kälte, mit der sie gesprochen wurden, verarbeitete. Ihr Blick wanderte zu Tos'uns Hüfte. »Gib mir mein Schwert«, verlangte sie.

»Die Oberinmutter hat es mir übergeben.«

Doum'wielle starrte ihn hasserfüllt an. Tos'un sah, wie sie um ihre Selbstbeherrschung kämpfte. So hatte sie damals auch mit Khazid'hea gerungen. Jetzt versuchte sie, ihre *Darthiir*-Seite in den Griff zu bekommen, die sanfte Schwäche der Elfen, die sie von Sinnafein geerbt und im Mondwald gelernt hatte. Diesen Kampf musste sie gewinnen, und zwar schnell und entschlossen. Sonst würde man sie den Folterknechten von Menzoberranzan vorwerfen, und am Ende müsste sie vielleicht als achtbeiniges Scheusal ihr Leben fristen.

»Das Schwert gehört mir. Ich habe es mir mit Blut erkauft«, beharrte sie.

»Sobald die Oberinmutter es gestattet, gebe ich es dir zurück.«

Er sah, wie Doum'wielle blass wurde, und merkte, dass

sie plötzlich an ihm vorbeiblickte. Als Tos'un herumfuhr, stand Oberinmutter Quenthel hinter ihm.

»Soll ich Tos'un Armgo gestatten, den Angriff gegen den Mondwald anzuführen, wenn wir wieder im Osten sind?«, fragte Oberinmutter Quenthel tückisch.

»Erlaubt es mir!«, meldete Doum'wielle sich zu Wort. »Damit ich in dieser Schlacht das jämmerliche Erbe meiner Mutter abschütteln kann!«

»Doe, dein Platz!«, warnte Tos'un, aber Oberinmutter Quenthel lachte nur erfreut auf.

»Gebt diesem Kind sein Schwert zurück«, befahl sie.

Tos'un und Doum'wielle starrten sie ungläubig an.

»Sofort!«, verlangte Quenthel, worauf Tos'un eilig den Schwertgurt löste und seiner Tochter überreichte. Als Doum'wielle den Gurt umschnallte, trat die Oberinmutter dicht an sie heran. »Dieses Schwert hat meinem Bruder gehört«, sagte sie leise. »Das Schwert des großen Dantrag Baenre, dem größten Waffenmeister seiner Zeit.« Nach diesen Worten drehte sie sich lauernd zu Tos'un um, als würde sie nur darauf warten, dass er widersprach, denn Haus Barrison Del'Armgo brüstete sich gern des legendären Uthegental als größtem Waffenmeister jener Zeit. Jahrhundertelang hatte die Rivalität zwischen diesen beiden Kriegern in jeder Ecke von Menzoberranzan für Streit gesorgt.

Natürlich stellte Tos'un ihre Worte nicht offen infrage.

»Haltet Ihr es für passend, dass das Schwert von Dantrag an der Hüfte einer Armgo hängt?«, fuhr Oberinmutter Quenthel fort.

Tos'un schluckte. »Nein, Oberinmutter«, sagte er gedämpft, und Doum'wielle folgte flüsternd seinem Beispiel.

»Ich natürlich auch nicht«, sagte die Oberinmutter. »Aber wenn unsere Häuser sich zur gemeinsamen Sache neu vereinen, wird es passend sein. Geht mit stolzem Schritt, denn Ihr beide seid die Botschafter des Zweiten Hauses von Menzoberranzan, die für eine bessere Verständigung zwischen Baenre und Barrison Del'Armgo sorgen werden.«

»Oberinmutter?«, hörte Tos'un sich bei dieser überraschenden Erklärung verdutzt fragen. In dem weiten Netz, das Oberinmutter Quenthel gerade ausgeworfen hatte, schien völlig unterzugehen, dass sie offenbar nicht nur Tos'un, sondern auch Doum'wielle – eine Halb-Drow und Halb-*Darthiir* – in ihre weitreichenden Pläne einbezog.

Mit einem überlegenen Lachen machte Oberinmutter Quenthel auf dem Absatz kehrt und ging zu Andzrel, um im Baenre-Zug ihren Platz auf der magischen Scheibe einzunehmen.

»Vater?«, fragte Doum'wielle skeptisch.

Doch Tos'un schüttelte nur verwirrt den Kopf.

»Das ist ein Baenre-Schwert«, beklagte sich Andzrel bei Gromph, während sie mit Tsabraks Gruppe weiter nach Osten zogen. »Wie kann sie es einem Sohn von Haus Barrison Del'Armgo geben?«

»Das ist die Entscheidung der Oberinmutter«, stellte Gromph kühl klar. Er sah den Waffenmeister an. Die beiden hatten sich nie nahegestanden, aber seit Andzrel erfahren hatte, dass Gromph an der Expedition von Ravel Xorlarrin in das alte Zwergenreich Gauntlgrym beteiligt gewesen war und dass er maßgeblich dafür gesorgt hatte, dass Tiago Baenre, Andzrels Rivale um den begehrten Titel des Waffenmeisters, bei dieser erfolgreichen Mission das Haus Baenre repräsentiert hatte, war die Beziehung noch schlechter geworden.

Der alte Erzmagier betrachtete Andzrel mit einer Mischung aus Abscheu und Mitleid, die er natürlich mit Absicht so offen zeigte. »Es gibt viele bewegliche Teile«, sagte er. »Die Oberinmutter sieht sie und setzt sie für ihre Zwecke ein. Viele andere jedoch sieht sie nicht.«

»Ihr hingegen schon?«, schnaubte Andzrel abfällig.

»Genau«, antwortete Gromph gelassen.

»Dann klärt mich auf.«

»Wohl kaum«, erwiderte Gromph. »Eure Unwissenheit amüsiert mich. Eines kann ich Euch immerhin versichern: Tiago wird Euch die Stellung des Waffenmeisters von Haus Baenre nicht streitig machen.«

Diese erstaunliche Enthüllung wunderte Andzrel. Schließlich wusste er, dass Oberinmutter Quenthel Saribel Xorlarrin angewiesen hatte, eilends mit Tiago nach Menzoberranzan zurückzukehren. Daher hatte Andzrel vermutet, dass der junge Angeber, ein Enkel des berühmten Dantrag, mit seinem neuen, angeblich so fantastischen Schild und dem Schwert unmittelbar auf das Amt des Waffenmeisters aus war.

»Er bleibt bei den Xorlarrins?«

»Nein.«

Andzrel sah den wortkargen alten Zauberer neugierig an.

»Zu viele bewegliche Teile für Euer Begriffsvermögen«, stellte Gromph fest. »Tiago erhält seine Belohnung, aber nicht als Waffenmeister von Haus Baenre. Auf dieser gewöhnlichen Position wären seine Talente derzeit völlig verschwendet.«

Sein Seitenhieb traf Andzrel durchaus. Dennoch war der Drow-Krieger über Gromphs Mitteilung erleichtert.

Und das war stets das Problem bei ihm gewesen, wie Gromph in diesem Moment glasklar erkannte. Andzrel beglückte die Aussicht, nicht gegen Tiago antreten zu müssen, denn diesen Kampf konnte er unmöglich gewinnen. Der kleinmütige Krieger war so auf das augenblickliche Thema fixiert, dass er das größere Bild – und damit die wahre Bedrohung für seine Position – nicht sehen konnte. Schon bald würde Quenthels eigener Sohn, Aumon Baenre, Melee-Magthere abschließen. Natürlich als Klassenbester. Die Oberinmutter hatte ihn sicher längst für die Position des Waffenmeisters von Haus Baenre auserkoren. Tiago war dafür nie ernsthaft in Betracht gekommen, und jetzt, nachdem Quenthel mit Fug und Recht aus tiefster Überzeugung den Mantel der Oberinmutter Baenre trug, kam dies gar nicht mehr infrage.

Nein, mit Tiago und seiner neuen Braut Saribel hatte sie andere Pläne, das wusste Gromph, und diese Pläne beinhalteten eine wichtigere Position für Tiago.

Denn im Gegensatz zu Andzrel verstand Tiago nicht nur etwas vom Kämpfen.

Er wusste, wie man die Kunst der Intrige einsetzte.

»Ihr dürft Euch glücklich schätzen«, sagte Gromph schließlich, »denn Ihr werdet die Verfinsterung erleben, und das wird ein glorreicher Anblick!«

Andzrel musterte ihn fragend. »Wollt Ihr Tsabrak nicht bis an die Oberfläche begleiten?«

»Nein«, antwortete Gromph. Er blickte sich um und winkte seinen Gedankenschinder herbei. »Ich habe mich heute früh bereits genauer umgesehen. Ab hier beginnt der letzte Wegabschnitt zur Oberfläche. Nur noch wenige Zehntage, und der Weg ist frei. Damit habe ich Tsabrak gegenüber meinen Dienst erfüllt. Ihr bleibt bei ihm und sorgt für seine Sicherheit. Das sollte kein Problem sein.« Er setzte zu einem Zauber an, der den Umriss einer Tür in die Luft schrieb.

»Ihr kehrt nach Menzoberranzan zurück?«

»Beizeiten«, antwortete Gromph lediglich, schickte den Illithiden zuerst durch das Portal, nickte dem Waffenmeister zu und trat dann selbst hinein, um im Vorraum der Höhle des Urelementars wieder herauszukommen, den er für genau diesen Zweck markiert hatte. Der riesige Wasserelementar, der den Raum bewachte, erhob sich drohend, ehe er den Erzmagier erkannte und wieder zusammenschrumpfte.

Gromph erzeugte eine Dimensionstür, um mit Methil die Schlucht zu überqueren, und führte den Gedankenschinder anschließend in den engen, gewundenen Tunnel zur Schmiede, deren Hammerschall von den Wänden widerhallte und ihnen den Weg wies.

Beim Durchqueren der Schmiede wurden sie von den Goblins und Drow angestarrt, aber natürlich in keiner Weise aufgehalten. Gromph registrierte die hängenden Käfige, interessierte sich jedoch nicht weiter dafür.

Schließlich erreichten sie einen großen Gang, der von prachtvollen Zwergenstatuen gesäumt war. Gromph hasste das bärtige Volk inständig, doch gute Handwerkskunst wusste er zu schätzen und freute sich, dass die Xorlarrins diese Überreste eines alten Zeitalters nicht entweiht hatten. Auf dem Weg zu Berellips Räumen machte er an einer Tür halt, um mit wachsender Belustigung zu lauschen. Ohne sich lange mit Anklopfen aufzuhalten, ließ der Erzmagier die Tür durch Zauberkraft aufgehen und sah sich drei sehr überraschten Dunkelelfen gegenüber.

Er trat ein, und Methil folgte ihm. Erstaunlicherweise erwies ausgerechnet die höchstrangige Anwesende, Saribel Xorlarrin, ihm den größten Respekt, indem sie zurücktrat und sich höflich verneigte.

Die anderen beiden hingegen – ihr ehrgeiziger Bruder Ravel und der Emporkömmling Tiago – wirkten so verärgert, dass sie die erhabene Anwesenheit des Erzmagiers von Menzoberranzan nicht einmal angemessen würdigten.

»Ich wurde nach Menzoberranzan zurückgerufen!«, grollte Tiago.

»Die Oberinmutter hat Verwendung für Euch.«

»Aber das geht doch nicht, Erzmagier!«, rief der junge Krieger und klatschte frustriert die Hände zusammen.

»Wir sind so nah dran«, erklärte Ravel. »Wir haben seine Freunde, haben sie hierhergeschleppt. Sie werden es uns verraten, und dann gehört der Abtrünnige uns!«

»Der Abtrünnige? Drizzt Do'Urden mal wieder?«

»Ja!«, antworteten die beiden jungen Drow einstimmig.

Gromph war sich nicht sicher, wohin das führen sollte. Die Oberinmutter hatte viel in Gang gesetzt, in Menzoberranzan und auf der Oberflächenregion, die den Namen Silbermarken trug. Ein Kampf auf Leben und Tod zwischen Tiago und Drizzt war in diesen Plänen – besonders zum gegenwärtigen Zeitpunkt – sicher nicht vorgesehen.

»Bringt mich zu diesen Gefangenen«, befahl er, und kurz darauf standen alle fünf vor den Käfigen in der großen Schmiede von Gauntlgrym.

Nach einer telepathischen Unterredung mit dem Gedankenschinder befahl Gromph, Dahlia abzunehmen, wobei er Entreri nicht aus den Augen ließ.

»Ein alter Freund von Jarlaxle«, sagte er zu Tiago und Ravel, die neben ihm standen. »Ein vortrefflicher Krieger, soweit ich mich erinnere.«

»Nicht besonders vortrefflich«, erwiderte Tiago.

Gromph musterte den eingebildeten jungen Drow und lächelte dabei ein wenig, was Tiago nicht verstand. Doch Gromph stellte sich sein Gegenüber gerade im Zweikampf mit Drizzt Do'Urden vor und ging davon aus, dass die

Krummsäbel dieses Gegners Tiago etwas mehr Bescheidenheit lehren würden.

Dann aber wandte er sich Dahlia zu, die so aussah, als würde sie einfach in sich zusammensacken, wenn die zwei Drow-Wachen sie nicht mehr festhielten.

»Bringt sie in ein Zimmer, wo ich mit ihr allein sein kann«, befahl der Erzmagier, worauf man Dahlia davonschleppte. »Nicht ganz allein natürlich«, stellte Gromph mit einem Blick auf den Illithiden fest.

»Was habt Ihr vor?«, fragte Tiago.

Gromph sah ihn ungläubig an, um ihn wissen zu lassen, wie absurd es war, dem Erzmagier eine solche Frage zu stellen. »Wolltet Ihr sie foltern?«, fragte Gromph. »Und den da auch? Wolltet Ihr sie so lange martern und quälen, bis sie Euch sagen, was Ihr wissen wollt?«

»Dieser Gedanke ist mir schon gekommen«, antwortete Tiago.

»Dann seht darin den perfekten Beweis für die Beschränktheit von Tiago«, schnaubte Gromph. »Und von jedem, der das Schwert größeren Kräften vorzieht.«

Bald darauf gellten die Entsetzensschreie der armen Dahlia durch die unteren Hallen von Gauntlgrym, als Methil El-Viddenvelp in ihren Geist eindrang.

»Ihr wagt es, dem Erzmagier nachzuspionieren?«, sagte Saribel in einem anderen Raum zu Ravel, der Dahlias Verhör heimlich über eine magische Verbindung verfolgte.

»Ruhe«, verlangte Tiago. »Lasst ihn seine Arbeit tun.«

»Das ist der Erzmagier von Menzoberranzan!«, hielt Saribel dagegen. »Wenn er es herausfindet …«

»Sollen wir etwa einfach abziehen, wie die Oberinmutter es verlangt? Soll ich diese Unternehmung beenden, jetzt, wo die Beute zum Greifen nah ist?«

»Die Katastrophe, meint Ihr, wenn Ihr gegen …«

»An einem Berghang im Eiswindtal«, unterbrach Ravel die beiden, die sich prompt nach ihm umdrehten. Er schien ins Leere zu blicken. Tiago und Saribel wussten, dass seine Sinne tatsächlich fern waren, nämlich in dem anderen Raum bei Gromph, dem Illithiden und Dahlia. »Die Heldenhammer-Zwerge«, sagte Ravel. »Sie glaubt, Drizzt sei bei ihnen unter dem Berg im Eiswindtal.«

»Wir kennen die Tunnel, die uns dorthin bringen«, flüsterte Saribel.

»Das ist gar nicht weit«, fügte Tiago hinzu. »Wir können dorthin, die Sache erledigen und dann im Triumph nach Menzoberranzan zurückkehren. Die nötige Zeit dafür wäre selbst in den Augen der Oberinmutter angemessen.«

Die Tür ging so plötzlich auf, dass Tiago und Saribel überrascht zusammenfuhren. Nur Ravel, der im Geiste nicht wirklich anwesend war, setzte unbeirrt seine Arbeit fort. Erleichtert registrierte das junge Drow-Paar, wie Berellip hereinkam, nicht etwa ein Verbündeter von Gromph.

»Eiswindtal. Im Norden«, sagte Tiago zu ihr, nachdem er eilig die Tür hinter ihr geschlossen hatte. »Dahlia verrät Gromphs hässlichem Haustier gerade den Weg.«

Berellip musterte die Anwesenden verwundert. »Ihr belauscht den Erzmagier?«, fragte sie schockiert.

»Nein, damit sind wir gerade fertig«, antwortete Ravel, noch ehe Tiago reagieren konnte. Der Zauberer hatte sein Hellsehen und Hellhören gerade beendet. »Und es war ein sehr fruchtbares Unterfangen.«

»Gromph bräuchte nur mit den Fingern zu schnippen, dann wäre es aus mit Euch«, warnte Berellip.

»Wozu?«, fragte Ravel, während Tiago schon prahlte: »Nicht wenn ich in Menzoberranzan den Kopf von Drizzt Do'Urden präsentiere!«

»Ihr habt ihn gefunden?«, fragte Berellip. Plötzlich erwachte ihr Interesse. Sie kam näher und setzte sich gegenüber von Saribel an den niedrigen Tisch.

»Wann erwartet Ihr Oberin Zeerith?«, fragte Tiago.

»In zwei Zehntagen. Vielleicht drei.«

Tiago grinste breit und sah sich nach Ravel um, der genauso strahlte.

»Reichlich Zeit«, erklärte der Zauberer.

An diesem Tag erfuhren Gromph Baenre und Methil noch weit mehr von Dahlia, als die anderen beim Lauschen mitbekommen hatten – wobei diese unwichtigeren Drow die überraschenden Enthüllungen wohl kaum verstanden hätten. Gromph war sich nicht einmal sicher, dass er selbst alles verstand, doch im größeren Kontext der aktuellen Ereignisse – der bevorstehenden Verfinsterung; dem Krieg, den Oberinmutter Quenthel anzetteln wollte; einem Krieg zum Ruhme von Lolth, der ihren Einflussbereich auf die Sphäre des Arkanums ausweiten sollte; einem Krieg, der den abtrünnigen Drizzt Do'Urden und über ihn die Göttin verwunden sollte, die ihm geholfen hatte, sich aus Lolths Klauen zu lösen – überraschte ihn die wichtige Rolle dieser armseligen *Darthiir* mit dem Namen Dahlia ganz erheblich.

Und Gromph ließ sich wirklich nicht leicht überraschen.

Noch am selben Tag verließ er Gauntlgrym, nicht ohne Tiago zuvor einzuschärfen, dem Ruf von Oberinmutter Quenthel unverzüglich Folge zu leisten und Dahlia unbedingt am Leben zu erhalten. Niemand außer Berellip wusste, dass Gromph seinen Begleiter zurückließ, weil Methil hier noch zu tun hatte. Und Berellip hatte Stillschweigen gelobt.

Gromph ging nicht davon aus, Tiago in nächster Zeit in

Haus Baenre zu sehen, denn der Erzmagier hatte natürlich bemerkt, wie der verschlagene kleine Ravel Xorlarrin ihm nachstellte. Wahrscheinlich hatte er mitbekommen, was Dahlia zu Drizzt Do'Urdens letztem Aufenthaltsort ausgespuckt hatte, wenn auch nicht alles. Das bedeutete, dass Ravel und Tiago gerade überlegten, wie sie den Abtrünnigen dort aufspüren konnten.

So sei es, beschloss Gromph. Das hier war nicht sein Spiel, sondern das Spiel von Lolth und Oberinmutter Quenthel. Er würde die ihm zugedachte Rolle übernehmen, mehr nicht.

Kaum war er wieder in seinen Räumen in Sorcere und Dahlia in ihrem Käfig in der Schmiede von Gauntlgrym, da brach der Stoßtrupp der Xorlarrins unter der Führung von Tiago, Ravel, Jearth und Saribel auch schon in den Tunneln nach Norden auf.

Teil 3

Der Reim der Geschichte

Selbst in dieser verrückten Welt, wo die Zyklen der Magie wilde Kapriolen schlagen, wo plötzlich Zehntausende von Orks in Erscheinung treten und Piraten zu Königen werden, gibt es Momente voller Klarheit und Vorhersagbarkeit, in denen sich die Teile zum erwarteten Ergebnis fügen. Das nenne ich die Reime der Geschichte.

Als Regis zu uns stieß, war ihm ein wahrlich gefährlicher Gegner auf den Fersen.

Der Reim der Geschichte. Der Trost der Vorhersagbarkeit!

Unser Halblingfreund ist in diesem zweiten Leben ganz anders als früher, entschlossen, fähig und ein geschickter Kämpfer. Er hat ein klares Ziel vor Augen, auf das er sich konzentriert. Und als der Lich in jener dunklen Nacht inmitten der Wildnis der Felsspitzen in unserem Lager auftauchte, ist Regis nicht geflohen. Im Gegenteil: Er hat uns zur Flucht aufgefordert, während er selbst versuchte, diesen grauenvollen Feind anzugreifen.

Aber trotz all dieser Veränderungen klang das ganze Erlebnis tröstlich vertraut.

Der Reim der Geschichte.

Solche Überlegungen stellen vernünftige Wesen häufig an. Ich kenne sie besonders von den Elfen, vor allem von den Ältesten unter ihnen, die viele Jahrhunderte hindurch die Sonne auf- und untergehen sahen. Selbst in den Turbulenzen der Zeit der Unruhen und der Zauberpest kann sie kaum etwas überraschen, weil sie diesen Reim schon so oft gehört haben. Und so ist dann auch die Realität wie erwartet, besonders was den Aufstieg und Fall von Königreichen angeht. Sie folgen einem bestimmten Verlauf, einem optimistischen Aufstieg, der auf einen strahlenden Gipfel zusteuert. Manchmal gelangen sie dorthin und werden zum nahezu perfekten, schimmernden Inbegriff ihrer Zeit – die Blütezeit von Myth Drannor, der Glanz von Tiefwasser und, ja, auch das Wiedererstarken der Heldenhammer-Zwerge in Mithril-Halle. Das ist das Versprechen, die Hoffnung.

Aber das Rad dreht sich weiter, und viel zu oft ist der Fall so vorhersehbar wie der Aufstieg.

Ich frage mich: Ist es der Ehrgeiz oder die Schwäche der intelligenten Völker, was diesen Zyklus bewirkt, dieses Auf und Ab der Kulturen und der Reiche? So viele beginnen mit den besten Absichten und mit großen Hoffnungen. Ein neuer Weg, ein neuer Tag, ein heller Sonnenaufgang und tausend weitere hoffnungsvolle Klischees …

Und doch scheint alles und jeder irgendwann zu stagnieren, und in dieser Stagnation erheben sich die Bösen, ob aus Profitgier oder aus Machtstreben. Wie ein Geschwür finden sie ihren Weg in die Regierung, schlüpfen durch die Maschen gut gemeinter Gesetze, legen die Regeln zu ihren Gunsten aus, heben ihre Schätze und sichern ihr Wohlergehen auf Kosten aller anderen, ja, geben denen die Schuld, die hilflos sind und sich kein Gehör verschaffen können. Den Arbeitern rufen sie zu: »Hütet euch vor den Blutegeln!«, und damit meinen sie die Kranken, die Alten, die Geschundenen.

So verzerren sie die Realität zu ihren Gunsten und sind doch niemals sicher, denn der wahrste Reim der Geschichte besagt, dass mit dem Abschluss des Diebstahls das Ganze in sich zusammenbricht, und dieser Kollaps trifft die Benachteiligten und die Oberschicht gleichermaßen.

Elend und Schmerz hausen in den Feldern, im Wald und auf

dem Meer, treffen Arbeiter und Bauern, Fischer und Jäger, jene, die säen, und jene, die essen.

Denn der Reim der Geschichte ist bedrückend, wie ich fürchte, eine laute Fanfare, die bald schon zur fernen Erinnerung verblasst und irgendwann zum Mythos wird, während neue Geschwüre aufkeimen und wuchern.

Es muss nicht so sein, aber oft ist es so. Der Vertrag von Garumns Schlucht beruhte auf meiner Hoffnung auf etwas Neues und Besseres, etwas Bleibendes. Inzwischen bereue ich diesen Weg.

Also sollte ich mutlos sein.

Aber das bin ich nicht. Ganz und gar nicht. Denn jetzt habe ich göttliche Gerechtigkeit erlebt und bin mit dem gesegnet, was am meisten zählt: den treuesten Freunden und der besten Familie, die man sich nur vorstellen kann. Mit offenen Augen und offenem Herzen ziehen wir los, die Gefährten der Halle. Wir hören den Reim der Geschichte und sind entschlossen, dass seine traurigen Klänge dem triumphierenden Schlussakkord und den tröstenden Melodien der Hoffnung und der Gerechtigkeit weichen werden.

Die Welt ist Chaos. Wir sind Ordnung.

Die Welt ist düster. Wir sind entschlossen, helles Licht zu verbreiten.

Einst – und das ist gar nicht lange her – musste ich meine damaligen Gefährten zu guten Taten und selbstlosem Handeln überreden. Heute bin ich von Freunden umgeben, die mich dazu anspornen.

Nicht einmal die oft dunkle Wahrheit im Reim der Geschichte kann den unendlichen Optimismus überwältigen, dass es mehr und Besseres gibt, eine Gemeinschaft für alle, in der die Schwachen die Starken nicht zu fürchten brauchen.

Wir werden unseren Weg finden, und die kleineren Reime dazwischen werden auf Misstöne treffen – wie bei dem Lich, den

Regis zu uns geführt hat, dieser Schwarzen Seele, die glaubte, stärker zu sein als wir.

Denn das war ein Teil des Spiels, der zu erwarten gewesen wäre, wenn wir unseren Freund, den Halbling, genauer angesehen und die Wahrheit über Knurrbauch bedacht hätten – denselben Regis, der uns einst mit der Finsternis bekannt machte, die Artemis Entreri verkörperte (und da rede ich bewusst von der Vergangenheit!).

Darum achten wir nun genauer auf unsere Schritte, denn Regis hat etwas an sich – eine Aura, ein Verhaltensmuster oder die Bereitschaft, unüberlegt eine scheinbare Chance zu ergreifen –, das Schwierigkeiten magisch anzieht.

Sei es drum. Vielleicht ist das der wahre Charme an ihm, wie das alte Sprichwort sagt.

Er zieht den Haifisch ins Verderben, glaube ich.

Drizzt Do'Urden

Kapitel 15

Die wahre Heimat

»Tja, Elf, wenn du eine bessere Idee hast, dann immer her damit«, sagte Bruenor zu Drizzt, als sie vor der unterirdischen Festungsmauer und dem offenen Tor nach Gauntlgrym aus dem Pilzkappenboot auf den schlammigen Strand stiegen. Dieser Teil der großen Höhle wurde von natürlichen Flechten sanft erhellt und der Bereich um das Boot zusätzlich von einem einfachen Lichtzauber, mit dem Catti-brie einen Stein belegt hatte, den sie vor dem Betreten des langen Tunnels zu diesem Ort aufgehoben hatte.

Wulfgar hielt das Boot mit einem Arm fest und bot den Gefährten den anderen Arm als Ausstiegshilfe an. Als Bruenor an den vorderen Teil des Bootes trat, hob sein großer Freund ihn einfach über das restliche Wasser hinweg und stellte ihn auf dem Trockenen ab.

Bruenor schüttelte seinen haarigen Kopf und sah sich nach ihm um. »Genauso stark wie früher«, brummte der Zwerg.

»Als ich Pwent vor langer Zeit zuletzt in einer Höhle antraf, konnte er noch rational denken«, erklärte Drizzt dem Zwergenkönig. »Vielleicht ist noch genug von Thibbledorf Pwent übrig, dass wir ihn überreden können, einen Priester aufzusuchen, der sein Leid beenden kann.«

»Da wäre ich mir nicht so sicher«, sagte Bruenor. »Als ich ihn das letzte Mal gesehen habe, war Pwent hin- und hergerissen, mal glücklich, mal bedrohlich, mal mein Freund, mal das Monster. Aus Respekt vor mir und vermutlich dem Thron konnte er sich beherrschen, aber nur gerade so eben.«

»Ich habe die Schriftrolle«, erinnerte Catti-brie die anderen, als auch sie jetzt von Wulfgars starker Hand ans Ufer gehoben wurde. »Und Regis hat mir das hier gegeben.« Sie hielt einen kleinen Saphir hoch.

»Kein großes Gefängnis im Vergleich zu dem, in dem der Lich steckt«, sagte Bruenor.

»Wird es reichen?«, fragte Drizzt.

»Das Beste, was ich habe«, antwortete Regis, schlug Wulfgars Hand aus und hüpfte mit Leichtigkeit aus dem Boot. Im Gehen strich er Sand und Wasser von seinen guten Kleidern und zupfte seine Hose zurecht.

»Wenn das reichen muss, dann muss es eben reichen«, beschloss Bruenor.

Die vier plauderten ein wenig im Gehen, aber Wulfgar, der die Nachhut bildete, gesellte sich noch nicht zu ihnen und bekam davon wenig mit. Mit seiner großen Körperkraft zog er das Pilzboot aus dem Wasser den Strand hoch und holte die Gefährten erst ein, als sie den eindrucksvollen oberen Saal von Gauntlgrym betraten.

Hier sah es ganz anders aus als in Mithril-Halle, wie Wulfgar sofort feststellte. Der Eingangssaal war wirklich imposant und glich so gar nicht den unzähligen Tunneln, die in Mithril-Halle in die eigentlich wichtigen Räume führten. Drizzt hatte diesen Eingangsbereich als das Kronjuwel von Gauntlgryms oberen Ebenen beschrieben. Trotz der erheblichen Unterschiede in der Architektur hatte der Barbar das Gefühl, dies alles schon einmal gesehen zu haben, und zwar höchstpersönlich. Er erinnerte sich lebhaft an jenen Tag vor langer, langer Zeit, als sie alle erstmals

Mithril-Halle betreten hatten und Bruenor heimgekehrt war.

Wulfgar fühlte einen leichten Schmerz in der Kniekehle, der reine Erinnerung war, denn die Krallen des Trolls, die sich damals in sein Fleisch gebohrt hatten, hatten einen ganz anderen Körper erwischt.

Aber hier roch es genauso, ganz als ob die Geister der toten Zwerge einen spürbaren Duft hinterlassen hätten. Seine Gedanken wanderten quer durch die Zeiten an jenen anderen Ort und zu jenem anderen Körper zurück.

Dann aber schüttelte er die Erinnerung ab und konzentrierte sich wieder ganz auf die Gegenwart. Drizzt, Catti-brie und Regis standen rechts von der Tür an der Wand des Saals. Catti-brie hatte ein stärkeres Licht erzeugt, das die Umgebung heller erleuchtete. Wulfgar bemerkte den verschrumpelten, ausgedörrten Körper einer toten Frau. Er war nackt und übel zugerichtet.

Catti-brie segnete die Tote und besprenkelte sie mit geweihtem Wasser. Erst da fiel Wulfgar wieder Bruenors Geschichte von seinem letzten Besuch und dem schrecklichen Schicksal seiner Begleiter ein. Catti-brie schien dafür sorgen zu wollen, dass diese Frau niemals untot werden konnte, wobei seit ihrem Tod durch die Drow-Vampire viele Monate vergangen sein mussten.

Dann wanderte sein Blick zu Bruenor, der sich wie in Trance langsam auf den großen Thron auf dem Podest zuschob, der ein gutes Stück von der vorderen Wand entfernt wartete. Der Barbar sah kurz zu den anderen zurück, suchte mit den Augen einmal die ganze Höhle ab und gesellte sich dann rasch zu seinem Adoptivvater.

»Der Thron der Zwergengötter«, erklärte Bruenor, als Wulfgar bei ihm war. Der Zwerg streichelte die polierte Lehne des prachtvollen Throns, als wäre es ein lebendes

Wesen. »Drei Mal habe ich darauf gesessen, zwei Mal zu meinem Segen, und einmal hat er mich abgeworfen.«

»Abgeworfen?«

»Ja«, gestand Bruenor und sah ihn an. »Als ich daran dachte, unseren Auftrag aufzugeben und den Eid an die Göttin meines Mädchens zu brechen. Ich wollte nicht mehr ins Eiswindtal, mein Junge, sondern nur noch nach Hause.«

»Drizzt aufgeben, meinst du«, sagte Wulfgar, während die anderen drei zu ihnen aufschlossen.

»Ja«, antwortete Bruenor. »Ich habe mein Versprechen vergessen und mir eingeredet, es wäre das Richtige, davon abzulassen. ›Für Mithril-Halle‹, sagte ich mir! Pah, da hat dieser Stuhl mich aber eines Besseren belehrt!«

»Der Thron hat dich abgewiesen?«, fragte Catti-brie.

»Quer durch den Raum hat er mich geschleudert!«, rief Bruenor aus. »Jawohl. Mich abgeworfen und mir gezeigt, wo mein Platz ist. Und mein Herz.«

»Probier es jetzt noch mal«, forderte Wulfgar ihn auf.

Bruenor sah ihn fragend an.

»Du glaubst, du bist auf dem richtigen Weg – erst zu Pwent und dann nach Hause«, erklärte Wulfgar. »Hast du daran noch Zweifel?«

»Kein bisschen«, erwiderte Bruenor sofort.

Wulfgar wies auf den Thorn.

»Soll ich ernsthaft meine Götter stören, nur damit ich sicher bin, dass ich das Richtige tue?«, fragte Bruenor. »Sollte mir das nicht mein Herz verraten?«

Wulfgar lächelte. Er war zwar derselben Meinung, zeigte aber trotzdem erneut auf den Thron, weil er Bruenors Neugier bemerkt hatte.

Mit einem lauten »Na gut!« sprang der Zwerg auf den Thron, machte es sich dort bequem, schloss die grauen Augen und wirkte absolut gelassen.

Regis stubste Catti-brie an. Sie drehte sich zu ihm um und sah, dass er ein zweites Fläschchen geweihtes Wasser hochhielt. »Ein toter Halbling, ein toter Mensch und ein paar tote Drow-Vampire«, erinnerte er sie. »Wir haben noch einiges zu tun.«

»Und alle sind nackt«, bemerkte die Frau. »Dieser Ort wurde nach dem Kampf geplündert.«

Darauf reagierte Bruenor mit hörbarem Schlucken und sprang vom Thron. »Ja, und mein Grab und das von Pwent sind gleich da drüben«, teilte er ihnen mit. Der Zwerg war bereits auf dem Weg. Als er um die Ecke bog und die Steinhügel sah, blieb er jedoch erschüttert stehen. »Segne meinen alten Körper, Mädchen! Ich bitte darum.«

Da umrundete auch Wulfgar den Thron und sah die Gräber, die beide entweiht worden waren. Vor dem vorderen und größeren – dem von Bruenor – kniete er nieder und begann, die Knochen wieder zurechtzulegen. Dann aber sah er sich irritiert um.

»Was ist los?«, fragte Bruenor besorgt. Er eilte herbei, blieb an seinem offenen Grab stehen, fuhr wütend herum und stapfte zum Thron zurück.

Sein Schädel fehlte. Und die dicken Oberschenkelknochen.

Wulfgar brachte seine Arbeit mit den restlichen Gebeinen zu Ende und begann, die Steine wieder aufzuschichten. Als er eine Hand auf seiner Schulter spürte, blickte er auf. Drizzt nickte ihm lächelnd zu.

»Begrabe ich gerade die Vergangenheit oder sichere ich die Gegenwart?«, fragte Wulfgar.

»Oder nichts davon?«, erwiderte Drizzt.

»Oder ich ehre einfach meinen Vater«, stimmte Wulfgar zu und ging wieder an die Arbeit.

Drizzt gesellte sich zu ihm, kniete sich ebenfalls hin

und schichtete die Steine von Thibbledorf Pwents Grabmal wieder auf, obwohl dieser Hügel natürlich leer war.

»Es kommt einem sonderbar vor, das wiederzusehen, auch wenn ich doch weiß, dass es die Wahrheit ist«, gestand Bruenor, als er zurückkam. »Das da ist mein eigener Leib – ob ich das jemals wirklich verdauen kann, weiß ich nicht!« Und knurrend fügte er hinzu: »Was davon noch übrig ist, meine ich.«

Wulfgar sah seinen Adoptivvater an. Er hatte den Zwerg noch nie so durcheinander erlebt. Da dachte er an seinen eigenen Körper, dessen Gebeine jetzt irgendwo in der Tundra lagen, und fragte sich, wie er wohl an Bruenors Stelle reagiert hätte. Er nahm sich vor, genau das zu tun: den Beweis für sein früheres Leben zu finden und sich damit gründlich auseinanderzusetzen.

Dann aber widmete er sich wieder liebevoll Bruenors Skelett und seinem Grabhügel. »Du hast auf dem Thron so friedlich ausgesehen«, bemerkte Wulfgar zwischendurch nachdenklich.

»Ja, das stimmt, mein Junge«, erwiderte Bruenor, auch wenn dessen Stimme immer noch ziemlich bestürzt klang. »Es ist der richtige Weg. Die Götter sind einverstanden. Das konnte ich dort oben spüren, sage ich dir.«

»Und er hat dich nicht durch den Saal geschleudert«, erklärte der Barbar grinsend.

Zur Antwort legte Bruenor eine Hand auf seine Schulter und die andere auf Drizzts. »Mein Weg führte mich zu meinen Freunden«, sagte er leise. »Wie es sich für einen Zwerg gehört.«

Während sie die Gräber wiederherstellten, segnete Catti-brie reihum die Überreste der Toten und schließlich auch die Steinhügel.

»Bitte schütze sie mit einer Rune«, bat Bruenor. »Damit

die nächsten Halunken hier ihre Knochen gleich dazupacken können.«

Catti-brie beugte sich herunter und küsste ihn auf die Wange. »Das war bestimmt ein Tier«, sagte sie. »Es ist der Lauf der Welt.«

»Das hoffe ich«, murmelte Bruenor, und Catti-brie begann mit ihrem Gebet.

»Wohin gehen wir jetzt?«, fragte Regis, als sie fertig waren. Es war spät geworden.

Alle wandten sich Bruenor zu, doch der zuckte nur mit den Schultern. »Weiter bin ich nicht gekommen«, gab er zu. »Letztes Mal kamen Pwent und sein Gefolge zu mir, aber diesmal offenbar nicht. Vielleicht weil wir uns respektvoll verhalten haben: Beim letzten Mal kam er, um die Gräber zu schützen.«

»Ein gutes Zeichen«, meinte Regis.

»Ja, aber wie ich schon sagte, ein ständiges Hin und Her und am Rande der Selbstbeherrschung«, erklärte Bruenor. »Und es sieht nicht so aus, als wäre er seitdem wieder hier aufgetaucht. Immerhin sind meine Knochen verschwunden.«

»Ich war weiter unten«, sagte Drizzt. »Ganz bis zur Schmiede und zu dem Urelementar, der sie befeuert.«

»Musstest du jetzt davon anfangen?«, fragte Bruenor pikiert.

»Ich war seit jener unglückseligen Reise noch einmal hier«, stellte Drizzt klar. »Ich kenne den Weg.«

»Da unten sind Drow, und zwar massenweise«, warnte Bruenor. »Das hat Pwent mir gesagt.«

Drizzt nickte. »Wir gehen sehr langsam und vorsichtig weiter.«

»Für Drow-Augen ist unser Licht ein Leuchtturm«, meinte Regis und sah wie die anderen zu Catti-brie.

»Etwas anderes habe ich nicht«, sagte sie. »Du brauchst das natürlich nicht, und Bruenor und Drizzt auch nicht. Aber Wulfgar und ich schon.«

»Ich gehe voraus, weit vorne«, bot Drizzt an. »Dann kommt Bruenor, und danach ihr drei zusammen.« Er zog seine Pantherfigur heraus und rief Guenhwyvar. »Mach so wenig Licht, wie du nur kannst, und schirme es ab. Guen bleibt bei euch. Sorgt euch nicht.«

Sobald der Panther da war, gingen sie los. Drizzt übernahm die Vorhut. Leise wie ein Schatten und unter Ausnutzung jedes Vorsprungs huschte seine geschmeidige Gestalt einen der Gänge entlang, die aus der großen Halle weiterführten, und war alsbald verschwunden.

Melkatka war kein Adliger des Hauses Xorlarrin, genoss bei der Herrscherfamilie jedoch hohes Ansehen. Waffenmeister Jearth kannte seinen Namen, sprach mit großem Interesse mit ihm und häufig auch von ihm. Das hatte Melkatka von anderen Kriegern erfahren, die in der Familienhierarchie über ihm standen.

Es war seine Grausamkeit, die andere so beeindruckte, wie er wusste. Für sie war er ein Werkzeug, und diese Rolle liebte er. Die Peitsche, die er gerade zückte, hatte natürlich keine Schlangenköpfe, denn die waren den Hohepriesterinnen der Lolth vorbehalten. Dennoch war sie mit den zahlreichen Widerhaken an den zwei Riemen eine grausame Waffe.

Melkatka mochte das Gefühl dieser Waffe und freute sich darauf, sie gleich ausgiebig einsetzen zu können. Das war eine Kunst, in der es auf Ausgewogenheit ankam, dachte er, und daran ergötzte er sich.

Er holte über der Schulter aus und ließ die Riemen knallen. Die zähe kleine Zwergin keuchte erschrocken auf.

»Schneller!«, schrie Melkatka sie an. Der nächste Peitschenknall hinterließ eine tiefe, blutige Wunde am rechten Ohr und hätte ihr linkes Ohr beinahe abgerissen. Sie quietschte kurz auf, verbiss sich dann aber den Schmerz und sackte seitlich auf ein Knie, um den Hieb zu verdauen.

Ein Balanceakt, ermahnte Melkatka sich selbst. Er durfte diese armseligen Gefangenen nicht verstümmeln, weil sie für die Minen gebraucht wurden. Nur deshalb waren sie schließlich noch am Leben.

In schneller Folge ließ der Drow die Peitsche drei Mal über ihrem Kopf knallen. »An die Arbeit!«, befahl er.

Die Zwergin starrte ihn hasserfüllt an, und er schwelgte in diesem Blick. Offenbar hätte sie ihn am liebsten verflucht, aber aus ihrem Mund drangen nur unverständliches Kauderwelsch und stinkender, grünlich weißer Schaum. Sie war eine Klerikerin, die göttliche Magie verwenden konnte, und mit solchen Kreaturen kannten sich die Dunkelelfen aus. Darum war sie von Berellip Xorlarrin höchstpersönlich verflucht worden. Wann immer die Zwergin auch nur ein Wort sagen wollte, füllte sich ihr Mund mit ekelhaftem, Brechreiz erzeugendem Gift.

Sie krümmte sich und spuckte den erstickenden Schaum wütend aus, um ihren Hals zu befreien. Dann stolperte sie und fiel hin, worauf Melkatka erneut die Peitsche einsetzte, um sie wieder auf die Beine zu zwingen, zurück zu Fels und Pickel.

Der Drow war sehr zufrieden mit sich, als er hörte, wie dieser Pickel weiter gegen die Felswand schlug und das gleichmäßige Geräusch sich in den Lärm der anderen Minenwerkzeuge mischte, der in diesen Tunneln tief unter der Schmiede von Gauntlgrym herrschte.

Von ihrem Überfall auf die Küstenstadt hatten die Xorlarrins etliche neue Sklaven mitgebracht, die jetzt die Goblin-Arbeiter verstärkten. Für die hungrigen Schmieden brauchten die Handwerker der Drow Metall – viel Metall –, und hier gab es neben Mithril auch andere Mineralien, sogar Adamant. In den unteren Ebenen von Gauntlgrym wurde wie wild gebaut. Dort entstanden Türen, Treppen und Barrikaden, wenn auch nicht aus den besten Metallen, die für Waffen und Rüstungen reserviert waren. Sie errichteten eine Drow-Stadt, in deren Zentrum die Schmiede des Urelementars stand, die wundersame Waffen hervorbrachte. Melkatka träumte von einem neuen Schwert und einem Kettenhemd für seine Dienste, und diese Hoffnung ließ ihn erneut den Arm heben und seine Peitsche auf die kleine Zwergin niedersausen. Mit einem Grunzlaut schlug sie ihren Pickel fest gegen die Steinwand.

»Sind die so zäh, dass sie die Schläge nicht spüren, oder so dumm, dass sie nicht wissen, wann sie schreien sollten?«, fragte eine andere Drow-Wache und trat zu dem geübten Sklaventreiber.

»Vielleicht ein wenig von beidem, aber was soll's«, antwortete Melkatka. »Genügend Schläge reißen auch eine zähe Haut auf, und die da spürt die Peitsche, ob sie schreit oder nicht.«

Beide lachten über die arme Zwergin, aber das verging ihnen schnell, als sie ein unerwartetes Geschöpf auf sich zuflattern sahen. Es war eine große Fledermaus, und die kam unerwartet, weil sie in dieser Gegend des Komplexes bisher keine Fledermäuse bemerkt hatten. Außerdem waren sie hier zu tief für solche Tiere, denn diese Kreatur schien eine gewöhnliche Höhlenfledermaus zu sein, wenn auch recht groß. Im tiefen Unterreich kamen diese Arten normalerweise nicht vor.

Aber die Fledermaus flatterte halsbrecherisch auf sie zu und schoss in dem breiten Tunnel wild hin und her.

Melkatka hob die Peitsche, während sein Kumpan zwei Schwerter zog.

Ein Dutzend Schritte weiter machte die Fledermaus plötzlich halt, vollzog eine Art Überschlag in der Luft und wurde dabei immer länger. Ihr schienen Beine zu wachsen, die bis auf den Boden reichten.

Dann war es keine Fledermaus mehr, sondern ein stämmiger, schmutziger Zwerg in einer scharfkantigen Rüstung und mit einem vollkommen übertriebenen Metallstachel auf seinem Helm, der fast halb so lang war wie sein Träger.

Er landete auf breit gespreizten Beinen und stemmte die Hände in die Hüften.

»Noch ein Sklave!«, sagte der andere Drow und wiederholte diese Worte in der gemeinsamen Sprache der Oberfläche, die die meisten Zwerge verstanden.

»Nein«, widersprach der Zwerg und kam auf sie zu. »Ich dachte erst, du könntest selbst einen anständigen Sklaven abgeben«, gab er die Worte des Drow zurück. »Aber nun habe ich gesehen, was du der Kleinen da angetan hast, und da habe ich es mir anders überlegt.«

Melkatka hob die Peitsche und zog dabei geschickt mit der freien Hand die Armbrust. Er feuerte in dem Moment, als der andere Wächter eine Kugel aus Dunkelheit auf den Fremden warf. Danach ließ der Folterknecht augenblicklich die Armbrust sinken und zog sein Schwert.

Sein Kumpan schob sich zur Seite, und beide Dunkelelfen konzentrierten sich ganz auf den Bereich der magischen Dunkelheit.

Es verstrichen viele Herzschläge.

»Er ist tot«, sagte Melkatkas Gefährte. »Guter Schuss, Bruder!«

Die beiden sahen einander an, und dann bemerkten sie,

wie der Bolzen der Handarmbrust zwischen ihnen hindurchflog – von hinten!

Melkatka wollte herumwirbeln, doch da fuhr ihm der schwere Handschuh des Zwergs, der sich im Dunkeln irgendwie hinter sie geschlichen hatte, mit Wucht gegen die Rippen und ließ ihn zur Seite fliegen. Der Drow nahm den Schlag hin, drehte sich um und nutzte den Schwung, um sich gleich wieder abzustoßen und mit einem schnellen Schritt sein Gleichgewicht wiederzufinden, damit er sofort auf den überraschten Feind zuspringen konnte. Einer dieser Schritte gelang ihm sogar.

Er war jedoch so auf den Neuankömmling konzentriert, dass er nicht gemerkt hatte, dass er neben der Sklavin gelandet war. Sein Fehler fiel ihm erst in dem Moment auf, als die Spitzhacke wie ein gleißend heller Blitz in seinen Schädel drang. Das Licht wich der absoluten Dunkelheit eines plötzlichen, brutalen Todes.

Amber Gristle O'Maul schüttelte die Spitzhacke in dem Schädel wild herum, nicht um sie herauszuziehen, sondern um auszukosten, wie ihr Ende innerhalb des Schädels dieses grausamen Drow wütete. Dabei blickte sie jedoch hinüber zu dem zweiten Drow, der sich heftig gegen den fremden Schlachtenwüter zur Wehr setzte – denn natürlich hatte sie erkannt, dass dieser plötzlich aufgetauchte Kämpfer ein Schlachtenwüter war.

Die Schwerter des Drow fuhren mit perfekter Präzision von einer Seite zur anderen, um die abwehrend erhobenen Arme anzugreifen. Doch die scharfkantige Rüstung war überaus hochwertig, wie Amber registrierte, denn nicht einmal die gefährlichen Schläge der ausgezeichneten Drow-Waffen konnten dem Zwerg etwas anhaben, der ungerührt weiter vorrückte.

Die Schwerthiebe hagelten von allen Seiten auf ihn ein.

Jetzt kam einer von außen nach innen, während die andere Klinge zurückgezogen wurde und geradeaus nach vorn stieß.

Doch der Zwerg verwandelte sich in substanzlosen Nebel, und der Stich ging ins Nichts. Der überrumpelte Drow war klug genug, sich zur Flucht zu wenden, kam aber nur wenige Schritte weit, da der Schlachtenwüter unmittelbar neben ihm wieder Gestalt annahm. Obwohl der Fliehende sich sofort duckte und mit seinen Schwertern zuschlug, konnte der Zwerg auf ihn einstürmen und ihn mit zahllosen Hieben und kräftiger Beinarbeit auf der anderen Seite gegen die Wand treiben.

Der Drow wollte seitlich ausweichen, erst hierhin, dann dorthin, aber der Zwerg schnitt ihm gekonnt den Weg ab. Zweifellos ein erfahrener Krieger!

Als der Drow kraftvoll zustieß, blockierte der Zwerg die Klinge mit einer Hand, glitt an ihr entlang, packte die Hand des Drow, verdrehte ihm den Arm und schlitzte ihm mit seinem Helmstachel Handgelenk und Unterarm auf.

Das zweite Schwert traf den Zwerg tief in die Schulter, doch der Schlachtenwüter schien die Verletzung gar nicht zur Kenntnis zu nehmen. Stattdessen griff er weiter an, und als der Drow den Arm zurückzog, packte er auch diesen Arm.

Der Drow wollte seinen Gegner zurückhalten und sich losreißen, aber der Zwerg senkte gezielt den Kopf und kam immer näher. Sein Helmstachel bohrte sich in die schöne Rüstung des Drow. Der Krieger wand sich verzweifelt.

»Nein! Nicht!«, flehte er.

Der Zwerg flüsterte nur ein »Schsch!« und schob sich auf starken Beinen weiter vor.

In heller Panik ließ der Drow die Schwerter fallen und zog die Hände zurück, um auf den Zwerg einzutrommeln.

Der aber ignorierte die Schläge, und plötzlich hatte der Helm die Drow-Rüstung durchstoßen.

Der Drow stöhnte auf, japste zappelnd nach Luft, schlug um sich, wurde aber immer langsamer, während der Stachel in seine Brust und schließlich in sein Herz drang.

Dann stieß der Stachel gegen die Felswand, denn er hatte sein Opfer vollständig durchbohrt, aber der Zwerg drückte ihn trotzdem weiter nach vorn.

Der Drow sackte in sich zusammen. Der Zwerg löste sich von der Wand und richtete sich mitsamt dem getöteten Dunkelelfen auf, der schlaff von seinem Helm herunterbaumelte. Aus dem aufgespießten Leichnam strömte das Blut herab und floss über den Zwerg.

Amber nickte ihm dankbar zu. Als der Zwerg den Drow jedoch hochhob, ihn von dem Stachel abnahm und sein Gesicht in dem Blut badete – nein, es trank! –, verging ihr das Lächeln.

Eine Weile später ließ er den Toten fallen, packte ihn an den Haare und zog ihn mit sich, während er auf Amber zuging. Sie schüttelte den Kopf und wollte etwas sagen, doch sogleich füllte sich ihr Mund wieder mit dem scheußlichen Schaum.

»Na, du bist ja ein hübscher Anblick«, stellte der Schlachtenwüter fest, als er vor ihr stand und den ausgesaugten Drow fallen ließ. Er hob seine blutige Hand, wie um Amber über das Gesicht zu streichen. Instinktiv wich sie zurück. Erst jetzt begriff sie, womit sie es zu tun hatte. Der Zwerg war ein Untoter. Ein Monster. Ein Vampir!

Wieder wollte sie etwas sagen, ihn fragen, wer er war, aber sie konnte nur hilflos den verdammten Schaum ausspucken. Wie sie diese Dunkelelfen hasste! Fast hätte sie sich gewünscht, der Untote würde auch sie umbringen.

»Ein süßes kleines Ding«, sagte der Vampir mit einem

verwunderten Blick und spöttischem Unterton. Er betrachtete ihre Ketten. »Ich würde dich ja freilassen, aber dann kriegen dich die Drow und machen dich für die Toten verantwortlich.« Er stockte, als wäre ihm etwas anderes in den Sinn gekommen. Bei seinem Gesichtsausdruck wurde Amber eiskalt. »Oder wir probieren etwas anderes, hm?«

Wieder hob er zärtlich die Hand, was Amber völlig aus dem Gleichgewicht brachte, weil sein Handschuh immer noch von dem Blut des Dunkelelfen triefte. Schaudernd wich sie zurück, schüttelte den Kopf und bat ihn mit leisen, klagenden Lauten, von ihr abzulassen.

Der Schlachtenwüter hielt inne. Seine Hand blieb vorgestreckt, und auf seinem Gesicht mischten sich zahllose Emotionen, von Eifer über Verwirrung und Irritation, bis er ein leises, raubtierhaftes Knurren ausstieß.

Amber holte tief Luft, schluckte dabei einen Teil des stinkenden magischen Schaums und erbrach sich ausgiebig vor dem Vampir.

»So ekelhaft findest du mich also, ja?«, brüllte der untote Zwerg und erhob die Hand zum Schlag.

Dann aber bezähmte er sich und murmelte kopfschüttelnd vor sich hin.

Er kämpft gegen seine Triebe und seinen Hunger an, begriff Amber.

Und kurz darauf überkam ihn etwas anderes. Er blickte in die Ferne, den Tunnel entlang und aufwärts, flüsterte etwas, das so klang wie: »Die Gräber!«, und stampfte mit seinem schweren Stiefel auf. »Ihr diebischen Hunde! Lasst ihn gefälligst in Ruhe! Mein König!«

Er war offensichtlich verrückt geworden. Amber ging davon aus, dass ihr Leben vorbei war. Gleich würde das grausame Wesen sie in Stücke reißen.

Doch das tat der Vampirzwerg nicht, sondern er rannte den Tunnel hinauf, blieb plötzlich abrupt stehen und kam dann zurück, um die eine Stachelfaust in den einen toten Drow zu stoßen und die andere in den zweiten, ganz als würde er mit einem Gaff einen Fisch über die Bootswand hieven. Mit einem Drow unter jedem Arm hastete der Zwerg davon.

Kurze Zeit später war er wieder da. Amber wusste, dass er es war, obwohl er diesmal seine Fledermausgestalt nutzte. Er flog an ihr vorbei in die andere Richtung, ohne von ihr Notiz zu nehmen.

Er hatte die Toten verschwinden lassen, damit man ihr den Mord nicht anlasten konnte, überlegte Amber.

Fassungslos sackte die gefangene Zwergenklerikerin gegen die Wand, ließ sich nach unten gleiten und blieb weinend dort sitzen. Bei jedem Schluchzer spuckte sie Schaum, während sie die Dunkelelfen und das Leben selbst verfluchte.

Zwischendurch jedoch frohlockte sie über ihre Rache und spürte wieder ihre Spitzhacke im Schädel des grausamen Aufsehers. Dieser Gedanke brachte sie schließlich dazu, ihre Hacke in den sandigeren Bereich ihres begrenzten Arbeitsplatzes zu graben, um das Blut und die Hirnreste zu verbergen.

Zusammen mit Guenhwyvar bewegten sich die drei Freunde am Ende des Zuges. Nach einer Biegung erreichten sie einen breiten, geraden Gang, aus dem nach beiden Seiten Türen abzweigten.

»Langsam«, flüsterte Regis, der dank seiner Halblingsaugen am anderen Ende des Gangs Bruenors ausmachen konnte. Der Zwerg hockte knapp außerhalb des Lichtscheins, wo dieser Gang scharf nach rechts abknickte, und hob warnend die Hand, als sie näher kamen.

Regis sah sich nach Catti-brie und Wulfgar um und flüsterte: »Wartet!«

Catti-brie war bereits stehen geblieben und nickte. Mit einer Hand berührte sie Guenhwyvar. Sie spürte die Spannung, die in dem Panther anwuchs. Guenhwyvar nahm etwas wahr, vermutlich einen Feind, den Regis sehen und Catti-brie fühlen konnte.

Nach einem langen Moment rückten sie langsam weiter vor, um zu Bruenor aufzuschließen, der ihnen gut zwanzig Schritte voraus war. Doch wieder hob Regis den Arm, um die anderen aufzuhalten, denn nun fuhr Bruenor herum, kam vollends in ihren Teil des Gangs zurück und warf sich an der Ecke rücklings an die Wand. Er zückte seine Axt und hielt sie diagonal vor die Brust, sodass die Klinge mit ihren vielen Scharten vor seiner linken Schulter ruhte.

Er lächelte seinen Freunden zu, ehe er exakt zum richtigen Zeitpunkt ausholte und das erste Monster erschlug, das von der Seite her um die Ecke stürmte.

»Goblins!«, schrie Regis, als er sah, was für ein Gegner dort unter dem Gewicht von Bruenors Hieb nach hinten kippte.

Catti-brie gab Guenhwyvar einen Klaps auf die Flanke, und sofort sprang der Panther los. Dabei streifte er Wulfgar, der ebenfalls nach vorn rannte, und brachte ihn kurz ins Taumeln. Der Barbar stolperte an einer Tür auf der linken Seite des Gangs vorbei.

Da flog hinter ihm genau diese Tür auf und spie kampfhungrige Goblins in Zweierreihe aus, die ihre einfachen Waffen schwenkten. Direkt vor Wulfgar öffnete sich die nächste Tür, aus der noch mehr Goblins strömten, die noch lauter brüllten.

Regis sprang an Catti-brie vorbei, landete gut ausbalanciert und stieß dem vordersten Goblin sein Rapier in den

Hals. Sofort hob er die andere Hand, in der er schon die Armbrust bereithielt, und schoss dem zweiten Goblin der vorderen Reihe einen Bolzen ins Gesicht. Kreischend griff das Monster nach dem Geschoss, stolperte zur Seite und wurde von dem Kämpfer dahinter weggestoßen, der mit seinem Speer auf den Halbling losging.

Aber Regis hatte schon seinen Dolch in der Hand und wehrte den Stoß ab, indem er den Speer zwischen der Hauptklinge und einem der Klingenfänger abfing.

»Zur Seite!«, befahl Catti-brie.

Mit einer Drehung aus dem Handgelenk brach Regis das Ende des Speers ab. Er täuschte einen Gegenangriff vor, gehorchte dann aber Catti-brie, indem er mithilfe seines Zauberrings auf der rechten Seite ein ganzes Stück vortrat, damit sie ihre Magie einsetzen konnte.

Sofort hob Catti-brie die Hände, sodass die Daumen einander berührten, spreizte die Finger und sandte aus den Fingerspitzen lodernde Flammen über den Goblin mit der Stichwunde, den Speerkämpfer neben ihm und die beiden dahinter.

Regis kam von der Seite zurück, stach noch zwei Mal nach dem brennenden Goblin in der zweiten Reihe, dann in atemberaubendem Tempo nach dem nächsten Goblin aus der dritten Reihe, bevor dieser ihn auch nur bemerkt hatte.

Und Catti-brie war schon wieder bereit, wie er hörte. Ein schneller Blick zu ihr riet ihm erneut zum Rückzug.

Am anderen Ende des Gangs schlug Bruenor inzwischen einen zweiten Goblin nieder, dann mit einem einzigen langen Seitwärtshieb einen dritten und einen vierten. Vier hatte er erwischt, die sterbend in ihrem Blut lagen, aber der tobende Zwerg war noch lange nicht zufrieden, denn hinter diesen ersten Kämpfern folgten größere Kreaturen: Hobgoblins und Grottenschrate.

Stinkende Grottenschrate hasste Bruenor Heldenhammer am allermeisten!

Den, der jetzt auf ihn zukam, hasste er sogar noch mehr, als dieser seine Axt abfing und mit einem kräftigen Schlag seiner eigenen Keule antwortete – einer Keule, die verdächtig nach dem dicken Oberschenkelknochen eines stämmigen Zwergs aussah!

Bruenor nahm den Schlag hin, der gegen seinen Helm donnerte. Im Gegenzug drang er danach auf den Grottenschrat ein und griff nach seinem Wams aus Häuten. Das war natürlich kein gerechter Tausch, denn dem Zwerg klingelten noch die Ohren, aber er musste den Kerl packen und zurückziehen. Denn von hinten schnellte bereits Guenhwyvar heran, knapp an dem Grottenschrat vorbei.

»Vergiss es!«, sagte er zu dem Grottenschrat und zu Guenhwyvar gleichzeitig, während er den Panther verscheuchte. Dann fuhr er herum und stieß den Grottenschrat auf die andere Seite des Gangs. »Du gehörst mir, du Köter!«

Das Monster, das weit größer war als Bruenor und doppelt so schwer wie der Zwerg, kam natürlich gleich zurück. Heulend stürzte es sich auf den Zwerg, um ihm seinen Wunsch zu erfüllen.

Bruenor begegnete dem Angriff mit einer Reihe kurzer, heftiger Axthiebe, die seinen Feind wieder gegen die Wand trieben. Seine Konzentration galt einzig dem Grottenschrat und dessen Waffe, seinem eigenen verfaulten Bein.

Und das war sein Fehler, wie er plötzlich feststellte, denn in dem Geschrei und Guenhwyvars Gebrüll hinter ihm hatte er nicht bemerkt, dass ein zweiter Grottenschrat an dem wütenden Panther vorbeigeschlüpft war.

Dessen Speer drang durch einen Spalt in Bruenors Rüstung und traf ihn in den Rücken.

Wulfgar hatte den Stoß des Panthers unversehrt überstanden und wandte sich sogleich den Hobgoblins und Grottenschraten zu, die vor ihm aus der Tür drangen.

Er versuchte, sich einen Überblick über das Chaos zu verschaffen. Dabei fielen ihm ein paar Dinge auf. Zunächst einmal trugen viele ihrer Gegner nicht die üblichen Häute oder das stinkende Sackleinen, das man bei solchen Kreaturen erwarten durfte, noch nicht einmal zusammengeklaubte Lederrüstungen. Nein, sie trugen gute Stoffe der Dunkelelfen, ihre glatten Hemden, die fließenden Umhänge und sogar ihre legendären Rüstungen.

Doch unabhängig von dieser Auffälligkeit bemerkte Wulfgar etwas noch Merkwürdigeres. Sie waren nicht wie die anderen herausgekommen, um sich in die Schlacht zu stürzen, sondern sie wollten fliehen.

Deshalb schien der Erste in der Reihe, ein breit gebauter Hobgoblin ungefähr von Wulfgars Größe, den Barbaren gar nicht wahrzunehmen. Erst im allerletzten Moment versuchte er – zu spät – den harten Schlag von Aegisfang abzuwehren. Der Kriegshammer zerschmetterte ihm die Rippen, nahm ihm den Atem und schleuderte den Hobgoblin zu Boden.

Ein zweiter Kämpfer dicht neben ihm hob die Keule zum Schlag, aber Wulfgar war so nah, dass er ihn mit der freien Hand am Arm festhalten konnte. Er stieß ihn zurück, riss ihn wieder zu sich her, wiederholte dies einmal, zweimal, und bei diesem letzten Ruck rammte der Barbar dem Hobgoblin seine Stirn ins Gesicht und brach ihm die Nase.

Mit zwei weiteren Kopfstößen setzte er den benommenen Angreifer außer Gefecht und warf ihn dann vor einen

Grottenschrat, der ins Stolpern geriet und Aegisfang genau in die Bahn lief.

Wulfgar sprang hoch, rief seinen Gott an und landete mit einem gezielten Tritt auf dem Nacken des taumelnden Hobgoblins. Der mächtige Barbar griff nach seinem Silberhorn, um aus den Hallen von Tempus Verstärkung zu rufen, hielt sich jedoch zurück, als er endlich verstand, warum diese Gruppe in solcher Aufregung war. In der Mitte des Raums sah er durch die offene Tür weitere Monster, die in einen Kampf verstrickt waren. Die meisten davon wandten sich jedoch bereits zur Flucht.

Denn zwischen ihnen wirbelte ein Tanz mit Krummsäbeln, den der Barbar nur zu gut kannte, obwohl er dieses brillante Schauspiel seit über hundert Jahren nicht mehr mit angesehen hatte. Drizzt watete durch einen steigenden See aus Blut, während er blindlings durch die Goblins, Hobgoblins und Grottenschrate fegte.

Wulfgar erinnerte sich gerade noch rechtzeitig daran, auf sich selbst aufzupassen, denn nun schnellte ein Grottenschrat mit erhobenem Schwert auf ihn zu.

Der Barbar stieß Aegisfang mit beiden Händen wie einen Speer nach vorn. Der Kopf des Hammers traf seinen Gegner mit markerschütternder Gewalt. Das reichte nicht, um ihn zu stoppen, erkaufte Wulfgar aber die Zeit, die er brauchte.

Der Barbar senkte die Schulter, tauchte unter dem Schwert hindurch, und als der Grottenschrat die Bewegung abfangen wollte, stürzte er über den tief geduckten Mann.

Das heißt, er wäre gestürzt, wenn Wulfgar nicht den Hammer abgesetzt hätte, um seinen Gegner im Stolpern zu packen und hoch über seinen Kopf zu heben. Dann drehte er sich um und schleuderte ihn gegen eine Tür an der gegenüberliegenden Wand, die unter dem Gewicht des Aufpralls zerbarst. Der Grottenschrat blieb inmitten der Splitter und Trümmer liegen.

Wulfgar fuhr herum. Zwei Goblins gingen mit Speeren auf ihn los, weil er jetzt unbewaffnet erschien, und dahinter wartete schon der nächste Grottenschrat.

In dem Innenraum kämpfte Drizzt gegen zehn Gegner gleichzeitig und konnte inzwischen nicht mehr auf das Überraschungsmoment setzen, das ihm sein ursprünglicher Angriff verschafft hatte.

»Drizzt …!«, wollte Wulfgar schreien, aber seine Stimme ging in einem plötzlichen Feuerstrahl unter, dessen Hitze ihn wie alle anderen im Gang erschrocken zusammenfahren ließ.

Catti-bries Feuerwand raste durch die Goblin-Reihen mitten in den Durchgang hinein, der sich zuerst geöffnet hatte. Mit einem Aufschrei wich Regis zurück, beschirmte seine Augen vor dem gleißenden Licht und wandte das Gesicht von der Hitze der Flammen ab.

Aus dem Raum drang das entsetzte Gequieke der gepeinigten Goblins. Da der Halbling davon ausging, dass Catti-brie diesen Bereich fest im Griff hatte, stolperte er weiter, um sich zu Wulfgar zu gesellen.

Sobald er seine Sinne wieder beisammenhatte, stellte er fest, dass dies eine gute Entscheidung gewesen war. Wulfgar steckte in Schwierigkeiten.

Zwei Goblins griffen ihn an, und der eine hatte seinen Speer in den dicken linken Unterarm des Barbaren gestoßen. Trotz seiner Schmerzen, die er bewusst auszublenden schien, nutzte Wulfgar diesen Arm als Schild und ließ den Speer weit herausragen, während er mit Aegisfang den zweiten Goblin abwehrte.

Dicht hinter diesem Angreifer hob der Grottenschrat

eine Keule, die Regis sehr an eines der fehlenden Beine erinnerte.

»Wulfgar!«, schrie er und rannte vor. In der Hand des Halblings tauchte eine kleine Schlange auf, die er über den Kopf des vordersten Goblins hinweg auf die Brust des großen Grottenschrats schleuderte. Die Schlange bewegte sich blitzschnell zu seinem Hals hinauf, und noch ehe das große, haarige Monster seinen Angriff beenden konnte, tauchte das höhnisch grinsende Schreckgespenst über seiner Schulter ab und riss ihn rücklings zu Boden.

Regis griff weiter an, bis er den Goblin erreicht hatte und ihn mit einer Serie kräftiger Degenstöße von dem verletzten Barbaren ablenken konnte.

Der Goblin versuchte, sich zu wehren, aber Regis schob seinen Speer mit dem jetzt zweiklingigen Parierdolch in die Höhe, rollte mit der anderen Schulter unter der erhobenen Waffe hindurch und stieß dem Goblin seinen Degen von unten durch das Zwerchfell in Lunge und Herz.

Gleichzeitig drehte sich Wulfgar zur Seite und rollte den linken Arm um den Speer, damit er den blutigen Schaft umfassen konnte. Mit schmerzverzerrter Grimasse schwang der Barbar brüllend herum und nutzte den Speer als Hebel, um den Goblin hinter sich an die Wand zu schmettern, wo er zusammenbrach.

Wulfgar hielt sich nicht damit auf, den Speer herauszuziehen, sondern folgte der Bewegung. Dabei kehrte Aegisfang in seine Hand zurück. Der Goblin erhob sich in dem Moment, wo der Hammer sich senkte, und mit einem grauenvollen, platschenden Geräusch barst ihm der Schädel. Die Knochen splitterten, das Gehirn spritzte, und die Wucht rammte seinen Kopf zwischen die Schlüsselbeine. Der Goblin sank in einer bizarren Bewegung so schwer auf seine zitternden Beine, dass dabei ein Knie aus dem Gelenk sprang und er vom Rückstoß noch einmal in die Höhe geworfen wurde, bis er einen kurzen Moment wieder auf den Füßen landete. Einen Augenblick stand er noch da, ehe er tot umfiel.

»Hinter mir, Regis!«, befahl Wulfgar, der sich wieder der offenen Tür zuwandte, hinter der Drizzt noch immer kämpfte.

Dieses Kommando verstand der Halbling, als ein Grottenschrat sich dort aus den Trümmern einer Tür erhob. Sogleich war der Halbling zur Stelle und stach mit seinem Rapier auf den riesigen Gegner ein.

»Runter!«, schrie Wulfgar Drizzt zu und schleuderte dabei Aegisfang in Richtung des Hinterkopfs seines Freundes.

»Mein Bein!«, brüllte der wütende Zwerg immer wieder, während er mit dem Schild und seiner Axt unaufhörlich auf den festgenagelten Grottenschrat einprügelte. Er trat ihm sogar mit seinem schweren Stiefel auf die bloßen Füße – Hauptsache, er konnte diesem hässlichen Ungeheuer, das es gewagt hatte, sein Grab zu plündern, Schmerzen zufügen.

Dabei versuchte er vergeblich, den brennenden Schmerz in seinem Rücken zu ignorieren, wo der andere Grottenschrat seinen Speer tiefer in die Wunde bohrte.

Der Zwerg drehte sich abrupt und mit solcher Kraft um, dass er dem Grottenschrat den Speer aus den Pranken riss. Das Monster griff noch nach seiner Waffe, als Bruenor ihm auch schon gegenüberstand, ihn tief gebückt empfing und dann mit einem mächtigen Hieb seine Axt in die Höhe zog: Die Klinge drang von unten in das Geschlecht des Grottenschrats.

Bruenor blendete den brennenden Schmerz völlig aus, weil sich vor Wut jeder Muskel seines Körpers anspannte. Er fühlte die Kraft von Clangeddin Silberbart in seinen starken Gliedern, als er die Axt knurrend höher zog, durch das Becken des Grottenschrats, durch Haut und Knochen, immer höher. Dabei hob er seinen Feind in die Luft. Clangeddin brüllte in Bruenor, und auch der Zwerg brüllte vor Trotz. Er richtete sich auf, drehte sich um, hob den Grottenschrat über die Schulter und warf ihn am Ende seiner Axt gegen den Gegner mit seinem Bein, als dieser sich erneut zum Angriff anschickte.

Sofort sprang der Zwerg hinterher, wirbelte seine Axt über dem Kopf und spaltete den Grottenschrat mit dem Speer mit einem vernichtenden Hieb beinahe in zwei Teile.

Wieder und wieder erhob sich Bruenors Axt, um krachend in den beiden Leibern zu landen, trennte Glieder ab und schlug klaffende Wunden, bis man unmöglich noch sagen konnte, wo der eine Grottenschrat endete und der andere begann.

Hinter sich hörte der Zwerg Gebrüll, drehte sich aber nicht um, denn diese Tonlage kannte er. Das war Guenhwyvar, und für ihn klang es nach Sieg und Macht.

»Licht!«, schrie Catti-brie warnend, kurz bevor der Gang sich mit einem Blitzen füllte, an das sich die Gefährten schnell anpassen konnten. Die Goblins hingegen waren erheblich im Nachteil.

Regis wollte schon seine zweite Schlange aktivieren, aber der Grottenschrat, der gerade aufstehen wollte, zog eine Grimasse und schlug instinktiv einen Arm vor die Augen.

Sofort griff der Halbling an und übersäte die Drow-Kleider des Grottenschrats in rascher Folge mit vielen blutigen Punkten.

Er würde die zweite Schlange nicht mehr brauchen.

Während er weiter angriff, erkannte er problemlos die

Blößen in den Verteidigungsversuchen des Grottenschrats, landete fast bei jedem Stich einen Treffer und war schließlich überzeugt, dass er gegenüber einem derartigen Monster nie wieder zu solchen Tricks würde greifen müssen.

Er dachte an Donnola Topolino und die endlosen Trainingseinheiten, als er über seine eigene Präzision und Geschwindigkeit staunte.

Er dachte noch mehr an Donnola, an ihre Liebesspiele und ihre tiefe Verbindung, und das Wissen, dass sie getrennt waren, machte ihn wütend.

Diesen Zorn bekam der Grottenschrat zu spüren, Stich für Stich.

»Runter!«, hörte Drizzt seinen Freund schreien. Sein Herz machte einen Freudensprung, weil seine Gedanken ihn viele Jahrzehnte zurückführten, an einen Punkt, der dem Kommando des Barbaren Relevanz verlieh.

Weil er Wulfgar bedingungslos vertraute, warf Drizzt sich rückwärts auf den Boden. Noch im Landen stürmten die beiden Grottenschrate vor ihm los, um seine Lage auszunutzen. Da aber flog der herrliche Aegisfang über ihn hinweg und traf den einen überraschten Gegner vor die Brust. Der Grottenschrat wurde umgerissen.

Drizzts Schulterblätter berührten noch den Boden, doch dann schnellte er wie von einer Feder angetrieben wieder hoch, warf sich auf den zweiten Grottenschrat und hielt seine Krummsäbel für den Todesstoß bereit.

Der Grottenschrat ging zu Boden, und Drizzt wirbelte nach links, um die Angreifer mit einer wilden Abfolge von Schlägen auf Abstand zu halten und Zeit zu schinden. Er bemerkte einige Lücken in ihren kläglichen Abwehrversuchen, hielt sich aber zurück. Das Blatt würde sich noch zu seinen Gunsten wenden. Mit einem wissenden Grinsen sprang Drizzt wieder nach rechts zurück, damit er auch die Monster an dieser Flanke vertreiben konnte.

Noch während er sich dieser neuen Gruppe zuwandte, kam ein wild um sich schlagender Goblin durch die Luft geflogen, der die Waffe des Hobgoblins vor Drizzt streifte, ehe er weit seitlich landete. Diese Ablenkung nutzte der Drow sofort für einen tödlichen Stich.

Er zog die blutige Klinge zurück, holte aus und folgte mit einer Drehung dem Rückhandschlag, um wieder auf die andere Seite zu gelangen, wo er Speer und Schwert eines Hobgoblins und eines Grottenschrats abwehrte, über den Speerstoß eines Goblins hinwegsprang und schließlich nach kurzem Umgreifen den linken Säbel senkrecht durch das Gesicht eines Goblins zog.

Er landete leichtfüßig und setzte die Wende zur anderen Seite hin fort, um den drohenden Waffen zu entwischen.

Und um seinem alten Freund zuzulächeln, der zuverlässig wie eh und je zur Stelle war. Der Hobgoblin auf Wulfgars Seite sah den Barbaren kommen und wollte seinen Vorteil nutzen.

Doch Drizzt lächelte noch zufriedener, denn dieses Täuschungsmanöver kannte er nur zu gut. Er setzte seinen Weg einfach fort, und noch ehe er vor dem letzten Hobgoblin und Grottenschrat auf dieser Seite stand, vernahm er hinter sich einen dumpfen Aufschlag und das Stöhnen des sterbenden Hobgoblins.

Aegisfang war in Wulfgars Hand zurückgekehrt. Drizzt hatte damit gerechnet. Der Hobgoblin nicht.

Der Drow stellte sich den dümmlichen Gesichtsausdruck der Kreatur vor, als sie plötzlich erkannt haben musste, dass ihr Schicksal besiegelt war, weil der große Mensch seine mächtige Waffe zurückhatte.

Er spürte, wie Wulfgar sich Rücken an Rücken hinter

ihm aufbaute. Jetzt konnte er sich sorglos seinen Feinden zuwenden, ohne auf Rückendeckung achten zu müssen. Er parierte Schwert und Speer mit schwindelerregender Effizienz: Sein linker Krummsäbel, Blaues Licht, rollte erst einmal, dann noch einmal über den Speer des Hobgoblins, um sich beim zweiten Mal zu drehen. Jetzt hatte Drizzt den Speer zwischen einer Seite der Parierstange und der Innenkrümmung seines Säbels erwischt. Zur selben Zeit hob der Drow Eisiger Tod so unabhängig wie ein zweiter Kämpfer genau im richtigen Winkel an, um den Abwärtshieb des Grottenschrats zur Seite abzulenken, und noch ehe die Kreatur zurückweichen und erneut angreifen konnte, stieß der Drow den Säbel nach vorn.

Das war natürlich kein wuchtiger Schlag, eher ein Drehen im Handgelenk, aber der Treffer saß so präzise, dass er reichte, denn er traf den Grottenschrat genau ins Auge. Das Ungeheuer heulte auf, fiel zurück und überließ den Hobgoblin dem Drow.

Der Hobgoblin brüllte und zerrte, aber das wäre nicht nötig gewesen, denn sobald die Kreatur zu ziehen begann, gab Drizzt den Speer mit einer leichten Drehung frei. Der Hobgoblin geriet aus dem Gleichgewicht und stolperte rückwärts. Drizzt setzte ihm mit einem schnellen Sprung nach, und dabei waren seine Krummsäbel pausenlos in Bewegung.

Der Drow landete, schoss links an dem Hobgoblin vorbei, und noch ehe die Kreatur auf diese Bewegung reagieren konnte, tauchte er auch schon auf der anderen Seite wieder auf und stand erneut an derselben Stelle wie zuvor.

Der Hobgoblin starrte ihn ungläubig an, erst fragend, dann verwirrt, und schließlich schien er zu begreifen.

»Ja, du bist wirklich tot«, erklärte Drizzt, als sein Gegner sterbend den vielen Stichen und klaffenden Wunden erlag.

Der Drow sah sich um. Schon wieder ließ Aegisfang nach einem kräftigen Schlag einen Goblin durch die Luft sausen. Zufrieden konzentrierte sich der Drow auf den verbliebenen Grottenschrat.

Dieser presste immer noch eine Hand auf sein blutendes Auge, drehte um und floh zu einer Seitentür. Als er die Pforte aufriss und hindurchstürmte, sah Drizzt einen anderen Grottenschrat, der etwas Merkwürdiges in den Händen hielt.

»Der Schädel!«, schrie er und zeigte auf die schwere Tür, die jetzt zuknallte. Der Drow rannte los und warf sich dagegen, aber die Tür gab nicht nach.

»Wulfgar!«, rief er, als er abprallte. Er brauchte seinen Freund.

Da betrat Regis den Raum und konnte sich gerade noch zur Seite retten, um nicht von Guenhwyvar umgeworfen zu werden, die brüllend herbeisprang.

Auf der anderen Seite warf Wulfgar einem Hobgoblin auf dem Rückzug seinen Kriegshammer nach, traf ihn am Hinterkopf und schmetterte ihn kopfüber gegen die Wand. Mit dem anderen Arm würgte der Barbar ein zweites Geschoss, diesmal ein lebendes. Er fuhr zu Drizzt herum und hob den strampelnden Goblin in die Höhe.

Zwei lange Sätze brachten ihn mit viel Schwung an die Tür, und er rammte den Goblin dagegen.

Unter dem schweren Aufprall ächzte das eisenbeschlagene Holz, aber die Tür war stärker. Der Goblin sank tot zu Boden.

»Hier kommt ein besserer Schlüssel!«, brüllte Bruenor, der jetzt ebenfalls in den Raum stürmte.

»Dein Schädel ist …!«, wollte Drizzt ihm zurufen, aber der Zwerg schnitt ihm das Wort ab. »Ich hab's gehört, Elf!«

Bruenor sprang neben Wulfgar hoch, der ihn halb auffing, halb umlenkte und den Ansturm des Zwergs mit seiner eigenen Kraft verstärkte.

Bruenor schob seine Schulter fest unter den Schild, als er gegen die Tür stieß, und dieses Mal gab der Zugang nach. Der Zwerg purzelte hinein, stand sofort wieder auf den Beinen und griff ohne Zögern die zwei zutiefst überraschten Grottenschrate an.

Drizzt wollte ebenfalls hineineilen, doch bis er eintraf, stand dort nur noch Bruenor Heldenhammer.

Der Drow kam zum Stehen und verzog das Gesicht. Der Rücken seines Freundes war blutüberströmt, und das war nicht das Blut, das er selbst verspritzte, während seine Axt immer wieder auf die schon toten Grottenschrate einschlug.

Drizzt warf Wulfgar einen besorgten Blick zu. Erst da merkte er, dass auch der Barbar den Kampf nicht unbeschadet überstanden hatte. In seinem linken Unterarm, der wie Bruenors Rücken sehr blutig war, steckte noch der Rest eines abgebrochenen Speers.

»Wo ist Catti-brie?«, fragte er. Kaum hatte er diese Worte ausgesprochen, da blitzte es im Gang. Es folgte ein Donnerschlag, der das Gestein erbeben ließ.

Gleich darauf tauchte Catti-brie auf, die in aller Ruhe eintrat, obwohl sich entlang ihrer Arme noch bläuliche Nebelschwaden ringelten. Sie sah an den dreien vorbei zu der zerbrochenen Tür und zu Bruenor, der jetzt aus dem Nebenraum trat und einen Schädel hochhielt.

»Ein alter Freund«, sagte der Zwerg etwas betreten. Er versuchte, seine Ergriffenheit mit einem leisen Kichern zu überspielen. Dennoch war Bruenor erschütterter, als er es zeigen wollte, während er in die leeren Höhlen blickte, die einst seine Augen enthalten hatten.

Catti-brie rief Drizzt zu ihm und begann sofort mit einem Heilzauber, nachdem sie die Verletzung des Zwergs genauer inspiziert hatte. Bruenor biss die Zähne zusammen, als sie eine Hand auf die tiefe Wunde legte, in der noch die Speerspitze steckte. Sobald die schmerzlindernde Magie durch seinen Körper flutete, löste sich allmählich die Anspannung.

»Besser?«, fragte Catti-brie.

»Oh ja, heilende Hände«, flüsterte Bruenor. Er machte große Augen, und Drizzt holte erschrocken Luft, als Catti-brie die Hand zurückzog und die große Speerspitze zum Vorschein kam, die in seinen Rücken eingedrungen war.

»Dafür brauchst du noch mehr Heilzauber«, stellte sie fest.

»Die kannst du auf dem Weg zu meinem Grab machen«, sagte Bruenor.

»Wulfgar ist auch verletzt«, fügte Drizzt hinzu. »Ihr drei geht zum Grab zurück. Regis, Guen und ich bleiben hier, damit wir später nicht wieder von vorn anfangen müssen.«

Zusammen mit seinen Adoptivkindern machte sich Bruenor samt Schädel und Beinknochen sofort auf den Weg.

»Wir sollten die Gegend auskundschaften«, sagte Drizzt.

Regis jedoch hatte etwas anderes im Sinn. Er griff in seinen magischen Tragebeutel und zog eine große Tasche mit vielen Lagen und Fächern heraus, die er behutsam auf den Boden setzte. Beim Auspacken kamen die Bestandteile seines tragbaren Alchimistenlabors zum Vorschein. Er blätterte in einem großen Buch, bis er eine markierte Seite fand.

»Diese Flechten«, sagte er, als er aufblickte und das Bild im Buch mit einem bestimmten grünen Gewächs am Fuß der Wand verglich. »Geh du los und bleib über Guen mit mir in Verbindung. Wenn du noch mehr von diesen Flechten findest, dann nimm sie mit.«

»Wofür?«

»Für viele Dinge und manches, was ich noch gar nicht weiß«, antwortete Regis. Er zog ein Fläschchen mit einer bläulichen Flüssigkeit aus der Tasche. »Hier«, sagte er und gab es Drizzt.

Mit fragendem Blick nahm der Drow die Phiole an sich.

»Ein Heiltrank«, erklärte Regis. »Könnte hilfreich sein, zumindest bis Catti-brie wieder da ist.«

Drizzt nickte und wandte sich zum Gehen.

»Feuerschutz«, sagte Regis plötzlich. Der Drow blieb stehen. »Die Flechten, meine ich. Ich glaube, ich kann damit einen Feuerschutztrank abrunden. Wenn ich mit Catti-brie unterwegs bin, hätte ich das gern. Sie scheint eine Vorliebe für Feuer zu entwickeln!«

Drizzt lächelte, nickte und legte eine Hand an Eisiger Tod, der ihn in ähnlicher Weise schützte. Er dachte an den Ring, den er Catti-brie gegeben hatte, damit auch sie sicher war. Dann dachte er über die längerfristige Bedeutung für die Gruppe nach, setzte die Einzelteile zum großen Bild zusammen und sah noch mehr Harmonie und Macht für die Gruppe daraus erwachsen.

Er warf noch einen letzten Blick auf Regis, der über seinem Buch grübelte und offenbar in eine ähnliche Richtung dachte.

»Lass es mich tun«, bat Wulfgar.

Bruenor, der immer noch den Schädel in den Händen hielt, zögerte. Er sah zu Wulfgar hoch.

»Bitte«, sagte Wulfgar.

»Bist du traurig, dass du bei der ersten Beisetzung deines Vaters nicht dabei warst?«, fragte Bruenor mit einem trockenen Lächeln, als er ihm den Schädel reichte.

»Einfach aus Respekt«, erklärte der Barbar. »Respekt vor dir.« Er kniete sich an das Grab und legte behutsam die Steine zur Seite.

»Das ist … ernüchternd«, sagte Catti-brie, die mit Bruenor etwas Abstand hielt. Sie legte dem Zwerg einen Arm um die breiten Schultern. »Ich frage mich, wie ich reagieren werde, wenn ich nach Mithril-Halle zurückkomme und dort mein Grab sehe.«

»Ernüchternd?«, entgegnete Bruenor schnaubend. »Ich könnte glatt einen Magenwärmer vertragen!« Er schlang den Arm um ihre Taille und zog seine Tochter an sich.

Wulfgar legte erst die Beinknochen zurück, dann besonders sorgsam den Schädel. Bevor er die Steine wieder darüber schichtete, stellte er sich an den Fuß des Grabes, wo Catti-brie und Bruenor zu ihm traten. Als Catti-brie das Grab segnete, schlugen die beiden Männer die Augen nieder.

Für die ungewöhnliche Familie war dieser Moment wie eine Erlösung. Hier begruben sie nicht ihre Vergangenheit, sondern nur ihre einstigen Differenzen – besonders Wulfgar.

Sobald Catti-brie ihren Segen beendet hatte, schloss der Barbar sie fest in die Arme. »Ich habe dich immer geliebt«, sagte er, und seine Stimme war ebenso gelassen wie die ganze Atmosphäre. »Und jetzt bin ich froh, wieder bei dir zu sein – bei euch beiden.«

»Ich hätte nicht gedacht, dass du aus Iruladoon wieder nach Toril zurückkehrst«, sagte Catti-brie.

»Ich auch nicht«, erwiderte Wulfgar. »Seltsamerweise habe ich meine Entscheidung in den letzten einundzwanzig Jahren nicht ein einziges Mal bereut. Das ist mein Abenteuer. Meine Reise. Mein Platz.«

»Erzählst du mir irgendwann von deiner Frau und deinen Kindern?«, fragte sie.

Er lächelte und nickte bereitwillig. »Zwei Leben!«, sagte er, als könne er sein Glück kaum fassen. »Oder drei, wenn ich die zwei Seiten meiner letzten Existenz bedenke.«

»Nein, nur das eine«, befand Bruenor. Er trat von seinen Kindern weg an das Grab und stieß mit dem Fuß an einen der Steine. Dann sah er zu ihnen zurück und nickte ihnen begeistert zu. »Was hier drin ist, das zählt«, sagte er und pochte mit einem Finger auf seine Brust, direkt über dem Herzen. »Nicht, was da liegt.« Er deutete auf das Grab.

Diese Feststellung konnten die beiden anderen, die ebenfalls gestorben waren und schon den zweiten sterblichen Körper hatten, nicht bestreiten.

Kapitel 16

Widerstandskraft

Der kleine Tiefling-Hexer stand zornig vor dem verwüsteten Bereich von Letzthafen. Sein lahmer Arm baumelte hinter ihm; unter den anderen hatte er den Knochenstab gesteckt, auf den er sich sonst häufig stützte. Heute nicht. Nicht mit so viel Wut im Leib.

Sie hatten seine Mutter gefangen genommen. Falls sie noch am Leben war.

Sie hatten die ganze Gruppe zerschlagen, seine Gefährten, seine Freunde. Einige Leute hatten Afafrenfere fallen sehen. Andere hatten gesehen, wie Artemis Entreri weggeschleift worden war. Und Amber ebenfalls, die arme Amber. Ein riesiger Drider hatte sie an den Füßen hochgezogen, sie wie eine Puppe herumgeschwenkt und mitgenommen.

Und Dahlia hatten sie zusammengeschlagen – das hatte Effron mit eigenen Augen gesehen. Als das Blitznetz sich herabgesenkt hatte, war Effron körperlos geworden, durch einen Spalt im Pflaster verschwunden, am Boden entlang davongehuscht und dann zwischen den Brettern eines nahen Hauses wieder hochgekommen. Zum Glück war er zur anderen Seite der Straße geflohen, nicht in die Richtung, in die Dahlias magische Waffe die Energie des Blitznetzes gelenkt hatte. Voller Stolz hatte der Hexer mit angesehen, wie seine Mutter einen derart mächtigen Schlag ausführte!

Allerdings hatte er auch die grausame Rache des männlichen Driders beobachtet. Selbst in seiner zweidimensionalen Form hatte ihm der Atem gestockt, als das Ungeheuer Dahlia mit einem Schlag auf den Kopf niederstreckte.

Und jetzt war sie weg. Sie waren alle weg, und Effron stand allein da.

Er dachte an das Schattenreich und seinen Lehrmeister, Draygo Quick. Dort war er einmal zu Hause gewesen, verwarf den Gedanken jedoch mit wütendem Kopfschütteln und einem Schwall von Flüchen, der die Bewohner von Letzthafen, die bereits mit den Aufräumarbeiten begannen, verwundert aufblicken ließ – hatte er den Verstand verloren?

Mit dieser Einschätzung lagen sie vielleicht gar nicht so falsch, dachte er, als er die skeptischen Blicke bemerkte.

Effron war tatsächlich halb verrückt vor Wut, in die sich auch Frustration und blanke Hoffnungslosigkeit mischten. Er war allein, zwanzig Jahre aus seiner Zeit herausgefallen – war Draygo Quick überhaupt noch am Leben? Wie weit hatte sich das Schattenreich von den Grenzen von Toril zurückgezogen? Effron bezweifelte, dass ihm auch nur der Schattenschritt an diesen düsteren Ort gelingen würde. Noch mehr allerdings bezweifelte er, dass er dies überhaupt wollte.

Dort war er vermutlich vogelfrei und würde nicht lange überleben.

Vor den noch schwelenden Trümmern des Steinmetzlochs blieb er stehen. Nach dem Zauberfeuer und dem Blitzschlag während des Dunkelelfenangriffs war das Wirtshaus nur noch eine Ruine. Viele waren hier umgekommen: Bislang hatte man schon fast ein Dutzend Tote geborgen.

Ringsherum schworen die Bewohner von Letzthafen, dass sie alles wieder aufbauen würden.

Dies war ein zähes Völkchen, störrisch und widerstandsfähig, und was sie sagten, tröstete Effron ein wenig.

Er konnte jetzt seiner Wege ziehen, begriff er, jeden Ort aufsuchen, der ihm beliebte, ein neues Leben anfangen. Immerhin war er ein Hexer von beträchtlicher Macht und bestens ausgerüstet. Mit dem Knochenstab, den er dem Schädelfürsten im Schattenreich abgenommen hatte, könnte er notfalls eine gehorsame Untotenarmee erschaffen.

»Ich allein«, sagte er laut, um seiner Entschlossenheit mehr Nachdruck zu verleihen.

Aber diese Worte klangen hohl und fanden keinen Widerhall in ihm, wie er überrascht feststellte.

»Nein«, sagte er. »Nein.«

Er wollte seine Mutter suchen. Vielleicht würde es Jahre dauern, aber das war vorläufig seine wichtigste Aufgabe. Er wollte Dahlia finden und hoffentlich auch die anderen aus seiner Bande. Und er wollte diejenigen vernichten, die sie verschleppt hatten.

Oder bei dem Versuch sterben.

Dieser letzte Gedanke erstaunte ihn – vor allem, weil es ihn nicht störte. Wenn er bei dem Versuch, Dahlia zu retten, umkam, dann sollte es eben so sein.

»So sei es!«, sagte er laut.

»So sei was?«, fragte ein Mann neben ihm. Er und sein Begleiter sahen Effron skeptisch an. »Erst die verdammten Seeteufel, jetzt die Drow! Ist Letzthafen verflucht? Was meinst du?«

Der verwachsene Hexer stellte den Stab vor sich hin, stieß damit fest auf das Pflaster und spürte die Macht darin. Gleichzeitig spürte er seine eigene innere Stärke. »Die Welt ist ein gefährlicher Ort«, sagte Effron. »Und diese Gefahr kommt auf vielerlei Weise und in vielerlei Gestalt daher. Wollt ihr lieber in Tiefwasser leben und von einem Räuber erstochen werden? Wollt ihr in Baldurs Tor leben und auf ein Sklavenschiff entführt werden? Oder wollt ihr hier Letzthafen wieder aufbauen und nächstes Mal besser gerüstet sein, falls die verfluchten Drow wiederkommen?«

»Gute Worte, junger Mann«, sagte der andere mit einer höflichen Verbeugung.

Effron nickte und ging davon.

Ja, er würde seine Mutter retten.

Auch wenn er keine Ahnung hatte, wo er damit anfangen sollte.

»Diese Wendung der Ereignisse scheint Euch nicht sonderlich zu irritieren«, warf Jarlaxle Kimmuriel vor, als dieser schließlich auf seinen Ruf in die leeren, rückwärtigen Bereiche von Haus Do'Urden reagierte.

Der Psioniker zuckte mit den Schultern, als wäre es ihm tatsächlich egal. »Habt Ihr ernsthaft nicht damit gerechnet, dass es eines Tages so weit käme?«

»Ich bin davon ausgegangen, dass die Dinge weiter so prächtig laufen würden wie bisher.«

»Und Ihr wart miserabel«, erwiderte Kimmuriel. »Ein miserabler Buchhalter.«

Jarlaxle wollte aufbegehren, verbiss sich seine Bemerkung jedoch, als ihm wieder bewusst wurde, dass der Psioniker in die Zukunft sehen konnte.

»Immer noch besser als das hier«, sagte er stattdessen entnervt. »Zeigt ein wenig Respekt, hausloser Schurke, denn Ihr steht vor dem Hauptmann der Wache von Daermon N'a'shezbaernon, besser bekannt als Haus Do'Urden. Eindrucksvoll, nicht wahr?«

»Ich versinke vor Demut«, entgegnete Kimmuriel trocken.

»Heute kehrt die Armee von Haus Baenre in die Stadt zurück«, fuhr Jarlaxle fort. »Und die liebe Oberinmutter Quenthel hat ein überaus interessantes Paar dabei.«

»Den Sohn von Haus Barrison Del'Armgo und seine Halb-*Darthiir*-Tochter, ja«, sagte Kimmuriel.

Jarlaxle sah ihn kopfschüttelnd an und seufzte frustriert. Nur ein einziges Mal hätte er Kimmuriel gern mit einer Information überrascht!

»Sie wird diesen wiedergefundenen Armgo sicher nutzen, um die Verbindung zwischen Haus Baenre und Oberin Mez'Barris Armgo zu stärken. Oder sie findet einen Weg, seine Situation gegenüber Mez'Barris zu ihrem Vorteil zu nutzen. Auf jeden Fall ist sie fest entschlossen, ihre Macht über die ganze Stadt weiter auszubauen.«

»Oberinmutter Quenthel ist gewachsen«, stellte Kimmuriel fest.

»Ja, irgendwie ist sie ganz gewaltig gewachsen. Ich glaube, über den Einsatz eines Illithiden, auch wenn meine Informationen sehr unvollständig sind. Gromph schleppt Methil El-Viddenvelp mit sich herum.«

»Oberin Mez'Barris hasst Oberinmutter Quenthel abgrundtief«, erwiderte Kimmuriel, den Jarlaxles Information nicht zu überraschen schien. »So wie jeden, der lebt und atmet.«

»Sie ist die Oberin eines mächtigen Hauses«, sagte Jarlaxle. »Ihre persönlichen Rachegelüste sind unwichtig. Sie wird sich ärgern, aber pragmatisch vorgehen.«

Kimmuriel nickte. Das war auch seine Meinung. »Es gibt jemanden, der die Oberinmutter von Haus Baenre noch mehr hasst«, bemerkte er. »Jemanden, der seit langer Zeit nur noch auf Rache sinnt.«

Jetzt wurde Jarlaxle neugierig.

»Meine Mutter«, erklärte Kimmuriel.

»K'yorl? Die ist doch in den Klauenspalt gefallen.«

»Sie wurde aus Haus Oblodra herausgeholt, bevor der Zorn von Lolth alles zerstörte. Seitdem dient sie einem großen Dämon als Sklavin.«

Jarlaxle staunte noch immer. Diese Information war ihm vollkommen neu.

»Errtu, dem Balor«, erklärte Kimmuriel. »K'yorl Odran ist sein Spielzeug, aber das kümmert sie nicht. Alles, was sie in all den Jahren erfüllt hat, ist ihr Hass auf Oberinmutter Yvonnel Baenre und deren Kinder, einschließlich der neuen Oberinmutter. Sie hat nur ein Ziel, das weiß ich.«

»Ihr sprecht, als wärt Ihr ihr begegnet.«

»Auf meine Weise«, gab Kimmuriel zu. »Es steckt noch mehr dahinter. Oberin Mez'Barris ist Teil einer Verschwörung, die K'yorl auf die Stadt loslassen soll, besonders auf Haus Baenre. An dieser Verschwörung war auch Erzmagier Gromph beteiligt – zusammen mit einer Hohepriesterin aus einem anderen Haus.«

»Sicherlich Minolin Fey«, überlegte Jarlaxle. Er überdachte die aktuelle Situation und erkannte, dass die Oberinmutter dieses Komplott sauber durchkreuzt hatte. Er musterte Kimmuriel, weil ihm immer noch nicht klar war, wie sein Landsmann so genaue Hintergrundinformationen über das Spinnennetz von Menzoberranzan bezog. Dann fiel es ihm plötzlich wie Schuppen von den Augen. »Methil El-Viddenvelp ist demnach gar nicht so kaputt, wie es aussieht«, folgerte Jarlaxle trocken. »Vielleicht nicht zu angeschlagen, um noch seine Kolonie zu kontaktieren.«

Kimmuriels anerkennendes Nicken bestätigte seinen Gedankengang.

»Quenthel hat jetzt also größere Ähnlichkeit mit Yvonnel und ist weit gefährlicher geworden«, sagte Jarlaxle. »Und ich bin der Hauptmann der Garnison Do'Urden.« Er schüttelte den Kopf, als er diese Worte noch einmal abfällig wiederholte. »Garnison Do'Urden.«

»Schon bald ganz sicher ein Adelshaus mit Sitz im Rat«, überlegte Kimmuriel.

»Ersatz für Haus Xorlarrin, schätze ich«, sagte Jarlaxle.

»Und welche Rolle spielt Bregan D'aerthe in diesem Spiel?«, fragte Kimmuriel. Seine Miene und Haltung verrieten Jarlaxle, dass er die Antwort bereits kannte, ganz gleich was Jarlaxle sagen würde.

»Wir finden unsere Chance und unseren Weg«, versicherte dieser. »Es wird Krieg geben – wo auch immer. Das ist die einzige Erklärung für die Machenschaften der Oberinmutter. Sie schart alle anderen um sich und hält sie fest in ihrem kollektiven Bann.«

»Ja, sie verstärkt ihre Rüstung«, pflichtete Kimmuriel ihm bei.

»Diese Rüstung wird Schwachstellen haben«, stellte Jarlaxle fest, noch ehe er sich auf die Zunge beißen konnte.

Der Psioniker bedachte seine spontane Bemerkung mit einem trockenen Lächeln. »Ich habe Bregan D'aerthe nicht aufgebaut, um damit irgendwann in der Garnison von Haus Baenre aufzugehen«, erklärte Jarlaxle. Dann zögerte er. Sollte er seine Worte lieber nicht aussprechen? Es spielte jedoch keine Rolle, denn Kimmuriel konnte so leicht Gedanken lesen wie zuhören, obwohl die magische Augenklappe Jarlaxle eigentlich vor Psi-Zugriffen bewahrte. Diesmal war der Drow jedoch so aufgebracht, dass er seine Gefühle offen zeigte. »Vorläufig werde ich den Befehlen der Oberinmutter Folge leisten«, teilte er seinem Geschäftspartner mit. »Aber das ist ein vorübergehendes Arrangement. Ich bin nicht aus diesem verdammten Loch entwischt, um mich jetzt zurückziehen zu lassen, nur weil es meiner dummen Schw… der Oberinmutter so beliebt.«

»Schwester«, sagte Kimmuriel. »Nein, das ist tatsächlich kein wünschenswerter Weg für Bregan D'aerthe.«

»Dann lasst uns die Schwachstellen in der Rüstung meiner lieben Schwester aufspüren«, forderte Jarlaxle ihn auf.

»Mez'Barris Armgo hat schon eine gefunden«, erwiderte Kimmuriel.

»K'yorl?«

»Allerdings. Es war ein Baenre, Tiago, der Errtu zuletzt geschlagen und verbannt hat. Der Balor dürfte wenig Liebe für dieses Haus hegen.«

Jarlaxles Lächeln wurde so breit, dass der Psioniker sich verpflichtet fühlte, ein Wort hinzuzufügen: »Geduld.«

Aber natürlich, dachte Jarlaxle, ohne es auszusprechen. Er wollte Luskan zurück. Er wollte Bregan D'aerthe zurück.

Er wollte die Sterne wiedersehen.

Und das würde er, notfalls über die Leiche seiner Schwester Quenthel.

Kapitel 17

Die Ordnung im Chaos

Die acht regierenden Oberinnen von Menzoberranzan versammelten sich um den Spinnentisch im geheimen Ratszimmer. Oberinmutter Quenthel Baenre und Oberin Mez'Barris Armgo nahmen an den Enden der längsten Beine der Spinne Platz.

Zwischen ihnen stand ein leerer Stuhl, den alle sieben anwesenden Oberinnen schon bald gern einnehmen wollten.

Aber Oberinmutter Quenthel hatte andere Pläne.

Auf diese Sitzung hatte man lange gewartet, länger, als viele gedacht hatten. Haus Xorlarrin war inzwischen weitgehend abgezogen, und einige der Oberinnen wunderten sich, dass Zeerith Q'Xorlarrin anwesend war und rechts von Oberinmutter Quenthel auf dem Platz des Dritten Hauses saß. In der Stadt war das Gerücht umgegangen, Zeerith wäre bereits abgereist.

Aber auch das war unwichtig, raunte man sich zu, denn heute würde Zeerith zweifellos offiziell aus dem herrschenden Konzil austreten, worauf Haus Xorlarrin nicht mehr offiziell zu Menzoberranzan gehören würde. Allen Erzählungen zufolge verlief die Besiedelung der ehemaligen Zwergenfestung Gauntlgrym absolut nach Plan. Mehrere Häuser hatten bereits Handelsverträge mit den Xorlarrins abgeschlossen, und die ersten exquisiten Waffen und Rüstungen aus der Schmiede des Urelementars waren inzwischen in Menzoberranzan eingetroffen.

Nach den vielen vorschriftsmäßigen Gebeten zur Spinnenkönigin unter der Leitung von Hohepriesterin Sos'Umptu Baenre rief Oberinmutter Quenthel alle zur Ordnung.

Überraschenderweise zog sich Sos'Umptu jedoch nicht wie üblich zurück. Sie ging zu dem Platz zwischen der Oberinmutter und Oberin Mez'Barris, wo sie sich in aller Ruhe setzte – eine Handlung, die der Oberin des Hauses Barrison Del'Armgo überhaupt nicht zusagte. Sie wurde unruhig und warf der Hohepriesterin und dann Oberinmutter Quenthel einen tadelnden Blick zu.

»Ihr wisst, weshalb wir hier versammelt sind«, begann die Oberinmutter. »Die Expedition der Oberin Zeerith Q'Xorlarrin zu den wiedergefundenen Zwergenminen war sehr erfolgreich und fruchtbar. Auf Geheiß von Lolth ist es nun an der Zeit, das wiederherzustellen, was in den Tumulten der Vergangenheit, dem Krieg der Spinnenkönigin und den Verheerungen der Zauberpest verloren ging.« Sie sah Zeerith auffordernd an.

»Die Stadt Q'Xorlarrin ist im Werden«, erklärte die alte Oberin, während sie aufstand. »Wir sichern die Räume dort, die magische Schmiede der Zwerge ist wieder in Betrieb, und ihre Flammen stammen aus dem heißen Feuer eines gefesselten Urelementars.«

Diese Aussagen waren natürlich niemandem neu, wurden aber dennoch mit Applaus aufgenommen.

»Q'Xorlarrin ist keine unabhängige Stadt«, warf Oberinmutter Quenthel ein und brachte damit alle zum Schweigen.

Ein paar der Anwesenden warfen ihr erstaunte Blicke zu, aber Oberin Zeerith, die immer noch stand, zuckte nicht mit der Wimper. Dies alles hatten die beiden unter vier Augen schon vor langer Zeit so abgestimmt, erkannten die anderen bald.

»Ihr habt Eure Stadt, Oberin Zeerith, ganz nach Wunsch«, erklärte die Oberinmutter. »Und Autonomie – bis zu einem gewissen Grad.« Sie hob die Hand und gebot Zeerith, sich wieder zu setzen. Dann fuhr die Oberinmutter fort: »Q'Xorlarrin ist eine Schwesterstadt von Menzoberranzan und wird Tribut zahlen, in erster Linie in Form von Waffen, Rüstungen, Kriegsmaschinen und dergleichen. Die Alltagsgeschäfte unterstehen allein Oberin Zeerith, so wie sie es für richtig hält. Aber lasst Euch gesagt sein, meine alte Rivalin, meine Freundin, meine Feindin: In Zeiten der Not wird Menzoberranzan Euch rufen, und Ihr werdet unserem Ruf Folge leisten. Wenn Krieg ausbricht, werden Eure Soldaten unter dem Banner von Menzoberranzan marschieren, unter dem Kommando der Garnison Baenre. Eure Gebete zur Spinnenkönigin werden diese Wahrheit bestätigen. Sind wir uns einig?«

Oberin Zeerith nickte. »Meine Familie fühlt sich durch die große Chance, die uns die Herrin Lolth eröffnet hat, sehr geehrt. Q'Xorlarrin hält zu Menzoberranzan, ob im Frieden oder im Krieg.«

»Ihr seid unser Auge zur Oberflächenwelt, und das Hämmern Eurer Schmiedemeister wird glorreich durch die Tunnel des Unterreichs schallen«, fügte Oberin Mez'Barris hinzu. Alle wussten, dass sie nur die Stimme erhob, um die klare Dominanz von Oberinmutter Quenthel in dieser Sitzung zu unterbrechen.

Der Lauf der Dinge entsprach nicht den Wünschen von Mez'Barris, und sie hatte diesem Weg niemals zugestimmt.

»Ist es Eure Entscheidung, nun in Eure Siedlung umzuziehen?«, fragte Oberinmutter Quenthel die Oberin Zeerith.

»Ja«, antwortete diese. »Ich werde Menzoberranzan innerhalb des nächsten Zehntags verlassen.«

»Und Euer Sitz?«

Oberin Zeerith holte tief Luft und sah zu Oberin Vadalma Tlabbar vom Vierten Haus hinüber, die links von Oberin Mez'Barris saß. Faen Tlabbar war Zeeriths schlimmste Rivalin. Dann blickte sie nach rechts zu Oberin Miz'ri Mizzrym vom Fünften Haus, die ihr ebenso verhasst war. Zeerith trat hinter den Stuhl, schob ihn an den Tisch und zeigte damit an, dass sie hier fertig war.

»Dann geht«, befahl Oberinmutter Quenthel mit kalter Stimme. »Ihr werdet hier nicht mehr gebraucht.«

Ohne eine Verbeugung, einen Gruß oder auch nur ein weiteres Wort verließ Oberin Zeerith Q'Xorlarrin die Sitzung.

Die verbliebenen Oberinnen starrten Oberinmutter Quenthel erwartungsvoll an. Sie wusste, worum es ging. Würde sie einen rotierenden Aufstieg anweisen, bei dem jedes Haus unter dem jetzt vakanten dritten Platz um einen Rang nachrückte? Oder würde sie die Position unbesetzt lassen und damit indirekt alle auffordern, ihn sich selbst zu erobern? Das würde wahrscheinlich einen Krieg zwischen den Häusern auslösen.

Vielleicht gab es sogar eine dritte Möglichkeit, bei der geordneter Aufstieg und herrliches Chaos verschmolzen?

»Oberin Vadalma«, sagte Oberinmutter Quenthel zu der Frau rechts von Mez'Barris und wies auf den freien Stuhl.

Vadalma Tlabbar stand auf und wanderte einmal um den ganzen Tisch, damit sie nicht hinter den Ranghöheren, Baenre und Armgo, entlanggehen musste. Mit einem hochmütigen Blick auf alle anderen zog sie Zeeriths Stuhl zurück und nahm ihren Platz als Oberin des Dritten Hauses von Menzoberranzan ein.

»Oberin Miz'ri«, gebot Quenthel, worauf Miz'ri wiederum Vadalmas ehemaligen Platz und Rang übernahm.

So ging es mit den übrigen dreien weiter – jede Oberin erhielt den Platz unmittelbar über ihrem vorherigen Rang, sodass das Vierte bis Achte Haus jeweils einen Platz höherrückten. Am Ende war der Platz schräg gegenüber der Oberinmutter unbesetzt.

Die Oberinmutter wartete lange schweigend ab, damit die anderen die verschiedenen Möglichkeiten durchgehen konnten.

»Oberin Prae'anelle Duskryn?«, brachte Oberin Mez'Barris schließlich die Oberin von Haus Duskryn ins Spiel, die dem gegenwärtigen Neunten Haus von Menzoberranzan vorstand.

»Wenn Duskryn zum Achten Haus wird – wer von Euch hier glaubt, dass dies von Dauer wäre?« Oberinmutter Quenthel lachte boshaft auf, und die anderen stimmten ein, denn an diesen Worten war etwas Wahres dran. Haus Hunzrin hatte gegenwärtig Platz elf inne, doch jeder wusste, dass Hunzrin jedes Haus darunter und vermutlich auch einige der herrschenden Häuser mit Leichtigkeit besiegen könnte. Besonders seit der Gründung der neuen Stadt Q'Xorlarrin, denn Haus Hunzrin war in Menzoberranzan ein bedeutender Wirtschaftsfaktor mit zahlreichen Verbindungen außerhalb der Stadt, die sich wie ein Spinnennetz in das größere Unterreich und bis an die Oberfläche spannten. Viele in Menzoberranzan rechneten seit Jahren damit, dass Haus Hunzrin nach einem Ratssitz greifen würde. Nur das Netz der Bündnisse zwischen den übrigen acht Häusern hatte Oberin Shakti Hunzrin bisher von diesem Schritt abgehalten.

Haus Duskryn hatte keine so engen Verbindungen und würde von Haus Hunzrin schnell aus dem Sattel gehoben werden, falls man Duskryn aufsteigen ließe. Da waren sich alle Anwesenden einig.

»Haus Duskryn ist auf Platz neun, und Oberin Prae'anelle steht bereit, um den ihr zustehenden Sitz im Rat einzunehmen«, beharrte Mez'Barris dennoch.

Natürlich stand sie bereit, das wusste Oberinmutter Quenthel durchaus. Haus Duskryn war ein frommer, relativ isolierter Clan, der nur wenige Verbündete hatte, die ihn vor Haus Hunzrin schützen konnten. Dessen engster Verbündeter in der Stadt wiederum war Mez'Barris' eigenes Haus, Barrison Del'Armgo. Shakti und Mez'Barris einte der Hass auf Haus Baenre. Wenn man Duskryn zum Achten Haus erhob, würde Mez'Barris die große Intrigantin Shakti zum offenen Krieg auffordern, um sie direkt in das Konzil zu befördern.

»Oberin Prae'anelle bekommt den passenden Sitz«, erklärte Oberinmutter Quenthel, »sobald er frei wird.«

Da erst stellte sich Mez'Barris die Frage, die auf der Hand lag. Auch die anderen wurden bei dieser unerwarteten Ankündigung allmählich unruhig, doch die Oberinmutter wandte sich nach links und nickte Sos'Umptu zu. Diese ging um den Tisch herum – und gezielt hinter Oberin Mez'Barris vorbei –, um den leeren Sitz des Achten Hauses zu besetzen.

»Haus Baenre übernimmt zwei Sitze im Rat? Ist das Euer Plan?«, fragte Mez'Barris erstaunt.

»Nein«, antwortete die Oberinmutter knapp. »Sos'Umptu gehört nicht länger Haus Baenre an.«

»Wem hat sie sich angeschlossen? Gründet sie ein eigenes Haus? Wenn ja, ist ihr Rang traditionsgemäß weit niedriger!«

»Auf Geheiß von Lolth ist Daermon N'a'shezbaernon hiermit neu gegründet«, erklärte die Oberinmutter.

»Daermon …«, wiederholte Mez'Barris, die den Namen kaum über die Zunge brachte.

»Das verfluchte Haus Do'Urden?« Oberin Zhindia Melarn rümpfte die Nase. Sie war die Jüngste im herrschenden Konzil und Lolth so fanatisch ergeben wie kaum jemand anders im Raum. »Sakrileg!«

»Geht beten, Oberin«, wies die Oberinmutter sie mit kalter Stimme zurecht. »Wenn Ihr fertig seid, werdet Ihr Eure Worte vorsichtiger wählen.«

»Das ist beispiellos!«, fügte Mez'Barris hinzu.

»Zeiten wie diese hat es auch noch nie gegeben«, entgegnete die Oberinmutter. »Ihr alle kennt die Gerüchte von Tsabrak Xorlarrins Reise in den Osten. Die Gerüchte sind wahr. Er zieht mit dem Segen der Göttin und wird ihren großen Zauber wirken, die Verfinsterung. Wir werden im Osten Krieg führen, auf der Oberfläche und auf Befehl der Spinnenkönigin. Und dieser Krieg wird im Namen des Hauses Do'Urden geführt.« Diese Worte ließ sie zunächst einmal wirken. »Sos'Umptu, Meisterin aus Sorcere, Hohepriesterin der Kathedrale der Göttin, räumt hiermit ihren Platz als Erste Priesterin von Haus Baenre und übernimmt den Platz der Oberin von Haus Do'Urden.« Dieser offensichtliche Schachzug zugunsten von Haus Baenre schmeckt nicht einmal den Verbündeten der Baenres. »Es ist eine vorübergehende Ernennung«, beruhigte die Oberinmutter die anderen. »In einem Haus, das aus der Kooperation der anderen herrschenden Häuser geformt wird. Der Lehnsherr beispielsweise …« Sie warf einen Blick auf eine Seitentür, die sie mit einem Befehlswort öffnete.

Ein männlicher Drow mittleren Alters hinkte herein. Er achtete auf seine Schritte und hielt den Blick gesenkt, während er zu dem Stuhl ging, auf dem bisher Sos'Umptu gesessen hatte, und dort Platz nahm.

»Ihr lasst einen Mann hier herein!«, fuhr Zhindia Melarn empört auf.

»Sind wir uns einig, Oberin Mez'Barris?«, fragte die Oberinmutter, die mit breitem Lächeln wahrnahm, wie fassungslos die Oberin von Barrison Del'Armgo den unerwarteten Neuankömmling anstarrte.

»Erkennt Ihr Euren eigenen Sohn nicht mehr?«

»Tos'un?«, flüsterte Mez'Barris. Sie bedachte Oberinmutter Quenthel mit einem scharfen Blick. Die jedoch hielt stand, und in ihrem grausamen Lächeln lag eine kaum verhohlene Drohung. Es gab hier etwas, sagte Quenthels Miene, das der Zweiten Oberin von Menzoberranzan und ihrer Familie überaus peinlich werden könnte.

»Sind wir uns einig, Oberin Mez'Barris?«, wiederholte die Oberinmutter.

»Ich werde beten.« Mehr konnte Oberin Mez'Barris ihr vorläufig nicht zugestehen.

»Tut das«, pflichtete die Oberinmutter ihr bei. »Ihr alle. Ich erwarte Eure Loblieder, wenn unsere Herrin Lolth Euch mitgeteilt hat, dass ich nur ihrem Willen gehorche.« Damit klatschte sie in die Hände und beendete abrupt die Sitzung des Konzils.

Die sechs Oberinnen, die keine Baenres waren, verließen aufgeregt den Raum, um die unerwartete Wendung der Ereignisse in kleinen Grüppchen zu bereden. Quenthel bemerkte, dass Zhindia Melarn sich nur so lange von Mez'Barris fernhielt, bis sie die Tür erreicht hatte. Quenthel wusste, dass die beiden ausführlich miteinander sprechen würden. Nun wussten sie, warum Bregan D'aerthe in den Gängen des einstigen Hauses Do'Urden patrouillierte.

Jetzt würden sie noch murren, aber mehr auch nicht. Jedenfalls nicht vorläufig, wo nicht nur die Verfinsterung, sondern auch ein Krieg bevorstand, den die Verfinsterung einleiten sollte. Bis Oberin Mez'Barris irgendwann die volle Tragweite der unerwarteten Rückkehr ihres Sohnes, Tos'un Armgo, begreifen würde.

Schließlich hatte Haus Barrison Del'Armgo nicht unendlich viele Verbündete, und eine größere Schande mochte dazu führen, dass der Rest der Stadt ihre Tore erstürmte.

»Ist alles wie geplant verlaufen?«, fragte Gromph die Oberinmutter, als sie ihn in seinem Zimmer in Haus Baenre aufsuchte.

»Natürlich.«

»Ich hätte gern das Gesicht von Oberin Mez'Barris gesehen, als ihr lang vermisstes Kind in den Saal trat.«

»Seid Ihr noch einmal in Q'Xorlarrin gewesen?«

»Ja«, antwortete Gromph, ohne nähere Einzelheiten preiszugeben. Insbesondere die erstaunlichen Enthüllungen über Dahlia, die Oberflächenelfe, behielt er für sich.

»Tiago ist mit Euch zurückgekehrt?«

»Nein, aber er wird bald da sein, davon gehe ich aus. Zusammen mit seiner Braut, Saribel Xorlarrin.«

»Gut. Er hat viel zu tun.«

»Als Waffenmeister von Haus Do'Urden sicherlich«, bemerkte Gromph.

Die Oberinmutter sah ihn erst fragend, dann misstrauisch an, denn dieses Detail hatte sie ihm bisher nicht verraten.

»Eine rein logische Entscheidung«, meinte der Erzmagier. »Aumon, Euer Sohn, wird Andzrel in der Hierarchie von Haus Baenre ersetzen, und ich glaube kaum, dass Ihr Tiago diese wundervolle Ausrüstung von Gol'fanin zugestanden hättet, wenn er als Hauptmann der Wache oder für einen anderen unwichtigen Posten vorgesehen wäre.«

»Klug beobachtet«, sagte die Oberinmutter. Dennoch

verriet ihre Mimik, dass ihr seine Schlussfolgerungen unheimlich waren.

»Und der Zauberer für Haus Do'Urden?«, fragte Gromph unschuldig.

»Sagt Ihr es mir.«

»Nicht Gromph natürlich!«, sagte der Erzmagier. »Ich habe längst genug zu tun.«

Die Oberinmutter sah ihm lauernd in die Augen.

»Tsabrak Xorlarrin«, antwortete Gromph sichtlich resigniert. Diese Wahl war unausweichlich.

»Der von Lolth Gesegnete«, bestätigte die Oberinmutter.

»Ihr hattet angedeutet, er würde Erzmagier von Q'Xorlarrin werden«, erinnerte Gromph seine Schwester.

»Eine notwendige Finte. Ich kann nicht zulassen, dass Oberin Zeerith sich Hoffnungen macht, sich vollständig von uns loszusagen.« Die Oberinmutter musterte Gromph berechnend. »Seid Ihr besorgt, wenn Tsabrak so bald, nachdem der Blick der Spinnenkönigin derart gnädig auf ihm ruhte, nach Menzoberranzan zurückkehrt?«

»Lolth ist eine Spinne«, entgegnete der Erzmagier schnippisch. »Ihre Augen verteilen ihre Gnade nach vielen Seiten zugleich.« Gromph war sich nicht ganz sicher, hatte aber den Eindruck, seine Schwester wäre belustigt. »Ich habe Euch bereits gesagt, was ich von Tsabrak halte«, erklärte er ernster. »Und ich habe keinerlei Bedenken.«

»Wir werden sehen«, sagte die Oberinmutter und erhob sich. »Wir werden sehen.«

Gromph gab sich sehr gefasst – bis seine Tür wieder magisch verriegelt war. Er hatte Quenthel in der Illusion gewiegt, die Oberhand zu haben.

Das konnte er sich auch leisten, denn sie hatte offenbar noch immer nicht verstanden, dass Methil El-Viddenvelp nicht nur Erinnerungen mit ihr teilte, sondern ihre Absichten auch an Gromph zurückvermittelte. Der kluge alte Magier benutzte den Gedankenschinder im Grunde genauso, wie Yvonnel ihn eingesetzt hatte, um im Ratssaal den Sieg davonzutragen.

Quenthel war vielleicht gewitzter als vor ihrer intimen Bekanntschaft mit dem Illithiden, und sie wusste gewiss weit mehr über die Wege der Lolth.

Aber bis jetzt zumindest war sie nicht Yvonnel. Noch nicht.

Angesichts der Leichtigkeit, mit der Quenthel Minolin Fey und Gromph beim Gründungsfest in Haus Fey-Branche manipuliert hatte, war Gromph Baenre ziemlich froh darüber.

Kapitel 18

Der Vorgeschmack der Rache

Artemis Entreri in seinem Eisenkäfig wusste nicht, was er von der ganzen Sache halten sollte. Irgendetwas war mit Dahlia passiert, so viel stand fest. Etwas Schreckliches. Etwas, das ihr dieser furchtbare Gedankenschinder angetan hatte.

Sie weinte nicht mehr um Effron. Sie war auch nicht voller Zorn oder lief vor lauter Angst und Ärger auf und ab. Dahlia sagte kein Wort und reagierte überhaupt nicht auf Artemis Entreris leises Rufen. Offenbar schaute sie weder ihn noch sonst jemanden mehr an.

Die Elfe saß einfach nur da, ohne Käfig, unbewacht, gebrochen. Sie war zwar über eine Fußschelle an eine Eisenkugel gekettet, aber es sah nicht so aus, als ob das überhaupt nötig war.

»Dahlia!«, rief er wieder so laut, wie er es wagte. Er wollte den Dunkelelfen wirklich keinen Anlass geben, erneut herüberzukommen und ihn zu schlagen – auch wenn sie dafür eigentlich keinerlei Grund brauchten. Viele blieben im Vorbeigehen kurz stehen, um ihm mit einem Messer oder einem glühenden Schürhaken einen Stich zu verpassen oder ihm heiße Asche ins Gesicht zu werfen, nur um zu sehen, wie er vergeblich reflexartig auszuweichen versuchte.

Die Frau zeigte mit keiner Regung, ob sie ihn gehört hatte oder ob es ihr etwas bedeutete.

Sie war gebrochen, vielleicht endgültig, dachte er. Und obwohl er sich darum bemühte, konnte er nicht abstreiten, dass Dahlias grausames Schicksal an ihm nagte.

Es zog und nagte mehr an seinem Herzen, als er je gedacht hätte.

Entreri wusste, wohin dieser Gedankengang unausweichlich führen würde, doch er konnte sich nicht dagegen wehren.

Die Erinnerung an Calihye kam wieder hoch, und er sah sie wie Dahlia dort sitzen. Auch sie war von Dunkelelfen entführt worden, von Jarlaxles Bande, der Bregan D'aerthe.

Ihm entrissen.

Hatte er Calihye wirklich geliebt? Das fragte er sich bis heute, und für einen Mann, der den Großteil seines Lebens sicher gewesen war, dass es keine Liebe gab, hatte diese ungelöste Frage ein sehr langes Echo. Vielleicht hatte er Calihye geliebt, vielleicht auch nicht. Auf jeden Fall war die Beziehung zu ihr das gewesen, was in seinem Leben der Liebe am nächsten gekommen war.

Bis jetzt? Bis zu Dahlia?

Entreri starrte aus seinem Käfig zu ihr herunter.

Das konnte nicht so bleiben.

Langsam und mit viel Bedacht verschob Entreri die Schultern, drehte und wand sich, bis die Muskeln sein linkes Schulterblatt so weit heruntergezogen hatten, dass sein Arm sich verkürzte. Nach weiterem Drehen und Recken kam schließlich seine linke Hand in Sicht.

Er registrierte den besonders langen Daumennagel, den er absichtlich so lang hielt.

Bei der letzten schmerzhaften Windung hatte er den Arm praktisch ausgekugelt. Nur so konnte er ihn außerhalb des Käfigs herumschieben, bis er den Fingernagel im Mund hatte.

Dann saugte er eine Weile an seinem Daumen, um den Nagel mit Speichel aufzuweichen, bis er schließlich zubiss und den Nagel als langen Streifen abzog.

Plötzlich aufkommende Unruhe in der Schmiede zwang ihn, den Arm zurückzudrehen, bevor er den Fingernagel in die Hand nehmen konnte. Deshalb schob er ihn vorläufig mit der Zunge seitlich an den unteren Gaumen, wo ihn niemand sehen konnte und wo er auch beim Sprechen nicht auffallen würde.

Aus dem Tunnel zur Grube des Feuerelementars schwebte Hohepriesterin Berellip, die auf einer magischen leuchtenden Scheibe saß. Entreri rechnete bereits mit der nächsten Folterrunde, aber seine Befürchtungen verflogen rasch, als hinter Berellip weitere wichtige Drow auftauchten, unter ihnen Tiago Baenre und die andere Xorlarrin-Priesterin, die an zweiter Stelle stand, dann der Hauszauberer und der Waffenmeister. Die Priesterin saß auf einer ähnlichen schwebenden Scheibe. Alle Männer ritten auf Kriegseidechsen. Es folgten noch viele weitere, die offensichtlich zum Kampf gerüstet waren. Das Ende der langen Reihe bildete eine Abteilung Drider.

Entreri überlegte, wohin sie zogen und woher sie kamen. Man flüsterte sich zu, dass dort hinten die Kapelle dieser neuen Drow-Siedlung lag. Sie waren also mit Lolths Segen hier. Und sie marschierten in den Krieg.

Dann begriff Entreri, dass sie wieder aus Gauntlgrym ausrückten, so wie sie nach Letzthafen gekommen waren. Mehr Gefangene, mehr Sklaven, mehr Tote, mehr Blut. Die Lebensweise der Drow.

Sie kamen dicht an seinem Käfig und Dahlia vorbei. Berellip hob eine Hand, um den Zug zu stoppen, und lenkte ihre Scheibe zur Seite, bis sie neben der teilnahmslosen Elfe schwebte.

»*Darthiir*«, sagte sie höhnisch und schüttelte den Kopf. »Wenn ich wollte, würde ich dir auf der Streckbank die Glieder ausreißen lassen. Und ich würde dich am Leben erhalten und weitere Möglichkeiten finden, dir wehzutun. Ich würde dir Hoffnung schenken, und dann würde ich dich an Yerrininae verfüttern. Und ich würde mit Freuden zusehen, wie er dir Unaussprechliches antut, um seine geliebte Flavvar zu rächen.«

»Priesterin«, wagte Jearth einzuwerfen.

Berellip bedachte ihn mit einem scharfen Blick, sah ihn aber nicht lange an, wie Entreri feststellte, sondern fasste stattdessen den Mann an der Seite ihrer Schwester ins Auge, den Krieger Tiago Baenre.

Bei dem herausfordernden Blickwechsel mit dem Adligen aus dem Hause Baenre plusterte sich Berellip plötzlich nicht mehr ganz so auf.

Der Erzmagier hat verlangt, dass sie Dahlia in Ruhe lässt, folgerte Entreri aus dem stummen Machtkampf. Aus seiner Zeit in Menzoberranzan wusste Entreri, dass kaum jemand Gromph Baenre die Stirn zu bieten wagte. Selbst Jarlaxle behandelte den gefährlichen Zauberer ausgesprochen respektvoll. Trotz der Enge im Käfig konnte Entreri den Kopf neugierig etwas zur Seite neigen. Der Erzmagier und Haus Baenre beschützten Dahlia?

Jetzt kam die zweite Scheibe herübergeschwebt.

»Ihr solltet Yerrininae zwingen, uns zu begleiten«, sagte die jüngere Xorlarrin-Schwester zu Berellip.

»Er trauert. Ich wusste nicht, dass Drider zu derartigen Gefühlen fähig sind«, erwiderte Berellip.

»Vor allem aber hasst er die *Darthiir*.«

»Er wird nicht ungehorsam sein«, versicherte Berellip. »Jetzt geht – zum Ruhm von Q'Xorlarrin. Bringt mir den Kopf von Drizzt Do'Urden!«

Schon wieder er!

Nach dem ersten Schock ging Entreri ein Licht auf: Dies alles war kein Zufall. Er und seine Freunde hatten keineswegs das Pech gehabt, zufällig in Letzthafen zu sein, als die Drow angriffen, ganz im Gegenteil: Die Drow hatten angegriffen, *weil* er und seine Freunde in Letzthafen gewesen waren. Nach all diesen Jahren suchten sie noch immer wie besessen nach Drizzt. War Dahlia deshalb noch am Leben? Als Köder?

Dieser Gedanke kam Entreri geradezu lächerlich vor, wenn er an die letzte blutige Begegnung zwischen Dahlia und Drizzt dachte. Aber nur beinahe, denn in seiner gegenwärtigen Lage verging ihm das Lachen.

Unter ihm schickte Berellip ihre Schwester wieder zu Tiago zurück und verabschiedete die Prozession. Kurz darauf hatte die Truppe die Schmiede zügig verlassen.

Entreri hing regungslos und mit gleichgültiger Miene in seinem Käfig und bemühte sich, nicht zu auffällig zu Berellip und Dahlia hinüberzustarren. Er gab sich den Anschein, als wäre die Welt ihm völlig gleichgültig und als hätte er sich in seinem Schmerz eingemauert. Er wirkte absolut desinteressiert, als wäre er zu zerschlagen und gebrochen für die geringste Regung.

Aber das stimmte nicht. Seiner Schätzung nach war gerade mehr als die Hälfte der Xorlarrin-Streitmacht abgezogen, darunter alle Adligen außer Berellip, ein großer Teil der Goblin-Sklaven und sogar viele der monströsen Drider.

Er würde seine Chance bekommen.

In der Schmiede war es ruhig geworden. Nur das gelegentliche Klirren des Hammers des letzten Drow, der hier noch arbeitete, und das röchelnde Schnarchen der schlafenden Sklaven unterbrachen die Stille.

Auch Dahlia war fest eingeschlafen. Sie lag direkt vor Entreris Käfig auf dem Boden.

Auf sie konzentrierte sich der Meuchelmörder, während er überlegte, was die tückischen Dunkelelfen ihr angetan hatten und was sie wohl noch mit ihr vorhatten.

Er starrte sie an und bohrte dabei mit dem Fingernagel in der Mechanik des Schlosses seines Käfigs herum. Entreri hatte sich so verrenkt, dass er sich einen Finger der anderen Hand ins Ohr stecken konnte, um den Lärm auszublenden. Das andere Ohr lag an der Metallstrebe, die zu dem Schloss führte.

Er hörte und fühlte das leise Vibrieren, als ein Riegel klickte.

Nur dieses Geräusch zählte jetzt. Hoch konzentriert richtete Entreri alle Sinne auf seine Aufgabe, spürte dem Mechanismus nach, bis er ihn durchschaute, und lauschte dabei auf die verräterischen Geräusche.

Bald war ein zweiter Riegel besiegt.

Entreri zog sich tiefer in seine Trance zurück, um jede Ablenkung auszuschließen. Konzentration.

Ein drittes *Klick*, dann ein viertes.

Und dann folgte ein unerwartetes Geräusch, denn das Schloss öffnete sich tatsächlich. Der vorgebeugte Meuchelmörder schob die Tür versehentlich gerade weit genug auf, um eine Blitzglyphe auszulösen, die knisternd an ihm entlanglief, ihn peinigte und die anderen auf ihn aufmerksam machte.

Sofort ließ Entreri die Arme sinken, als ob er bewusstlos im Käfig hängen würde. Dennoch näherte sich der Drow-Schmied mit dem heißen Schürhaken in der Hand. Auf seinen Ruf hin kamen zwei Dunkelelfen aus dem Gang hereingerannt, um ihm beizustehen.

Als sie zu Entreri traten, sahen sie sich nervös um.

Die Käfigtür schwang ein wenig auf, worauf den Meuchelmörder ein zweiter Schock durchzuckte. Stöhnend ließ er den Kopf zur Seite sinken.

Er verstand genug von der Drow-Sprache, um die Frage mitzubekommen, die auf der Hand lag. Und er achtete genau darauf, bei der Antwort nicht zu lächeln.

»Sein Gewicht hat die Tür so gelockert, dass Priesterin Berellips Fallen ausgelöst werden!«, staunte einer.

Entreri lockerte seine Muskeln so weit, dass sein Gewicht die Tür noch ein bisschen aufschieben konnte, was ihm sofort den nächsten magischen Blitzschlag eintrug.

Er stöhnte.

Die Dunkelelfen kicherten.

Lachend kehrten die beiden Wachen auf ihre Posten zurück Auch der Schmied lachte noch, als er wieder zum Hammer griff.

Entreri verpasste sich selbst den nächsten elektrischen Schock und danach in unregelmäßigen Abständen und unterschiedlich lange noch viele weitere, teilweise mehrere schmerzhafte Herzschläge lang.

Einmal sah der Schmied dabei sogar zu ihm herüber.

Wieder knisterte der Käfig sehr lange, bis er schließlich verstummte, als Entreri vom Boden aus leise die Tür schloss.

Dahlia lag zusammengesunken an der Wand. Wie gern wäre er zu ihr gelaufen! Stattdessen jedoch zog er sich in den Schatten zurück und schlich an den schlafenden Goblins vorbei, wo er eine lange Schaufel mitnahm.

Lautlos wie ein Windhauch huschte er von Amboss zu Amboss, von Schatten zu Schatten, von Haufen zu Haufen. Niemand hörte im Stillen besser als die Drow, aber niemand war leiser als Artemis Entreri.

Schließlich erreichte er den Drow-Schmied und lehnte dort die Schaufel schräg an die Kante seines Arbeitstisches. Mit einer fließenden Bewegung trat Entreri hinter sein Opfer, hob den heißen Schürhaken und hielt ihn dem Drow an den Bauch. Der entsetzte Schmied riss instinktiv die Hüfte zurück, und Entreri unterstützte seine Bewegung, indem er seinen Kopf an den Haaren packte und mit aller Kraft nach vorn stieß. Der überraschte Schmied, der dem Schürhaken gerade nach hinten auswich, konnte sich kaum wehren, als Entreri sein Gesicht auf den Rand des Blechs vor ihm knallte.

Entreri riss den blutenden, benommenen Drow wieder hoch und rammte seinen Kopf dann noch einmal und noch härter nach unten.

Er trat mit Wucht gegen die angelehnte Schaufel, zerbrach den Stiel in zwei Hälften, und noch ehe die abgebrochene obere Hälfte herunterfallen konnte, fing er sie mit der freien Hand auf.

Der Drow-Schmied versuchte zu schreien, aber Entreris Arm mit der improvisierten Waffe schoss herbei, um ihm das nun scharfe Ende der Bruchstelle von unten gegen den Kiefer zu rammen. Der Ruf ging in einem gurgelnden Blutschwall unter.

Ein dritter Schlag auf das Gesicht ließ den Schmied halb ohnmächtig zusammensinken. Mit der Kraft eines Kriegers, dessen Muskeln von jahrzehntelangen Kämpfen gestählt waren, zog Entreri sein Opfer hoch und warf ihn in den Ofen, um die Schmiede mit Drow-Fleisch zu füttern.

Augenblicklich verzehrte das Feuer des Urelementars den armen Kerl. Sein Fleisch und seine Knochen waren verschwunden, ehe er ernsthaft schreien konnte.

Trotzdem hatte er noch einen Ton von sich gegeben, der Entreri daran erinnerte, wie schnell er vorgehen musste. Er fügte die beiden Hälften der Schaufel wieder so zusammen, dass sie auf den ersten Blick unversehrt erscheinen musste. Auf einer Arbeitsplatte lag ein schmaler Nagel, den er einsteckte, weil das sicher ein deutlich besseres Instrument war als sein Daumennagel. Dann verteilte er eilig etwas Asche vor der Schmiede und zog sich in den Schatten zurück. Als er wieder an den schlafenden Goblins vorbeikam, legte er dort die Schaufel ab.

An seinem Käfig nahm er einen weiteren schmerzhaften Biss der Blitzglyphe in Kauf, als er die Tür aufzog und wieder hineinsprang. Er schloss die Tür mit Armen und Schultern, die er sorgfältig so zurechtschob, dass es so aussah, als wäre die Tür nie offen gewesen. Dann positionierte er sich so, dass er mit seinem neuen, besseren Dietrich einen der Riegel wieder schließen konnte, bevor er ihn dicht ans Zahnfleisch gepresst in den Mund schob.

Danach entspannte sich der Meuchelmörder und ließ sich im Käfig zusammensacken. Er lehnte das Gesicht an die Eisenstrebe und schrie sehr kurz laut auf. Das reichte, um die Goblins zu wecken und die Wachen im Gang zu alarmieren.

Sogleich verlieh er sich für alle Außenstehenden wieder den Anschein, er wäre kaum lebendiger als der Mönch im Nachbarkäfig und würde nur schlaff in seinem Metallkokon baumeln.

Kurz darauf sah Entreri, dass ein Goblin aufstand und sich argwöhnisch umblickte. Er trat nach einem Schlafenden neben ihm, dann die ganze Reihe entlang, bis etliche aufgestanden waren, sich die hässlichen Köpfe kratzten und auf die immer noch befeuerte Schmiede zeigten, wo eben noch der Drow gearbeitet hatte.

Die Gruppe lief hinüber, hinterließ in der von Entreri ausgestreuten Asche ihre Fußspuren und suchte alles ab, bis einem plötzlich die verkohlten Knochenreste im Ofen auffielen. Daraufhin hatten es plötzlich alle sehr eilig, sich vom Schauplatz des Mordes zu entfernen.

Die Dunkelelfen-Wachen hatten die Unruhe mitbekommen, und als man sie auf den Mord hinwies, riefen sie Verstärkung.

Aus dem Augenwinkel verfolgte Artemis Entreri mit Genuss, wie die Drow die Goblins wütend verhörten. Erst als die Monster auf Dahlia zeigten und ihr die Schuld in die Schuhe schieben wollten, bekam er kurz Angst.

Genau in diesem Moment jedoch hob eine der hässlichen kleinen Kreaturen die Schaufel auf, die Entreri benutzt hatte. Erst da bemerkte der Goblin die Flecken am Griff, und als er genauer hinschaute, fiel die Schaufel auseinander, und der improvisierte Speer war zu sehen.

Womit der Goblin die Mordwaffe in der Hand hatte.

Und die Asche vor dem Ort des Verbrechens war voller Goblin-Spuren.

Die Goblins zeigten immer noch auf Dahlia, die nichts von all dem Lärm mitzubekommen schien, doch die Dunkelelfen ignorierten sie.

Stattdessen schlugen und stachen sie auf die Goblins ein und warfen einen nach dem anderen in den Ofen.

Entreri achtete gut darauf, nicht zufrieden zu lächeln, während er das Massaker beobachtete. Das war ordentliche Arbeit gewesen.

»Schnappt sie Euch und flieht!«, rief ein Drow dem anderen zu.

Entreris Gedanken überschlugen sich. Offenbar ging es um Dahlia, auf die eine Drow-Priesterin und ein Soldat gerade zurannten. Er schob den Nagel in seinem Mund zurecht, falls er ihn griffbereit haben musste. Knisternde Spannung lag in der Luft. Irgendetwas ging hier vor.

Vielleicht konnte er die plötzliche Ablenkung für einen Ausbruch nutzen?

Beim Blick zu Dahlia durchfuhr ihn ein Stich. Sie schien das Gerenne kaum mitzubekommen, sondern saß mit leerer Miene an der Wand. Er ging nicht davon aus, dass er sie zur Flucht überreden konnte, und wenn er sie mitschleifte, würde er den Drow niemals entkommen.

Während er die nahenden Dunkelelfen musterte, stählte er sich. Ja, er würde vielleicht nicht entkommen, aber auf jeden Fall konnte er noch ein paar Drow ins Grab mitnehmen.

Gleich darauf stieg seine Verwirrung, denn nun tauchte der Urheber des Tumults auf. Es war ein gewaltiger Drider.

»Ihr solltet bei Priesterin Saribel sein!«, schrie ein Drow das Ungeheuer an.

»Ruhe!«, zischte der Drider, den Entreri unter dem Namen Yerrininae kannte. »Wo ist die verdammte *Darthiir*?«

»Die geht Euch nichts an!«, sagte die Priesterin, die vor Dahlia stand. »Auf Befehl von Priesterin Berellip.«

Der Drider hatte Dahlia offenbar entdeckt. Acht Spinnenbeine kratzten über den Steinboden, und mit einem muskelbepackten Arm schwenkte er einen schweren Streitkolben.

Diese Waffe kannte Entreri. Schädelknacker hatte Ambergris gehört. Er gestattete sich einen Moment der Trauer um die tapfere Zwergin.

Nach diesem Moment jedoch prüfte er rasch seine Optionen. Er würde den Käfig verlassen, zum nächsten Amboss rennen, eine Waffe packen und …

»Yerrininae!«, rief eine Stimme, die er kannte.

Der Drider offenbar ebenfalls, denn er blieb stehen und drehte sich zu der Sprecherin um. Priesterin Berellip baute sich vor ihm auf – zwischen ihm und der gefangenen Dahlia.

»Die *Darthiir* lebt mit Duldung von Erzmagier Gromph«, warnte Berellip. Als Yerrininae dennoch drohend vorrückte, fügte sie hinzu: »Seinen Begleiter kennst du ja!«

Entreri registrierte betroffen, wie die bloße Erwähnung eines Gedankenschinders ein so mächtiges Geschöpf wie den Drider völlig einschüchtern konnte.

Das Spinnenwesen wich zurück. Aus seinem Drow-Gesicht war alles Blut gewichen. »Ich habe dich nicht vergessen, Mörderin!«, brüllte der Drider Dahlia zu und hob die Keule. Als Berellip ihn lautstark zur Ordnung rief, schlug er trotzdem zu.

Aber nicht nach Dahlia.

Schädelknacker prallte mit markerschütternder Wucht gegen die Seite von Entreris Käfig, schüttelte den überraschten Mann kräftig durch und brachte sein Gefängnis wild zum Wirbeln. Noch ehe Entreri den Treffer – und die ungezügelte Kraft dahinter – richtig verarbeitet hatte, folgte ein zweiter Schlag.

Berellip lachte schallend, genau wie alle anderen Drow und Goblins in der Schmiede.

»Nehmt den da raus, damit ich vor den Augen dieser *Darthiir* sein Herz fressen kann!«, bettelte der grausame Drider.

»Töte ihn nicht«, schritt Berellip ein. »Noch nicht.«

»Dann reiße ich ihm die Arme aus und fresse bloß die!«

Berellip lachte erneut los. Entreri dachte, jetzt wäre sein Schicksal endgültig besiegelt. Wieder kreisten seine Gedanken nur darum, wie er vor seinem unausweichlichen Ende noch ein möglichst großes Blutbad anrichten könnte.

»Seine Arme brauche ich noch«, widersprach Berellip. »Vielleicht nur ein Bein …«

Da begann Dahlia zu lachen.

Entreri starrte sie fassungslos an, wann immer sie bei der nächsten Drehung des Käfigs in Sicht kam, und merkte, dass er nicht der Einzige war, dem der Mund aufklappte.

»Ja, ein Bein«, kicherte sie. »Wie ein gerupftes Huhn.«

Nach einer langen Weile kam der Käfig an seiner ursprünglichen Position zur Ruhe. So konnte Entreri Dahlia und den verdutzten Yerrininae im Blick behalten, der regungslos stehen geblieben war und immer noch den Streitkolben schlagbereit hielt.

»Na, das ist ja mal eine interessante Wendung«, flüsterte Berellip.

»Ich werde Flavvar rächen, das schwöre ich«, sagte der Drider und schob sein boshaftes Gesicht ganz nah an Dahlia heran, die ihn mit leeren Augen anstarrte, als hätte sie keine Ahnung, worum es ging.

Berellip gab dem Drow-Soldaten und der Priesterin, die als Erste aufgetaucht waren, einen Wink. »Nehmt sie mit«, ordnete sie an und vermittelte dabei mit den Fingern ein Signal, das Entreri nicht verstand. Wahrscheinlich ging es um den gewünschten Ort.

Zum Abschied wechselte er einen letzten Blick mit Dahlia, konnte jedoch nicht erkennen, ob ihre Miene Mitgefühl, Abneigung oder völliges Desinteresse ausdrückte.

Die Dunkelelfen führten sie davon, wobei der Mann die schwere Kugel trug und die Priesterin Dahlia stützen musste, so wackelig war die Elfe auf den Beinen. Die anderen schickte Berellip wieder an die Arbeit.

»Wenn es meine Entscheidung wäre …«, sagte sie bedauernd zu Yerrininae.

Der Drider nickte und warf Entreri noch einen bösen Blick zu.

»Noch einmal«, bot Berellip ihm an. Der Drider hob Schädelknacker mit beiden Armen und ließ Entreris Käfig und seine Knochen erzittern. Der Meuchelmörder war einmal von der Keule eines Riesen getroffen worden, aber das hier ging selbst über diese Erfahrung hinaus.

Bis das wilde Schaukeln des Käfigs sich wieder legte, hatten Berellip und Yerrininae den Raum bereits verlassen.

Der Käfig hatte sich beruhigt, aber Entreri fand keine Ruhe.

Seine Seite schmerzte, die Hüften schienen in Flammen zu stehen. Er konnte nur hoffen, dass er keine ernsthaften Verletzungen davongetragen hatte.

Er musste so schnell wie möglich aus diesem Käfig raus.

Kapitel 19

Zur Hälfte ein Monster

»Zu viel«, klagte Regis. In dem Durcheinander hatte er versehentlich das ganze Fläschchen über dem Mithril-Hammer von Aegisfang ausgeleert.

»Zu viel?«, fragte Wulfgar hektisch, als die gegenüberliegende Tür aufflog und eine Horde Goblins auftauchte.

»Wirf schon!«, schrie der Halbling, und das tat der Barbar bereits.

»Tempus!«, brüllte Wulfgar und ließ seinen Kriegshammer wirbelnd auf die Wand zufliegen, wo ein Grottenschrat in der offenen Tür stand.

Der Hammer traf mit der Macht einer Elminsterschen Anrufung, und das Wuchtöl des Halblings explodierte in einem ohrenbetäubenden Feuerball. Der Grottenschrat und seine hinter ihm zusammengerotteten Gefährten flogen nach allen Seiten, und selbst die Tür wurde aus den Angeln gerissen und landete krachend auf dem Boden, wo bei jedem Wackeln noch einmal Flammen aufzüngelten.

Der Türrahmen brach, und Steine polterten vom Türsturz. Boden und Decke ächzten laut.

»Raus hier!«, schrie Regis, der Wulfgar eilig durch die Tür zurückschob, durch die sie eingetreten waren.

»Mein Hammer!«, wehrte dieser sich lautstark. Wie auf Kommando tauchte Aegisfang unbeschädigt und ohne jede Spur der Explosion wieder in seiner Hand auf.

Die beiden stolperten in den Gang zurück, während der Raum hinter ihnen mit einem gewaltigen Krachen einstürzte und eine Staubwolke voller Steinsplitter herausdrang.

»Was hast du getan?«, fragte Wulfgar verwundert.

»Ich will solche Armbrustbolzen herstellen, wie Cadderly sie hatte«, erklärte Regis. »Weißt du noch? Die sind bei einem Treffer aufgebrochen und …«

Wulfgar seufzte nur, denn ehe er etwas erwidern konnte, flog weiter unten eine Tür auf, aus der noch mehr Goblins drangen. Seite an Seite stellten sich Wulfgar und Regis dem Angriff, der Barbar einen halben Schritt vor dem Halbling. Er fegte mit jedem langen Schlag von Aegisfang Monster beiseite, während Regis jedes Mal hinterherstieß, um mit blitzendem Rapier auf die desorientierten, taumelnden Goblins loszugehen.

Erst waren drei gefallen, dann fünf, und als in der dritten Reihe ein Hobgoblin Befehle brüllte, tauchte Regis mit magisch verstärkten Schritten blitzschnell an seiner Seite auf und brachte ihn zum Schweigen.

Wulfgar bekam sein Manöver mit und drang weiter vor, noch ehe der Halbling vollständig wieder aufgetaucht war. In dem Moment, als Regis dem Hobgoblin sein Rapier von unten in den Schädel gebohrt hatte, packte der Barbar den Halbling an den Schultern und riss ihn zurück.

Das wäre jedoch nicht mehr nötig gewesen. Nachdem der Anführer gefallen war, stoben die Goblins auseinander. Sie hatten es so eilig, von dem gefährlichen Duo wegzukommen, dass sie sich gegenseitig umrannten. Einige flohen zurück durch die Tür, andere liefen den Gang hinunter, wo sie allerdings von Drizzt und Bruenor empfangen wurden, die an der nächsten Gabelung gerade von links zurückkamen.

Damit saßen die Goblins fest und versuchten nun alle, durch die einzige offene Tür zu entkommen, wo sich im Nu ein dichter Pulk bildete.

Ein Feuerball raste durch die Luft, flammte auf und streckte eine ganze Reihe Goblins in der Mitte der Horde nieder.

Dann griffen Wulfgar und Regis von Süden an, und Bruenor, Drizzt und Catti-brie schlossen die Klammer von Norden her.

Die Goblins starben.

»Was war das für eine Explosion?«, fragte Drizzt, als sie sich neu formiert hatten.

Wulfgar sah Regis an, der achselzuckend antwortete: »Wuchtöl. Eine ordentliche Ladung.«

»Du hast die Höhlen bis in die Grundfesten erschüttert«, sagte Bruenor streng, konnte sich das Grinsen aber nicht verbeißen. »Willst du denn allen hier mitteilen, wo wir sind?«

Weiter hinten brüllte Guenhwyvar.

Drizzt schickte Wulfgar und Regis den Goblins nach, die durch die Tür geflohen waren. Dann eilten er und die anderen wieder ans Ende des Gangs und verschwanden diesmal nach rechts.

»Früher hat meine Schlagkraft nicht gereicht, und jetzt ist sie übertrieben«, klagte Regis.

»Übertrieben?«, lachte Wulfgar. »Das gibt es nicht, mein Freund. Das gibt es nicht.«

Seite an Seite zogen sie weiter – als wandernde Katastrophe.

»Seid ihr sicher, dass wir sie noch finden?«, fragte Bruenor, während er die Axt hob, die Schulter hinter dem Schild verbarg und auf die nächste Tür zuging.

»Diese zwei Gänge verlaufen parallel zum Hauptgang«, versicherte ihm Drizzt und spannte Taulmaril.

»Jetzt, Mädchen!«, brüllte Bruenor. Noch ehe er geendet hatte, raste der Blitzbolzen an ihm vorbei und traf knackend auf das alte Holz. Sofort folgte Drizzts Blitzpfeil, der sich ähnlich tief in die Bretter der Tür bohrte.

Bruenor rammte die Tür gleich anschließend erst mit der Axt, dann mit der abgeschirmten Schulter. Er durchbrach das splitternde Holz, ging dahinter wie geplant zu Boden, und sofort stürzten sich zwei Hobgoblins auf den Zwerg.

Zuvor aber sprang Guenhwyvar durch die offene Pforte über ihn hinweg, setzte kurz auf und federte dann dem einen Hobgoblin ins Gesicht, der von dem Aufprall nach hinten geworfen wurde.

Der andere Hobgoblin beging den Fehler, sich nach seinem Freund umzublicken. Kaum drehte er sich zurück, da sah er den nächsten Feind über den Zwerg hinwegspringen. Der Drow landete nur einen Schritt entfernt, und die prächtigen Krummsäbel malten ein Kreuz vor seine Augen und in sein Gesicht.

»Zur Hälfte gehört er mir!«, schrie Bruenor, rannte an Drizzt vorbei und verpasste dem Hobgoblin noch einen Rückhandschlag in die Seite. Dann eilte er zur gegenüberliegenden Tür und trat sie auf. Dahinter tauchte ein langer Gang auf, von dem auf der rechten Seite viele Türen abgingen. »Das gefällt mir gar nicht!«, sagte Bruenor. Er warf einen Blick nach hinten, von wo jetzt Catti-brie nahte. Sie verschaffte sich rasch einen Überblick, dann begann sie zu zaubern. Bruenor trat zur Seite.

Eine Feuerwand raste von ihr aus den Gang hinunter und erfüllte ihn zur Hälfte. Die brüllenden Flammen loderten auf der rechten Seite empor, immer auf die Türen zu.

»Haltet euch links«, sagte sie.

Bruenor zögerte. Die magischen Flammen waren zwar auf die Türen gerichtet, aber die Hitze war dennoch deutlich zu spüren.

»Mit dem verdammten Bogen hast du mir besser gefallen«, knurrte er, während er möglichst schnell an der Wand entlangeilte.

Die Gruppe rückte weiter vor. Mindestens eine Tür öffnete sich, aber der Goblin dahinter wich kreischend zurück, als ihn Catti-bries Feuerwand empfing.

Drizzt drehte sich um und feuerte mehrere Pfeile in Richtung des Geräusches ab. Der Schrei dahinter war ein klarer Hinweis, dass mindestens ein Pfeil durch die offene Tür gedrungen war und sein Ziel gefunden hatte.

Bald erreichten sie das andere Ende des Gangs, der sich hier nach rechts gabelte und nach links abknickte. Dort blieben sie stehen und schauten zurück.

Catti-brie löste die Feuerwand auf. Prompt kamen die störrischen Goblins herausgerannt, auch wenn viele dumm genug waren, in die Richtung zu laufen, aus der die Gefährten gekommen waren.

Drizzt schoss ein paar Pfeile ab, und Guenhwyvar brüllte.

Die Goblins drehten um. Viele starben, weil Taulmarils Pfeile gleich zwei oder drei auf einmal aufspießten.

Einige rückten vor, bis sie auf die wütende Guenhwyvar und Bruenor trafen, aber die meisten flüchteten eilig in die seitlichen Räume. Einer hätte Bruenor beinahe mit dem Speer erwischt, ehe Drizzt ihn erschoss.

Beinahe.

Aegisfang wirbelte vor, ließ den Schild des Grottenschrats explodieren und traf das Ungeheuer mit voller Wucht. Es war sofort tot.

»Da hinten ist einiges los«, rief Regis seinem Gefährten zu.

Wulfgar nickte. Auch er konnte die Blitzschläge, das Brüllen von Guenhwyvar und das magische Feuer hören.

Wulfgar und Regis waren bisher deutlich leichter durchgekommen und nur hier und da auf einzelne Feinde gestoßen. Die meisten davon waren lieber davongerannt, als zu kämpfen.

Jetzt umgingen die beiden den großen Grottenschrat, und Aegisfang kehrte in Wulfgars Hand zurück. Durch einen Torbogen betraten sie einen breiten Gang, der hinter ihnen schräg nach links oder vorne nach rechts zu ihren Freunden führte.

Sie wählten den rechten Weg und trabten weiter. Dann aber schob sich vor ihnen ein Teil der Wand auf, und eine Gruppe Hobgoblins drang heraus.

Wulfgar verschwendete keine Zeit, sondern ging sofort mit Aegisfang ans Werk.

»Lass sie nur kommen«, sagte Regis. Ein Blick auf den Halbling verriet Wulfgar, dass Regis seine Handarmbrust bereithielt.

Die Hobgoblins formierten sich neu und griffen an. Der erste bekam einen Bolzen ins Gesicht. Regis ließ die Armbrust sinken und zog einen Keramikkrug aus seinem Beutel.

»Lass sie nur kommen«, wiederholte er, wartete noch einen Moment und schleuderte den Angreifern seinen Krug dann vor die Füße. Die Scherben verteilten sich über die Steine, und die Flüssigkeit spritzte vor die Füße der Hobgoblins.

Und diese Flüssigkeit war Regis' nächster Trick, denn sie machte den Boden so spiegelglatt wie Wasser, das man in einer Winternacht im Eiswindtal auskippte. Die Hobgoblins rutschten aus, fielen übereinander und glichen bald wogenden Algen in einer unaufhaltsamen Welle.

Wulfgar lief zum Rand der schmierigen Fläche und hämmerte mit Aegisfang auf die Hobgoblins ein. Der schwere Kriegshammer zerschmetterte die kläglichen Schilde und Rüstungen der Hobgoblins und zermalmte ihre Knochen.

Gleich darauf stand Regis neben ihm, löste sich scheinbar in Luft auf, trat mit seinem magischen Ring über den rutschigen Bereich hinweg und stach von sicherem Boden aus auf die überraschten Hobgoblins im hinteren Bereich ein, bevor diese überhaupt merkten, dass er da war.

Er landete etliche Treffer, besonders gegen einen unglückseligen Gegner, der bald aus einem Dutzend Wunden blutete.

Die anderen rappelten sich auf und rannten davon. Regis wollte ihnen nachsetzen.

Er dachte, seine Freunde wären gekommen, als er sah, wie diese Hobgoblins alle gleichzeitig zusammenfuhren. Einer von ihnen krachte schwer gegen die Wand, ein zweiter segelte Regis entgegen und landete in der Mitte des Gangs auf dem Boden, wo er sich sterbend zusammenkrümmte.

Mit einem Blick zurück vergewisserte sich der Halbling, dass Wulfgar die übrigen Feinde in der Schmierenfalle gut allein bewältigen konnte. Nach wenigen Schritten entdeckte Regis den wütenden Zwerg inmitten der Hobgoblins.

»Bruenor!«, rief er. Doch noch während er den Namen aussprach, wurde ihm klar, dass dies nicht Bruenor war.

Es war Thibbledorf Pwent.

Bruenors Zeigefinger war eindeutig gebrochen, denn er stand im falschen Winkel ab.

»Zähne zusammenbeißen«, wies Catti-brie den Zwerg

an. Als der Zwerg gehorchte, richtete sie den Finger und wirkte danach sogleich einen kleineren Heilzauber. Der blaue Nebel ihrer Magie drang aus dem Ärmel und schlang sich um die Hand des tapferen Zwergs.

»Meine Magie ist für heute fast verbraucht«, teilte sie Bruenor und Drizzt mit.

»Pah, wir sind im letzten Leben ohne das ausgekommen. Das schaffen wir auch jetzt wieder«, sagte Bruenor.

Daraufhin drückte Catti-brie ein bisschen auf der Wunde in seinem Rücken herum, wo die Speerspitze des Grottenschrats eingedrungen war. Bruenor verzog das Gesicht und zuckte zusammen. Grollend gestand er ihr zu, dass sie recht hatte.

»Gib ihr den Bogen, Elf«, schlug Bruenor vor.

Drizzt nickte und griff nach Taulmaril, aber sie schrak davor zurück.

»Ich weiß nicht, ob ich damit überhaupt noch umgehen kann«, sagte sie. »Ich habe in diesem neuen Leben noch nie mit Pfeil und Bogen geschossen. Dieser Körper ist nicht darauf trainiert.«

»Dann lernst du es eben wieder«, beharrte Bruenor, nahm Drizzt den Bogen ab und reichte ihn der Frau.

»Ein paar Tricks habe ich noch auf Lager«, sagte sie, während sie zaghaft nach der Waffe griff und dann auch den Köcher über die Schulter zog.

»Die kannst du ja auch einsetzen. Und wenn sie nicht passen, nimmst du den Bogen«, sagte Bruenor. Damit war die Sache für ihn geklärt, und er stapfte weiter. Bevor er seine Axt an sich nahm, schüttelte er noch einmal die Hand aus.

Drizzt sah Catti-brie forschend an, doch sie zuckte lediglich mit den Schultern. Er zeigte auf die eingeschlagene Tür, die nur noch an einer Angel hing.

Catti-brie hob Taulmaril, legte einen Pfeil an die Sehne und zielte. Sie holte tief Luft, um zur Ruhe zu kommen, während sie den Bogen spannte. Dann aber brach sie den Versuch ab und sah den Drow kläglich an.

»Mach einfach«, sagte Drizzt. »Du hast Pfeile, so viel du willst.«

Catti-brie schloss die Augen, spannte wieder, holte tief Luft, zielte und schoss. Der Blitzpfeil raste los, erhellte den Raum taghell und traf die Tür mitten im Zentrum, dass das Holz nur so splitterte.

»Na, mir scheint, du hast nichts verlernt!«, strahlte Bruenor und wollte sofort weiter. »Mitten ins Herz, wie der Name schon sagt!«

Auch Drizzt lächelte und gratulierte ihr schweigend.

Catti-brie gab seinen Blick wortlos nickend zurück. Sie brauchte vor ihren Begleitern nicht auszusprechen, dass sie nicht in die Mitte gezielt hatte, sondern auf die Türangel.

Noch ehe die drei den Raum durch die Hintertür verlassen hatten, hörten sie neue Kampfgeräusche aus den Gängen. Da wussten sie, dass ihre Gefährten wieder auf Goblins gestoßen waren.

Guenhwyvar, die auf der anderen Seite einem fliehenden Goblin nachgesetzt war, hatte es offenbar auch gehört. Die Katze sprang in den Raum zurück und mit einem langen Satz über den Zwerg hinweg, um vorauszulaufen.

Angeekelt verzog Regis das Gesicht, als er sah, wie Pwent dem Hobgoblin die Kehle aufbiss. Der Zwerg blickte zu ihm hoch, lächelte lauernd und warf das noch zuckende Monster mit Leichtigkeit beiseite.

So leicht! Pwent schien kaum den Arm gehoben zu haben, und doch flog der dicke, schwere Hobgoblin quer durch den Gang und prallte auf der anderen Seite auf, dass alle Knochen knackten.

»Sei mir gegrüßt, Thibbledorf Pwent!«, sagte Regis so fröhlich, wie es ihm angesichts der Angst noch möglich war, die wie ein Kloß in seinem Hals saß.

»Heda, du diebische kleine Ratte!«, knurrte der Zwerg, der langsam näher kam.

»Pwent, ich bin es!«, schrie Regis. »Erkennst du mich denn nicht?«

»Oh doch, ich kenne dich«, sagte der Zwerg, aber Regis hatte das Gefühl, dass er nicht ihn damit meinte, der für Pwent natürlich längst tot war.

Der Vampir ging weiter vorwärts.

Regis hob seinen Degen. »Pwent!«, rief er. »Ich bin es. Regis!«

Er brachte seinen Namen kaum zu Ende, da griff der untote Zwerg derart plötzlich an, dass es fast einem magischen Schritt glich, so wie ihn Schwarze Seele beherrscht hatte. Regis schrie auf und warf sich zur Seite, wurde aber noch von einem Arm gestreift. Im Fallen streckte der Halbling die Hand aus, um den Zwerg abzuwehren, doch dessen Stachelhandschuh riss ihm den Handrücken auf. Mit einem Schmerzensschrei zuckte Regis zurück.

So schnell wie möglich kam er auf die Knie und drehte sich wieder um. Er brauchte zumindest den Ansatz einer Verteidigung gegen Pwent – doch was konnte er gegen einen derart mächtigen, schwer gerüsteten Gegner ausrichten?

Pwent sprang mit gefletschten Zähnen und erhobenen Fäusten auf ihn zu. Regis schrie auf. Er war verloren!

Aber der Zwerg kam nicht bei ihm an, weil er mitten im Lauf von einem wirbelnden Kriegshammer zur Seite geschleudert wurde, der ihn in den Gang zurücktaumeln ließ. Sofort aber drehte er sich wieder um; sein hasserfüllter Blick konzentrierte sich weiterhin allein auf Regis, und als er diesmal losstürmte, ließ sein Raubtiergebrüll den Halbling vor Angst erstarren.

Regis schrie wieder auf und warf die zweite Schlange nach dem Vampir. Die lebende Garrotte tat, was sie sollte – blitzschnell legte sie sich um den Hals des Zwergs, und über seiner Schulter erschien das höhnische Gesicht des Untoten, der kräftig zuzog.

Aber ein Vampir atmet nicht: Das Ungeheuer schien den Angriff gar nicht zu bemerken.

Erneut wurde der Halbling von einem Geschoss gerettet, diesmal jedoch von einem lebenden, denn Wulfgar sprang an ihm vorbei und warf sich mit Wucht gegen Pwent. Der Zwerg versuchte, ihm einen linken Haken zu verpassen, aber Wulfgar hielt den Arm fest, erwischte dann auch Pwents zweiten Arm und verdrehte beide.

Es wurde ein gewaltiges Kräftemessen zwischen den beiden starken Kontrahenten. Zuerst schien Pwent die Oberhand zu gewinnen und schob Wulfgar langsam zurück, aber der Barbar knurrte den Namen seines Gottes und konnte daraufhin mit neuer Kraft dagegenhalten.

Pwent warf sich zur Seite, und Wulfgar musste sich mitdrehen. Er hatte Mühe, die Arme des Zwergs festzuhalten, der sich loszureißen versuchte.

Dann aber sprang Wulfgar einfach in die Richtung der Bewegung mit und brachte Pwent so aus dem Gleichgewicht. Der Krieger ließ den linken Arm des Zwergs los, verpasste ihm schnell einen Kinnhaken von rechts und griff wieder zu, bevor der Zwerg mit links kontern konnte.

Regis wollte schon losjubeln, aber der Schlag schien Pwent ebenso wenig zu beeinträchtigen wie die Garrotte an seinem Hals. Er wirkte nicht verletzt und wurde auch nicht langsamer. Stattdessen wies Wulfgar inzwischen Kampfspuren auf. Von seinen Händen tropfte Blut, weil die scharfen Armschienen des Zwergs sein Fleisch aufrissen.

Pwent senkte den Kopf, sodass der Helmstachel nach vorne wies, und wollte zustoßen. Wulfgar konnte einem Stich ins Gesicht gerade noch ausweichen. Dann senkte auch er den Kopf ab und stemmte die Stirn gegen den Zwergenhelm, um das Patt zu erhalten.

Er musste Pwent festhalten, das stand außer Frage.

»Pwent! Thibbledorf Pwent! Wir sind es, Regis und Wulfgar! Du kennst uns doch!«, schrie der Halbling, um den fauchenden Vampir zur Vernunft zu bringen. Dabei rappelte er sich auf und rannte um die beiden herum. Als Pwent auch jetzt nicht reagierte, verzog Regis das Gesicht und stach kraftvoll zu.

Der Vampir jaulte vor Wut oder Schmerz auf und begann, heftig zu zappeln. Er schlug um sich und ruckte mit dem Kopf. Wulfgar versuchte, ihn so festzuhalten, dass Pwent keinen echten Schaden anrichten konnte.

»Stich zu!«, schrie der Barbar, verstummte aber dann, weil der Zwerg den Helm zur Seite gerissen und Wulfgar gleich darauf seitlich einen Kinnhaken verpasst hatte.

Regis traf erneut, aber diesmal knurrte der Zwerg nur wütend auf und drehte sich so schwungvoll um, dass er Wulfgar mitriss, zwischen sich und den Halbling brachte und diesen damit zur Seite stieß. Sogleich war Wulfgar wieder aus dem Weg, allerdings nicht mit Absicht: Ihn hatte die Umklammerung inzwischen erschöpft, doch der Vampir kannte keine solchen Einschränkungen. Plötzlich flog Wulfgar zur anderen Seite, wo Pwent ihn mit Wucht an die Wand rammte, und gleich darauf schwenkte der Zwerg ihn wieder zu Regis.

Der Halbling duckte sich instinktiv, und Wulfgar prallte hinter ihm gegen die Wand.

»Pwent!«, erklang ein neuerlicher Schrei. Diesmal stammte er von Bruenor, der jetzt weiter hinten im Gang auftauchte. »Du kennst mich, Pwent! Du hast mir meinen Helm zurückgegeben!«

Das ließ den Vampir innehalten und mit ihm auch Guenhwyvar, die über Bruenor hinweggesprungen war und auf Pwent zuschnellte.

Aber Pwent verwandelte sich in eine Gaswolke, durch die der Panther hindurchrutschte, an Regis und Wulfgar vorbei.

Fast augenblicklich wurde das Gas wieder körperlich, aber jetzt kam Drizzt an Bruenor vorbeigelaufen. »Ich habe dich in einer Höhle zurückgelassen, mein wackerer Freund!«, rief der Drow.

»Ja, Pech für dich!«, brüllte der Vampir und warf sich hemmungslos auf Drizzt. Seine trommelnden Fäuste trafen auf wirbelnde Krummsäbel.

»Pwent!«, schrie Bruenor.

Endlich schien etwas zu dem Vampir durchzudringen. Er ließ abrupt von Drizzt ab und trat zurück, an Regis vorbei, der seinen Degen im Zaum hielt.

Wulfgar hingegen gab nicht nach. Mit Aegisfang in der Hand schrie der Barbar auf, holte aus und schlug Pwent den Hammer mit solcher Wucht vor die Brust, dass dieser ein Stück zurückgeworfen wurde. Sofort sprang Wulfgar in die Mitte des Gangs und schob Regis schützend hinter sich.

Drizzt eilte hinzu und baute sich Schulter an Schulter neben dem Barbaren auf.

»Pwent, du kennst uns doch!«, rief Bruenor, während er hinter Drizzt und neben Regis Stellung bezog. »Wir sind gekommen, um dir zu helfen.«

Der Vampir knurrte.

Hinter ihm knurrte Guenhwyvar.

»Pwent, mein alter Freund, denk an den Kampf in der Höhle des Urelementars«, sagte Drizzt begütigend. »Damals hast du uns gerettet. Du hast der ganzen Gegend eine weitere Katastrophe erspart.«

Der Vampir starrte ihn an. Seine Erinnerungen fochten einen erkennbaren Kampf mit den Dämonen in ihm aus.

»Aye, und ich habe mich selbst verdammt«, erwiderte er. Seine Stimme bebte bei jeder Silbe.

»In der Höhle«, sagte Drizzt. »Die Sonne.«

»Ich konnte nicht …«, antwortete Pwent kläglich. Er zitterte. Seine Augen sahen sich suchend um. Er dachte an Flucht, begriffen alle, aber gleich darauf richtete er sich wieder auf und starrte sie alle hasserfüllt – aber auch seltsam flehend – an. »Dann macht ein Ende!«, brüllte er und kam einen Schritt auf sie zu, wie um den Kampf fortzusetzen.

Plötzlich blieb er wie angewurzelt stehen. Ein merkwürdiger Ausdruck trat auf sein totes Gesicht.

Dieser sinnende Blick ließ alle nach hinten schauen, wo mit ausgestrecktem Arm Catti-brie stand. Auf ihrer Handfläche ruhte ein Saphir, und mit der anderen Hand las sie mit singender Stimme einen Zauberspruch von einer Schriftrolle.

»Nein!«, knurrte Pwent. Er schien sich in Bewegung setzen zu wollen, konnte es aber nicht, weil Catti-bries Zauber ihn immer mehr in seinen Bann schlug. »Nein, ihr Hunde!«

Und er lehnte sich nach vorn, auf die Freunde zu, schien länger zu werden und schließlich seine Substanz zu verlieren. Plötzlich flog er los und strömte lang gestreckt und substanzlos in Catti-bries wartendes Phylakterion.

»Du hast ihn, Mädchen!«, jubelte Bruenor und wollte zu ihr laufen. Dann aber blieb er stehen.

Catti-brie schüttelte zitternd den Kopf, als wäre etwas gewaltig schiefgegangen.

Nach dieser kurzen Warnung explodierte der Edelstein in eine Million Splitter. Der Knall schleuderte Catti-brie nach hinten und wirbelte im ganzen Gang Staub und Geröll auf.

Wo eben noch Catti-brie mit dem Edelstein gestanden hatte, stand jetzt ein äußerst erschütterter Thibbledorf Pwent.

»Sie haben Gefangene«, sagte er zu Bruenor, obwohl ihm jedes Wort schwerfiel. »Entreri sitzt in der Schmiede fest. Und noch mehr sind bei ihm. Und in den Minen ist eine Zwergin …«

Er schob sich einen Schritt nach links, dann rückwärts einen Schritt nach rechts, bis er überraschend schnell nach hinten sprang und die benommene Catti-brie an der Kehle packte.

»Hätte dich töten können«, flüsterte er ihr zu, ließ jedoch von ihr ab, sprang davon und verwandelte sich noch im Sprung in eine Fledermaus, die in die Richtung verschwand, aus der er gekommen war.

Mühsam richtete Catti-brie sich auf und tastete nach dem Blut in ihrem Gesicht. Es stammte von einem Dutzend Splitter aus dem geplatzten Edelstein.

»Mein Mädchen!«, sagte Bruenor, der mit den anderen zu ihr lief.

»Es geht mir gut«, versicherte sie allen, während sie Pwent noch nachsah. »Der Edelstein war nicht ausreichend für ihn.«

»Er ist ein Monster«, flüsterte Regis. Was der Halbling in Pwents toten Augen gesehen hatte, hatte ihn zutiefst erschüttert.

»Ein halbes vielleicht«, erwiderte Catti-brie. Dass sie

noch am Leben war und widersprechen konnte, untermauerte dieses Argument.

»Mindestens zur Hälfte, und die schlechte Seite nimmt zu«, klagte Bruenor. »Er ist wilder als vor ein paar Monaten im Thronsaal.«

»Der Fluch«, sagte Catti-brie und nickte. »Er kann ihm nicht widerstehen.«

»Sie …«, flüsterte Drizzt.

Bei diesem Wort drehten sich alle nach ihm um.

»Pwent sagt, sie haben Gefangene«, erklärte der Drow seinen verdutzten Freunden.

»Das heißt, die Drow haben die Schmiede. Seine Worte bestätigen, was wir wissen«, stimmte Bruenor zu. »Und wir müssen vielleicht da durch, um ihn wiederzufinden.«

»Und um Entreri zu befreien«, sagte Drizzt. »Ich überlasse ihn nicht den Dunkelelfen.«

»Ja!«, sagte Bruenor. Er stemmte die Hände in die Hüften. »Dachte ich mir, dass du das sagen würdest. Verdammter Elf!«

»Dann müssen wir wohl da durch«, meinte Wulfgar.

»Sollten wir ihnen vielleicht Bescheid geben, damit sie Verstärkung anfordern? Dann wird es lustiger«, sagte Bruenor zu Drizzt. »Sind vielleicht nur ein paar Hundert da unten.«

Drizzt sah alle der Reihe nach an. Sie nickten lächelnd, denn sie brannten auf den Kampf. Sogar Regis.

So sei es also.

Teil 4

Der Ruf des Helden

Spontane Worte sind häufig wahr.

Sie kommen direkt aus dem Herzen und drücken Empfindungen aus, noch ehe der Verstand bewusst eingreifen kann, ob aus Takt oder aus Angst. Man platzt damit heraus, noch ehe die inneren Zensoren einschreiten können, um den Sprecher vor Scham oder Vergeltung zu schützen. Noch ehe die Filter der Höflichkeit die Worte einfangen können, um andere nicht zu verletzen und die grausame Wahrheit erträglich zu verhüllen.

Bruenor nennt das: »Etwas ausspucken.«

Jeder macht das. Die meisten versuchen, sich dagegen zur Wehr zu setzen und es zumindest nicht hörbar zu tun. Im Hinblick auf Takt und gute Umgangsformen ist das durchaus richtig.

Manchmal aber sind solche »ausgespuckten« Worte eine Art Offenbarung, weil man eingesteht, was man wirklich auf dem Herzen hat, auch wenn man vielleicht lieber ein höflicher, rücksichtsvoller Zeitgenosse wäre.

So war es an jenem Tag in den oberen Höhlen von Gauntlgrym, als ich sagte, ich würde Entreri nicht den Drow überlassen. Ab dem Zeitpunkt, als Thibbledorf Pwent uns diese Informationen gab, wusste ich, dass ich Artemis Entreri suchen würde. Ich wollte ihn befreien – und auch die anderen, wenn man sie erwischt hatte.

Ganz einfach.

Doch wenn ich an diesen Moment zurückdenke, war es ganz und gar nicht einfach. Ich finde diesen Entschluss und die Entschlossenheit dahinter eher höchst überraschend. Und dafür gibt es zwei sehr unterschiedliche Gründe.

Erstens ging mir in dem Moment, als ich meine Worte hörte, etwas auf, das ich mir bisher nicht eingestanden hatte: Artemis Entreri war mir nicht gleichgültig. Ich war nicht bloß aus Bequemlichkeit mit ihm umhergezogen, nicht aus Einsamkeit und auch nicht nur aus dem verqueren Wunsch, ihn und die anderen auf den rechten Weg zurückzuführen. Sie waren mir ans Herz gewachsen – nicht nur Dahlia, sondern auch Entreri selbst.

Seit Jahren kreise ich um diese Erkenntnis. Als ich hörte, dass Artemis Entreri sich mit Jarlaxle angefreundet hatte, hoffte ich, dass Jarlaxle den Mann von seinen persönlichen Dämonen befreien könnte. Ich habe Entreri alles Gute gewünscht – im Sinne eines besseren Lebens und besserer Entscheidungen. Dieser wiederkehrende Gedanke hat mich wie eine stille Hoffnung begleitet.

Dennoch überrascht mich meine spontane Aussage in diesem speziellen Fall, weil sie mir zeigt, wie wichtig dieser Mann mir letztendlich ist.

Immerhin hatte ich meine Freunde um mich, die Gefährten der Halle, meine engsten und besten Freunde, meine Familie – die einzige Familie, die ich je kannte. Meine spontane Bauchreaktion, dass ich Entreri retten würde, war weit mehr als eine persönliche Entscheidung, denn diese geliebten Gefährten würden mich natürlich begleiten. Das heißt, ich war bereit, meine besten Freunde in offensichtliche Lebensgefahr zu bringen – sogar Catti-brie. Für Artemis Entreri!

Das ist tatsächlich erstaunlich, und bei genauerer Betrachtung enthüllt es im Nachhinein weit mehr als den Wunsch, diesen Mann zu befreien.

Als ich einst ins Eiswindtal kam, hielten die anderen mich anfangs oft für etwas lebensmüde. Selbst Bruenor, der mit einem

Fass Öl auf dem Rücken auf einen Schattendrachen sprang, hat oft den Kopf geschüttelt über diesen »verdammten Elf«, wenn ich mal wieder auf einen Kampf brannte!

Ich kämpfte, als hätte ich nichts zu verlieren, denn genauso empfand ich es. So dachte ich. Dann aber stellte ich plötzlich fest, dass ich mit diesen Freunden, die ich kannte und liebte, mit dieser Frau, die meine Frau werden sollte, sehr viel zu verlieren hatte.

Das ist keine neue Erkenntnis. Fast hundert Jahre lang habe ich mich bemüht, mich von meiner selbst auferlegten Zurückhaltung wieder zu lösen. Ich dachte, ich wäre wieder frei, nachdem Bruenor, der Letzte der Gefährten, nach Zwergenheim weitergezogen war. Trotz meiner unendlichen Trauer über seinen Tod hatte ich das Gefühl, wieder frei zu sein.

Dann aber kehrten meine Freunde zurück, meine Familie – meine Zwänge? Was hatte das zu bedeuten? Natürlich habe ich mich gefreut. Ich war überglücklich. Aber hieß das nun, dass ich wieder so vorsichtig werden musste wie früher?

In diesem kurzen, spontanen Moment, in dem ich beschloss, dass ich – also wir! – losziehen und Entreri und die anderen befreien würde, koste es, was es wolle, da wusste ich ohne jeden Zweifel, dass meine geliebten Freunde keine emotionalen Fesseln mitgebracht hatten. Sie waren buchstäblich durch den Tod gegangen, und vielleicht war es diese Verwandlung, die mir den Mut und die Zuversicht schenkte, dieses Abenteuer anzugehen. Vielleicht entsprang diese Entschlossenheit daher, dass ich mich mit ihrem Tod schon einmal arrangiert hatte. Das Schlimmste war bereits geschehen. Die Angst vor einer Wiederholung hatte sich nicht wieder eingestellt.

Es war eher etwas anderes, etwas, das in meinen Grundüberzeugungen wurzelte. Im Laufe der Zeit tut man das, was man für angemessen und richtig hält, und vertraut darauf, dass es zu einem guten Ergebnis führen wird. Wenn man daran nicht mehr glaubt … wenn ich diesen Glauben verlieren würde – was wäre ich für ein Feigling, der aus Furcht vor einem solchen Vorhaben zurückschreckt, selbst aus Furcht um die Sicherheit meiner geliebten Begleiter!

Meine Worte waren ein Reflex auf die Nachricht von Entreris Gefangenschaft. Ich wusste, dass dies der richtige Weg war, aber als ich später darüber nachdachte, habe ich dabei sehr viel mehr über mich gelernt.

Und sehr viel mehr über meine Freunde, denn die zweite Erkenntnis in diesem Moment erwuchs aus ihrer Reaktion. Sie haben keine Sekunde gezögert, sondern brannten selbst genauso auf den Kampf wie ich. Nicht einmal Regis hatte Angst. Das war unser Weg, der richtige Weg, also würden wir ihn einschlagen.

Und das taten wir. Mein Schritt war seit Jahrzehnten nicht mehr so unbeschwert wie heute. Schon lange bevor die Zauberpest mir Catti-brie raubte, hatte ich meine Leichtigkeit verloren. So viele Male habe ich mir diese Freiheit gewünscht, mit Catti-brie zusammen aus Mithril-Halle auszuziehen, und jedes Mal wollte ich mich darüber freuen.

Das hier war etwas anderes. Es war keine bewusste Entscheidung, nicht wohlüberlegt, kein Versprechen. Danach habe ich mich gesehnt. Hier schließt sich ein Kreis, der einst begann, als Wulfgar und ich die Höhle des Frostriesen Biggrin betraten. Wir haben nicht lange darüber nachgedacht. Es gab ein Problem, und das würden wir in Ordnung bringen. Wir strotzten vor Selbstvertrauen, aber auch vor Vertrauen zueinander.

»Sollten wir ihnen vielleicht Bescheid geben, damit sie Verstärkung anfordern? Dann wird es lustiger«, hatte Bruenor gewitzelt, doch eigentlich war das gar kein Scherz gewesen.

Weil wir davon überzeugt waren, dass wir siegen würden.

Weil jedes andere Ergebnis inakzeptabel war.

Ganz einfach.

Trotzdem hatten wir eine beträchtliche Anzahl Dunkelelfen

vor uns, und einem Teil davon war es irgendwie gelungen, Artemis Entreri und die anderen gefangen zu setzen. Deshalb stellten sich unterwegs die ersten Zweifel ein.

Keine Zweifel an unserer Entscheidung, sondern Zweifel, ob wir tatsächlich siegen konnten.

Und Zweifel, ob der Preis nicht sehr hoch sein mochte.

Aber das ist unser Weg.

Es ist unser Bekenntnis.

Es ist das Mantra der Gefährten der Halle.

Etwas anderes kann es nicht geben.

Und weil wir wussten, dass es der richtige Weg war, bedeuteten Zweifel keine Reue.

Koste es, was es wolle.

Drizzt Do'Urden

Kapitel 20

Als die Drow kamen

»Die Ader ist am Ende«, sagte ein schmutziger Zwerg zu seinen Kameraden, als er tief unten in den Minen unter Kelvins Steinhügel aus einem Seitengang trat. Minto Silberhammer hatte sowohl im Clan Silberbach als auch bei den Heldenhammers Verwandtschaft und fühlte sich beiden Sippen zugehörig. »Hab beim Klopfen Echos gehört. Darum mache ich hier nicht weiter, damit ich nicht in andere Tunnel durchbreche.«

»Dann hütet Eure Pickel«, sagte Junkular Steinbrecher, der breitschultrige Vorarbeiter, der schon viele Winter gesehen hatte.

»Dann haben wir aber eine magere Ausbeute heute, was Junky?« Wie die anderen nannte er den Alten bei seinem Spitznamen.

»Besser als ein offener Durchbruch zum Unterreich«, sagte Bellows, einer der anderen Minenarbeiter. Zur Unterstreichung lehnte er sich an die schwere Metalltür, die sie kürzlich eingebaut hatten, um den wichtigsten Tunnel in die tieferen, ausgedehnteren Gänge und Höhlen zu schließen.

»Wie wäre es dann mit einem geschlossenen Gang?«, fragte ein anderer. Die anderen nickten unter zustimmendem Gemurmel.

Über dieses Thema wurde bei den Zwergen vom Eiswindtal unter der Führung von Stokker Silberbach schon lange debattiert, und immer stand dabei Gauntlgrym im Raum.

Sie wussten, wo es war. Sie waren dort gewesen. Aber ihre alte, heilige Heimat war nach wie vor außer Reichweite. Seit der Reise nach Gauntlgrym herrschte in Kelvins Steinhügel vielmehr erhöhte Wachsamkeit. Jetzt kannten Stokker und seine Jungs die große Gefahr außerhalb ihres Lebensbereichs aus erster Hand, auch die fanatischen Teufelsanbeter, auf die sie in Gauntlgrym gestoßen waren, und wenn man den Gerüchten – und nun auch König Bruenor und Drizzt – Glauben schenken durfte, hatte eine größere Menge Dunkelelfen die Gegend infiltriert.

»Wir sehen uns hinter deiner Wand mal um«, sicherte Junky Minto zu. »Im Notfall bauen wir neue Türen ein. Sobald wir den Gang gesichert haben, sorge ich dafür, dass du den Durchbruch zu den neuen Adern persönlich vornimmst.«

»Pah!«, schnaubte Bellows, der noch immer an der Eisentür lehnte.

Die anderen schmunzelten, weil sie genau wussten, dass es gleich Streit geben würde. Schließlich galt es als hohe Ehre, zu einer neuen Ader vorstoßen zu dürfen.

»Ich hab euch schon vor einem Zehntag gesagt, dass gleich hinter der Ader ein anderer Tunnel sein könnte!«, protestierte Bellows erwartungsgemäß. »Ich kann ja um den Durchbruch mit Minto eine Münze werfen, wenn ihr wollt, aber …«

Seine Schimpftirade und das Lachen der anderen brachen abrupt ab, als ein scharfes Knistern und ein kurzes *Plopp* Bellows auffahren ließen. Sein Gesicht nahm einen ungläubigen Ausdruck an.

Es folgte ein zweites, lauteres Plopp-Geräusch und dann ein anhaltendes, hallendes Knattern wie von zahllosen Feuerwerkskörpern nach der Explosion der größten Rakete. Der arme Bellows flog nach vorn und zog Rauchschwaden hinter sich her.

Die anderen sahen wie gelähmt zu und blickten dann kollektiv zu der Eisentür, auf der blaue, knisternde Energielinien herumkrochen, die glühend und knackend Linien im Eisen malten.

»Gleich knallt's!«, schrie Minto, griff nach Junky und zog ihn in den Seitengang. Auch die anderen Zwerge brachten sich in Sicherheit.

Eine gewaltige Explosion erschütterte den Tunnel. Schockiert sah Minto mit an, wie die schwere Tür – dick wie eine Zwergenbrust – am Tunnelzugang vorbeiflog und Staubwolken und Steinsplitter hinter sich herzog. Er hörte einen Kameraden stöhnen, der den Hauptgang entlanggerannt war und von der Tür eingeholt wurde, dann ein zweites Stöhnen, als die Tür herunterkrachte – anscheinend auf den armen Bellows.

Seite an Seite rannten Minto und Junky los, aber nicht zu Bellows, sondern zu dem jetzt offenen Gang. Sie wussten, dass dort ein Feind anrückte.

Als ihnen klar wurde, dass sie es mit einer Dunkelelfen-Armee zu tun hatten, schluckten sie.

»Höhleneinsturz?«, fragte ein Bergmann in einem angrenzenden Tunnel seinen Nachbarn erschrocken. Der Boden hatte gerade gewackelt.

Sofort rannten die beiden aus ihrem Tunnelstück. Auch andere Zwerge kamen mit großen Augen aus den Seitentunneln in den Hauptgang zurückgelaufen. Ihre Gesichter waren von Schmutz und Ruß so schwarz, dass die aufgerissenen Augen noch weißer wirkten. Niemand hatte eine Antwort für die anderen.

Dann folgte eine zweite erschütternde Explosion, worauf die ganze Gruppe sich einem breiten Quergang zuwandte.

»Einsturz!«, rief einer, und alle liefen los – nicht weg von dem kritischen Bereich, sondern darauf zu, dorthin, wo ihre Kumpels waren. Mit Pickeln und Fackeln in den Händen polterten sie gemeinsam den Gang entlang. Jeder von ihnen kannte diese Minen so gut wie sein eigenes Zuhause, und sie wussten natürlich, dass ihre Freunde im Nachbartunnel steckten. Deshalb riefen sie lauthals nach Junky.

Bisher waren sie überzeugt, dass sie die anderen gleich würden ausgraben müssen. Aber als sie sich dem Parallelgang näherten, verriet ein Blitzschlag den Zwergen unmissverständlich, worum es wirklich ging.

Da waren sie genauso bereit, jedweden Feind zu bekämpfen, wie sie eben noch aufs Graben aus gewesen waren.

Ravel Xorlarrin lachte böse, als die Tür dem von ihm erfundenen Zauber zum Opfer fiel, den er als Blitznetz bezeichnete. Er und seine Mitzauberer hatten ihre Blitzenergien dafür zu einem tödlichen Schlag zusammenströmen lassen, der diese massive Sperre zerlegt hatte.

Keiner von ihnen hätte diese Eisentür mit einem einzigen Blitzschlag öffnen können, nicht einmal Erzmagier Gromph, falls er hier gewesen wäre. Gemeinsam jedoch hatten sie die Tür mit dem Blitznetz aus den Angeln gerissen und durch den Gang fliegen lassen, den fliehenden Zwergen nach.

Dieser Anblick ließ Ravel in schallendes Gelächter ausbrechen.

Zuerst schickten sie ihren Stoßtrupp aus Goblins durch den Zugang, um die wenigen Zwerge zu beschäftigen, die dort noch Widerstand leisteten.

Ravel warf einen Blick zu Tiago. Als dieser nickte, folgte

der nächste Hagel magischer Geschosse. Eine ganze Salve Feuerbälle erwischte Zwerge und Goblins gleichermaßen, doch als Flammen und Rauch sich legten, hatten die zähen Zwerge standgehalten. Die Goblins hingegen waren alle tot.

Diesmal zielte Ravel mit seinem Blitz in die Mitte der Zwergenreihe oder besser gesagt darüber hinaus auf einen Bereich weiter hinten, wo ein Zwerg zu fliehen versuchte.

Tiago setzte seine Eidechse in Bewegung, Jearth Xorlarrin folgte seinem Beispiel, und ein Trupp Fußsoldaten folgte ihnen. Als sie sich dem Durchbruch näherten, wichen Tiago und Jearth nach rechts und links aus und trieben ihre Eidechsen an den Seitenwänden hoch, wo sie langsamer wurden, um zuerst ihre Krieger durchzulassen.

Hinter der Tür folgte sofort ein lautes Getöse von Metall auf Metall, brüllenden Zwergen und stampfenden Füßen. Die Soldaten waren erfahrene Drow-Krieger, hervorragend ausgerüstet und gut gedrillt. Sie waren es gewohnt, solche Kämpfe zu gewinnen, und zwar schnell.

Doch ihre Gegner waren Zwerge vom Clan Heldenhammer und aus dem Eiswindtal, gestählte Minenarbeiter, die den ewigen kalten Wind und jahrelange gefährliche Kämpfe mit den unterschiedlichsten Feinden hinter sich hatten, von Polarwürmern über Orks bis hin zu den unausrottbaren Tundra-Yetis. Zu Beginn des Überfalls fanden viele Drow-Schwerter und Speere ihr Ziel, aber keiner der Treffer konnte einen Heldenhammer-Zwerg niederstrecken, der sein Heim verteidigte.

»Flucht! Flucht!«, schrie der Drow-Kommandant zu Tiago und Jearth zurück, um ihnen mitzuteilen, dass der Läufer nach wie vor unterwegs war, um Verstärkung zu holen.

Die beiden nickten sich zu und ritten an der Decke entlang los, wo die Eidechsen mit ihren Füßen festen Halt fanden. Nebeneinander ritten sie über den Kampf hinweg und hatten den flüchtigen Zwerg sofort entdeckt. Er war ihnen weit voraus, aber sie eilten hinterher. Da jedoch erhob sich eine Reihe Zwergenschaufeln und Spitzhacken und hielt sie zurück, noch ehe sie die Zwerge im Nahkampf hinter sich hatten.

Tiago überholte Jearth, wobei er seinen Schild zu voller Größe aufspannte und die Angreifer auf der anderen Seite mit dem Schwert abwehrte.

»Los!«, befahl er Jearth, und dieser ritt an dem Baenre-Adligen vorbei. Bald hatte er die kämpfenden Zwerge und Drow hinter sich.

Jearth spornte seine Eidechse zu einem ungelenken Galopp an, mit dem er die wenigen Verfolger rasch abhängte und dem fliehenden Zwerg immer näher kam.

Obwohl er immer noch kopfüber an der Decke entlangritt, zog Jearth, ohne langsamer zu werden, aus einem langen Köcher hinter dem Sattel einen Wurfspieß mit Widerhaken und befestigte eine Schnur an der Öse am Ende der Waffe. Dann richtete er seinen Arm aus, prägte sich noch einmal ein, wo oben und unten war, um die natürliche Schwerkraft einzubeziehen. Aus seiner Perspektive musste er also tiefer zielen als gewohnt.

Er holte zum Wurf aus, wurde aber von anderen Geschossen abgelenkt. Eine ganze Salve wirbelnder Waffen prasselte auf ihn ein.

Jearths Vorpreschen hatte ihn in dem Moment an einem Seitentunnel vorbeigeführt, als eine ganze Traube Zwerge dort herausquoll, und das bärtige Volk verschwendete keine Zeit, sondern ging sofort mit seinen Pickeln auf den Drow los. Einige trafen nur die unebene Decke, doch andere erwischten Reiter und Eidechse, wobei die meisten diese nur streiften.

Ein Pickel grub sich jedoch mit einem perfekten Treffer tief in die hintere Flanke der Eidechse, direkt in den Oberschenkel.

Das verwundete Tier blieb abrupt stehen und fuhr herum, obwohl Jearth es entschlossen in die Gegenrichtung lenkte. Das rechte Hinterbein der Eidechse löste sich von der Decke, weil sie versuchte, den Pickel abzuschütteln. Sie wollte sogar nach der schmerzenden Stelle schnappen.

Jearth gab sich große Mühe, sein Reittier in Bewegung zu halten, denn ihm war durchaus bewusst, dass es bestimmt keine gute Idee war hierzubleiben, während eine aufgebrachte Schar Zwerge herbeistürmte.

Er musste abspringen, dachte er, aber es war schon zu spät. Der nächste Pickel verfehlte ihn nur, weil er sich schnell wegduckte.

Dieser Schlag hatte zwar ihn verfehlt, aber nicht sein Tier. Zudem hatte er einen der Sattelgurte erwischt, und als dieser riss, löste sich Jearths rechtes Bein so plötzlich, dass er sich nicht mehr sauber auf den Sturz einstellen konnte.

Der Krieger fiel zur Hälfte aus dem Sattel und blieb in ungünstiger Position hängen, denn sein linker Fuß hatte sich zwar verdreht, saß aber noch fest. Er starrte den wütenden Zwergen kopfüber baumelnd direkt in die Augen.

Kopfschüttelnd zog der Drow die Schwerter und seufzte.

Hinten in der Schlachtlinie wehrte Tiago noch immer die Spitzhacken und Schaufeln der Zwerge ab, wagte aber einen Blick in den Gang. Er sah, wie Jearth die Zwerge sauber aus jedem erdenklichen Winkel abwehrte. Mit einer Klinge parierte der Waffenmeister von Haus Xorlarrin eine Spitzhacke, mit der zweiten schnitt er gleichzeitig einem

Zwerg die Kehle durch, ehe er dieses zweite Schwert nah genug an den eigenen Leib zog, um einen massiven Hammerschlag abzuwehren, und den Schwung dazu nutzte, sich zu drehen. Diese Drehung – das sah Tiago sofort – würde ihm helfen, seinen festhängenden Fuß zu befreien.

Er sah Jearth herunterfallen, aber das war gut so, denn der Drow überschlug sich dabei und landete leichtfüßig vor dem Zwergenpulk.

Lächelnd zog sich Tiago wieder hinter die Drow-Linie zurück. Mit dieser Gruppe würde Jearth sicher fertigwerden oder sie zumindest so lange aufhalten, bis hier vorne der Durchbruch erzielt war und die Fußsoldaten ihm zu Hilfe kommen konnten.

Um dazu beizutragen, kehrte der berittene Baenre auf den Boden zurück und trieb sein Tier zwischen zwei Fußsoldaten hindurch, die er einfach beiseiteschob, weil er jetzt selbst mitkämpfen wollte. Seine Eidechse pflügte schnappend durch die Feinde, und Tiago musste sie sogar ein wenig zügeln, damit sie nicht den Zwergen folgte, die vor ihr flohen.

Wie alle Reittiere von Tiago war auch diese Eidechse jedoch bestens dressiert, sodass sie auf sein Schnalzen und den Druck der linken Ferse reagierte. Er schwang seinen Schild zu dem Zwerg links von ihm, und einen Moment später ließ Tiago den Schild kleiner werden. Das gestattete dem Drow den ersten Stich mit seinem Schwert. Die Klinge fuhr unter dem Rand des verkleinerten Schildes hindurch auf den überraschten Zwerg zu.

Tiago riss die blutige Klinge zurück und zog sie nach rechts über einen geschwungenen Pickel hinweg. Augenblicklich drehte er sein Schwert wieder um und legte so viel Hebelkraft in diese Bewegung, dass der Pickel seinem Gegner weggerissen wurde. Der Drow hielt sich nicht lange damit auf, der Waffe nachzusehen, sondern stieß dem Zwerg sofort sein Schwert in die Brust.

Wieder trieb er seine Eidechse zum Angriff, schwang sich aber noch während ihres Satzes von ihrem Rücken. Der Überschlag ließ ihn auf beiden Füßen landen, sodass er sich unverzüglich in die Schlacht stürzen konnte.

Der Drow war besser bewaffnet, besser gerüstet und besser ausgebildet. Damit konnte er das Blatt schnell zu seinen Gunsten wenden. Im Zweikampf war kaum ein Krieger auf dieser Welt einem Dunkelelf gewachsen, doch selbst unter diesen Elitekriegern stach Tiago Baenre hervor. Sein Schild und sein Schwert bildeten eine perfekt aufeinander abgestimmte Einheit – Schlag und Stich, Abwehr und Gegenangriff. Er kämpfte sich nicht gerade nach vorn, sondern begann einen Kreistanz, bei dem die normalen Drow-Soldaten bereitwillig auswichen, wenn er vorbeikam, und die Zwerge sich wünschten, sie wären rechtzeitig ausgewichen.

Die Dunkelelfen waren bei diesem Kampf von Anfang an im Vorteil gewesen, doch nachdem Tiago sich zu ihnen gesellt hatte, wurde daraus ein Gemetzel. Die Reihen der Zwerge lichteten sich immer rascher.

Tiago hob schnell den Schild, um einen Zwergenpickel abzufangen. Diesmal aktivierte er die Magie des Schilds, das Spinnennetz, das die Waffe festhielt, als er den Schild zur Seite zog. Erwartungsgemäß folgte der Zwerg der Bewegung und griff mit einem Faustschlag an.

Aber Tiago sah seinen Angriff voraus, sodass die Faust auf eine scharfe Waffe traf, ein Schwert, das Handschuh und Fingerknöchel durchtrennte, dem Zwerg das Handgelenk aufschlitzte und die Unterarmknochen spaltete.

Der Zwerg schrie gellend auf, doch Tiago riss seinen Schild schnell weiter zur Seite, um den Pickel loszuwerden, bevor er den Arm zurückzog. Gleichzeitig zerrte der Drow-Krieger sein Schwert mit einem schnellen Ruck aus dem muskulösen Arm heraus, ließ es kurz nach vorne zucken und drehte dann die Schultern zur Seite. Damit fuhr der Schild nach vorn, der Zwerg prallte dagegen, kippte nach hinten und landete auf dem Boden.

Er schrie nicht auf, denn der schnelle Schwertstreich hatte ihm die Kehle aufgeschnitten.

Tiago stieg über den gefallenen Heldenhammer-Zwerg hinweg und ging hochzufrieden zum nächsten Gegner über.

Weit vorn sah er Jearth kämpfen. Das Schwert des Waffenmeisters glänzte vor Zwergenblut und bewegte sich immer wieder auf und ab.

Aber nur ein Schwert, registrierte Tiago, der schon wieder weiterkämpfen wollte.

Nur ein Schwert!

Und ein Arm des Waffenmeisters hing schlaff an seiner Seite!

Mit einer Klinge gegen eine ganze Horde Zwerge, die ihn von allen Seiten angriff, wirbelte Jearth herum, schlug zu, sprang zur Seite, schoss vor und zurück, brillant bei jeder Bewegung.

Doch das Netz der Zwerge zog sich enger. Von allen Seiten griffen sie mit Spitzhacken und Fäusten an.

»Zu mir!«, rief Tiago seine Krieger zusammen, damit sie gemeinsam zu Jearth stürmen konnten.

Ein Sturmangriff, der nicht mehr rechtzeitig kommen würde, wie er jetzt erkannte.

»Ravel!«, rief er dem Magier zu, als er sah, wie Jearth in dem brodelnden Zwergenpulk unterging.

Sie griffen gemeinsam an. Der Zauber des Magiers flog in Form einer grünen Kugel voraus, die mitten in der Menge um Jearth zu einer stinkenden Gaswolke zerbarst. Der Geruch, der daraus zurückwaberte, ließ Tiago angewidert die Nase rümpfen. Durch den hässlichen Nebel konnte er kaum noch etwas sehen, und selbst die Kampfgeräusche schienen davon gedämpft zu werden.

Hoffentlich auch der Kampf selbst, dachte er, weil die Teilnehmer von der stinkenden Wolke lahmgelegt waren.

Dann aber tauchten immer mehr Kämpfer wieder aus der Wolke hervor, eine ganze Reihe wütender Zwerge, die zwar spuckten und schnaubten, von den übelkeitserregenden Dämpfen ansonsten aber wenig beeinträchtigt waren.

»Jearth«, flüsterte Tiago geschockt, während er auf diese Gegner losging.

Die Zwerge setzten sich tapfer zur Wehr, doch wie ihre Kameraden an der explodierten Tür konnten sie gegen diese überlegene Streitmacht in ihren Tunneln wenig ausrichten. Zwar starben mehrere Drow in diesem Gang, aber trotzdem fielen drei Mal so viele mutige Heldenhammer-Zwerge, und eine ähnlich hohe Anzahl wurde gefangen genommen.

Für Tiago Baenre war dies jedoch kein Sieg. Der Kampf um Kelvins Steinhügel hatte gerade erst begonnen, denn es war mindestens ein Zwerg entkommen, der seine bärtige Verwandtschaft warnen würde.

Und Jearth, Waffenmeister von Haus Xorlarrin und Tiagos Freund und Vertrauter, lag hier vor ihm in seinem Blut.

Tiago sah genau hin, als die Priesterin Saribel zu Jearth eilte und verzweifelt die Macht von Lolth anrief, um den gefallenen Krieger zu heilen.

Vergeblich.

Jearth Xorlarrin, Tiagos engster Verbündeter aus dem rivalisierenden Haus, war tot.

»Ihr hättet ihn nicht allein vorschicken sollen!«, schimpfte Ravel, als Saribel sich von dem toten Adligen löste und den Kopf schüttelte.

Tiagos drohender Blick erinnerte den Zauberer daran, dass er einen Baenre tadelte. Einen, der ihn in Stücke hacken konnte.

»Welcher Narr greift eine Schar Zwerge mit so einer stinkenden Wolke an?«, entgegnete Tiago. »Was die essen und trinken, stinkt schlimmer als Euer armseliger Zauber! Wahrscheinlich habt Ihr nur Jearth damit erwischt und niemand anders – oder war das von vornherein so geplant?«

Diese absurde Anschuldigung brachte Ravel zur Räson – denn war sie absurd genug, ihm nicht den Zorn von Oberin Zeerith einzutragen?

»Im Eröffnungsgefecht«, sagte Saribel mit großem Bedauern und zog damit die Blicke der beiden auf sich. Die Priesterin schüttelte den Kopf. »Wir müssen diese Unternehmung zu einem erfolgreichen Abschluss bringen, um den Verlust auszugleichen. Berellip wird nicht erfreut sein. Oberin Zeerith wird nicht erfreut sein.«

»Wenn wir nicht haufenweise Sklaven für die Minen zurückbringen«, sagte Tiago und deutete auf die Drider, die jetzt Ketten und Eisen für die Gefangenen brachten. »Und den Kopf von Drizzt Do'Urden. Kommt«, forderte er Saribel, Ravel und alle anderen auf, »lasst uns den Tod von Jearth rächen!«

»So schnell wie möglich«, pflichtete Ravel ihm bei. »Bevor sie echte Verteidigungsmaßnahmen ergreifen.« Und schon erzeugte der Magier ein schwebendes Zauberauge, das er in den Seitengang schickte.

Die anderen Zauberer aus seiner Gruppe folgten seinem Beispiel. Bald trieben ihre magischen Augen durch alle Gänge und wiesen ihnen den Weg.

Kapitel 21

Ein Haufen Nachtkriecher

»Wo ist dein Haustier?«, fragte Quenthel, als sie Gromph in seinem Zimmer in Haus Baenre aufsuchte.

Der Erzmagier lachte über ihre Bezeichnung für den Illithiden. »Methil ist noch in Q'Xorlarrin.«

Quenthel nahm ihm gegenüber Platz. Sie wirkte ganz und gar nicht angetan. »Immer noch?«, fragte sie verstimmt.

»Ich kann ihn jederzeit hierherrufen«, erklärte Gromph. »Und er ist unablässig in meinem Kopf. Wir kommunizieren. Einem Illithiden macht die räumliche Entfernung wenig aus.«

»Tsabrak ist nach Osten gezogen«, sagte die Oberinmutter. »Oberin Zeerith ist noch nicht nach Q'Xorlarrin aufgebrochen. Ihrer Tochter Berellip traue ich nicht.«

»Berellip ist kein Problem. Weder für mich noch für Euch noch für Methil.«

»Warum habt Ihr den Gedankenschinder dann dort gelassen?«

»Wir haben ein ... Werkzeug gefunden«, erklärte Gromph, und auf seinem Gesicht breitete sich ein Lächeln aus.

Oberinmutter Quenthel sah ihn forschend an. Seine kryptische Reaktion schien sie nicht zu begeistern. »Ein Werkzeug?«

Gromph nickte. »Anscheinend.«

»Ein Werkzeug, das die Ziele der Spinnenkönigin weiter voranbringen kann?«

»Oder eines, das bereits dafür eingesetzt wurde«, sagte Gromph.

»Erzählt!«, verlangte Quenthel.

»Es ist ein weiteres von vielen verschiebbaren Teilchen«, erklärte Gromph. »Vielleicht. Vielleicht auch nicht. Ist es nicht erstaunlich, wie viele Kreise sich gegenwärtig schließen, weil die Dinge sich zur rechten Zeit ineinanderfügen?«

Die Oberinmutter hätte den ständig ausweichenden Erzmagier am liebsten angeschrien. Anstatt ihn verbal anzufahren, legte sie jedoch nur schweigend den Kopf schief.

Sie dachte ernsthaft über seine Worte nach, stellte Gromph fest. Für ihn war das ein weiteres Zeichen für die Fortschritte, die seine bisher so unreife Schwester bewältigt hatte. Methils Arbeit mithilfe von Yvonnels Erinnerungen trug erstaunliche Früchte.

»Ausgerechnet jetzt kehrt der Sohn von Barrison Del'Armgo zurück«, erklärte Gromph, »und bringt ausgerechnet das Schwert unseres erschlagenen Bruders. Erschlagen von genau dem Verräter, der einst Euch getötet hat.«

Quenthel kniff die Augen zusammen, doch ihr Zorn galt nicht dem Erzmagier.

»Jenem Abtrünnigen, der den Aufschrei der Herrin Lolth ausgelöst hat, auf den Ihr inzwischen mit der klugen Wiedereinrichtung seines verdammten Hauses angemessen reagiert habt.«

»Ein Schurke, den Jarlaxle kannte«, sagte Quenthel. »Der inzwischen zweifellos selbst in Drizzts Netz festhängt.«

»Durch die Manipulation von Tos'un werdet Ihr Oberin Mez'Barris zweifellos zur Allianz zwingen, ebenso wie Ihr Euch über Tsabrak und Saribel die Gefolgschaft von

Oberin Zeerith sichert. Und was gibt es Besseres als einen Krieg, um alle Häuser zusammenzuschweißen?«

»Und jetzt noch ein Werkzeug, sagt Ihr?«, hakte Quenthel nach.

»So viele scheinbare Zufälle«, führte Gromph dramatisch aus. »Dass Jarlaxle mir den Kopf Eurer toten Mutter brachte. Dass Methil El-Viddenvelp sich ausgerechnet in die Höhlen vor unserer Stadt flüchtete. Dass er und Yvonnel die Ewige uns auf die Weise in dieser Zeit der großen Umbrüche helfen konnten. Ist das alles wirklich Zufall? Reine Glückssache? Oder haben die Götter – hat die Spinnenkönigin – diesen Zeitpunkt der Trennung von langer Hand vorbereitet?«

»Auf jeden Fall solltet Ihr Euch mehr Frömmigkeit wünschen, schätze ich«, sagte Oberinmutter Quenthel lauernd.

Gromph lachte. »Angesichts meiner gegenwärtigen Rolle im Netz der Spinnenkönigin dürfte ich wohl fromm genug sein.«

Das nahm Quenthel mit einem Nicken zur Kenntnis. »Und nun noch ein Werkzeug, sagt Ihr«, hakte sie ein weiteres Mal nach. Sie verlor allmählich die Geduld.

»Vielleicht.«

»Sprecht!«

Gromph starrte sie kurz an, dann schüttelte er den Kopf. »Sobald ich sicher bin«, antwortete er.

Quenthel runzelte die Stirn.

»Es gibt zu viele bewegliche Teile in dem großen Uhrwerk«, erklärte der Erzmagier. »Gegenwärtig braucht Euch dieses neue potenzielle Rädchen nicht zu kümmern.«

»Die Entscheidung, ob etwas für mich von Belang sein sollte oder nicht, steht Euch nicht zu«, warnte die Oberinmutter.

Aber der Erzmagier lächelte nur. »Mein Spiel entspricht

dem Euren«, sagte er, »wie in den Tunneln vor der Stadt, als ich Euch zu Methil führte. Bitte geht und betet, dann werdet Ihr sehen, dass meine Entscheidung der Spinnengöttin am besten dient. Ihr müsst eine gefährliche Rivalin im Zaum halten, ein Haus wiederaufbauen und einen Krieg vorbereiten, nicht wahr? Wenn dieses Werkzeug, das ich entdeckt habe, für Eure Bedürfnisse geeignet ist, werde ich es Euch vorstellen – Euch damit behelligen. Ansonsten ist es besser, Euch nicht abzulenken.«

»Ihr enthaltet es mir vor? Zu meinem Besten?«

»Ich enthalte Euch nichts vor. Ich möchte Euch nicht ablenken, bevor ich sicher bin, dass die Ablenkung Eure Zeit wert ist.«

Bei diesen Worten beobachtete er seine Schwester genau, denn er überlegte, wie Quenthel auf diese Aussage reagieren würde und welche Reaktion von Yvonnel zu erwarten gewesen wäre.

Tatsächlich schien Quenthel einen inneren Kampf auszufechten, auch wenn sie bewusst ein gleichmütiges Gesicht wahrte. »Ein paralleles Spiel mit einem gemeinsamen Ziel, nun gut«, sagte sie schließlich und erhob sich. »Ihr informiert mich, sobald der Illithide zurück ist.«

Gromph nickte, und seine Schwester – nein, als solche betrachtete er sie in diesem Moment nicht mehr, denn sie hatte tatsächlich so geantwortet, wie er es von der weisen Yvonnel erwartet hätte –, die Oberinmutter von Menzoberranzan, verließ sein Zimmer.

Das Eindringen der Tentakel ekelte sie nicht mehr so sehr. Mit jeder Sitzung nahm ihr Abscheu ab, und bald wurden die Sitzungen etwas ganz Alltägliches. Gleichzeitig hatte Dahlia kaum noch ein Gefühl für das Verstreichen der Zeit.

Sie glaubte, diesen Ort zu kennen, denn das Rauschen

der Wasserelementare und das subtile Dröhnen des Urelementars des Feuers dort unten in der Tiefe weckten Erinnerungen an die Tage von Sylora Salm und die Zerstörung von Niewinter.

Doch so richtig verstand sie es nicht.

Sie wusste auch, dass die Höhle jetzt anders war. Sie registrierte die vielen Drow-Handwerker und Goblin-Arbeiter, die herumliefen und Metall trugen. Eine Leiter? Eine Brüstung?

Unmittelbar vor ihr ertönte ein mahlendes Geräusch von Stein, der über Stein kratzte, während die vielen Goblins eine Marmorplatte aufsetzten.

Wofür? Ein Sarkophag? Ein Altar? Vielleicht ein Opfertisch? Es war ein glatter schwarzer Stein mit roten Adern. Wie Blut.

Ja, wie Blut.

Flüchtige Bilder huschten ihr durch den Kopf, viele eigene Erinnerungen, manchmal auch Dinge, die sie nicht verstand. Und wieder verschwamm ihre Umgebung, und sie konnte nicht mehr unterscheiden, was der Illithide aus ihr herauszog und was er ihr anbot.

Alles war wie verwaschen, und die pochenden Schmerzen von Methils Arbeit konnten nicht geleugnet werden.

Sie hörte sich selbst schreien, doch selbst das kam wie von Ferne, wie die Schmerzen einer anderen Frau in einem anderen Raum, die bis in den tiefsten Kern ihrer Identität geschunden wurde.

Sie wollte um sich schlagen, aber die Spinnen hatten gute Arbeit geleistet. Die Fäden hielten Dahlia fest. Sie stand mit weit ausgebreiteten Armen bewegungslos da.

Hilflos.

Irgendwann wurde sie ohnmächtig. Vom Eindringen, dem Entsetzen und der Verwirrung überwältigt.

»Da!«, sagte Regis triumphierend. Er hielt ein kleines getöpfertes Gefäß hoch, das einer winzigen Suppenschale glich.

Wulfgar starrte das Ding verständnislos an und musterte dann den ausgeklügelten Aufbau aus dampfenden Phiolen, Metallröhrchen und einer kleinen Feuergrube. Er bedachte Regis mit einem fragenden Blick.

»Prachtvoll, nicht wahr?« Der Halbling grinste.

»Unsinn«, sagte Wulfgar. »Ich habe alte Frauen gesehen, die ihren Ton mit halb so viel Aufwand gebrannt haben. Und ihre Schüsseln konnte man wenigstens gebrauchen.«

»Ach, du verstehst es eben nicht. Das ist keine normale Schale.«

»Vielleicht für einen Hamster.«

Regis seufzte und sah ihn durchdringend an. Wulfgar zuckte mit den Schultern.

Catti-brie, die seitlich an der Wand saß, kicherte vor sich hin, weil ihr der Schlagabtausch Spaß machte.

»Komm und schau es dir an«, bat Regis sie.

»Was anschauen?«, wollte Wulfgar wissen. »So viel Aufwand für eine Hamsterschale?«

»Woran hast du deinen Lichtzauber gebunden?«, fragte der Halbling, als Catti-brie zu ihm kam. Nach dem Kampf mit den Goblins hatte die Frau den gesamten Bereich hell erleuchtet, was Regis seine alchimistischen Experimente erleichterte.

»An meinen Ring«, antwortete sie, hob die Hand und zeigte den Rubinring vor, den Drizzt ihr gegeben hatte.

»Leg ihn auf den Tisch«, sagte Regis.

Catti-brie zog den Ring ab und legte ihn hin.

»Wie ihr seht, wird das Licht von dem Tisch nicht abgeschirmt«, erklärte Regis. Das wussten die anderen natürlich, warfen aber dennoch unwillkürlich einen Blick auf den Boden. Dort lag ein leichter Schatten, aber der war nur gering, denn ein Lichtzauber ging nicht wirklich von einem Objekt aus, sondern erhellte einen bestimmten Bereich.

»Natürlich«, sagte Catti-brie.

Regis lächelte siegessicher, denn das war sein Stichwort. Er drehte die kleine Schale um und stülpte sie über den Ring. Es war nach wie vor hell im Raum, aber die Schale blieb dunkel. Sie konnte das magische Licht offenbar abschirmen.

»Wie bei einer Laterne!«, sagte Regis stolz.

Catti-brie nickte, denn sie dachte bereits über die Einsatzmöglichkeiten und die Bedeutung dieser Erfindung nach. Wulfgar hingegen wunderte sich nach wie vor.

»Wie hast du das gemacht?«, fragte Catti-brie.

»Die Flechten«, erklärte Regis. »Ich habe es beim Sammeln gemerkt. Einerseits leuchten sie selbst, andererseits sind sie lichtundurchlässig – für jedes Licht, auch für deins. Ich habe nachgelesen«, er nickte zu seinem Alchimiebuch, »aber ich hätte nicht gedacht, dass ich die Essenz wirklich destillieren könnte.«

»Ein Trick. Aber wozu?«, fragte Wulfgar.

Regis lächelte noch breiter und hob eine zweite kleine Schale auf. Dann nahm er die erste mit dem Ring darin zur Hand, setzte die beiden Teile aufeinander und schloss sie zur Kugel. Es wurde etwas dunkler, aber die Magie sickerte nach wie vor durch die Ränder, an denen die Stücke aufeinanderstießen. Regis ging zu seiner Brennstelle und tunkte den Finger in das noch nicht ausgehärtete Material. Er hielt den Finger hoch, damit die anderen es sehen konnte, zeigte ihnen den dunkelbraunen Fleck und verstrich das Material entlang des Saums zwischen den beiden Halbkugeln, bis sie rundum damit eingeschmiert waren.

Sofort wurde es dunkel. Ohne das Glühen aus der Feuergrube und ein wenig grünlich weißes Licht von den Leuchtflechten an den Wänden wäre es pechschwarz gewesen.

»Du hast das Licht blockiert«, stellte Wulfgar gänzlich unbeeindruckt fest.

»Nein«, widersprach Catti-brie mit Ehrfurcht in der Stimme. »Du hast die Magie blockiert!«

»Genau«, sagte Regis.

»Was bedeutet das?«, fragte Wulfgar gleichzeitig.

»Als ich den Ring getragen habe, wurde es selbst dann nicht dunkler, wenn ich die Hand in meine Robe steckte«, erläuterte Catti-brie. »Man bräuchte eine sehr dicke Wand, um dieses Licht gründlich abzuschirmen. Aber Regis ist das mit einem kleinen Stück Keramik gelungen.«

Im schwachen Licht bemerkte Regis das gleichmütige Schulterzucken von Wulfgar. Der Barbar verstand immer noch nicht, was für ein mächtiges Werkzeug Regis gerade erschaffen hatte. Zu allem Überfluss fragte Wulfgar jetzt geradeheraus: »Wozu?«

»Keramik kann brechen«, erklärte Regis. »Was glaubst du, was passiert, wenn ich diese Kugel auf den Boden werfe oder an die Wand?«

Wulfgar überlegte eine Weile. Dann lachte er. »Ich schätze, unsere Feinde wären überrascht.«

»Besonders die Drow«, betonte Regis, »die es lieber dunkel haben.«

»Was ist los?«, erscholl ein Schrei, als die Tür aufflog. Fackellicht erhellte den Raum. In dem orangefarbenen Flackern tauchte das grimmige Gesicht von Bruenor Heldenhammer auf, der mit erhobener Streitaxt bereitstand.

»Bruenor!«, riefen Regis und Catti-brie ihm einmütig entgegen, um ihn zu beruhigen.

»Wir dachten, ihr wärt in Schwierigkeiten«, flüsterte Drizzt, der unvermittelt zwischen den dreien stand.

Alle drei zuckten erschrocken zusammen.

»Kein Licht«, erklärte Drizzt. »Ich dachte, die Drow wären gekommen und hätten einen Gegenzauber gewirkt.«

Regis zerdrückte die Kugel in seiner Hand, und sofort wurde es wieder hell im Raum.

»Unser Freund hat wertvolle Dinge für den weiteren Weg vorbereitet«, erklärte Catti-brie, nahm Regis den Ring wieder ab und schob ihn an ihren Finger.

»Mehrere, hoffe ich«, sagte Regis und nickte. »Wenn du die nötigen Zauber beisteuerst.«

»Morgen«, versprach Catti-brie.

»Und Gegengift«, fügte Regis hinzu. »Das kann ich ganz gut, weil ich die Gifte für meine Handarmbrust selber braue und mich häufig an den Bolzen steche. Ich kann euch gar nicht sagen, wie oft ich bei der Arbeit schon tief und fest eingeschlafen bin.«

»Tja, und darüber sollen wir uns jetzt wohl wundern«, erwiderte Bruenor trocken.

Regis lächelte ihm zu und hielt ein paar Phiolen hoch, die jeweils eine milchige Flüssigkeit enthielten. »Speziell gegen das Drow-Gift«, erklärte er. »Falls wir in ihre Nähe kommen, trinkt ihr eine davon. Das hilft einen halben Tag gegen das tückische Gift aus ihren Armbrustbolzen.«

»Gut«, lobte Drizzt. »Denn ich gehe davon aus, dass wir in ihre Nähe kommen. Bruenor und ich sind bis zur großen Treppe vorgegangen. Sie ist zerstört, aber das dürfte kein großes Problem darstellen.« Er sah zu Catti-brie hinüber, die auf seine unausgesprochene Frage zuversichtlich nickte.

»Die gute Nachricht ist, dass der Bereich darunter leer war«, fuhr Drizzt fort. »Es sind also weniger Drow in Gauntlgrym, als wir dachten.«

»Wenn das so ist, sind sie vielleicht mit den Gefangenen abgezogen«, gab Wulfgar zu bedenken.

»Dann lasst uns jetzt schlafen und danach zügig weitergehen«, schlug Drizzt vor. Er musste nicht aussprechen, was alle wussten und befürchteten: dass sie die Dunkelelfen womöglich tiefer ins Unterreich verfolgen mussten.

Dahlia erwachte viele Stunden später. Sie lag wieder vor den drei hängenden Käfigen in der heißen Schmiede. Als sie zu dem toten Bruder Afafrenfere hinübersah, verspürte sie nur flüchtiges Mitleid.

Dann blickte sie zu Artemis Entreri hoch, der schlaff in seinem Käfig hing. Sein Gesicht drückte gegen eine Stange. War auch er tot? Sie spürte den Stich der Angst.

Ja, Angst, und diese instinktive Reaktion erinnerte Dahlia daran, wer sie war. Plötzlich meldete sich die Identität, die sie für sich beansprucht hatte. Mit großer Mühe zwang sie sich in eine sitzende Position und seufzte erleichtert auf, als Entreri die Augen aufschlug und sie zur Kenntnis nahm.

Doch wie ihr Mitleid für den Mönch war dies nur ein kurzer Anflug von Bewusstsein, denn danach folgten andere Gedanken. Ein verschlagenes Lächeln trat auf ihr Gesicht, als sie überlegte, wie herrlich es doch wäre, einen glühenden Schürhaken zu nehmen und Entreri damit zu quälen.

Dieses Bild rüttelte sie wieder wach. Ihr Lächeln verschwand, wich einem Stirnrunzeln, das nicht Entreri galt, sondern ihr selbst. Sie war völlig aus dem Gleichgewicht. Es kam ihr so vor, als wären ihre wahren Gedanken wie ein einzelner Wurm in einem krabbelnden Haufen Nachtgetier, der sich zusammenscharte, um ihre Gedanken zu überlagern.

»Dahlia?« Entreris Stimme war zu fest für jemanden,

der so lange dort gehangen hatte. Aber das registrierte die gemarterte Frau gar nicht erst.

»Hast du ihr Vertrauen errungen?«, fragte Entreri. Er deutete auf Dahlias Beine, an denen keine Eisenkugel mehr hing.

Aber Dahlia hatte keine Ahnung, was er damit meinte.

»Es sind gerade nicht so viele«, flüsterte Entreri.

»Du glaubst, du kannst entwischen?«, entgegnete Dahlia höhnisch.

»Wir«, stellte er klar.

»Nein, das können wir nicht«, sagte sie.

»Es ist den Versuch wert«, drängte er. »Besser, sie erwischen uns und bringen uns um, als …« Er stockte, blickte auf und ließ sich dann wie tot wieder schlaff an die Stäbe sinken.

Die Mithril-Tür zur Höhle des Urelementars ging auf, und Priesterin Berellip betrat die Schmiede. Sofort fiel ihr Blick auf Dahlia und damit auch auf Entreri. Sie ging zu dem Drow an der Großen Schmiede von Gauntlgrym hinüber und fing ein Gespräch mit ihm an, sah währenddessen aber immer wieder zu Entreri und Dahlia zurück.

»Wir müssen es versuchen«, flüsterte Entreri der Elfe zu, ohne seine Haltung zu verändern.

Aber Dahlia zuckte nur mit den Schultern. Sie konnte nicht ernsthaft über seinen Vorschlag nachdenken. Weglaufen – dieser Gedanke war für sie unvorstellbar.

Sie verstand, was er sagte, und ein Wurm in dem Haufen Nachtkriecher in ihrem Verstand hielt seinen Rat für richtig. Dieser eine Wurm jedoch ging in der zuckenden Masse immer weiter unter, wo die Einflüsterungen des Illithiden andere Erinnerungen heraufbeschworen, andere Bilder malten und andere Versuchungen ausschmückten.

Dahlia lachte und wandte sich einfach ab.

Einige Zeit später standen Berellip Xorlarrin und Yerrininae an dem Opferaltar in der neu geschaffenen Kapelle. Sie hatten der Grube des Urelementars den Rücken zugewandt und starrten an die Wand, die inzwischen so dick mit Spinnweben überzogen war, dass man die Steine nicht mehr sehen konnte.

Rechts und links der Spinnwebwand standen als Ankerpunkte die großen Jadespinnen. Sie bewachten die beiden Zugänge – den an dem Tunnel zur Schmiede und den an dem jetzt geschlossenen Tunnel, in dem Oberin Zeerith wohnen sollte.

Der Zugang zu diesem zweiten Tunnel war nun nicht einmal mehr zu sehen, so dicht waren dort die Spinnweben.

Berellip warf einen Blick nach links, an Zeeriths Raum vorbei zu der neu erbauten Brücke, die jetzt wieder zu dem Vorraum auf der anderen Seite der Grube führte. Ringsherum strömte das Wasser aus der permanenten Magie herab, die den Urelementar bannte. Von unten stieg so viel Dampf auf, dass sie nur kurze Blicke auf das glänzende Metall erhaschte.

Die Priesterin drehte sich etwas weiter um und reckte den Hals, bis sie im Vorraum Methil El-Viddenvelp meditieren sah. Neben ihm bewachte ein großer Wasserelementar den Hebel – und wahrscheinlich auch den Illithiden, da beide Kreaturen Gromph Baenre unterstanden.

»Ravel kommt bald zurück«, sagte Berellip zu dem Drider, um auch gedanklich das Thema zu wechseln. Sie wollte nicht zu oft darauf gestoßen werden, dass die intriganten Baenres einen so direkten Zugang zu diesem Allerheiligsten hatten.

»Nach erfolgreicher Jagd?«

Angesichts von Berellips Pause kniff der wütende Drider drohend die Augen zusammen. »Tiago Baenres fanatische Jagd nach dem Abtrünnigen ist mich teuer zu stehen gekommen«, erinnerte er sie.

»Hier geht es nicht um dich, Scheusal«, mischte sich eine fremde Stimme ein. Sie klang dünn, aber unbestreitbar weiblich. Bei den unerwarteten Worten sahen Berellip und Yerrininae sich erschrocken um. Die Spinnweben vor Oberin Zeeriths Räumen öffneten sich wie bei Tiagos rotierendem Schild, doch hier drehten die Fäden sich am äußeren Rand des Netzes zusammen und schufen so ein Portal, durch das eine wunderschöne, weitgehend nackte Drow-Frau eintrat.

»Noch ein Wort, und ich werfe dich dem Urelementar in den Rachen«, warnte die Fremde.

Yerrininae gehorchte, denn er wusste – wie Berellip –, dass dies keine normale Drow war, sondern eine Zofe der Lolth, eine Yochlol, die ihre Hauskapelle aus eigenem Antrieb betreten hatte.

Berellip fiel auf die Knie, schlug die Hände vors Gesicht und begann zu beten. Der riesige Drider neben hier hockte sich hin, bis sein dicker Spinnenkörper flach auf dem Boden lag. Auch er senkte den Blick, betete aber nicht. Drider durften nicht beten.

»Erhebe dich!«, befahl die Zofe Berellip. Die Priesterin folgte der Aufforderung so rasch und ungeschickt, dass sie sich ziemlich dumm vorkam, als sie beinahe gegen den Rand des Altars gestolpert wäre.

Die schöne Zofe nahm keine Notiz davon, sah sie nicht einmal an, sondern drehte sich einmal im Kreis und nickte dabei anerkennend.

»Wo ist der Stab?«, fragte sie, nachdem sie sich wieder der Priesterin zugewandt hatte.

Berellip machte ein verdutztes Gesicht.

»Die Waffe der *Darthiir*«, stellte die Zofe ungeduldig klar.

»In … in meinem Zimmer«, stammelte Berellip völlig verwirrt. Woher wusste die Zofe von dem ungewöhnlichen Kampfstab?

Die Yochlol nickte und wandte sich mit einer Bewegung um, die Berellip daran erinnerte, dass ihre wahre Gestalt eher einer halb geschmolzenen, beinlosen Kerze glich als der zauberhaften Frau, die jetzt vor ihr stand. Die Zofe hob einen Arm in Richtung des Vorraums auf der anderen Seite, der durch die Wasserfälle und den Nebel nicht zu sehen war.

»Es wird Zeit«, sagte sie. Ihre Stimme erhob sich und erfüllte den ganzen Raum. Dann schritt sie durch das geöffnete Netz in den tunnelartigen Raum zurück. Sofort begann das Netz wieder zu rotieren, diesmal anders herum, bis der Eingang hinter ihr versiegelt war.

Hierher, flackerte ein Gedanke in Berellips Kopf und in dem des Driders auf. Erstaunlicherweise wussten beide, was das hieß, und waren bereits auf dem Weg, bevor der Gedankenschinder die Brücke zur Hauptkapelle überquert hatte.

Dahlia schlug im Schlaf um sich. Stöhnend zerrte sie an den wenigen Kleidern, die ihr noch geblieben waren. Ihr Hemd hing in Fetzen, und durch viele Risse in ihrer Hose schimmerte das glatte weiße Fleisch ihrer Beine hindurch. Die Stiefel hatte sie verloren – oder ihre Häscher hatten sie ihr abgenommen.

Das alles beobachtete Entreri mit echtem Mitgefühl, denn er teilte Dahlias Schmerz. Zumindest bemühte er sich, ihn nachzuempfinden, denn er konnte sich nicht vorstellen, was diese Dunkelelfen ihr angetan und womit sie die grauenvollen Schreie ausgelöst hatten, die er von weitem von Dahlia gehört hatte.

Er würde sie zurücklassen müssen, dachte er.

Nein, er würde sie töten müssen. Um ihretwillen. Er hatte nur armselige Essensreste bekommen; lange würde seine Kraft nicht mehr reichen. Er konnte nicht mehr warten, und er konnte nicht hoffen, zu ihr durchzudringen. Er würde fliehen, noch heute, sobald die Schmiedefeuer heruntergebrannt waren. Er sah Dahlia an und merkte, wie schwer es ihm fallen würde, sie zu töten – selbst wenn es tatsächlich zu ihrem Besten wäre.

Ein lautes, hämmerndes Geräusch lenkte ihn von der schlafenden Elfe ab. Er sah zu der Tür in der Mitte des Raums, dem Zugang zur Grube des Urelementars. Dort arbeitete ein Trupp Drow, der wiederum Goblins herumkommandierte, die einem neuen Torbogen den letzten Schliff verpassten. Der Bogen sollte die Mithril-Tür zusätzlich verstärken.

Eine Drow – wahrscheinlich eine Priesterin, dachte Entreri – hatte ein driderartiges Relief geschaffen, das jetzt an der glatten Tür angebracht wurde. Der schwarze Adamant des Materials hob sich auffällig von dem glänzenden silbrigen Mithril ab.

Der Stempel, den die Drow der Zwergenheimat aufdrückten.

Gleich darauf sprangen die Frau und die anderen zur Seite, weil die Tür aufging. Hasserfüllt beobachtete Entreri, wie die langen Spinnenbeine des großen Driders, Yerrininae, aus dem Tunnel krabbelten. Der Drider musste sich tief bücken, weil der Zwergentunnel viel zu niedrig für ein so großes, massiges Geschöpf war. Als er sich wieder aufrichtete, kam er Entreri wie ein Dämon vor, der sich direkt aus dem Abgrund erhob.

Ein großes schwarzes Zerrbild von einem Dämon, schön und hässlich zugleich.

Auf Yerrininaes Schulter ruhte der Streitkolben von Ambergris. Als er auf Entreris Käfig zukam, gab sich der Meuchelmörder den Anschein von Bewusstlosigkeit, stählte sich aber für eine unsanfte Begrüßung. Durch ein halb geschlossenes Auge bemerkte Entreri, dass nun auch Berellip aus dem Tunnel eilte. Sie lief quer durch die Schmiede zu ihren eigenen Räumen.

»Aufwachen, kleine *Darthiir*«, sagte Yerrininae, nachdem er sich über Dahlia aufgebaut hatte. Um seine Ankunft zu unterstreichen, schlug er an Entreris Käfig wie gegen eine Glocke.

Während der Käfig sich drehte, japste der Meuchelmörder nach Luft. Er war sich sicher, dass dieser Schlag ihm mehr als nur eine Rippe gebrochen hatte.

Er sah, wie Yerrininae Dahlia an den geflochtenen Haaren hochzog.

Als er das nächste Mal vorbeikam, sah er Dahlia vornübergebeugt dastehen. Nur der Griff des Driders in ihr Haar hielt sie auf den Beinen.

Beim dritten Mal sah er, dass Dahlia sich gegen die Hand des Driders wehrte. Sie versuchte, sich loszureißen. Während der Käfig sich wegdrehte, hörte Entreri sie vor Schmerz aufkeuchen und sah, wie sie sich aufrichtete, als Yerrininae sie brutal in die Höhe zerrte.

Bei der nächsten Runde sah er Dahlia zu Boden stürzen, nachdem das Ungeheuer ihr mit dem Handrücken ins Gesicht geschlagen hatte.

»Nein!«, brüllte Entreri unwillkürlich.

Da hielt der Streitkolben den wirbelnden Käfig an.

»Es lebt!«, sagte der Drider entzückt.

Der ungebremste Schlag seines Streitkolbens raubte Entreri den Atem. Noch ehe er einen klaren Gedanken fassen konnte, schlug Yerrininae wieder zu.

Die Goblins johlten, und der Drider schlug ein weiteres Mal mit voller Wucht zu.

Jetzt legten die Drow ihre Arbeit nieder und begannen ebenfalls, den Drider anzufeuern.

Entreri fühlte, wie der Metallkäfig beim nächsten schmerzhaften Schlag in sein Bein einschnitt, das unter der Wucht nachgegeben hatte.

Die Dunkelelfen lachten laut, und die Goblins grölten vor Schadenfreude.

»Drider!«, erklang ein Ruf. Die Stimme kam aus so weiter Ferne, dass Entreri kaum noch etwas mitbekam.

Sofort brach das Gejohle ab. Nur noch das Prasseln der Hochöfen und das Quietschen der Kette, an der Entreris wild schwingender Käfig hing, waren zu hören.

Nur Entreri bekam nichts mehr davon mit. Auch Dahlias Aufschrei, als Yerrininae sie erneut hochriss und durch die Schmiede zerrte, hörte er nicht.

Lange Zeit später kam der Meuchelmörder wieder zu sich. Er schmeckte Blut. Als er Luft holen wollte, spürte er einen sengenden Schmerz. Er wusste, dass das eine Bein ihn kaum tragen würde.

Damit war jede Hoffnung auf Flucht undenkbar, begriff er.

Und Dahlia war fort. Wenn man sie nicht hier vor ihm wieder ablegte, würde er nicht einmal ihrem Leid ein Ende setzen können.

Dahlia stand aufrecht, beide Arme zu den Seiten ausgestreckt. Um sie herum wimmelte es von Spinnen.

Das alles kannte sie nur zu gut.

Doch diesmal aber war es anders, das spürte sie, obwohl sie es nicht richtig begriff. Sie konnte die Fäden fühlen, die sich um sie schlangen und sie an das Gewebe an der Wand fesselten. Die Fäden hielten auch ihre gestreckten Arme fest.

Die Arme waren gerader ausgerichtet als zuvor, exakt gestreckt. Sie konnte sie überhaupt nicht beugen, das war der Unterschied. Die Drow hatten ihr eine Stange auf die Schultern gelegt.

Nein, keine Stange, stellte Dahlia auf einmal fest. Das war Kozahs Nadel. Ihr Stab.

Sie hatten sie bewaffnet!

Einen Augenblick dachte sie, die Drow hätten einen bösen Fehler gemacht. Bestimmt würde sie sich losreißen und die Xorlarrin-Priesterin angreifen können, die da vor ihr stand.

Aber – nein, sie konnte es nicht, wurde ihr dann klar, als die Fäden an ihr zerrten, sie auf die Zehenspitzen zogen und Dahlia schließlich vollständig vom Boden lösten.

Sie baumelte in der Luft.

Die Spinnen setzten ihr Werk fort und überzogen sie mit gewebten Fäden.

Der Illithide näherte sich mit wackelnden Tentakeln.

Wieder setzten ihre Schreie ein.

Lange Zeit später hing sie schlaff in den Spinnweben und wusste gar nichts mehr.

Jetzt gehört sie Euch, teilte Methil El-Viddenvelp Berellip telepathisch mit. Er drehte sich gemessen um und wählte den Gang, der ihn in den Vorraum auf der anderen Seite der Schlucht führen würde. *Ein angemessenes Ornament für Eure Kapelle,* sagte Methils glucksende Stimme in Berellips Kopf und in den Köpfen aller übrigen Anwesenden.

Ein trockenes Lächeln malte sich auf Berellips Gesicht, während die Spinnen ihre Arbeit an Dahlias Kokon fortsetzten. Sie krabbelten fleißig über ihr Gesicht und webten dabei unablässig.

In Panik riss Dahlia die blauen Augen auf. Ihr Gesicht unter der Maske verzog sich zu einem hoffnungslosen, erstickten Schrei.

Berellip starrte sie an, ohne mit der Wimper zu zucken. Bis die feierliche Zeremonie beendet war, ziemte es sich nicht, laut zu lachen. Mit einem Blick zu den beiden großen Jadespinnen klatschte Berellip einmal scharf in die Hände. Die magischen Spinnenwesen zogen die Fäden hoch, die oben zwischen den Netzen über einen unsichtbaren Balken liefen, und hievten Dahlia in ihrem Kokon mit diesem Flaschenzug noch weiter an der Wand empor.

Nachdem sie an die Wand gestoßen war, neigte sie sich in einem leichten Winkel nach vorn.

Sie wurde an und in der Spinnwebwand befestigt, wo sie nur noch als Umriss zu erkennen war.

Eine Zierde der Q'Xorlarrin-Kapelle. Eine gequälte, gefangene *Darthiir*, die für immer auf den Opferaltar hinabstarren würde.

»Mögest du an diesem Ort im ewigen Tod Zeuge sein, wie viele deiner scheußlichen Art geopfert werden«, betete Berellip.

Dahlia konnte sie nicht hören.

Dahlia hörte gar nichts mehr.

Kapitel 22

Stokkers Tag

»Wir haben zwanzig getötet und ein Dutzend Gefangene«, murrte Tiago.

»Zwerge erwischt man nicht so leicht lebend«, erwiderte Ravel Xorlarrin. »Unser Gift kann sie kaum bremsen, und sie kämpfen selbst dann noch weiter, wenn sie schwer verwundet sind. Stinkende Biester!«

»Wir wollten Sklaven und finden nur Tote!«, schäumte Tiago.

»Wir wollten Drizzt«, erinnerte ihn Ravel.

»Der wahrscheinlich längst weg ist, nachdem die Nachricht oben angekommen ist.«

Der Zauberer lachte leise, was ihm einen mörderischen Blick von Tiago eintrug.

»Drizzt Do'Urden flieht nicht. Das passt nicht zu seinem Ruf«, erklärte Ravel weise, um die plötzliche Spannung etwas abzumildern. »Nein, der sitzt da oben bei dem Anführer, diesem Stokker, dessen Namen die Zwerge noch im Sterben auf den Lippen hatten.«

Den Rest seiner Gedanken – dass Drizzt in Wahrheit schon lange nicht mehr hier war – behielt Ravel klugerweise für sich. Er hatte ein paar von den gefangenen Zwergen verhört. Soweit er wusste, hatten sie nicht gelogen, als sie die Nachricht von Drizzts Abreise ausgespuckt hatten. Aber diese kleine Einzelheit brauchte Tiago nicht zu wissen, dachte Ravel. Denn ohne die ersehnte Beute würde der impulsive junge Baenre den Angriff wahrscheinlich abblasen und nach Q'Xorlarrin zurückkehren.

Das war in Ravels Augen keine gute Idee. Sie hatten einige Drow und einen Drider verloren. Diesen Preis im Tausch für ein paar Sklaven würde Oberin Zeerith ganz sicher nicht gutheißen. Zudem hatten sie ausgerechnet Jearth verloren, den Waffenmeister von Haus Xorlarrin, Befehlshaber der Garnison und einen Liebling der Oberin.

Wenn sie jetzt mit so wenigen Sklaven heimkehrten, würde Oberin Zeerith toben. An Tiago konnte sie ihren Zorn natürlich nicht auslassen; schließlich war er ein Adliger und hatte wichtige Fürsprecher. Und nachdem Saribel seine Frau werden sollte und von Oberinmutter Quenthel persönlich nach Menzoberranzan zurückgerufen worden war, würde Oberin Zeerith sich wohl auch Saribel nicht vorknöpfen. Die einzigen anderen, auf die Ravel die Verantwortung schieben konnte, waren Berellip und Yerrininae. Aber die waren in Q'Xorlarrin geblieben.

Womit nur noch Ravel als Sündenbock übrig war.

Sie brauchten tatsächlich mehr Sklaven und einen größeren Sieg, um Oberin Zeerith über ihren unvermeidlichen Ärger über den Verlust von Jearth hinwegzutrösten. *Er* brauchte diese Sklaven. »Wir gehen weiter«, riet Ravel daher. »Weiter oben gibt es größere Schätze.«

»Schätze und Sklaven, wollen wir hoff…«, begann Tiago, brachte seinen Satz aber nicht zu Ende, denn plötzlich fing der Gang an zu beben. Steine und Staub fielen von der Decke, und das Grollen wurde so laut, dass Ravel zu einem Notzauber ansetzte, der ihn weit weg transportieren konnte. Aber noch bevor er damit fertig war, legte sich das Beben. Er und Tiago begriffen, dass in der Nähe ein anderer Tunnel eingestürzt sein musste.

Seite an Seite rückten Tiago auf seiner Eidechse und Ravel auf einer schwebenden Scheibe vor, um sich ihrer Abwehrlinie anzuschließen, trafen aber schon nach wenigen Schritten auf eine hektische junge Drow-Kriegerin.

»Die Decke ist über ihnen eingebrochen!«, rief sie und zeigte verzweifelt auf einen Seitentunnel, aus dem eine Wolke aus Staub und Schutt quoll. »Oh, diese teuflischen Zwerge!«

Tiago ritt schneller und bog in den Tunnel ein. Schon nach kurzer Zeit stieß er auf einen zweiten Tunnel, der parallel zu dem verlief, in dem sie eben noch gestanden hatten. Hier versperrten ihm große Trümmer den Weg. Eine Schar Dunkelelfen und Goblins räumte in großer Eile die Steine zur Seite.

Ravel berührte Tiago an der Schulter und lenkte seinen Blick auf die andere Seite, wo ein Drider-Bein aus dem Haufen ragte. Die zerschmetterte Kreatur lag in Todeszuckungen unter dem Geröll.

»Wie viele?«, schrie Tiago die Drow an, die an dem Haufen arbeiteten.

»Eine ganze Menge, Herr«, antwortete einer.

»Drei Drider«, fügte ein anderer hinzu.

»Und ein Haufen Goblin-Futter«, sagte ein dritter auf der anderen Seite.

»Diese Decke war vorbereitet«, stellte Ravel fest. »Der Feind ist nicht zu unterschätzen, und sie wissen jetzt, dass wir kommen. Wir werden uns jeden Raum und jeden Gang erkämpfen müssen.«

»Nein«, erwiderte Tiago. »Findet einen Weg. Ihr und Eure Magier. Findet einen Weg. Wir müssen diese Mission abschließen, und zwar schnell.«

Ravel wollte widersprechen, doch dann dachte er an seine eigene prekäre Situation und zog ab, um sich mit den Zauberern zu beraten, die er auf diese Expedition mitgenommen hatte.

Schon nach einer Stunde schwebte in den Gängen des Zwergenbergs ein Dutzend großer, körperloser magischer Augen, mit deren Hilfe die Drow-Zauberer sich erst einmal gründlich umsahen.

Sie hatten die Widerstandskraft der Zwerge und ihre Verteidigungsbereitschaft anfangs unterschätzt. Diesen Fehler wollten sie nicht wiederholen.

»Einsamwald ist alarmiert«, meldete ein Zwergenläufer seinem Anführer. »Aber die Boote sind draußen, und es wird ein wenig dauern, sie zurückzuholen.«

»Das gilt auch für die übrigen Städte am See«, sagte ein anderer Zwerg.

»Dann hängt alles an Bryn Shander«, erklärte Stokker Silberbart. Die anderen nickten zustimmend.

Bryn Shander war nicht an einen See gebaut, weshalb die Garnison dort ständig bereitstand. Trotzdem würde es viele Stunden dauern, bis sie mit nennenswerter Verstärkung rechnen konnten.

»Wir müssen durchhalten und dann noch eine Weile durchhalten, wenn die Jungs aus Bryn Shander hier sind«, erklärte Stokker. »Die Jungs von den Seen kommen später, und mit etwas Glück bringen die Jungs draußen in Osthafen noch den einen oder anderen Barbarenstamm mit.«

»Hussah!«, jubelte ein Zwerg.

»Einen Barbaren muss man zum Kämpfen nicht lange überreden«, sagte ein anderer. »Darum sind mir die großen Kerle so sympathisch.«

Bei diesen Worten begannen viele Fäuste zu trommeln, und auch Stokker nickte aufmunternd. Am Morgen hatte die Schlacht mit einem Überfall begonnen, aber dank des heldenhaften Widerstands von Junky und den opferbereiten Zwergen, die mit ihm zusammen die Drow aufgehalten hatten, hatten die Zwerge jetzt eine echte Chance.

Sie waren Heldenhammers und hatten allesamt viele Jahre Kampferfahrung. Die zahllosen Tunnel ihrer Festung waren unter der Aufsicht von König Bruenor persönlich erbaut worden, und seine zuverlässigsten und erfahrensten Schildzwerge hatten daran mitgewirkt. Man hatte dabei vor allem an die Verteidigung gedacht.

Die Drow waren unerwartet schnell vorgedrungen, aber Stokkers Jungs waren auf einen solchen Überfall vorbereitet. Vor allem jedoch hatte er das Vorrücken der Gegner durch den Einsturz seiner Tunnel aufhalten können.

»Wir halten sie unten gefangen, und wir schlagen sie zurück. Darauf könnt ihr Gift nehmen!«, teilte er den Zwergen mit.

»Aye, am besten jagen wir sie gleich bis Gauntlgrym zurück!«, bekräftigte ein anderer. »Hussah!«

»Hussah!«, jubelten die übrigen, und Stokker nickte.

Doch dann verschwanden plötzlich fünf Zwerge an der Wand links von Stokker, weil sich der Boden unter ihren Füßen aufgetan hatte.

Und die Wand gegenüber verschwand. Dicke Wurfspeere schossen in die Versammlung, und dahinter stürmten riesige Drider heran, gefolgt von einer Horde Goblins.

»Durchbruch!«, schrien Stokker und viele andere, und sofort scharten sich die Zwerge verteidigungsbereit zusammen. Die eigentlichen Türen des Saals flogen auf, und weitere Heldenhammers stürzten sich ins Getümmel.

Die Wände der großen Halle bebten vom Kampfgeschrei und vom Klirren der Waffen.

Stokker rannte zu der unerwarteten Grube und kniete sich an ihren Rand. Andere Zwerge schlossen sich ihm an, einige mit Seilen und Kletterhaken. Die Wände waren so glatt, als wäre das Gestein einfach verschwunden, und fielen über zwanzig Fuß senkrecht nach unten ab. Dort lagen in einem tieferen Tunnel unterhalb des Audienzsaals die gestürzten Zwerge. Zwei waren anscheinend tot, zwei krochen noch herum, und einer richtete sich gerade wieder auf.

Stokker wollte nach ihm rufen, aber da begann der arme Kerl zu zucken, und schließlich erkannte Stokker, dass der Zwerg von Geschossen getroffen wurde, wahrscheinlich von Armbrustbolzen.

Sein nächster Versuch, etwas zu rufen, wurde von einem gleißenden Blitz durchkreuzt, der in der Finsternis aufflammte. Danach rührte sich nur noch ein Zwerg, und es stand keiner mehr.

Dennoch warfen die Zwerge ihre Seile und kletterten hinab, um ihre Angehörigen eilig zu bergen. Auch Stokker nahm ein Seil zur Hand.

»Nein, nein!«, schrie eine Zwergin. Die Priesterin Brimble zählte zu Stokkers engsten Beratern. Er zögerte und sah sie fragend an, während andere schon zum Abstieg ansetzten.

»Das ist eine magische Passage!«, rief Brimble. »Sie können sie wieder ...«

Noch ehe sie zu Ende gesprochen hatte, fühlte Stokker, wie das Seil erschlaffte, und stolperte einen Schritt nach hinten, weil plötzlich das Gewicht fehlte. Er blickte in das Loch, aber es war verschwunden. Nur der Boden war noch da.

Doch es waren Zwerge hinuntergeklettert!

Einige dieser tapferen Zwerge lagen jetzt neben Stokker auf dem Boden, weil der Tunnel, der kein Tunnel war, sie ausgespien hatte.

»Wo ist McGrits? Er war gleich unter mir!«, schrie einer

und sprang auf. Zwei andere äußerten ähnliche Sorgen um Zwerge, die an ihren Seilen gehangen hatten.

»Wahrscheinlich unten im Tunnel«, erwiderte Brimble.

Stokker warf das Seil hin und nahm die Streitaxt von der Schulter. »Na dann, an die Arbeit!«, brüllte er und stürmte von der Seite auf die Drider und Goblins zu.

Aus den anderen Seitentunneln strömten weitere Zwerge herbei.

Aber es kamen auch die Drow, und so standen die Zwerge, die sich durch die Reihen der Goblins kämpften, bald schnelleren, grausameren Gegnern gegenüber, die weit besser mit den Schwertern umzugehen wussten als die Vorhut.

Der Gegenangriff geriet ins Stocken, die Linien lösten sich auf, und bald wurde in heillosem Durcheinander in jeder Ecke gekämpft.

»Eine Klinge gewinnt ein Duell, aber die Magie gewinnt eine Schlacht«, sagte Ravel zu Tiago, als sie näher kamen.

»Wie lange bleibt unser Tunnel bestehen?«, fragte Tiago.

»Fast die ganze Nacht, sofern wir ihn nicht absichtlich schließen«, antwortete der Magier zuversichtlich.

Doch kaum hatte er diese Worte ausgesprochen, da schloss sich das letzte Stück des magischen Tunnels, und unweit von den beiden Adligen rappelten sich etliche Drow wieder auf, die von der Magie hinausgeworfen worden waren.

Tiago sah seinen Begleiter wütend an.

»Sie haben Priester«, erklärte Ravel in aller Ruhe, als hätte man damit rechnen müssen. »Dann nehmen wir eben die normalen Tunnel. Wir haben sie gründlich ausgespäht. Wir finden den Weg.«

Die zur Schau getragene Ruhe war jedoch wenig überzeugend, und Tiagos Miene blieb finster, als er seine Eidechse wendete und den anderen bedeutete, ihm schnell zu folgen.

Ravel rief zwei anderen Zauberern weiter vorne etwas zu, die sofort losrannten und der Drow-Truppe den Weg zeigten. Ravel und seine Magier hatten die Tunnel in dieser Gegend tatsächlich ausgekundschaftet und konnten auf dem üblichen Weg zum Thronsaal finden.

»Wir schaffen es!«, versicherte der hochmütige Xorlarrin-Zauberer dem Krieger. Was er nicht erwähnte, war die Zeit dafür – vermutlich würde es länger dauern, als für die abgeschnittenen Kämpfer im Thronsaal gut war.

Tiagos Blick verriet allerdings, dass dieser die gespielte Zuversicht durchschaute. Bevor der magische Tunnel zusammengebrochen war, waren ein Dutzend Drow, eine Handvoll Drider und vielleicht hundert Goblins in den Thronsaal vorgedrungen. Das war eine schlagkräftige Streitmacht, aber sie hatten es mit der Masse der grimmigen Zwerge zu tun, die hier lebten. Und sie waren ohne magische Unterstützung.

Der junge Baenre war gut ausgebildet und erfahren genug, um zu wissen, was sie in der Festung vermutlich vorfinden würden.

Er verzog das Gesicht und verfluchte die schlauen Zwerge, als in der Ferne der Boden grollte, weil weitere präparierte Tunnel einstürzten.

Die vierzehn Goblins, die aus dem Gemetzel flohen, hatten es fast geschafft. Als sie jedoch endlich zur Tür vorgedrungen waren, stießen sie nicht etwa auf einen offenen Korridor, sondern auf vier wütende Zwerge, die den schmalen Durchgang hielten. Zwei nebeneinander und zwei dahinter.

Die ersten Goblins zögerten, wurden aber von den verzweifelten anderen dahinter weitergedrängt. Selbst als sie tot waren, der eine mit einer Axt im Kopf, der andere von einem Kriegshammer zerschmettert, blieben diese ersten Goblins stehen, weil sie zwischen dem Druck der Nachfolgenden und den Schilden der stämmigen Zwerge festklemmten.

»Kann sie nicht aufhalten!«, warnte Tregor Hornbruck, ein blonder Schildzwerg aus der vorderen Reihe. Er senkte die Schulter etwas ab und schwenkte kurz seinen schweren Hammer, musste ihn aber sofort wieder sinken lassen, um sich mit doppelter Kraft gegen den Druck zu stemmen. Er war der größte und stärkste Zwerg in Kelvins Steinhügel. Daher nahmen die anderen seine Worte sehr ernst.

Hinter der Tür wurde der Gang sofort breiter. Wenn die Goblins diesen Flaschenhals durchbrachen, würden sie ausschwärmen.

Der Zwerg neben ihm ächzte vor Anstrengung. Er brachte kein Wort mehr heraus.

Zur Überraschung von Tregor und seinem tapferen Mitstreiter hielten die beiden Zwerge aus der zweiten Reihe plötzlich nicht mehr ihrerseits dagegen, sondern rannten davon.

»He!«, brüllte Tregor ihnen nach. Der andere Zwerg ächzte erneut.

Da drang ein Goblin-Speer zwischen den Schilden hindurch und streifte Tregor an der Schulter. Der Schmerz fachte seine Entschlossenheit noch mehr an, und er hielt mit aller Kraft dagegen.

»Zurück!«, hörte er von hinten, und die beiden wichen aus. Tregor verstand erst, als neben ihm Stangenwaffen mit schwarzen Schäften auftauchten, die an den toten Goblins vorbeistießen, um den Ansturm aufzuhalten.

»Gute Idee!«, rief Tregor. Gleich hinter dem Durchgang standen einige Statuen, die von den Steinmetzen mit echten Waffen ausgestattet worden waren, wenn auch nur aus Eisen, nicht aus kostbarem Mithril oder Adamant.

Trotz ihrer verzweifelten Lage musste Tregor unwillkürlich schmunzeln, als die Waffe wieder an ihm vorbeistieß und er die abgebrochene steinerne Hand bemerkte, die noch an dem Schaft hing.

Die Goblins drangen erneut wütend vor, und die Schildzwerge wichen wieder leicht zurück, damit die zwei hinter ihnen wild in den Pulk stechen konnten, um den Druck zu mindern.

Aber trotz des Goblin-Bluts, das sich auf dem Boden sammelte, gelang es ihnen nicht. Einen kurzen Moment lang glaubten die vier, ihre Position wäre verloren.

Dann aber ließ der Ansturm nach, und bald erkannten sie, dass dies nur der letzte verzweifelte Fluchtversuch der Goblins gewesen war, die innen von Stokker und seinen Jungs bedrängt wurden.

»Gut gekämpft«, gratulierte Stokker ihnen, als der letzte Goblin sein Leben aushauchte.

Tregor betrachtete das Blutbad im Thronsaal hinter Stokker. Die Toten lagen kreuz und quer durcheinander und so dicht, dass man kaum sehen konnte, wo der eine aufhörte und der nächste anfing. Trotz des Chaos bemerkte der junge Kämpfer viele Angehörige unter den Leichenbergen.

»Die Drow haben diese Ebene eingenommen. Und sie haben alles darunter«, rief Brimble, die jetzt auf Stokker zulief.

»Wo kommen sie hoch?«, fragte Stokker.

»Osttreppe, aber …«, erwiderte Brimble und brach ab. Ihr Seufzer erinnerte Stokker an die Grube, die im Thronsaal aufgeklafft war. Angesichts solcher Passagezauber und anderer Magie – wie sollte man da eine saubere Strategie entwickeln?

Stokker sah Tregor und seine drei Kameraden an. Dann warf er einen Blick auf den Tunnel hinter ihnen, der nach oben und zur Außentür führte. »Gibt es Nachricht?«, fragte er hoffnungsvoll.

»Bryn Shander ist noch Stunden entfernt«, meldete Tregor finster. »Wenn sie überhaupt kommen.«

»Noch drei Stunden Sonnenlicht«, erinnerte Brimble die anderen. Ihr flehentliches Gesicht verriet Stokker und Tregor, was sie damit meinte.

»Nein!«, dröhnte Tregor, und als die Umstehenden verstanden, worum es ging, schüttelten sie den Kopf.

Aber Stokker Silberbach blickte zum Thronsaal, wo mindestens zwanzig tote Verwandte lagen. Viele andere waren durch den Boden gefallen und jetzt sicher tot oder gefangen. Sie hatten sich mit unglaublicher Heftigkeit gewehrt. Dutzende toter Goblins lagen herum und auch ein paar der monströsen Drider. Drow waren ebenfalls gestorben, aber Stokker hatte sie kämpfen sehen. Mit einem hatte er sogar selbst gefochten.

Für jeden Drow brauchte er zwei seiner Jungs, und selbst dann war so ein Kampf nicht leicht zu gewinnen.

»Ruft die Vorposten zusammen. Sammelt alle ein!«, rief er den anderen zu. »Wir ziehen uns ins Tal zurück, solange noch Tag ist. Dorthin werden die verdammten Drow uns nicht folgen.«

Kein Zwerg rührte sich vom Fleck. Viele starrten ihn enttäuscht an. Er hatte sie gerade aufgefordert, ihre Heimat aufzugeben. Dazu war kein Zwerg freiwillig bereit!

»Wir kommen wieder!«, gelobte Stokker. »Und dann bringen wir die Garnisonen aus den Städten und eine Horde Barbaren mit! Zweifelt nicht daran!«

Einige Zwerge begannen zu nicken.

»Also los!«, befahl Stokker. Das brach den Bann, und alle setzten sich in Bewegung.

Dann aber kam die Finsternis, und alle waren so blind, dass sie nicht einmal die Blitze sahen, die hindurchzuckten, und auch nicht das grelle Bersten der Feuerbälle.

Nur fühlen konnte man sie.

Stokker Silberbach und Brimble stolperten in einen Seitenraum, um wieder zu Atem zu kommen.

»Junky ist gefallen«, sagte Brimble. Sie stützte sich an der Tür zum Hauptgang auf einen Stuhl, während Stokker gegenüber zu einer zweiten Tür lief, die er einen Spaltbreit öffnete.

»Der Weg ist frei«, sagte er und wandte sich ihr zu. »Hier kommt man leichter zum Haupttor.« Seine Worte schmerzten ihn zutiefst. Seine Kameraden waren nach dem Überfall im Thronraum aufgerieben worden, von der Magie der Dunkelelfen und den wirbelnden Klingen in der Finsternis überwältigt.

Jetzt war jeder Zwerg auf sich selbst gestellt, und so etwas wollte kein Clanführer je erleben.

Er wusste, dass Brimble recht hatte. Junky und einige andere waren dichtauf gewesen, doch leider hatten sie es nicht geschafft. Jetzt konnte Stokker nur noch hoffen, aus dem Berg zu entkommen, um ihn später mit Verstärkung zurückzuerobern.

Aber nicht einmal das konnte ihn aufmuntern, denn wie viele Zwerge würden dann noch übrig sein?

Ja, in diesem bitteren Augenblick kam es Stokker Silberbach so vor, als wäre der jahrhundertealte Sitz der Heldenhammers im Eiswindtal am Ende.

»Komm schon«, rief er.

Aber Brimble starrte ihn nur reglos an.

»Mädchen?«, fragte er und kam einen Schritt auf sie zu.

Als hinter Brimble zwei Dunkelelfen in den Raum drangen, blieb er stehen. Es waren ein Mann und eine Frau, beide hervorragend ausgerüstet – besonders der Mann, dessen Schild und Schwert fast durchscheinend waren und so glitzerten, als wären in ihrer Tiefe die Sterne selbst eingefangen.

»Wo willst du denn hin, Zwerg?«, fragte der Drow, der ungerührt an Brimble vorbeiging. Erst da wurde Stokker klar, dass die gute Klerikerin einem Zauber zum Opfer gefallen war, den sie auch selbst gern einsetzte. Die Magie bannte sie an Ort und Stelle.

Der Drow-Krieger setzte der armen Zwergin sein Schwert an die Kehle. »Lauf ruhig«, sagte er zu Stokker. »Ich kann dir versichern, dass sie den Schmerz spüren wird. Und sie wird langsam sterben.«

»Rette dich selbst. Vielleicht schaffst du es ja«, sagte die Frau und strich Brimble mit grausamer Geste über das Haar. Sie beherrschte die Sprache der Oberfläche weniger gut. Bei ihrem harten Akzent brauchte Stokker einen Moment, bis er ihre Worte verstanden hatte.

»Aber du wirst wissen, dass du geflohen bist und deine Freundin dem Tod überlassen hast«, fügte der Mann hinzu, »bis die Finsternis des Todes dich irgendwann von dieser Gewissensqual erlöst.«

Da drehte Stokker Silberbach sich um und schlug mit der Axt gegen seinen Schild. »Dann komm schon«, forderte er den Krieger auf und trat in die Mitte des Raums. »Oder bist du zu feige, allein gegen mich zu kämpfen?«

»Ich?«, fragte der Drow. Er trat vor und nahm die Herausforderung an. »Weißt du nicht, wer ich bin, Zwerg?«

Stokker sprang vor und schwang seine Axt, um den

Drow schnell zu töten. Es schien seine einzige Chance zu sein, Brimble zu retten und hier herauszuschaffen.

Der Schild des Drow begann zu kreisen. Mit jeder Umdrehung wurde er größer, und obwohl Stokker mit seiner Axt über den Schild hinweggezielt hatte, war dieser beim Auftreffen plötzlich groß genug, um den Angriff voll abzufangen.

Stokker wich nach rechts aus, zur Schildseite, und machte sich mit dem eigenen Schild auf den Stich des Drow gefasst.

Das magische Schwert seines Gegners durchstieß das Holz, aber die Adamantbeschläge des Schilds hatten gehalten. Gerade so eben, wie Stokker feststellte, als er sich von dem Drow löste und kurz hinsah. Eines der Bänder war zur Hälfte zertrennt.

»Ich habe vor den Toren der Stadt einen Balor getötet«, prahlte der Drow, als Stokker zum nächsten Angriff ansetzte. »Hat man den Namen Tiago so schnell vergessen?«

Der Zwerg blieb stehen.

»Ja, Zwerg«, fuhr der Drow fort. »Tiago. Der Freund von Drizzt.«

»Kein Freund von Drizzt!«, erklärte der Zwerg. »Drizzt ist ein Freund von Clan Held … Nein, Drizzt *ist* ein Heldenhammer!«

Und damit griff er an, schwang seine Axt und hackte mit aller Kraft wild drauflos. Irgendwann zog er seine Waffe mit Wucht quer vor dem Körper her und folgte dem Schwung mit seinem Schild, den er angewinkelt hatte, um den Drow zu treffen, falls dieser nach dem Axthieb zustechen wollte. Nach der vollen Drehung stand er wieder bereit.

Aber der Drow war verschwunden, und Stokker warf sich klugerweise nach vorn, um dem Stich gerade noch zu entgehen.

»Nein, du dummer Zwerg«, sagte der Drow, der während Stokkers Drehung schnell zur Seite gesprungen war. »Drizzt gehört zum Haus Do'Urden. Auf ewig zum Haus Do'Urden. Auf ewig zu Menzoberranzan!«

Und damit stieß der Drow mit mehreren schnellen Stichen zu und drang kraftvoll vor.

Stokker konnte nur hoffen, dass sein Schild halten würde, während er die wiederholten Hiebe abwehrte und dabei immer weiter zurückwich. Schließlich hatte er sich so weit gefangen, dass er zum Gegenangriff übergehen konnte, und sofort fuhr seine Axt mit aller Macht nach vorn. Sie drang in den Schild des Drow ein, doch Stokker kam es eher so vor, als hätte er eine dicke Matratze getroffen. Der Schlag hallte nicht, fühlte sich auch nicht scharf an, sondern irgendwie gedämpft.

Er wurde aus dem Material dieses Schilds nicht schlau. Seine Verwirrung wuchs, als er die Axt zurückziehen wollte und feststellte, dass sie festhing.

Fassungslos zögerte er.

Da traf ein Drow-Schwert seinen gestreckten Ellbogen. Stokker ließ die Waffe los und zog den verletzten Arm zurück.

Sofort stieß der Drow zu. Stokker riss den Schild hoch, und seine Gedanken überschlugen sich. Wie konnte er seine Axt zurückbekommen, die noch in diesem eigenartigen Schild feststeckte? Wohin konnte er fliehen, um sich eine andere Waffe zu besorgen? Vielleicht konnte er Brimble den Streitkolben aus der erhobenen Hand reißen.

Der Drow drang mit solcher Gewalt auf Stokker ein, dass dieser weder nach links noch nach rechts ausweichen konnte. Nach wenigen Schritten stand er mit dem Rücken zur Wand und saß endgültig fest. Er versuchte, sich zu decken, aber sein Gegner war ein zu guter Kämpfer, zu erfahren, zu gut ausgestattet.

Stokker wehrte mehrere abrupte, kräftige Stiche ab, die das Holz seines Schilds zum Splittern brachten, auch zwei schwere Überkopfschläge, die den Adamantring versehrten, der das Material des Schilds hielt. Der nächste Schlag durchtrennte den Bruchschutz und einen der Riemen, die den Schild an Stokkers Unterarm hielten. Auch sein Ärmel und die Haut waren getroffen!

Der Schild zerfiel in Stücke. Stokker warf ihn nach dem Drow und warf sich selbst hinterher.

Er fühlte den brennenden Schmerz explodieren, als ihm das Schwert quer übers Gesicht gezogen wurde. Im Fallen streckte er beide Hände aus, um den Drow zu packen.

Aber Tiago war schon wieder ausgewichen. Stokker landete taumelnd und griff ins Leere.

Die nächste Explosion schlug dem Zwerg den Helm weg, spaltete ihm den Hinterkopf und trug damit zu dem Schwung seiner Bewegung bei. Er stürzte kopfüber auf den Boden und versank in der Dunkelheit.

So endete die Schlacht um Kelvins Steinhügel, und Tiago Baenre konnte sich rechtmäßig zum Sieger ausrufen.

Aber es war ein hohler Sieg, das wusste der Drow, als seine Begleiter mit der Plünderung begannen und die neuen Sklaven zusammentrieben, denn Drizzt Do'Urden war wie vom Erdboden verschluckt.

Und Jearth Xorlarrin, Waffenmeister von Q'Xorlarrin, war unwiderruflich tot.

Kapitel 23

Das sensible Gleichgewicht

Gromph Baenres Lächeln konnte die adligen Armgos, die um den Thron von Oberin Mez'Barris herumstanden, nur wenig besänftigen.

»Der Gatte von Minolin Fey beehrt uns mit seiner Gegenwart«, verkündete Hohepriesterin Taayrul ihrer Oberin. Gromph wusste, dass Taayrul diese Formulierung mit Sicherheit eingeübt und mit Mez'Barris abgesprochen hatte. Taayrul war eine feige kleine Hexe. Ohne den Segen beziehungsweise die Anweisung ihrer mächtigen Mutter würde sie nie freiwillig den Zorn von Gromph auf sich lenken.

»Auf Beschluss der Herrin Lolth persönlich«, erwiderte Gromph leichthin, als kümmere ihre Beleidigung ihn in keiner Weise. »Ich wäre ein schlechter Gefolgsmann, wenn ich einen direkten Befehl der Spinnenkönigin missachten würde – und ein Narr, wenn ich ihren Beschluss missachten würde, mein Kind zu begünstigen.«

»Kind?«, fragte Oberin Mez'Barris.

Gromphs Lächeln wurde noch breiter.

»Ihr werdet Minolin Fey also möglicherweise zur Oberin von Haus Baenre erheben«, hakte Mez'Barris nach. »Nachdem Eure Schwester Sos'Umptu jetzt in Haus Do'Urden dient, ist der Weg ja frei.«

»Dieser Weg würde über Oberinmutter Quenthel verlaufen«, erwiderte Gromph. »Womit er nicht gerade frei ist, denn kein Weg in Menzoberranzan erscheint mir steiniger.«

»Steinig, ja, aber wir kennen einen Weg.«

Gromph begegnete dem verschlagenen Blick der Oberin mit einem hämischen Schmunzeln, bei dem ihn die misstrauische Priesterin Taayrul durchdringend anstarrte. Waffenmeister Malagdorl, ein impulsiver Esel, trat auf der anderen Seite sogar einen Schritt auf Gromph zu und legte die Hand ans Schwert.

»Diese Diskussion habt Ihr bereits mit Priesterin Minolin geführt«, sagte Gromph.

»Sollen wir also so tun, als hätte es all unsere Pläne nie gegeben?«

»Das wäre durchaus klug.«

»Vielleicht sollte ich auch zu Oberinmutter Quenthel gehen und ihr von Eurer Verschwörung gegen sie erzählen«, warnte Oberin Mez'Barris.

»Ja, lasst uns unverzüglich gehen«, erwiderte Gromph gelassen, und die Adligen von Barrison Del'Armgo flüsterten verwundert miteinander. »Oder besser noch …« Der Erzmagier setzte zu einem Zauber an.

Malagdorl zog die Waffe, Taayrul begann zu beten, und Oberin Mez'Barris sprang verärgert auf. Den Audienzsaal eines rivalisierenden Hauses zu betreten und in Gegenwart der Oberin ohne deren Aufforderung zu zaubern, das war …

Gromph brach ab. Er warf Mez'Barris einen ungläubigen Blick zu. Dann blickte er zur Seite, zu Malagdorl. Sein Lächeln wich der unverhohlenen Drohung eines plötzlichen, brutalen Todes.

»Ihr braucht nicht derart auf der Hut zu sein, Oberin von Barrison Del'Armgo«, versicherte Gromph der Drow-

Frau. »Aber wenn Euer Waffenmeister noch einen Schritt macht, braucht Ihr einen neuen.«

Oberin Mez'Barris funkelte ihren ungestümen Sohn an und zischte ihm etwas zu, bis er sich wieder neben den Thron stellte und sein Schwert wegsteckte.

»Dies ist eine Zeit der Einigkeit«, erklärte Gromph. »Durch dieses Prisma könnt Ihr jeden Schritt sehen, den die Oberinmutter in letzter Zeit unternommen hat. Dann erkennt Ihr auch die Gründe für ihr Vorgehen.«

»Wird Haus Melarn dieser Einschätzung zustimmen?«

»Haus Melarn?«, fragte Gromph unschuldig.

Mez'Barris kniff die Augen zusammen. Sie hätte ihn gern zur Ordnung gerufen, aber das konnte sie nicht. Um den Affront gegenüber Haus Melarn zur Sprache zu bringen, müsste sie dem Erzmagier eingestehen, dass Haus Melarn jene Soldaten und Drider in dem verlassenen, leer stehenden Haus Do'Urden untergebracht hatte, und das war ein klarer Verstoß gegen die Befehle des Rats gewesen.

Sie würde damit sogar ihre eigene Komplizenschaft bei der Erschaffung jener Garnison andeuten, die Haus Baenre aus dem verbotenen Haus vertrieben hatte, denn natürlich waren dort auch Soldaten von Barrison Del'Armgo gewesen. Solche offenen Geheimnisse gab man nicht zu, auch wenn alle die Wahrheit kannten.

»Die Melarni steigen mit dem Abzug der Xorlarrins zum Sechsten Haus auf«, sagte Gromph. »Das wird die ehrgeizige Oberin Zhindia zufriedenstellen.«

»Sie sind mächtiger als Häuser mit höherem Rang. Und frömmer«, erinnerte ihn Mez'Barris.

»Wenn Oberin Zhindia so ergeben ist, wie Ihr behauptet – was ich nicht infrage stelle«, fügte er angesichts ihres Stirnrunzelns rasch hinzu, »dann wird sie wissen, dass die Spinnenkönigin zum gegenwärtigen Zeitpunkt keine

Kriege zwischen den Häusern dulden kann. Sollte sie sich gegen Fey-Branche stellen, so wird sie erkennen, dass die Häuser Mizzrym und Faen Tlabbar mit ihrem Feind verbündet sind.«

Die Oberin war noch tiefer verstimmt, denn sie rechnete bereits mit Gromphs nächster Bemerkung.

»Und sie alle sind mit Haus Baenre verbündet«, sagte er. »Haus Melarn sähe sich mit unserer geballten Macht konfrontiert. Das würde Zhindias Familie so gründlich auslöschen, wie Oberinmutter Yvonnel in der Zeit der Unruhen einst Haus Oblodra zerstörte. Die Spinnenkönigin hätte gewiss nichts dagegen.«

»Seid Ihr gekommen, um zu drohen?«

»Ganz im Gegenteil«, sagte Gromph geschmeidig und verneigte sich dabei. Als er wieder hochkam, erhob er den Arm in derselben Pose wie bei seinem letzten Versuch. So hielt er inne und ersuchte Oberin Mez'Barris mit einem Blick um ihre Erlaubnis.

Malagdorl war schon wieder auf dem Sprung. Er machte ein finsteres Gesicht. Am liebsten hätte Gromph ihn einfach verschwinden lassen. Ausradiert. Der Erzmagier rief sich zur Ordnung. Er war als Botschafter gekommen und musste sich damit begnügen, den unverschämten Waffenmeister nur in seiner Fantasie einzuäschern.

Oberin Mez'Barris hob die Hand, um Malagdorl Einhalt zu gebieten. Dann ließ sie Gromph fortfahren.

Der Erzmagier begann leise zu murmeln. Leuchtende schwarze Energie umspielte seine Finger, und damit malte er vor ihnen eine Tür, deren schwarze Umrisse so gut erkennbar waren, als ob er auf eine Leinwand malte.

Nachdem sie fertig waren, sprühte aus dem ganzen schimmernden Rechteck eine Schwärze, die wie ein bewegter Vorhang aussah, wie ein schwarzes Portal.

Mez'Barris und ihre Kinder und alle Armgo-Wachen standen bereit. Viele sahen sich nervös um, als ob sie erwarteten, dass dieses Portal direkt in den Abgrund führte. Würde gleich eine brüllende Horde Dämonen in den Audienzsaal stürmen?

Doch es war keine Horde, nur eine einzelne Gestalt, und die war kein Dämon, sondern eine Drow: die Oberinmutter von Menzoberranzan.

Der aufmerksame Gromph registrierte sofort, dass der Auftritt von Oberinmutter Quenthel für die Adligen des Zweiten Hauses noch schockierender war als eine ganze Horde Dämonen.

»Oberin Mez'Barris, heißt Ihr mich heute in Eurem Haus willkommen?«, fragte die Oberinmutter.

Die Oberin von Barrison Del'Armgo starrte ihre Erzrivalin an. Sie wusste nicht, was sie von der ganzen Sache zu halten hatte, und schluckte, als ihr Blick zu dem immer noch offenen, schimmernden Portal wanderte. Ihr Gesichtsausdruck verriet ihre wahre Furcht. Würde auf Geheiß der Oberinmutter gleich eine ganze Baenre-Armee herausströmen?

»Selbstverständlich, Oberinmutter, wenn Ihr im Namen der Spinnenkönigin kommt«, gab sie die angemessene Antwort.

»Ich bin die Oberinmutter von Menzoberranzan«, erwiderte Quenthel herrisch. »Wohin ich gehe, geht auch die Spinnenkönigin.«

»Ja … Oberinmutter«, stammelte Mez'Barris etwas überrascht und schlug klugerweise die Augen nieder.

Quenthels Machtdemonstration hatte genau den richtigen Ton getroffen. Gromph verkniff sich erfolgreich das Grinsen.

»Hier gibt es keine Drohung, Oberin von Barrison

Del'Armgo«, fuhr die Oberinmutter fort. »Ich bin aus Solidarität gekommen. Und als Partnerin. Unser Blick geht jetzt nach außen – die Spinnenkönigin duldet keine Intrigen unter ihren Oberinnen. Nicht jetzt. Ihr steht unter dem Schutz von Haus Baenre.«

Diese Bemerkung barg so viel Zündstoff, dass Gromph den Atem anhielt. Er sah, wie die Mienen von Mez'Barris und ihren beiden Kindern sich augenblicklich wieder verhärteten.

»Wir brauchen den Schutz von Baenre nicht«, entgegnete die stolze Mez'Barris prompt.

Aber Quenthel ließ sich davon nicht schrecken. »Und Haus Baenre steht unter Eurem Schutz«, sagte sie. Damit nahm sie der Rivalin den Wind aus den Segeln.

Oberin Mez'Barris brachte einen Moment lang tatsächlich kein Wort über die Lippen.

Jetzt lächelte Gromph doch noch. Fast hätte er gekichert. Quenthel spielte mit ihr. Sie hatte Mez'Barris bei ihrem Stolz gepackt und diesen mit zwei einfachen Sätzen an ihrer eigenen Demut zerschellen lassen!

»Wir ziehen in den Krieg, Oberin Mez'Barris«, teilte die Oberinmutter ihr mit und richtete sich hoch auf, um ihrer Ankündigung mehr Gewicht zu verleihen. »Tsabrak Xorlarrin bereitet das Schlachtfeld vor, und Haus Do'Urden wird den Marsch von Menzoberranzan und Q'Xorlarrin anführen.«

»Diesen Weg hat bereits Eure Mutter beschritten«, warnte Oberin Mez'Barris.

»Dessen bin ich mir schmerzlich bewusst«, erwiderte die Oberinmutter, was ein ganz persönlicher Hinweis darauf war, dass sie – Quenthel – bei jenem Abenteuer umgekommen war.

»Eure Mutter hat die größte Armee geschickt, die Menzoberranzan in jüngster Zeit gesehen hat. Keiner von uns kam unbeschadet davon.«

»Ein Fehler, der sich nicht wiederholen wird«, versicherte Quenthel. »Diesmal ist unsere Streitmacht bescheidener, denn für die anstehende Schlacht brauchen wir keine große Drow-Armee.«

Mez'Barris und die anderen musterten sie fragend. »Welches Ziel …?«, setzte Mez'Barris an.

»Es steht bereits eine große Armee bereit, die nur auf unsere Führung wartet«, erklärte die Oberinmutter. »Ein Ork-Reich, das sich fest eingenistet hat und über die Bewohner der Städte und Zitadellen in der Region mit dem Namen Silbermarken herfallen wird. Wehe den Zwergen in den Minen, die uns vor hundert Jahren vertrieben haben. Und wehe ihren Freunden in den nahen Zitadellen! Wehe den *Darthiir*, den Elfen im Mondwald, und wehe den großen Städten Sundabar und Silbrigmond!«

»Große Worte.«

»Zehntausende, vielleicht Hunderttausende«, sagte Quenthel. »Eine Armee, die nur für diesen Tag geschaffen wurde. Eine Armee, die nur darauf wartet, dass wir sie in Bewegung setzen.«

»Wir werden also marschieren«, sagte Mez'Barris. »Eine Zusammenstellung aus allen Häusern oder Haus Do'Urden allein?«

»Haus Do'Urden ist aus dem Biss der Spinnenkönigin entstanden«, erklärte die Oberinmutter. »Für unsere Herrin Lolth ist das ein persönlicher Akt, der eine andere Göttin mitten ins Herz trifft. Alle Häuser werden Abgesandte schicken. Ich gehe davon aus, dass wir stolze Barrison Del'Armgos in unseren Reihen sehen. Die Auswahl überlasse ich selbstverständlich allein Euch, doch ich will Euch offen mitteilen, dass Haus Baenre gut vertreten sein wird.«

»Durch Sos'Umptu, die diese Streitmacht anführen wird«, folgerte Mez'Barris.

Aber Quenthel schüttelte den Kopf. »Sos'Umptu wird nicht mitgehen«, erklärte sie mit fester Stimme. »Sie leitet Haus Do'Urden nur vorübergehend, solange Bregan D'aerthe mit der Rückeroberung beschäftigt ist. Wir werden passende Anführer für die Truppe bestimmen, die wir losschicken, darunter …« Sie hielt lächelnd inne.

Gromph genoss ihren Auftritt und bemerkte, dass Mez'Barris sich unwillkürlich nach vorn lehnte.

»Die Orks werden über die Bewohner der Silbermarken herfallen, und angeführt werden sie …«

Wieder legte sie eine ausgiebige Kunstpause ein. Inzwischen zeigten sich auch die beiden Kinder von Mez'Barris überaus gespannt.

»Vom Sohn von Barrison Del'Armgo«, endete die Oberinmutter.

»Malagdorl?«, fragte Oberin Mez'Barris ungläubig.

»Tos'un Armgo«, stellte Quenthel klar. »Mit dem Schwert von Dantrag Baenre und im Namen von Daermon N'a'shezbaernon, Haus Do'Urden. Im Gefolge der Orks werden wir in den Silbermarken in Blut waten. Wir werden ihnen unsere Niederlage vor hundert Jahren heimzahlen, und wir werden den Namen des Abtrünnigen, Drizzt, ruinieren – zum Ruhm von Lolth!«

»Drizzt?«, wiederholte Oberin Mez'Barris verwundert. »Drizzt Do'Urden ist mir egal!«

»Der Spinnenkönigin aber nicht. Also sollte er auch Euch wichtig sein«, entgegnete die Oberinmutter. »Geht und betet. Bittet um Führung, Ihr und Taayrul und alle Priesterinnen Eures Hauses. Ihr werdet sehen. Wir werden gerufen – daran besteht kein Zweifel.«

Mez'Barris und ihre Tochter wechselten einen besorgten

Blick, aber Quenthel hatte sie in der Falle. Gromph nickte nachdenklich. Im Stillen gratulierte er seiner Schwester, die seiner Mutter tatsächlich immer ähnlicher wurde.

»Jetzt herrscht keine Zwietracht zwischen uns«, sagte Oberinmutter. Ihr abschließender Ton duldete keinen Widerspruch. »Das wäre der falsche Zeitpunkt.«

»Damit hat Haus Baenre zwei Sitze im Rat!«, erinnerte Mez'Barris, in deren roten Augen Ärger aufblitzte.

»Nein«, sagte die Oberinmutter. »Sos'Umptu bleibt nicht Oberin von Haus Do'Urden.«

»Wer dann?«

»Wir werden es erfahren«, antwortete die Oberinmutter lediglich.

»Dennoch bleibt Haus Do'Urden ein Produkt der Oberinmutter und untersteht damit ihrem Zugriff«, sagte Mez'Barris.

»Wenn der Sohn von Barrison Del'Armgo sich bewährt, kann vielleicht auch Oberin Mez'Barris sich mit dem neu konstituierten Haus Do'Urden verbünden – sofern Oberin Mez'Barris klug genug ist, die Ziele der Lolth angemessen zu unterstützen. Vielleicht gewinnen wir damit beide eine zweite Stimme im Rat.«

Mit dieser geschickten Versuchung verbeugte sich die Oberinmutter und kehrte durch Gromphs Portal zurück. Der Erzmagier verweilte noch kurz im Audienzsaal, um die Reaktionen der Armgos zu beobachten.

Ich werde weder unsere Verschwörung vergessen noch Eure Schwäche bei ihrer Durchführung, warnte ihn Mez'Barris in der stummen Zeichensprache. Sicherheitshalber sprach sie die Worte nicht aus, falls Quenthel sie auf der anderen Seite der magischen Tür noch hören konnte.

»Sucht Euch eine Zofe und besprecht die Sache mit ihr«, erwiderte Gromph. »Dann werdet Ihr die Weisheit in meiner … Schwäche erkennen und die Demut finden, mit der Ihr Euren gefährlichen Stolz zügeln könnt.«

Er verbeugte sich, trat durch die Tür, und diese schloss sich hinter ihm.

»Wir werden Luskan nicht lange halten können, wenn Ihr hier in Menzoberranzan auf einer so großen Truppe besteht«, wagte Jarlaxle gegenüber Oberinmutter Quenthel zu äußern, als sie und Gromph ihn im Anwesen Do'Urden aufsuchten.

»Beniago hat die Stadt gut im Griff«, antwortete die Oberinmutter. »Tiago ist nicht weit, und die Xorlarrins werden bei Bedarf zur Stelle sein.«

»Tiago ist auf dem Weg hierher, wie es heißt, auch wenn er es dabei wohl nicht so eilig hat«, sagte Jarlaxle lauernd, um anzudeuten, dass er über den Verbleib des tollkühnen jungen Kriegers mehr wusste als die anderen.

Was nicht zutraf.

»Und habt Ihr den Xorlarrins in Euren Plänen im Osten nicht eine Hauptrolle zugedacht?«, fuhr er fort. »Ihr werden Oberin Zeeriths Garnison doch sicher in Eure Armee eingliedern.« Jarlaxle bemerkte Gromphs verärgerte Miene. Der Erzmagier, der hinter der Oberinmutter stand, schüttelte sogar erbost den Kopf, um Jarlaxle von dieser Argumentationslinie abzubringen.

Er hatte Quenthel bloßgestellt, erkannte Jarlaxle. Solange er und Bregan D'aerthe hier im Haus Do'Urden festsaßen, war ihr wohldurchdachtes Netzwerk in Luskan zu schwach, um Angriffen seitens der konventionellen Kräfte dort zu widerstehen. Wenn die anderen Hochkapitäne auf die Idee kamen, sich Beniagos zu entledigen, würden sie Schiff Kurth angreifen – erst recht, wenn sie hoffen konnten, damit die Stadt Jarlaxles Zugriff zu entziehen.

»Ich habe nicht einmal vierhundert Soldaten«, erklärte Jarlaxle. »Insgesamt. Über hundert davon sind im Unterreich und an der Oberfläche als Späher und Gesandte unterwegs. Mehr als zwei Drittel der verbliebenen Garnison habt Ihr hier.«

Gromph hielt den Atem an, weil er offenbar erwartete, dass seine Schwester den Söldnerführer auspeitschen würde, aber Quenthel dachte lange nach. Sie schien Jarlaxles Worte ernst zu nehmen.

»Damit hat Beniago nicht einmal hundert, um in der Stadt unsere Stellung zu verteidigen. Gegen Tausende von Piraten und Lumpengesindel«, warnte Jarlaxle.

»Man sagt, ein Drow-Krieger sei so gut wie hundert Feinde«, erwiderte Quenthel.

»Man sagt vieles. Wenig davon ist wahr«, bohrte Jarlaxle weiter. »Was auch immer die Spinnenkönigin im Osten fordert – es wäre unklug, für das Ringen um ihre Gunst Luskan aufzugeben. Das ist unser Handelsweg zur Oberfläche, der Menzoberranzan schon jetzt großen Reichtum und Macht einbringt, sogar ungewöhnliche und mächtige Dinge aus dem Reich Nesseril. Und dieser Handelsweg verläuft zwar mitten durch Q'Xorlarrin, unterliegt aber der vollen Kontrolle von Haus Baenre.«

»Weder Ihr noch Beniago scheint auf diesen Familiennamen besonders versessen zu sein«, erinnerte ihn Quenthel.

»Wäre Euch das denn recht?«, fragte Jarlaxle unschuldig, obwohl er die Antwort kannte und Quenthel ihm zustimmen musste. »Über Luskan – über meine Organisation – könnt Ihr den Handel beherrschen und behaltet letztlich die Macht über Q'Xorlarrin.«

»Ihr überschätzt Eure Bedeutung für mich.«

»Oberin Shakti Hunzrin wäre anderer Meinung«, erwiderte Jarlaxle prompt. Die Oberin des Elften Hauses gehörte zwar nicht dem Konzil an, hatte aber erheblichen Einfluss in der Stadt, weil Haus Hunzrin zu den wichtigsten Wirtschaftsfaktoren von Menzoberranzan zählte. Und dies wiederum lag an einem säuberlich verzweigten Handelsnetz, das weit über Menzoberranzans Grenzen hinausging.

Oberinmutter Quenthel drehte sich nach Gromph um, der entschuldigend die Schultern hob, ehe er Jarlaxles Worte bestätigte.

»Ihr habt Euch die Unterstützung von Haus Barrison Del'Armgo gesichert«, überlegte Gromph. »Oberin Mez'Barris hängt in Eurem Netz fest. Angesichts unserer Allianz mit Haus Do'Urden wird es gegenwärtig niemand wagen, gegen dieses Haus vorzugehen, solange Barrison Del'Armgo keine Zustimmung erteilt. Und das wird Oberin Mez'Barris momentan nicht wagen.«

Das stellte Quenthel vorläufig zufrieden. Sie dachte weiter nach.

»Darf ich nach Luskan zurückkehren?«, fragte Jarlaxle nach kurzem Schweigen.

»Nein«, sagte die Oberinmutter scharf, um dann besänftigend hinzuzufügen: »Nein, aber Ihr dürft die Hälfte Eurer Soldaten aus Haus Do'Urden zu Beniago zurückschicken.«

»Dann soll ich wohl den Feldzug nach Osten anführen«, sagte Jarlaxle und seufzte ergeben, um zu zeigen, wie unangenehm ihm diese Aufgabe wäre.

»Nein«, erwiderte Quenthel schlicht.

Ihre Antwort überraschte den Söldner. Nach allem, was sie gesagt hatte, nach allem, was er ansonsten gehört hatte, kam es im Osten schließlich mehr auf Diplomatie als aufs Kämpfen an. Und wer wäre dafür besser geeignet als Jarlaxle?

»Wir schicken keine große Armee nach Osten«, teilte die Oberinmutter ihm mit. Jarlaxle war aufmerksam genug, ihr Ausweichen zu bemerken und eine persönliche Note darin auszumachen, die ihn betraf. »Wir treten dort nur beratend in Erscheinung, um die Ork-Horden zu lenken. Ich werde Yvonnels Fehler nicht wiederholen. Ob wir in den Silbermarken siegen oder verlieren – Menzoberranzan wird keinen hohen Preis bezahlen.«

»Ihr stecht in ein Wespennest«, warnte Jarlaxle.

»Sollen die Wespen stechen, wen sie wollen«, erwiderte Quenthel.

Das gab Jarlaxle zu denken. Die Vorstellung, dass Menzoberranzan einen Krieg anzettelte und sich so wenig um dessen Ausgang scherte, kam ihm falsch vor. Völlig falsch.

Er überlegte, wo er war und worum es wirklich ging. Und die ganze Zeit betrachtete er Quenthel.

Ging es in Wahrheit um Drizzt? Schließlich hatte Drizzt Quenthel einmal auf sehr schmerzhafte Weise getötet.

»Haus Do'Urden führt den Kampf im Osten an, aber Ihr bleibt genau hier. An meiner Seite und auf Abruf«, sagte Quenthel knapp.

Wegen seiner Verbindung zu Drizzt, so viel verstand Jarlaxle, sprach es aber lieber nicht aus.

Der Söldner verbeugte sich, um anzuerkennen, dass das Gespräch vorbei war.

»Der Feldzug gegen die Silbermarken wird also von Tos'un angeführt, dem Lehnsherrn von Haus Do'Urden«, sagte Gromph zu Quenthel, als sie wieder in seinem Zimmer in Haus Baenre eingetroffen waren. »Und von Tiago, Waffenmeister von Haus Baenre.«

»Sehr richtig«, erwiderte Quenthel. »Und wo ist der stolze Welpe?«

»Er kommt«, versicherte Gromph. »Schickt Ihr Sos'Umptu nach Osten?«, fragte er, um das Thema zu wechseln, weil er die unberechenbare Quenthel nicht über Tiagos Ausflug ins Eiswindtal informieren wollte.

»Das hat Mez'Barris bereits gefragt.«

»Sagt es mir selbst«, bat Gromph.

»Nein«, antwortete sie nach kurzer, gründlicher Musterung. »Priesterin Saribel geht mit.«

»Wie viele von unserem Haus werden gehen?«

»Wenige«, sagte Quenthel. »Die Stadt schickt insgesamt vielleicht einhundert Krieger, zwanzig aus Haus Barrison Del'Armgo, der Rest Waffenmeister von den niederen Häusern, die sich einen Ruf machen wollen. Die Abordnung der Priesterinnen – ebenfalls aus niederen Häusern – wird Saribel dienen, und Q'Xorlarrin stellt die nötigen Zauberer. Alle bis auf einen.«

»Mich«, folgerte der Erzmagier und achtete darauf, nicht zu begeistert zu klingen.

»Nein, Euren Handlanger«, stellte Quenthel zu seiner Überraschung und Freude klar. »Wen auch immer Ihr dazu ernennt. Eure Aufgabe ist einfach, Erzmagier: Ihr haltet den direkten Kontakt zu Tiagos Hauptquartier im Osten, egal wo er es aufschlägt. Wir führen regelmäßige Gespräche über den Fortgang des Krieges und können bei Bedarf mit einer größeren Truppe zur Stelle sein oder ihn gegebenenfalls auch zurückholen. Ich will Tiago bei diesem Unterfangen nicht verlieren!«

»Weil er Haus Do'Urden zu einem berechtigten Anspruch verhelfen wird und Euch auf diese Weise eine getreue zweite Stimme im Rat verschafft«, sagte Gromph.

»Sobald wir im Osten ruhmreich waren, wird Haus Do'Urden durch die Gunst der Lolth im Rang aufsteigen«, erklärte Quenthel.

Da verstand Gromph, dass es Quenthel im Osten um zwei Dinge ging: Tiago durfte nicht fallen. Und Tos'un Armgo sollte sterben.

Er salutierte seiner Schwester mit einer stummen Verneigung.

Kapitel 24

Der Kämpfer an deiner Seite

Zu Lebzeiten hatte Heimlichkeit nicht zu Thibbledorf Pwents wichtigsten Talenten gezählt. Ganz im Gegenteil: Der schlagkräftige Schlachtenwüter war stolz darauf gewesen, seinen Feinden rechtzeitig mitzuteilen, dass er sich in die Schlacht stürzen würde, auch wenn dann während des unvermeidlichen Sturmangriffs ein paar Pfeile oder Speere in seine Richtung flogen.

Inzwischen jedoch hatte sich dies geändert, denn als Vampir konnte Pwent in einer Weise mit den Schatten verschmelzen, die ihm erhebliche Vorteile verschaffte. Zudem kam er ganz anders vorwärts, weil er auf zwei Ebenen gleichzeitig existierte und zwei Formen annehmen konnte, körperlich oder gasförmig. Er jagte im Reich der Dunkelelfen, der Herren der Finsternis, der lautlosen Mörder, die in der ewigen Nacht des Unterreichs zu Hause waren, und er jagte sie selbst. Deshalb hatte der Vampir seine Kunst inzwischen perfektioniert, wie er meinte. Er bewegte sich ungeniert zwischen den Drow, den Goblins und den Mischwesen zwischen Drow und Spinne. Sie konnten ihn nicht finden, ja, sie spürten ihn nicht einmal – bis auf den Schauer, der ihnen über den Rücken lief, wenn er in der Nähe war, die Haare, die sich ihnen unbewusst sträubten, wenn er an ihnen vorbeikam.

Pwent hatte schon zwanzig Drow getötet und fast die

Hälfte von ihnen zu untoten Gefolgsleuten gemacht. Außerdem hatte er sich oft am Blut der Goblin-Sklaven gelabt. Ja, das hier war jetzt sein Reich, denn kein Lebender kannte die Verbindungen von Gauntlgrym besser als er. Jeder Gang, jeder Riss im Gestein, ob durch das Alter des ganzen Komplexes oder den Vulkanausbruch während der Freiheit des Urelementars – das alles kannte er nur zu genau.

Hier war er nie am falschen Platz, denn dies war sein Revier. Er sah sich gern als Statthalter von Gauntlgrym, Beschützer der Heimat der Zwerge.

Das zumindest war die eine Hälfte seiner Existenz. Die andere Hälfte, seine schwarze Seite, hasste er, denn sie konnte sich sogar gegen seinen einstigen König, Bruenor, wenden.

Diese dunkle Seite wollte er jetzt unterdrücken, nahm er sich vor, als er an einer Ecke der Kreuzung hockte. Sein König kam, das wusste er, und er kam in Begleitung von anderen, die ebenfalls Freunde von Gauntlgrym waren, auch wenn er nicht mehr wusste, wo und unter welchen Umständen er sie einst gekannt hatte – und ob überhaupt.

»Mein König«, flüsterte er leise, doch seine Worte endeten mit einem höhnischen Grinsen. Er musste sich gewaltig im Zaum halten, damit dieser Anflug von Bosheit nicht zu einem hörbaren Fauchen wurde.

Natürlich konnte Pwent nicht tief durchatmen – schließlich atmete er überhaupt nicht mehr. Aber er bemühte sich doch um eine entspanntere Haltung und gestattete seinen gasförmigen Anteilen, feste Gestalt anzunehmen. Dabei knackte er eifrig mit den Fingern und rieb leicht scheppernd die spitzen, scharfen Handschuhe aneinander.

Er wusste, wo sie waren. Hier konnte er ihnen mit seinen toten Drow gut auflauern.

»Mein König«, flüsterte er wieder, um sich daran zu erinnern, dass er gar keinen Hinterhalt plante.

Oder doch?

Er warf einen Blick nach hinten, weil er daran dachte, wie schlau es doch wäre, jetzt seine untoten Drow zu rufen. Dabei bemerkte er aus dem Augenwinkel eine Bewegung, die so nahe war, dass er wusste, er könnte getroffen werden, noch ehe er reagieren konnte.

Wie waren die Dunkelelfen so nahe herangekommen? Was war das für ein Späher?

Er drehte sich nach dem Angreifer um, gestattete sich ein hörbares Knurren und tat so, als wolle er angreifen.

Dann aber hielt er sich zurück, denn hinter ihm trat Drizzt Do'Urden aus dem Schatten.

Pwent musterte ihn sorgfältig. Es schockierte ihn, dass Drizzt sich so lautlos und unsichtbar angeschlichen hatte. Der Waldläufer hatte die Krummsäbel nicht gezogen. Beide magischen Klingen ruhten an seinen Hüften.

Sein schweifender Blick fand die Augen von Drizzt. Wieder drang ein leises Knurren über seine Lippen.

»Ich habe dich in einer Höhle zurückgelassen«, sagte Drizzt. »Als Freund. Im Vertrauen.«

»Dann bist du ein Narr«, entgegnete der Zwerg.

»Bin ich das? Der Thibbledorf Pwent, den ich einst kannte, war kein Feigling.«

Sobald die Beleidigung angekommen war, warf sich Pwent auf den Drow.

Sofort zückte Drizzt die Waffen und schien um sich zu stechen, noch ehe sie überhaupt ihre Scheiden verlassen haben konnten. Trotz seiner Wut und trotz seines Wesens fühlte Pwent die Treffer, und sie machten ihn langsamer. Dann aber fand er sein Gleichgewicht wieder und sprang brüllend vorwärts.

Allerdings landete er neben seinem Opfer, wie er überrascht feststellte. Erst nach einem Augenblick wurde ihm klar, dass er zwar gut gezielt hatte, Drizzt jedoch mühelos blitzschnell ausgewichen war.

Seine Krummsäbel trafen Pwent hart, als dieser abbremsen und wenden wollte, und sie trieben den Zwerg vor Drizzt her. Pwent stolperte, fuhr herum, wollte den Kopf senken und den Dummkopf aufspießen, aber schon stand Drizzt wieder neben ihm, schlug auf ihn ein und trieb den Zwerg erneut zur Seite.

Pwents Abwehr konnte dieser Attacke nichts entgegensetzen. Wann immer ihm ein Haken gelang, war Drizzt bereits verschwunden, und die Krummsäbel droschen aus einer anderen Richtung auf ihn ein.

Schließlich machte der Vampir einen großen Satz, fuhr herum, brüllte und landete breitbeinig auf beiden Füßen. Seine Arme schlugen nach links und rechts.

Aber Drizzt stand schon wieder weit entfernt und schwang gelassen seine Schwerter.

»Muss es so sein, alter Freund?«, fragte Drizzt.

Pwent wurde halb gasförmig und hinterließ eine Nebelspur, so schnell war sein plötzlicher Angriff. Aber Drizzt kannte diesen Trick sowohl von Pwent als auch von Schwarze Seele. Deshalb wich der Drow geschickt aus und konnte Pwent sogar noch bei der Rückkehr in seinen Körper einen weiteren Stich mit seinem Säbel verpassen. Dann sprang Drizzt wieder zur Seite.

Wütend drehte Pwent sich nach ihm um. »Du tust mir nicht weh, Elf«, grollte der Vampir. »Und du wirst irgendwann müde. Ich nicht!« Er lachte böse und kam drohend auf ihn zu.

»Ich hatte dich nie für einen Feigling gehalten«, sagte Drizzt ungerührt.

Pwent blieb stehen. »Was?«

»Ich habe dich in einer Höhle zurückgelassen, wo du

auf die Sonne warten wolltest«, erwiderte Drizzt. »Ich habe darauf vertraut, dass du – der Thibbledorf Pwent, den ich gekannt hatte – mutig genug wärst, diesem besseren Schicksal mit offenen Augen entgegenzutreten. Aber nein, du enttäuschst mich, alter Freund. Jetzt im Tod bist du längst nicht mehr der Zwerg, der du einst warst.«

»Pah, was weißt du schon?«, fauchte Pwent ihn an. »Ich habe meinen Weg gefunden. Und meinen Platz.«

»Einen Platz, der dem entspricht, der du einst warst? Dem Zwerg und seiner Position?«

»Aye.«

»Der Schutzherr von Gauntlgrym also?«, fragte Drizzt.

»Aye!«, bekräftigte Pwent mit Nachdruck. »Statthalter!«

»Und Beschützer des Grabs von König Bruenor?«

»Ja, und das weißt du auch!«

»Und deshalb greifst du mich an? Den Verbündeten deines geliebten Königs?«

»Raus hier!«, brüllte Pwent und machte noch einen Schritt vorwärts.

»Weil du Hunger hast«, sagte Drizzt und steckte seine Krummsäbel weg.

Diese Bewegung ließ Pwent erneut erstarrten. Verblüfft sah er den Drow an. »Ich gebe mir Mühe, Elf«, brachte er schließlich heraus.

»Wir wollen Entreri und die anderen da rausholen.«

»Viele Drow«, warnte der Vampirzwerg. »Aber es gibt geheime Wege.«

»Du kennst diese Wege?«

»Ja.«

»Dann hilf uns«, erwiderte Drizzt.

Pwent zitterte. Sein Gesicht zuckte und verzerrte sich, bis er die Oberlippe hochzog und die langen Reißzähne zum Vorschein kamen. »Ich … also, ich … ich kann nicht mitkommen oder in eurer Nähe sein«, sagte er flehend. »Der Duft …«

»Duft?«

Der Vampir knurrte.

»Pwent!«, mahnte Drizzt scharf.

»Euer Blut!«, erklärte Pwent. »Oh, dieser verlockende Duft!«

»Dann geh vorweg!«, schlug Drizzt vor. Er war am Verzweifeln, und seine Hände glitten wieder an die Säbel, weil er sah, dass Pwent kurz davorstand, sich erneut in den Kampf zu stürzen.

»Geh vor und markiere den Weg!«, fuhr Drizzt fort. »Mach an jeder Gabelung einen Kratzer! Führe uns zu den Drow, zu Entreri und Dahlia und den anderen!«

»Das Mädchen ist weg«, brachte Pwent mühsam heraus. »Schätze, die Drow haben sie umgebracht. An die Spinnen verfüttert …«

Drizzt fühlte den dicken Kloß in seinem Hals und konnte gerade noch wiederholen: »Führe uns«, bevor der Bereich von magischem Licht erhellt wurde.

Pwent suchte wieder Zuflucht bei seinem schnellen, halb gasförmigen Schritt, mit dem er so rasch an Drizzt vorbeifegte, dass der Drow nicht mehr reagieren konnte. Er war verloren!

Aber der Vampir blieb nicht stehen, sondern verschwand um die nächste Ecke. Gleich darauf hörte Drizzt Bruenor rufen: »Elf?«

Und dann vernahm Drizzt von der anderen Seite her ein Kratzen von Metall auf Stein und wusste, dass Pwent sie führte.

»Ich beneide dich«, sagte Artemis zu Bruder Afafrenfere, der regungslos neben ihm hing.

Trotz dieser Worte brachte der Meuchelmörder es jedoch nicht über sich, wie Afafrenfere den langen Todesschlaf anzutreten. Das hätte er inzwischen leicht bewerkstelligen können. Er könnte das Schloss knacken und die Tür so weit offen lassen, dass die Blitzmagie der Glyphe ihn verzehrte. Oder er könnte einfach ausbrechen, noch einen Drow töten, dessen Waffen übernehmen und so lange kämpfen, bis sie ihn überwältigten. Das wäre immerhin ein würdevoller Tod.

Und das nahm sich Entreri dann auch mehrmals vor.

Mehrmals hob er die Hand mit dem Metallstück, das er in der Nähe des Schlosses versteckt hatte.

Aber jedes Mal sank die Hand wieder herunter.

Irgendwo da draußen war Dahlia, und sie war darauf angewiesen, dass er sich etwas ausdachte, sagte sich Entreri. Er durfte nicht aufgeben. Noch nicht.

Aber obwohl er versuchte, sich selbst davon zu überzeugen, schob seine Hand sich doch wieder auf das Schloss zu. Was spielte es schon für eine Rolle? Dahlia redete nicht einmal mehr mit ihm. Wie sollte er sie überreden, von hier zu verschwinden, selbst wenn er das Unmögliche möglich machen und einen Fluchtweg finden würde?

Nein, dachte er. Es gab keinen Weg. Er musste also nur ausbrechen, eine Waffe auftreiben, ein paar Drow töten und Schluss! Diesmal erreichte seine Hand das Schloss, doch kaum hatte er den Metallsplitter hineingeschoben, da ließ ein unerwartetes Geräusch ihn instinktiv innehalten.

Er blickte auf die andere Seite, wo der große Drider – Yerrininae – angerannt kam. Seine acht Beine trappelten lautstark über den Steinboden; in einer Hand hielt er Schädelknacker, in der anderen seinen großen Dreizack. Auf der anderen Seite der langgestreckten Schmiede folgten ihm drei weitere Drider. Sie liefen an dem Portal zur Höhle des Urelementars vorbei, der inzwischen verzierten Mithril-Tür mit ihrem neuen Adamant-Rahmen, und auch vorbei an Entreri. Nachdem sie ein paar Worte mit einigen Drow gewechselt hatten – Schmieden und Wachen –, gab der große Drider offenbar Befehle aus.

Die Drider liefen weiter, bis sie am hintersten Seitengang den Raum nach rechts verließen, schräg von Entreri weg. Er wusste, dass dieser Tunnel hinter der Höhle des Urelementars verlief und von hier aus in die tieferen äußeren Tunnel führte. In der Schmiede huschten die Dunkelelfen herum und ließen die Goblins die Ofentüren schließen und die offenen Feuer löschen.

Es wurde dunkler und dann noch dunkler, weil die Dunkelelfen dort, wo noch heißes orangerotes Licht durch die Ritzen einer Ofentür fiel, magische Dunkelheit erzeugten.

»Dahlia?«, flüsterte Entreri, weil er sich fragte, ob sie vielleicht doch noch irgendwie entwischt war.

Da hörte er drüben auf der anderen Seite ein schlurfendes Geräusch. Er verrenkte sich den Hals, um etwas zu erkennen, aber es war zu dunkel. Ein Goblin schrie auf, und in diesem Schrei lag ein solches Entsetzen, dass der Meuchelmörder erschrak.

Dann lief der hässliche kleine Kerl ganz dicht an ihm vorbei, so nah, dass er ihn erkennen konnte – und auch den Drow, der ihn umschlang, an ihm riss und seine Zähne in ihn schlug.

Seine Zähne? Das war doch sinnlos, aber dennoch geschah es direkt vor Entreris Augen.

Dort, wo die beiden hergekommen waren, wurde es jetzt lauter. Er hörte Kampfgeräusche, Goblins, die furchtsam aufschrien, Dunkelelfen, die um Hilfe riefen und ihre Feinde verfluchten. Hatten die Goblins sich erhoben? Entreri wusste es nicht.

Dann aber folgte ein Schrei, ein Zwergenschrei, und gleich darauf der Schrei eines Dunkelelfen, der rasch verstummte.

Wieder rollte ein kämpfendes Paar an Entreri vorbei. Diesmal stießen sie gegen seinen Käfig und brachten ihn zum Schwingen. Sofort fuhr seine Hand ans Schloss. Vielleicht sollte er sich sehr schnell befreien! Als er aber die zwei Kämpfer sah, brach er sein Vorhaben verwundert ab. Es waren zwei Dunkelelfen. Die eine war unbewaffnet, der andere schlug wie verrückt auf sie ein.

Wieder und wieder fügte das scharfe Schwert der Frau tiefe Wunden zu, aber das Opfer schien sich nicht darum zu kümmern. Die Frau kratzte und biss und zerfetzte ihrem Gegner hemmungslos das Gesicht. Er schlug verzweifelt auf sie ein, hackte ihr sogar einen Arm ab, aber sie ließ nicht von ihm ab, sondern warf sich auf ihn, riss ihn zu Boden und biss ihm mitten ins Gesicht, während sie in der Dunkelheit weiterrollten.

Entreri wusste nicht, was er tun sollte und was um ihn herum vor sich ging.

Das passte alles nicht zusammen.

Auf der anderen Seite der großen Schmiede flammte plötzlich ein weißes Licht auf, das dieses Ende des Raums strahlend hell erleuchtete. Die Dunkelelfen in diesem Bereich schlugen die Hände vor die Augen und wichen zurück. Eine Frau versuchte zu zaubern, blinzelte aber bei jedem Wort, weil ihr das Licht so wehtat. Einen Moment lang konnte ihr Dunkelheitszauber die Helligkeit auslöschen, aber dann folgte die nächste Lichtexplosion.

Die Drow-Frau wich zurück, denn es folgte ein Angriff, den Artemis Entreri erkannte. Sie floh vor einem knisternden blauweißen Blitzpfeil in die Schatten zurück, wo der Pfeil sie jedoch fand und beim Aufprall gleißend hell explodierte. Die Frau wurde nach hinten geschleudert.

Dann kam ein zweiter Pfeil, mit dem Entreri bereits gerechnet hatte, sodass er ihn diesmal zum Schützen zurückverfolgte. Es war ein Drow, der an der Mithril-Tür kniete. Einen kurzen Moment fragte sich Artemis Entreri, wie um alles in der Welt dieser Drow gerade mitten unter seinen wachsamen, gefährlichen Feinden aufgetaucht war. Dann aber verwarf er die Frage, denn er kannte diesen Drow – Drizzt Do'Urden, den Jäger, und bei ihm überraschte den Meuchelmörder gar nichts mehr.

Beim nächsten Blitz konnte Entreri die Angreifer besser erkennen: Ein Zwerg, ein Halbling und ein Hüne von einem Mann schirmten eine Frau mit roten Haaren ab, die in einem anmutigen Tanz ihre Magie ausführte, dass das weiße Kleid und der schwarze Umhang bei jeder Drehung wie das geisterhafte Echo einer geradezu ätherischen Form aufwallten. Aus den bauschigen Ärmeln ihres Kleides drang leuchtend blauer Nebel, der sich um ihre Arme wand.

»Nein«, flüsterte Entreri, als alle drei die Hände hoben und kleine Dinge warfen. Waren das Steinchen? Nein, es waren Tonkugeln, die zerbarsten und noch mehr magische Lichtkugeln freisetzten, sodass es noch heller wurde. »Das kann nicht sein«, staunte Entreri.

Eine erbsengroße Flamme schoss von der Hand der Frau zur Seite, explodierte zu einem gewaltigen Feuerball, verbrannte eine Gruppe Goblins und ließ mehrere Dunkelelfen in die letzten dunklen Winkel flüchten. Sie hielten schützend die Arme über den Kopf, rollten immer wieder über den Boden und versuchten hektisch, die Flammen auszuschlagen.

Die vier Angreifer rückten entschlossen weiter vor und leiteten ihren Vormarsch mit einer Salve Blitzpfeile ein, welche die Verteidiger niedermähte, die sich gerade formierten.

Sie benutzten das Licht, wie die Dunkelelfen die Finsternis benutzten, stellte Entreri fest, denn ihre Gegner waren dadurch genauso blind wie ein Oberflächenbewohner, wenn ein Drow seinen Dunkelheitszauber wirkte.

Und offensichtlich war die kleine Gruppe nicht allein, denn weiter drüben war ein zweiter Kampf entbrannt, Drow gegen Drow, Goblin gegen Drow und ein einzelner Zwerg, der in dem ganzen Tumult wie wild um sich schlug. Er trug einen Helm mit einem langen Stachel, dazu Handschuhe und eine Rüstung voller Kanten und Stacheln. Der Zwerg triefte vor Blut, und das genoss er offenbar.

Auf der anderen Seite warfen die Steine und die Ambosse einen Ruf zurück: »Tempus!« Ein wirbelnder Kriegshammer ließ eine Dunkelelfe durch die Luft fliegen. Sie war tot, noch ehe sie auf dem Boden aufkam.

»Das kann nicht sein«, hauchte Entreri erneut, während er zusah, wie die drei Krieger ihre Gegner niedermähten.

Da erklang ein lautes Horn, melodisch und tief, harmonisch und kalt, als ertönte es direkt aus den Hallen eines Barbarengottes.

»Das kann nicht sein«, sagte Entreri zum dritten Mal. Diesmal hörte er das tiefe Brüllen einer großen Raubkatze, und er wusste, dass es wirklich so war.

Die anderen waren auf Geheiß von Drizzt hierhergekommen und mehr als bereit, ihm bei seinem Plan zu helfen, auch wenn sie einen Mann retten sollten, der den Gefährten der Halle oft zum Verhängnis geworden war, der so grausam war, dass er Regis einst einen Finger abgeschnitten hatte!

Und dennoch setzte sich Regis jetzt für Artemis Entreri ein, weil er sich seinem Freund Drizzt verpflichtet fühlte.

Bruenor entging nicht, was das zu bedeuten hatte, denn es stärkte das Band unter ihnen, das wahre Ausmaß ihrer Freundschaft. Einmal mehr wusste er, wie töricht es gewesen war, auch nur daran zu denken, seinen Eid zu brechen und in der verheißenen Nacht nicht auf Kelvins Steinhügel zu erscheinen. Er war froh, dass er jetzt hier sein durfte – für die Gefährten der Halle und für seinen alten Freund Drizzt.

Es gab jedoch noch einen anderen Grund, einen weiteren Antrieb, der dem Zwerg Kraft verlieh, und deshalb stand er jetzt zwischen Wulfgar und Regis und ließ seine schartige Axt mit großer Wucht auf Goblin-Schilde und Goblin-Schädel herabfahren, mähte sie nieder, um zu den Dunkelelfen vorzudringen, die diesen Ort für sich beanspruchten.

Das hier war Gauntlgrym, der Stammsitz der Zwerge von Delzoun. Das waren die Schmiedeplätze – die große Schmiede –, die Bruenors Volk wohlhabend, einflussreich und angesehen gemacht hatten.

Die verdammten Drow gehörten nicht hierher!

Bruenor fühlte, wie ihn der Mut der Zwergengötter erfüllte, die Weisheit von Moradin, die Kraft von Clangeddin, die Geheimnisse von Dumathoin. In seinem letzten Kampf an diesem Ort war er wie sie geworden und hatte einen Höllenschlundteufel bekämpft, der zu den stärksten Bewohnern der Neun Höllen zählte, ein Monster, das seine Fähigkeiten eigentlich weit überstieg. Aber er hatte gesiegt. Mit der Weisheit, der Kraft und den Geheimnissen hatte er diesen Gegner geschlagen, und das würde er jetzt auch tun.

Vor ihm tauchte ein Goblin auf, und er hob die Axt. Der Goblin hob den Schild.

Da strömte die Kraft von Clangeddin durch Bruenors Arme. Er zog die Axt herunter, und obwohl der Schild, der hier in diesem Raum entstanden war, ihm standhielt, erschütterte das Gewicht des Schlags den Goblin so sehr, dass er in die Knie ging.

Schon war Regis zur Stelle und stach dem Goblin von der Seite in den Kopf.

Bruenor trat den Sterbenden zur Seite und griff zwei Dunkelelfen an.

Da flog ein Hammer über ihn hinweg, ein magischer Pfeil schoss von der Seite aus los, und eine Salve magischer Energie umrundete seinen kräftigen Leib und raste auf seine Feinde zu, um ihm den Weg zu ebnen.

»Pah!«, schnaubte er enttäuscht, weil Wulfgars Hammer den einen Drow getötet hatte. Seine Begleiterin verschwand hinkend in die Gegenrichtung und rief Goblins zu sich, die ihren Rückzug decken sollten. »Pah!«, schnaubte Bruenor erneut und fegte zwei Goblins aus dem Weg. »So macht das gar keinen Spaß!« Seine Axt grub sich in die Seite eines Goblins und schleuderte ihn gegen einen zweiten.

Dieser Goblin konzentrierte sich noch auf den Zwerg und quiekte überrascht auf, als Wulfgar ihn packte, hoch über den Kopf hob und gegen die nächste Schmiede schmetterte.

»Gebt mir etwas Größeres!«, schrie Bruenor. Kaum hatte er diese Worte gesprochen, da schien sein Wunsch in Erfüllung zu gehen, denn nun betraten drei große Drider das Schlachtfeld. Mit Pwent und seinen Vampiren wollten sie offenbar nichts zu tun haben, sondern flohen aus diesem Kampf auf die Gefährten der Halle zu.

»Na also!«, strahlte Bruenor.

Als die magische Dunkelheit das Licht seiner Wurfkugel abfing, wusste Drizzt, dass man ihn entdeckt hatte. Er konnte noch einen letzten gezielten Schuss absetzen, der die Rüstung des Dunkelelfen streifte, mit dem Bruenor kämpfte, dann wandte er sich der Mitte des Schlachtfelds zu, den Drow und Goblins zwischen Pwents Gruppe und seinen vorrückenden Gefährten. Einen Pfeil nach dem anderen schoss er ab.

Dabei zielte er nicht lange, obwohl mehr als ein Goblin und sogar ein Drow den explosiven Pfeilen zum Opfer fielen. Er wollte in erster Linie Verwirrung stiften und den Feind so davon abhalten, sich zu formieren.

Irgendwo im Hintergrund des Schlachtgetöses hörte der Waldläufer das Klicken von Handarmbrüsten. Reflexartig duckte er sich gerade noch vor der Salve weg, die in seine Richtung unterwegs war.

Dennoch fühlte er erst einen Stich, dann einen zweiten und dritten, wo die Bolzen durch Ritzen in seiner Rüstung bis ins Fleisch vordrangen. Es waren keine schlimmen Verletzungen, und das Gift würde hoffentlich ebenfalls erträglich sein.

Im Stillen dankte er Regis, als seine Arme nicht schwer wurden. Der Halbling hatte jedem seinen Trank verabreicht, bevor sie den Raum betreten hatten – magische Elixiere, die das Drow-Gift neutralisierten, wie Regis glaubte. Darauf setzten sie alle ihre Hoffnung.

Drizzt kam wieder hoch und richtete sich auf. Sofort hatte er seine Krummsäbel in der Hand, um den Angriff von zwei Dunkelelfen abzuwehren. Er fühlte keinerlei Trägheit. Das Schlafgift hatte keine Wirkung auf ihn, während seine Klingen hin und her fuhren, um die vier Schwerter abzuwehren, mit denen er angegriffen wurde.

Er duckte sich schnell vor einem Wurfspeer, der zwischen seinen Gegnern auf ihn zugeflogen kam.

»Guen!«, rief er, als die Drow-Frau hinter seinen unmittelbaren Feinden den nächsten Speer hob.

Sie holte aus, konnte aber nicht mehr werfen, sondern flog mitsamt ihrem Speer zur Seite, weil sie unter den reißenden Pranken eines wütenden Panthers begraben wurde.

Drizzt blieb keine Zeit, dieses Spektakel zu bewundern, denn seine Krummsäbel teilten nach allen Seiten aus, arbeiteten vor ihm und mit schnellen Rückhandschlägen hinter ihm. Er versuchte, seine Gegner genauer einzuschätzen und herauszufinden, wer von ihnen der schwächere war. Aber diese Drow waren erfahrene Krieger, die wahrscheinlich schon viele Male Seite an Seite gekämpft hatten. Drizzt konnte sie lediglich in Schach halten.

Er brauchte Hilfe, um Abstand zu gewinnen. Sobald ihm dies klar wurde, sah er sich nach Guenhwyvar um, um sie zu sich zu rufen.

Aber dann bemerkte er die Drider, besonders einen, der auf Guenhwyvar zuhielt, und stieß lieber einen Warnschrei aus.

Die Tür flog auf und erschreckte die Drow-Frauen in dem Raum. Einmütig fuhren sie herum und setzten bereits zum Zaubern an, als sie sahen, dass es die Priesterin war, die sie ausgeschickt hatten, um zu erfahren, was los war. »Die Schmiede, Herrin!«, rief die junge Drow Berellip zu.

Berellip Xorlarrin nagte an ihrer Unterlippe und verfluchte im Stillen ihren ehrgeizigen Bruder samt dem dummen Tiago. Sie hatten zu viele Krieger für ihre Jagd abgezogen. Damit war Q'Xorlarrin verwundbar.

»Ruft die Wachen aus den Minen und alle Goblin-Arbeiter«, befahl sie. »Wo ist Yerrininae?«

»Der hat sich mit seinen Dridern in die Schlacht gestürzt«, meldete die junge Priesterin.

Berellip nickte. Sie wollte ihre Schwestern zu einem geordneten Kampftrupp formieren, damit sie den anderen zu Hilfe kommen konnten. Doch noch ehe sie etwas anordnen konnte, sah sie, dass die junge Klerikerin herumdruckste. Offenbar brachte sie die Worte kaum heraus. »Was ist?«, fragte Berellip.

»Der Abtrünnige«, sagte die junge Priesterin. »Drizzt Do'Urden. Er ist in Q'Xorlarrin.«

Berellip riss die Augen auf und holte tief Luft, so sehr erschütterte sie diese Nachricht. Ihre Schwestern waren ebenso fassungslos wie sie.

Das war ihre Chance, dachte sie dann mutig. Tiago Baenre würde noch bitter bereuen, dass er Saribel gewählt hatte.

»Holt die Wachen!«, rief sie, aber da flammte eine Nachricht in ihrem Kopf auf, und eine glucksende Stimme waberte durch ihr Gehirn.

Sie sind Euch überlegen, warnte die Stimme. Berellip sah sich verwirrt um. *Legt Euch nicht mit dem Abtrünnigen an, Tochter von Haus Xorlarrin. Er ist Euch überlegen.*

»Methil«, flüsterte sie.

»Herrin?«, fragten die junge Priesterin und eine andere Klerikerin.

Berellip blinzelte mehrmals, um sich wieder auf ihre Umgebung zu konzentrieren. Sie wollte dem Illithiden widersprechen, wusste jedoch nicht, wie sie dies anstellen sollte. Aber sie wusste, dass die Warnung von ihm stammte, und die geisterte noch durch ihre Gedanken.

»Wir gehen«, sagte Berellip zu den anderen.

»Auf in die Schlacht!«, rief eine.

»Nein!«, fuhr Berellip sie an. Sie wandte sich an die älteste und mächtigste Priesterin. »Ihr ruft alle Soldaten zurück, die Ihr finden könnt«, befahl sie. Zu den anderen sagte sie: »In die Minen. Wir alle. In die Minen und tiefer.«

»Ihr flieht vor dem Gotteslästerer?«, wagte eine Priesterin einzuwenden.

Aber gleichzeitig erklang in Berellips Kopf wieder die warnende, wässrige Stimme des Illithiden. *Sie werden den Raum einnehmen, bevor Ihr dort seid. Sie sind Euch überlegen.*

»Ist er allein?«, fragte Berellip die junge Priesterin mit stockender Stimme.

Die Frau schüttelte den Kopf. »Er ... er hat Verbündete«, stammelte sie. »Und, Herrin, die verschwundenen Drow sind dabei und kämpfen auf seiner Seite!« Sie senkte die Stimme. »Sie sind untot, Herrin, und sie werden von einem Vampirzwerg befehligt.«

Wortlos verfluchte Berellip erneut ihren Bruder und Tiago. Auch wenn ihr der Gedanke kam, dass sein Trupp vielleicht auf Drizzt gestoßen und besiegt worden war. Hatte Tiagos Kriegszug den Schurken überhaupt erst nach Q'Xorlarrin gerufen? Sie verstand es einfach nicht, und ohne weitere Informationen konnte sie sich keinen Reim darauf machen.

Unabhängig davon war Berellip jetzt ihrer Stadt verpflichtet, den Xorlarrin-Kämpfern, die noch da waren. Was würde aus ihrer Familie werden, wenn sie blieb und kämpfte und verlor, wie der Illithide angekündigt hatte? Was würde Oberin Zeerith vorfinden, wenn sie zurückkam und mit der neuen Stadt alle Träume verloren waren?

Berellip atmete tief durch. Wenn sie in den Kampf zog und verlor, würde Oberin Zeerith vermutlich direkt in die Falle laufen!

Nein, sie musste überleben. Sie musste Oberin Zeerith warnen, Menzoberranzan warnen.

»In die Minen«, befahl Berellip erneut und machte sich auf den Weg.

Wahnsinn, dachte Entreri mit einem Blick auf die vorrückenden Gefährten, denen die drei Drider entgegenliefen.

Aber selbst dieses Wort schien für das unglaubliche Chaos nicht auszureichen, das links von dem Meuchelmörder tobte, wo untote Drow gegen lebende Drow und Goblins fochten und wo dieser zügellose Zwerg – offenbar Bruenors ehemaliger Schildzwerg – im Blut seiner Feinde badete.

Und als würde dieser Angriff auf seinen Verstand noch nicht reichen, formierten sich plötzlich in der Luft, aus einer Rauchwolke, die noch von dem gedrehten Horn aufstieg, eine Reihe neuer Krieger, Barbarenkrieger, die auf den Boden sprangen und spornstreichs in die Schlacht rannten.

Hauptsache, eine Schlacht!

Jeder von ihnen war mit zwei Äxten ausgerüstet, die auf alles niedersausten, was sie erwischten, ob Goblin oder Drow, lebend oder tot. Es war ihnen gleichgültig.

Berserker, erkannte Entreri. Wahrscheinlich direkt aus Kriegersruh.

Der Meuchelmörder wusste nicht, ob er hier hängen bleiben und alles mit ansehen oder sich mit ins Getümmel werfen sollte. Er schob den Metallsplitter in das Schloss und löste problemlos den Mechanismus des Riegels. Doch als der Käfig offen war, hielt er die Tür weiter zu, denn er wusste noch immer nicht, was er tun sollte. Außerdem wollte er nicht noch einmal von Berellips Blitzglyphe erwischt werden.

Sein Bein und seine Rippen schmerzten noch von den Schlägen, die der Drider ihm verpasst hatte. Er versuchte, sein verletztes Bein zu belasten, um sicherzugehen, dass es sein Gewicht tragen konnte. Dann kam er ganz zur Ruhe und konzentrierte sich auf sein Kriegerherz, um den Schmerz notfalls ausblenden zu können.

Er beobachtete den Kampf, wartete ab und ging davon aus, dass sein Zeitpunkt schon kommen würde.

Und er kam tatsächlich sehr prompt. Denn jetzt sah er, dass Drizzt auf der anderen Seite bereits mit zwei erfahrenen Drow-Kriegern alle Hände voll zu tun hatte. Gleichzeitig näherte sich ihm ein dritter Feind mit zwei Schwertern.

»In die tiefen Tunnel!«, hörte er einen vierten Drow rufen. Der neue Kämpfer nickte, drehte aber nicht um.

Stattdessen kam er auf Entreri zu und knetete begierig die Griffe seiner Schwerter. Die Absicht in seinen roten Augen war unmissverständlich.

Entreri versetzte seinen Käfig ins Schwingen.

»Sie werden dich nicht bekommen, *Iblith*!«, sagte der Drow und eilte herbei, um ihn zu töten. Er stieß sein Schwert in den Käfig – oder wollte es, denn Entreri brachte den Käfig mit viel Geschick so stark ins Pendeln, dass das Schwert von den Metallbändern mitgerissen und abgelenkt wurde.

Im selben Moment öffnete Entreri gegenüber dem Schwert den Käfig und warf sich rückwärts in die Luft. Dabei traf ihn die Blitzglyphe, aber das war er bereits gewohnt und hatte es erwartet, sein Gegner hingegen nicht.

Als der Schock über Klinge und Heft des Drow-Schwerts in dessen Hand jagte, schrie der Dunkelelf vor Schreck und Schmerz auf und ließ die Waffe los.

Und schon kam der Käfig zurück, dessen Tür vor Blitzmagie knisterte und wie ein gieriges Maul aufklaffte.

Der Drow war jedoch zu schnell. Er wich zurück, warf sich aber zuvor noch auf den Boden, um sein Schwert aufzuheben.

Doch das Schwert war nicht da.

Und der funkende, schwingende Käfig war leer.

Auf dem Boden liegend hatte der überraschte Drow gegen Artemis Entreri keine Chance. Den ersten Stich konnte er noch abwehren, selbst beim zweiten gelang ihm das, und er wollte schon wieder aufstehen.

Wollte.

Er fühlte, wie am Schlüsselbein das Blut herausspritzte, wie der Mann ihm das zweite Schwert entwand, fühlte den Steinboden, der plötzlich so kalt war.

So kalt.

Wulfgar rang mit einer Horde Goblins, die vor Blutgier sogar übereinander kletterten, um auf ihn loszugehen.

Regis hatte nur einen Gegner vor sich, aber er hätte gern mit seinem großen Freund getauscht. Denn er hatte es mit einem Drow zu tun, einem erstklassig ausgebildeten und ausgerüsteten Dunkelelfenkrieger. Schon nach dem ersten Schlagabtausch, in dem sein Rapier einfach zur Seite gewischt wurde und sein Dolch das Schwert des Gegners gerade noch von seinem Gesicht ablenken konnte, war ihm bewusst, dass er gnadenlos unterlegen war.

Sofort griff der Drow wieder an. Regis wich eilig zurück und erwog schon einen magischen Zeitsprung, um sich erst einmal in Sicherheit zu bringen.

Dann aber hatte er eine Schlange in der Hand, die inzwischen an seinem Dolch nachgewachsen war, und als der Drow ihm nachsetzte, warf der Halbling das Tier nach ihm. Es schlängelte sich nach oben, das grausame Gesicht tauchte auf, und dem Drow wurden die Füße weggerissen, so heftig flog er nach hinten.

»Hurra!«, jubelte Regis und sprang hinzu, um ihm den Todesstoß zu versetzen, kam aber abrupt zum Stehen, weil der Drow sich herumwarf und über die Schulter nach dem Gespenst stach, das sogleich verschwand.

Der Drow rollte weiter und stand wieder auf den Beinen, noch ehe Regis den nächsten Schritt machen konnte.

»Wulfgar!«, schrie Regis und warf die zweite Schlange. Erneut wurde der Drow zurückgerissen, aber wieder stach er zu, riss sich los und kam hoch.

Und griff an. Regis schoss ihm mit der Handarmbrust ins Gesicht.

Der Drow taumelte vorwärts, Regis fiel zu Boden, und dann fegte Aegisfang über ihm durch die Luft und schleuderte den Dunkelelfen davon.

»Gut gekämpft!«, gratulierte ihm Wulfgar.

Regis nickte, als er wieder aufgestanden war. Das stimmte schon, aber er war doch dankbar, so fähige Verbündete um sich zu wissen … und so ungewöhnliche, mächtige Spielzeuge zu besitzen.

Doppelt dankbar war er für seine Verbündeten, als sich die nächsten Feinde ins Getümmel stürzten, drei grauenvolle Geschöpfe, riesige Halb-Spinnen, denen der Halbling mit oder ohne seine Spielzeuge einfach nicht gewachsen war.

Die Drow kämpfte mit aller Inbrunst und stach mit dem Messer nach oben, aber Guenhwyvar nagelte mit den Vorderpranken ihre Arme an den Boden, während ihre Hinterläufe die Dunkelelfe zerrissen. Allein das Gewicht des Panthers zwang die Drow aus ihrer zusammengerollten Verteidigungsposition. Sie trug eine gute Rüstung, aber die Klauen fanden immer wieder Halt an den Lederriemen, konnten Einzelteile lösen und gestatteten Guens nächstem Tatzenhieb, sich tiefer ins Fleisch zu graben.

Die Drow versuchte sich loszureißen, warf sich zur Seite, und Guenhwyvar zog tatsächlich die Krallen zurück.

Der kleine Sieg der Drow war jedoch kurzlebig, denn sofort hatte sie die Tatze im Gesicht, und die Krallen drangen wie Widerhaken in sie ein.

Ein massiver Schlag traf Guenhwyvar in die Flanke und warf die Raubkatze zur Seite. Sie stemmte sich nicht dagegen, brüllte aber vor Wut und Schmerz auf und riss die Tatze los – das Gesicht der Elfe zog sie dabei mit sich. Im nächsten Moment fuhr Guenhwyvar herum, zerbrach den langen Speer, der in ihrer Seite steckte und schnellte furchtlos auf den Leib des Driders, der sich gerade eingemischt hatte.

Der Drider wich nicht aus, sondern erhob seinen halben Speer gegen die Katze.

Der Panther ließ nicht locker. Guenhwyvar trat, kratzte, biss und schnappte unablässig nach dem Gesicht des Driders, den sie immer wieder zurückzwang, bis sie endlich etwas höher klettern und ihr Gewicht besser einsetzen konnte, worauf beide als ineinander verstrickter, um sich schlagender Haufen über den Boden rollten.

Der Drider schrie um Hilfe, aber kein Goblin wagte sich in die Nähe dieser todbringenden Katze, und plötzlich schienen auch nur noch wenige Dunkelelfen vor Ort zu sein.

Der Drider schrie noch einmal, direkt in Guenhwyvars Maul. Und der Panther biss mit aller Kraft zu.

»Mach sie fertig, Mädchen!«, rief Bruenor, und Catti-brie war längst ganz auf ihren Zauber konzentriert. Sie trat zwischen Bruenor und Regis heraus, neben dem links noch Wulfgar stand, und ließ einen Feuerstrahl aus den vorgestreckten Händen direkt auf den mittleren der drei Drider los.

Ihr Opfer kreischte und versuchte, nach rechts auszuweichen, weil die Feuerwand auf der anderen Seite stärker war, aber kaum war er den prasselnden Flammen entkommen, da krachte Aegisfang gegen ihn, worauf er wie betäubt wieder in das Feuer zurückwankte.

Catti-brie wich hinter Bruenor zurück, der sie augenblicklich absicherte, und bereitete den nächsten Zauber vor.

Da kam der Drider auf der heißen Seite der Feuerwand heraus, und Bruenor stürmte ihm entgegen. Der Zwerg warf sich auf die Knie, unter dem vorstoßenden Speer der Kreatur hindurch, und schlug seine Axt gegen den harten Panzer des vordersten Spinnenbeins.

Mit seinem Schild mit dem schäumenden Bierkrug wehrte er den nächsten Speerstich ab und schlug erneut zu.

Dann sprang der Zwerg überrascht geblendet zurück, weil ein Blitz über seinen Kopf hinwegzuckte, seinen Gegner traf und ihn zurückweichen ließ.

Catti-brie hatte ihren Blitz zweigeteilt, begriff Bruenor gleich darauf, denn hinter seinem Gegner erschien nun der mittlere Drider, der noch immer nach den gierigen Flammen schlug, die seine Haut überzogen. Die Wucht des Blitzes schleuderte den abgelenkten Drider nach hinten. Seine Beine gaben nach, und er knickte noch immer brennend ein Stück weit ein.

Bruenor wollte sofort wieder loslaufen, fühlte aber Catti-bries Hand auf der Schulter und hörte, wie die Frau bereits den nächsten Zauber auslöste.

Dann fühlte er sich ganz leicht, wie schwerelos! Und Catti-brie hob ihn einfach hoch und warf ihn wie ein lebendes Geschoss nach vorn, ein schwebender Zwerg, der auf den immer noch taumelnden Drider zuflog.

Im Nu war Bruenor direkt über dem Spinnenkörper, so

nah, dass der Drider seinen Speer nicht mehr zum Einsatz bringen konnte.

Stattdessen schnappte das Ungetüm zu, schmeckte aber nur den Rand eines harten Schilds. Gleich darauf folgte der schartige Kopf von Bruenors Axt.

Jenseits der Feuerwand erhob sich das größte der drei Spinnenwesen, das in der einen Hand einen schweren Streitkolben schwang und in der anderen einen riesigen Dreizack erhob. Es ignorierte den kleinen Halbling und ging unverzüglich auf Wulfgar los, der scheinbar unbewaffnet war. Der Drider stach mit dem Dreizack zu.

Der Barbar wich aus, warf sich hin und wollte sich wegrollen, aber der Dreizack stieß zu, drang in seinen Stiefel ein und durchbohrte seinen Fuß.

Wulfgar stöhnte vor Schmerz und versuchte, sich wegzudrehen, während die Spinnenbeine sich über ihm aufbauten und das Monster mit dem Streitkolben ausholte.

Da flog Regis mit einem großen Satz heran und feuerte seine Handarmbrust ab. Diesmal hatte er keinen Giftbolzen gewählt, weil er nicht davon ausging, dass Gift einem solchen Scheusal etwas antun könnte. Stattdessen nutzte er seine ursprüngliche Erfindung, die er sich von Cadderly abgeguckt hatte: Diese Bolzen enthielten ein kleines Fläschchen Wuchtöl innerhalb einer zerbrechlichen Kapsel.

Der Bolzen selbst richtete wenig Schaden an, fiel dann jedoch in sich zusammen und zerbrach das Fläschchen. Das explodierende Wuchtöl brachte den Drider ins Wanken. Aber der Bolzen hatte nicht ganz die ersehnte Wirkung, denn der Drider war eher abgelenkt als verletzt. Die Explosion war nicht in die richtige Richtung erfolgt, sondern mehr nach hinten losgegangen, sodass das rückwärtige Ende des zerbrochenen Bolzens quer durch den Raum schoss. Regis wurde nicht langsamer. Wenn er jetzt zögerte, würde dies Wulfgar teuer zu stehen kommen. Er sprang auf den Drider los, machte seinem Spitznamen Spinne alle Ehre und kletterte an dessen Bein hoch, um mit seinem Degen in den Drow-Körper zu stechen.

Dieses Mal fügte er der Kreatur echte Schmerzen zu, wie er rasch feststellte, als der Drider aufschrie, den Dreizack losließ, mit dem er Wulfgar festgenagelt hatte, und dadurch die Hände frei hatte, um Regis wegzuschlagen.

Der Halbling flog nach hinten, fing die Landung mit ein paar Überschlägen ab, um eine ernste Verletzung zu vermeiden, drehte sich um und wollte sofort wieder angreifen. Dieses Vorhaben wurde jedoch vereitelt, weil der Drider weitaus schneller war als erwartet. Noch ehe Regis wieder richtig stand, hatte sich das Ungeheuer hoch über ihm aufgebaut und die vier Vorderbeine aufbäumend erhoben, um noch mehr Kraft in den doppelhändigen Schlag mit dem Streitkolben zu legen.

Die Waffe sauste herab, und Regis wurde ohnmächtig, bevor sie ihn zermalmte.

Gnädigerweise.

Sie kamen von rechts und links gleichzeitig, jeder mit zwei Schwertern. Der Drow rechts von Drizzt stach und schlug zudem immer abwechselnd, während der links von ihm seine Schwerter eher rollte.

Drizzts Hände arbeiteten unabhängig voneinander. Links parierte er senkrecht, rechts blockierte er in anderer Form. Jedes Klirren stählte seine Entschlossenheit, denn das hier waren keine Anfänger, sondern zwei Dunkelelfen, die offenkundig schon viele Male Seite an Seite gekämpft hatten.

Hier kam Drizzt Do'Urden keinen Schritt weiter, sondern konnte lediglich die tödlichen Klingen von sich abhalten. Hilfesuchend sah er sich nach seinen Freunden um und registrierte dabei die Feuerwand und die monströsen Drider. Er blickte zu Guenhwyvar, doch auch die war in einen Kampf auf Leben und Tod verstrickt. Aus ihrer Flanke ragte ein zerbrochener Speer, und der Drider setzte ihr mächtig zu.

Die Schwerter des Dunkelelfen auf Drizzts linker Seite rollten vorbei, aber aus dieser Bewegung drang ein flacher Stich hervor, und Drizzt musste Blaues Licht ruckartig abwärtsziehen, um die Attacke abzuwehren. Damit gab er sich unweigerlich rechts eine Blöße, wo auch dieser Krieger einen tiefen Stich ausführte und damit einen vergleichbaren Abwärtsschlag einforderte. Es folgte ein Doppelstich, eine Klinge oben, die andere unten.

Zu schnell.

Drizzt konnte nichts dagegen tun.

Er konnte nur noch ausweichen, doch so bedrängt, wie er war, gab es nur noch eine Möglichkeit: Er schnellte mit einem Überschlag nach hinten, obwohl er wusste, dass seine Feinde ihm nachkommen würden und seine Lage hinterher kaum besser sein würde.

Oder sogar schlimmer, wie er noch während des Sprungs feststellte, der ihn über einen dritten Krieger hinwegtrug, der hinter ihm aufgetaucht war. Er war verloren.

Drizzt landete mit weit kreisenden Schwertern, um die sechs Waffen abzuwehren, die gleich auf ihn einschlagen würden.

Aber der Angriff blieb aus, denn er war nicht über einen Drow geflogen, sondern über einen Menschen mit zwei Drow-Schwertern, der diese so gekonnt führte wie jeder Waffenmeister aus Melee-Magthere, so geschickt wie Drizzt selbst!

»Schnell, Dummkopf!«, schrie Artemis Entreri ihn an, während der Meuchelmörder Drizzts vorherigen Platz gegenüber den Dunkelelfen einnahm.

Drizzt sprang vor, drehte sich einmal um sich selbst, rief »Rechts!«, und in genau dem richtigen Moment fuhr Entreri nach links, um sich diesem Drow zu stellen, während Drizzt Rücken an Rücken den anderen Gegner übernahm.

Jetzt kamen zu den Paraden Gegenangriffe hinzu, weil Drizzt und Entreri gezielt austeilten. Wie Spiegelbilder fanden sie rasch ihren Rhythmus gegen die erfahrenen Drow-Krieger. Im Zweikampf, eins zu eins, hätten sich die beiden Xorlarrin-Soldaten wahrscheinlich gegen jeden dieser Gegner längere Zeit halten können. Deshalb gingen sie natürlich davon aus, dass sie als eingespielte Krieger nach wie vor siegreich sein konnten.

Sie irrten sich.

Drizzt und Entreri hatten nicht annähernd so oft gemeinsam gekämpft wie ihre Gegner, aber dafür waren sie beide gleich gut und kannten einander eine gefühlte Ewigkeit.

Drizzt griff unvermittelt an. Blaues Licht und Eisiger Tod trieben seinen Widersacher mit einem wütenden Klingenwirbel zurück. Doch Drizzt folgte ihm nicht lange, sondern trat plötzlich zurück und warf sich auf den Boden.

Entreri registrierte die Bewegung hinter sich und lauschte genau auf die abrupte Rückkehr. Als sie kam, beschäftigte er seinen Feind mit einem letzten harten Schlag, sprang hoch und trat dabei nach beiden Seiten. So ließ er Drizzt auf seine Seite durchrollen, ehe er sich noch in der Luft nach dem Krieger herumwarf, den Drizzt gerade zurückgedrängt hatte.

Dann hatten sich Drizzts Schwerter auch schon unter der Parade des überraschten Dunkelelfen hindurchgebohrt, der eben noch Entreri gegenübergestanden hatte und der Drizzts Angriff erst viel zu spät bemerkt hatte.

Drizzt riss seine blutigen Klingen zurück, zog ein Bein fest an den Körper, stieß sich wieder ab und drehte sich dabei, um den verwundeten Drow mit einem Rückhandschlag von Blaues Licht niederzustrecken.

Als er sich wieder umdrehte, sah er, dass der andere Drow vor Entreri davonrannte, der nicht die Verfolgung aufnahm. Der Dunkelelf sprang in vollem Lauf über die Toten hinweg und war bereits auf dem Weg zu dem Ausgang in der hinteren Ecke der Schmiede.

Er schaffte ungefähr die halbe Strecke, umrundete gefallene Drow und Goblins und die zerrissenen Körper der Untertanen des Vampirs. Da erhob sich wie aus dem Nichts eine breite, gedrungene Gestalt, die sich auf ihn warf und ihn schwungvoll zu Boden riss.

Thibbledorf Pwent ließ sein Opfer nicht mehr los, sondern prügelte auf den Dunkelelfen ein und schüttelte ihn, bis seine Stachelrüstung ihn in Stücke gerissen hatte.

Drizzt fuhr zur anderen Seite herum, zu der Feuerwand und den Gefährten der Halle. Bruenor und Catti-brie konnte er ebenso wenig sehen wie zwei der Drider, mit denen sie es zu tun gehabt hatten. Dieser Teil des Kampfes spielte sich hinter den Flammen ab. Doch er sah Regis, der sich kläglich auf dem Boden zusammenkauerte, während der aufgebäumte Drider den riesigen Streitkolben – die Waffe von Ambergris, wie Drizzt erkannte! – zum tödlichen Schlag herunterzog.

»Regis!«, rief Drizzt verzweifelt.

Durch das Prasseln der Flammen, das Klirren der Schwerter, die Schreie der Verwundeten und das Fauchen von Pwents Untoten hallte ein Donnern, als Aegisfang gegen

Schädelknacker prallte. Wulfgar und Yerrininae brüllten, als ihre Waffen aufeinanderschlugen, und dieser Aufschrei und das Dröhnen waren so machtvoll, dass die Wände der Schmiede davon vibrierten.

Um den bewusstlosen Regis zu schützen, der sich nicht mehr rührte, versuchte Wulfgar, zur Seite zu springen, aber das wusste der Drider mit einem schnellen Vortreten und einem Stoß von Schädelknacker zu verhindern. Wulfgar konnte den Treffer verhindern, indem er seinen Hammer herabzog, um den Streitkolben abzulenken. Dann aber holte er erschrocken Luft. Der Stoß war eine List gewesen, und Wulfgar hatte dem Drider damit zu einem neuerlichen Angriff auf Regis verholfen. Der Streitkolben zielte genau auf den Halbling.

Da warf Wulfgar Aegisfang. Er konnte nicht weit ausholen und dem Ungeheuer daher nicht ernsthaft schaden, aber er brauchte eine Ablenkung, um den Schlag gegen Regis abzufangen. Dann sprang er vor und packte den Schaft von Schädelknacker genau über der Hand des Driders.

Die Muskeln des Barbaren schwollen an, während er gegen die Kraft des Driders ankämpfte. Jeder schwächere Mann wäre unter dieser Gewalt auf Regis gefallen.

Aber Wulfgar hielt stand, und als Yerrininae den Streitkolben zurückriss, war der Barbar bereit, drehte sich um und sprang mit voller Wucht gegen den Oberkörper des Spinnenwesens.

Jetzt rangen die beiden starken Krieger von Angesicht zu Angesicht miteinander.

Yerrininae biss mit Gewalt in Wulfgars linke Schulter. Der Barbar spürte, wie das Gift des Scheusals in seinen Körper drang.

Wieder rettete ihn Regis' Trank!

Sie kämpften weiter mit aller Macht. Der Drider hob ein Spinnenbein, und Wulfgar merkte, dass er Regis zertreten wollte. Mit großer Anstrengung riss er den Drider so heftig herum, dass beide fast in die Feuerwand geraten wären.

Yerrininae biss fester zu und beugte sich vor, um Wulfgar nach hinten zu drücken. Der Barbar bohrte die Finger seiner rechten Hand wie einen Keil in die Wange des Driders.

Wulfgar spannte seine Brust- und Schultermuskeln an, stemmte sich knurrend gegen den Biss und verhärtete seinen Körper so sehr, dass der Drider allmählich den Halt verlor.

Auf den acht Spinnenbeinen stolperten die beiden herum wie Zweibeiner, die auf einer Riesenspinne miteinander rangen. Immer wieder ging es hin und her; sie stießen gegen die Wand und kamen auch Regis wiederholt gefährlich nahe.

Dann steckte Wulfgar den kleinen Finger in das Auge des Driders und drückte zu. Yerrininae musste nachgeben.

»Tempus!«, brüllte der Barbar, um aus seiner Wut neue Kraft zu schöpfen und seinen Gott anzurufen. Mit all seiner Kraft drückte er zu, bis Yerrininaes Kopf nach links auswich und der Drider ihn mit der freien Hand am Handgelenk festhielt.

Wulfgar ließ von dem Gesicht ab, riss sich los, griff Yerrininae aber sofort mit der anderen Hand mitten ins Gesicht. Der Barbar rollte die Schultern vor und stieß mit dem ganzen Körper nach unten.

Da brach die Feuerwand zusammen, und man sah die beiden toten Drider dahinter. Auf dem einen stand Bruenor, der fassungslos den Titanenkampf zwischen Wulfgar und Yerrininae beobachtete. Auch Catti-brie sah zu, ebenso Drizzt und Entreri. Keiner der vier war in der Lage, in diesen Kampf einzugreifen.

Wulfgar stieß zu und drückte mit aller Kraft. Der riesige Yerrininae hielt dagegen. Sehnen und Muskeln waren zum Zerreißen gespannt und glänzten vor Schweiß.

Der Drider stolperte zurück und wäre beinahe gefallen, trat jedoch schnell nach hinten aus und stemmte sich gegen den Druck.

Das war ein Fehler gewesen. Er hätte sich herumrollen müssen.

So jedoch war er an Ort und Stelle festgenagelt, konnte nicht mehr nachgeben und war gezwungen, Wulfgars Druck auszuhalten. Das konnte er nicht. Er knickte nach hinten ab, doch der Barbar ließ nicht locker, sondern schob die linke Hand vor und beugte Yerrininaes Kopf nach hinten.

Mit einem Ruck drückte Wulfgar erneut nach unten, dann ein weiteres Mal, als Yerrininae dagegenhielt. Ein drittes Mal, ein letztes Mal, dann konnte der Drider sich nicht mehr wehren und auch nicht weiter zurück.

Nach einem letzten Stoß des Barbaren gab Yerrininae nach. Er wich nicht zurück, er rollte nicht zur Seite. Sein Körper konnte dem Druck einfach nichts mehr entgegensetzen.

Das Knacken seiner Wirbelsäule war so laut wie zuvor der Zusammenprall von Aegisfang und Schädelknacker.

Wulfgar drückte ein letztes Mal, doch es war vorbei. Auch er war am Ende seiner Wut und seiner Kraft. Er wich zurück und wankte von dem Drider herunter, der immer noch auf seinen Spinnenbeinen stand, während der gebrochene Dunkelelfenoberkörper darauf zusammengesackt war.

Plötzlich war es unheimlich still in der Schmiede.

Kapitel 25

Der Ruf einen älteren Gottes

Die Gefährten und Entreri waren nicht die einzigen, die noch standen. Pwent war noch da, doch seine Drow-Gefolgsleute waren stark dezimiert. Einer kroch ohne Beine und mit nur einem Arm über den Boden; die anderen Glieder hatten die Drow ihm im Kampf abgeschlagen.

Auch drei der herbeigerufenen Berserker waren noch da. Der erschütternde Aufprall und das Ergebnis des Zweikampfs zwischen Wulfgar und dem Drider hatten sie stehen bleiben lassen, aber sie waren dem Ruf des Horns nur aus einem Grund gefolgt: um die Feinde desjenigen zu bekämpfen, der in das Horn geblasen hatte.

Die surreale Stille war vorüber, als die Berserker sich auf die Untoten stürzten. Als Schlachtenwüter aus tiefster Seele war Thibbledorf Pwent nur zu gern bereit, diesen Kampf aufzunehmen.

Einen Berserker nahm er in Empfang, indem er im letzten Moment den Kopf senkte, um den Trottel mit seinem Helmstachel aufzuspießen. Pwent traf, riss den Kopf hoch und breitete schon die Hände aus, um mit einem irren Lachen der Blutdusche entgegenzusehen.

Aber die Manifestationen bluteten nicht, sondern der Körper explodierte und wurde zu Staub, als Pwent ihm den Todesstoß versetzte. Der Vampir stand alleine da, verwirrt und hungrig.

Und wütend.

Er sprang zur Seite und nahm sich einen zweiten Berserker vor, während seine Untergebenen auf den dritten zustürzten. Sie zerrissen einen Körper aus Fleisch und schlugen plötzlich sinnlos auf Staub ein.

»Pwent, nicht!«, schrie Drizzt, als die vier Untoten auf die vier Gefährten auf der anderen Seite losgingen. Pwent schien es direkt auf Wulfgar abgesehen zu haben.

Und dieser war keineswegs weniger wütend. Wulfgar stand neben dem erledigten Drider. Seine breite Brust war blutüberströmt, der aufgespießte Fuß drohte nachzugeben, und bei jedem Vampirangriff auf einen von Tempus' Kriegern stöhnte er auf. Dann humpelte er vorwärts.

»Nein, Junge!«, hörte Drizzt Bruenor rufen.

»Los!«, drängte Entreri, versetzte Drizzt einen Stoß und rannte neben ihm auf Pwent zu.

Dann erklang ein lautes »Tempus!«, und Aegisfang flog Pwent aus Wulfgars Händen entgegen. Der Zwerg dematerialisierte sich gar nicht erst, sondern nahm den heftigen Schlag ungerührt entgegen, obwohl dieser ihn mehrere Schritte zurücktaumeln ließ und ihm offenbar tatsächlich wehtat.

Neben Wulfgar baute sich Catti-brie auf, die eine Hand hob und Mielikki anrief. Bei der Nennung ihres Namens erschien ein strahlend helles Licht rund um die Frau. Die Gefolgsleute des Vampirs wichen zurück und krümmten sich zusammen.

Nicht aber Pwent.

Der Vampirzwerg sah nur noch Wulfgar und schien Drizzt und Entreri, die rasch von hinten aufschlossen, gar nicht wahrzunehmen. Sie waren jedoch nicht schnell genug, denn der Vampir griff zu seinem gefährlichen Geisterschritt, der ihn samt seiner Nebelschleppe unmittelbar vor Wulfgar wieder auftauchen ließ. Er verharrte nur für einen Wimpernschlag, ehe er sich auf Wulfgar stürzte, worauf sie in einem Knäuel zu Boden gingen.

Sofort begann Pwent, um sich zu schlagen und sich zu schütteln, aber Wulfgar war genauso stark und konnte den Vampir davon abhalten, ihn mit den Stacheln und Kanten seiner Rüstung in Stücke zu reißen. Während sie herumrollten und miteinander rangen, versuchte Bruenor vergeblich einzuschreiten. Catti-brie hingegen setzte zum nächsten Zauber an.

Bei einer Drehung konnte Pwent die kräftigen Beine anziehen und Halt gewinnen, sodass er Wulfgar zurückstieß. Aber Wulfgar war genau wie früher erstaunlich beweglich für solch einen Hünen. Er drehte den Oberkörper und konnte sich ebenfalls aufrichten. Pwent wollte nach Wulfgar boxen, aber der hielt ihn an den Handgelenken fest. So rangen sie miteinander und wanden sich, bis der Zwerg plötzlich den Kopf senkte, um mit dem Stachel zuzustoßen.

Wulfgar musste danach greifen, um ihn zur Seite abzulenken, und versuchte, den Zwerg dabei von sich wegzureißen.

Aber er war nicht schnell genug, denn plötzlich schoss Pwents freie Hand vor. Der Zwerg zog seinen Stachelhandschuh so brutal über Wulfgars breite Brust, dass er damit sein Fleisch aufriss, die Rippen durchbrach und die Lunge verletzte. Wulfgar stolperte zurück und fiel hin.

»Pwent!«, schrie Bruenor, der endlich eingreifen konnte und sich auf den Zwerg warf.

Pwent sprang zur Seite und drehte sich um, wollte erneut angreifen. Dann aber hielt er inne und blieb stehen. Verwirrt sah er Bruenor an. Er zitterte.

»Mein König«, sagte er zu Tode betrübt und schlug beschämt die Augen nieder.

»Zur Seite, du Narr!«, brüllte Bruenor. »Bei Moradins Wort, zur Seite!«

Pwent sah zu ihm auf und nickte. »Mein König«, sagte er ehrfürchtig. Er schien sich wieder fest im Griff zu haben und war voller Scham und Reue.

Drizzt und Entreri kamen mit kampfbereiten Schwertern herbeigelaufen und blieben hinter Bruenor stehen, als dieser die Hand hob, um sie aufzuhalten.

»Du tust, was ich dir sage, und nichts anderes!«, herrschte der Zwergenkönig Pwent an, der gehorsam nickte.

Aber dieses Nicken verwandelte sich in eine fragende Miene, auf der sich auch ein gewisser Schmerz abzeichnete. Pwents Blick ließ alle nach rechts schauen, wo Catti-brie über dem gefallenen Wulfgar stand, ein unerwartetes Objekt hochhielt und heilige Worte rezitierte.

»Mädchen?«, fragte Bruenor, während Pwent bereits »Nein!« schrie und sich auf die Frau warf.

Auch dies schien ein ungewöhnlicher, übernatürlicher Schritt zu sein, lang und viel zu schnell, voller wirbelnder Nebelfäden.

Doch nach diesem Schritt nahm Pwent nicht wieder Gestalt an, sondern wurde völlig substanzlos, ein Nebel, vielleicht auch Staub, der dann vollständig in dem Ding verschwand, das Catti-brie vor sich hielt: Wulfgars Horn.

Beim Eindringen des Vampirzwergs erschauerte das Silberhorn und gab einen eigenartigen, tiefen Ton von sich, mit dem es den Staub der gebundenen Ahnen ausstieß. Vor Catti-brie standen plötzlich zehn Berserker, die sich verwundert umsahen, zu Staub zerfielen und dann wieder verschwunden waren.

»Was hast du getan, Mädchen?«, fragte Bruenor, der besorgt herbeilief.

Catti-brie war bereits in ihren geisterhaften blauen Nebel gehüllt. Sie warf ihm das Horn zu und beugte sich über Wulfgar, um erneut ihre Magie zu Hilfe zu holen. Aus ihren Ärmeln fluteten blaue Tentakel, die sich über den Barbaren schlängelten und den schwer verletzten Wulfgar in warme Heilmagie tauchten.

»Mädchen?«, fragte Bruenor etwas später ehrfürchtig. Neben ihm stand Drizzt, und dahinter half Entreri gerade Regis auf die Beine. Auch diese beiden sahen staunend zu.

Catti-brie blickte lächelnd auf, als Wulfgar unter ihr einfach nur »Autsch!« sagte und sich dann mit einiger Mühe auf die Ellbogen stützte.

Drizzt nahm Bruenor das Horn ab und untersuchte es gründlich. An der Seite war ein Riss zu sehen.

»Du hast es kaputt gemacht, Mädchen«, stellte Bruenor fest, als Drizzt ihn darauf hinwies.

»Es wird halten.«

»Ich hatte ihn zur Vernunft gebracht«, schimpfte Bruenor. »Wir sind noch nicht fertig!«

»Nein, aber Pwent schon«, sagte Catti-brie, die jetzt aufstand und das Horn wieder an sich nahm. Sie schlang es um die Schulter und schüttelte den Kopf, um jedweden Protest des Zwergs im Keim zu ersticken.

»Wir wollten Pwent holen, und wir haben ihn«, warf Regis ein. Er sah den Mann an, der neben ihm stand, und fügte hinzu: »Wir wollten Entreri holen, und wir haben ihn.«

Entreri sah ihn verwundert an: »Wer bist du?« Zur Antwort reckte Regis die Hand hoch, an der ein Finger fehlte. Er hatte ihn im Zuge seiner dramatischen Wiedergeburt eingebüßt und sah deshalb praktisch genauso aus wie nach der Verstümmelung, die Entreri ihm in seinem vorherigen Leben zugefügt hatte.

Verwirrt wandte sich Entreri Drizzt zu, der jedoch nur sagte: »Wundert dich wirklich noch irgendwas?«

Der Meuchelmörder zuckte mit den Schultern und warf einen Blick in die Ecke, wo die Gefolgschaft des Vampirs sich angesichts von Catti-bries machtvoller Anrufung immer noch bebend zusammenkauerte. Er nickte Drizzt zu und wollte ihnen ein Ende setzen, doch es war Regis, der ihnen vorauseilte.

»Du bist dir ganz sicher, dass das Ding hält?«, fragte Bruenor Catti-brie leise, als die drei gegangen waren.

Sie sah sich das Horn noch einmal genau an und nickte.

Bruenor seufzte.

»Es ist das Beste«, sagte sie. »Pwent kann sich nicht beherrschen – jedenfalls nicht lange. Der Fluch ist mit großer Macht verbunden und keinesfalls ein Segen. Wir sorgen dafür, dass Thibbledorf Pwent die Ruhe vergönnt ist, die ihm gebührt.«

»Ach, ich habe den dreckigen Raufbold einfach geliebt.«

»Und Moradin wird ihn beim großen Festmahl willkommen heißen«, sagte Catti-brie. Diesmal brachte sie ein Lächeln zustanden, und Bruenor nickte.

»Autsch«, stöhnte Wulfgar neben ihnen noch einmal. Mit einiger Anstrengung drehte er sich um und setzte sich mühsam auf.

Bruenor zog einen von Regis' Heiltränken aus dem Gürtel, aber Wulfgar winkte ab. »Den brauchen wir vielleicht noch«, sagte er nach wie vor etwas atemlos.

Sie überließen Regis den kriechenden Untoten. Drizzt und Entreri gingen auf die drei geduckten Kreaturen los, die sie mit ihren Klingen zerhackten, bevor diese überhaupt merkten, was über sie gekommen war.

»Sind sie es wirklich?«, fragte Entreri dabei leise.

Drizzt nickte. »Wo ist Dahlia?«, fragte er, als sie sich den aufgehängten Käfigen näherten.

Entreri schüttelte den Kopf. »Die habe ich vor über einem Tag zuletzt gesehen. Vielleicht noch länger. Hier unten ist die Zeit schwer einzuschätzen.«

»Und Effron?« Wieder schüttelte Entreri den Kopf. Er lenkte Drizzts Aufmerksamkeit auf die Überreste des verformten, geborstenen Schädels.

Aufkeuchend wandte Drizzt den Blick ab.

»Damit hat deine feine Verwandtschaft sie gemartert«, sagte Entreri. »Dieser Anblick … sein Anblick hat sie gebrochen. So wurde sie verwundbar.«

Drizzt seufzte. Was dieser schmerzliche Verlust für die labile Dahlia bedeutet hatte, konnte er sich kaum ausmalen. Sie hatte sich gerade erst mit ihrem Sohn versöhnt, hatte seine Vergebung annehmen können und sich sogar selbst verziehen. Effron hatte es Dahlia ermöglicht, sich mit ihrer eigenen dunklen Vergangenheit zu arrangieren. Er hatte ihr neue Hoffnung geschenkt.

Und nun war all dies zerstört.

»Wie lange seid ihr schon hier? Was glaubst du?«, fragte Drizzt. Er musste das Thema wechseln.

»Mehrere Tage – kein Zehntag, schätze ich. Sie haben uns in Letzthafen gefangen genommen und die Stadt in Schutt und Asche gelegt.«

Drizzt sah sich verwundert um. »So viele Dunkelelfen waren das doch gar nicht«, bemerkte er.

»Weil Tiago die anderen mitgenommen hat«, erwiderte Entreri. »Eine kleine Armee. Wahrscheinlich auf der Suche nach dir. Das scheint sein Hauptantrieb zu sein.«

Entreri kletterte an Afafrenferes Käfig hoch, knackte rasch das Schloss und sprang wieder herunter, um den Mönch dann zusammen mit dem Drow auf den Boden zu legen. Zum Glück hatte man diesen Käfig nicht mit Glyphen versehen.

»Wir sollten ihn in die Grube des Urelementars werfen«, schlug Entreri vor. »Dann können sie ihn nicht auferwecken und quälen.«

»Nein.« Der matte, keuchende Widerspruch kam von … Afafrenfere!

Zu Tode erschrocken sprang Entreri zurück. Er starrte den Mönch mit weit aufgerissenen Augen an.

»Wir dachten, du wärst tot«, rief Drizzt.

»Und zwar schon die ganze Zeit!«, fügte Entreri hinzu.

Der Mönch stützte sich etwas steif auf einen Arm und schluckte einige Male. »Das dachten die Drow zum Glück auch«, flüsterte er angestrengt.

»Wie das?«, rief Entreri.

»Er hat seinen Tod nur vorgetäuscht«, strahlte Regis, der zu ihnen lief, nachdem er den kriechenden Untoten erledigt hatte. »Überzeugend! Immerhin ist er ja ein Mönch!«

»Ein paar Mal«, bestätigte Afafrenfere. »Wann immer jemand da war.«

»Das hättest du mir ruhig sagen können«, brummte Entreri. »Tagelang habe ich neben dir gehangen.«

»Damit der Illithide es deinen Gedanken entnimmt?«

»Du hast Glück, dass wir dich nicht einfach hierlassen wollten«, knurrte Entreri.

Afafrenfere wollte aufstehen. Drizzt und Entreri waren sofort zur Stelle, merkten aber, dass er sich unmöglich auf den Beinen halten konnte, wenn sie ihn nicht stützten. Vorsichtig setzten sie ihn auf, und Drizzt rief nach Catti-brie.

»Und jetzt?«, fragte Entreri, als die inzwischen siebenköpfige Gruppe zusammen war.

»Wir sollten schleunigst von hier verschwinden«, sagte Catti-brie. Sie nickte zu Wulfgar und Afafrenfere hin, die schwach und erschöpft an der Wand lehnten. Sie würden in nächster Zeit keinesfalls kämpfen können.

Aber Drizzt hob den Streitkolben, den der größte der Drider geführt hatte. »Amber ist hier unten«, sagte er. »Und wahrscheinlich auch Dahlia.«

»Vermutlich beide tot oder auf der Flucht von den anderen mitgeschleppt«, erwiderte Entreri.

»Wie Effron? Wir sollen also verschwinden?«, vergewisserte sich Drizzt. Seine Worte waren eher eine Anklage als eine echte Frage.

»Nein«, erwiderte Entreri. »Wir beide sollten losziehen und sie suchen. Und zwar schnell.«

Drizzt sah Catti-brie an. Sie nickte.

»Nicht ohne mich, ihr zwei«, knurrte Bruenor.

»Und nicht ohne mich«, ergänzte Regis.

»Klar«, sagte Entreri sarkastisch. »Weil es ja das Beste wäre, unsere Verwundeten allein mit der Frau zurückzulassen. Damit sie den Drow allein gegenüberstehen, wenn die auf einem anderen Weg zurückkommen.«

Bruenors Schnauben hörte sich wie ein böses Knurren an.

Aber Entreri achtete nicht auf ihn. »Leise«, sagte er zu Drizzt.

»Ich bin unglaublich leise!«, protestierte Regis.

»Und schnell«, fügte Entreri hinzu, ohne ihn zu beachten. Er wandte sich Regis zu. »Dann halte leise Wache«, trug er ihm auf und machte sich auf den Weg. Zumindest versuchte er es, denn jetzt versagte das Adrenalin, und sein Knie gab nach. Sofort richtete er sich wieder auf und blieb regungslos stehen, um den Schmerz in den Griff zu bekommen.

Er wurde von der Seite angetippt, und das riss Entreri aus seiner kurzen Meditation. Neben ihm stand Regis, der ihm ein Fläschchen hinhielt.

»Heiltrank«, sagte der Halbling, und als Entreri zugriff,

gab er ihm ein zweites Fläschchen. »Gegen das Drow-Gift«, erklärte er.

Als ihn die Wärme des ersten Trunks durchflutete, ging es Entreri gleich besser, und er nickte Regis anerkennend zu, ehe er den zweiten herunterkippte. »Und los!«, sagte er zu Drizzt. »So schnell wie möglich.« Damit lief er davon.

Drizzt sah seine Freunde an. Er ließ sie nur ungern an diesem gefährlichen Ort allein zurück, nicht einen Moment, aber er wusste, dass Entreri recht hatte. Amber brauchte ihn, und mit etwas Glück auch Dahlia. Er legte Taulmaril und den Zauberköcher vor Catti-brie ab.

»Nimm du ihn«, sagte sie, aber er schüttelte nur den Kopf und lief los, um Entreri einzuholen.

Regis umrundete die Schmiede, inspizierte die Arbeitsplätze und steckte verschiedene Dinge in seinen magischen Tragebeutel.

Bruenor ging zu der Mithril-Tür und nickte. Er wusste, was sich dahinter verbarg. Sie ließ sich jedoch nicht öffnen, und er fand keinen Griff, an dem er hätte ziehen können. Als er sich mit der Schulter dagegen lehnte und drückte, hätte er ebenso gut gegen den Berg selbst anschieben können.

Auch Drizzt und Entreri waren zuerst zu dieser Tür gelaufen, dann aber am Ende der großen Schmiede in dem Gang verschwunden, in den auch ein paar der Drow gerannt waren.

Wulfgar, dem es nach Catti-bries Heilzauber schon viel besser ging, ruhte sich an der Wand sitzend aus. Aegisfang lag griffbereit neben ihm. Wenn die Drow wiederkamen, würde er gegen sie antreten. Neben ihm lag Afafrenfere auf dem Rücken und malte mit den Armen kleine Kreise in die Luft. Auch seine Hände kreisten, und die Finger öffneten und schlossen sich, während er gezielt die Muskeln wieder in Gang brachte, die tagelang passiv gewesen waren. Seine Stimme war noch relativ dünn, als er Wulfgar und Catti-brie erklärte, wie ein Mönch seinen Tod vortäuschen konnte.

Wulfgar lauschte gebannt und amüsierte sich prächtig. Schließlich beherrschte der Barbarenkrieger noch nicht einmal die Kunst des Rückzugs, geschweige denn einen vorgetäuschten Tod im Angesicht dummer Feinde!

Catti-brie hingegen hörte überhaupt nicht hin. Sie nahm ihre Umgebung kaum noch wahr.

Denn in ihrem Kopf erklang ein leiser, aber drängender Ruf, ein Flehen von etwas, das größer war als sie, ein gewaltiges Wesen, vielleicht etwas Göttliches … auch wenn dieser innere Ruf ihr zu fremd erschien, als dass er aus Mielikkis Lied stammen mochte.

Sie verstand es nicht. Unbewusst ballte sie die Hand zur Faust.

Sie lehnte an der Wand. Wulfgars Lachen riss sie aus ihren Gedanken, und sie drehte sich nach ihm um. Dann folgte sie seinem und Afafrenferes Blick zu der zentralen Schmiede in der Mitte des Raums, wo Regis gerade versuchte, einen gewaltigen Kriegshammer vom Arbeitstisch zu zerren, eine Waffe wie für einen Riesenkönig – und genau dafür war sie auch gedacht.

»Was hast du vor, Knurrbauch?«, rief Bruenor von der anderen Seite herüber.

Regis hob seinen kleinen Tragebeutel hoch, der so aussah, als könnte er gerade eben seine Hand darin verschwinden lassen. Grinsend schlang er den Beutel über den langen Griff des Hammers und strahlte noch spitzbübischer, als der Beutel immer weiterglitt und der Schaft darin verschwand, als ob die Magie ihn irgendwie verschlingen würde.

»Und wie kriegst du den Kopf des Hammers in dein Beutelchen, Magie hin, Magie her?«, fragte Bruenor, denn das schien tatsächlich unmöglich zu sein.

»Kannst mir ja helfen«, schlug Regis vor, der seinen Fehler jedoch einsah und den Griff wieder aus dem Beutel zog.

Bruenor machte nur »Pff!« und stemmte die Hände in die Hüften, aber Wulfgar richtete sich auf und ging zu dem Halbling.

Catti-brie wollte ihm noch scherzhaft nachrufen, den diebischen Halbling nicht in die Nähe von Aegisfang zu lassen, wurde aber von einem eindringlichen telepathischen Ruf davon abgehalten. Dieses Flehen galt ihr, aber die Sprache verstand sie einfach nicht.

Sie warf einen Blick auf die Mithril-Tür und blinzelte verwundert, weil dort dampfendes, blubberndes Wasser herausquoll.

»Wasser?«, flüsterte sie. Die Tür hatte sich einen Spaltbreit geöffnet. Catti-brie hob den Bogen und den Köcher auf, schlang beide über die Schulter und ging zur Tür. Diese ließ sich problemlos weit aufziehen, und dahinter kam ein niedriger Gang zum Vorschein. Catti-brie hob die Hand. Das Licht aus dem Zauber auf ihrem Ring drang durch die Dunkelheit und zeigte eine Reihe Pfützen auf dem Boden, die rasch verdampften. Doch Catti-brie war dank ihres Feuerschutzes auch vor dem heißen Dampf sicher.

»Mädchen?«, hörte sie Bruenor rufen, als sie den Tunnel betrat. »Mädchen!«, schrie er besorgt auf, doch schon war seine Stimme verklungen, denn die schwere Metalltür schlug hinter ihr wieder zu. Catti-brie drehte sich um und drückte dagegen. Die Tür rührte sich nicht. Seltsamerweise hatte sie keine Angst. Die Stimme in ihrem Kopf lockte sie weiter. So wanderte sie den Tunnel entlang und blieb nur kurz an einer Pfütze stehen, wo ein Stück schwarzes Gestein lag, das rasch abkühlte. Später fand sie noch mehr davon. Es sah aus wie Vulkangestein in einem Flussbett, aber sie konnte sich keinen Reim darauf machen.

Schließlich trat sie aus dem Tunnel heraus in eine dampfige Höhle. Direkt neben ihr stand eine ponygroße grüne Spinne, die bei ihrem Anblick zu zucken schien. Sofort wich Catti-brie zurück und ging abwehrbereit in die Knie. Ihre Hand glitt zum Bogen. Dann aber ließ sie kopfschüttelnd davon ab, weil sie dachte, ihre Augen hätten ihr in den Dampfschwaden einen Streich gespielt. Das war doch nur eine Statue.

Eine schöne Jadestatue, die ihr Lichtzauber grün zum Leuchten brachte und die mit all ihren Details lebensecht wirkte. Als sie sich jedoch nicht mehr rührte, konnte Catti-brie sich nicht mehr darauf konzentrieren. Dieser Raum schien voller Überraschungen zu stecken, und es gab die merkwürdigsten Dinge und Formen. Rechts über der Spinne prangten unglaublich dick gewebte, schimmernde Wandbehänge, die in den wabernden Dampfwolken zu leben schienen.

Catti-bries Augen wanderten nach links über den Boden zu einem schwarzen Altar mit tiefroten Adern, der aussah, als wäre der harte Stein von Blut durchzogen. Gleich dahinter kam eine Felskante, an deren Rand sich ein Haufen glühender, fiebrig dampfender Lava auftürmte. Und danach folgte die Grube, in die von oben Wasser herabprasselte, das dann dampfend von unten wieder aufstieg. Catti-brie fühlte sich wie magisch dorthin gezogen und starrte hinab.

Sie sah den wirbelnden Zyklon aus lebendem Wasser. Und in der Tiefe sah sie das feurige Auge, und sie wusste, dass dieses Auge die Quelle des Flüsterns in ihrem Kopf war.

Sie schloss die Augen und konzentrierte sich, um den Ruf genauer zu vernehmen. Vor ihrem inneren Auge sah sie genau diese Stelle, und ihr Blick wanderte am Rand entlang zu einer Brücke, einem Vorraum, einem Hebel …

Catti-brie schlug die Augen auf und schüttelte erneut den Kopf. Sie wurde aus der ganzen Sache nicht schlau.

Wieder hörte sie den Ruf des Urelementars und sah noch einmal den kleinen Raum hinter dem Torbogen. Und den Hebel.

Das Feuerwesen wollte, dass sie hinging und ihn betätigte. Sie fühlte sein Flehen, sein schweres Herz. Wie ein Panther in einem engen Käfig. Wie ein Adler mit zugeschnürten Flügeln.

Catti-brie ging an der Felskante entlang, am Altar vorbei und sah durch die Nebelschwaden eine Brücke über den Abgrund. Dann stand sie auf der Brücke und war schon fast auf der anderen Seite. Doch in dem kleinen Raum erhob sich ein Wasserschwall, der ihr plötzlich wie eine Welle entgegenflutete, ein wahrer Brecher, der sich überschlug und sie von ihrem schmalen Weg zu stoßen drohte.

Catti-brie drehte sich um, warf einen Zauber und brachte sich gerade noch mit einem magischen Sprung in Sicherheit. Das Wasser prallte gegen sie, beschleunigte ihren Rückzug und trieb sie so rasch zurück, dass sie beinahe gegen das Netz gefallen wäre, als die Woge ringsherum brach …

Sie brach, aber sie löste sich nicht auf, sondern setzte sich hinter ihr wieder zusammen und erhob sich wie ein dicker Bär mit wässrigen, ausgestreckten Armen, der jederzeit auf sie losgehen konnte.

Catti-brie fühlte die Feindseligkeit, sah die Wut, und

als das Wasser kam, hob sie die Hände, führte die Daumen zusammen und erzeugte einen Flammenfächer. Dieser einfache Zauber konnte den großen Wasserelementar natürlich kaum aufhalten, aber das Zischen und der aufsteigende Dampf verschafften Catti-brie Zeit zur Flucht. Sie rannte zum Altar, umrundete ihn und benutzte ihn als Schild. Wenn der Elementar jetzt noch einmal über sie hereinbrach und sie wegspülen wollte, konnte der Altar als kleiner Wellenbrecher und Damm dienen.

Ihre Gedanken überschlugen sich. Sie nahm Taulmaril zur Hand, schüttelte dann aber den Kopf und legte ihn auf den Boden. Blitzenergie war gegen einen Wasserelementar wahrscheinlich keine kluge Idee. Das Einzige, was ihr in ihrer Panik noch einfiel, war das entgegengesetzte Element. Sie brauchte Feuer.

Also begann sie zu zaubern. Der Elementar griff an, doch als er bei ihr war, warf sie einen Feuerball vor ihre Füße, umklammerte die Faust mit dem Schutzring und sprang durch die lodernden Flammen davon, obwohl das Wasser auf sie einprasselte und sie fast bis zu der Stelle zurückschwemmte, wo sie die Höhle betreten hatte. Instinktiv wollte sie in den Tunnel laufen, rief sich aber schnell zur Ordnung. Das wäre eine Dummheit, denn der formbare Wasserelementar konnte garantiert in den engen Gang eindringen und sie an der Tür am anderen Ende ertränken.

Der Elementar erhob sich rund um den Altar, war aber nicht mehr ganz so gewaltig. Der Feuerball hatte dem Wesen einen Teil seiner Energie geraubt und seine Substanz in harmlosen Dampf verwandelt.

Catti-brie war schon wieder mit dem nächsten Zauber beschäftigt, als das urtümliche Wassermonster nahte und wie eine riesige Meereswelle auf sie zukam. Blitzendes, funkelndes Feuer ging von ihren Händen aus, und sie stieß beide Fäuste nach den Seiten, aber nicht auf den Wasserelementar.

Vielmehr setzte sie ihren letzten Feuerzauber ein, eine weitere Feuerwand, die am Rand des Abgrunds entlang aufflackerte und den ebenen Bereich der Höhle in zwei Teile teilte. Die heiße Seite der Wand zeigte zu ihr – zur Tür, zur Wand und zu den Netzen hin.

Als der Wasserelementar nicht durchbrach, sprang Catti-brie durch die Feuerwand, um ihn zu reizen.

Sie fühlte seinen ingrimmigen Hass, als wäre sie selbst eine Kreatur der entgegengesetzten Existenzebene, ein Feuerwesen, nicht ein Mensch aus Fleisch und Blut.

Trotz der turmhohen Feuerwand warf sich das Wasserungetüm auf sie, brüllend wie eine Welle, schäumend wie die Gischt.

Sie sprang durch das Feuer zurück, mitten in das Inferno, und der Elementar war so von irrationalem Hass erfüllt, dass er ihr folgte. Die Woge riss sie um, konnte sie aber nicht wegspülen, und sie kroch weiter, mitten in die Feuerwand hinein. Der Elementar verfolgte sie weiterhin. Sein Wasser rauschte auf sie ein, kochte, brodelte, blubberte, und die Blasen platzten sprühend auf. Aber Catti-brie fühlte die Hitze des kochenden Wassers ebenso wenig wie die Flammen.

Der Dampf mischte sich mit wütendem, prasselndem Feuer, und sie stolperte weiter. Als sie kein Wasser mehr fühlte, drehte sie sich um, tauchte wieder durch die Wand ins Freie und lief am Alter vorbei.

Dort drüben wartete der Wasserelementar, jetzt deutlich kleiner, aber genauso wütend wie zuvor.

Catti-brie verhöhnte ihn und wartete, bis er wieder angriff und mit der Wut einer Sturmflut losrollte, um sie zu vernichten.

Im letzten Augenblick tauchte Catti-brie erneut durch ihre Feuerwand. Abermals drang blauer Nebel aus ihren Ärmeln, auch wenn dies im Flackern des Feuers nicht zu sehen war. Dieser Zauber war göttliche Magie und rief den Fels unter ihrer Hand an. Sie verschmolz damit und grub ihren Arm hinein, als der Wasserelementar über sie herfiel.

Sie fühlte den Zorn der anbrandenden Wellen. Das Ungeheuer brüllte ihr ins Ohr, so sehr hasste es sie, so sehr wollte es sie vernichten. Es versuchte, sie wieder auf die kalte Seite der Wand zu ziehen, aber die Frau hielt aus, denn sie hatte ihren Arm buchstäblich im Stein verankert.

Der Elementar konnte sie nicht mitreißen und wegspülen. Deshalb setzte er sich auf sie, um sie vollständig zu umschließen und im Knien zu ertränken!

Catti-brie bekam keine Luft mehr. Sie schlug mit der freien Hand nach dem Wasserwesen, aber es ließ sich nicht wegwischen. Der Druck auf ihre Nase und ihren Mund wollte nicht aufhören.

Sie konnte nicht atmen, konnte nicht zaubern. Sie hatte das Gefühl, ein Bergriese würde ihr ein nasses Kissen auf das Gesicht drücken. So sehr sie um sich schlug, sie konnte den Giganten nicht abschütteln.

Sie war verzweifelt. Gleich würde ihre Lunge explodieren!

Da endlich konnte sie sich wenigstens rühren. Sie zuckte hin und her, denn der Bergriese glich nur noch einem Oger.

Ihr Feind war kleiner geworden.

Bei dieser Erkenntnis riss Catti-brie sich augenblicklich zusammen und bewahrte das bisschen Atem, was ihr noch geblieben war. Es wurde finster am Rande ihres Gesichtsfelds, immer dunkler, als würde sich der Boden auftun und sie verschlingen.

Bei diesem verstörenden Gedanken zog die Frau im Reflex ihren verzauberten Arm zurück, brach die Verschmelzung, und da konnte der Elementar sie endlich aus den Flammen ziehen, die auf ihn einschlugen und ihn in harmloses Gas verwandelten.

Doch nein, er konnte es nicht. Der Wasserknebel war verschwunden. Selbst der Dampf verzog sich.

Catti-brie rollte durch ihre Feuerwand, blieb auf dem Rücken liegen und schnappte nach Luft. Sie fürchtete, auch der Elementar wäre auf der kühlen Seite angekommen und würde sie gleich erneut angreifen, aber er war nicht da.

Er war fort. Vernichtet. Zu Dampf zerstoben und verflogen.

Da kehrte die Stimme in ihrem Kopf zurück, jubelte ihr zu, und jetzt verstand sie alles. Sie wusste, das war der Urelementar.

Er sprach in der Sprache der Feuerebene, die Catti-brie verstand, obwohl sie diese Sprache nicht beherrschen dürfte.

In ihrem Kopf stiegen Bilder auf – eine Erklärung des Urelementars? Sie sah ein menschenähnliches Wesen aus Magma aus der Grube springen und durch den Tunnel laufen. Dieser Magmaelementar hatte die Tür geöffnet, doch der Wasserelementar war ihm gefolgt, hatte ihn im Gang zerschmettert und ihm dort drüben am Altar, wo noch die dampfenden Reste lagen, den Garaus gemacht.

Der Urelementar hatte ihr die Tür geöffnet, um sie einzulassen. Damit sie den Hebel betätigte und ihn befreite. Sie fühlte sein Toben, und als sie sich umsah, wurde ihr klar, dass sein Zorn auf einer Schändung beruhte. Hier ging es nicht um die Zwerge, die diesen Ort erbaut hatten, auch nicht um die Zauberer, die den Vulkan mit der Macht der Wasserelementare gezähmt hatten. Diese Empörung war neu. Sie wurzelte in seinem Stolz und schwelte, seit die Drow es gewagt hatten, an diesem Ort eine Kapelle für die dämonische Spinnenkönigin zu errichten.

Catti-brie kam langsam hoch, schüttelte den Kopf und wehrte sich schweigend gegen das Flehen des Urelementars. Wie war das möglich? Wieso verstand sie die Sprache jener fremden Existenzebene?

Ihr Blick glitt zu dem Rubinring an ihrer magisch leuchtenden Hand. Sie hatte ihn nur für einen Feuerschutzring gehalten, einen relativ gewöhnlichen Gegenstand. Jetzt wusste sie es besser. Die Macht dieses Rings ging weit darüber hinaus, war viel älter und viele Male mächtiger. Es war eine Magie, die erst von jemandem entfesselt werden konnte, der ihrer würdig war. Und das hatte Catti-brie bewiesen, indem sie einen Elementar von der entgegengesetzten Ebene zerstört hatte – den Wasserelementar.

Nachdem seine Magie jetzt voll aktiviert war, verband der Ring Catti-brie mit der Ebene des Feuers, und dank dieser magischen Verbindung konnte sie den Ruf des Urelementars verstehen.

Und über diesen Ring konnte sie antworten.

Da fiel ihre Feuerwand in sich zusammen, weil die Magie erlosch. Einige kleinere Flammen brannten noch, weil sie im Netz Nahrung fanden. Eine Lage um die andere löste sich unter den funkenden Flämmchen auf, die daran hochzüngelten.

Eine Bewegung ließ Catti-brie nach rechts sehen. Wo sich die Jadespinne zu ihr drehte.

Eine Bewegung links zeigte eine zweite Spinne, die sich ihr in ähnlicher Weise zuwandte.

»Sie gehören mir«, erklang eine Stimme direkt über ihr. Als Catti-brie aufblickte, sah sie eine letzte Lage Spinnweben wegbrennen. Dort tauchte eine Frau auf, eine Elfe, die mit ausgestreckten Armen dort hing. Ihr rabenschwarzes Haar wies rote Strähnen auf, die an den Altarstein erinnerten und an ihrem Kopf entlang geflochten waren. Ihr Gesicht zeigte eine Vielzahl blauer Punkte. Als sie lächelte und Catti-bries Namen flüsterte, schienen diese Punkte sich zu einem Bild zu verschieben.

Einer Spinne.

Die Fremde zog die Arme nach vorn, und die Stange, an der sie hing, teilte sich über ihrem Rücken in zwei Hälften. Sie sprang auf den Boden, landete anmutig und hielt in jeder Hand einen halben Stab. Mit einem Ruck in beiden Handgelenken teilte sie diese Stäbe wieder in zwei Stangen, die durch eine Schnur verbunden waren, zwei Flegel, die die Frau zum Kreisen brachte.

»Catti-brie«, sagte sie und lachte grausam.

Sie sah sich nach rechts und links um und rief die Jadespinnen.

»Kommt, meine Süßen.«

Und sie kamen.

Und Catti-brie, deren Magie nahezu vollständig verbraucht war, stand mit dem Rücken zur Grube des Urelementars.

Kapitel 26

Im Namen der Göttin

Drizzt und Entreri eilten abschnittsweise den Tunnel entlang. Erst rannte der eine zur nächsten Position an einer Biegung oder Ecke, dann winkte er den anderen vorbei, um wieder ein Stück weiterzukommen. Sie passierten die Rückseite des Lavatunnels zur Höhle des Urelementars und stellten bald fest, dass dieser Teil von den Drow mit einer Eisenwand verschlossen worden war. Sie hatten dafür eine neue Steinmetztechnik eingesetzt. Drizzt blieb stehen und erinnerte sich an die Mithril-Tür mit dem neuen Rahmen aus Adamant. Die Dunkelelfen schützten die Grube des Urelementars. Sie beanspruchten diesen Ort für sich allein.

Diesen Teil des Höhlensystems kannte Drizzt relativ gut. Er drehte sich um und spähte in den Tunnel, der auf der anderen Seite des Korridors, den er und Entreri gerade durchquerten, weiterführte. Da hinten hatte er gegen einen Drow-Zauberer und dessen Magmaungeheuer gekämpft, das diese Tunnel gegraben hatte. Diesem Zauberer hatte Drizzt den Rubinring abgenommen, den er Catti-brie neulich geschenkt hatte.

Er winkte Entreri an der Öffnung des Lavatunnels vorbei, weil er wusste, dass dies eine Sackgasse war.

Dann liefen sie weiter, immer abwechselnd und mit großem Geschick. Bald standen sie am Beginn eines breiten, abwärts führenden Tunnels mit glatten Wänden. Hier war noch vor Kurzem gearbeitet worden. Man sah sogar die Furchen von den Metallrädern der beladenen Erzkarren.

Es ging viele Längen abwärts. Jetzt rannten sie nebeneinander, denn der Tunnel war so weit und gerade, dass man sich nirgendwo verstecken konnte. Schließlich erreichten sie eine große Kreuzung. Ein Gang bog nach links ab und führte tiefer nach unten, der Hauptgang ging geradeaus im bisherigen Gefälle weiter, und ein dritter Gang führte im rechten Winkel nach rechts. Im Gegensatz zu den beiden anderen blieb dieser letzte Gang auf gleicher Höhe.

Drizzt gab Entreri ein Zeichen, diese Position zu halten. Dann bog er nach rechts ab. Hier gab es rechts und links kurze Nischen – Schürfplätze, wie Drizzt an den Spitzhacken und Schaufeln und an den leeren Fußschellen erkannte, die an die Steine gekettet waren.

»Sie haben die Gefangenen mitgenommen«, stellte Entreri fest, als er in der Haupthöhle dieses Flügels zu ihm aufschloss. Hier hingen drei Paar Fußschellen am Gestein, und daneben lag das Bergbauwerkzeug.

Drizzt eilte in vollem Tempo zurück, bog in den mittleren Tunnel ab und lief lange so weiter. Sie entdeckten weitere Seitentunnel, mehr leere Schürfplätze und fanden dann zu ihrer Erschütterung zwei erschlagene Menschen, die erst vor Kurzem hier an ihrem Arbeitsplatz getötet worden waren.

»Die Drow sind weiter unten«, folgerte Entreri. »Wir werden keine lebenden Sklaven finden.«

Drizzt wollte widersprechen, aber seine Überlegung war nachvollziehbar. Sie waren bereits weit unter dem Niveau der Schmiede, und vor ihnen fiel der Tunnel steiler ab. Bald würde er ins tiefere Unterreich übergehen.

»Wir müssen umkehren …«, begann Entreri, aber Drizzt hob die Hand.

Entreri sah ihn verwundert an.

Drizzt ging zur Wand und legte sein Ohr daran. »Der andere Gang«, flüsterte er.

Als Entreri zu der Wand kam, hörte auch er das rhythmische Geräusch eines Pickels.

Bei ihrem hastigen Rückzug hatten die Dunkelelfen offenbar doch nicht alle Sklaven mitgenommen.

Die beiden rannten zu der Wegkreuzung mit den vier Gängen zurück und wählten die verbliebene Gabelung. Hier ging es ziemlich lange ohne weitere Schürforte weiter, aber schon als sie den ersten erreichten, hörten sie das Klopfen.

Hier arbeitete eine Menschenfrau. Als sie kamen, zuckte die Frau zusammen und kauerte sich hin.

»Aus Letzthafen«, sagte Entreri, der mit raschen Bewegungen das einfache Schloss der Fußschelle öffnete. Er sah die Frau an. »Wir sind gekommen, um euch zu befreien«, sagte er und zog dabei das Eisen von ihrem Fuß. »Wo ist Dahlia?«

Die Frau reagierte verwirrt.

»Die Elfe«, erklärte Entreri mit drängender Stimme. »Sie hatte einen Metallstab. Sie war mit mir in Letzthafen. Wo ist Dahlia?«

»Da sind noch andere«, antwortete die Frau. Sie schluckte sichtlich eingeschüchtert und wies weiter den Tunnel entlang.

»Warte hier«, befahl Drizzt der Frau. Dann liefen er und Entreri weiter. Kurz darauf hinkte ein zerlumpter Mann zu der Frau herein, dann gesellte sich ein dritter Sklave dazu.

In diesem Bereich fanden Drizzt und Entreri nur wenige Arbeitsbereiche. Bald erreichten sie einen anderen breiten, steiler abfallenden Tunnel. Hier schien es keine Schürfplätze mehr zu geben, denn dieser Gang führte wie der ursprüngliche Haupttunnel weiter in die Tiefe.

Drizzt gab Entreri ein Zeichen zur Umkehr, aber der Meuchelmörder eilte dennoch weiter vor und blinzelte in die Dunkelheit. »Dahlia?«, rief er gedämpft.

Drizzt holte ihn ein und legte ihm eine Hand auf die Schulter. »Wir müssen gehen«, sagte er. »Wir können keine Drow-Armee ins tiefere Unterreich verfolgen.«

Entreri sah ihn nur an. Einen Moment lang glaubte Drizzt, er würde zuschlagen.

»Wir haben Verwundete«, mahnte Drizzt.

Entreris Schultern sackten herab. Mit einem langen, tiefen Seufzer drehte er sich um, doch in diesem Moment bemerkte er aus dem Augenwinkel eine Bewegung.

Hier unten war doch noch jemand. Aber diese Sklavin arbeitete nicht, als die zwei sich näherten, sondern saß nur trotzig auf einem Stein, das Gesicht zur Wand, den Kopf in den Händen.

Entreri löste sofort ihre Fußschelle, und als sie sich umdrehte, legte Drizzt ihr eine Hand auf die Schulter.

Überrascht riss die Zwergin die Augen auf. Sie öffnete beglückt die Arme und rief Drizzts Namen – das heißt, sie versuchte es, aber ihr Mund füllte sich sofort wieder mit jenem ekelhaften grünen Schleim, sodass sie am Ende hustend und spuckend die verfluchte Suppe über den ganzen Boden verteilte.

»Sind hier noch mehr Sklaven?«, fragte Drizzt und wies auf den absteigenden Gang.

»Dahlia?«, fragte Entreri. In seine Stimme mischte sich Verzweiflung.

Amber schüttelte nachdrücklich den Kopf und deutete erst auf ihren Arbeitsplatz, dann den Gang hinunter, ehe sie erneut den Kopf schüttelte.

Daraufhin liefen sie eilig zurück, sammelten die drei geretteten Menschen auf und machten sich dann auf den Weg zu ihren Freunden.

Bei jedem zweiten Schritt sah sich Artemis Entreri nach hinten um.

Dahlia zögerte. Ihre Bewegung verriet ihr Unbehagen. Irgendetwas war verkehrt, aus dem Gleichgewicht geraten. Irreal.

Catti-brie.

Immer wieder kreischte dieser Name in ihrem Kopf auf. Das war der Geist, der durch Drizzts Träume spukte. Das war die Frau, die Dahlias Leben mit Drizzt ruiniert hatte, die Dahlias Beziehung zu Drizzt hatte verdorren lassen, noch ehe ihre Blütezeit angebrochen war. Ohne sie …

Dahlia war bereits dicht vor dem Altarstein und damit gegenüber der Grube und von Catti-brie, die auf der anderen Seite des Blocks stand.

Dahlia schob sich nach rechts, und Catti-brie bewegte sich in ähnlicher Weise zur Seite, um den Stein zwischen ihnen zu behalten.

»Dahlia?«, fragte die Frau.

Dass diese Frau ihren Namen aussprach, machte Dahlia fassungslos, als hätte sie eine Ohrfeige bekommen.

»Du bist Dahlia, richtig?«, fragte Catti-brie. »Ich habe von dir gehört. Von Drizzt.«

Ihre Worte erreichten die Elfe kaum. Alles, was sie hörte, war ein kratzendes Geräusch, ein kreischendes Geräusch, ein unangenehmes Keckern in ihrem Hinterkopf.

Das einzige Wort, das sie klar im Kopf hatte, war dieser Name. »Catti-brie.«

Erst als die Frau reagierte, wurde Dahlia bewusst, dass sie den Namen laut ausgesprochen hatte.

Dahlias Gedanken beschworen den Hang von Kelvins Steinhügel herauf, im fernen Eiswindtal, wo Drizzt sie verschmäht hatte. Er hatte sie verraten, er hatte ihr diese … diese Erscheinung vorgezogen. Nichts hatte Dahlia je so tief verletzt wie der Schlag, den sie Drizzt dort versetzt hatte. Weil sie ihn töten wollte.

Weil sie ihn töten musste.

Er war der Ursprung all ihrer Schmerzen, all ihres Leids. Nur seinetwegen war Dahlia nach Letzthafen gekommen und von den Drow gefangen genommen worden, von ihnen gefoltert worden …

Sie spürte, wie sich die Tentakel des grauenvollen Illithiden in ihren Kopf wanden.

Aber halt, dachte sie und schüttelte den Kopf, denn der Gedankenschinder hatte ihr immerhin die Wahrheit verraten. Niemand sonst hatte das je vermocht …

»Nein, nicht Drizzt«, flüsterte sie.

Catti-brie verzog verwirrt das Gesicht. »Von Drizzt«, wiederholte sie, aber Dahlia hörte es nicht.

»Wegen dir!«, sagte Dahlia mit Nachdruck. »Wegen dir, Geist!« Sie sah, wie Catti-brie den Kopf schüttelte und sich nach dem abgelegten Bogen bückte.

Der Bogen!

Diesen Bogen kannte Dahlia gut! Sie dachte daran, wie sie an Drizzts Seite gekämpft hatte. Sie waren unschlagbar gewesen, wenn sie seine Blitzpfeile abgefangen und ihre magische Energie noch gezielter verwendet hatte.

Diesen Bogen kannte sie. Er gehörte Drizzt, und jetzt hielt ihn diese Frau – dieser Geist. Als wolle er sie verspotten, die Liebe verspotten, die Dahlia mit Drizzt erlebt hatte.

Ein leises, raubtierhaftes Knurren löste sich von ihren Lippen.

»Dahlia?«, sagte Catti-brie betont gelassen. »Ganz ruhig, Dahlia. Ich bin nicht dein Feind.«

Da erwachte der Altar vor Dahlia zum Leben, rief sie summend zum Handeln auf. Sie musste diesen Geist erledigen, diese Frau, die ihr so viel Schmerz zugefügt hatte, diese Anhängerin der bösen Mielikki.

Die Elfe registrierte ihren Gedankenstrom kaum noch, verstand aber, was der Altar vor ihr versprach und wonach er verlangte. Sie versetzte ihre Flegel in Bewegung, schlug die Stäbe aneinander, baute ihre Ladung auf und hämmerte damit wiederholt auf den Altar, dessen schwarze Energie darin pulsierte und ihrer Waffe noch mehr magische Kraft verlieh.

»Dahlia!«, rief Catti-brie ihr zu.

Dahlia merkte, dass die Frau sich vom Altar gelöst hatte und rückwärts in den Tunnel zur Schmiede auswich. Aber sie würde nicht entkommen, das wusste Dahlia. Nicht von hier!

»Vernichte sie!«, hörte Dahlia sich selbst rufen. Ihr Ruf galt der Jadespinne neben dem Tunnel, und wenn die Kriegerin sich ausreichend aus ihren Gefühlen hätte lösen können, um ihre eigenen Worte zu begreifen, wäre sie wohl überrascht gewesen. Wieso betrachtete sie die Spinne als Verbündete?

Wulfgar hob Aegisfang über die Schulter und schwang den Hammer mit aller Kraft. Mit einem Dröhnen, dessen Nachhall die Arme des Barbaren hochlief und dessen gewaltige Vibrationen seine Muskeln erzittern ließen, traf seine Waffe die Tür genau in der Mitte, ins Herz der driderartigen Darstellung der Lolth, welche die Drow-Schmiede aus schwarzem Adamant geschaffen hatten.

Und er prallte davon ab. Weder die Tür noch das Relief der Göttin zeigten auch nur den geringsten Kratzer.

»Oh, mein Mädchen!«, schrie Bruenor und drängelte sich an Wulfgar vorbei, der unter dem Gewicht seines eigenen Schlages zur Seite taumelte.

Auch Regis rannte zur Tür.

»Knack es, Knurrbauch!«, beschwor ihn Bruenor.

Regis sah sich das Portal und den neuen Torbogen gründlich an und ließ die Finger über das blanke, kühle Metall gleiten. »Was denn?«, fragte er und hob hilflos die Hände. Es gab keinerlei Hinweis auf ein Schloss oder auch nur einen Griff.

»Pah!«, schnaubte Bruenor, sprang zur Seite und riss Wulfgar Aegisfang aus den Händen. Dann lief er wieder auf die Tür zu, wo Regis schleunigst verschwand.

Bruenor bemerkte die Widmung auf dem Kopf des Kriegshammers, die eingearbeiteten Symbole seiner drei Götter.

Große Kraft, die Macht von Clangeddin. Er schlug den Kriegshammer mit einer solchen Gewalt gegen die Tür, dass die Steine der Schmiede erbebten.

»Mein Mädchen!«, schrie er und schlug noch einmal zu, mindestens mit derselben Kraft wie zuvor Wulfgar.

»Mein Mädchen!«

Er fühlte, wie sich die Macht von Clangeddin in seinen Adern aufbaute, wie sie anschwoll.

Unermüdlich hämmerte er gegen das Portal.

Aber dort zeigte sich kein Kratzer.

Fassungslos sah Catti-brie zu Dahlia hinüber, die sich auf der anderen Seite des Altars in eine unglaubliche Raserei hineinsteigerte. Sie hämmerte ihre Flegel auf den harten Stein; ihr Gesicht war wutverzerrt.

Und Dahlia schrie die Spinne an, das ponygroße Ungetüm hinter Catti-brie, und eine zweite weiter drüben und –

wie Catti-brie jetzt erst sah – Tausende faustgroßer Spinnen, die sich auf der gewebten Wand sammelten.

Catti-brie fuhr herum und legte dabei einen Pfeil an die Sehne. Sie schrie zu dem Urelementar um Hilfe, während sie spannte und schoss.

Der Hebel!, gab das uralte Ungeheuer zur Antwort.

Die Spinne kreischte schrill auf, als der Pfeil in ihr explodierte und sie einen Schritt zurückweichen ließ.

»Ich komme nicht hin! Der Weg ist von Feinden versperrt!«, schrie Catti-brie in Gedanken und laut, wenn auch in einer Sprache, die sie nicht bewusst verstand. Es waren knisternde, knackende, brutzelnde Geräusche, mit denen ihre Menschensinne wenig anfangen konnten – und Dahlias Elfensinne offenbar auch nicht, wie Catti-brie feststellte, als sie die Elfe ansah, die ungläubig ihren Trommelwirbel unterbrochen hatte.

Auf den ersten Pfeil folgte ein zweiter auf die Jadespinne, dann ein dritter und vierter. Mit einem schrillen Schmerzenslaut rannte die Spinne in den Tunnel.

Catti-brie drehte sich um und richtete den Bogen auf Dahlia, die jetzt auf dem Altar stand, wo sie locker ihre Flegel schwang.

»Ich will dich nicht töten …«, begann Catti-brie, aber da bebte und rollte der Boden. Aus der Grube des Urelementars drang lautes Gebrüll empor, und Catti-brie musste auf ein Knie gehen, während Dahlia auf die Seite des Altars sprang, die der Grube abgewandt war.

Aus der Grube stieg zischender Dampf auf, und dann sprang ein Stoß feurigen Magmas über den Rand und landete neben Dahlia und dem Altar, zwischen der Elfe und der zweiten großen Spinne.

Doch dies war nicht einfach normale flüssige Lava. Catti-brie hörte das kehlige Grollen, nahm über den Ring Kontakt auf, und der Haufen reagierte auf ihren Ruf. Er erhob sich auf zwei Beinen. Die Jadespinne neben ihm bäumte sich auf und kreischte vor Wut, doch der Magmaelementar stapfte furchtlos auf sie zu.

»Brillant«, gratulierte Dahlia unbesorgt. Wieder versetzte sie ihren Flegel in Schwingung und kam jetzt langsam auf die Frau mit dem Bogen zu.

»Drizzt ist bei mir«, sagte Catti-brie. »Er ist hier, in Gauntlgrym ...«

»Q'Xorlarrin«, stellte Dahlia richtig, ohne stehen zu bleiben.

»Du musst das nicht tun«, flehte Catti-brie sie an. Sie blickte an Dahlia vorbei und sah, wie die Jadespinne sich in die Luft erhob, mit ihren acht Beinen nach dem Elementar schlug und trat und mit ihrem Beißapparat nach den Lavabrocken schnappte.

»Dahlia! Ich bin keine Feindin!«

Die Elfe lachte nur und rückte weiter vor. Jetzt war sie nur noch wenige kurze Schritte entfernt. Und von hinten hörte Catti-brie die erste Spinne aus dem kleinen Tunnel rechts von ihr zurückkehren.

Dahlia griff an, und Catti-brie schoss. Ihr Pfeil zielte auf den Körper der Frau, mitten in den Bauch. Damit war die arme Frau zweifellos tot, dachte Catti-brie unglücklich. Aber ihr Pfeil traf nicht, sondern verschwand einfach.

Und aus Dahlias Flegeln sprühte noch mehr knisternde Energie.

Catti-brie drehte Taulmaril abwehrend auswärts, um wie mit einem Stab den ersten Schlag zu parieren. Doch Dahlia drang mit einem Wirbel von Hieben auf sie ein, mal von links, mal von rechts, mit beiden fliegenden Waffen von beiden Seiten. Verzweifelt ließ Catti-brie den Bogen vor ihrem Körper kreisen und erzeugte damit eine Wand, um die Flegel von sich abzuhalten, aber das konnte nicht reichen. Daher überraschte es sie nicht, als ein Flegel ihre Abwehr durchbrach und so schmerzhaft ihr Bein traf, dass sie fast gestürzt wäre.

Überrascht war sie erst, als Dahlia die angestaute Blitzenergie der Waffe auslöste und Catti-brie mit dem Blitz rückwärts gegen die Wand schmetterte – und nur die Wand hielt sie noch aufrecht.

Ihre Gedanken überschlugen sich, während die Elfe zum Todesstoß vortrat. Welche Zaubersprüche hatte sie noch übrig? Es waren so wenige, und keiner davon taugte für einen schnellen Gegenschlag oder eine angemessene Verteidigung.

»Und wieder ein Geist!«, schrie Dahlia triumphierend und rannte los. Catti-brie ließ den Bogen fallen und hob die Hände, erst abwehrend, dann reflexhaft mit einer Berührung der Daumen, denn diese Haltung war ihr in Fleisch und Blut übergegangen. Und sie empfing die Elfe mit einem Flammenfächer aus ihren brennenden Händen.

Dahlia schrie auf und wich zurück. Sie schlug nach den beißenden Flammen, während Catti-brie verwirrt ihre Hände anstarrte. Solche Sprüche hatte sie an diesem Tag eigentlich nicht mehr übrig.

»Der Ring«, flüsterte sie, aber noch ehe sie darüber nachdenken konnte, sah sie seitlich eine hoch aufgerichtete Spinne auf sich zulaufen, aus deren Beißapparat tödliches Gift tropfte. Entsetzt warf sich Catti-brie auf den Boden.

Das donnernde Rülpsen des Urelementars hallte durch die Fundamente von Gauntlgrym und drang bis in die Tiefen der Unterreichtunnel. Drizzt, Entreri, Ambergris und die drei geretteten Menschen spürten deutlich, wie der ganze Tunnel bebte und ächzte.

Die beiden Krieger wechselten einen besorgten Blick, weil sie wussten, was das für ihre Gefährten oben in der Schmiede bedeutete. Für Entreri hieß es zudem, dass er diesen finsteren Ort womöglich nicht lebend verlassen würde. Sie wollten schneller laufen, aber vorher wandte Drizzt sich an Ambergris.

»Am Ende des Gangs links, dann an der rechten Wand des nächsten Gangs in die Schmiede«, wies er sie an. Die Zwergin nickte.

Daraufhin liefen Drizzt und Entreri vor, obwohl dem Meuchelmörder noch immer sein verletztes Knie zu schaffen machte.

Auch die Gefährten in der Schmiede spürten das Grollen. Da sie wussten, dass Catti-brie in die Höhle des Urelementars gegangen war – und Bruenor nur zu genau wusste, was dort zu finden war –, nahmen sie ihre Arbeit an der Tür mit aller Kraft wieder auf. Besonders Bruenor warf sich dagegen und versuchte, irgendwie seine Finger zwischen Tür und Rahmen zu schieben, um sie doch noch aufzubekommen. »Mädchen!«, schrie er. »Oh, mein Mädchen!«, und er kämpfte wütend gegen das Portal an. Dabei rief er immer wieder Clangeddin an und flehte um Kraft.

»Nein, Zwerg«, hörte er da die matte Stimme von Afafrenfere von der Seite.

Alle blickten sich nach dem Mönch um, der jetzt aufrecht saß, auch wenn ihn dies große Mühe zu kosten schien.

»Nicht dieser Gott«, sagte Afafrenfere. »Mit Muskeln bekommt ihr die Tür nicht auf.«

»Häh?«, fragte Bruenor verwirrt.

»Drei Götter für die Zwerge, richtig?«, sagte der Mönch.

Bruenor wollte auffahren, brach jedoch ab und sah Afafrenfere nachdenklich an. Er hatte die Hände in die Hüften gestemmt.

»Häh?«, fragte er wieder, aber dieses Mal galt diese Frage eher ihm selbst als dem Mönch.

Die schnappenden Kiefer der Jadespinne schwebten direkt über Catti-bries Gesicht, als diese Taulmaril hob und dem Ungeheuer einen Pfeil in den Kopf schoss. Das Kreischen der Spinne hallte von den Wänden der Höhle wider, und sie wankte ein paar Schritte zurück.

Catti-brie schoss noch einmal.

Dann drehte sie sich zu Dahlia um und schickte den nächsten Pfeil los, niedrig gezielt, sodass er vor der Elfe auf den Boden traf und die Wucht des Aufschlags Dahlia zurückweichen ließ.

Catti-brie fuhr zu der Spinne herum und griff an. Ganz aus der Nähe schoss sie wieder und wieder. Die Spinne wollte weglaufen, aber die Frau folgte ihr, nahm sie unter Dauerbeschuss und zerlegte sie mit einem Blitzpfeil nach dem anderen. Erst fiel ein Bein ab, dann das zweite, und schließlich sank die Spinne mit einem schrillen Aufschrei zuckend auf die Seite. Sie lag im Sterben.

Und Catti-brie wirbelte wieder zurück und schoss vor Dahlia auf den Boden, weil die sture Frau näher kam. Jetzt aber hielt die Elfe einen langen Stab, keinen Flegel, und stieß ihn immer wieder auf das Gestein. Obwohl sie dabei erzitterte, hatte Catti-brie den Eindruck, dass ein Großteil der Aufprallenergie in die magische Waffe floss. Tatsächlich knisterte der Stab schon wieder vor Blitzenergie, und Dahlia musste sich Mühe geben, ihn festzuhalten.

Catti-brie hatte keine Wahl. Daher feuerte sie die nächste Salve Blitzgeschosse vor und auf ihre Gegnerin, ein explosiver Hagel, der überall in der Höhle Funken sprühen ließ. Catti-brie kam näher, feuerte Pfeil um Pfeil, und bei jedem Treffer stöhnte Dahlia auf.

Die Funken stoben durch die Luft und fielen in die Grube des Urelementars. Sie rieselten auf die Netze, brannten Löcher hinein und versetzten die Spinnen in Aufruhr.

Hinter Dahlia hatte sich der Magmaelementar hoch aufgerichtet. Er hielt die strampelnde Jadespinne über den Kopf und stapfte damit auf die Grube zu. Catti-brie kam der Gedanke, den Elementar gegen Dahlia auszuschicken. Vielleicht konnte er sie festhalten, denn sie wollte diese Frau nicht töten.

Der Elementar warf die Spinne in die Grube und drehte sich gehorsam um. Er machte einen langen Satz auf Dahlia zu, um Catti-brie zu Hilfe zu kommen, doch mitten im Schritt zögerte er plötzlich. Wie gebannt verharrte er und schien sich zu wehren.

Catti-brie begriff. Sie erschauerte.

Im Todessturz hatte die Spinne ihren Faden nach dem Elementar ausgeworfen, und ihr Gewebe war stark genug für einen plötzlichen, kräftigen Ruck.

Der Elementar kippte rückwärts über den Rand des Abgrunds und stürzte in die Tiefe.

Und Catti-brie schoss erneut auf Dahlia. Die Elfe zitterte heftig, als die Energie des Stabs sie knisternd durchzuckte.

Aber Dahlia riss sich zusammen, schrie auf und griff an, indem sie den Stab aufsetzte und sich hoch in die Luft schwang, während Catti-brie vor ihr auf das Gestein feuerte.

Dann warf sich Catti-brie auf den Boden, unterquerte Dahlias Sprung, kam dahinter wieder auf die Beine und rannte zur anderen Seite. Dabei rief sie nach dem Urelementar, rief ihren Ring an.

Sie sprang auf den Altar und schnellte weiter.

Bei der Berührung des verfluchten Steins drehte sich ihr der Magen um.

Sie landete, taumelte und schrie gegen die dämonische Stimme an, die in ihrem Kopf lachte.

Wahrscheinlich kam Dahlia schon wieder von hinten – mit einem bis zum Bersten geladenen Stab.

Sie wusste, dass sie sich umdrehen musste, um die Frau mit noch mehr Pfeilen zurückzutreiben, den Stab möglichst zu überladen oder Dahlia durch die schiere Kraft der magischen Energie zum Loslassen zu zwingen.

Aber sie konnte sich nicht umdrehen. Sie konnte nicht schießen. Sie konnte nur noch Taulmaril festhalten. Und dabei ging sie in die Knie.

Die Dämonin in ihrem Kopf – die Dämonenkönigin der Spinnen – lachte.

Es war zu viel Energie. Sie hätte nicht in der Lage sein sollen, das zu halten.

Dennoch umklammerten ihre Hände den Stab, an dem die knisternden Ladungen auf und ab liefen; auch durch sie hindurch, auf und ab. Der Zopf an ihrem Kopf zuckte wie verrückt.

Sie sah Catti-brie durch die Kapelle fliehen, bemerkte, wie sie fiel, und hörte in ihrem Kopf den Beifall, während ihre Gegnerin die Spinnenkönigin lachen hörte.

Dahlia wurde langsamer. Sie stockte. Sie dachte an Drizzt – nicht nur an ihre letzte Begegnung auf dem Berg, sondern an ihre leidenschaftlichen Nächte, an die gemeinsamen Abenteuer, an ihre Freundschaft.

Sie dachte an Effron und daran, wie ihre Begleiter – ihre *Freunde* – ihn aus dem Boot gerettet und ihr dann die nötige Zeit mit ihm verschafft hatten, bis all ihre Verletzungen ausgeheilt waren.

Und jetzt war er tot, ihr Sohn, von Drow getötet …

Aber noch ehe sie diesen Gedanken zu Ende denken

konnte, noch ehe ihr wirklich bewusst werden konnte, dass die Drow ihr und ihrem Sohn dies angetan hatten, verlagerte sich die Erinnerung.

Stattdessen folgte ihr Denken plötzlich anderen Bahnen, die der Elfenkriegerin jetzt perfekt logisch erschienen.

Effrons Tod war Drizzts Schuld. Weil Drizzt sie verschmäht hatte. Und das hatte er für einen Geist getan, für diesen Geist. Catti-brie.

Die Jüngerin der grausamen Mielikki.

Dieser letzte Gedanke war Dahlia eigentlich fremd, weil sie wenig über Mielikki wusste und die Göttin ihr gleichgültig war. Aber das spielte keine Rollte. Denn jetzt fügte sich eines zum anderen. Effrons Tod war Catti-bries Schuld. Alles Schlechte in Dahlias Leben lag nur an Catti-brie.

Und jetzt konnte sie Rache nehmen. Also griff sie an. Sie setzte ihren Stab auf den Fuß des Altarsteins und schnellte über den Altar hinweg. In ihrem Kampfschrei mischten sich zügellose Begeisterung und zügelloser Hass.

Catti-brie kam gerade noch rechtzeitig wieder hoch, um sich diesem Angriff zu stellen. Dahlia, die unmittelbar vor ihr landete, hätte den Kampf augenblicklich beenden können. Sie hätte nur die in Kozahs Nadel aufgestaute Macht auf einen Schlag auslösen müssen. Diese Explosion hätte ihre Rivalin an Ort und Stelle verdampfen lassen.

Aber nein. Das wäre zu schnell. Ein zu gnädiger Tod.

Dahlia stach mit dem Stab zu, aber Catti-brie wehrte ihn mit dem Bogen ab, um gleich danach mit quer gehaltenem Bogen auch einen mächtigen Überkopfschlag abzuhalten.

Catti-bries Paraden waren nicht schlecht. Immer wieder parierte sie die Schläge des Stabs aus unterschiedlichsten Winkeln, aber auf die Dauer war sie Dahlia nicht gewachsen.

Und das wusste Catti-brie. Und Dahlia sah es ihr an. Sie wusste, dass sie unterlegen war.

Aber sie hatte keine Angst.

Einen Augenblick staunte Dahlia darüber, aber nur ganz kurz. Ihr wurde klar, dass Catti-brie sich Zeit erkaufte. Rief sie wieder den Urelementar um Hilfe an?

Da griff Dahlia heftiger an und trieb Catti-brie mit jedem schweren Hieb ein Stück weiter zurück. Allmählich ging ihrer Feindin der Platz aus. Gleich würde sie an der Wand stehen.

Dahlia erhöhte das Tempo ihrer Schläge, stach, schlug und trieb Catti-brie mit dem Rücken an die Wand. In diesem Moment holte Dahlia mit viel Schwung aus, doch als Taulmaril blockierend in die Höhe ging, teilte Dahlia den Stab im Augenblick des Kontakts in zwei Hälften, die über ein starkes Seil verbunden waren. Der Bogen hatte ihre Waffe etwas oberhalb der Mitte gehalten, sodass jetzt die obere Hälfte über Dahlia zurückflog, als sie Kozahs Nadel nach unten zog.

Darauf war sie jedoch vorbereitet und fing die Waffe ab, um unterhalb des Bogens zuzustechen.

Catti-brie zog ihren Bogen zwar noch abwehrend herunter, aber dennoch berührte Kozahs Nadel ihre Brust, und dabei löste Dahlia gerade genug Energie aus, um die Frau gegen die Wand zu schmettern. Catti-bries Kopf schlug hart gegen den Fels.

Dahlia zog ihren Stab zurück und ließ eines der beiden Enden los, weil sie davon ausging, dass Catti-brie momentan zu benommen war, um zu reagieren. Sie drehte sich einmal um sich selbst, fuhr die Waffe wieder zur vollen Länge aus und setzte sie erneut zum Stab zusammen. In hohem Tempo kam sie herum, schlug Catti-brie ihren Bogen aus der Hand, der in der Ecke der Höhle neben dem versiegelten Tunnel für Oberin Zeerith im Rest des Netzes hängen blieb.

Fast ungebremst schob Dahlia eine Hand weit vor und drehte den Stab seitwärts, bis er unter dem Kinn der zusammensackenden Catti-brie lag. Mit Kozahs Nadel an der Kehle hielt sie die Frau an der Wand aufrecht.

Jetzt war es eine persönliche Angelegenheit, dachte Dahlia, und darüber freute sie sich ebenso wie die Stimme in ihrem Kopf.

Jetzt spürte sie die Angst der Frau.

Jetzt nahm sie deren Schmerz wahr.

Jetzt sah sie das Licht in Catti-bries blauen Augen verblassen.

»Jetzt«, sagte Dahlia, die ihre eigenen Worte kaum hörte, »hat Mielikki verloren.«

Und Dahlia war glücklich.

Wulfgar hämmerte gegen die Tür, während Regis über den Torbogen aus Adamant krabbelte, um ein Schloss, einen Riegel oder sonst etwas zu finden, das den Mechanismus auslösen mochte, der diese Tür verschlossen hielt.

Bruenor hingegen horchte in sich hinein. Er sah, dass Afafrenfere ihm ermutigend zunickte, schloss die Augen und konzentrierte sich auf den Thron der Zwergengötter.

Er hörte das Lied von Moradin, das Brüllen von Clangeddin, das Flüstern von Dumathoin.

Dann schlug er die Augen auf, ging zur Tür und bedeutete Wulfgar, zur Seite zur treten. Er bat Clangeddin um Stille und Moradin um Weisheit.

Bruenor horchte auf das Flüstern. Auf die Geheimnisse.

Das hier war immer noch Gauntlgrym, erfuhr er, was auch immer die Dunkelelfen taten, um den Ort zu entweihen. Es war noch immer das Reich der Zwerge, für immer und seit ewigen Zeiten. Wie die Tür aussah, war unwichtig.

Weder das schwarze Relief der bösen Lolth noch der Bogen aus Adamant hatten eine Bedeutung.

Es war dieselbe Tür wie einst, von Zwergenschmieden geschaffen, von Zwergenhand in den Stein gesetzt – von Bruenors Ahnen.

Er legte eine Hand auf das Mithril.

Er war hier ein Freund, war von königlichem Geblüt und kam in bester Absicht, sagte er der Tür. Er sagte es zum spirituellen Erbe der alten Zwergenmeister, die all ihren Handwerkerstolz in diese Tür gelegt hatten.

Er war ein Freund von Gauntlgrym, und dieser Ort war nach wie vor Gauntlgrym.

Da schien die Tür wie ein lebendes Wesen aufzuatmen, das Siegel brach, und das Portal ging auf.

Und Bruenor eilte hinein, gefolgt von Wulfgar und Regis.

Catti-brie konnte nicht reagieren. Sie bekam keine Luft mehr. Der Stab, an dem die Blitze entlangzuckten, drückte ihr die Luftröhre ab. Ihre Augen traten hervor, und sie griff mit beiden Händen nach Kozahs Nadel, innerhalb von Dahlias Griff, um die Waffe wegzuschieben.

Aber Catti-brie war in einer ungünstigen Position. Ihr Kopf wurde von einem Felsvorsprung leicht zur Seite gedrückt, und sie war weder stark genug, um Dahlia wegzuschieben, noch konnte sie den Hals drehen, um den Druck zu lindern.

Zudem steckte eine weitere Kraft in dem Stab, eine finstere Energie, die für sie so greifbar war wie das Metall von Kozahs Nadel. Sie dachte an den Altar, der lebend zu pulsieren schien, und das Gefühl der Schwäche und Übelkeit, als sie darauf gesprungen war, durchzuckte ihre jetzt unscharfen Gedanken.

Unscharf, weil sie das Bewusstsein verlor. Ihr Sehbereich wurde immer enger.

Sie dachte an Drizzt und wünschte, sie hätte ihm Lebewohl gesagt, aber dennoch war sie mit sich im Reinen. Immerhin hatte sie Mielikkis Auftrag erfüllt. Sie und die Gefährten der Halle hatten ihn gerettet.

Diesmal würde vielleicht Lolth gewinnen, aber Catti-brie hatte getan, was die Göttin von ihr verlangt hatte …

Da flammte in Catti-bries Verstand ein scharfer Widerspruch auf, ein »Nein!« so laut, als hätte sie das Wort hinausgeschrieen.

Hier ging es nicht um Drizzt. Nicht jetzt.

Hier ging es um Mielikki und Lolth.

Hier ging es um Catti-brie und Dahlia, die stellvertretend für ihre Göttinnen miteinander rangen. Catti-brie durfte sich nicht mit ihrem Erfolg auf Kelvins Steinhügel zufriedengeben. Was würde Drizzt ohne sie tun? Wie konnte er noch einmal ein gebrochenes Herz überstehen?

Oder Bruenor, ihr Vater? Oder Wulfgar oder Regis?

Sie konnte nicht vorzeitig kapitulieren. Sie durfte es nicht. Sie konnte sich nicht mit alten Siegen zufriedengeben, wenn neue Herausforderungen bestanden.

Mit dem letzten Fünkchen Bewusstsein erinnerte sie sich daran, wie Dahlia aus dem Netz gesprungen war und diesen eigenartigen Stab über ihren Schultern in zwei Hälften geteilt hatte.

Catti-bries Finger suchten den Metallstab ab. Sie kämpfte um einen Rest Konzentration, um die Geheimnisse dieser Waffe zu ergründen.

Dann mobilisierte sie ihre allerletzten Kräfte, klammerte sich ein letztes, verzweifeltes Mal ans Leben, und dabei versuchte sie, den Kopf nach vorn zu schieben, dem Druck entgegen. In diesem Augenblick fanden ihre Finger das Geheimnis von Kozahs Nadel, und sie trennte den Stab in zwei Teile.

Die Teilung befreite sie urplötzlich, ihr Kopf schnellte vor und traf mit der Stirn die Nase der überraschten Dahlia, warf die Frau zurück, und in diesem unerwarteten Taumeln, als der Stab, in dem ihr Gleichgewicht gelegen hatte, plötzlich auseinanderbrach, konnte Dahlia ihn nicht mehr halten.

Obwohl Catti-bries Zähne von der rohen Gewalt in der Waffe klapperten, riss sie Dahlia den Stab weg, führte die beiden Enden wieder zusammen und versuchte, Kozahs Nadel zu halten.

Sie sah Dahlia an. Aus der gebrochenen Nase strömte Blut über das Gesicht der Elfe, und ihre Miene gab Catti-brie Rätsel auf.

Nachdem Dahlia ihre Waffe unabsichtlich losgelassen hatte, in der die konzentrierte, dunkle Energie des Altars gespeichert war, ging Dahlias Verbindung mit der Finsternis ein wenig zurück. In den Hass auf Catti-brie, der sie die Schuld an Effrons Tod gab, mischten sich wieder liebevollere Erinnerungen an Drizzt und die Gefährten, die sie gefunden hatte, an die Seereise, bei der Effron und sie Frieden geschlossen hatten.

Sie dachte an Drizzt und versuchte, sein Bild deutlicher heraufzubeschwören, konnte es aber nicht, denn es verblasste und wurde zu ihrer Überraschung von einem ersetzt, der ihr plötzlich noch wichtiger war.

Es war das Bild von Artemis Entreri. Sie hörte seine Worte, mit denen er auf seine Weise versucht hatte, sie zu trösten. Er hatte sie verstanden.

Und aus seinen Worten, in dem Flüstern von einem besseren Weg, einem besseren Leben, schimmerte das ferne Flüstern der Hoffnung.

Der Aufruhr in Dahlia, das große Paradox von Liebe und Hass, die ihr Leben lang untrennbar miteinander verwoben gewesen waren und zu jenen mörderischen Kämpfen mit jedem ihrer Liebhaber geführt hatten, erschütterte sie und säte Zweifel in die rote Wand der Wut.

Sie erinnerte sich an die Gewalt, die ihr Alegni angetan hatte, sah den Mord an ihrer Mutter ... sah, wie sie ihr Baby von der Klippe warf. Szass Tam verhöhnte sie, ihre sterbenden Liebhaber flehten um Gnade, die sie nicht gewährte.

Das Kichern von Lolth mischte sich in das Schluchzen der gebrochenen Dahlia.

Sie wusste nicht, was sie tun sollte. Eine Stimme in ihrem Kopf forderte sie kreischend auf, Catti-brie wieder anzugreifen. Ihr wundes Herz wollte, dass sie weinend zusammenbrach. Stolpernd wich sie von der Wand zurück und drehte sich um. Sie musste weg hier, weg von dieser Frau, vor der sie stand, weg von der schrecklichen Wahrheit über sich und ihr erbärmliches Leben.

Sie wollte zum Ausgang laufen, aber in diesem Moment eilten der rotbärtige Zwerg, der riesige Barbar und der schlaue Halbling herbei – die anderen Geister, die Drizzt Do'Urden verfolgten. Die anderen Gefährten, die wieder lebendig geworden waren, um mit Drizzt gegen die schwarze Königin anzutreten.

Gegen Lolth.

Gegen die armselige Dahlia.

Ja, armselig, das wusste sie, und in ihrem Aufschrei mischten sich Wut und Reue und tiefe Trauer, als sie sich nach rechts wandte, zur Grube hin, um hineinzuspringen und dem Schmerz ein Ende zu bereiten.

Sie machte einen Satz, aber eine scharfe Stimme in ihrem Kopf hielt sie zurück.

Nein! Diesem Befehl konnte sie sich nicht widersetzen, denn er kam von Lolth und wurde durch Methil übertragen, der unsichtbar auf der anderen Seite versteckt saß und für die Spinnenkönigin sprach.

Dahlia kam zum Stehen, fuhr herum und wählte den letzten verbliebenen Ausweg, den Zugang zu dem versiegelten Tunnel, der für Oberin Zeerith gedacht war.

Die Reste des Netzes teilten sich für sie, und in ihrem Innern wusste sie, dass die magische Eisenwand sie durchlassen würde. Sie konnte in die tieferen Tunnel entwischen und den Kampf an einem späteren Tag wieder aufnehmen.

Catti-brie sah die Frau davonlaufen, sah ihre Freunde in die Kapelle eilen, registrierte diese Bilder aber nur wie aus der Ferne. Sie konzentrierte sich ganz auf den Stab, Kozahs Nadel, mit der gewaltigen Energie, die darin aufgestaut war, wirbelnder Blitzenergie, die so intensiv auf sie eindrang, wie Dahlia auf sie eingedrungen war. Die Blitze von Taulmaril durchzuckten den Stab und verschmolzen mit den dunklen Kräften aus dem Altar, und in dieser schwarzen Energie lebte ein Hauch der Spinnenkönigin. Hier existierte eine direkte Verbindung zu den Gedanken der dunklen Dämonenkönigin der Spinnen.

In diesem Stab hörte Catti-brie Dahlias Gedankengänge, den telepathischen Austausch zwischen der Elfe und der Göttin. Sie spürte den Aufruhr, den Kampf, das Licht und die Finsternis, und sie wusste, dass Dahlia diesem Ringen durch einen Sprung in die Grube ein Ende machen wollte, noch ehe sie sah, dass die Elfe sich dorthin wandte.

Und Catti-brie hörte auch das Verbot, hörte, wie die Finsternis Dahlia zurückrief, von ihr Besitz ergriff, und als Dahlia sich umdrehte und in dem zweiten Tunnel verschwand, fühlte Catti-brie ihre Hoffnung auf Freiheit, damit sie sich wieder als Handlangerin der Lolth gegen Drizzt und seine Freunde wenden konnte.

Sie konnte den Stab kaum noch halten. Auch sie wollte zur Grube des Urelementars gehen, um dem gottähnlichen Wesen dort unten diese verdorbene Waffe zum Fraß vorzuwerfen.

Aber dann ließ Erbarmen sie stehen bleiben, Erbarmen für Dahlia und die erschütternde Erkenntnis, dass Dahlia verloren hatte und verloren *war*, und diese Erkenntnis ließ sie herumfahren.

Wie ein Speer flog Kozahs Nadel, die vor Energie pochte, hinter Dahlia her, traf am Anfang des Tunnels die Wand, und die darauffolgende Explosion war wie ein gewaltiges Erdbeben. Als Catti-brie zu Boden ging, befürchtete sie, sie hätte hier alles zerstört und womöglich den Urelementar befreit.

Kapitel 27

Niemals vergessen

Drizzt und Entreri rannten den hinteren Gang entlang und kamen an dem Lavatunnel vorbei, wo ein offener Tunnel nach links führte und der Durchgang nach rechts von einer Eisenwand versperrt war.

Sie achteten nicht darauf. Für sie war das nur ein Orientierungspunkt auf dem hastigen Weg zu den anderen in der Schmiede.

Dann aber fielen sie übereinander, verloren das Gleichgewicht, weil es rundherum donnerte und bebte. Auf der linken Seite brachen rund um die magische Wand Steine und Staubwolken heraus und hüllten die zwei Kämpfer ein. Die Wucht der Explosion warf beide auf die andere Seite. Entreri flog sogar mehrere Schritte in die offene Seite des Lavatunnels.

»Das Ungeheuer«, flüsterte Drizzt, während er wieder aufstand.

Sogleich rannte er weiter, und Entreri, der jetzt wieder deutlicher hinkte, hatte Mühe, mit ihm Schritt zu halten.

Als Drizzt die hell erleuchtete Schmiede betrat, sah er zuerst Bruder Afafrenfere, der auf wackligen Beinen an der offenen Mithril-Tür lehnte. Er rief nach dem Mönch, der ihnen entgegensah und mit Nachdruck in den Tunnel deutete.

Ohne langsamer zu werden, lief Drizzt in den Tunnel, dicht gefolgt von Entreri.

Erst als sie in die Höhle des Urelementars gelangten, kam Drizzt abrupt zum Stehen, um die bemerkenswerte Umgebung in sich aufzunehmen: das Gewebe, die tote grüne Spinne, den Altarstein, den Magmahaufen am Rand und die Gefährten, die vor einem Geröllhaufen am Eingang zu dem Lavatunnel standen, den Drizzt kannte.

Catti-brie stützte sich mühsam auf Bruenor. Sie war von Staub überzogen und wirkte schwach und mitgenommen. So schnell er konnte, rannte Drizzt zu ihr.

»Wir haben deine Dahlia gefunden«, teilte Bruenor mit und nickte zu dem Geröllhaufen hin.

Drizzt holte erschrocken Luft. Entreri, der die Worte gehört hatte, eilte zu dem Schutt, sprang um die staubigen Steine herum und schob einige beiseite.

»Dahlia!«, schrie er, warf einen Stein auf den Haufen und fuhr zu den anderen herum. »Was habt ihr getan?«

Drizzt zog Catti-brie an sich, weil er befürchtete, Entreri werde auf sie losgehen, aber sie richtete sich auf, löste sich von ihm und hob resolut das Kinn. »Sie war nicht die Elfe, die ihr gekannt habt«, sagte sie mit fester Stimme. »Sie war von einem Dämon besessen. Sie war für vernünftige Worte unerreichbar.«

Entreri hob einen anderen Stein auf, fuhr herum und schleuderte ihn mit aller Kraft auf den Haufen. Dann setzte er sich hin, als hätten seine Beine nachgegeben, und starrte den Schutt an.

»Wir sollten verschwinden«, sagte Regis. »Habt ihr die Zwergin gefunden?«

Drizzt ließ Catti-brie nicht aus den Augen. Er sah die Verbrennungen und den Bluterguss quer über ihrem Hals. »Sie ist dicht hinter uns, mit anderen, die wir auch befreit haben«, antwortete er. »Ja, es wird Zeit zu verschwinden. So schnell es geht.«

Er nahm Catti-brie an den Schultern und schob sie zu Wulfgar hinüber. Dann nickte er seinen Freunden zu, die sich auf den Weg zur Schmiede machten.

»Wir müssen gehen«, sagte Drizzt kurz darauf zu Entreri. Er ging zu ihm und hockte sich neben ihn.

»Dann geht«, antwortete Entreri.

»Hier gibt es nichts für dich.«

Entreri blickte zu ihm auf. Er war am Boden zerstört, das erkannte Drizzt, noch ehe Entreri ihn korrigierte: »Es gibt nichts für mich.«

»Es gibt immer etwas.«

»Geh, Drow«, sagte Entreri. »Dein Platz ist bei deinen Freunden.«

»Du wirst auch ...«, begann Drizzt, doch Entreri schnitt ihm das Wort ab.

»Geh«, sagte er mit fester Stimme und wandte sich wieder der eingestürzten Wand zu.

Drizzt starrte ihn noch einen Augenblick an, wusste aber nichts mehr zu erwidern. Er richtete sich auf, klopfte Entreri auf die Schulter und ging.

»Ich werde dir nie vergessen, dass du mich von hier retten wolltest, Drizzt Do'Urden«, rief Entreri ihm nach. Aus einem Grund, den Drizzt noch nicht wirklich verstand, wärmten diese Worte ihm das Herz.

Als Drizzt zur Schmiede zurückkam, fand er dort Ambergris und die drei befreiten Menschen mit den anderen vor. Catti-brie hatte keinen Spruch parat, um der verfluchten Zwergin zu helfen, aber Regis griff in seinen Beutel und entdeckte dort einen Trank, der vielleicht helfen mochte. Tatsächlich fand Ambergris ihre Sprache wieder, noch ehe die zehnköpfige Truppe weiterzog, und erzählte nun jedem, der ihr zuhören wollte, alles, was ihr widerfahren war.

»Magenwärmer«, flüsterte Regis Drizzt und Bruenor

zu. Er nickte zu der wiederhergestellten Zwergin hin. »Ich dachte, das dürfte jedes noch so eklige Gift neutralisieren.«

»Bruhaha«, lachte Bruenor, und selbst Drizzt konnte wieder lächeln. Er dachte schweren Herzens an Dahlia und empfand großes Mitleid mit Entreri.

Ambergris gesellte sich zu ihrem Freund Afafrenfere, legte ihm ihre dicke Hand auf die Stirn und rief ihren Gott an, um dem geschundenen Mönch heilende Wärme und Kraft zu spenden.

Fast augenblicklich richtete sich Afafrenfere höher auf und nickte dankbar.

»Ich habe noch mehr Magie«, bot die Klerikerin an.

»Dann nutze sie für dich selbst«, riet ihr Regis, der sich von Bruenor und Drizzt löste. »Ich habe keine Ahnung, wie lange mein Trank den Fluch der Drow bezähmen kann.«

»Den Fluch der verdammten Drow«, knurrte Bruenor neben Drizzt. Dieser nickte.

»Passt mir gar nicht, die hier zu sehen, Elf«, fuhr der Zwerg fort. »Ausgenommen natürlich dich.«

»Natürlich«, erwiderte Drizzt grinsend.

Bruenor wollte etwas sagen, hielt aber inne. Ein eigenartiger Ausdruck trat auf sein Gesicht. Er hob die Hand, um Drizzts prompte Frage abzuwehren, und wandte sich der großen Schmiede zu.

»Bruenor?«, fragte Drizzt, nachdem der Zwerg lange dort gestanden und zu dem größten Amboss hinübergestarrt hatte.

Bruenor ging wortlos auf diesen Platz zu und legte seine Axt, den Helm und den Schild auf die Metallplatte vor der verschlossenen Ofentür. Er sah sich um, und ohne auf Drizzts Fragen zu reagieren, nahm er eine Stange mit gebogener Spitze und eine lange Zange zur Hand.

Die übrigen gesellten sich zu ihnen. Auch Catti-brie

und Wulfgar wollten wissen, was der Zwerg vorhatte, doch dieser ignorierte alle anderen. Mit dem Haken griff er zwischen den schützenden Mauern hindurch und zog die schwere Ofentür auf.

Dort drinnen loderte das Feuer des Urelementars, und Bruenor nickte lächelnd.

Dann trug er eilig alles Werkzeug zusammen, das er brauchte.

»Dazu haben wir keine Zeit«, sagte Drizzt, als ihm klar wurde, worum es ging.

»Haltet den Raum!«, befahl der Zwerg wie aus weiter Ferne. Seine Stimme duldete keinen Widerspruch.

»Bruenor?«

»Haltet einfach den Raum, Elf!«, verlangte der Zwerg und sah dann zu den anderen. »Ihr alle!«

»Wir haben Verletzte«, erinnerte ihn Catti-brie. »Und Unbeteiligte. Jeder Moment, den wir zögern …«

Der Zwerg sah sie eindringlich an.

»Wir müssen gehen«, beharrte Catti-brie, doch dann stockte sie. Sie starrte auf den offenen Ofen und hörte den Ruf des Urelementars. »Die Axt«, sagte sie zu dem Zwerg. »Und den Helm …«

Plötzlich war Catti-brie sehr aufgeregt. Sie sah Bruenor nur an, und dann sprang sie zum Entsetzen der anderen auf die Platte und trat zwischen die schützenden Mauern, wo es für jedes lebende Wesen zu heiß hätte sein müssen. Sie griff nach dem Werkzeug.

»Mädchen!«, warnte Bruenor erschrocken.

Catti-brie lächelte nur, nahm Bruenors Axt und warf sie in den Ofen.

»Mädchen!«, schrie der Zwerg, und die anderen holten erschrocken Luft.

Es folgte der Schild des Zwergs, der genau wie der Griff

der Axt weitgehend aus Holz bestand. Das Feuer des Urelementars würde beides zweifellos vernichten.

Catti-brie hielt den Helm hoch und inspizierte ihn. Er bestand aus Metall. Aus der einen Seite ragte ein Horn, das in eine Halterung aus Metall eingelassen war, aus der anderen Seite ragte ein Hornstumpf. Vorne saßen übereinander zwei Rubine, auf die sich Catti-brie jetzt konzentrierte, während sie einen leisen Gesang anstimmte.

»Mach dich bereit und spute dich«, sagte sie zu dem Zwerg. »Deinen Hammer und Mithril zum Überziehen.«

»Mädchen?«

»Hör auf sie«, sagte Catti-brie. »Auf Dumathoin. Er weiß es.«

Bruenor schloss die Augen und zog sich in sich selbst zurück. Er beschwor den Thron herauf, das Gefühl, die Botschaften der Götter.

Wie Catti-brie stimmte er ein Lied an, doch während sich bei ihr die Melodie der Mielikki mit fremdartigen Geräuschen von der Feuerebene mischte, sang er das Lied der Zwerge, der Arbeiter und Bergleute, ein altes Lied, das einst in uralten Zeiten in diesen Hallen ertönt war.

Catti-brie küsste die Rubine auf dem Helm und warf ihn in den Ofen. Dann gab sie Bruenor ein Zeichen, ihr die Zange zu geben, und der Zwerg gehorchte. Sie drehte sich um und holte mit der Zange seine schartige Axt aus dem Ofen.

Der Griff rauchte zwar ein wenig, schien aber erstaunlicherweise unbeschädigt zu sein.

Catti-brie hielt die Axt in die Höhe und untersuchte die glühende Klinge. Dann legte sie die Waffe vor Bruenor ab, der sie mit Silberblättchen bestreute, um sie dann singend mit dem Hammer zu bearbeiten.

Es folgte der Schild, dessen Holz etwas dunkler, ansonsten aber unbeschädigt war. Der metallene Beschlag um den

Rand herum leuchtete, und das Relief mit dem schäumenden Bierkrug schien tiefer eingelassen zu sein. Catti-brie betrachtete es kurz, dann lachte sie, belegte es mit einem Zauber und legte auch den Schild an Bruenors Arbeitsplatz ab.

Kaum hatte Bruenor mit der Arbeit an dem Schild begonnen, bei dem er die Metallbänder verstärkte, da zog die Frau den glühenden Helm aus dem Feuer, dessen Rubine überwältigend funkelten, ja, man sah kleine Flammen darin tanzen. Die Hörner und auch der lederne Innenbezug wirkten unversehrt.

Den Helm setzte Catti-brie nicht vor Bruenor ab, denn das war nicht nötig. Sie tauchte ihn zum Abkühlen in das Wasserbecken, aus dem heißer Dampf aufzischte.

Und noch während Bruenor sang und hämmerte, setzte die Frau ihm den Helm auf den Kopf.

Bruenor strahlte vor Freude übers ganze Gesicht, und er hob seine Axt.

Und er sang weiter und warf immer wieder Mithril-Flocken in die Luft.

Die Rubine glühten, und Bruenor hörte ihren Ruf. Er sagte ein Wort, das er nicht verstand – nur Catti-brie, und sie nickte, als das Feuer in den Rubinen aufloderte.

Der Kopf von Bruenors Axt ging in Flammen auf.

Doch das waren keine Flammen, die diese Waffe verzehrten, sondern sie stärkten eine Axt, die schon Hunderte von Schlachten geschlagen hatte, mit dem Zauber der Flammenzunge.

Bruenor schob den Schild über den anderen Arm. Mit einem Gedanken löschte er das Feuer der Axt.

»Jetzt können wir gehen, Elf«, sagte er, als würde er aus einer Trance erwachen. »Aye, jetzt können wir gehen.«

Drizzt warf einen Blick auf Ambergris, die angesichts dieser Szene ehrfürchtig den Kopf schüttelte. Er tippte ihr auf die Schulter und wies zu dem großen toten Drider auf der anderen Seite, neben dem eine Waffe lag.

Beglückt rannte Amber Gristle O'Maul hinüber, um ihren geliebten Schädelknacker aufzuheben. Als sie wiederkam, sah sie erst Bruenor und dann den Ofen flehend an.

»Nein, Mädchen«, sagte der Zwerg. »Nicht jetzt. Ich weiß selbst nicht, was das gerade war, aber es war jedenfalls kein reines Schmieden.«

»Es war ein Geschenk«, sagte Catti-brie. »Für dich. Ein Geschenk der Zwergengötter. Ein Geschenk von Gauntlgrym.« Sie wechselte einen ernsten Blick mit ihrem Zwergenvater. »Und es war eine Bitte.«

Bruenor nickte. »Aye. Ein Handel, auf den ich mich gerne einlasse.«

»Eine Bitte?«, fragten Regis und Wulfgar gleichzeitig.

»Vor uns liegt ein langer Weg«, antwortete Bruenor und setzte sich in Bewegung. »Einer, der gerade noch länger geworden ist.«

Die anderen folgten ihm. Drizzt übernahm die Nachhut.

Immer wieder blickte er sich zu der Höhle des Urelementars um. Er dachte an Dahlia und an Entreri. Der Tod der Elfe traf ihn tiefer, als er erwartet hätte. Vielleicht hatte er sie nie wirklich geliebt, nicht so wie Catti-brie, aber er hatte dennoch viel für sie empfunden.

Sie hatte jetzt ihren Frieden, hoffte er. Ja, vielleicht hatte Dahlia endlich ihren Frieden gefunden.

Und Entreris Abschiedsworte klangen in seinem Kopf und in seinem Herzen nach. Er wünschte, der Mann hätte sie begleitet, um diesen Ort zu verlassen und in ihre eigene Welt zurückzukehren.

Aber dieser Mann war so findig und so erfahren, dass Drizzt neuen Mut schöpfte. Er war sich sicher, dass er Artemis Entreri wiedersehen würde.

Epilog

Die wundersamen Dinge, die ich gesehen habe, hörte Gromph Baenre in seinen Gedanken. Es war eine aufgeregte Bemerkung. Schon diese Empfindung ließ den Erzmagier vermuten, dass tatsächlich etwas Gewaltiges vorgefallen war, denn wann hätte ein Illithide je Aufregung gezeigt?

Er registrierte eine weitere Mitteilung, die ihn aufforderte, in aller Eile mit der Oberinmutter zu Methil zu kommen. Normalerweise hätte der Erzmagier einen solchen Wunsch ignoriert, aber die Aufregung in Methils Gedanken machte ihn doch sehr neugierig.

Binnen kurzer Zeit gesellten sich er und Quenthel im Vorraum der Höhle des Urelementars zu dem Illithiden.

»Mein Elementar?«, fragte er als Erstes. Er war erschrocken und überrascht zugleich. »Wo ist der Wächter?«

»Zerstört«, antwortete Methil mit seiner glucksenden Stimme. Die Tentakel des Gedankenschinders winkten zum Torbogen und der Brücke dahinter. Sie sollten hinübergehen.

Die Oberinmutter war nicht weniger erschrocken, ja, zutiefst entsetzt, als sie durch Dampf und Nebel schritt und die Entweihung ihrer Kapelle sah. Eine Jadespinne fehlte, die anderen lag am Tunnel zur Schmiede tot auf dem Rücken. Auch ein Großteil der Netze war verschwunden, und unter den restlichen Webstücken lagen scharenweise verbrannte Spinnen.

»Was soll dieses Sakrileg?«, fuhr Oberinmutter Quenthel auf, und Gromph bat Methil stumm um eine Erklärung.

»Der Kampf der Götter«, antwortete er einen Moment später. Seine Stimme klang zutiefst ungläubig. Dann hob er den Blick und musterte den Bereich über dem Altar, wo das zentrale Schmuckstück des Heiligtums fehlte. »Das *Darthiir*-Opfer«, murmelte er.

Er und Quenthel blickten zu der eingestürzten Höhle, als Methil ihnen telepathisch die letzten Momente des Zweikampfs übermittelte. Der Illithide schlurfte auf den Haufen zu, und die anderen zwei folgten ihm. Er streckte Gromph einen Arm hin, der die Kreatur an der Hand nahm.

Gromph nickte, während Methil ihm wortlos die Lage erklärte.

»Was ist los?«, wollte Oberinmutter Quenthel wissen.

Gromph bot auch ihr eine Hand an. »Kommt«, forderte er sie auf.

Sie zögerte und musterte ihn und den seltsamen Gedankenschinder misstrauisch. Als Gromph seine Hand jedoch nicht zurückzog, schlug sie ein. Sofort fühlte sie sich anders, irgendwie leichter.

»Was auch immer geschieht, lasst nicht los!«, warnte Gromph sehr ernst, als Methil erst zum Schutthaufen – und dann mitten hinein ging.

Quenthel war klug genug, nicht vor Abscheu und Angst aufzuschreien, als ihre nicht mehr körperliche Gestalt durch die Steine und den Staub glitt. Nicht durch die Zwischenräume, wie eine Priesterin oder ein Zauberer es vielleicht über den passenden Zauber vermocht hätte, sondern mitten hindurch, ganz als ob ihre Substanz und die der Steine plötzlich verschiedenen Dimensionen angehören würden.

Sie fühlte die Steine durch ihren Körper gleiten, und das war kein angenehmes Gefühl.

Als sie hinter dem Haufen einen offenen Hohlraum fanden, war es dort selbst für die empfindsamen Drow-Augen zu finster. Mit ein paar Worten und einer Handbewegung erzeugte Gromph ein gedämpftes, rotes Licht. Sie befanden sich etwa in der Mitte des Tunnels, wie der Erzmagier schätzte, als er weiter hinten seine magisch erschaffene Metallwand sah.

»Was ist das?«, hörte er die Oberinmutter sagen und schaute sich um. Methil hatte von ihrer merkwürdigen Reise etwas mitgebracht.

»Der Stab der *Darthiir*«, sagte Gromph, nahm Kozahs Nadel zur Hand und reichte ihn seiner Schwester.

Methil deutete auf den Schutthaufen, wackelte mit seinen Tentakeln und schob mit seiner Psi-Magie ein paar kleinere Steine zur Seite. Dabei kam ein zarter, hellhäutiger Fuß zum Vorschein. Der Fuß einer *Darthiir*-Frau.

»Sie ist also tot«, stellte die Oberinmutter ungerührt fest, denn Dahlia lag unter tonnenschwerem Gestein begraben.

Aber dann begann Gromph zu lachen. Er und seine Schwester sahen mit an, wie Methil erneut fast durchsichtig wurde, nach unten griff, Dahlia am Fuß packte und seinen Psi-Zustand mit ihr teilte.

Illithiden waren körperlich nicht sehr stark, aber dennoch glitt Dahlia problemlos unter den Trümmern hervor. In diesem Moment existierte sie einfach auf einer anderen Ebene als die massiven Steine.

Als Methil und Dahlia sich wieder vollständig materialisierten, rührte sich die *Darthiir* allerdings nicht. Sie schien immer noch tot zu sein.

Aber Methil wusste es besser, und das erklärte er Gromph und Quenthel nun.

»Die Kräfte der Gedankenschinder sind wahrlich etwas Besonderes«, sagte Gromph. »Ich bin doch immer wieder froh, dass Oberinmutter Yvonnel das Haus Oblodra ausradiert hat.«

Quenthel konnte nur noch den Kopf schütteln. »Kinetische Sperre?«, murmelte sie, ohne zu begreifen, worum es bei dieser Psi-Fähigkeit ging.

»Kommt, schnell!«, sagte Gromph plötzlich. Er nahm Dahlias Hand und streckte Quenthel seine zweite Hand hin. Sie griff zu und nahm auch Methils Hand, obwohl sie dabei vor Ekel erschauerte.

Kurze Zeit später standen sie vor dem Altar. Dahlia lag auf dem Stein, und die roten Adern darin schienen lebendig zu pochen.

»Zurück«, warnte Gromph seine Schwester. »Wenn sie erwacht, muss sie die angestaute Energie aus dem Einsturz loslassen, die jetzt in Methils Psi-Schutz gespeichert ist.«

»Erwacht?«, fragte die Oberinmutter verwirrt. »Loslassen?«

Noch während sie dies sagte, schlug Dahlia die Augen auf und zuckte heftig. Ihr Rücken bog sich so heftig, dass sie in die Luft schnellte. Als ihr Körper sich von dem Altarstein löste, sahen die anderen, dass sie über eine Zone aus schwarzer Energie, in der rote Kraftlinien pulsierten, die in dem Block verschwanden, nach wie vor mit dem Stein verbunden war. Die Höhle des Urelementars erbebte noch einmal, doch diesmal nahm der Altar diese Kraft auf und schien davon stärker zu werden.

Dahlia fiel unsanft wieder hin. Sie sah sie benommen an, wie aus weiter Ferne, und sofort fiel Methil über sie her, schob seine Tentakel in ihre Nase und rund um ihren Schädel und verband sich erneut mit ihr.

Telepathisch teilte der Illithide Gromph und Quenthel seine Erkenntnisse und Dahlias Gedanken mit.

»Zurück in den Vorraum«, befahl Oberinmutter Quenthel, nachdem sie alles verstanden hatte. »Lasst uns auf das Eintreffen von Oberin Zeerith warten.«

Bei diesen Worten lächelte sie, und Gromph konnte angesichts dieser Fortsetzung des Zwists der Göttinnen nur den Kopf schütteln. Als sie den Vorraum erreichten, ohne dass Methil Dahlia losgelassen hätte, die mit leeren Augen wie ein Zombie mitlief, erschuf Gromph ein extradimensionales Herrenhaus, in dem die Baenre-Adligen und ihr gesegneter Gast in Sicherheit und mit angemessenem Komfort die Ankunft der Xorlarrins erwarten konnten.

Selbst die beiden Zwerge atmeten erleichtert auf, als sie die Tunnel verließen und in den Felsspitzen ins Freie traten.

»Es ist nicht weit zur Straße«, erklärte Bruenor und zeigte nach Osten. »Dort kommen wir nach Letzthafen und von da aus nach Langsattel.«

»Für Pwent«, stimmte Regis zu, und der Zwerg nickte.

Die drei Menschen, die sie gerettet hatten, waren überglücklich bei dieser Aussicht, aber Drizzt und Ambergris wandten sich Bruder Afafrenfere zu. Der Mönch hatte bereits angedeutet, dass er sich ihnen nicht anschließen würde.

»Na, dann mal raus mit der Sprache«, forderte Ambergris ihn auf.

»Für mich ist es an der Zeit, nach Hause zu gehen«, gab Afafrenfere zu. »Ich will meinen Brüdern gegenübertreten und hoffe, dass sie mir vergeben.«

»Ist Jahre her, dass du dich mit Parbid ins Schattenreich abgesetzt hast«, sagte Ambergris. »Glaubst du, die erinnern sich überhaupt noch an dich?«

Der Mönch lächelte. »So lange nun auch wieder nicht«, sagte er, und Ambergris lachte.

Dann nickte sie Drizzt zu. Der Drow kannte ihre Geschichte. Er wusste, dass die Zitadelle Adbar sie einst als Agentin ins Schattenreich geschickt hatte, zur Strafe für gewisse … Übertretungen. Da Amber Gristle O'Maul die Grauzonen der Moral selbst schon ausgelotet hatte, überraschte es Drizzt nicht sonderlich, als sie eine Hand hochstreckte, ihrem Freund auf die Schulter klopfte und erklärte: »Ich gehe mit dir.«

Sofort hellten sich Bruder Afafrenferes Gesichtszüge auf, doch dann schüttelte er den Kopf. So etwas könne er nicht von ihr verlangen, die Reise sei zu weit und führe durch gefährliche Gegenden, widersprach er.

»Pah, wer soll denn für dich ein gutes Wort einlegen, wenn nicht ich, die dich besser kennt als jeder andere?«, sagte die Zwergin.

Afafrenfere starrte sie an und lachte dann. Er gab auf. »Ich bin mir nicht so sicher, ob deine Anwesenheit für mich sprechen wird«, sagte er, »aber ich bin froh darüber!«

»Das Kloster der Gelben Rose?«, fragte Drizzt.

»Ja«, antwortete der Mönch. »Im fernen Damara in den Blutsteinlanden.«

Regis spitzte die Ohren. »Dann begleitet uns ein Stück und wendet euch dann nach Süden«, forderte er den Mönch auf. »Ihr könnt durch Niewinter weiter nach Süden ziehen, der Handelsstraße zur Boareskyr-Brücke folgen und euch unterwegs nach Doregardo und den Grinsenden Ponys erkundigen. Wenn ihr sie findet, sagt ihr, ihr seid Freunde von mir, von dem Halbling, der sich Spinne nannte. Sie werden euch nach Suzail bringen, und dort findet ihr ein Schiff nach Impiltur.« Bei diesen Worten nickte der Halbling, denn er dachte zurück an die fernen Küsten der großen See des Sternenregens, an Aglarond und Donnola Topolino und das Leben, das er dort geführt hatte. Der Nachhall dieses Lebens machte ihm das Herz schwer.

Als sie die Hauptstraße erreichten und Afafrenfere und Ambergris nach Süden zogen, musste Regis an sich halten, um sie nicht zu begleiten.

Er hatte hier noch etwas zu erledigen, ermahnte er sich immer wieder. Er war Pwent verpflichtet, der noch in Wulfgars geborstenem Horn steckte, und Bruenor, der fest entschlossen war, nach Mithril-Halle zurückzukehren.

Aber er selbst würde in die Stadt Delthuntle zu seiner geliebten Donnola zurückkehren, schwor sich Regis insgeheim, während er dem Mönch und der Zwergin nachsah. Im Gegensatz zu seinen anderen Gefährten, die erst nordwärts nach Letzthafen und später nach Langsattel wollten, gingen diese beiden nach Süden …

Vorsichtig schlichen sie in den Bereich zurück, den sie als ihre neue Heimat betrachtet hatten, und fanden dort die Überreste des Gemetzels und die entweihte Kapelle vor. Berellip Xorlarrin war zutiefst entsetzt. Das Gewebe war zerstört, die gefangene Dahlia verschwunden, und der Raum, den sie für ihre Mutter, Oberin Zeerith, vorbereitet hatte, lag unter tonnenschweren Trümmern verschüttet. Sie wagte nicht einmal, die restlichen Goblin-Sklaven zum Räumen abzukommandieren, weil sie befürchtete, den Bereich noch mehr zu destabilisieren.

Der Anblick der Schmiede war kaum weniger erschütternd, insbesondere rund um den Leib des großen Driders. Der gefangene Mensch war fort, und sogar den toten Mönch hatte man mitgenommen. Selbst die Sklaven, die sie in der Eile nicht hatten mitschleppen können, waren verschwunden. Die Priesterin verfluchte sich dafür, dass sie keinen Meuchelmörder mehr in diesen Abschnitt geschickt hatte – besonders als sie daran dachte, dass auch eine gefangene Zwergenklerikerin dort gesteckt hatte.

Die Toten in der Schmiede, die vielen, vielen Toten, waren ausschließlich Xorlarrins und ihre Verbündeten: scharenweise Goblins, drei Drider und mehr als ein Dutzend Xorlarrin-Drow.

Aber kein einziger Feind.

Allem Anschein nach waren die Eindringlinge geflohen und mit ihnen der abtrünnige Do'Urden. Berellip hatte den Komplex zwar wieder in der Hand, aber ihre Mutter würde nicht erfreut sein.

Laut Berellips Spähern war Oberin Zeerith nur noch eine oder zwei Tagesreisen entfernt. Sie rückte mit dem Rest des Hauses und einer beträchtlichen Armee aus Menzoberranzan an, die zu Tsabraks Quartier im Osten vorausziehen sollte.

Die einzige gute Nachricht kam aus dem Norden, von wo Ravel, Saribel und Tiago Baenre zurückkehrten. Allerdings wurde auch hier von Problemen gemunkelt. Angeblich waren viele Drow tot – viele Xorlarrins –, und Gerüchten zufolge fehlte unter den Rückkehrern sogar Waffenmeister Jearth.

Das alles war zu viel für Berellip. Sie zog sich in ihre Privaträume zurück, sank auf einen dicken Stapel Kissen und versuchte, sich zu entspannen. Während sie auf dem Rücken lag, starrte sie zu dem Spinnennetzbaldachin empor, betrachtete die komplexen Muster und dachte an die Kapelle. Was konnte sie tun, um diesen Ort wieder für Oberin Zeerith herzurichten? Um den Zorn zu mindern, der über sie hereinbrechen würde?

Nein, nicht über sie, beschloss sie. Sie würde Ravel alle Schuld in die Schuhe schieben. Das war natürlich nicht so einfach, überlegte sie, denn damit würde sie auch Tiago Baenre ins Spiel bringen, und einen Baenre zu beschuldigen war keine gute Idee.

Sie würde aufdecken, dass Ravel Gromph nachspioniert hatte – genau! Diese Tragödie war allein ihm zuzuschreiben. Ravel hatte gedacht, er hätte den Verräter gefunden. Er hatte die Soldaten mitgenommen, sich über Berellips Einspruch hinweggesetzt und Q'Xorlarrin schutzlos zurückgelassen.

Die Priesterin nickte, während sie sich alles genau zurechtlegte. Sie musste darauf achten, Tiago von allem abzuschirmen – wenn sie sich klug anstellte, könnte sie ihn in dieser Angelegenheit sogar auf ihre Seite ziehen. Auch er würde schließlich versuchen, anderen die Schuld zu geben.

Alle würden das versuchen. So waren die Drow nun mal.

Berellip wusste, dass sie es nicht nur mit ihrer Mutter zu tun hatte, sondern natürlich auch mit dem Erzmagier. Gromph hatte großes Interesse an dieser Dahlia gezeigt, und jetzt war sie fort.

Bei diesem Gedanken stellte sich Berellip wieder die *Darthiir* in dem Netz vor, nur wanderte ihr Blick dabei über ihren eigenen Netzhimmel. Vielleicht konnte sie unter den neuen Sklaven ein Ersatzopfer finden? War Gromph mit Dahlia schon fertig? So wie sie alle? Wenn ja, könnte ein neuer Körper da oben vielleicht ausreichen, denn woher sollten sie die Wahrheit über dieses neue Opfer wissen?

Das Bild über ihr wurde deutlicher und kam näher. Berellip blinzelte, als ihr klar wurde, dass dies kein Bild vor ihrem inneren Auge war, sondern eine tatsächliche Person. Einen Herzschlag lang dachte sie an Dahlia und fragte sich, ob womöglich eine Zofe der Lolth die Gefangene irgendwie bewahrt und hier aufgehängt hatte, damit Berellip sie fand.

Aber das war nicht Dahlia, erkannte sie, als die Gestalt sich aus dem Netz löste und auf sie herabsprang. Es war ein Mann. Ein Mensch. Einer, den sie kannte.

Ja, Artemis Entreri legte Wert darauf, dass Berellip sein Gesicht sah und ihm in die Augen blickte, während er geschickt die Schlangenkopfpeitsche wegtrat, bevor sie die Schlangen wecken konnte. Und er achtete darauf, dass diese Augen das Letzte waren, was sie jemals sah, bevor eine scharfe Drow-Klinge ihr von einem Ohr zum anderen die Kehle durchschnitt.

Entreri rollte sich von den Kissen und kam auf die Beine. »Für Dahlia«, flüsterte er.

Er wischte das Schwert an den Kissen ab und plünderte die kostbaren Roben der Priesterin. Zu seiner Freude waren ihre Juwelen ein ganzes Königreich wert.

Jetzt konnte er gehen.

Tsabrak Xorlarrin stand am Ausgang der tiefen Höhle und betrachtete von diesem hohen Punkt aus die Silbermarken und das Reich der Todespfeil-Orks. Er blinzelte gegen das Licht des Feuerballs am Himmel an, die teuflische Sonne.

»Warum sollen wir uns dazu herablassen, diesem verdammten Ort den Krieg zu erklären?«, fragte Andzrel Baenre, der jetzt zu dem Xorlarrin-Zauberer trat.

»Wenn es so bliebe, wäre ich ganz Eurer Meinung«, erklärte Tsabrak und grinste vielsagend. »Stellt die Wachen auf«, wies er den Waffenmeister der Baenres an. »Schützt diesen Ort. Schützt vor allem mich. Um jeden Preis.«

Andzrel kniff die Augen zusammen. Es überraschte ihn, dass ein Xorlarrin es wagte, so mit ihm zu sprechen, und er musste den Impuls unterdrücken, sein Schwert zu ziehen.

Dann aber erklang hinter ihm der Befehl einer Stimme, die er sehr gut kannte.

»Tut es«, sagte Gromph.

Andzrel fuhr herum und sah den Erzmagier neben Tos'un Armgo und dessen Tochter, der Halb-*Darthiir*, stehen. Der Waffenmeister verbeugte sich und eilte davon.

»Ich dachte, Ihr hättet geschworen, das nicht mit anzusehen«, wagte Tsabrak zu Gromph zu sagen.

Der Erzmagier zuckte mit den Schultern, als würde dies keine Rolle mehr spielen. Angesichts der Beute, die er und seine Schwester inzwischen in dem extradimensionalen Herrenhaus in dem Vorraum der Höhle des Urelementars in Q'Xorlarrin aufbewahrten, tat es das auch nicht.

Gromph zog sich in die Schatten zurück und nahm die zwei Armgos mit. Von hier aus beobachteten sie, wie Tsabrak zu seiner langen Beschwörung ansetzte. Aus Augenblicken wurden Stunden, aus Stunden Tage, und er zauberte immer noch.

Aber Tsabrak rührte sich nicht vom Fleck, sondern bewegte nur den Mund. Er stand so still, als wären seine Füße im Fels verwurzelt, hielt die Arme erhoben und reckte sie unter dem auskragenden Höhlendach vorwärts zum Himmel empor.

Im Osten ging die Sonne auf, und er sprach immer noch. Erst als der teuflische Ball ihres Unbehagens im Zenit stand, wurde Tsabraks Ruf beantwortet.

Schwarze Tentakel brachen aus dem Stein hervor, drangen in den Körper von Xorlarrins Zauberer ein, wanden sich in ihm nach oben und schossen schließlich durch seine gereckten Finger zum Himmel empor.

Und so ging es Stunde um Stunde weiter, bis brodelndes Grau das Tageslicht abschirmte und selbst den Untergang der Sonne am westlichen Horizont verhüllte.

Die ganze Nacht setzte Tsabrak sein Werk fort. Immer mehr Tentakel drangen aus dem Unterreich, und als die Sonne am nächsten Morgen wieder aufging, spendete sie nur noch wenig Licht. Es wurde kaum hell im Land, und alle Oberflächenbewohner der Silbermarken, ob Orks oder Elfen, Zwerge oder Menschen, verrammelten ihre Häuser, weil sie mit einem furchtbaren Sturm rechneten.

Aber es kam kein Sturm, denn das hier waren keine Regenwolken.

Den ganzen Tag sang Tsabrak weiter. Zwischendurch verschwand Gromph, um den Ruf von Methil zu beantworten, weil Oberin Zeerith in Q'Xorlarrin eingetroffen war.

Der Erzmagier hatte ohnehin genug gesehen, und die Macht dieses Spektakels beeindruckte ihn sehr. Nicht die Macht von Tsabrak, der natürlich nur ein Gefäß war und diesen Zauber möglicherweise nicht überleben würde. Hier ging es um die Macht der Spinnenkönigin, die im Kampf um die Oberhoheit auf das Reich des Arkanums zugriff.

Und die den gesamten Silbermarken das Tageslicht raubte, um für ihre Drow das Schlachtfeld vorzubereiten.

Das war die Macht der großen Verfinsterung, und alle Welt würde sie bemerken. Und alle Welt würde sich fürchten.

Oberin Zeerith war erkennbar übellaunig. Ihr Waffenmeister war tot, im kalten Norden erschlagen. Ihre älteste Tochter, die Hohepriesterin ihres Hauses und ihrer im Aufbau befindlichen Stadt, lag tot – ermordet! – in ihrem Bett.

Mehr als die Hälfte der Drider, die sie mit ihren Kindern hierhergeschickt hatte, waren tot, dazu fast vierzig Xorlarrins, sogar Priesterinnen und Zauberer.

Zwar hatten sie eine größere Anzahl Zwergensklaven erbeutet, aber das konnte die Verluste kaum wettmachen.

Und die Kapelle!

Man hatte Oberin Zeerith erzählt, sie wäre das strahlende Juwel ihrer kostbaren Stadt, ein feierlicher Ort von göttlicher Macht, der ihren Handwerkern gute Dienste leisten und der Herrin Lolth gefallen würde.

Sie sah sich um. Die Spinnennetze hingen in Fetzen. Überall lag Geröll herum, gegenüber war der Gang eingestürzt, und sie wurde von ungebetenen Gästen erwartet.

Der Anblick von Oberinmutter Quenthel und Gromph, die am Altarstein warteten, trug nicht zur Verbesserung von Zeeriths Laune bei. Sie waren gekommen, um ein Urteil über sie zu fällen, vermutete sie, und um ihr vorzuhalten, dass ihre Kinder die Spinnenkönigin enttäuscht hatten.

Wahrscheinlich wollten sie Q'Xorlarrin dem immer größer werdenden Netz von Haus Baenre einverleiben.

Bei ihnen war eine dritte Gestalt, eine zierliche Frau, die in prächtigen Spinnenroben auf dem Altar stand. Sie stand mit dem Rücken zu Zeerith, als die Oberin eintrat. Ihr schwarzes Haar umspielte ihre Schultern und war genau wie der Stein von roten Streifen durchzogen.

Während Zeerith sich näherte, drehte die Frau – eine Elfe – sich um und sah von oben auf sie herab.

»Darthiir!«, rief Oberin Zeerith ungläubig.

»Erkennt Ihr sie nicht, Oberin Zeerith?«, fragte die Oberinmutter. »Ich gehe doch davon aus, dass Ihr den Namen Dahlia schon oft gehört habt.«

»Auf dem heiligen Altar, Oberinmutter?«, fragte Zeerith. »Wollen wir dieses verachtenswerte Geschöpf demnach opfern? Bitte lasst mich die Klinge führen!«

»Etwas mehr Respekt vor einer Oberin, bitte, Oberin Zeerith Q'Xorlarrin«, gebot Quenthel.

Wie vom Donner gerührt starrte Zeerith die Oberinmutter an.

Da begann Gromph zu lachen, was das Unverständnis noch erhöhte und Zeerith weiter auf die Folter spannte.

Oberinmutter Quenthel gab ihrem Erzmagier ein Zeichen, die Elfenfrau auf dem heiligen Stein gebührend vorzustellen.

Gromph trat vor, verneigte sich respektvoll vor Oberin Zeerith und wies mit großer Geste auf Dahlia. »Vor Euch seht Ihr Oberin Do'Urden«, erklärte er, »von Daermon N'a'shezbaernon, dem Achten Haus von Menzoberranzan.«